레이디 조커

2

LADY JOKER
by Kaoru Takamura

Copyright ⓒ 1997, 2010 by Kaoru Takamura
All rights reserved.
Original Japanese edition published in 1997 by THE MAINICHI NEWPAPERS Co., Ltd,
Second Japanese edition published in 2010 by SHINCHOSHA Publishing Co., Ltd,
Korean translation rights arranged with SHINCHOSHA Publishing Co., Ltd.
through Eric Yang Agency Co., Seoul.

Korean translation rights ⓒ 2018 by MUNHAKDONGNE Publishing Corp.

이 도서의 국립중앙도서관 출판예정도서목록(CIP)은
서지정보유통지원시스템 홈페이지(http://seoji.nl.go.kr)와
국가자료공동목록시스템(http://www.nl.go.kr/kolisnet)에서 이용하실 수 있습니다.
(CIP제어번호: CIP2018006639)

레이디 조커 2

다카무라 가오루 장편소설

이규원 옮김

LADY JOKER

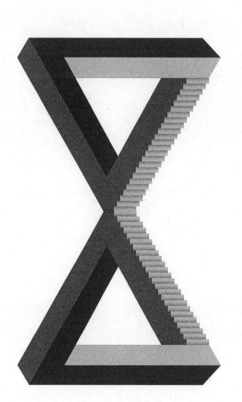

문학동네

차례

＊

"6억! 6억!" 한 손에 수화기를 든 다베 데스크가 큰 소리로 외쳤다.
"범인, 6억 요구!"

이내 편집국 전체가 웅성거리고, "6억? 6억이 분명해? 1면 헤드라인,
6억 요구로 간다!"라며 확인하는 목소리가 정리부에서 터져나왔다.

"그거 줬대, 안 줬대!" 또 누가 소리쳤다. "범인은 6억을 요구, 나중
에 연락하겠다는 말만 남기고 사장을 풀어줬다―"라는 다베의 목소리
가 겹쳐졌다.

네고로는 원고를 교정하던 손을 멈추고 오후 1시 15분을 가리키는
벽시계를 올려다보고는, 책상 위에 넘쳐나는 사회면 원고들을 휘휘 저
으며 서둘러 문장 교체가 필요한 꼭지를 찾았다. 범인이 금전을 요구하
지 않았을 리 없다는 내용은 대강 써넣어두었지만 요구 여부가 명백히
밝혀졌다면 거의 모든 기사의 뉘앙스가 크게 달라진다. 뒷거래 의혹은

차치하고, 본문 중 '의도를 전혀 파악할 수 없는 흉악사범에 당황하다' 라는 뉘앙스가 들어간 문장은 전부 빼거나 교체해야 했다.

우선 기업 테러 연보에서 '히노데 맥주 사장 납치감금사건'이라는 구절을 '몸값을 노린 납치사건'으로 바꾸었다. 이어서 경제계, 동종업계 타사, 판매업계, 식자층 등의 코멘트 내용을 점검했다. 통째로 빼기 힘든 꼭지는 취재원에게 전화로 재확인하도록 팀원들에게 넘겼다. 히노데 맥주 관련 사건 약식 연표는 통과. 사장 프로필도 통과. '말투나 표정에 흐트러진 기색이 보이지 않아서, 히노데 맥주 사장이니 경찰에 연락해달라는 말을 듣고도 선뜻 믿기지 않았다. 설마 몇십 시간씩 산속에 감금되어 있었을 줄은 몰랐다'라고 취재진에게 밝힌 후지산 소방대원의 코멘트도 통과.

그렇게 네고로가 원고를 정리하며 기사 작성자들에게 확인 전화를 시키고 직접 교정 교열을 하는 동안에도 각 기자실에서 들어온 속보가 책상 위를 어지러이 날아다니고, 외근 간 기자들에게서도 계속 전화가 걸려왔다. 시간이 없어서 저마다 수화기를 어깨와 턱 사이에 끼우고 구두로 전달되는 원고를 컴퓨터에 입력하는 지원팀과 데스크석 기자들의 손가락이 바쁘게 움직였다. 시각은 1시 25분.

"핫팩은 다섯 개가 아니라 여섯 개야. 정정해!" "입에는 박스테이프. 눈가리개는 손수건, 사장 본인의 손수건!" 그런 목소리가 소용돌이치는 가운데, 네고로는 서브캡이 "이거 체크해"라며 돌려준 원고를 훑어보았다. '은신처에서 내준 음식은 주먹밥 여섯 개, 빵 네 개, 바나나 두 개, 귤 세 개, 프로세스치즈 두 개, 포크빈스 통조림 두 개. 그밖에 종이팩 우롱차, 오렌지주스, 과일맛 우유도 주었다―'라고 적혀 있었다.

"은신처를 찾았대!" 크게 외치는 소리가 들렸다.

"후지 빌리지 12번지, 별장, 건평 약 15평, 단층 건물, 소유주 사사모토 다케지. 빈집으로 몇 년 방치된 듯 보임. 전기, 가스, 수도 모두 끊긴 상태. 경찰견이 냄새로 발견. 지문과 발자국은 지금부터—"

"마쓰오카! 원고에 추가해. 야마네는 별장 주인한테 연락하고. 정리! 사회면 잠깐 묶어놔! 네고로, 그거 빨리 줘!"

"빨리 넘겨야 돼!" 매번 듣는 재촉이 정리부에서 날아왔다.

역시 대설로 인적이 끊긴 황폐한 별장을 골랐는가. 네고로는 잠시 은신처의 풍경을 떠올려보았지만 눈길은 '오렌지주스, 과일맛 우유도 주었다'라는 문장 위를 달렸고, 손이 절로 움직여 마지막 부분을 '받았다'로 고치기 무섭게 "이거 데스크로!" 하며 원고를 넘겼다. 그러고 나서야 여섯 개의 핫팩이며 음식물의 명세, 소방서에 들어왔을 당시 매우 차분해 보였다는 이야기, 경찰서에서 먹고 싶은 것이 없느냐고 묻자 차 한 잔만 부탁했다는 이야기 등이 머릿속에서 매끄럽게 연결되었지만, 이미 때는 늦었다.

네고로는 지원팀 동료들에게 눈길을 돌려 책상 위에 남은 원고가 없는지 종이 더미를 살펴보고는, 남들보다 조금 앞서 한숨 돌리고 의자에 앉은 채로 심호흡을 했다. 벽시계의 바늘은 1시 32분을 가리켰다.

출고를 마친 기자들이 저마다 기지개를 켜고 뿔뿔이 자리를 뜨기 시작할 즈음, "55분부터 오 분간 미팅!"이라고 데스크가 알렸다. 네고로는 오늘 세 캔째 자판기에서 뽑아온 우롱차를 마시고 서랍에 늘 넣어두는 다시마 과자를 한 조각 꺼내 씹었다. 사건 발생 후 계속 앉아만 있어서 허리가 뻐근했고 기분전환으로 산책 가기도 쉽지 않았지만, 젊은 사람들은 잠시 틈이 난 사이 개인적인 전화 취재나 휴식을 위해 나가버려서 지원팀 자리는 텅 비어 있었다.

오렌지주스니 과일맛 우유니 하는 잡다한 소재로 지면을 채울 수 있는 것도 방금 출고한 석간이 마지막이다. 내일 조간부터는 사건의 진상으로 초점을 좁힌 기사로 구성해야 한다. 무엇보다 범인 그룹이 6억을 요구하며 갑자기 인질을 풀어준 것이 수수께끼다. 곧 시작될 미팅에서 '네고로는 어떻게 생각하나?'라고 부장이 물으면 뭐라고 대답해야 할까.

현재 히노데 맥주라는 기업을 대상으로 한 범행이라는 사실은 확실하니, 연파 담당이 우선 할 일은 피해자인 히노데 및 관계자의 반응과 육성 등을 폭넓게 모으는 것이다. 직접적인 피해자 시로야마 교스케를 공적으로나 사적으로나 파헤치는 후속 기사도 빼놓을 수 없다. 피해자가 무사히 돌아왔으니 수사 진전 상황을 주시하며 사건 배경 등을 다룬 기획물을 꾸미는 방법도 있다. 예를 들면 상중하 3회로 '기업 최고경영자는 왜 위협받고 있는가'라는 제목하에 1회는 기업 최고경영자를 납치한 서구의 사례, 2회는 경기 불황과 정체된 산업구조에서 야기된 다양한 리스크를 일본 기업은 어떻게 받아들이고 대응하고 있는가 등등으로 시리즈 기사를 써보는 것이다.

범인이 수많은 대기업 중 히노데를 택한 이유가 분명히 있을 텐데, 그 점이 밝혀지지 않은 상황에서는 기업을 소재로 꾸밀 만한 기획 아이템이 많지 않다. 뒷거래가 있었을 것이 틀림없지만 당사자가 인정할 리 없고 경찰에서도 당분간 발표하지 않는다면 결국 쓸 이야기가 없다. 이런 경우는 범인상이 조금이라도 구체화되기를 기다리는 수밖에 없다는 것이 사회면을 만드는 이의 본심이다. 선거가 코앞이니 이 이상 아무것도 밝혀지지 않는다면 사건 관련 기사는 점점 없어질 테고, 그러면 다시 처음부터 시작해야 한다.

그런 생각을 하며 다시마 과자를 하나 더 꺼내 씹고 있을 때였다. 외선 전화 착신 램프가 깜빡이는 것을 본 네고로가 수화기를 들며 "네, 사회부입니다"라고 말했다. 눈에 들어온 벽시계의 바늘은 1시 39분을 가리키고 있었다.

귓속으로 날아든 남자 목소리가 다짜고짜 "거기 기쿠치 다케시 씨 있나?"라고 물었다. 나이는 육칠십대 정도, 무디게 웅얼거리는 목소리에 간사이 사투리가 섞여 있었다. 그 순간 네고로는 녹슬어가던 사건기자의 직감을 간신히 되살려 수화기를 귓바퀴에 바짝 붙였다.

"실례지만 누구십니까?"

"나는 도다라는 사람이야. 기쿠치 씨와 할 얘기가 있네. 바꿔줘."

여러 의미에서 인내심이 바닥나버린 인생. 이 사회를 포기했거나 근본적으로 불신하거나, 둘 중 한 가지 이유로 자신이 내뱉는 말의 끄트머리까지 신경쓰기를 거부하는 오만 혹은 절망. 배 째라는 식으로 사는 인생. 네고로는 조건반사처럼 그런 상상을 했다. 수화기에서 들리는 말투의 미묘한 차이로 미루어 야쿠자 쪽은 아닌 듯했지만, 그렇다면 과연 어떤 인물인지 감이 잡히지 않았다.

"죄송하지만 기쿠치 다케시는 오사카 사회부 소속입니다. 괜찮으시면 제가 대신 말씀을 들어드리겠습니다. 저는 사회부의 네고로라고 합니다."

"기쿠치 씨가 없으면, 거기서 저번에 고쿠라 운수랑 주니치 상은 의혹 기사를 쓴 책임자는 누구야? 그 사람 바꿔."

고쿠라 운수. 주니치 상은. 두 상호를 듣자 네고로는 신경이 살짝 곤두섰다. 1990년 당시 재판소 출입기자였던 네고로는 주니치 상은 창업자 일가가 제삼자에게 주식을 양도한 소동의 이면에 나가타초의 정치인과 우익 인사가 있다는 소문을 지검 쪽 인맥을 통해 들었다. 그러나 그 정체를 캐내지 못한 채 일 년이 지난 1991년, 대형 시중은행 도에이 은행이 주니치 상은을 흡수합병한다고 발표했다. 그때는 더이상 네고로의 담당이 아니었지만, 당시 전 대장 대신이 주니치 상은에 구제를 약속했다는 'S메모' 의혹을 지검이 적발해 밝혀내자 마침내 거물 우익을 중개자로 한 전 대장 대신과 대형 시중은행의 부패에 수사의 메스가 가해질 것이라 예상했다. 그러나 결국에는 투기꾼 그룹과 고쿠라 운수 간부의 배임사건으로 막이 내렸고, 그동안 펼쳐진 보도 경쟁에 취재기자로 참가했던 네고로도 진상을 제대로 파헤쳐내지 못했다는 회한의 기억이 선명했다.

대답할 말을 찾으며 네고로는 '그러나' 하고 서둘러 기억을 되짚었다. 지금 도호 신문 사회부에 전화를 건 도다 아무개는 사건 당시 기쿠치 다케시와 접촉하지는 않았을 것이다. 원래 도호 신문 오사카 본사 소속이었던 기쿠치는 1980년대 후반 도쿄 사회부에 잠시 와 있긴 했지만 1990년에는 오사카로 복귀했으므로, 이듬해 고쿠라 운수·주니치 상은 의혹을 취재하진 않았다.

그렇다면 전화를 건 사람은 기쿠치가 그전의 다른 사건을 통해 알게 되었거나, 혹은 네고로처럼 일찌감치 도쿄에서 고쿠라-주니치 쪽에서 수상쩍은 냄새를 맡고 취재하던 중 만난 사이일 텐데, 기쿠치와 사적인 관계가 없는 네고로로서는 섣불리 판단을 내릴 수 없었다.

"그 건은 당번 데스크 두 사람이 하루씩 번갈아가며 담당했거든요." 네고로는 일단 거짓말을 했다. "고쿠라 운수와 주니치 상은 건이라면 저도 취재팀에 있었으니 말씀이 통할 겁니다."

그 말에 수화기 건너편에서 일이 초 망설이는 기미가 느껴졌다.

"미리 말해두지만, 돈을 바라고 찌르려는 거 아냐." 남자는 그런 말에 이어서 생각지도 못한 한마디를 꺼냈다. "히노데 얘기야."

"예."

"히노데가 어떤 기업인지 알려주지. 댁도 취재팀에 있었다면 벌써 들었을지 모르지만, 주니치 상은이 제삼자에게 넘어간 주식을 사들이느라 정신없던 1990년. 주니치의 아키타라는 이사가 주니치에 거액을 예금해달라고 히노데에다 청탁한 적이 있어. 정확히는 1990년 1월 10일이야. 그러나 히노데는 거절했지. 그리고 예의 S메모에 적혀 있는 날짜는 2월 17일. 메모를 입수한 아키타는 2월 말, 회사 회생이 가능하다는 문서를 대장성에 보냈어. 그런데 S메모의 날짜보다 하루 전인 16일, 도에이의 데라다 은행장과 히노데의 스즈키 회장, 자민당의 S가 오쿠라 호텔에서 만났단 말이야. 그건 특수부에서도 알고 있을 거야."

"예."

어느새 책상에서 낚아챈 볼펜을 부지런히 놀리며, 네고로는 일단 1990년 2월 16일 오쿠라 호텔 회합 건은 자신의 취재 노트에 적혀 있지 않음을 기억 속에서 확인했다.

수화기 건너편에서 음침한 목소리가 말을 이었다.

"여기부터가 중요해. 그 16일 회합에서, 히노데가 고쿠라 운수를 흡수하고 주니치 상은이 보유한 고쿠라 운수의 불량 채권 일부에 대해 채무보증을 서준다는 약속이 오갔어. 요컨대 S메모에는, 주니치가 니혼 은행에서 특별융자를 받고 자립 회생을 할 수 있도록 도우려면 주니치의 불량 채권이 조금이라도 줄어야 한다는 형식적인 조건 교섭이 전제되어 있다는 거지."

"히노데측은 주니치의 자립 회생을 믿고 교섭에 임했습니까? 아니면 그 반대?"

"히노데도 한통속이었는지 어떤지는 나도 몰라. 그러나 S의 얼굴을 내세워 고쿠라 운수에 대한 주니치의 부정 융자를 정상적인 것처럼 보이게 꾸미려면, 히노데가 약속대로 고쿠라 운수 구제에 나서는 시늉이라도 해줄 필요가 있었지. 그런데 결국 히노데는 약속을 헌신짝처럼 저버리고 양쪽을 중개한 우익 인사 다마루 젠조의 체면을 구겨버렸어. 그게 사장이 납치된 이유라고 단언할 수는 없지만, 히노데가 그런 기업인 건 사실이야. S의 체면을 짓밟고 고쿠라와의 투자 약속을 걷어찬 것도, 오카다 경우회를 쳐낸 것도 히노데의 현 경영진이지. 그 필두가 시로야마 교스케고."

"실례지만, 선생님은 어떤 경위로 고쿠라-주니치와 히노데 쪽을 조사하게 되셨는지 알려주실 수 있습니까?"

"출발점은 히노데라고 해두지. 이 나라에는 히노데 사장이 납치되었다는 소식에 꼴좋다며 고소해할 인간이 총회꾼을 제외하고도 세 자릿수는 돼. 나도 그중 한 사람이고. 그런데 저들의 가면을 벗겨낼 만큼 용기 있는 전국지는 하나도 없단 말이지. 히노데는 거물 광고주니까. 그래서 한마디하고 싶어 전화한 거야."

그 말을 끝으로 전화는 일방적으로 끊겼다.

네고로는 예전 취재 노트를 찾으려고 무심코 서랍으로 손을 뻗으려다 멈추고 대신 방금 메모한 종이를 집어들었다. 엉거주춤 일어선 몸을 다시 의자에 내려놓고 새삼 그 내용을 읽어보았다.

개인적으로 눈길이 가는 부분은 딱 하나다. 무슨 일이 터질 때마다 떠오르는 정재계 연줄 도표에 한 번도 등장한 적 없는 히노데 관계자의 이름이, 그 진위는 차치하더라도, 이렇게 외부인의 입을 통해 등장했다는 것. 그러나 시로야마 사장을 납치한 범인은 우익이나 총회꾼과는 거리가 멀어 보인다고 하니, 가령 히노데가 고쿠라-주니치 의혹과 관련해 오카다 경우회의 체면을 짓밟은 것이 사실일지라도 그것이 이번 사건의 방아쇠가 되었을 가능성은 낮았다.

도다 아무개는 요컨대 히노데에는 일반적으로 알려지지 않은 갖가지 배경이 있다고 알려준 셈인데, 히노데에 원한을 품은 사람이 세 자릿수는 된다는 말은 무슨 뜻일까. 취재팀이 눈코 뜰 새 없이 뛰어다녀도 히노데가 누군가의 원한을 살 만한 건수는 아직 전혀 나오지 않았는데.

　장난전화일까. 네고로는 그렇게 생각하며 기계적으로 외선 전화로 손을 뻗었다. 오사카 사회부로 걸어서 "수고하십니다. 도쿄의 네고로입니다"라고 말하자, "오, 그 동네는 히노데 건으로 발칵 뒤집혔죠! 거참, 네고로 씨 목소리를 들으니 요도야의 다시마 과자가 생각나네. 내가 선물하겠다고 빈소리만 해놓고"라는 데스크의 기세 좋은 목소리가 돌아왔다. 연초의 대지진 이후 한 달간 매일 전화로 들었던 목소리다.

　"그런데, 무슨 일이죠?"

　"기쿠치 다케시 씨 있습니까?"

　"무슨 말씀. 벌써 오래전에 그만뒀어요, 그 주식꾼."

　"아, 그래요?"

　"그 친구, 거의 주식 야쿠자나 마찬가지였거든요. 거품경제 시절 주식 투기로 억대를 벌더니 아예 직접 투자자문회사를 차렸어요. 그런데 왜 찾죠?"

　"연락하고 싶다는 전화가 와서요. 혹시 연락처 아십니까?"

　상대는 퇴사할 때 주고 간 명함이 있을 테니 잠시 기다리라고 하더니, 곧 090으로 시작되는 휴대전화 번호와 (주)GSC라는 회사 이름을 알려주었다. 네고로는 "고마워요"라고 인사하고 전화를 끊었다. 그러고는 정작 기쿠치의 얼굴도 제대로 떠올리지 못한 채 방금 받은 번호로 곧장 전화를 걸었다.

　"기쿠치 씨? 도호의 네고로입니다. 오랜만에 연락드립니다."

　"도호— 아, 예, 정말 오랜만입니다." 깍듯이 대답하는 남자의 목소리 역시 기억에 없었다. 이 불경기에 주식도 별 재미가 없을 텐데, 사실 지금 연결된 전화가 회사 것인지도 분명치 않았다. 부드럽지만 어두운 남자의 목소리도, 아닌 게 아니라 혹시 야쿠자 쪽인가 싶은 느낌을 풍겼다.

"경황이 없으시겠군요. 독가스 테러에 선거에 히노데 맥주에. 그런데, 무슨 일로?"

"용건부터 말씀드리자면, 혹시 도다라는 사람 아십니까? 간사이 사투리를 쓰고 나이가 지긋한—"

"아아, 도다 영감 말이군요." 바로 반응이 왔다.

"아는 사이예요? 그분이 방금 저희에게 전화를 했는데, 괜찮으면 어떤 사람인지 말씀해주실 수 있겠습니까?"

"이거, 취재인가요?"

"뭐 그런 셈이죠."

수화기 건너편에서 필기구인지 뭔지로 책상을 가볍게 두드리는 소리가 들렸다.

"그래 봬도, 오사카의 좌익 계열 기자 출신이에요. 이십 년쯤 전까지 작은 기관지를 발행하다가 망하고 나서 프리로 전향했고, 주로 오사카의 가마가사키*에서 날품팔이로 먹고살았어요. 나랑 만난 건 왜 그 아이린 사건이라고, 1986년 오사카 시 공무원이 의료 부조를 횡령한 사건을 취재하면서였어요. 노동센터에서 요란하게 항의하는 노인을 봤는데, 그게 도다였죠."

"그뒤로 계속 만나셨나요?"

"아뇨. 그 영감이 무슨 얘기라도 하던가요?"

"네, 그냥저냥. 히노데에 원한을 품은 사람이 세 자릿수는 될 거라는 뭐 그런 얘기요."

"여든이 다 된 노인네니 심각하게 들을 것 없어요. 예전에도 툭하면

---

* 주소가 일정치 않은 날품팔이 노동자와 노숙자가 모여 있는 지역.

체제 비판을 늘어놓던 사람이니까. 피차별부락 출신이거든요. 그러고 보니 아마 전쟁 전 히노데 직원이었을 겁니다. 그래, 직접 그런 얘기를 들은 적 있어요. 이제야 생각나네."

피차별부락. 메모지 위에 빙글빙글 동그라미를 그리던 네고로의 볼펜이 어느새 물음표 하나를 그렸다. 이어서 세 시간 전 하치오지 지국 기자가 전해준 공장용지 매수에 얽힌 소송 건을 떠올리고, 다시 물음표.

"전쟁 전 히노데 어디에서 일했답니까?"

"으음, 후시미였나? 히노데 교토 공장요. 아 참, 종전 직후 2·1 총파업이 있었잖아요. 그때 깃발을 휘두르다 해고되었다나 그랬어요. 직접 조사해보지 않아서 진위는 알 수 없지만."

'1947. 2·1 총파업. 히노데 교토 공장. 노동쟁의. 해고자. 피차별부락.' 네고로는 메모했다.

"그 도다라는 사람, 무슨 조직이나 단체에 가입되어 있나요?"

"해동이라고 했던가? 잘 모르겠어요."

"이름이 정확히 도다 뭐죠?"

"찾아보면 나올 겁니다. 이따 저녁에라도 전화 드릴까요?"

"좀 부탁드립니다. 갑자기 죄송합니다."

"천만에요."

괜한 시간 낭비를 막겠다는 듯이 전화가 뚝 끊겼다. 생각해보니 예전 직장에서 전화가 왔는데도 반가움이나 당혹감이 별로 묻어나지 않는 담담한 대응이었다.

예전에 같은 층 어딘가에 있었을 기쿠치의 얼굴은 여전히 희미했지만, 방금 전화로 목소리를 들은 사람의 모습은 왠지 모르게 상상이 갔다. 거리를 걷다보면 숱하게 보이는 빌딩에 정체 모를 간판을 내건 사무실들. 안을 들여다보면 책상에 전화기 한 대. 아무렇게나 쌓인 주식 전문지며 차트북 옆에서 롤렉스 손목시계를 찬 손으로 수화기를 들고 수천만, 수억 단위의 돈 이야기를 아무렇지 않게 내뱉는 그의 눈은 멍하고 흐릿하다. 밤이면 고급 클럽 한구석에서 두 다리를 맥없이 뻗은 채 위스키잔을 기울이고, 집에 가면서는 택시 기사에게 만 엔 지폐를 툭 내밀며 "잔돈은 됐수다"라고 말한다. 금융권의 다양한 분야 중에서도 기쿠치가 몸담은 곳은 상당히 냉랭한 세계일 것이다. 기쿠치라는 인간은 한때 신문기자였다는 분위기를 눈곱만큼도 풍기지 않을 것이다.

수화기를 내려놓은 네고로는 새삼 묘한 통화였다고 생각했다. 구 년 전 두 사람이 오사카에서 우연히 만났을 때 기쿠치는 도호 신문 오사카 본사 사회부 소속이라고 밝혔을 텐데, 도다는 왜 도쿄로 전화한 걸까. 히노데 사건을 도쿄에서 다루기 때문이라면, 굳이 오사카 사회부에 있는 기자 이름을 대며 바꾸라고 한 것이 이상하다. 오사카에서 아이린 사건을 취재하던 기자에게 구 년이나 지난 지금 히노데 이야기를 해주려고 불쑥 전화를 걸었다는 것도 왠지 앞뒤가 맞지 않는다.

주니치 상은이 자금 융통에 분주하던 시절의 상황을 가마가사키의 날품팔이가 상세히 알고 있다는 것도 선뜻 이해가 안 가지만, 네고로는 한때 히노데 직원이고 노동운동가였다는 도다 아무개보다 기쿠치 다케시가 더 개운치 않은 느낌이었다. 옛 동료의 변모도 그렇거니와, 방금 나눈 통화에서 귓속이 크게 수런거리는 대목들이 있었다. 예전 직장에서 불쑥 걸려온 전화에 지극히 차분하게 대응한 것은 물론, 문의에 적극적으로 응하지는 않았어도, 구 년 전 취재중 딱 한 번 만났다는 날품팔이 노동자에 대한 이야기가 이상할 만큼 선명했던 것이다.

네고로는 수첩에다 '기쿠치 다케시. 어느 쪽 조직일까?'라고 생각나는 대로 한 줄 적어두었다. 신문기자의 재력으로는 주식 투기를 엄두도 못 낼 테니 어디서 자금을 빌렸거나 대신 맡아 운용했거나 작전 세력을 도왔을 텐데, 그 돈줄을 더듬어가면 분명 야쿠자나 금융기관이 걸릴 것이다. 고쿠라-주니치 의혹 당시 그쪽 세계를 질릴 만큼 파헤치고 다녔던 네고로는 조사를 시작하면 바로 성과를 낼 만한 연줄이 있었고, 감도 나쁘지 않았다.

어쩌면 고쿠라 운수 주식을 매점한 투기조직 '다케미쓰'의 대표 아라이 기미히로와 관계있는 건 아닐까? 지하 자금을 움직이는 자들은 서로 여기저기서 복잡하게 얽혀 있으니 단순히 확률로 따지면 가능성이 전혀 없지는 않다. 만약 그런 관계가 드러난다면 고쿠라-주니치 상은의 이면을 아는 것은 도다 아무개가 아니라 기쿠치일 가능성이 있다. 그리고 기쿠치가 모종의 이유로 도다에게 정보를 주었을 가능성도.

고약한 버릇이 도졌구나. 그렇게 생각하며 네고로는 수첩을 덮었다. 신문기자가 된 뒤로 매사 삐딱하게 보는 버릇이 들고 인간에 대한 불신에 박차가 가해졌다. 사람을 믿지 못하니 마누라도 못 믿는 거라며 십년 전 별거한 아내가 종종 비아냥거렸는데, 사실 그 말이 맞았다. 예전과 달리 이제는 남 이야기에 조금쯤 귀기울이는 여유가 생겼지만 상대는 이미 떠난 뒤다.

곧 미팅 시간이구나 싶어 벽시계를 보니 책상 너머에 경시청 출입기자 구보 하루히사가 우두커니 서 있었다. 언제 봐도 옹색한 신사복에 노트북과 카메라 따위의 취재도구를 채워넣은 검은색 가죽 배낭을 멘, 당최 신문기자 말고 다른 직업을 상상하기 힘든 촌스러운 모습이었다. 그런 차림으로 가끔 본사에 훌쩍 나타나서는, 뭐 주워갈 거 없나 하는 속셈이 뻔히 들여다보이는 진지한 표정으로 이 사람 저 사람에게 말을 걸고 잡담을 나누다가 어느새 다시 사라진다.

구보가 "네고로 씨, 허리는 괜찮아요?"라고 물으며 조금 지친 듯한 웃음을 던졌다. 네고로는 그를 손짓으로 부른 후 방금 기쿠치와 통화하며 남긴 메모를 그 앞으로 밀어주었다.

"이봐, 구보. 이런 사람이 신문사에 전화를 걸어와서 히노데에 원한을 품은 사람이 세 자릿수는 된다고 말한다면, 자네는 어떻게 판단하겠어?"

구보는 "제보입니까?" 하면서 몸을 앞으로 기울였다. 기삿거리라면 찬밥 더운밥 가릴 처지가 아니라고 얼굴에 쓰여 있었다.

"글쎄, 잘 모르겠군. 뭔가 꿍꿍이가 있는 것 같아." 네고로는 그렇게 대답했다.

"이력을 보니, 해동 관계자인가요?"

"아니. 이 사람이 꺼낸 얘기는 고쿠라-주니치 의혹이야. 알다시피 고쿠라 운수 회생 문제에 히노데도 관계되어 있으니 아주 무관한 얘기는 아니긴 한데."

"고쿠라-주니치 관련이면 오카다 경우회일 수도 있고—"

구보라는 기자는 판단력이 냉철한 반면 늘 뭔가 골똘히 생각에 잠긴 듯 여유 없는 인상을 풍기고, 특히 한창 취재로 바쁠 때는 무슨 생각을 하는지 알 수 없는 눈빛이 된다. 냉정한 프로의식으로 충만한 도호 신문 사회부 기자 백여 명 중에서도 특수한 테두리로 묶인 경찰 관련 출입기자들에게서 전형적으로 나타나는 노이로제 직전의 눈빛. 지금도 딱 그렇다.

"일단 자네가 스가노 캡한테 보고해둬. 데스크한테는 내가 얘기할게."

"뭐라도 좀 나와주면 좋겠네요." 구보는 혼잣말처럼 본심을 흘리고 제 수첩에 메모를 옮겨적고 나서 자리를 떴다.

속이 여러모로 복잡할 것 같은 덩치 큰 뒷모습을 바라보다가, 네고로는 미팅을 위해 지도리가후치 호수가 내려다보이는 창가 응접 코너로 이동했다. 소파에 모여앉은 면면은 사건 담당 데스크 다베, 석간 당번 데스크 무라이, 연파 정리 캡 네고로, 그리고 사회부장 마에다 도오루까지 네 명이었다. 마에다가 입을 열기 전 네고로는 우선 도다 아무개에 관한 메모를 다베에게 건넸다. 다베는 미간을 살짝 찡그리기만 하고 메모를 마에다에게 돌렸고, 마에다는 이 초쯤 메모를 내려다보다가 무라이 데스크에게 넘겼다. 특별히 이렇다 할 표정 변화는 없었다. 네고로는 히노데와 고쿠라-주니치 의혹의 관계성은 당분간 가슴속에 담아두기로 하고 입 밖에 내지 않았다.

"네고로, 일단 검증 취재만 해줘. 젊은 놈한테 이상하게 휘둘리면 곤란하니까."

부장의 지시는 그것뿐이었고 다른 사람들도 별다른 의견이 없었다. 도다 아무개의 이력만 놓고 보면 이 나라 어디를 찔러도 금방 튀어나오는 차별 문제이니 부장의 반응은 타당하다 할 수 있었다.

"요는 사장이 무슨 말을 하느냐인데." 부장이 지면 구성에 대한 이야기를 시작했다. 칠전팔기의 마에다 사회부장은 범인이 총회꾼 쪽이라는 짐작이 빗나갔다고 이내 손을 놔버릴 사람이 아니었다.

"나는 크게 기대할 건 없지 싶은데, 다베 생각은 어떤가?"

"무사 귀환한 피해자가 적극적으로 공술하지 않으면 그건 또 그것대로 기삿거리가 되죠."

"여하튼 오늘내일의 독자들이 알고 싶어하는 건 히노데 맥주 이야기야. 발표 내용에 별것 없으면 더 집요하게 캐줘. 뭐든지 써. 타사와의 조정은 내가 맡을 테니까."

오늘내일의 독자. 마에다의 입버릇대로 기자가 하는 일이란 오늘의 사건을 파헤치고 어제오늘의 관심사를 연속 보도로 끌고 가는 것의 반복인데, 실제로 쓰고 있는 것들은 어떤가. 지면에 늘어선 오렌지주스니 과일맛 우유니 하는 활자가 범죄에 휘말린 한 기업인이나 매출 1조 엔대 기업의 그림자조차 보여주지 못한다는 사실은 누구나 아는 바였다.

*

　시로야마는 손님용으로 보이는 인조가죽 팔걸이의자에 앉아 있었다. 앞쪽에는 테이블이 있고 맞은편 소파에 수사관 두 명, 팔걸이의자에 한 명. 조금 떨어진 책상에 다른 한 명이 필기를 하고 있다. 창문이 있지만 블라인드가 쳐져 있고 파리한 형광등 불빛 아래라 밤인지 낮인지도 분간할 수 없었다. 경찰서란 정말이지 일반 사회와 다른 시간이 흐르고 다른 언어가 오갈뿐더러 일단 발을 들이면 외부와 완전히 차단되고 간혀버린 듯한 고립감을 안겨주는 장소라고 시로야마는 다시금 생각했다. 범죄자는 물론 피해자나 일반 시민도 들어오는 순간 까닭 모를 고독감에 시달리도록 만들어진 곳이라고. 뒤늦게 몸 마디마디가 아파서 편한 자세를 찾으려고 다리를 가볍게 꼬거나 의자 등받이에 기대보았지만 그럴수록 오히려 위화감만 더해갔다.

　조사 담당 수사관 세 명은 '수사본부의 아무개'라고만 자기소개를 해서 직함과 부서는 알 수 없었지만, 셋 다 말투가 또렷하고 정중했으며 단 일 초도 시로야마의 얼굴에서 시선을 떼지 않았다. 시로야마가 눈동자를 움직이면 그들의 눈도 움직였다. 그 시선이 영 불쾌해서 끝내 먼저 눈을 돌려야 했다. 그래도 세 쌍의 눈이 자신을 지그시 바라보고 있다는 느낌은 떨쳐낼 수 없었다.

　"정말 식사 안 하셔도 되겠습니까?" 상대가 재차 확인했다.

　"네, 괜찮습니다."

　"그럼 방금 하신 말씀에서 몇 가지만 확인해보겠습니다. 먼저 처음 공격당했을 때 말인데, 포도 왼쪽 후방 대각선 방향에서 타격을 받고 뒤이어 목을 졸린 탓에 범인의 얼굴은 보지 못했다. 감금중에는 계속 눈가리개를 하고 있었고, 갓길에 풀려날 때는 박스테이프로 손목을 묶이고 눈가리개를 한 상태였으며, 직접 박스테이프와 눈가리개를 벗겨냈을 때는 이미 범인들의 모습이 보이지 않았다. 따라서 처음부터 끝까지 범인들의 모습을 전혀 보지 못했으므로 인상이나 키, 복장 따위는 알 수 없다. 이동에 사용된 차량도 보지 못했다. 이 말씀이죠?"

"그렇습니다."

"몸을 안아올리거나 일으키면서 접촉한 범인들의 몸은 특별히 건장한 느낌이 아니었다. 또한 담배 냄새는 전혀 나지 않았다."

"그렇습니다."

"공격 후 차량에 동승한 범인은 세 명이고, 은신처에 도착하자 한 명이 떠나고 두 명만 남았다. 감금중 두 사람의 목소리를 확인했는데, 한 남자가 좀더 젊은 목소리였지만 나이는 둘 다 마흔을 넘지 않은 것 같았다. 모두 사투리 억양 없는 표준어를 썼으며, 항상 대본을 읽는 것처럼 부자연스러운 말투였고, 난폭한 행동이나 공연한 잡담은 전혀 하지 않았다. 두 명의 목소리 모두 전에 들어본 기억이 없다. ─맞습니까?"

"그렇습니다."

"흠, 좀 이상하군요." 문득 상대의 말투가 변했다. "눈도 입도 가린 채로 오십 시간이나 은신처에 있으면서, 사장님은 절박한 심정으로 두 남자의 목소리에 귀를 기울였다고 했습니다. 남자들은 미리 짜둔 대본에 따라 꼭 필요한 말만 했습니다. 사장님은 그 목소리를 근거로 그들이 과연 누구일지 열심히 생각하셨을 테고요."

"처음 얼마 동안은 그랬지요. 그러나 전혀 짚이는 데가 없었습니다."

"정체는 정확히 몰라도, 어떤 자들인지 상상하실 수는 있지 않았습니까?"

"상상은 했지만, 짐작이 가질 않았어요."

"예를 들면 어떤 상상을 했습니까?"

"하나하나 기억나지는 않습니다. 여하튼 내가 살아온 사회의 범주에서는 마주친 적 없는 자들 같았고, 아무런 짐작도 할 수 없었습니다."

"나나 회사에 원한이 있나, 돈을 노리는 걸까, 뭐 그런 생각은요?"

"당연히 여러 가지 생각을 했습니다만, 전혀 알 수가 없었습니다." 이렇게까지 꼬치꼬치 캐물어야 하는 건가 싶으면서도 시로야마는 그렇게 대답했다.

"범주에 없는 자들이라 함은, 오직 목소리만 듣고 하신 판단이죠?"

"그렇습니다."

"그럼 다음으로—" 상대는 기계적으로 노트를 한 페이지 넘겼다.

"은신처에 끌려오자 범인이 '해치지는 않겠다'라고 말하며 이불과 모포를 주어서 일단 잠들었다. 잠에서 깨어 화장실에서 용변을 본 뒤, 범인이 양손의 결박을 풀고 입을 막은 박스테이프를 떼고 우롱차와 주먹밥을 주었다. 그동안 폭력의 공포는 느끼지 않았다고 하셨습니다."

"그렇습니다."

대답한 순간 시로야마는 다시금 세 쌍의 시선에 몸이 꿰뚫리는 기분이 들어, 적절하지 않은 대답이었던가 자문하며 가슴에 손을 올려야 했다.

"식사를 위해 입의 박스테이프를 떼어줄 때마다 '목적이 무엇이냐'고 거듭 물었지만 처음에는 대답이 없었다. 나중에 나이든 남자가 '돈을 원한다'고 말했고, 다시 '얼마를 원하냐'고 묻자 '현금으로 6억'이라고 대답했다. 엄청난 거액이라 놀랐고, 개인이 아닌 회사가 그런 돈을 요구받았다는 사실이 당황스러웠다. —정확히 이게 맞습니까?"

"그렇습니다."

"대답을 듣자마자 요구 대상이 개인이 아니라 회사라고 생각한 이유는 무엇입니까?"

"6억이라는 돈을 개인에게 요구했다고 생각할 수는 없었으니까요."

"그렇다면 회사가 돈을 요구받았다고 판단했을 때, 범인들이 왜 하필 히노데 맥주를 협박하는지는 물어보셨습니까?"

그렇다, 감금중 나는 그 점을 한 번도 물어보지 않았다. 시로야마는 깨달았다. 범인이 왜 히노데 맥주 사장인 자신을 택했는지, 하늘의 별처럼 수많은 기업 중 왜 하필 히노데를 골랐는지, 목구멍까지 치민 의문을 끝내 내뱉지 않은 것은 마음속 어딘가에 사 년 반 전 덮어준 여동생 가족의 허물이 걸려 있었기 때문일까? 시로야마는 또하나의 깊은 우울의 구멍을 들여다보며 대답할 말을 찾다가, 간신히 "물었지만 대답이 없었습니다"라고 대답했다.

"한 번만 물어보셨습니까?" 상대가 냉큼 물었다.

"여러 번 물어보았습니다."

"그럼 앞으로 돌아가서, 범인은 '돈을 원한다' '현금으로 6억'이라고만 하고 그 이상 구체적인 이야기는 하지 않았다. 더 자세히 물어보았지만 대답하지 않았다. 맞습니까?"

"그렇습니다."

"뭐라고 물어보셨습니까?"

"왜 이런 짓을 하느냐, 6억은 너무 크다, 그런 말이었습니다."

"그 말에 범인은 대답하지 않았고요. 그리고 한 명이 쓰레기를 치우고 청소기를 돌리는 중에 다른 한 명이 '당신을 풀어주겠다. 돈을 받는 방법은 나중에 알려주겠다'고 말했고, 그 직후 은신처에서 끌려나갔다. —맞죠? 그때 '당신을 풀어주겠다' 운운한 것은 정확합니까?"

"정확합니다."

"그밖에 또 범인이 한 말이 있습니까?"

"없습니다."

"사장님은 무슨 말을 했습니까?"

"못했습니다. 입에 테이프가 붙어 있었으니까."

"한 명이 청소를 시작하고 다른 한 명이 사장님을 풀어주겠다 운운했을 때, 범인들의 태도나 말투가 갑자기 달라지지는 않았습니까? 당황한다거나, 서두른다거나."

"눈가리개를 하고 있어서 알 수 없었습니다."

"갑자기 허둥대는 기미는요?"

"아뇨. 그런 기미는 없었습니다."

"범인이 '돈을 받는 방법은 나중에 알려주겠다'고 했을 때 어떤 생각이 드셨습니까?"

"돈이 아직 넘어가지 않은 것 같아서 조금 안심했습니다."

"본인이 몸값을 받아내기 위한 인질로 잡혀 있다고 생각했습니까?"

"그렇게 생각했습니다."

"그럼, 돈을 받지도 않고 인질을 풀어주는 범인의 행동이 미심쩍거나 불안하게 느껴지지는 않았습니까?"

"아뇨. 풀어준다는 사실만으로도 너무 기뻐서 정신이 없었습니다."

"지금은 어떻게 생각하십니까?"

조금 숙인 시로야마의 이마에 세 쌍의 시선이 연신 날아와 꽂혔다. 종종 그것들은 확연한 불신의 바늘이 되었다. 그 바늘을 받아내는 시로야마는 원래의 위화감에 혐오감을 더하며, 그러고 보니 나는 전부터 참된 관용과는 거리가 먼 인간이었다는 엉뚱한 자성에 빠졌다. 살얼음을 디디는 기분으로 거짓말에 거짓말을 보태나가는 지금, 머릿속 어느 부분은 묘하게 냉정함을 발휘하는 것이 신기하기만 했다.

범인의 행동을 지금 어떻게 생각하느냐고? 현금을 요구한 범인들의 의지는 의심의 여지 없이 명백했고, 사장인 자신을 감금하고 풀어준 이유, 그후의 계획 역시 충분히 납득이 갈 만큼 단순명료했다. 때문에 시로야마는 앞으로 어떻게 대응할지만 놓고 고민하는 중이었지만, 그 사실은 여기서 말할 수 없다.

"어쨌든 사지 멀쩡하게 돌아온 것만도 다행이니, 아직은 범인의 행동에 대해 이렇다저렇다 판단할 기분이 아닙니다." 시로야마는 대답했다.

"그렇군요." 상대방은 형식적인 맞장구를 쳐주고 이내 새로운 촉수를 뻗어왔다.

"하지만 범행 목적이 돈이라면 이들의 행동은 참 특이하다고 하지 않을 수 없군요. '사장을 데려간다'는 쪽지를 남기고 오십육 시간 동안 감금하면서 집이나 회사에는 아무 연락도 하지 않았다. 한편 사장님한테는 6억이라는 정확한 금액까지 밝혔다. 나아가 '나중에 연락하겠다'면서 인질을 풀어주었다. 잘 아시겠지만 협박이란 그에 상응하는 근거가 있어야 가능한 것인데, 인질도 없이 몸값을 요구하다니—" 수사관은 무슨 생각을 하는 듯 옅은 미소인지 쓴웃음인지를 지으며 시로야마를 바라보았다.

시로야마는 상대의 완곡함이 관료를 접대하는 자리의 분위기와 똑같다고 느끼고, 이건 역시 시간 낭비다, 어느 쪽도 본심을 드러내지 않는 비생산적인 형식이라고 재확인하며, "무슨 말씀인지 압니다"라고만 대답했다.

"그러나 범인이 '나중에 알려주겠다'고 말했으니 실제로 연락이 올 거라고 생각해야겠지요. 인질도 없이 향후 정말로 현금을 요구해온다면 처음부터 범인에게 인질은 필요가 없었다는 건데, 그렇다면 왜 굳이 위험을 무릅쓰고 사장님을 납치했는지 도무지 이해가 가지 않습니다."

수사관이 다시 시로야마의 눈을 뚫어져라 응시했고 시로야마는 침묵으로 답했다.

"시로야마 씨. 요는 앞뒤가 맞지 않는다는 겁니다. 납치 수법부터 감금하고 풀어준 수순 등, 이번 범행은 하나부터 열까지 계획적인 것으로 보입니다. 더구나 범인은 최소 세 명 이상으로 추측되는데, 감금당한 오십육 시간 동안 사장님은 나머지 한 사람이 드나드는 것을 알아차리지 못했고, 현장은 전파 사정상 휴대전화 사용이 불가능합니다. 사장님을 감시하던 두 명이 외부와 접촉하지 않았다면 풀어준 시기와 장소도 애초에 합의된 것이라고 볼 수밖에 없는데, 그렇게 계획대로 인질을 놓아준 뒤에도 여전히 6억을 요구하다니, 솔직히 저희도 범인의 진의가 통 파악되지 않아서—"

"범인은 분명히 '전달 방법은 나중에 알려주겠다'라고 했습니다."

"바로 그 점입니다. 범인의 목적이 현금이라면, 몸값 대상으로 사장님을 납치한 데도 나름의 생각이 있었다고 보는 것이 상식입니다. 솔직히 말씀드리겠습니다만, 사장님이 아직 저희에게 알려주시지 않은 부분이 있는 건 아닙니까?"

"기억나는 것은 전부 말씀드렸습니다."

"말씀드리기 뭣합니다만, 세간에 알려져선 안 되는 개인 사정, 예를 들면 여자 문제나 금전 문제 같은 건 없습니까?"

"내가 개인적으로 협박당할 이유는 전혀 없습니다."

"가족 간의 문제나, 삼십육 년간 일하며 생긴 업무상의 문제도—"

"아뇨, 없습니다."

"1992년 중의원 선거를 전후해 귀사의 히로시마 공장 직원이 취업규칙 위반을 이유로 사측으로부터 퇴직을 종용받은 일 때문에, 모 종교단체의 상당한 항의가 있었던 것으로 압니다만."

또 한번 놀랐다. 시로야마는 폐품 무더기에서 낡은 메모지 한 장을 발견한 심정으로 이제는 잘 기억나지도 않는 그 사건을 떠올리며 고개를 가로저었다. 아마 언론 보도를 통해 이번 사건을 알게 된 예전 직원이나 주변인이 경찰에 알려줬을 거라고 생각하니, 이 사건이 직간접으로 일으킨 광범위한 영향력에 새삼 오싹했다.

"1993년 나고야 지사 영업 2과의, 당시 33세의 과장이 영업 차량으로 인사사고를 일으킨 적이 있었죠? 피해자 남성은 광역폭력단 조직원이었고요."

"그 일은 알고 있습니다만—"

"그 사고로 보험회사가 작년 말까지 지불한 돈이 이 년 치 치료비 전액과 휴업보상비 약 3,000만, 상대 차량의 대물배상 300만. 귀사가 낸 위로금은 500만입니다. 외상성경부증후군에 대한 보상으로는 이례적인 정도의 고액이군요. 일설에는 귀사의 위로금이 1,000만 엔이라고도 하고요."

"사후 처리는 당시 현경 본부장과 상의해 적절한 선에서 이루어진 것으로 압니다."

"귀사의 이데 총무부장에게 확인해보니, 나고야 신공장 건설과 관련해서 피해자가 소속된 조직이 몇 번 훼방을 놨다고 하는데—"

"그쪽에는 관할서 서장 명의로 폭대법에 의한 중지 명령이 내려졌을 겁니다. 그뒤로 무슨 문제가 생겼다는 소식은 듣지 못했습니다."

"뭐, 히노데 맥주 같은 대기업이 아니더라도 이런 일이 터지면 설탕에 개미 꾀듯이 온갖 얘기가 나돌기 마련이니까요. 너무 괘념치 마십시오. 언론사의 취재 경쟁도 대단하고. 무엇보다 귀사는 위기관리가 확실해 보이니 내부 누설이 아닐까 합니다만."

채찍 다음은 당근이다. 시로야마는 그렇게 알고 흘려들었다.

"어떻습니까, 사장님. 말씀하신 내용 말고 뭔가 더 있는 건 아닙니까? 특정 사안을 지목한 협박이나 갈취―"

"아뇨, 없습니다."

"사장님은 전혀 짚이는 데가 없다고 하시지만, 범인측은 수많은 상장 기업 중 히노데 맥주를 골랐습니다. 오직 돈을 노린 납치라면 서른다섯 명의 본사 이사 중 하나를 대상으로 해도 상관없었을 텐데, 굳이 사장님을 노렸습니다. 단순히 난이도만 놓고 보면 사장님의 신변 상황은 납치에 상당히 불리합니다. 솔직히 말씀드려 다른 임원이 훨씬 쉬웠을 겁니다. 그런데도 범인은 위험을 무릅쓰고 사장님을 납치했어요. 즉 범인은 의도적으로 히노데 맥주를 노렸고, 다른 사람이 아닌 사장님을 노린 것이라 할 수 있는데―"

"아무리 그렇게 말씀하셔도 짚이는 데가 없군요."

"사장님, 경찰에는 아는 것 모두 정확하게 말씀해주셔야 합니다."

"기억나는 것은 전부 말했습니다."

"아동 유괴라면 몰라도 성인 남성이 납치되었다가 무사히 돌아왔는데 범인에 대해 아무것도 밝혀지지 않았다면, 경찰은 물론 세상 사람 어느 누구도 납득 못할 겁니다. 더구나 사장님은 자택에서 폭력적인 수단으로 납치되어 오십육 시간이나 감금되어 있었는데 다친 곳 하나 없이 제 발로 걸어서 돌아왔어요. 범인은 사장님이 동상을 입지 않도록 핫팩까지 붙여준 뒤 풀어주었죠. 이대로 가면 사장님이나 히노데 맥주는 괜한 의심의 눈길을 받게 될 수 있습니다."

"의심의 눈길이라면?"

"범인측과 모종의 거래를 한 것 아니냐. 혹은 납치 자체가 자작극이었던 것은 아니냐 하는 의혹 말입니다."

그런 말이 나오리라는 것은 소방서에 도움을 청한 직후부터 뼈저리게 느꼈고, 도쿄로 돌아왔을 때는 이미 주위에 불신이 가득했다. 아닌

게 아니라 범인들은 이상할 정도로 아무런 폭행도 가하지 않았다. 그러나 현금을 요구하고 경찰 진술 요령까지 지시한 그들은 자신들의 행동이나 지시가 밝혀질 때 여론이 어떻게 반응할지도 당연히 예상했을 것이다. 그때 피해자와 기업에 닥칠 곤경까지 계산한 뒤 납치하고, 감금하고, 또 풀어준 것이다. 그렇게 생각하니 경찰서에 앉아 있는 지금도 범인들의 손바닥에서 놀아나고 있음을 부정할 수 없었지만, 달리 무슨 선택을 할 수 있단 말인가.

"저도 범인이 체포되기를 바라지만, 없었던 일을 말씀드릴 수는 없습니다."

"그렇군요. 그럼 이 건은 어떻습니까." 수사관 한 명이 서류봉투에서 복사지 한 장을 꺼내 내밀었다. 시로야마는 종이 맨 위에 적힌 '고소장'이라는 단어와 고소인 주소, '히노데 맥주 주식회사'라는 상호, 마지막 줄의 '1990년 11월 13일'이라는 날짜를 보았다. 그것으로 충분했다.

눈길을 드니 자신을 바라보는 수사관들의 시선과 마주쳤다.

"보아하니 피고소인이 귀사를 비방하는 내용의 테이프를 보냈더군요. 고소장은 11월 20일 취하되었는데, 어떤 사정이 있었던 겁니까?"

갑자기 날아든 질문에 시로야마는 다시 한번 문서를 살펴보는 시늉을 했다. 워드프로세서로 입력한 글자가 두 개 세 개로 겹쳐 보였다.

"이 일은 저도 알고 있습니다만—"

"언제, 어떤 경위로 테이프의 존재를 아셨습니까?"

"정확하게는 일지에 적혀 있습니다. 지금은 날짜까지 기억나진 않습니다. 그날 업무 시작 전, 당시 인사부장이던 쓰카모토와 시라이 부사장이 나를 찾아왔습니다. 이런 테이프가 왔는데 어떻게 조치할까 논의했고요. —그렇게 기억합니다."

"테이프 내용은 들어보셨습니까?"

"테이프를 채록한 문서를 받았는데, 분량이 꽤 많아서 제대로 읽어보지는 못했던 것으로 기억합니다."

"고소를 결정한 것은 어느 분입니까?"

"시라이가 제안하고, 제가 승낙한 것 같습니다. 테이프에 앞서 동일 인물로 보이는 발송인에게서 이미 비난의 편지가 두 통이나 왔었다고 쓰카모토가 알려주어서요."

"임원회에 안건으로 상정하지 않은 이유는?"

"그럴 사안이 아니었습니다. 원래는 인사부 선에서 처리할 일이었고요."

"고소 대상이 된 편지와 테이프가 꽤 민감한 내용이던데요."

"테이프 내용은 정확히 모릅니다만, 여하튼 익명의 편지나 발송인이 명확하지 않은 의미 불명의 테이프는 내용이 뭐가 됐든 문제라고 판단했던 것 같습니다."

"쓰카모토 씨에게 듣기로는, 1990년 10월 10일 하타노 다카유키라는 학생이 귀사 입사 면접에서 중도 퇴장했다지요? 그뒤 학교에도 계속 무단결석하다가 닷새 후 심야, 수도고속도로에서 교통사고를 일으켜 사망했습니다. 귀사에 두 통의 편지와 테이프를 보낸 사람은 그 학생의 부친이었죠? 그 부친도 11월 17일 심야에 투신자살했습니다. 사장님한테까지 올라올 사안은 아니라고 해도, 이건 한 기업의 신용에 상당히 중대한 문제가 아닐까 생각합니다만."

수사관의 이야기를 하나하나 귀에 담으면서 시로야마는 문득 경찰이 하타노의 친족도 이미 찾아가 조사하지 않았을까 하는 생각에 이르렀다. 죽은 학생의 어머니는 장례식 후 조문 온 아들의 여자친구와 그 아버지를 잊지 않았을 것이다. 어쩌면 경찰에게 이런 일이 있었다며 이미 모든 경위를 밝힌 것은 아닐까.

"시로야마 씨. 이건 취업 차별의—"

"잠깐만요, 지금 무슨—"

"자살한 치과의사는 아들이 취업과정에서 차별을 당했다고 생각해서, 귀사에 항의한 것이 아니었습니까?"

"그렇습니다. 그러나 우리 회사에는 그런 의도나 사실이 없고, 과거에도 없었습니다. 부모의 심정이야 최대한 이해해드리고 싶지만, 그런 식으로 편지나 테이프를 보내면 기업 차원의 대응에도 한계가 있습니다."

"확인차 묻겠는데, 고소를 결정하신 직접적인 이유는 무엇입니까?"

"신공장 프로젝트가 진행중일 때라 예민해지지 않을 수 없었습니다. 근거 없는 비방에는 응당 조치를 취해야 한다고 생각한 겁니다."

"테이프 내용을 대충은 아시죠?"

"그렇습니다."

"물론 의도를 파악하긴 힘들지만, 요컨대 '오카무라 세이지'라는 사람이 1947년 귀사 가나가와 공장에 보낸 편지의 내용을 그대로 읽은 것으로 보입니다. 쓰카모토 씨에게 문의하니 그 '오카무라 세이지'가 히노데 사원이었다는 사실은 구 도호쿠 데이코쿠 대학 명부로 확인했으나, 1947년의 편지가 실재하는지는 확인하지 못했다고 합니다. 맞습니까?"

"그렇게 들은 것 같습니다."

"저희는 당시 가나가와 공장에서 일했던 사람이나 본사에 있던 사람을 찾고 있는데, 그 편지가 1947년 공장으로 우송되었다는 확증은 아직 확보하지 못했습니다. 그러니 어디까지나 가정입니다만, 만약 그런 편지가 왔다면 그건 명백히 히노데 맥주의 사유물인 셈입니다. 더구나 내용으로 보아 당시 사내에서 가볍게 다루었을 리 없는데, 그 편지 내용을 고스란히 녹음한 테이프가 외부에서 우송된 것에 대해 사장님은 어떻게 생각하셨습니까?"

"그때는 그저 발송자의 의도를 모르겠다는 얘기만 했던 것으로 기억합니다."

"히노데로 온 편지가 외부에 흘러나갔다는 생각은 하지 않았습니까?"

"말씀을 듣고 보니 그렇습니다만— 종전 직후라면 너무 오래된 일이고, 그런 편지가 정말로 있었는지도 확실치 않다고 해서요."

"하타노라는 학생 얘기로 돌아가서, 귀사에서는 그 학생의 신원 조사를 했습니까?"

"아뇨. 히노데에서는 그런 일을 하지 않습니다."

"부친에게서 두 통의 편지와 괴테이프를 받은 뒤에는 어땠습니까?"

"하지 않았습니다."

수사관은 조금 뜸을 두고 "그럴 리가 없을 텐데요"라고 중얼거렸고, 시로야마는 그게 무슨 뜻인지 이해하지 못한 채 숨죽이고 이어질 말을 기다렸다. 드디어 그의 여자친구였던 조카딸 이름이 나오려나 생각했지만 막상 귀에 들어온 것은 더욱 수상쩍은 이야기였다.

"'오카무라 세이지'는 그 학생의 모친의 삼촌에 해당하죠?"

"아마 먼 친척일 거라고 들었습니다."

"그렇게 들으셨습니까? 인사부의 쓰카모토 씨가 신원 조사를 하긴 했던 거군요."

"그럴지도 모릅니다. 제가 잊어버렸습니다. 그런데요?"

"하타노 다카유키라는 학생, 부친인 치과의사 하타노 히로유키, 그리고 편지를 보낸 '오카무라 세이지'가 인척관계라면 이런 유의 시비나 오해가 생길 수도 있겠지만, 사실은 좀더 복잡한 게, 하타노 히로유키는 자살 직전까지 '오카무라 세이지'의 존재를 몰랐던 것 같습니다. 1990년 11월 5일, 즉 테이프를 보내기 전날, 그는 별거중인 부인에게 한밤중에 전화를 걸어 '오카무라 세이지'라는 사람을 아느냐고 물었습니다. 그때만 해도 부인은 몰랐으니 모른다고 대답했지요. 그날 밤 하타노는 처가에 전화를 걸어 '오카무라 세이지'의 동생, 즉 장인에게 마찬가지로 '오카무라 세이지'가 누구냐고 물었고, 장인은 자신이 태어나기 전 다른 집안에 양자로 들어간 형이라고 대답했습니다. 그도 '오카무라 세이지'와는 전쟁 전 몇 번 만난 것이 전부라 가족에게 존재를 알린 적은 없었던 것 같습니다. 요컨대 하타노 히로유키는 그때까지 이름도 모르고 살았던 '오카무라 세이지'의 편지를 테이프에 녹음해서 귀사에 보낸 셈입니다."

"그 오카무라라는 사람은 살아 있습니까?"

"작년 여름 도쿄 도내의 양로원에서 사망했습니다. 동생, 즉 하타노 히로유키의 장인이 봄에 흥신소에 의뢰해서 소재를 찾아내 종종 문병을 갔었다고 합니다. 치매였다더군요."

그 동생이라는 사람이 하타노의 장인이라면, 역시 손자가 생전에 사귀었던 여자친구 이야기를 어디서 접한 것이 아닐까? 그런 생각을 하면서 시로야마는 망연히 귀를 기울였다.

"그러므로 1947년 귀사 가나가와 공장으로 우송된 '오카무라 세이지'의 편지, 혹은 그 사본이 어떻게 하타노의 손에 들어갔는지 자세한 사정은 현재 알 수 없습니다. 그러나 정말로 하타노가 가지고 있었다면 결과적으로 귀사에서 유출되었다는 말이 되지요."

"그렇게 되겠군요."

"물론 날조일 가능성도 있지만, 여하튼 '오카무라 세이지'의 편지는 전쟁 전 고등교육을 받은 삼십대에서 사십대 남성의 문체라는 것이 전문가의 의견입니다."

"그런데요?"

"앞서 말씀드린 대로 저희는 현재 히노데 맥주와 그 최고경영자를 노린 범인 그룹에 히노데와 모종의 접점이 있는 인물이 끼었다고 보고 있습니다. 물론 그 접점이란 깊은 원한이나 적개심이겠죠. 그제 귀사 총무부에 과거 이십 년간의 퇴직자 명부를 요청한 것도 그래서입니다."

"알겠습니다. 그래서요?"

"아직 뭐라고 정의할 만한 자료는 없지만, 말하자면 그 '오카무라 세이지'의 편지를 처음 유출한 사람도 아마 히노데 내부자일 것이고, 어떤 악의가 있었다고 생각할 수 있으므로, 용의자 중 하나로 볼 수 있습니다."

"그 말에는 동의합니다."

"물론 자살한 하타노 히로유키에게 편지나 사본을 건넨 자도 히노데에 어떤 저의가 있었을 것으로 봅니다. 실은 짐작되는 사람이 있는데, 때를 봐서 별건으로 잡아들일 계획입니다."

그렇게 말하는 동안 수사관의 눈초리와 음색이 다시 조금 변한 것을 느끼고 시로야마는 저도 모르게 한기를 느꼈다. 상대의 입에서 무슨 말이 튀어나올지 숨죽이고 기다리는 것도 점차 한계에 다다르고 있었다.

"그게 누구입니까?"

"세이와회 계열 프런트기업인 도이쓰 산업의 간부로, 실상은 총회꾼입니다. 혼자 움직였다고 생각하기는 힘들고 배후에 좀더 큰 조직이 있지 않을까 합니다만— 어떻습니까, 시로야마 씨. 하타노라는 치과의사를 고소하기로 결정할 당시에도, 귀사는 그런 주변 상황을 이미 인지하고 있었던 것 아닙니까?"

"구체적으로 무엇을 인지했다는 말씀인지 모르겠습니다."

"그래요? 뭐, 총회꾼 얘기는 일단 이쯤 해두지요."

그렇게 말하고 수사관은 의미 모를 미소를 보였지만 시로야마는 더이상 대응할 여력이 없었다. 수사관이 다시 말을 이었다.

"그래도 사람이 둘이나 죽었고 하타노의 친인척도 건재하니, 1990년의 괴테이프 건은 조만간 날개를 달고 퍼져서 있는 얘기 없는 얘기 다 튀어나올 거라고 보셔야 할 겁니다."

드디어 협박이군. 시로야마는 생각했다. 입사시험 2차 면접을 중도 포기한 응시자, 그와 교제한 조카딸 요시코의 이야기에 요란한 제목이 달려 주간지 등에 실리는 풍경이 뇌리에 어른거렸다.

"잘 아시겠지만 각 언론사의 기자 수백 명이 혈안이 돼서 뛰어다니고 있습니다. 그들이 파헤치면 파헤칠수록 경찰수사는 어려워질뿐더러 귀사의 이미지 손상도 막대할 겁니다. 범인만 좋은 일 시키는 상황은 저희도 최대한 피하고 싶습니다. 그러려면 한시라도 빨리 범인을 체포하는 길밖에 없습니다. 시로야마 씨도 아시겠지요?"

"압니다."

"그러기 위해서는 범인 그룹과 유일하게 접촉한 피해자인 사장님이 숨김없이 말씀해주셔야 합니다."

"몇 번을 얘기하지만, 기억나는 것은 다 말씀드렸습니다."

"다시 한번 묻겠는데, 6억을 요구한다, 나중에 알려주겠다, 이 두 가지 외에 범인들이 사장님에게 전한 내용은 없습니까?"

"없습니다. 그게 전부입니다."

"그렇지만 인질도 없고 다른 꼬투리도 없이 돈을 요구한들 내줄 사람이 있겠습니까? 만약 당장 내일 범인이 연락해온다면 귀사는 6억을 지불할 겁니까?"

"지불하지 않을 겁니다."

"그러면 범인들은 왜 사장님을 풀어준 겁니까? 상식적으로 '전달 방법은 나중에 알려주겠다'라는 말은 건전하고 정상적인 거래에나 나올 법한 말입니다. 이 점은 어떻게 생각하십니까?"

"저는 제게 일어난 일을 전부 말씀드렸습니다. 사태를 어떻게 인식할지는 경찰이 판단할 일입니다."

"만약 내일 범인이 돈을 요구해온다면, 귀사는 어떻게 대응할 생각입니까?"

"경찰에 신고할 겁니다."

"그래도 저희는 같은 질문을 할 수밖에 없습니다."

"저도 같은 대답밖에 할 수 없습니다."

"—알겠습니다. 범인은 '전달 방법은 나중에 알려주겠다'고 했죠? 그뒤에 한마디 더 없었습니까? 요구를 받아들이지 않으면 뭐가 어떻게 될 거라는 예고는 없었습니까?"

그 순간 시로야마는 차라리 맥주가 인질이라고 이 자리에서 말해버릴까 하는 충동에 사로잡혔다. 그렇게 말하면 경찰이 납득할까? 그렇게 대답하는 게 좋을까? 몇 번을 생각했지만 결론은 나오지 않았다. 맥주가 인질이라는 사실을 안 경찰이 공장 등의 경비와 순찰을 강화한다면 곧 그 이야기가 회사 전체에 퍼지고, 특약점에 퍼지고, 업계와 시장에도 퍼져서 매출에 막대한 영향을 끼칠 것이다. 그래도 공공연하게 경비를 강화하는 것이 옳을까? 아니, 경비를 강화한들 범인의 행동을 어디까지 막을 수 있을까? 출하까지는 어떻게든 관리한다 쳐도, 전국 각지의 자판기는 어떻게 관리할 것인가.

아무리 생각해도 맥주회사의 생명선을 경찰에 맡길지 말지는 결단하기 힘들었다. 경찰이 무능하다고 생각하지는 않지만, 경찰과 기업이 서 있는 지평의 차이를 좁힐 수 있다는 희망은 지금 당장 시로야마의 눈에 보이지 않았다.

"아뇨. 아무것도." 시로야마는 대답했다.

"그렇습니까. —뭐, 오랫동안 감금됐다 나왔으니 사장님도 피곤하시겠지요. 오늘밤은 푹 쉬면서 잘 생각해주십시오. 내일 아침 9시에 회사로 찾아뵐 테니 그때 다시 말씀을 듣죠."

"아침에는 처리할 업무가 쌓여 있을 텐데 10시쯤 와주시면 안 되겠습니까?"

"저희는 가능만 하다면 동트자마자 시작하고 싶은 심정입니다. 매스컴도 혈안이 되어 있으니 자칫 귀사에 회복 불가능한 타격을 줄 얘기가 나올지 모릅니다."

그 말이 하타노 다카유키와 조카딸 요시코 얘기를 가리키고 있음은 이제 의심의 여지가 없었다. 경찰은 1990년의 괴테이프 건을 일찌감치 파악하고서, 범인들과 전혀 다를 바 없는 수법으로 시로야마를 압박하려 드는 것이다. 시로야마는 한없는 패배감을 맛보며, 불필요한 말은 한마디도 하지 않은 범인들 이상으로 경찰에 절망적인 혐오를 느꼈다.

"그럼 9시 15분에 와주시지요." 시로야마는 그렇게만 말했다.

"9시 15분에 뵙겠습니다. 오늘은 정말 수고하셨습니다."

"수고하셨습니다."

오후 4시 40분, 시로야마는 여섯 시간 가까이 앉아 있던 의자에서 일어나 방을 나섰다. 자신이 오십육 시간의 감금에서 무사히 풀려난 피해자처럼 보이지 않는다는 사실은 잘 알았고, 실제로도 그런 감개는 전혀 느끼지 못했다.

현관으로 내려오니 비서실 남자 직원 세 명이 마중나와 있었다. 그들이 일제히 머리를 숙이자 들어올 때와 마찬가지로 유리문 밖에 포진한 카메라들이 보였다. 이어서 현관 옆 녹색 공중전화가 눈에 들어오며 문득 가족의 목소리를 듣고 싶다는 생각이 머릿속을 스쳤지만 이내 모호하게 흘러가버렸다. 남은 것은 지금 여기 피해자의 모습으로 서 있는 자신과, 현관 밖에 진을 치고 기다리는 세상을 향한 혐오의 소용돌이였다.

마중나온 차량은 사흘 전까지 매일 타고 다니던 전용차였지만 예전과 달리 앞유리창만 빼고 모조리 커튼이 쳐져 있고, 기사도 오랜 세월 함께한 야마자키 다쓰오가 아니었다. 사흘이 채 안 되게 자리를 비운 동안 회사에서도 여러 일이 일어났으리라 새삼 짐작하면서, 시로야마는 오모리 서에서 기타시나가와 본사 빌딩까지 십 분 남짓한 거리를 차로 이동해 본사 앞을 점령한 보도진을 피해서 지하주차장으로 들어갔다. 차가 들어서자마자 입구 셔터가 닫히고 어둑한 통로로 경비원 둘이 뛰어나와 비상사태라고 쓰여 있는 듯한 굳은 얼굴로 인사했다. 둘 다 처음 보는 얼굴이었다.

지하주차장에는 회장을 비롯한 전 임원과 각부 부장 및 차장급, 같은 빌딩에 입주해 있는 자회사 및 관련사의 간부 백 명 정도가 기다리고 있었다. 시로야마가 차에서 내리자 박수가 터지고, 이어서 "정말 다행입니다" "어서 오세요" "무사하셔서 천만다행입니다" 하는 목소리들이 쏟아졌다.

물론 그것은 자신의 부주의로 납치되어 회사에 막대한 피해를 끼친 사람을 맞이하는 상황에 걸맞은 광경이 아니었고, 하물며 향후 회사에 거짓말을 해서 20억이라는 돈을 빼가려는 사람을 맞이하는 광경은 더더욱 아니었다. 아무도 진상을 모른다고는 하지만 대체 누가 이렇게 요란한 자리를 기획하고, 또 누가 불만을 제기하고 누가 승낙했을까 하는 의문이 들어, 시로야마는 다시금 의심의 악순환에 빠져서 고립감을 맛보았다.

모든 면면이 확인되지는 않았지만 맨 앞줄에 늘어선 본사 임원들의 얼굴을 알아볼 수 있었다. 그들의 말에 자동적으로 고개를 끄덕이고 고개 숙여 인사하고 일일이 악수해주며 한 발 한 발 옮기면서, 시로야마는 이건 인사치레일 뿐이라며 스스로를 타일렀다. 이어서 긴장을 채 감추지 못한 스기하라 다케오의 밋밋한 얼굴이, 사후 대책 궁리에 여념이 없는 듯한 시라이 세이치의 얼굴이, 사적인 감정은 일찌감치 지워버린 구라타 세이고의 얼굴이, 무슨 생각을 하는지 모를 몇몇 임원의 얼굴이 보였고, 일단은 만면에 희색을 띤 몇몇 따뜻한 얼굴들이 보였고, 남자들 뒤로 비서 노자키 여사의 공허한 미소가 보였다.

시로야마는 유일하게 진심에서 우러났을 것이 틀림없는 노자키 여사의 미소에 새삼 고통을 느끼며 그녀를 앞으로 불렀다. 여사는 평소처럼 자연스러운 말투로 "무사하셔서 정말 다행입니다"라고 말하며 허리 숙여 인사하고는, 내처 "분부하실 말씀은요?"라고 물었다.

"걱정 많이 했지요. 이제 사십 분쯤 각층을 돌면서 임직원들에게 인사하고, 내 방으로 가서 급한 용건을 처리하고 6시 반부터 이사회에 참석하려 합니다. 그리 알고 준비해주세요. 그리고 간단히 방에서 요기할 음식을 6시 십 분 전까지 부탁해요."

"알겠습니다."

"좀 쉬시는 게 어떻습니까" "직원 인사는 내일 하셔도 되는데요"라는 목소리가 들렸지만, 시로야마는 "괜찮습니다, 괜찮아요, 아주 멀쩡합니다" 하면서 애써 웃어 보이며 먼저 엘리베이터에 올랐다. 동승한 사람은 시로야마가 짧게 눈짓해서 부른 스기하라 다케오와 스즈키 게이조 회장, "이사회 건으로 잠깐―"이라고 양해를 구하며 따라온 비서실장 겸 총무 담당 상무 사카키바라 히로시, 이데 하지메 총무부장 등 네 명이었다. 문이 닫히기 무섭게 스즈키 회장이 하고 싶은 말이 산더미 같다는 듯 먼저 입을 열었다.

"사장한테나 가족분들한테나 정말 면목없네. 오늘 아침 무사히 풀려났다는 소식을 듣기 전까지는 정신이 하나도 없었어. 회사를 너무 개방적으로 운영해온 게 아닌지 다들 반성하던 참이야. 경찰은 우리 회사의 위기관리 매뉴얼이 못마땅한 모양이지만, 우리 처지에서는 아직 한참 부족한 지경이지."

사카키바라의 용건은 이사회 진행에 대한 것이었다. "피곤하실 텐데 죄송합니다. 이사회가 열리기 전 십 분 정도 컨설턴트측에서 위기관리 대책에 대한 설명과 현황 보고를 하고, 그 참에 이데 씨가 경찰측과 접촉한 내용을 보고해도 되겠습니까? 아니면 컨설턴트는 내일 아침으로 미룰까요?"

그렇게 물으면서 사카키바라는 시로야마의 얼굴을 힐끔 살폈다. 역시 오늘 저녁 이사회에서 내가 민감한 얘기를 꺼내지는 않을지, 외부 컨설턴트의 보고나 듣고 있을 계제가 아니지 않을지 다들 긴장하고 있는 것이다. 그렇게 이해한 시로야마는 다시금 임원들의 긴장감과 복잡한 속내를 실감하면서 "아니, 오늘 듣기로 합시다"라고 대답했다.

이데 총무부장은 "자리를 비우신 동안 경찰에서 찾아와 여러 가지를 캐물었는데, 나중에 문건으로 정리해 올리겠습니다"라고 보고했다.

사카키바라와 이데가 12층에서 내리고 엘리베이터 문이 닫히자 스즈키가 다시 "무슨 일이 터지면 다들 속내를 드러내기 마련이지" 하며 가볍게 입을 열었다. "작년에 도입한 위기관리 시스템도 임원 총의로 결정해놓고, 막상 사건이 터지니 불만의 목소리가 나오더군. 귀찮기만 하고 쓸모는 없다는 둥, 되레 긁어 부스럼이라는 둥, 외부에서 만든 매뉴얼인데 왜 책임은 내부인이 져야 하느냐는 둥—"

"말을 꺼낸 사람이 납치를 당했으니 그럴 만도 하지요." 시로야마는 쓴웃음으로 받아넘기고 스즈키의 배려에 감사의 눈빛을 보냈다.

스즈키가 회장이라는 위치와 방금 한 말을 통해 넌지시 내비친 것은, 간단히 말해 자신이 자리를 비운 이틀 반 동안 이사회에서 얼마간 불협화음이 있었다는 얘기이리라고 시로야마는 짐작했다. 그러나 이사회의 총의도 실은 각자의 타협과 자제와 보신을 집약한 데 불과한만큼, 사장이 납치된 상황에서 어려운 판단에 내몰린 임원들 사이에 불협화음이 전혀 없었다면 더 이상한 일이었을 것이다. 최고경영자 자리에 오른 뒤로 불협화음 조정이 습관처럼 몸에 밴 시로야마는 별다른 충격 없이 스즈키의 충언을 들었다.

"그런데 시로야마, 사내를 돌아보는 것은 좋은데 설마 혼자서ㅡ" 스즈키가 말을 꺼내자 "제가 동행하겠습니다" 하며 스기하라 다케오가 얼른 나섰다.

시로야마는 스기하라와 함께 맥주사업본부가 있는 29층에 내렸다. 30층까지 올라가는 회장에게 인사하고 문이 닫히기를 기다렸다가 스기하라를 바라보았다.

스기하라는 이제야 입을 뗄 기회가 왔다는 양 허리를 꺾어 절하며 "정말 죄송합니다. 뭐라고 사죄의 말씀을 드려야 할지ㅡ"라고 낮게 신음하듯이 말했다. 그 역시 경찰에 불려가 1990년의 고소장에 대해 추궁당한 것이 분명하다고 시로야마는 생각했다.

"남들이 보면 어쩌려고. 고개 들게."

시로야마는 갑자기 억누를 수 없는 초조감을 느끼고, 엘리베이터 앞에 누가 나타나지 않을까 신경쓰며 스기하라를 만류했다. 딸의 추문을 빌미로 회사가 협박을 당하고 경찰에도 약점을 잡히고 나아가 매스컴에 폭로되는 것도 시간문제인 지금, 스기하라가 어떤 심정일지는 물어볼 것도 없었다.

그러나 기업의 이익을 최우선으로 하기에 임원으로서 스기하라의 도의적 책임은 지금 도마에 올리기엔 너무나 크고, 제 가족의 안전을 위해서라도 그럴 수 없는 상황임을 이 남자는 알까. 안다면 이렇게 고개를 숙이는 것 말고 다른 식으로 사죄해야 할 것이다. 개인의 괴로움을 해소하는 것보다 먼저 할 일이 있다. 패할 때 패하더라도 어떻게 패하느냐가 문제다.

스기하라에게, 아니, 실은 스스로를 향해 그렇게 타일렀지만, 시로야마는 자신이 몹시 냉정해져 있음을 뼈아프게 자각했다. 여동생의 반려인 남자에게 악감정은 절대 없지만 친척의 정이라 할 만한 것도 처음부터 품은 적이 없었고, 해줄 수 있는 것이라곤 예나 지금이나 최대한 공정하게 대하는 것뿐이었다. 좋은 환경에서 자랐지만 그만큼 유약한 스기하라는 쉰 살을 넘으면서 처세가 아둔해졌고, 느린 대응력이 수세적 태도를 낳고, 또 그로 인해 제 발판을 약하게 하는 악순환에 빠져버려서, 이제 맥주사업본부장 승진은 바라보기 힘들었다. 조만간 자회사에 사장으로 내보낼 임원들 중 하나가 바로 스기하라 다케오였다. 공연히 사적인 감정을 개입시키면 이 자리에서 당장 그를 깎아내리는 말이 튀어나올 것 같아서, 시로야마는 새삼 감정의 수도꼭지를 단단히 잠가야 했다.

"스기하라 씨. 혹시 경찰이 예의 테이프 건을 모든 임원에게 확인했습니까?"

"구라타 씨가 맨 처음 경찰에 불려갔는데, 그때 얘기가 나왔다고 합니다. 그래서 그 일에 대해 아는 사람은 본인과 저와 시라이 씨, 시로야마 씨, 당시 인사부장과 총무부장까지 여섯 명이라고 진술했고요."

"다른 임원에게는 새어나가지 않은 겁니까?"

"그건 확실합니다."

"스기하라 씨. 이사회에서 다시 한번 강조하겠지만, 범인들의 요구는 돈입니다. 1990년의 그 테이프와는 무관합니다. 지금 우리가 할 일은 오직 회사에 피해가 가지 않을 대책을 강구하는 것입니다. 가족 일은 완전히 떼놓고 생각하세요."

"매스컴에서 눈치챌지도 모릅니다—"

"설령 그렇더라도 그 일이 회사와 전혀 무관하다는 사실은 변하지 않습니다. 알겠어요? 스기하라 씨가 임원으로서 해야 할 일이 쌓여 있습니다. 맥주사업본부를 책임지는 부본부장이라는 사실을 잊지 말길 바랍니다."

"그건 잘 알고 있습니다."

"스기하라 씨. 친척으로서 말하는데, 나는 당신 편입니다. 요시코네 가족을 이 소용돌이에 끌어들이고 싶지 않은 마음은 나도 마찬가지예요. —자, 시간이 없어요. 갑시다."

시로야마는 시각을 확인하고 먼저 일어나 잰걸음을 뗐다. 29층 맥주사업본부에서 열여섯일곱 층을 내려오면서 사무실마다 들러 "여러분, 고맙습니다"라고 짧게 인사하는 것이 전부였다. 그렇게 돌아다니며 인사를 하고 평소와 다름없는 표정을 사내에 보여주는 동안, 시로야마는 결국에는 범인들의 요구를 들어주는 것이 이 회사와 사원들을 지키는 길이라고 내내 스스로를 타일렀다. 앞으로 개인적으로나 대외적으로나 계속 쌓여갈 거짓말과 기만과 책략도, 필연적으로 생길 수밖에 없는 이 사회의 불협화음도, 그렇게 생각하지 않고는 감당하기 힘들었다.

시로야마는 예정대로 5시 45분 30층 집무실로 돌아왔다. 여느 때처럼 노자키 여사가 뒤따라 들어와 "죄송합니다만, 우선 이것부터 확인해주시겠습니까" 하면서 일정표를 내밀어서 시로야마는 선 채로 살펴보았다. 오늘로 예정되어 있던 내방객이나 회의, 취재, 방문처 등이 전부 빨간 선으로 지워져 있고, 여백에 '취소' '연기' '후일 연락 요' '대체일 지정 요' 같은 메모가 있었다. 그다음 장과 셋째 장은 각각 내일과 모레의 일정이었다.

"오늘 일정 중 다카자키 공장 건립 현지 설명회는 바로 대체일을 정하거나 의약사업부만 참석시키는 쪽으로 결정하셨으면 합니다."

유전자 재조합 기술을 응용한 면역억제제 제조 플랜트 건설에는 현지 주민의 동의를 얻는 것이 급선무다. 시로야마는 "현장과 일정을 조율해 이번 주말에서 다음주 초 사이에 날짜를 잡아주세요"라고 지시를 내렸다.

"알겠습니다. 통상문제 간담회와 게이단렌에는 위임장을 전달해두었습니다. 도미오카 신사옥 낙성식은 시라이 부사장이 대신 참석하기로 했는데, 사장님 명의의 인사장을 빠뜨렸습니다. 내일 전달하니 내용을 조금 바꾸는 것이 좋을 것 같습니다."

"발송 전에 바뀐 내용을 보여주세요. 훑어보지요."

"전화는 어떻게 할까요?"

"오늘은 용건만 묻고 메모해주세요."

"알겠습니다. 그럼 내일과 모레 일정 중 취소할 것만 체크해주십시오." 여사의 요청에 시로야마는 선 채로 책상에 일정표를 내려놓고 펜을 들었다. 우선 내일 오전 9시로 예정된 월례 사업본부회의를 취소하고, '간부사원 조례. 5층 홀'이라고 적었다. 9시 15분부터는 경찰 조사. 몇 시간이 걸릴지 알 수 없지만, 일단 오전중 내방객 면담은 취소. 정오부터 삼십 분간 언론사 기자회견. 12시 반 주주총회 리허설은 예정대로 진행. 오후에 방문할 곳을 대충 훑어본 다음 두 건만 남기고 나머지는 취소했다.

모레는 도저히 빠질 수 없겠다 싶은 대형 특약점 모임의 경영자 간담회와 라임라이트재팬의 신임 사장 취임식, 가나가와 공장에서 열리는 기술연수과정 수료식만 남기고 외부 일정을 모두 취소했다. 그렇게 일정표를 고치고 고개를 드니 책상 위 꽃병에 연붉은빛 반점이 있는 큼지막하고 아름다운 흰색 튤립 다섯 송이가 꽂힌 것이 보였다. 조심스레 봉오리를 벌린 꽃잎이 도자기처럼 빛나는 모습이 마치 얀 브뤼헐이나 한스 볼론기어의 정물화 같아서 저도 모르게 시선을 빼앗겼다. 노자키 여사가 사비로 사온 것일 터였다.

시로야마는 일정표를 돌려주며, "이거 비쌀 텐데요"라고 말을 건넸다. 노자키 여사는 살짝 미소지을 뿐 별말이 없었다.

"그런데, 운전사 야마자키 씨는 오늘 쉬십니까?"

"경찰 조사가 이삼일 이어진다고 해서 대타가 나와 있습니다."

"아, 그래요."

"마침 시간이 되었으니 간단히 식사하시겠습니까? 맥주도 좀 맛보시겠어요? 시원한 히노데 마이스터가 있습니다."

여사가 지체 없이 집무실을 나가고 혼자 남은 시로야마는 자기 책상을 바라보았다. 오늘 하루 자리를 비운 동안의 일들이 노점 매대처럼 펼쳐지거나 쌓여 있었다. 한쪽에는 니케이 신문, 니케이 유통, 식품산업 신문 같은 업계지가 가지런히 놓여 있고, 중요 기사를 스크랩한 바인더도 있었다. 접혀 있는 주요 일간지 1면에 '56시간 감금' '히노데 맥주 사장 납치' '6억 요구!'라는 시커먼 헤드라인이 보였다.

신문은 사건을 어떻게 다루고 있을까. 시로야마는 저도 모르게 석간으로 손을 뻗었다가, 지금은 더이상 마음을 어지럽히고 싶지 않아서 그만두었다.

신문 옆에는 월요일 아침마다 올라오는 업무보고서와 월말을 맞은 월차재무제표가 한 벌씩 놓여 있었다. 업무보고서를 슬쩍 들춰보고, 이미 지난주 금요일에 보고를 받았지만, 지난 주말 신상품 수주액 누계가 목표치를 19퍼센트 초과했음을 새삼 숫자로 확인했다.

그 옆에는 오늘 아침 보도를 보고 경악했을 거래처와 관청, 동종업계 타사에서 보낸 전보들. 반듯하게 쌓인 전보 더미 위에 노자키 여사가 정리한 발송자 목록이 놓여 있었다. 답장을 보내야 할 곳과 시로야마가 직접 전화해야 할 곳을 분류하고, 답장 문구와 인쇄에 쓸 서체, 회사 편지지와 봉투 샘플을 클립으로 첨부해두었다. 그 옆에는 오늘 아침 후지요시다 서에서 구라타에게 지시한 단골 거래처용 인사장 샘플과 발송처 목록. 간부들이 직접 찾아가 인사한 곳과 상대 회사 담당자 목록. 이어서 역시 구라타에게 지시한, 각 부서와 사업부의 정례 보고서 다발. 시로야마는 그것들을 넘겨본 뒤 총무부에서 제출한 주주총회 결정사항 서류를 제일 위에 올려놓았다.

그 옆에는 스무 통 정도의 편지 다발. 오늘 하루 노자키 여사가 받은 외내선 전화의 상대방과 용건 일람표. 나중에 시로야마가 전화해야 할 이름에는 빨간 펜으로 밑줄이 그어져 있었는데, 주주인 은행이나 생명보험사를 비롯해 관청, 경제단체, 도의회 등에서 온 위문 전화 외에, 이니셜로만 표기된 정치인 몇 명과 정치단체, 우익단체의 이름도 포함되어 있었다. 시로야마는 밑줄이 그어져 있지 않은 목록 중 직함 없이 '이와미 기요시'라고만 적힌 이름에 주목했다. 도쿄대 법학부 동창으로 일년에 몇 번쯤 공사석에서 마주치는 이 남자가 오늘 사쿠라다몬 경찰청 장관실에서 어떤 얼굴로 전화를 걸었을까 생각하니 저도 모르게 수화기로 손이 갔다. 그러나 이내 생각을 바꿔 일람표를 책상에 내려놓았다.

마지막으로 바인더에 끼워진 팩스 용지 한 장을 펼치니 서툴게 흘려 쓴 글씨로 '오늘 출발해요. 일단 엄마랑 오빠와 함께 편히 쉬고 계세요. 쇼코'라고 적혀 있었다. 런던의 모건 은행에서 트레이더로 일하는 딸이 보낸 것이었다. 주말이면 모를까 시장이 열리는 월요일에 자리를 비워도 되는지 당혹스러워하며 딸의 팩스를 도로 접어서 넣는데, 노크 소리가 들리고 노자키 여사가 음식 쟁반을 들고서 들어왔다.

쟁반에는 가벼운 끼닛거리 외에 히노데 마이스터 업소용 작은 병과 필스너 유리잔 하나가 놓여 있었다. 여사가 조금이라도 술을 즐기는 사람이라면 한잔 권해야 마땅하지만, 그녀는 맥주회사에서 이십 년을 일하고도 술을 입에 대지 못한다.

"총조리장이 안부 전했습니다."

여사가 나가자 시로야마는 협탁에 놓인 쟁반을 내려다보았다. 40층의 비어레스토랑에서 가져온 그 음식은 평소 그가 좋아하던 것들이다. 원래는 사우어크라우트와 감자를 소금에 잰 돼지고기와 함께 화이트와인으로 푹 고아내는 메뉴인데 시로야마의 입맛에 맞춰 돼지고기를 빼고 두송실을 넣은 새하얀 사우어크라우트가 소복하게 쌓여 있고, 분이 살아 있는 따끈따끈한 감자 하나와 버터로 익힌 강낭콩 약간이 뜨거운 김을 피우며 마이센 접시에 놓여 있었다. 여느 때와 같은 구성과 양이었다.

시로야마는 유리잔에 차가운 히노데 마이스터를 따랐다. 처음에는 조금 힘차게 따라 거품을 만들고, 이어 거품이 떠오르도록 천천히 따라서 보기 좋은 3센티미터의 거품을 호박색 맥주에 씌워놓고 잠시 바라보았다. 이것이 인질인가 하고 새삼 실감한 것은 아니지만, 시로야마는 결국 잔에는 손대지 않고 사우어크라우트부터 먹기 시작했다.

막 감자 한 조각을 입에 넣었을 때, 노자키 여사가 인터컴 너머로 시라이와 구라타가 이사회에 앞서 상의하고 싶어한다고 전했다. 두 부사장이 동석한다면 자신에게도 시간 낭비는 아니겠다는 생각에 그러라고 전하자 이 분쯤 뒤 두 사람이 들어왔다.

"아, 편하게 드십시오. 그리 심각한 얘기도 아니니까요." 시라이가 여느 때처럼 잰걸음으로 들어오며 말했지만 시로야마는 일단 자리에서 일어나 다시 한번 "여러모로 걱정 끼쳤습니다"라고 말하며 고개를 숙였다.

"아닙니다, 어서 요기부터 하십시오. 저희는 알아서 앉겠습니다."

그 말대로 시라이가 몸소 의자를 옮기고 구라타도 따라 했다.

"그러고 보니, 시로야마 씨는 그 메뉴 좋아하시지요." 시라이가 그런 말로 여유를 보였고, 구라타 역시 오늘 새벽 후지요시다 서에서 본 고뇌의 눈빛은 어디 가고 여느 때보다 더 속을 알 수 없는 묘하게 무표정한 얼굴이었다. 시로야마는 조금 신경이 쓰였지만 자신 역시 피해자다운 얼굴은 아니니 피차일반이라고 받아들이는 수밖에 없었다.

"시로야마 씨. 지난 사흘간 사태를 받아들이는 임원들의 태도가 실로 가지각색이었는데, 저는 이것이 이사회를 다잡기에 좋은 기회라고 생각합니다."

시라이가 입을 떼자 옆에서 구라타가 "그전에 각 임원이 뭐라고 했는지부터 알려드리는 게 어떨까요?" 하고 거들었다.

특별한 표정은 없지만 구라타의 입에서 불쑥 튀어나온 그 한마디에 시로야마는 포크를 쥔 손을 뚝 멈췄다. 비아냥거림인지 모습을 바꾼 개인적인 분노인지 바로 판단되지 않았지만, 어뢰의 입에 어울리지 않는, 전에 들어본 적 없는 말투였다.

시라이도 한순간 신경질적인 눈빛을 보였지만, 이내 "임원들이 한 말요? 저는 이런 빌어먹을!이라고 했고 구라타 씨는 젠장!이라고 했죠"라는 농담으로 넘기며 재빨리 균열을 수습했다. 구라타가 뭐라고 대답하는 대신 와락 짧은 웃음을 터뜨리는 바람에 시로야마는 또 한번 흠칫했다. 그런 웃음소리 역시 시로야마로서는 처음 듣는 것이었지만, 내 귀가 이상한가 생각할 새도 없이 구라타는 방금 토해낸 목소리나 표정을 이내 지워버렸다.

"지금이니 하는 말이지만, 저희는 시로야마 씨가 이렇게 빨리 돌아오실 줄은 짐작도 못하고, 몸값을 요구하는 연락이 오면 최대 얼마까지 내주자는 둥 만일의 경우 장례는 어떻게 치르자는 둥 그런 논의까지 했다니까요. 직접 들으시면 졸도할 만한 얘기가 많았습니다."

시라이는 가벼운 투로 말하고 껄껄 웃었다. 이렇게 평소와 다름없는 독설을 늘어놓는 것은 받아들이기 힘든 현실을 농담으로 누그러뜨리려는 그 나름의 배려였고, 시로야마의 반응을 살피며 본론을 꺼낼 타이밍을 잡으려는 주도면밀한 계산이기도 했다. 시로야마는 쓴웃음으로만 대답하고 포크로 이겨놓은 감자를 입으로 가져갔다.

한편 그러면서도 시로야마는 이상하게 갑자기 딴사람처럼 보이는 구라타 세이고의, 쉰다섯이라는 나이치고는 제법 남자다운 매력이 있는 무표정한 얼굴을 응시했다. 아무래도 사흘간의 긴장이 풀려서 조금 멍해졌거나 어떤 심경의 변화가 온 건 아닐까 짐작되었지만, 든든한 기둥 같던 모습이 갑자기 사라진 듯한 당혹감 속에서 문득 삼십 년 전에 본 구라타의 얼굴이 망막을 스쳤다.

1965년 시로야마가 영업1과 계장으로 있던 요코하마 지점에서 만난 삼 년 후배 구라타 세이고는, 당시 시장을 완전히 독점하고 있던 히노데의 경쟁력에 아무 의미도 두지 않았다. 자사 상품이 만 상자 팔렸다고 동료가 말하면, 타사 상품은 5000상자나 팔렸다고 응수하고 나아가 왜 그만큼 팔렸는지 분석해냈다. 하는 짓도 남달라서, 월간 매상이 모자라면 리베이트율을 올려서 특약점에 물량을 넉넉하게 집어넣은 뒤 그 물량을 소화하려고 특약점 직원과 함께 주판점과 특음점을 돌아다니고, 직접 매장에서 판촉을 하고, 남은 재고는 트럭에 싣고 판매망이 느슨한 지방 도시로 가서 실적이 낮은 소규모 특약점에 한 상자씩 시음용으로 나눠주고, 그래도 남는 것은 땡처리 업자에게 넘겨서라도 무조건 트럭을 비우고 돌아왔다.

당시 구라타는 이십대였지만 졸업과 거의 동시에 결혼한지라 자식이 둘이나 있었다. 어느 여름날, 그는 부인이 셋째 출산이 임박해 병원에 입원했다면서 두 아이와 팔다 남은 특약점 맥주를 트럭에 싣고 "그럼 다녀오겠습니다"라고 인사하고는 지방으로 떠나놓고 사흘이 지나도록 소식이 없었다. 마침내 나흘째 되던 날 전화가 왔는데, 주류 판매 허가증이 있지만 얼마 전 부친이 타계해서 이제 가게를 접어야겠다고 말하는 청주 도매상 주인을 우연히 만나 히노데 특약점으로 들어오라고 설득했다는 것이었다. 결국 그가 히노데 후쿠이 지점과 정식으로 계약하기로 마무리짓고는 우선 트럭에 실려 있던 맥주 쉰 상자를 넘겨주고 왔다고 아무렇지 않게 말하던 것을 시로야마는 지금도 잊지 못했다.

구라타는 그런 남자였다. 물건을 팔기 위해서는 수단과 방법을 가리지 않고, 그만큼 이익을 나눌 줄도 알고, 나아가 개인의 실적에 연연하지 않고 폭넓은 시각으로 영업에 임하며 판로를 넓히고 매출을 키우는 그의 능력은 누구나 인정하는 바였지만, 히노데의 낡은 사풍 때문에 인사고과 평점은 오히려 낮았다. 업무상의 갈등이나 클레임에 늘 앞서 대처해온 이력이 불리하게 작용한 면도 있을 터였다. 그런 구라타의 능력을 처음으로 살려주고, 활용하고, 기회를 주고 인정하며 끌어준 사람이 자신이라는 사실을 시로야마는 잘 알았다.

승진 때마다 늘 차석으로 구라타를 추천하고, 전근하면서는 후임으로 추천하고, 주위와의 조화를 고려하면서 음으로 양으로 구라타를 밀어준 것은, 그의 영업 능력을 인정하지 않는 것이 회사의 손해라고 믿어서였다. 함께 관리직에 오른 뒤에도 구라타가 기대를 저버린 적은 없었고, 점차 주위의 인정도 받게 되면서 어느새 시로야마-구라타 라인은 대세가 되었다.

그러나 시대는 변한다. 시로야마보다 보수적인 편인 구라타의 기업관은 제조업의 특성상 어쩔 수 없는 면도 있지만, 시라이 세이치와 비교해보면 경영 능력의 차이가 갈수록 역력했다. 구라타의 머리는 여전히 매월 목표 매출을 달성할 생각으로 가득하지만 시라이는 일찌감치 자기자본 이익률로 기업의 수익성을 평가하면서, 장치산업은 저성장의 길을 걸을 거라 단언하고 다각화 전략의 선두에 서왔다. 멀리 보면 자체 공장에서 맥주를 제조하고 유통하는 제조업의 양상 자체가 변할 것이 틀림없으니, 앞으로 히노데에서 누구의 기업관이 주도권을 쥐어야 하는지는 이미 명백했다. 시라이는 쉰아홉이라는 나이가 약점이지만 아직 몇 년은 충분히 일할 수 있었다.

물론 당장의 수익을 올리는 사람이 없다면 미래의 변혁도 있을 수 없다. 미래에도 맥주사업이 회사의 기둥이리라는 데는 이론이 없었고, 순조롭게 실적을 올려가는 구라타의 지배력은 여전히 절대적이었으며, 바로 그런 이유로 다른 사업부에서는 구라타에 대한 자잘한 불만이 끊임없이 일고 있었다. 지난 오 년간 제법 성공적으로 균형을 잡아왔지만 본래 세상일에는 중간이 없는 법이니, 자신이 한 가지 결단을 내릴 때마다 이사회에 사적인 분노의 씨앗을 조금씩 뿌려왔음을 시로야마는 모르지 않았다. 그 씨앗이 지금 어느 정도 자랐는지는 모르지만 불만의 싹은 당연히 시로야마의 직계인 구라타에게도 향할 터였다. 이번처럼 자칫 기업을 뒤흔들 수도 있는 불의의 사태가 일어났을 때 사내의 불안과 우려가 일제히 구라타에게 쏠렸으리라는 것은 시로야마 역시 뼈저리게 예상할 수 있었으나, 설사 그렇다 한들 지금의 이 태도는 대체 무슨 뜻일까.

지금까지 구라타는 반란에 나섬직한 임원들의 움직임을 일찌감치 봉쇄해버리고는 모른 척하거나, 반란에 나서도록 유인했다가 꼬투리를 잡아 단번에 궤멸시키고는 역시 모른 척하는 얼굴로, 혹은 마이동풍으로 판단하고 현명하게 무시하곤 했으므로, 그런 풍파가 시로야마의 귀에까지 들어오는 일은 절대 없었다. 온갖 풍파를 제 몸으로 막아내고 "괜한 데 신경쓰지 마시고 경영만 생각하십시오"라고 말하던 그가, 오늘은 시로야마가 자리를 비운 사이 임원들이 이러쿵저러쿵 내뱉은 말을 알려주는 게 어떻겠느냐고 시라이에게 말한 것이다.

시로야마에게 구라타의 변절은 상상도 할 수 없는 일이었다. 그러나 삼십 년 동안 전폭적으로 신뢰해온 구라타의 회사에 대한 헌신과 그것을 지탱하는 애사심에도 요즘 들어 얼마간 피로로 인한 균열이 생겼다고 생각지 않을 수 없었다.

특히 총회꾼 대처에서 하나같이 무능을 드러낸 탓에 어쩔 수 없이 구라타 혼자 오카다 경우회를 상대해왔지만, 기실 거기에도 총무부를 거치지 않음으로써 유사시 사법부의 추적 대상을 일개 간부로 한정하겠다는 회사의 비정한 논리가 작용했음이 암묵적인 기정사실이었다. 시로야마는 그런 역할을 혼자 감당해온 구라타의 심정을 회사에 대한 지극한 헌신이라는 말로밖에 표현할 수 없었지만, 그 헌신에도 한계는 있을 것이다.

다들 이번 납치사건을 오카다 경우회의 소행으로 짐작하고, 그에 따라 대체 네가 한 일이 뭐냐는 비난이 구라타에게 집중되었으리라는 것은 상상하기 어렵지 않았다. 재작년에 단절금 10억 엔을 받고 관계를 청산해놓고도 올해 들어 군마 현 별장지 구입을 압박하고 있다는 사실을 아는 사람은 시로야마와 구라타, 시라이 셋뿐이지만, 그중에서도 구라타가 이 사태에 가장 큰 충격을 받았을 것이다. 오랜 세월 어둠의 세력과의 창구 역할을 도맡아온 제 인생을 지금 한없이 후회하고 있다는 것은 후지요시다 서에서 본 그의 표정에서도 충분히 읽어낼 수 있었다. 게다가 회사는 구라타의 오랜 노고를 위무하기는커녕, 비상사태가 닥치자 책임 소재라는 명목 아래 그 개인에게 비난의 칼끝을 들이댔던 것이다.

구라타에게 회사와 거리를 두려는 마음이 싹트고 있다 해도 전혀 이상할 것 없다. 그렇게 생각하는 시로야마 자신도 범인들에게서 조카의 사진을 건네받았을 때 회사를 위해 죽을 수야 없지 않느냐고 생각하지 않았던가. 그렇지만 막상 삼십 년 반려의 변모를 목도하니 한순간 발밑이 맥없이 꺼지는 느낌이었고, 예상치 못한 것을 뒤늦게 발견했을 때처럼 남모를 패배감이 엄습했다. 납치된 뒤로 지겹도록 많은 생각을 해왔지만 이런 발견을 하게 될 줄은 몰랐다. 아니, 그 여름날 어린 두 자식을 트럭에 태우고 출발하면서 허공을 응시하던 구라타의 초조한 옆얼굴을 떠올려보면, 그때부터 이미 자신이 모르는 또하나의 구라타가 존재했을지도 모른다는 생각까지 들었다.

히노데에서의 삼십 년을 지탱해온 토대가 발밑에서 조금씩 삐거덕거리는 것을 느끼며, 시로야마는 범인들과의 뒷거래만으로는 끝나지 않을 이번 사건의 영향력을 생각해보았다. 지금은 구라타가 자신을 배반할 일은 없으리라고 믿는 수밖에 없지만, 그래도 장차 이 남자 역시 어찌 나올지 알 수 없다는 갑작스러운 예감을 가슴에 품자 또다른 고립감을 맛보아야 했다.

시로야마는 포크를 내려놓고 아까부터 그냥 놔둔 잔을 들고 히노데 마이스터를 한 모금 마셨다. 이사회에서는 히노데 마이스터 개발이 되레 라거의 쇠퇴를 부채질하지 않겠느냐는 의견이 3분의 1을 차지했었다. 그럼에도 끝내 개발을 추진했던 신상품을, 이유가 어쨌든 입에 대지 못하는 것이 더 이상하다고 스스로를 고무한 뒤 시로야마는 두 부사장을 마주보았다.

"좀전에 회장님도 이사진 사이에 말이 많았다는 말씀을 하셔서 각오는 하고 있습니다. 다른 사람들보다 두 분에게 먼저 사실을 말씀드릴 테니, 나중에 이사회에서 의결되도록 협조해주셨으면 합니다."

"구라타 씨와 저도 그럴 생각으로 온 겁니다. 석간을 보니 6억이니 뭐니 하는 얘기가 나오던데요—" 시라이가 단도직입적으로 본론을 꺼냈다.

"그 액수는 사실이 아니에요. 6억이 아닙니다. 범인들이 요구한 돈은 20억입니다."

20억이라는 말에 두 사람의 눈이 동시에 휘둥그레지는 것을 보면서 시로야마는 입이 붙어버리기 전에 이야기를 끝내려고 서둘러 다음 말을 이었다. "이유는 모르겠지만, 경찰에는 6억을 요구받았다고 진술하라고 시키더군요."

"6억이라면 뭐, 그럭저럭 예상했던 정도지만, 20억은 크군요." 시라이가 중얼거렸다.

"경찰에는 말하지 않았는데, 범인들이 저를 풀어준 건 자신들의 요구를 정확히 전하기 위해서, 또한 현금을 준비할 시간을 주기 위해서입니다. 350만 킬로리터의 맥주가 인질이라고 말했습니다."

"맥주—?"

시라이와 구라타가 낮게 경악의 한마디를 토하고는 협탁에 놓인 히노데 마이스터 병으로 동시에 눈길을 옮겼다. 이어서 시라이는 뭐라 할 말이 없다는 듯 목을 움츠렸고, 미간을 한껏 찌푸린 구라타는 곧 명백히 격분한 표정을 지었다.

"시로야마 씨, 솔직하게 묻겠습니다. 범인이 돈을 요구한 대상은 시로야마 씨 개인입니까, 히노데 맥주입니까?"

"히노데 맥주입니다. 그건 의심의 여지가 없어요."

"범인들이 히노데를 노린 이유를 말하던가요?"

"아니요. 20억을 요구한다는 것, 5월 연휴 전까지 연락하겠다는 것 말고는 아무 말도 하지 않았고, 내 질문에도 대답하지 않았어요. 바늘 하나 들어갈 여지가 없었습니다. 정말로요."

"그럼, 그 하타노라는 학생과 조카따님 얘기는 나오지 않은 겁니까?"

"그렇습니다."

"군마 현 별장지 건도?"

"그런 얘기는 전혀 없었습니다."

"그래요? 구라타 씨도 오카다나 세이와회는 이번 일과 무관한 것 같다고 했지만, 그렇다면 지금으로서는 히노데가 표적이 된 이유를 더더욱 알 수 없다는 소리인데."

"그런 셈입니다."

"여하튼 맥주가 인질이라면 이사회가 내려야 할 결단은 한 가지뿐입니다." 구라타가 입을 열었다. "거래에 응할지 말지 임원들이 판단할 만한 자료를 제시하지요."

"구라타 씨, 그건 곤란해요." 시라이가 즉시 반론했다. "임원들의 위기의식이 제각각이라서 갑자기 거래 얘기를 꺼내면 다들 거부반응만 보일 겁니다. 우선 맥주가 인질이라는 상황을 모두가 오해 없이, 확실히 받아들이도록 해야 합니다. 시로야마 씨, 가능하면 직접 설명해주시는 게 좋겠습니다. 맥주가 인질이라고 했다면 당연히 상품에 대한 공격을 상정해야 할 테고요."

"찬성입니다. 제가 최대한 상세히 설명해서 여러분의 이해를 구하는 게 최선이겠지요."

"그뒤에, 어차피 의견 충돌은 있을 테니, 구라타 씨 말대로 거래에 응할지 말지 임원들이 판단하는 데 필요한 자료를 우리가 제시합시다. 어때요, 구라타 씨?"

"지금은 맥주 성수기인데다 마이스터가 막 출시된 참입니다. 만에 하나 상품에 문제가 생겨 회수 사태가 벌어지면, 최악의 경우 매출이 반 토막 나는 상황까지 각오해야 합니다. 예상되는 피해 규모를 어서 계산해서 임원들에게 사태의 심각성을 일깨우는 게 가장 빠른 길입니다."

"아니, 숫자를 내놓으면 안 됩니다." 시라이가 다시 이의를 제기했다. "대뜸 피해 규모부터 거론하면 꼭 상품에 문제가 생기는 상황을 전제하는 것처럼 보일 거예요. 그러면 의견 충돌이 더 심해질 테고. 일단 오늘은 그런 사태도 있을 수 있다는 정도로만 표현하는 게 좋겠습니다."

"그러나 범인이 연휴 전까지라고 기한을 정했으니, 사전에 대비할 일이 한두 가지가 아닙니다. 이사회의 의견 통일을 미룰 여유가 없어요."

시로야마는 오후 6시 20분을 가리키는 시계를 보았다. 슬슬 대화를 마무리해야 했다.

"구라타 씨. 사전 대비는 꼭 상품에 문제가 생기는 상황을 상정하지 않더라도, 위기관리라는 틀 안에서 실행할 수 있다고 봅니다. 이사회의 의견 통일도 좀더 간접적인 표현으로 끌어내는 게 좋겠고요. 여하튼 현재 히노데 맥주가 처한 상황을 모든 임원이 정확히 이해하고, 예상되는 사태에 회사가 어떻게 대처할지 대략적인 판단을 내려주셨으면 하는 것이 제 바람입니다. 제가 경찰에 거짓을 말한 사실에 대해서도 양해를 구해야겠지요. 이사회에서는 두 분만 믿겠습니다."

"그렇게 하죠." 시라이가 제 무릎을 탁 쳤다. 옆에 있던 구라타는 "시라이 씨, 그 건은 시라이 씨가 보고해주시죠. 저는 먼저 실례하겠습니다" 하고는 고개 숙여 인사하고 집무실을 나갔다.

그 뒷모습을 바라보던 시로야마는 "그 건이 뭡니까?"라고 물으며 다시 시라이를 보았다.

"1990년의 괴테이프 건이 임원진에 새어나갔습니다. 일단 이름은 덮어두고, 몇몇 임원에게 어디서 얘기를 들었는지 물어보니 다들 오늘 아침 출근 전 집에서 익명의 전화를 받았다더군요. 실은 저도 그런 전화를 받았습니다."

"어떤 내용의—"

"요는 1990년 취업 차별이 있었다는 겁니다. 간사이 사투리를 썼고요. 다른 임원들은 간사이 사투리였다는 사람도 있고 표준어였다는 사람도 있으니, 전화를 건 자는 한 명이 아닐 겁니다. 전화를 받은 임원은 제가 확인한 범위에서는 다섯 명이고요. 함부로 퍼뜨리지 말라고 입단속은 해두었습니다."

"구체적인 협박 내용이 있었나요?"

"그렇지는 않았지만 하타노 다카유키와 하타노 히로유키라는 이름을 거론했습니다. 조카따님 이름은 나오지 않았고요. 여하튼 전화가 임원들의 자택으로 걸려왔으니 우리와 모종의 관계가 있는 자들로 봐야겠지요."

"오카다일 가능성은—"

"그야 알 수 없습니다. 구라타 씨 말로는 별장지 매각을 서두르려고 이번 사건에 편승해 우리를 흔들어봤을 가능성도 있다더군요. —여하튼 이사회를 단단히 다잡아놔야겠습니다."

시라이가 물러가자 시로야마는 27분을 가리키는 시계를 확인하고 히노데 마이스터를 다시 한 모금 마셨지만, 이미 김이 빠진 맥주맛은 밋밋하기만 했다.

오후 6시 반, 임원용 회의실에 모인 면면은 자회사 및 관련사를 제외한 본사 이사 열다섯 명, 총무부장, 홍보부장, 그리고 위기관리회사 대표 고타니 등 열여덟 명이었다. 서기도 없고 음료도 없었으며, 참석자가 다 모여 안쪽에서 방음문을 잠그자 실내는 쥐죽은듯 조용해졌다.

회의실에는 작년 가을부터 정보화 시대에는 어울리지 않는 화이트보드 하나가 놓여 있었다. 위기관리 시스템 도입에서 가장 신경쓴 것이 정보관리인데, 보안 차원에서 사내에 오가는 각종 종이 서류를 대폭 줄이는 것도 그중 하나였다. 대부분의 용건은 전자메일로 처리하고, 보안이 필요한 내용은 네트워크 서버에서 일괄 관리한다. 사내회의에서도 매번 수북이 나눠주던 서류 대신 화이트보드에 판서한 뒤 회의가 끝나면 지우도록 했는데, 이사회도 예외는 아니었다. 꼭 필요한 자료를 복사해 배부할 때는 한 부 한 부 각 사원의 ID번호를 인쇄해서 분실 및 유출을 방지한다.

그런 개혁을 제안하고 이사회의 승인을 얻어 구체적인 시스템을 만들어온 것은 고타니였다. 도입 당시 이사회의 반발이 적지 않았지만 구라타가 총회꾼을 염두에 둔 기업 방위의 측면에서, 시라이가 산업스파이 및 컴퓨터범죄 대책이라는 측면에서 필요성을 역설하고 강력히 추진한 덕분에 실현될 수 있었다. 그러나 절반 정도의 임원은 여전히 비용 면에서 불만을 표하는 것이 현실이었다.

실제로 네트워크의 보안 시스템 설계비, 서버 증설, 전화 등 각종 통신기기의 디지털화, 네트워크 강화를 위한 인원 재배치, 관리직 연수 비용 등, 정보관리 도입에만 20억에 가까운 초기 비용이 들었다.

게다가 방범 관련으로도 지사 및 공장을 비롯한 회사 전역의 감시카메라와 야간 적외선 경보장치 증설, 각종 위기관리 매뉴얼 제작, 사원증 전자카드화 등에 거금이 들어갔다. 이어서 올해 초 한신 대지진을 계기로 방재용 저수조와 자가발전장치의 내진성 강화 공사, 백업용 디스크 보존을 전문회사에 위탁하는 비용도 추가되었다. 그때마다 논쟁이 벌어졌지만, 시로야마는 "이제 안전은 공짜가 아니라고 생각합시다"라는 말로 밀고나갔다. 그랬던 사람이 납치를 당했으니 입이 열 개라도 할 말이 없는 상황이었다. 고타니를 맞이한 회의실에는 일찍부터 냉랭한 공기가 흘렀다.

고타니는 미국의 히노데 현지 법인이 계약한 대형 손해보험사의 일본 지사장이었는데, 히노데와 컨설팅 계약을 맺은 것도 그 손보사의 소개를 통해서였다. 전형적인 하버드 출신 여피족 같은 인상은 제쳐두더라도 언동 하나하나가 일본인의 감각과 약간 어긋나는 느낌이었는데, 지금도 쥐죽은듯 조용한 회의실에서 혼자 요란하게 코를 푸는 바람에 나란히 앉은 임원들이 미간을 찌푸리게 만들었다.

그 자리에서 "올해는 유난히 꽃가루가 심한 것 같군요"라며 고타니에게 말을 건네는 여유를 보인 사람은 시라이밖에 없었다.

곧 보고를 시작한 고타니는, 이번 사태를 시스템 문제라고 보지 않을뿐더러, 지금이야말로 위기관리 시스템의 유효성을 입증할 때라고 힘주어 말했다.

시로야마는 이 자리에서 처음으로 알게 된 사실이었는데, 작년 가을 제작한 매뉴얼에 따라 지난 사흘간 오페라홀 지하창고의 한 사무실에 회사 내외부와 차단된 특별 대책실을 꾸리고 극비리에 운영해왔다는 것이었다. 내일부터는 언론사용 홍보 창구와도 직결해 더욱 철저한 정보관리를 꾀해야 한다고 고타니는 말했다.

"요는 회사 내외부를 막론하고 대책실 전담 사원 외에는 사건 관련 정보를 일절 언급 못하도록 해야 합니다." 이를테면 수사 관계자가 드나들 때는 지하주차장에서 대책실로 직행하도록 통제한다든가, 대책실과 이사회 간의 연락 및 지시는 문서가 아니라 구두로만 행한다는 등, 실로 세세한 내용의 대책이 이어졌다.

고타니는 이번 사건에 대한 구체적인 정보를 듣지 못했으므로 어디까지나 일반론을 말하는 셈이었지만, 대책의 세부는 외부에 공개할 수 없는 기업의 속사정이 있거나 범인이 향후 현금을 요구해올 경우를 염두에 둔 것들이었다.

고타니는 마지막으로 "사태 추이에 따라 앞으로 경찰과 거리를 둬야할 수도 있습니다. 수사 관계자가 귀사 사원을 조사할 때는 반드시 대책실을 경유하도록 해서 정보의 흐름을 상시 파악하는 것이 중요합니다. 기본적으로 수사관에게 진술한 내용은 어떤 식으로든 외부로 새어나간다는 생각으로 신중하게 대응하기를 권합니다"라고 말했고, 임원 발언은 한마디도 없이 십 분 만에 보고가 끝났다.

고타니가 나가고 다시 문이 잠기자 "저 사람한테 범인과의 교섭을 맡기는 거야?" 하는 소리가 나왔지만, 아무도 대꾸하지 않은 채 곧바로 이데 총무부장의 보고가 시작됐다.

이데는 우선 오늘 아침부터 안팎으로 어떤 대응을 시작했는지 설명하고, 거래처나 업계 각사에서 들어온 문의 중 회사 차원에서 유의할 내용은 없었다고 강조했다. 특히 오늘 아침 부과장급 회의에서 고객이 이번 사건을 언급할 경우의 대응 매뉴얼을 전 사원에게 철저히 주지시키자는 의견이 나와서 오전 중 즉각 실시했다고 밝혔다. 그밖에 오늘 오사카 지사의 사원 하나가 사옥 앞에서 민방 기자에게 붙들려 카메라에 대고 코멘트를 한 모양인데, 지사장이 즉시 본사로 전화해서 해당 직원에게 엄중한 주의를 주었다고 보고했다 한다.

이어서 비서실장 겸 총무 담당 사카키바라 상무가 경찰 요청으로 제출한 자료의 내역을 읽었다. 우선 이번 회기 주주총회에서 배부된 자료 한 벌. 본사의 각 부서 및 사업본부, 전 공장, 지사, 지점, 영업소의 기구도와 업무 분장표. 1955년부터 작년까지 발간한 계간 사보 『히노데』와, 창간 100주년을 기념해 펴낸 『히노데 맥주 백년사』 상하권. 1965년부터 작년까지의 퇴사자 명부, 본년도 사원 명부, 전 특약점과 납품업자 명부.

한편 제출을 거부한 것은 이사회 의사록과 사장 이하 이사들의 일지, 인사고과 자료, 올해 1월 이래 총무부의 통화 내역과 팩스 송수신 기록, 계약된 보험사와 내용 일람, 예금통장 내역, 장부였다.

다음으로 홍보부장 가야마가, 차장 한 명을 대책실 전임으로 파견했는데 매스컴의 취재 열기가 너무 치열하니 어설픈 대응으로 회사 이미지에 손상을 주느니 차라리 취재 거부 선언을 하는 것이 좋지 않겠느냐고 제안했다. 그러자 홍보 담당 다자와 상무가 냉큼 "이봐요, 지금 그게 무슨 소리입니까?" 하며 질타하고 나섰다. "그전에 매스컴 대책을 맡긴 인선이 적절했는지부터 검토하세요. 그것부터 시작해야지. 됐어요, 이얘기는 그만합시다."

그러자 다자와의 발언에 호응해 "보고는 이쯤하고 본론으로 들어갑시다" "그럽시다" 하는 말들이 기다렸다는 듯이 쏟아져나왔다. 시라이의 눈짓을 받은 부장 두 명이 서둘러 퇴실하고, 세번째로 문을 걸어잠근 회의실에는 열다섯 명의 이사진만 남았다.

타원형 테이블 상석은 시로야마, 양쪽으로 시라이와 구라타. 나머지 석순은 정해져 있지 않았지만 시라이 쪽에 앉는 사람과 구라타 쪽에 앉는 사람이 늘 자연스레 갈렸고, 그런 광경은 고스란히 두 파벌의 현황을 보여주었다. 시로야마는 항상 회의 시작 전 상석에 앉아 좌우를 훑어보고 전원의 표정을 살피며 한 명 한 명과 눈길을 맞추는데, 지금은 구라타 바로 옆에 앉은 스기하라 다케오를 비롯한 다섯 명 정도가 시로야마의 눈길을 피했고, 나머지도 수면 부족으로 눈에 핏발이 섰거나 곤혹스러움을 호소하는 얼굴이었다. 예상한 바였지만 사장의 무사 귀환에 일시적으로 안도했던 분위기는 한나절이 지난 지금 눈곱만큼도 남아 있지 않았다.

"여러분께 정말 많은 심려를 끼쳐드렸습니다. 다른 곳도 아니고 집 앞에서 납치되다니 정말이지 면목없습니다. 이 자리를 빌려 다시 한번 죄송하다는 말씀을 드립니다." 시로야마는 간단한 사과의 말로 포문을 열었다. 다음은 의혹을 털어낼 차례다.

"이번 일로 안팎에 여러 억측이 나도는 것으로 압니다. 그러나 납치 당사자로서 말하건대, 범인 그룹의 정체는 아직 전혀 짐작되지 않습니다. 경찰에도 진술한 것처럼, 범인들은 저를 감금한 동안 거의 말을 걸지 않았고, 우리 회사에 대한 원한을 털어놓거나 특정 문제를 언급하지도 않았습니다. 그들이 한 말은 현금 요구뿐입니다."

시로야마의 말을 받아 시라이가 사전에 협의한 대로 임원진을 대표해 질문했다.

"총회꾼과 관련된 발언은 없었다는 겁니까?"

"전혀 없었습니다."

"1990년 입사시험에 지원했던 학생의 부모에게서 당시 취업 차별이 있지 않았는지 항의하는 편지와 카세트테이프가 우송된 적 있는데, 그 이야기도 나오지 않았습니까?"

"전혀 나오지 않았습니다."

그 대목에서 조금 웅성대기 시작한 임원들을 바라보며, 이번에는 구라타가 재빨리 보충 설명을 했다.

"당시 상황을 모르는 분들을 위해 설명해드리겠습니다. 그 학생의 부모는 피차별부락 출신으로, 실제로 우리 인사부에 그런 내용의 편지와 테이프를 보낸 적이 있습니다. 당시 인사부장의 요청으로 저와 시라이 씨가 검토한 결과 비방의 정도가 지나치다고 판단해 경찰에 신고했는데, 이후 그 학생이 교통사고로 사망하고 부친도 신경증으로 자살한 탓에 수사가 종료되었습니다. 우리 회사에는 아무 잘못도 없었지만, 그런 일이 있었다는 사실은 알아두시면 되겠습니다."

그렇게 구라타와 시라이가 분명 임원들이 품고 있을 의혹을 재빨리 틀어막은 덕분에, 당장은 타원형 테이블을 에워싼 면면에서 다른 말이 나오지 않았다.

"그럼 본론으로 들어가겠습니다. 고민에 고민을 거듭한 결과, 저는 경찰에게 정확한 사실을 알리지 않았습니다. 범인 그룹이 요구한 금액은, 20억입니다."

시로야마가 20억이라고 내뱉은 순간 시라이와 구라타를 제외한 모든 이의 눈이 시로야마를 향했다. 20억이라는 금액에 대한 반응인지, 석간 보도 내용과의 차이에 대한 반응인지는 몰라도, 하나같이 깜짝 놀랐다기보다 얼떨떨한 눈빛에 가까웠다.

"경찰에는 6억이라고 말했습니다. 5월 연휴 전까지 연락할 테니 경찰에는 6억이라고 말해라, 그것이 범인들의 지시였습니다. 20억을 요구해놓고 왜 경찰에는 6억이라고 말하라는 것인지 알 수 없지만, 저는 고민 끝에 일단 범인들의 지시대로 진술했습니다. 범인들이 장난치는 것처럼 느껴지지 않았고, 또한 그들이 맥주가 인질이라고 말해서입니다. 이 얘기도 경찰에는 하지 않았습니다."

역시나 두번째 충격파가 타원형 테이블 위로 퍼져나갔다. 이번에는 알아듣지 못할 신음소리 여러 가닥이 겹쳐 잠시 웅성거림이 일었다.

"맥주가 인질이라니, 요구를 들어주지 않으면 맥주에 독극물이라도 타겠다는 겁니까?"

"범인은 그저 맥주가 인질이라고만 말했으나, 개인적으로는 모든 사태를 상정해야 한다고 봅니다."

"실례지만, 지금 진지하게 말씀하시는 거지요? 정말 맥주를 인질로 잡았다는 겁니까? 시로야마 씨가 요구를 들어준 겁니까? 거래를 했다는 건지—"

"저는 요구를 들어주지 않았고, 어떤 거래도 하지 않았습니다. 입이 테이프로 막혀 있어 아무 말 할 수 없었으니 한마디도 대답하지 않았습니다." 그렇게 말하면서 시로야마는 자신에게 향하는 불신과 낭패, 불안의 눈길을 최대한 이성적으로 하나하나 확인하고, 그중에서도 조금쯤 사적인 감정에 사로잡힌 눈, 인내심이 모자라는 눈, 일찌감치 제 몸을 지키려는 잔꾀를 발동시키는 눈 등을 냉정하게 가려냈다. 임원진의 성격이 십인십색이라 사안을 받아들이고 응수하는 타이밍이 제각각이기 때문이었다.

"시로야마 씨. 경찰에 거짓 진술을 한 순간 범인의 요구를 들어준 것이나 마찬가지 아닙니까? 경찰에 전적으로 협조할 필요는 없지만, 20억을 6억이라고 말하거나 인질이 맥주라는 이야기를 감춰서는 해결해야 할 일도 할 수 없게 되지 않겠습니까?" 날카로운 의견이 나왔다.

"항간에는 벌써 히노데가 몸값을 줬다는 둥 뒷거래가 있었다는 둥 소문이 돌고 있다지 않습니까." "경찰부터 그렇게 의심하는 눈치예요." "신문에선 아예 단정짓고 있다니까요." 뒤이어 그런 목소리들이 들려왔다.

"잘 알고 있습니다." 시로야마가 대답했다.

"시로야마 씨. 맥주가 인질이라는 말을 듣고 경찰에 범인이 시키는 대로 진술했다고 하셨는데, 좀 앞뒤가 안 맞지 않습니까? 맥주가 인질이라면 경찰의 힘을 빌리지 않고 회사 내부에서 상품을 지키기란 불가능한 일 아닙니까."

"그 말씀이 맞습니다만, 맥주가 인질이라고 경찰에 말했다가 만에 하나 매스컴에 흘러나가기라도 하면 돌이킬 수 없는 사태가 벌어집니다. 우리 회사 제품은 우리가 지키는 수밖에 없습니다. 이미 여름철 마케팅에 돌입했으니, 특약점과 소비자를 자극하지 않는 선에서 대책을 강구해야 합니다."

"시로야마 씨는 범인이 잡힐 가능성이 없다고 생각하십니까?"

"그건 아니지만, 경찰이 범인의 정체를 전혀 짚어내지 못하는 것과 제가 정확한 금액을 숨긴 것은 하등 관계가 없을뿐더러, 범인이 금방 잡힌다는 보장이 없는 이상, 일단 그들의 협박에 대비하며 그때그때 최선의 판단을 내리는 수밖에 없다는 생각입니다. 범인의 요구를 들어줄 의향은 없습니다."

"정말 범인들이 연락해올 거라고 보십니까?"

"말하는 분위기로 봐서는 그럴 거라고 생각합니다."

그렇게 말을 맺자 "도대체 이게 무슨—" "어째서 히노데가—" 하는 원망 어린 말이 흘러나오고, 다시 잠시 침묵이 흘렀다.

"여러분, 이렇게 다 함께 모인 김에 각자의 생각을 분명히 말씀해주시면 좋겠습니다." 시라이가 의견을 촉구했다.

"뒷거래에 대한 소문이 나도는 상황에서 주주총회를 무사히 넘길 수 있을까요?" "아니, 주총에서는 상세하게 언급할 필요가 없다고 봅니다."

"하지만 만에 하나 제품에 독극물이라도 넣으면 어떻게 합니까? 그냥 20억을 내주는 방법도—" "아뇨, 이 단계에서 결론을 내리는 건 성급해요." "하지만 요구를 거부할 거라면 처음부터 경찰에 전적으로 의지해야죠."

"그러나 범인이 체포될 가망이 없다면—"

"여하튼, 성수기 매출에 영향을 미쳐서는 절대 안 됩니다." 구라타 라인에 앉은 임원의 입에서 그런 말이 나왔다.

지엽적인 논쟁을 이어갈 뿐 전체를 내다보며 큰 틀에서 결정을 내리려는 발상을 찾아보기 힘든 것은 예전에도 마찬가지였지만, 방향을 잡지 못한 요트가 뱅뱅 돌기만 하는 꼴을 가만히 바라보는 동안 시로야마의 머리는 일체의 판단을 멈춰버렸다. 누군가가 맥주를 인질로 잡고 돈을 요구하는 사태 앞에서 위기감보다는 시로야마 체제 이후를 노리려는 꿍꿍이가 더 크게 얼비치는 이 지리멸렬한 상황을 뭐라고 탓할 처지도 아니었다. 그저 20억을 부정 지출하려는 거짓말을 하나 품고 이사회 중심에 앉아 있을 뿐이었다. 그러는 동안에도 주위에서 실감이 하나하나 사라지고, 사태가 여기에 이르게 된 경위 전체를 알 수 없게 되었다. 납치되었던 것. 필사적인 심정으로 생각하고 헤매고 결단한 것. 세상과 회사를 기만하고 있는 것. 자신이 사장인 것. 지금 여기 앉아 있는 것.

게다가 거짓말이라고 해도 350만 킬로리터의 맥주와는 비교도 안 될 사소한 거짓에 의미가 있으면 얼마나 있겠는가. 조카의 가족을 위해서라고 하지만, 요시코와 데쓰시는 나에게 어떤 존재인가. 내가 돌아온 것은 회사를 위해서인가, 가족을 위해서인가.

적어도 마지막 물음만은 답을 안다고 시로야마는 생각했다. 누구를 위해서가 아니라, 그저 죽을 용기가 없었을 뿐이라는 것.

"여러분, 오늘 저녁은 사장님도 피곤하실 테니 이쯤에서 정리합시다." 구라타의 목소리가 들렸다.

"마무리는 제가 하겠습니다." 시로야마가 응했다.

"여러분, 간단히 말씀드리겠습니다. 지금 우리에게 닥친 문제는 기업이 하나되어 이런 폭력의 위기를 어떻게 극복할 것인가, 어떻게 손실을 최소화할 것인가, 업무에 지장이 갈 상황을 어떻게 피할 것인가, 이것입니다. 이상을 전제로 하고, 저는 일단 만일의 경우를 대비해 경찰에 전모를 밝히지 않고 범인 그룹과 교섭할 여지를 남겨두려 합니다. 우선 이에 대해 양해 부탁드립니다. 이의 있는 분은 손을 들어주십시오."

손을 드는 사람은 아무도 없었다.

"다음으로, 범인 그룹의 향후 동향에 어떻게 대처할지의 문제는 수사 진전 상황을 일주일쯤 지켜본 뒤 다시 논의했으면 합니다. 이의 있습니까? 그럼 양해하신 것으로 알겠습니다. 다음은, 이번 일을 계기로 기업 차원의 위기관리를 어떻게 보다 강화하고 전반적인 경비력을 보충할지의 문제입니다. 고타니 씨와 경비회사, 보안 책임자가 제조, 유통, 도매의 각 단계에 필요한 대책안과 비용을 시급히 산출하고, 그 자료를 근거로 다음주 초에 함께 검토하면 어떻겠습니까?"

그때 "마지막으로 한 가지, 만약을 위해 확인하고 싶습니다"라고 말한 것은 의약사업본부장 오타니 겐지 상무였다. 회의를 시작하며 시로야마의 눈길을 피했던 다섯 명 중 하나로, 신약 개발 분야에서 뛰어난 지도력을 발휘하며 의약사업을 이끌고 있는 사람이다. 하지만 좌절을 모르는 수재의 두뇌는 연구 이외의 분야에서 통하지 않는 것도 사실이었다.

오타니는 사전에 시로야마와 만났던 시라이를 제외한 모든 임원이 입을 다물고 질문을 삼가던 문제를 단도직입적으로 꺼냈다. "시로야마 씨, 범인들의 협박 대상이 히노데 맥주가 확실합니까?"

"그렇습니다." 시로야마는 간결하게 대답했다.

"또 질문 있으면 해주십시오. 없으면 이쯤에서 끝내겠습니다. 양해에 대해 거듭 감사드립니다."

시로야마가 그렇게 마무리하자 시라이가 "여러분, 오늘 이 자리에서 나온 이야기는 부디 보안에 부쳐주십시오"라고 다짐을 놓고, 오후 8시 15분에 산회했다.

집무실로 돌아오자 먹다 만 음식 접시며 맥주잔은 이미 치워지고 노자키 여사가 퇴근하면서 남긴 메모 한 장이 스탠드 아래 놓여 있었다.

'수고하셨습니다. 안전을 위해 비서실 직원이 퇴근길에 수행하기로 했으니 내선 2102번으로 연락해주십시오'라는 내용이었다.

시로야마는 의자에 앉아 책상에 가지런히 놓인 서류와 메모를 비추는 스탠드 불빛을 바라보며 딴사람이 된 기분을 느꼈다. 도무지 안정될 줄 모르는 마음과 머리 뚜껑을 깨고 새어나오는 무익한 상념들을 주체하지 못하고 그는 잠시 넋을 놓았다. 난데없이 납치당해 20억이라는 거액을 요구받고 있다는 사실. 부당한 요구에 굴복해 회사와 세상을 속이는 제 행위의 시비. 지금까지의 모든 경위에 대한 불명확한 인식.

심신 어디에도 그것들을 담아둘 자리는 없었다. 익숙한 집무실에 앉아 있는데도 마치 주위의 공기가 온통 부글부글 끓어오르며 거품을 일으키듯 절박한 위기감이 엄습해, 시로야마는 저도 모르게 수화기를 들고 다급하게 번호를 눌렀다. 전화를 건 곳은 29층 맥주사업본부 본부장실이었다.

"구라타 씨? 시로야마입니다. 사흘간 마음고생이 참 많았지요. 얼마나 애썼는지 충분히 알고 있습니다. 오늘 차분하게 얘기할 시간도 못 내서 정말 미안합니다."

"저야말로, 아까 찾아뵀을 때 쓸데없는 말을 해서 죄송합니다."

"앞으로도 모쪼록 잘 부탁합니다. 혼자서 다 짊어지려 하지 말고, 무슨 일이 있으면 꼭 나한테 말해주세요. 부탁합니다."

"시로야마 씨도 너무 심려 말고 오늘은 푹 쉬십시오."

"그럼 내일 봅시다."

"전화 주셔서 고맙습니다."

피차 인사치레에 불과한 의례적인 말로 일 분 정도 공허한 시간을 낭비하고 시로야마는 수화기를 내려놓았다. 역시 지난 사흘간 무슨 심경의 변화가 있었는지, 구라타는 두 시간 전 만났을 때와 마찬가지로 조금 뒤로 물러나 몸을 사리는 느낌이었다.

그런들 어떠랴. 나는 대체 무엇을 기대하고 있었단 말인가. 타인에게. 사회에. 기업에.

새삼 자문하며 창밖의 야경을 내다보자니, 예전에 조카딸에게 전화해서 하타노라는 학생에 대해 물어봤던 밤에도 같은 풍경을 보았다는 생각이 들었다. 그때 생각하던 인생의 불확실성은 이제 불확실한 정도가 아니라 시커먼 구멍이 되어 발밑에 가로놓여 있었다. 사흘 전 금요일 밤 현관 앞에서 크고 검은 그림자가 튀어나온 순간과 지금을 잇는 칠십 시간은, 친척의 사진 한 장 말고는 구체적인 꼴을 갖춘 것이 없는 시커먼 구멍이었다. 제 인생은 그 구멍으로 완전히 분단되었고, 지금 여기 앉은 자신이 칠십 시간 전에는 상상도 못한 형태로 인생의 맥락을 잃어버린 얼간이처럼 느껴졌다. 그제야 아들의 교통사고 소식을 전해 들은 그 치과의사도 이렇지 않았을까 하는 생각이 문득 들었지만, 1990년 가을의 그 사건 역시 이미 구멍 저편에 있었기에 그렇게 뚜렷한 회한을 가져다주지는 않았다.

시로야마는 이어서 외선 전화를 걸었다.

"야마자키 씨? 시로야마입니다."

수화기 건너편에서 운전사 야마자키 다쓰오는 그저 "아이고, 이거 정말—" 하는 감탄사만 거듭했다. 시로야마는 "여러 일이 있었지만, 아무튼 이렇게 무사히 돌아왔으니 너무 걱정하지 마십시오. 경찰 조사가 끝나면 다시 잘 부탁합니다"라고 말하고, 마음에 걸렸던 사람들 중 하나와의 통화를 끝냈다.

이어서 집에 전화했다. 받은 사람은 아들 미쓰아키였다. "아, 아버지!"라고 대답하기 무섭게 "어머니! 아버지 전화예요!"라고 크게 외치며 복도를 달려가는 소리가 들렸다.

레이코는 들릴락 말락 하는 목소리로 "정말 고생 많았어요" 하고는 눈물짓는지 목이 메는지 말을 잇지 못했다. 그러자 시로야마도 할말이 궁해져서 결국 "거기도 경황이 없었죠? 다들 별고 없고? 10시쯤에는 돌아갈 거예요"라고 빠르게 말하고 말았다.

"여기는, 네, 괜찮고말고요. 아, 목욕물 데워놓을게요. 쇼코는 내일 들어온대요. 미쓰아키도 오늘은 집에서 자고 가겠다네요. 아, 요시코 내외가 당신 목소리를 꼭 듣고 싶다면서, 돌아오는 대로 전화 달라고 했어요."

"응. 곧 들어갈게요."

아들과 아내의 따뜻한 목소리가 귓가를 매만지는 동안 시로야마는 언젠가 가족에게도 미칠 것이 분명한 갖가지 사건의 파장을 생각했고, 수화기를 내려놓을 때는 차라리 무인도에나 가고 싶다는 생각이 한순간 마음을 흔들었다.

이어서 지난 두 시간 반 동안 가슴 한구석에 감돌던 유혹을 따라 다시 한 통의 전화를 걸었다. 시로야마와 마찬가지로 회식 자리를 싫어하는 중앙 관료였다. 경험상 이 시간까지 밖에서 술을 마시지는 않으리라 예감했던 대로, 이와미 기요시는 경찰청 장관실에 있었다.

"이와미 씨? 히노데의 시로야마입니다."

"아, 시로야마 씨! 아이고, 정말 가슴이 철렁했습니다. 무사히 돌아오시니 나도 지옥에서 살아 돌아온 심정이에요. 건강은 정말 괜찮으십니까?"

"염려해주신 덕분에요. 일찌감치 위로 전화를 주셔서 고맙습니다."

"천만에, 당치도 않아요. 경찰이 오십육 시간 동안 아무것도 못한 것이나 마찬가지인데 정말이지 면목없습니다. 얼마나 힘드셨을지 충분히 짐작 갑니다. 사건 소식을 듣고 나도 내내 자리를 지키며 수사 상황을 보고받고 있었습니다."

이와미의 말투는 관료에게서 흔히 볼 수 있는 위압적인 친절과는 거리가 멀었고, 그렇다고 권력기관 특유의 경직된 느낌도 없었으며, 어떤 의미나 감정도 드러내지 않는 독특한 담백함으로 듣는 이에게 경찰이라는 권력이 느껴지도록 했다.

학창 시절 이와미는 묵묵히 도서관만 드나드는 공붓벌레였고, 경찰청에 들어간 뒤로 대학 동창회 등에서 대장성이나 건설성에 들어간 친구들을 만나면 눈치껏 술을 따라주며 분위기 메이커 노릇을 했지만, 시로야마는 그의 눈이 진심으로 웃는 모습을 본 적이 없었다. 얼마 지나지 않아 공안에서 이와미를 밀어주고 있으니 언젠가 국장 자리에 앉을 거라는 얘기를 어디서 듣고, 저 작고 납작한 머리 속에 얼마나 많은 인간 불신과 국가권력에 대한 신봉, 관료 기구를 헤엄치는 처세술이 들어차 있을까 생각했다. 경비국장을 거쳐 장관이 된 작년 지인끼리 모인 축하연에서 오랜만에 만났는데, 왕년의 따분하고 경직된 모습에서 풋내가 가시고 제법 말쑥해진 얼굴의 이와미는 "경찰 우두머리라는 자리는 보드게임 골인 지점 같은 겁니다. 그게 없으면 서류가 최종적으로 도착할 곳도 없는 거죠" 하면서 웃었다. 그때 시로야마는 '로봇의 완성'이라는 느낌을 강하게 받았다. 다른 관료나 기업인이 매년 세태에 시달리며 고뇌가 깊어지는 데 반해, 이와미가 걸어온 경찰이라는 조직은 출세의 계단을 오를수록 정연하게 움직이는 구조인 듯했다.

"아뇨, 경찰의 노력에 감사할 따름입니다. 여기서 더 바라면 천벌을 받아야죠. 그런데 이와미 씨, 나는 히노데 맥주가 여지없는 피해자라고 생각하는데, 경찰의 시각은 다릅니까?"

"그게 무슨 말씀입니까. 혹시 수사관의 행동에 지나친 데가 있었습니까?"

"나야 경찰을 처음 겪어보는지라 어느 정도가 지나친지 판단하기 힘들지만, 피해자의 말을 곧이곧대로 받아들이지 않는다면 공술이 무슨 소용이겠습니까."

"아, 그건 오해입니다. 말씀하신 내용은 고스란히 조서로 작성되고, 날인 전 공술 내용과 차이가 없는지 직접 확인할 수 있으니 안심하셔도 됩니다. 경찰이 언론 보도 따위에 휘둘리는 일은 절대 없습니다."

"그렇습니까. 말씀대로라면 다행인데, 아니라면 이런 사건에 휘말렸을 때 경찰의 대응을 어디까지 믿을 건가 하는 우려가 우리 기업인 사이에 퍼질지도 모릅니다."

"시로야마 씨, 뭐 마음에 걸리는 점이 있으면 언제라도 이 이와미한테 언질을 주세요. 불편한 점이 없도록 최대한 도와드릴 테니까."

"신경써주셔서 고맙습니다. 앞으로도 잘 부탁합니다."

시로야마는 수화기를 내려놓고 마지막 인내를 쥐어짜며 곰곰 생각했다. 지난 몇 분 사이 접한 온갖 목소리가, 심지어 가족의 목소리조차 멀게만 느껴졌는데, 범죄 피해자가 된다는 건 바로 이런 것이 아닐까. 범인의 목소리로 350만 킬로리터의 맥주가 인질이라는 통보를 받은 나와 그외 모든 세계 사이에 생겨난 틈새가 도처에 아가리를 벌리고 있다.

피해자가 된다는 건 이런 것인가. 기나긴 우여곡절 끝에 딱하기 짝이 없는 결론에 다다른 시로야마는 그제야 내일 아침 간부사원 조례에서 읽을 원고를 쓰기 위해 회사 로고가 들어간 종이와 만년필을 꺼냈다.

책상 위에 등을 구부리고 삼십 분 정도 걸려 '기업을 노리는 폭력에 흔들리지 말고, 우리 기업은 사원 한 사람 한 사람이 지킨다는 생각으로—' 운운하는 무난하기 짝이 없는 원고를 완성했다. 경영자가 할 일은 구체론을 제시하는 것이 아니라 직원들로 하여금 구체론을 갖도록 이끄는 거라는 평소의 생각을 다시금 하며 만년필을 내려놓고 종이를 한쪽으로 치웠다. 오후 9시 반을 가리키는 시계를 바라보며 아, 피곤하다, 죽도록 피곤하다, 생각했다.

십 분에서 십오 분 정도 손가락 하나 까딱할 기운 없이 넋을 놓고 있다가 겨우 노자키 여사가 알려준 대로 비서실에 전화를 하고 지하주차장으로 내려가보니, 회사 차량 옆에 운전사 말고도 남자 직원 세 명까지 나와 대기하고 있었다. 한 직원이 곤혹스러운 얼굴로 말하기를, 집 앞에 새벽부터 백 명 넘는 보도진이 진을 치고 있어 가족들도 밖으로 나오지 못하는 상황이라 경호원 없이는 차에서 내리기도 힘들다는 것이었다.

*

마루노우치 서의 정보원 다케우치와 그의 일행 후카가와 서 경부보가 후나바시의 작은 요릿집 2층의 다다미방에 들어선 것은 저녁 7시였다.

장지문을 열고 먼저 얼굴을 들이민 다케우치가 "안녕하세요" 인사하며 가볍게 고개를 숙이고는 슬쩍 겸연쩍은 웃음을 지으며 뒤를 돌아보았다. "어이" 하고 부르자 같이 온 초면의 형사가 얼굴을 내밀고 마찬가지로 "안녕하십니까"라고 인사했다. 먼저 와서 기다리던 구보 하루히사가 무릎 꿇은 자세로 정중하게 고개를 숙이자, 이런 자리에 이골이 난 다케우치는 "저야말로 잘 부탁합니다"라고 싹싹한 투로 응하고는 "자, 앉지" 하며 일행에게 자리를 권하고 얼른 상석에 책상다리를 하고 앉았다. 마주앉아 물수건을 집어드는 이삼 초간 구보와 두 형사 사이에 기묘한 침묵이 흘렀지만, 때맞춰 여종업원이 들어와 "맥주부터 한잔씩 하세요" 하며 각자의 잔에 맥주를 따라주었다. "곧 음식을 올리겠습니다"라는 말과 함께 종업원이 나가자, 드디어 "날이 제법 쌀쌀하네요"

"올해 벚꽃놀이는 어디서 하십니까?" 하는 가벼운 잡담이 시작되었다.

이유는 모르겠지만, 구보의 경험상 정보원과 밀회하는 자리의 분위기는 거의 예외 없이 이랬다. 이 시간대가 되면 구보는 오늘밤 기삿거리를 얻지 못할 땐 끝장이라는 기분이 위장에 고이기 시작했다.

"이런저런 얘기가 많더군요. 6억이라는 둥, 곧 연락이 올 거라는 둥."

알고 지낸 지 삼 년째인 다케우치는 맥주 한잔에 일찌감치 표정이 풀어져 인심 좋게 먼저 입을 열어주었다.

"경찰이 그렇게 발표하는데 그대로 받아쓰지 않을 도리가 없지요. 아, 제가 따라드리죠." 구보는 다케우치 일행에게 맥주를 첨잔해주었다. 일부러 고른 것은 아니지만 맥주는 히노데 슈프림이었다. 아마 이런 자리가 처음인 듯한 상대는 옆자리의 다케우치를 따라 어색하게 자기 잔을 내밀며 "고맙습니다" 하고 고개를 까딱했다.

"뭐, 항간에서야 여러 이야기가 나오겠지만 가장 중요한 건 피해자 공술이죠. 그게 어려운 부분인데─" 다케우치가 신중하게 말끝을 흐릴 때쯤 종업원이 음식을 들고 들어왔다. "올해는 벚꽃 개화가 늦어진다죠?" 구보가 화제를 바꾸자 다케우치는 "구보 씨도 벚꽃놀이 가세요? 그럴 계제가 아니지 않나요?" 하며 웃었다.

종업원이 곁들이 음식을 늘어놓고 나가자 구보는 "자, 드시죠" 하며 두 사람에게 젓가락 들기를 권했다. 다케우치는 "그럼 잘 먹겠습니다"라며 먼저 나무젓가락을 들었고 일행도 뒤따랐다. 잠시 도미 회를 먹다가 슬슬 음식 값을 해야 한다고 생각한 다케우치가 "구보 씨, 이 친구는 기타가와라고 합니다" 하며 본론으로 들어갔다.

"기타가와입니다." 초면의 형사가 작은 소리로 말했다. 전에 시나가와 서 형사과에서 기록을 담당했다는데, 나이는 마흔 안팎, 점잖고 사려 깊은 눈빛에 흰 뺨은 약간 상기되어 있고, 센다이 이북 출신이라고 확신이 갈 만큼 진중한 인상이었다.

"전화로도 말했지만, 이 친구는 시나가와 서에서 다뤘던 사안을 죄다 기억하고 있습니다. 역시 1990년 히노데 관련으로 뭔가 있었던 것 같아요. 그렇지?"

다케우치의 말에 기타가와는 "1990년 11월입니다. 사안은 명예훼손 및 업무방해. 발송자 불명의 편지와 테이프가 회사에 우송되었다고 히노데에서 고소장을 제출했습니다"라고 간결하게 말했다.

"그 편지와 테이프는 히노데를 비방하는 내용이었나요?"

"실물은 직접 보지 못했지만, 편지는 해동을 사칭했고 히노데에서 취업 차별이 있었다고 주장하는 내용이라고 들었습니다. 테이프는 종전 직후 누군가 히노데로 보냈던 편지를 그대로 낭독해서 녹음한 것이고요. 역시 동화* 관련입니다."

"구보 씨, 내가 전화로도 말했죠?" 다케우치가 끼어들었다. "당시 시나가와 서에 있었던 동료가 안 그래도 뼈빠지게 바쁜데 차별 문제가 뭔 대수냐며 투덜거린 적 있는데, 그게 바로 이 얘기였어요."

기타가와가 "다카하시 계장요?"라고 다케우치에게 묻자 그는 "아니, 야마시타"라고 대답했다. 그러자 기타가와는 이번에는 혼잣말처럼 "야마시타? 다카하시의 파트너는 한다 아니었나. 아, 후임으로 야마시타가 온 건가"라고 중얼거렸다.

다카하시, 한다, 야마시타. 구보는 시나가와 서 형사들의 이름을 귀에 새긴 뒤 "그래서 수사는 어떻게 됐습니까, 기타가와 씨?" 하고 신중하게 뒷말을 재촉했다.

---

* 同和. 피차별부락의 환경 개선과 차별 해소를 위해 1960년대 말 시행된 '동화대책사업'에서 유래한 말. 원래 피차별부락민을 뜻하던 '부락'이라는 말은 사실상 금기어가 되었고 현재는 보통 이 표현이 쓰인다.

"일단 테이프 발송인이 파악되어 서장님 명령으로 관계자 조사를 하러 갔습니다. 11월 중순이었지 싶은데, 지능계의 다카하시 계장과 또 한 사람, 강력계에서 온 한다라는 형사가 아침 일찍 나갔었죠. 저녁에 돌아와서는 내일 출두시켜서 공술조서를 작성하기로 했다고 보고했는데, 그날 밤 그 사람이 자살해버렸어요."

"자살자의 이름과 직업은?"

"세이조에 거주하는 치과의사입니다. 이름은, 1990년 세타가야 구 전화번호부에서 하타노 치과의원을 찾아보면 나올 겁니다. 한 달 전 아들을 교통사고로 잃었는데, 그 아들이 생전 히노데 입사시험에서 취업 차별을 당했다 믿고는 신경증을 앓았다고 합니다. 고소는 얼마 후 히노데에서 취하했고요."

"테이프 말인데요, 종전 직후 히노데로 왔다는 편지는 누가 쓴 겁니까?"

"글쎄요, 그게 좀—" 기타가와가 이내 말끝을 흐리자 구보는 얼른 "조서에 나와 있었을 것 같은데요" 하고 슬쩍 압박했다.

"피고소인이 사망하는 바람에 정식 조서는 작성하지 않았지만—" 기타가와는 말하다 말고 "이거, 말해도 되나" 하며 다케우치에게 눈길을 돌렸다.

"구보 씨는 괜찮다니까." 다케우치가 새우를 집으며 말하자 기타가와는 목소리를 조금 낮춰 말을 이었다.

"고소가 취하된 뒤 다카하시 계장이 그 치과의사를 딱 한 번 만나서 관계자 조사를 했던 내용을 조서 용지에 기록했고, 제가 그걸 장부에 철했습니다. 제 손으로 직접 했으니 틀림없습니다. 이번 납치사건을 보고 그때 기억이 나서 시나가와 서 지인에게 전화해 장부를 보여달라고 했는데, 벌써 본청에서 가져갔다고 하더군요."

"그럼 수사본부도 1990년 일을 염두에 두고 있다는 겁니까?"

"그거야 모르죠."

"기타가와 씨, 그 다카하시라는 사람이 작성한 조서 내용을 기억하십니까?"

"기억은 합니다만, 그것까지 말씀드리긴 힘듭니다."

"야마시타는 차별 문제였다던데." 다케우치가 슬쩍 거들었다.

"그것도 그렇지만, 더 문제인 것은 종전 직후 히노데로 왔던 편지를 그 치과의사가 가지고 있었을 리 없는데—"

"어떻게 입수했느냐가 문제라는 건가요?"

"뭐, 그렇죠."

"동화 관련?" 다케우치가 가볍게 찔러보자 기타가와는 쓴웃음을 지으며 고개를 가로저은 뒤 "선배님이 담당하는 쪽입니다"라고 빠르게 덧붙였다.

"뭐야, 그쪽이었어? 총회꾼이란 소리야, 구보 씨."

"역시. 그렇다면 수사본부에서 일찌감치 기록을 가져갈 만했군요."

구보는 일단 맞장구를 쳤지만 머릿속은 마구 풀어헤쳐진 보자기처럼 혼란스러웠다. 낮에 네고로가 알려준 제보 전화 내용도 종전 직후 히노데의 노동쟁의에 얽힌 차별 문제가 아니었나. 1990년 테이프로 녹음된 누군가의 편지도 그것과 관계있지 않을까.

아무튼 해동 관계자는 1990년 일과는 관계가 없었고, 치과의사가 총회꾼을 통해 그 편지를 입수했다면 1990년 히노데가 어떤 협박을 받고 있었거나 적어도 총회꾼측에 그런 동향이 있었다는 사실 하나는 확실해진다. 그 총회꾼은 당연히 오카다 경우회와 연결될 테고.

그러나 히노데 맥주 사장의 납치 자체는 지난 사흘간 지켜본바 그쪽과 무관하게 느껴졌다. 만약 그렇다면 1990년의 고소 건은 이번 사건과 완전히 다른 얘기일지도 모르지만, 그래도 히노데 맥주라는 초일류 기업에 어떤 식으로든 차별 문제의 그림자가 어른거린다는 것은 마음에 걸리는 일이었다.

그런 생각을 하며 구보는 두 사람 잔에 히노데 슈프림을 따라주었다. 제 잔은 이제 겨우 절반쯤 줄어 있었다.

"하지만 선배님, 저도 알고 있을 정도니 생각해보면 경찰에서 1990년 일을 아는 사람이 한둘이 아닐 겁니다. 다카하시 씨는 작년에 돌아가셨지만, 일단 당시 시나가와 형사과에 있었던 사람은 다 알 테고—"

기타가와의 말에 선배 다케우치가 대답했다.

"사정을 정확히 아는 사람은 몇 안 되지 않을까? 최소한 야마시타는 모르고 있었어."

"뭐, 그럴지도 모르죠. 아는 사람은 다카하시 씨와 저와—"

"그 한다라는 친구는 어때? 난 만나본 적이 없어서."

"글쎄요. —아니, 그 사람도 모를 겁니다. 강력계에서 쫓겨나 여기로 와서 처음 맡은 것이 그 건이었는데, 법률 쪽은 완전히 깜깜했대요. 다카하시 씨도 파트너를 바꿔달라고 과장님에게 말했죠. 그래서 야마시타가—"

"강력계 인간한테 상법을 읽으라고 한 격이군."

"하하, 그렇죠." 기타가와가 웃었다.

저들끼리 하던 이야기가 잠깐 끊기자 기타가와는 맥주병을 들고 "받으시죠" 하며 구보에게 맥주를 첨잔해주었다. 그리고 고지식하게도 "방금 말한 대로 1990년 일은 어쩌면 다른 신문에서도 알고 있을지 모릅니다. 그리되면 구보 씨에게 면목없군요"라고 말했다.

"아뇨, 그런 건 신경쓰실 필요 없습니다. 게다가 좀 예민한 이야기니 보강 취재가 필요해서 당장은 쓰기 힘들지도 몰라요. 오히려 제가 양해를 구해야죠." 구보는 일단 그렇게 변명을 해두었다.

"저는 상관없습니다. 직접 맡았던 건이 아니니 기사화되든 안 되든 불똥이 튈 일도 없고요. 그나저나 이 생선회, 정말 맛있는데요."

기타가와는 일선 경찰서 근무자답게 한가롭게 말하고는 근해에서 잡힌 도미를 맛있다는 듯이 입으로 가져갔다. 구보는 손목시계를 슬쩍 들여다보고 조간 마감시간과 기자실로 돌아가는 시간을 계산해 몇시까지는 자리를 파해야겠다고 기억해두었다.

"자, 다케우치 씨, 기타가와 씨. 이쯤에서 전골을 시킬까요?"

"아, 좋죠. 아직 쌀쌀하니 전골이 맛있겠네요."

구보가 종업원을 부르고, 곧 고베산 쇠고기 차돌박이 접시와 뜨거운 육수 냄비가 나왔다. 다케우치 몫으로 데운 청주 한 병을 시키고, 기타가와는 맥주가 좋다고 해서 추가했다. 구보는 그제야 맥주 한 잔을 비우고 생선회 두 점으로 위장의 준비운동을 했다.

시킨 것들이 다 나오자 2라운드가 시작되었다. 구보는 요령 있게 재료를 냄비에 넣고, 적당히 익자 "자, 드시죠" 하고 두 사람에게 권했다. 그리고 잔을 채우고 음식을 먹으며 가벼운 잡담을 늘어놓았다. 가장 호응이 좋았던 화제는 경찰 내부의 뒷이야기. 다음은 요즘 지면을 장식하는 사건에 대한, 정보원도 모르는 일화들. 다음으로 자신의 집안 이야기. 그렇게 대화를 끌고 가다가 상대가 이야기를 시작하면 귀기울이는 척했다.

그날 밤 다케우치는 지금 맡은 사건이 '2신조 사건'* 때문에 지검에서 취하될 것 같다는 불평을 늘어놓았고, 기타가와는 초면이니만큼 조심

---

* 1994년, 도쿄 교와 신용조합과 안전신용조합의 부정융자사건과 관련해 이사장들이 배임 혐의로 체포된 사건.

스러운 투긴 했지만, 최근 형사과에서 방범으로 배치되어 '밤길은 오른쪽 살피고 왼쪽 살피자' '여성의 적은 바로 이곳에 있다' 같은 치한 방지 캠페인 표어를 만들고 있다고 말하면서 웃었다.

밀회는 밤 10시 반에 끝났고, 구보는 두 사람에게 각각 승차권을 찔러주고 택시를 잡아준 뒤 대기시켜둔 전세택시를 탔다. 맥주 두 잔과 전골과 죽까지 먹은 뱃속은 충분히 만족스러웠지만, 머릿속은 풀어진 건지 흐려진 건지 모르게 흐릿했다. 종전 직후부터 꼬리를 끌어온 듯한 히노데 맥주의 차별 문제를 물고 늘어져야 할까? 1990년 당시 총회꾼이 히노데에 압력을 가했다는 의혹은 캐볼 가치가 있을까? 이번 납치범도 그와 연관이 있다는 설을 다시 검증해볼까?

다른 신문사에서도 알고 있을지 모른다고?

"아, 벚꽃이 피었네요, 저기ㅡ" 운전사의 목소리에 구보는 차창 밖으로 눈길을 주었지만 벚나무 따위는 안중에 없었다. 일단 1990년 문제에 대한 감을 좀더 굳히려고 휴대전화를 꺼내 몇몇 정보원에게 전화를 걸기 시작했다.

*

기쿠치 다케시가 약속대로 전화를 걸어온 것은 네고로 후미아키가 선잠에서 막 깨어난 초저녁이었다. "네고로 씨? 말씀하신 건 말인데요." 자다 깬 머리로도 금방 아, 이 사람이구나, 라고 알아들을 법한, 특유의 거만한 말투였다. "도다의 이름을 알아냈어요. 메모하실 수 있습니까? 도다 요시노리. 의리의 '의義' 자에 법칙의 '칙則' 자. 1916년 사이타마 현 출생. 79세."

네고로의 감사 인사에 기쿠치는 "이런 노인네는 캐봐야 득 볼 게 없을 것 같은데요"라는, 어느 쪽으로든 해석할 수 있는 수수께끼 같은 한 마디를 던지고 바로 전화를 끊었다. 신문기자는 정보를 두고 득이 되느니 안 되느니 하는 식으로 말하지 않는다. 몇 년 전까지 현역 기자였던 사람이 스스럼없이 입에 올릴 말은 아니라고 네고로는 문득 생각했다. 기쿠치의 의도는 제쳐두더라도, '요주의' 램프가 깜빡이는 동시에 신문기자의 직감이 꿈틀대며 뒷머리가 확 당겨지는 기분이었다.

받아적은 메모에서 '1916년 사이타마 현'이라는 부분을 주목한 네고로는 우선 하치오지 지국에 전화해, 오전에 1940년 사이타마 현에서 있었던 소송 건을 알려주었던 야베라는 기자를 찾아서 연락을 부탁했다.

야베의 전화를 기다리는 사이 그는 자료실에서 1946년도와 1947년도의 신문 축쇄판을 찾아와, 구식 서체로 채워진, 매일같이 '쟁의'라는 단어가 등장하는 지면을 샅샅이 뒤져 히노데의 이름을 찾았다. 서가에 있는 노동운동사 관련 도서와 전국맥주노조 자료도 뒤져보았지만 히노데는 물론 어느 맥주회사에서도 2·1 총파업 전후로 전국지에 보도될 만한 대규모 노사 대립이 일어난 기록은 없었다. 게다가 당시는 GHQ가 지도하는 과도경제력집중배제법안이 국회 심의중이어서 맥주회사들이 노사분규에 신경쓸 계제가 아니었다. 히노데 맥주를 비롯해 모두 대기업이었던 이들은 법안이 통과되면 필연적으로 분할 정리될 수밖에 없는 존망의 위기에 서 있었다. 마침내 1947년 11월 모일자 지면에서 찾아낸 히노데 맥주의 이름도, 예의 법안에 대한 중의원의 참고인 질의에 당시 히노데 맥주 사장이 반대 의견을 피력했다는 내용의 1단 기사에 있었다.

네고로는 그 1단 기사를 잠시 응시했다. 집중배제법안이라는 단어는 개인적으로 친숙했다. 1950년생인 네고로가 어느 정도 자랐을 때 그의 아버지는 후지 제철 인사부에서 일하고 있었는데, 원래 다니던 니혼 제

철이 1947년 12월 성립된 이 집중배제법안 때문에 삼 년 뒤 4개사로 분할되며 간신히 이적한 케이스였다. 이십 년 뒤 다시 하리마 제철과 합병한 신니혼 제철로 옮겨 가까스로 정년을 지키고 퇴직했지만, 일흔여덟 살인 지금도 그의 머릿속에는 종전 직후 혼란기에 아무 기술도 없는 사무직 남자가 아내와 뱃속의 아이를 데리고 당장 내일 해고되면 어쩌나 전전긍긍하던 기억이 각인되어 있다. 그때 뱃속에 있던 아이가 네고로였다.

법안 통과 후 지주회사정리위원회가 분할 대상으로 지정한 300개가 넘는 대기업에는 물론 히노데도 포함되었지만, 중화인민공화국의 탄생과 미소 냉전 심화라는 해외 정세의 영향으로 당장의 국력 저하를 초래할 집중배제법안의 적용 기준이 크게 완화되는 바람에 결과적으로 분할된 것은 십수 개사에 그쳤다. 히노데는 거기에 포함되지 않았다.

자료가 말해주기로, 히노데 맥주는 시민생활과 산업이 혼란의 극을 달리던 종전 직후의 몇 년은 경제통제 덕분에 거의 동면에 가까운 상태로 체력을 온존했고, 국제정세의 변화로 분할이나 공장 폐쇄를 면했으며, 통제가 철폐되고 자유경쟁 시대에 들어서자 회복세에 오른 산업경제의 조류에 성공적으로 올라탄, 행운의 역사를 걸어온 기업이었다. 히노데의 그런 자취를 보건대 애당초 노동운동의 원인이 되는 생활이나 고용 불안은 없었거나 매우 적었으리라 짐작되었지만, 그런 회사에서 '깃발을 휘두르다 해고되었다'는 도다 요시노리의 존재는 역시나 마음에 걸렸다. 조사해볼 필요가 있겠다는 것이 네고로의 결론이었다.

우치보리 거리가 자동차 불빛으로 붉게 물들 즈음에야 하치오지 지국의 아베가 취재처에서 전화를 걸어왔다.

"그 사이타마 공장용지 매수 건 말인데, 땅주인이나 소작 농가, 혹은 소송에 관련된 주민들 중에서 이름 하나 찾아봐주겠어요?"

"왜요? 거기서 뭐가 나올 것 같아요?" 시외전화를 통해 의아해하는 목소리가 들려왔다.

"전시에 사이타마 현 피차별부락 출신이 히노데 공장에서 일했었다는 얘기가 있는데, 당시 히노데는 공장 중에서도 들어가기 꽤 힘든 명문이었거든요. 만약 사실이라면 무슨 사정이 있었는지도 몰라요. 별로 대단한 건수는 아니라 미안하지만."

"찾으시는 이름은요?" 갑자기 의욕이 생긴 목소리로 상대가 물었다.

"도다 요시노리. 1916년생."

오후 6시 네고로는 각 부서 당번 데스크가 모여 1판 편집회의중인 테이블을 지나가면서, 고개를 쳐든 다베에게 잠깐 나갔다 오겠다고 눈짓하고는 편집국을 나섰다. 제보 전화 내용을 검증해오라는 부장의 지시가 있긴 했지만 이런 초저녁에 취재를 위해 사옥을 나서는 것은 근 일 년 만이었다. 자동문이 뒤에서 닫히는 순간 그는 우리에서 나온 원숭이 같은 심정이 되었다. 오랜만에 쐬는 바깥 공기에 콧구멍이 움찔거리고 걸음이 가벼워졌다.

네고로는 우선 사회부 자리에서는 하기 뭣했던 전화를 몇 통 걸려고 근처 공중전화부스에 들어가 낡은 수첩을 뒤졌다. 네 건 연달아 현재 사용되지 않는 번호라는 안내음성만 나왔지만 예상한 바였다.

다섯번째 번호는 가부토초 증권거래소 근처 운하변에 자리한 증권업계지 본사 빌딩 3층 편집부였다. 이쪽 신문들은 3시에 시장이 마감된 후 4시 정도까지 이튿날 아침 내보낼 최종판의 출고를 마치고 5시에는 1판 출하를 마치므로 이 시간이면 편집부가 텅 빈다. 그러나 지금도 한구석 소파에 누워 캔맥주와 전병을 들고 책을 읽고 있는 남자가 하나 있으리란 것을 네고로는 알았다.

전화가 연결되어 "도호의 네고로입니다"라고 말하자 상대는 "날 원망할 생각이라면 아직 일러"라고 내뱉듯이 말했다. "주가가 1만 5,000엔을 밑돌면 여기 창문으로 뛰어내릴 생각이지만, 한동안은 지금 시세가 유지될 것 같아. 그러니까 돈은 좀 기다리라고."

"됐네. 자네 조의금으로 치지." 네고로가 대꾸했다.

그는 오륙 년 전 거품경제의 막바지, 고쿠라-주니치 의혹이 밝혀지기 직전 네고로가 투자 그룹에 파고들 계기를 만들어준 사람이었다. 당시 그를 비롯해 증권업계지 사람들 대부분은 직접 주식투자를 하는 한편 타인의 자금을 위탁받아 운용했으며, 경기가 좋을 때는 '기자가 벌면 얼마나 벌겠느냐'고 우쭐거리며 100만 단위 현금을 양복 안주머니에 찔러넣고 다니곤 했다. 지금 통화하는 이 남자도 데스크라는 직함은 허울일 뿐 해가 중천일 때부터 뒷골목의 증권거래소 카운터나 거래소 주위 찻집에 죽치고 있고, 저녁에는 긴자 유흥가에 출몰했다. 반시간쯤 누구를 만나는 동안에도 이어폰을 귀에서 빼지 않고 손만 뻗으면 닿을 거리에 전화기가 있는 장소를 떠나지 않을 만큼 열성적이었다. 그런 세월을 보낸 끝에 아니나 다를까 몇억을 까먹고 아파트까지 날렸는데, 1989년 여름 '이번에는 틀림없다니까'라고 강력하게 권유해서 네고로가 보너스를 털어넣은 비상장주식도 지금은 휴지조각이 되고 말았다.

"그나저나, 하마자키가 전화가 안 되네."

"싱가포르에 있다고 들었어."

"시노다는?"

"연말에 가야바초에서 만난 게 마지막이야. 곧 스터디그룹을 시작한다고 했는데, 야쿠자 쪽과 계산을 끝냈다는 이야기는 아직 없으니 여전히 도망다니는 중이겠지."

"에자키 패거리 중에는 누가 남아 있지?"

"야스이 다쿠지랑 고시노 가즈미 정도? 뭐, 올해 하반기부터 슬슬 재기하려는 놈이 몇 명 있지만, 정작 시장이 이 꼬라지라서."

"하긴 이제는 재미 보기 힘들지."

"곧 바닥을 칠 테니 이번이 마지막 기회라는 생각으로 하는 거겠지. 아무리 밑천이 두둑해도 시장 자체가 얄팍해졌으니 큰돈 들어올 여지가 없고."

"잘 아니 다행이군. 야스이 연락처 알아?"

"요즘은 만난 적이 없어서. 긴자나 신바시의 술집을 뒤져보는 게 어때? 그런데 그놈들은 왜 찾아? 이제 와서 작전에 끼어들 것도 아니잖아."

"그런 용건은 아냐. 다음에 보자고."

유리 너머 우치보리 거리에 정체된 자동차들의 불빛을 바라보며 일방적으로 수화기를 내려놓고, 네고로는 새삼 전화 속 목소리가 가부토초 운하변이나 골목의 진흙을 연상시킨다고 느꼈다. 거품경제 붕괴 후의 불경기 탓만은 아닐 것이다. 증권회사 카운터마다 돈다발이 쌓이던 시절에도 그랬으니까.

여하튼 이 짧은 통화로 네고로는 투자 그룹 정보원들의 근황을 대충 파악했다. 업계지 데스크에게 기쿠치 다케시나 (주)GSC라는 회사의 정체를 물어볼 생각은 애초에 없었다. 같은 업계인이니만큼 전 도호 신문의 기자 이름이 어디서 어떻게 도마에 오를지 몰랐다. 물어볼 상대는 야스이나 고시노 정도가 적당하겠다고 점찍어두었다.

전화부스를 나서자 마침 6시 정각이었다. 경험상 신바시나 긴자에 가기에는 너무 이른 시각이므로 그전에 정보원을 한 명 더 만나보기로 했다. 네고로는 조금 굽은 등을 웅크린 채 교통사고 이후 예전보다 걸음이 느려진 다리로 습하고 비릿한 냄새가 올라오는 지도리가후치를 천천히 건넜다. 해가 진 기타노마루 공원에는 인적이 드물었고, 황궁의 검은 나무그림자를 가로지르는 중년 남자 한 명을 경찰들의 초조한 눈이 내내 지켜보았다.

반시간 후 간다 부근에 도착한 네고로는 우치칸다의 복잡한 골목에 들어서 있는 작은 빌딩의 계단을 올랐다. 표찰이 걸린 철문을 열자 사무용 철제 책상에서 고개를 쳐든 여자 직원이 "아, 도호 분이시죠" 하며 상냥하게 웃었다. "사장님은 지금 안 계세요."

"그래요? 마쓰다 선생은 요즘 들르십니까?"

"네, 거의 매일요. 요즘엔 딱히 쓰시는 원고가 없나봐요. 좀전까지 여기서 차 두 잔을 드시면서 저희 신간을 놓고 실컷 잔소리하시더니, 시내에 나온 김에 맥주라도 마셔야겠다면서 나가셨어요. 왜 있죠, 어학원 근처 술집. 오늘이 서비스 데이라던데. 아, 들어와서 앉으세요. 차 한잔 드릴게요."

"아니, 신경쓸 거 없어요. 이 신간안내문이나 한 장 가져갈게요. 사장님한테는 다음에 들르겠다고 전해주세요."

직원 네 명인 작은 출판사의 신간안내문은 워드프로세서로 출력한 갱지 한 장이었다. '인권' '헌법' '민주주의'라는 단어가 나열된, 읽을 마음도 없는 책들의 제목을 죽 훑어보고 주머니에 집어넣자 잠시 잊고 있던 모종의 위화감이 함께 스며들어 조금 초조해졌다.

천황제니 민주주의니 차별이니 하는 사상들은 이제 뿌리도 논리도 필연성도 잃어버린 채 자동차 배기가스나 노래방 소음에 섞여 눈에 보이지 않는 솜먼지처럼 시대의 한복판을 떠다니고 있다고 네고로는 생각했다. 그 위로 JR 전철의 눈부신 불빛이 달리고, 밤하늘 저편에는 도쿄 증시가 1만 6,000엔대를 등락한다느니 히노데 맥주 사장 납치범이 몸값으로 6억을 요구했다느니 하는 소식을 전하는 광고탑 전광판이 번쩍거리고, 고가 다리 아래를 오가는 군중이 차올리는 솜먼지는 한 귀퉁이에 덩어리를 이루고 있었다. 성장도 소멸도 없고, 아무도 제거하지 않고 누군가 여전히 관계하고 있지만 이미 사회적 합리성과 언어의 환기력을 잃었으며, 그럼에도 틀림없이 실재하고는 있을 민주주의라는 솜먼지에 네고로는 다시금 어쩔 줄 모르게 초조해졌다.

직원이 일러준 어학원 근처 맥줏집 미닫이문에는 '서비스 데이'라는 종이가 붙어 있었다. 막 지원팀에 들어왔을 시절, 이곳 단골인 변호사 출신 평론가 마쓰다와 그의 추종자들을 만나기 위해 카운터와 테이블 네다섯 개가 전부인 가게에 종종 얼굴을 내밀곤 했다.

"오, 지원팀장!" 몸을 웅크린 백발의 원숭이처럼 카운터 자리에 앉아 있던 마쓰다 가즈히코가 그를 소리쳐 불렀다. 옆에는 일행으로 보이는 남자 둘. 앞에 놓인 것은 맥주잔과 풋콩과 작은 주발 한두 개. 그 주위만 다른 세계인 것처럼, 조금은 은밀한 그림자가 드리운 듯 보이는 건 지금도 마찬가지였다. 꼭 바로 어제 만난 사람처럼 "자, 여기 와서 앉아"라고 말하는 마쓰다 너머로 두 남자에게 눈인사를 하자, 그들은 조금 곤혹스러운 표정으로 살짝 고개를 끄덕여 응했다.

"이봐, 네고로. 왜 신문은 이런 걸 보도하지 않는 거지?" 마쓰다가 대뜸 목청을 높였다. 제 영향력을 과시하려는 것이 아니라 오랜 평론가 생활로 몸에 익은 평소의 말투다. 네고로는 잠자코 들었다.

"여기 두 사람은 지금 어느 선생의 도의원 선거운동을 하는 중인데, 이번에 그 선생이 당 공천을 마다하고 무소속으로 출마해서 여러 지지 단체와의 관계가 애매해진 모양이야. 하지만 이보게, 요즘은 순수한 대중조직이 특정 정당을 지지하다가 동반자살하는 시대가 아니잖아." 마쓰다는 왼쪽에 앉은 네고로를 향해 그렇게 말하고 오른쪽의 당사자들에게 고개를 돌렸다. "결국 유권자의 사회의식이 바뀌어야 정계 재편을 이끌어낼 수 있는 거야. 자네들 대응도 좀 답답해. 꼭 소속 정당이 있어야 한다는 생각은 자네들이 여전히 집표력에 매달리고 있다는 증거지. 아, 여기 맥주 하나 더."

마쓰다 건너편의 두 일행은 신문기자 앞에서 섣부른 발언은 삼가달라는 듯 곤혹스러운 표정을 짓다가, 이야기가 잠깐 끊기자 기다렸다는 듯이 "아무튼 선생님, 원고 잘 부탁드립니다" 하며 자리에서 일어섰다. 마쓰다는 전혀 개의치 않는 기색으로 새로 나온 맥주병을 들고 자신과 네고로의 잔에 술을 따랐고, 오히려 네고로가 일어나 "실례 많았습니다"라는 말로 두 사람에게 사과 아닌 사과를 했다. 그제야 마쓰다가 "벌써 가게?" 하며 돌아보자 남자들은 "예, 저희가 조금 바빠서요"라는 무난한 대답을 남기고 가게를 나가버렸다.

"마쓰다 선생님, 방금 저 사람들은 어느 지부 소속입니까?"

"그걸 말하면 후보자 이름을 밝히는 꼴이 되잖아."

"기관지에 뭘 기고하시는데요?"

"이보게, 나는 인권이란 법률이 규정하는 사물 간의 관계 중 하나에 불과하다는 차원에서 근본적으로 정치적인 개념이라고 보거든. 대부분의 인권 단체와는 애초에 그런 점에서 뜻이 안 맞지. 아무튼, 내가 쓰는 건 그 선생의 연설문이고, 그냥 개인적인 인연으로 승낙한 거야."

"그렇군요."

네고로는 이야기를 흘려들으며 별로 대단할 것 없는 메뉴판을 살피고 "선생님, 맏물 가다랑어 다타키*가 있는데 시켜볼까요?"라고 말을 건넸다. "아, 자넨 고연봉자였지. 간만에 얻어먹어볼까"라는 마쓰다의 대답에 네고로는 가다랑어 다타키와 모둠찜, 튀김을 주문했다.

네고로가 경시청 기자실에서 지원팀으로 옮긴 직후 헌법 특별취재반

---

* 센 불로 거죽만 살짝 익혀서 작게 썰어놓은 생선회.

에서는 호헌파와 개헌파 지식인에게 각각 원고를 청탁하고 제비뽑기로 담당을 정했는데, 당시 인권 변호사로 예봉을 휘두르던 마쓰다와 처음 만난 것도 그때였다. 그러나 비단 마쓰다만이 아니라 A를 비판하고 B를 제안하고 C라는 결과를 예측하는 정치 저널리즘에는 임기응변의 명쾌함은 있어도 회의감이라는 것이 없었다. 직선적인 사고를 못하는 제 머리에는 이런 일이 어울리지 않는다는 것을 네고로는 삼십대 초반에 깨달았지만, 개인적으로는 지금도 명쾌한 것이 늘 옳은 것일까 하는 의문이 있었다.

마쓰다는 변호사 일을 하는 한편으로 각종 월간지와 주간지, 특정 정당 및 단체, 조합의 기관지 따위에 잡문을 기고했는데, 도호 신문과는 한 번 인권 문제가 얽힌 실명 보도를 놓고 다툰 뒤로 소원해진 지 오래였다. 그래도 마쓰다에게 조총련이나 부락해방동맹 같은 단체와 노조 쪽에 건질 만한 인맥이 꽤 있다는 단순한 이유로 네고로는 종종 이 맥줏집을 찾았다.

"뜻이 안 맞는다는 게 진심은 아니시죠?" 네고로는 가볍게 대꾸하며 마쓰다의 잔에 히노데 라거를 따랐다. 그러고 보니 어제 조간에 전면 광고가 실렸던 히노데 마이스터인지 뭔지는 언제 나온다고 했지?

"평론가도 생각은 변하거든. 제 입으로 자인하지는 않지만. 하지만 자네랑 이런 얘기를 해봐야 무슨 소용인가." 마쓰다는 어깨를 흔들며 웃고는 "오호, 만물 가다랑어라" 하며 슬쩍 화제를 바꿨다. 네고로도 쓴웃음으로 응했다.

마쓰다는 인권도 사물 간의 관계 중 하나라고 했지만, 지난 십수 년 간 이 카운터에 앉아 있던 것은 사물 간의 관계가 아니라 사물 자체였다고 네고로는 생각했다. 자문도 회의도 없고, 성장도 소멸도 없고, 이곳에서는 맥주병과 잔, 물수건과 마찬가지고, 가게 밖에서는 솜먼지와 마찬가지고, 매일 밤 잔에 따르고 깨끗이 비워버리는 맥주처럼 소비해온 것이 헌법, 민주주의, 인권이었다.

몇몇 정보원이 말해준 바로 마쓰다에게는 한때 한반도에서 들어오는 돈줄이 있었다고 하는데, 네고로가 넌지시 물어봐도 뭐가 그리 자신만만한지 약점을 잡혔다거나 은밀한 비즈니스를 하고 있다는 티를 통 내지 않는 것은 지식인 특유의 넉살이라 할 만했다.

메뉴에는 '만물 입하'라고 적혀 있었지만 아직 철이 조금 이른지 가다랑어의 맛은 그저 그랬다. 입맛이 까다롭지 않은 마쓰다도 그렇게 느끼지 않을까 걱정하며 네고로는 다시 맥주를 조금 따랐다.

"그나저나 네고로, 건강은 좀 어떤가?"

"뭐, 이렇게 바쁘기만 해서야 사는 재미가 별로 없네요."

"이 늙은이의 한가한 시간이랑 바꿀까?"

"연설문 쓰셔야 하잖아요."

"하여간 재미없는 양반이라니까."

"무슨 섭섭한 말씀을. 생강 넣으십니까?"

막 튀겨낸 튀김이 나오자 네고로는 갈아놓은 무와 생강을 간장에 넣고, 눈앞에 음식이 없으면 젓가락을 대지 않는 마쓰다에게 접시를 밀어주었다.

"그런데 선생님, 해동 쪽에서 히노데 맥주에 대해 뭐 들으신 것 없습니까?" 드디어 네고로가 용건을 꺼냈다.

"아, 오늘 아침 뉴스에서 보긴 했는데. 차별 문제 얘기인가?"

"아뇨, 그건 아니고, 사장 납치와는 전혀 다른 건입니다. 잠깐 봐주시겠어요?"

네고로는 나무젓가락 포장지에 볼펜으로 '1946~1947. 쟁의. 히노데 교토 공장'이라고 적어서 그의 앞으로 밀어주었다. 마쓰다는 그것을 보고 "엄청 옛날 얘기구먼—"이라고 중얼거렸다. "우리 모두 탈지분유를 받아먹고 머리에 DDT를 뿌리고 모든 억압에서 해방되었다고 착각하던 시절이지. 그런데, 이 교토 공장의 뭐가 궁금한 거지?"

"2·1 총파업 전후, 쟁의 때문이든 아니든, 그 교토 공장에서 해고당한 사람의 이름을 전부 알아봐주셨으면 합니다."

"피차별부락 관련인가?"

"아마도요."

"그렇다면 교토에 자료가 있을 거야. 그런데 말일세, 교토에 사는 내 지인이 워낙 스모를 좋아해서—"

"5월 경기 표를 마련해볼까요?"

"두 장만 좀 부탁해. 맨입으로 도와달라고 하기도 뭣하거든." 마쓰다는 그렇게 말하며 젓가락 포장지를 주머니에 넣었다.

그뒤 여느 때처럼 히노데 맥주를 비롯한 대기업을 비판하는 마쓰다의 이야기를 한동안 들어주고 나서, 네고로는 계산을 마치고 오후 8시쯤 먼저 맥줏집을 나섰다.

정보원을 만난 뒤에는 늘 방금 끝낸 거래에 미진한 점은 없었는지, 성과가 있었는지, 믿을 만한 정보였는지, 다른 데로 새어나가지는 않을지 하는 실무적인 생각에 쫓기기 마련이지만, 지금 네고로의 심정은 몇 시간 전 출판사의 신간안내문 갱지 한 장을 주머니에 넣었을 때의 막막한 초조감에서 한 발짝도 벗어나지 못하고 있었다. 철들 무렵에는 민주주의의 무지개가 활짝 핀 벚꽃처럼 머리 위에 걸려 있던 세대의 한 남자가 사십대 중반에 접어든 지금, 인생의 시작부터 속아왔다는 오래된 생각에 얼마간의 초조감이 더해지게 된 것이었다.

택시를 잡기 전 자양강장제를 사려고 약국에 들러서 동년배의 다른 손님이 "이거 좋아요"라며 추천해준 것을 한 병 사보았다. 라벨에는

'약한 위, 지친 간, 혈액순환 불량, 어깨 결림, 요통, 만성피로, 정력 감퇴'라고 적혀 있었다. 여기에 '수면 부족'과 '인간 불신'을 보태면 완벽하겠다고 생각하며 네고로는 그 자리에서 병을 비웠다.

오후 8시 반, JR 신바시 역 철도교 밑에서 내린 네고로는 뉴신바시 빌딩 뒤쪽부터 하나씩 예전에 드나들던 가게를 살펴보았다. 경기가 좋던 시절 그는 증권 관계자나 큰손 투자가, 금융업자가 모이던 긴자에는 인맥이 없었고, 고작해야 아카사카의 한국 클럽에 지인이 하나 있을 뿐이었다. 정보원인 소규모 증권사 영업사원이나 자칭 금융 애널리스트, 투자 그룹, 제2금융권 영업사원, 사채업자 등을 접대하던 곳도 쓰키지나 신바시의 고만고만한 술집이었는데, 그래도 월급으로는 모자라 신용조합에서 대출을 받아 술값을 대기도 했다. 그러나 그렇게 쌓아온 정보망도 주식시장 불황과 함께 단번에 무너졌고 이제는 남은 이도 거의 없어 텅 빈 거리나 마찬가지였다.

점점 무거워지는 다리를 끌고 위스키 한 잔씩을 마시며 한 시간 정도 여기저기 돌아다니다가 다섯번째 가게에 들어서는 참에 입구에서 누군가와 마주쳤다. 상대가 먼저 "어, 오랜만입니다"라고 인사해서 네고로도 오카베라는 이름을 떠올리고 알은체를 했다.

지금은 뭘 하는지 모르지만 사 년 전까지만 해도 모 대형 증권사 니혼바시 지점에서 일하던 남자다. 빈손으로 돌아가느니 싶은 계산이 냉큼 고개를 쳐들어 네고로는 "한잔할래요?" 하고 먼저 말을 꺼냈다. 상대는 "기삿거리도 없는데"라며 쓴웃음을 짓더니, "라면 먹고 가려던 참인데, 같이 가서 딱 한 잔만 하죠"라고 말하며 긴자 방향으로 고가철로 아래를 걸어갔다.

"지금도 예전에 일하던 곳에 계십니까?" 네고로가 물어보았다.

"뭐, 그렇죠."

"계속 공사채 담당이에요?"

"아뇨, 그쪽에서는 잘렸어요. 지금은 개인 고객만 상대합니다. 이달에 대지진 재해복구 테마주가 작살나서, 방금도 요 근처 고객 집을 찾아 머리를 조아리고 오는 길입니다."

"그래요? 그래도 요즘은 개인투자가들의 현물 구매가 괜찮잖아요."

"그래봐야 싼 주식이나 비상장주식이죠. 그건 투기도 아녜요."

"큰손들은요?"

"배당률 우선이라 움직임이 둔해요. 선물도 리스크 헤지 쪽만 움직이고."

"오늘 히노데 맥주 사건이 보도되었는데, 주가는 어때요?"

"그러고 보니 아침에 뉴스 보고 깜짝 놀랐네요. 사장이 무사히 돌아왔다고 하니 오늘은 별 변화가 없었어요. 히노데 주식은 신제품 발표로 상승세가 강해요. 4월 들어 판매가 시작되면 더 오를 겁니다. ─아, 하긴 신문사에서는 한동안 히노데 얘기로 시끄럽겠군요. 범인이 체포될 가능성은 있나요?"

"당장은 어려울 겁니다."

"흐음." 작게 중얼거린 오카베의 옆얼굴에 잠시 주가의 향방을 계산하는 기색이 스쳐갔다.

신바시 역 북쪽의 수도고속도로 고가 아래를 빠져나오자 뒷골목에 붉은색 포렴을 드리운 가게가 있었다. 오카베가 먼저 걸음을 멈추고 포렴을 헤치고 들어갔다. 오 년 전 네고로와 처음 만났을 때는 큰손 고객을 상대하는 영업1과장 자리에 있었는데, 삼 년 전 지점이 손실보전으로 고발당하고 부서 재배치가 이뤄진 모양이었다. 대형 증권사 직원은 샐러리맨 색이 짙은 반면 오카베는 다소 투기꾼 기질이 있어서 수백만 엔씩 하는 오데마피게 손목시계를 스스럼없이 차고 다니곤 했다. 라면 집 미닫이문을 여는 손목에도 예전에 보았던 그 시계가 채워져 있었다.

오카베는 싸구려 비닐이 깔린 테이블에 앉아 맥주를 주문하고 양복 주머니에서 찌그러진 빨간색 라크 담뱃갑과 100엔짜리 라이터를 꺼내 아무렇게나 던져놓았다. 그런 행동거지나 표정은 오 년 전과 크게 달라진 데가 없었다. 경제 정세나 금융시장의 질이 아무리 변해도 돈을 움직이는 인간의 본질은 달라지지 않는 것이다.

"요즘 작전주 쪽은 어떻습니까, 오카베 씨?"

"작전 냄새가 나는 종목이 없진 않아요. 하지만 결국은 선물거래가 동향을 결정하죠. 덕분에 현물시장이 오르락내리락하니 일반 투자자는 힘들어지는 거고요. 규모 불문하고 요즘 자금이 좀 도는 곳이 죄다 니케이 지수나 채권선물로 적극적으로 이익을 챙기려 드는 패턴이에요. 물론 헤지 거래도 하지만. 어쨌거나 돈이 움직이지 않으면 이익도 안 나니까요. 그런데, 시장에 무슨 일이 있습니까?"

"아뇨, 오카베 씨를 만나니 예전에 좀 알고 지내던 사람이 생각나서요. 삼사 년 전쯤 아주 오랜만에 전화가 왔는데, 듣자 하니 투자자문회사를 한다더군요. 그런데 그뒤로 통 연락이 닿질 않네요."

"우리 회사에도 그렇게 고객을 빼가서 독립한 사람이 몇 명 있었죠. 호시절이었어요, 그런 꿈도 꿀 수 있었고. ─전 라면 먹을 건데, 네고로 씨는요?"

"아, 저도."

"차슈면 두 개요." 손을 들고 주문하는 오카베의 어깨 너머로 가게 문을 열고 안을 들여다보는 두 남자의 얼굴이 보였다. 다른 손님이 없는 것을 확인하자 그들은 네고로 쪽을 힐끔 보고는 고개를 빼고 문을 닫았다.

안주도 없이 찬 맥주를 한두 모금 목구멍으로 넘긴 네고로는 슬슬 피곤함을 느끼면서도 좀더 찔러볼 요량으로 입을 열었다.

"아까 그 지인 말인데, 막판에는 고객 채권을 담보로 돈을 빌렸던 것 같더라고요."

"독립하면 뭐 산전수전 다 겪기 마련이죠. 저 같은 사람은 아무리 손실을 내봐야 상대가 개미투자자니 고개만 숙이면 끝이에요. 그러고는 다음엔 꼭 되찾아드리겠습니다, 하는 거죠." 오카베는 노곤한 듯이 어깨를 흔들며 작게 웃었다.

"무슨 겸손의 말씀을. 니혼바시에 오카베 씨 팬클럽이 있었다는 것도 다 아는데요."

"그러니까 요즘은 머리 숙이고 다니는 것 아니겠어요."

"그런데, 혹시 GSC라는 회사 들어본 적 있습니까?"

"네고로 씨 지인이라는 사람이 차린 회사인가요? 아뇨, 모르겠네요. 설마 GSC그룹은 아닐 테고."

오카베가 그렇게 말하며 웃자 네고로도 "설마요" 하고 쓴웃음으로 응했다.

Generality, Service, Confidence(보편·서비스·신용)의 이니셜을 딴 GSC는 세이와회의 프런트기업으로 구성된 기업 그룹 중 하나다. 금융기관에서 차입한 자금이 GSC 계열 제2금융, 사채업자, 투자 그룹, 부동산회사 등 실태를 알 수 없는 그물망에 흡수되어 이리저리 돌아다니다가 어딘가로 사라진다. 고쿠라 운수 주식을 매점한 아라이 기미히로의 돈줄도 GSC의 일부를 거친 것이었고, 오늘밤 네고로가 찾아다니는, 구 에자키 그룹의 야스이 다쿠지도 GSC 파이낸스 계열 비은행권 임원을 지낸 적이 있었다. 말하자면 지하경제라는 차량의 두 바퀴처럼 오카다 경우회가 알선하고 GSC로 돈이 흘러드는 셈이었다.

그렇다면 기쿠치 다케시의 주식회사 GSC 운운한 것은 농담일까. 이 대목까지 오자 네고로는 "거참" 하고 말끝을 흐리는 수밖에 없었고, 오카베는 "아, 맛있겠다" 하며 테이블에 나온 라면 그릇을 잡았다. 몹시 시장했는지 젓가락 통에서 나무젓가락을 뽑아들기 무섭게 후루룩거리며 먹기 바빠서 한동안 말이 없었다.

살짝 고개를 숙이고 면을 빨아들이는 남자의 입을 보니 앞니가 하나 빠지고 없었다. 치료할 시간이 없거나 형편이 궁해서일 텐데, 남의 일인데도 네고로는 신경이 조금 쓰였다. 사실 자신도 이는 멀쩡하지만 새치가 비치기 시작한 머리는 고슴도치 꼴이었고, 양복이며 구두며 손목시계는 척 보기에도 오카베 쪽이 더 고급스러웠다. 마주앉아 라면을 먹는 두 남자의 공통점은 아마 모종의 무심함 같은 것이리라고 네고로는 생각해보았다.

배가 좀 차자 다시 머리가 움직이기 시작했는지, 오카베는 라면을 먹으면서 "그러고 보니" 하고 먼저 입을 열었다. "그 GSC 계통이라는 풍문이 돌던 투자 그룹이 있었어요. 역시 주가지수 선물을 하고요. 우리가 위탁을 받진 않았지만, 매일 전화로 주문을 넣는다고 하더라고요. 증거금을 5, 6000만씩 넣어둔다고 하니 개인투자가치고는 상당한 규모 같죠?"

"호오. 자금력 있는 야쿠자가 합법적인 연금술에 나선 건가요?"

"리스크만 각오하면 식은 죽 먹기니까요. 그야말로 그쪽 사람들한테 딱이죠."

미닫이문 열리는 소리에 고개를 드니 아까 본 두 남자의 얼굴이 다시 나타나 이번에는 가게 구석에 있는 네고로를 삼 초쯤 응시했다. 더스터코트 목깃 아래로 일반 직장인들은 잘 입지 않는 색깔의 셔츠와 화려한 넥타이가 엿보였다. 네고로는 자신이 모르는 얼굴들이라는 것을 확인하고 시선을 돌렸고, 문은 금방 다시 닫혔다. 등을 돌리고 있어서 그들을 보지 못한 오카베는 벌써 라면 그릇을 내려놓고 이쑤시개를 물고 있었다.

"그런데 네고로 씨, 히노데 맥주 주식은 앞으로 어떨 것 같아요?"

"그걸 알면 내가 사죠."

"하지만 사장이 무사히 풀려났다는 건 히노데가 모종의 약점을 잡혀서 범인과 뒷거래를 했다는 뜻 아닙니까? 앞으로의 상황에 따라 주가에 영향이 갈지도 모르죠."

오카베의 단도직입적인 말에 네고로는 문득 '바로 그거다'라고 생각했다.

아무도 사건의 향방을 읽지 못하고 있다고 하지만, 적어도 범인들만은 사건이 언제 어떻게 펼쳐지고 어떤 결과를 낳을지 정확히 알고 있다. 6억이나 되는 거금을 요구하는 범인 그룹의 배후에 만약 그럴듯한 조직이 있고 그에 걸맞은 두뇌와 자금력도 갖추고 있다면 그들은 무슨 생각을 할까? 언제라도 사건을 진행시킬 수 있고, 히노데 주식이 언제 추락할지 정확히 안다면, 그들이 생각할 것은 한 가지—

"오카베 씨, 나도 쓸 만한 정보가 들어오면 알려드릴 테니 히노데 주식의 신용거래 동향을 관찰해주지 않겠습니까?"

"오호. 주가가 등락할 만한 정보가 있는 겁니까?"

"아뇨, 그건 모릅니다. 그러나 하락을 예상하고 어디선가 공매도하는 놈들은 나올지도 모르죠."

"역시 냄새가 난다 했더니. 이 판에서 먹고사는 인간의 감이죠."

오카베는 그렇게 말하고 자신의 후각에 대한 만족감과 나름대로 재빨리 머리를 굴리기 시작한 듯한 기민함을 내비치며 빙긋 웃었다. 네고로는 "비밀로 해주세요"라며 다짐을 놓았다.

라면집을 나와서 오카베에게 택시 승차권을 쥐여주고 헤어진 네고로는 잠시 고가철도 아래 보도에 서 있었다. 라면을 먹는 사이 문을 열고 가게 안을 살펴보고 사라졌던 낯선 두 남자는 희미하지만 코를 찌르기에 충분한 냄새를 풍겼었다. 그 냄새가 여전히 주변에 남아 있는 기분이라 네고로는 아무도 없는 뒤쪽을 돌아보았다.

그리고 제 다리를 내려다보며 어차피 이래서는 도망치기도 글렀다고 알 듯 모를 듯 스스로를 타이르고는, 수십 걸음쯤 떨어진 공중전화부스를 향해 걷기 시작했다.

네고로는 먼저 사회부에 전화를 걸어 "지금 신바시입니다. 늦어도 반 시간 뒤에는 들어갈 겁니다"라고만 전했다. 다음으로 오사카 사회부에 전화해서 오늘 석간 당번 데스크의 집 전화번호를 묻고, 06으로 시작되는 그 번호를 누르기 시작했다.

전화는 금방 연결되었으나 난데없이 "이 바보 멍청이 얼간이!"라고 외치며 웃어대는 꼬마 목소리가 들렸고, "죄송합니다, 아이가 장난을 쳐서"라고 사과하는 여자의 목소리가 이어지더니, 데스크를 바꿔달라고 부탁해 다시 상대가 받을 때까지 연신 아이를 부르는 여자의 목소리, 도망치는 아이의 발소리, 비디오게임기 소리 등이 뒤섞였다.

그 소리를 흘려들으며 네고로는 전화부스에서 10미터쯤 떨어진 보도에 세번째로 나타난 두 남자의 모습을 멍하니 바라보았다. 두 남자는 어깨와 다리를 건들거리며 이쪽으로 시선을 고정한 채 담배를 피우고 있었다. 사 년 전 네고로가 구 주니치 상은 창업주 일가가 주식 지분을 매각한 곳을 추적할 때 밤낮없이 따라다니던 남자들과 같은 스타일이었다. 가만있기가 고역이라는 듯, 늘 몸뚱이 어딘가를 단정치 못하게 건들거리는 남자들.

"아, 네고로 씨? 꼬마가 버릇없이 굴어서 미안하이." 오사카 데스크의 목소리가 들렸다.

"저야말로 쉬시는데 죄송합니다. 하나 여쭙고 싶은 게 있어서요. 기쿠치 다케시가 어울리던 투기꾼을 혹시 모르십니까?"

"구 에자키 그룹의 야스이 아무개?"

"야스이 다쿠지요."

"아, 그래. 야스이 일파가 오사카 거래소에 손대던 시기에 취재하면서 알게 되었다지, 아마."

보도에 서 있던 남자들이 담배꽁초를 던지고 긴자 쪽으로 발길을 돌려 사라졌다. 그 모습을 바라보며 네고로는 기계적으로 판단했다. 오늘밤은 위협 목적이었군. 다음번에는 공격하겠다는 뜻일 테지.

"네고로 씨?"

"아, 죄송합니다. 저도 나이가 들었는지 요즘 귀가 안 좋아서. 고맙습니다."

네고로는 전화를 끊고 그 자리에서 종기를 만지듯이 조심스럽게 머릿속을 정리했다. 오늘밤 자신이 신바시 근방에 있다는 것을 직접적으로 아는 사람은 업계지 데스크뿐일 터였다. 그 데스크가 누구랑 얘기하다가 네고로의 전화 이야기를 흘렸고, 그것이 다시 누군가의 귀로 들어간 걸까? 아니면 네 군데 술집을 돌아보는 동안 거기 있던 누군가의 안테나에 걸렸을까? 그러나 무엇보다 중요한 문제는, 왜 사 년 전과 같은 위협이 오늘 저녁 갑자기 시작되었는가였다.

네고로는 자신이 아직은 야쿠자의 눈길을 끌 만한 취재에 관여하지 않았다는 점을 생각했다. 취재 목적이 아니라 개인적으로 한 일도 오늘 기쿠치 다케시와 전화로 접촉한 것이 전부다.

낮에 걸려온 도다 아무개의 제보 전화를 가령 다른 기자가 받았다 해도 도다가 '고쿠라-주니치 의혹 건을 잘 아는 기자'를 바꾸라고 요구했다면 어차피 자기한테 수화기가 돌아왔을 것이다. 그렇다면 애초부터 자신이 상대하리라는 것을 예상하고 전화를 걸었을 가능성이 크다는 데까지 생각이 미쳤다.

게다가 통화 앞머리에 부자연스럽게 기쿠치 다케시의 이름이 나온 탓에 네고로는 기쿠치의 근황을 확인하고 직접 전화까지 걸었다. 이상한 전화라 생각하고 그냥 내버려둘 수도 있었지만, 네고로는 그러지 않았다. 혹시 상대는 자신이 움직이는지 어떤지를 시험한 걸까? 그러려고 제보 전화를 한 걸까? 네고로는 더 나아가 생각해보았다. 그렇다면 왜 나인가? 도다가 전화로도 말한 고쿠라-주니치 의혹 말고는 다른 이유를 생각할 수 없었다.

아직 의혹의 그림자도 없던 1988년 여름, 네고로는 아카사카 프린스 호텔 구관 현관에서 취재원을 기다리다가 급히 계단을 내려오는 세 남자와 우연히 마주쳤다. 그중 한 사람이 S메모의 장본인 사카이 의원의 비서라는 것은 금방 알아보았지만, 나머지 둘의 정체는 알 길이 없었다. 면식이 있는 비서가 당황한 얼굴로 그를 응시했고, 그 표정은 지금도 네고로의 머릿속에 선명하게 박혀 있다.

나중에야 그 두 남자가 각각 구 주니치 상은 창업주 일가인 전무와, 상은 주식을 양도받는 우익 인사였다는 것을 알았다. 상은 궤멸 계획은 이미 그때 시작되고 있었을 것이다. 그리고 1991년 각 신문사가 일제히 의혹을 보도하기 시작하면서 유독 네고로에게만 위협의 손길이 뻗쳐온 것은 아카사카 프린스 호텔에서 마주친 세 사람이 뭔가를 오해한 결과이리라고 네고로는 짐작했다. 그 고쿠라-주니치 의혹도 이미 과거가 되었지만, 오늘 저녁 갑자기 맞닥뜨린 위협은 히노데 맥주 사장 납치에 얽힌 북새통을 틈타 같은 인맥이 어디선가 다시 움직이기 시작했음을 암시했다.

그리고 그 인맥에는 기쿠치 다케시가 연결되어 있을 가능성이 크다. 오사카 데스크의 말대로 기쿠치가 구 에자키 그룹의 야스이 밑에 있다면 세이와회나 GSC의 입김이 닿는다고도 볼 수 있고, 그가 오늘 도다 아무개를 이용한 제보 전화로 네고로를 유인해냈다고 판단하지 못할 이유도 없었다.

여전히 얼굴만 어렴풋이 기억나는 옛 동료의 전화 속 목소리를 떠올리고, 자기 쪽을 응시하던 남자들의 눈초리를 떠올리면서, 네고로는 전화부스 안에서 홀로 밤거리의 깊은 웅덩이에 가라앉아 있는 자신을 돌아보았다. 그러는 동안에도 머릿속은 쉴새없이 돌아가고 있었다.

사 년 전 네고로는 집 앞에서 뺑소니사고를 당했다. 그를 치고 간 도난 차량은 나중에 발견되었지만 범인은 끝내 밝혀내지 못했다. 네고로는 갓길에 서 있던 차가 갑자기 자신을 향해 돌진했다고 한결같이 증언했지만, 경찰은 고의성을 뒷받침할 증거가 없다는 이유로 끝내 뺑소니로만 분류했다. 병원에 입원한 동안에도 각종 압력이 이어진 탓에 네고로는 결국 침묵하는 길을 택했으나, 침묵과 함께 찾아온 것은 저 자신과 시대와 사회가 풍기는 악취를 가만히 들이마시기만 하는 시간이었다.

네고로는 기계적으로 전화카드를 다시 밀어넣고, 예정에 없던 전화를 한 통 더 걸었다.

"금요일 밤에 전화 주셔서 고마웠습니다. 덕분에 우리가 제일 빨랐어요."

"아, 정말 이런 사태가 벌어질 줄은 생각도 못했습니다. 큰일이에요." 고마에에 있는 집으로 돌아간 세타가야 서 형사과장이 말했다.

"그런데, 저한테 또 미행이 붙은 것 같아요."

"누구죠?" 상대의 목소리가 일변하더니 "얼굴은 봤습니까? 장소가 어디예요?" 하고 내처 물었다.

"신바시입니다. 10미터 앞까지 따라붙더군요. 처음 보는 얼굴이라 어디서 온 놈들인지는 모르겠습니다. 아마 한 명은 외국인인 것 같아요. 머리 손질한 모양이 좀 낯설더군요."

"네고로 씨, 내일 부하한테 사진을 들려서 보내겠습니다. 어떤 놈들인지 알면 배후를 파헤칠 수 있겠죠. 내일 아침 8시 반에 전화할게요."

네고로는 선뜻 대답하지 못하고 뜸을 두었고, 상대는 "네고로 씨?" 하며 초조하게 목소리를 높였다.

사 년 전 뺑소니를 당했을 때, 그와 친밀한 사이였던 이 형사과장도 다른 이들처럼 "그만 잊어버리는 게 좋아요"라고 말했었다는 사실이 떠올랐다. 경찰이라는 조직의 무력함, 피해자의 무력함, 신문의 무력함, 일본이라는 나라의 무력함 등을 새삼 곱씹으며, 네고로는 "또 신세 지게 됐네요. 고맙습니다"라고 적당히 대답하고 전화를 끊었다.

이어서 다시 전화카드를 밀어넣고 새로운 번호를 누른 뒤 연결된 상대에게 "간다의 산세이도 서점입니다"라고 말하자, 특별수사부 검사는 냉큼 "오늘은 두 번이나 거는군요. 무슨 일이에요?"라고 속삭였다.

"아뇨, 아침에 깜빡하고 못한 얘기가 있어서. 한동안 집에 못 들어갈 것 같으니 연락은 지도리가후치 쪽으로 해주세요. 그리고 바로 오늘내일이 아니어도 좋으니 근시일에 시간 좀 내줘요. 고다 씨한테도 안부 전해주시고. 늦은 시간에 실례했습니다."

검사의 말을 기다리지도 않고 전화를 끊은 뒤 전화부스를 나섰다.

자, 기쿠치를 추적할 것인가? 다시 한번 자문해보았지만 답은 얼른 나오지 않았다. 위협을 당하고 차에 치여 죽을 뻔한 경험을 고비로 네고로는 자신이 사회부 기자로서의 열정을 단번에 잃어버렸음을 알고 있었다. 대신 위로는 이 나라의 존립부터 아래로는 인스턴트라면의 맛까지, 대체 이 나라는 왜 이 모양인가 하는 무의미한 회의감이 그 자리를 채워서 이제껏 막다른 골목을 헤매는 것이다. 물론 이십삼 년간의 기자생활 동안 대체 무엇을 써왔는가 하는 회의감도 있었지만, 사방이 물질과 소란과 욕망으로 흘러넘치는 이 사회와 시대에 더이상 제 마음이 움직이지 않게 된 데 가장 큰 회의감을 느끼는지도 몰랐다.

택시를 잡으려고 소토보리 거리를 향해 시원찮은 다리로 천천히 걸어가며 네고로는 기쿠치를 추적할지 말지 계속 자문했지만, 역시 마음이 예전처럼 동하지 않는 느낌이었다. 충분히 예상한 결과였지만 아무래도 조금은 자기혐오가 느껴지는 가운데 새로운 상념에 빠져들었다. 악으로 부패하는 것과 혐오와 회의로 부패하는 것은 과연 다른 결과를 불러올까, 시대와 사회를 더럽히고 끝내는 일생과 그것을 혐오하며 끝내는 일생에는 어떤 차이가 있을까 등등.

그리고 벌써 밤 10시 40분을 가리키는 손목시계에 놀라 택시를 찾아서 도로로 몸을 내밀었을 때는, 이미 조간 13판 마감 시각을 생각하고 있었다.

3

3월 28일 화요일. 오전 3시 반 전화벨이 울리자 구보 하루히사는 기자실 소파에서 벌떡 일어나 수화기로 손을 뻗었다.

"네, 경시청입니다."

"지금 조간 보낼게. 물먹었어."

매일 새벽 이 시각이면 오사카 사회부에서 그날의 각 신문사 조간을 팩스로 보내준다. 도쿄에서 미리 지면을 체크하기 위해서다. 여기에 통화가 보태지는 것은 '물먹었어'라는 한마디를 덧붙일 때다.

물먹었어.

경시청에 출입한 지 이 년, 그 한마디가 두려워 밤낮없이 취재 경쟁에 분주했건만, 낙종이 불운 때문인지 능력 부족 때문인지 구보는 여전히 알 수 없었다. 아니, 그런 생각을 하는 머리를 묻어버리고 대신 조건반사처럼 '기자실격'이라는 네 글자를 떠올리며 새파랗게 질리는 인간으로 다듬어져가는 것이 경찰기자의 숙명이었다.

구보는 망연자실한 심정으로 팩스가 토해내는 종이를 집어들었다. 첫 장 사회면의 세로 헤드라인은 '원한인가? 1990년도의 수상한 테이프'였다.

둘째 장. '히노데에 우송된 수수께끼의 테이프'라는 검은색 가로 활자.

셋째 장. '1990년도에 갈등이 있었나?'

여섯 개의 전국지 중 세 곳에 낙종했다면, 냉정히 생각해서 목이 잘릴 수도 있는 상황이다. 구보는 지난밤 정보원에게서 들은 것 외에 새로운 내용이 있는지 눈을 부릅뜨고 기사를 훑어보았다.

3개지의 기사 내용은 엇비슷했다. 1990년 11월 히노데 맥주 입사과정에서 취업 차별이 있었다는 '모 단체' 명의의 항의 편지와 히노데를 비방하는 내용의 발송인 불명 테이프를 받고, 히노데측은 피의자를 가리지 못한 상태로 명예훼손 및 업무방해로 고소했다. 그러나 편지를 보낸 '해당 단체'는 당시 히노데 본사나 경찰의 문의에 관여 사실을 부인했다. 또한 문제의 테이프는 '1947년 6월'에 '전 히노데 맥주 사원'이 '히노데 맥주 가나가와 공장'에 보낸 편지를 누군가가 그대로 테이프에 녹음한 것으로, '편지를 입수한 경로나 굳이 테이프에 녹음한 목적 등에는 수상한 부분이 많다'. 마지막으로 세 신문 모두 '수사 당국도 관심을 가지고 있으며, 이미 관계자 조사를 진행중이다'라는 말로 마무리지었다.

구보는 '1947년 6월' '전 히노데 사원' '가나가와 공장'이라고 기계적으로 메모하고 곧 지원팀장 네고로가 해준 제보 전화 이야기를 떠올렸지만, 당장은 눈앞의 의심만으로 머릿속이 꽉 찼다. 이 세 신문사에서는 테이프 채록 사본을 입수했을까? 그렇다면 어디서? 경찰인가, 세타가야 치과의사의 유족인가? 나에게는 그 사본을 구할 수단이 있는가?

　그때 사회부 당직 데스크가 직통전화를 걸어 "엄청난 낙종을 하셨더군"이라고 말했다. "1990년도의 테이프라니, 그게 무슨 소리야? 엉?"

　구보는 속으로 '멍청한 놈' 하고 중얼거리고, "지금 좀 바빠요"라는 한마디로 전화를 끊었다.

　기자실 2층침대에서 내의 바람으로 내려온 구리야마가 "조간, 어때요?"라고 눈을 비비며 묻더니 팩스 용지를 집어들고 "오오" 하고 소리를 질렀다. "다들 대문짝만하게 냈네요. 그렇지만 어제 좀더 기다리라고 한 사람은 캡이었잖아요."

　"그러니까 알려줘야겠지?"

　구보는 낙종 지면을 스가노 캡의 집에 팩스로 보내고 그 참에 전화도 걸었다. 미명에 울리는 전화만으로도 스가노에게 용건을 설명하기는 충분하다.

　"구보입니다. 죄송합니다, 방금 팩스 보냈습니다. 물먹었네요."

　"음, 지금 팩스 보고 있어." 스가노는 몇 초 잠자코 있다가 "그래도 내 의견은 달라지지 않네. 신경쓰지 마"라고 말했다.

　"그러면, 받아쓰기는 어떻게 할까요?"

　"주요 기사는 그럴 필요 없어. 사회면 구성은 데스크와 상의해볼게. 나중에 다시 걸지."

　무슨 생각인 건지 구보로서는 전혀 상상이 안 될 만큼 담담한 투로 스가노는 전화를 끊었다. 기사를 내지 말라고 지시한 장본인에게 낙종 때문에 야단맞을 까닭이야 없었지만, 그래도 항상 결론만 내놓는 스가노의 말투는 듣는 사람을 초조하게 만들었다. 필시 기사를 아직 내지 말아야겠다고 판단할 근거를 어디서 얻어놓았을 텐데, 생각해보면 그것도 구보 같은 일선 기자에게는 기분좋은 일이 아니었다.

"캡이 뭐래요?"

"1면에 받아쓰기할 필요는 없대."

"필요는 없어도, 채록 사본 정도는 구해봐야 하지 않을까요? 아무튼 나는 좀더 잘게요. 오늘도 할 일이 많으니까."

구리야마는 그렇게 말하고 재빨리 다시 2층침대로 사라졌다. 한 시간이라도 더 자두어야 한다는 초조감에 떠밀려 구보도 오전 5시로 맞춰둔 자명종을 들고 소파에 누웠다.

자신이 건방진 편이라는 것은 알지만, 그래도 나이 서른이 넘도록 기자 일을 하는 사람에게 '받아쓰기할 필요는 없다'고 지시한다면 적어도 이유 정도는 설명해주어야 하지 않을까. 신물나도록 현장을 뛰어다닌 스가노 캡은 이제 후배들에게 일일이 설명할 인내심도 바닥나버렸는지, 사견을 밝히지 않고 자아를 드러내지 않고 요점을 피하고 지시만 내리는 공안 같은 방식으로 이 작은 박스에 군림하고 있었다. 그 남자 앞에서 구보는 항상 넘지 못할 벽에 막히고 보이지 않는 힘에 짓눌리는 기분이었고, 그 감정은 종종 폭발 직전까지 몰리곤 했다.

하긴 지난밤에는 구보도 당장 기사화할 마음이 없었지만, 보강 취재만 하면 당연히 쓸 생각이었다. 사장 납치와 관계있든 없든 당연히 써야 할 기사였다. 취업 차별의 여부도, 사태에 편승한 것으로 짐작되는 총회꾼의 개입도 사회적 의미가 결코 적지 않을뿐더러, 무엇보다 종전 직후 누군가가 히노데에 보냈던 편지가 제 발로 걸어나와 테이프에 녹음됐을 리 없기 때문이다. 그런 테이프가 존재한다는 사실 자체가 사건 아닌가. 내가 캡이라면 필시 보강 취재를 해서 써보라고 지시했을 것이다. 그렇게 생각하니 오늘도 역시 석연치 않은 패배감이 몰려와, 폭식이라도 하지 않으면 가라앉지 않을 것처럼 속이 쓰렸다.

*

몇 년 만에 방바닥에 이불 세 채를 깔고 가족이 나란히 누워서 잔 밤, 아내와 아들은 푹 잠들어 아침까지 한 번도 깨지 않았다고 했다. 시로야마는 그러지 못해서 여전히 산속 은신처에 갇혀 있는 듯한 착각에 눈을 떴다가 가족의 이부자리를 보고 안심하고, 겨우 잠들었다 싶으면 또다시 종잡을 수 없는 공포에 가슴이 짓눌려 깨기를 반복했다. 그러다 새벽잠 없는 아내가 일찌감치 일어나 앉자 잠시 자는 시늉을 하고 있어야 했다.

아내가 장지문으로 비치는 희미한 빛에 의지해 능숙하게 머리를 매만지더니 소리도 없이 미끄러지듯 방을 나가고 잠시 후 부엌에서 가만가만 돌아다니는 소리가 들렸다. 베개 바로 옆에는 건강한 수면을 누리는 아들의 숨소리가 들리고, 위쪽에서는 정원수 어딘가에서 참새가 쫑쫑 날카로운 소리로 울었다. 문틈으로 희미하게 흘러드는 바깥의 습기가 느껴지자 당장 뛰쳐나가고 싶을 만큼 가슴이 답답해져서 시로야마는 베개를 고쳐 뺐다.

꼭 말소리가 들리지 않아도 여럿이 모이면 사람의 기척을 숨길 수 없는 법이라, 담 밖에 진을 친 보도진의 움직임이 밤새 베개맡까지 전해졌다. 더구나 지난밤 사흘 만에 들어온 집안에는 그때까지 외부인이 수없이 드나든 기척이 여전했고, 전화기는 모두 경찰이 달아둔 녹음기 배선을 통해 외부로 연결된다고 했다. 아내는 "우리한테 해가 될 일도 아닌걸요"라며 스스럼없이 행동했지만, 가장의 입장에서는 어쨌거나 자신의 생활권을 침범당하고 있다는 불쾌감을 떨칠 수 없었다. 결국 아내가 잠든 뒤 아들 미쓰아키와 함께 위스키를 마시며 말주변 없는 부자끼리 잠시 이야기를 나누다가 술기운을 빌려 잠자리에 들어야 했다.

아내는 지난밤부터 계속 오랜만에 딸이 집에 오는데 장 보러 나갈 수가 없으니 음식을 제대로 차릴 수 없겠다고 걱정했고, 결국 미쓰아키가 오늘 퇴근길에 장을 봐오기로 한 모양이었다. 결혼하고 삼십삼 년간 가까이 살면서도 좀처럼 들르지 않던 아들이 이번 사건을 계기로 며칠씩 집에 머무르고, 외지로 독립해나가 엽서 한 장 보낼 줄 모르던 딸도 돌아온다고 했다. 시로야마는 오랜 세월 쌓여온 가족의 생활 방식이 물리적으로나 내면적으로나 갑자기 달라지기 시작하는 것을 지난밤부터 목도하고 있었다. 가장이 납치되지 않았다면 이렇게 가족의 연대가 되살아나는 일도 아마 없었을 것이다. 이것이 자신이 쌓아온 가정의 꾸밈없는 실상이라고 생각하면서, 시로야마는 다시 한번 베개 위에서 머리 방향을 바꾸었다.

맥없이 입을 벌리고 깊이 잠든 미쓰아키는 한창때인 서른둘이었다. 4월 1일부터는 이바라키에 세무서장으로 간다고 한다. 앞으로 몇 년은 그렇게 지방을 전전하고, 그뒤 도쿄로 돌아와 주계국에 들어갈 테고, 별다른 허물이 없으면 주사나 주계관으로 승진하는 코스가 기다리고 있었다.

두 살 아래 쇼코도 마찬가지로, 남매 모두 어릴 적부터 공부를 잘하고 부모 속을 썩이거나 막무가내로 떼쓰는 일도 없이 자라다가 어느새 스스로 진로를 정해 독립했다. 시로야마는 부모로서 나름대로 의견이 있었지만 아이들은 부모가 참견할 틈도 없이 일찌감치 어른이 돼버리고 말았다. 이제는 가끔 만나면 요즘 무슨 일을 하느냐고 슬쩍 물어보는 것이 다였다.

한편 아들에게 자기 일에 대해 이야기할 기회도 별로 없었는데, 시로야마는 지난밤 또 당분간 그럴 기회를 놓쳐버리겠다는 생각이 들었다. 경영자로서 들어서서는 안 될 배임의 길에 이르게 된 복잡한 심정을 언젠가 아들에게 털어놓을 날이 올지 모르지만, 그게 언제일지는 상상도 되지 않을뿐더러, 당장은 사건의 추이나 자신의 처신에 따라 대장성에서의 아들의 입지에도 불이익이 갈 수 있음을 걱정해야 했다.

시로야마는 자명종 시곗바늘이 오전 6시 15분을 가리킬 때까지 그런 생각에 잠겨 있다가, 이윽고 옆자리 이불을 가볍게 두드리며 "자, 일어나자" 하고 아들을 깨웠다. 자기 대신 아들이 신문을 가져오게 하려는 마음도 있었다.

아침식사는 무와 미역을 넣은 된장국과 반숙 계란, 조림 등의 간소한 차림이었고, 닷새 만인데도 역시 식탁에 앉고 보니 그 풍경이나 기분, 맛은 평소와 다름이 없었다. 아내나 아들이나 원래 말수가 많은 편이 아니지만 막 가져온 조간을 그대로 놔두고 식사부터 하는 동안은 오직 이 년 만에 귀국하는 쇼코와 모레 이바라키로 부임하는 미쓰아키의 이사 이야기만 했다. 미쓰아키는 예상치 못한 사건 때문에 이삿짐을 꾸릴 시간이 없었는지 "일단은 몸만 가려고요"라고 말했다. 시로야마는 아내가 미쓰아키에게 "오늘 저녁 쇼코 먹을 명란 사오는 것 잊지 마라. 니혼바시 미쓰코시 백화점 지하에서 사면 돼"라고 다짐하는 걸 듣고야 딸이 명란을 좋아한다는 걸 알았다. 아무래도 영 처음 듣는 소리 같았다.

미쓰아키가 먼저 일어나 오전 7시 20분에 출근하고, 식탁에 남은 부부는 특별한 대화 없이 두 잔째 차를 마셨다. 아내는 생각 탓인지 기분 좋아 보이는 얼굴로 일어나 설거지를 시작했다. 시로야마는 그 옆에서 조간을 펼치고 1면부터 차례차례 헤드라인과 머리글만 훑어보다가 겨우 십 분 만에 신문을 치워버렸다. 사회면 헤드라인에서 '히노데에 우송된 수수께끼의 테이프'라는 문장을 보았을 때는 한순간 심장이 철렁했지만, 이내 사무적인 현안을 머릿속에 늘어놓으며 불안을 억눌렀다. 먼저 회사 내외에 어떻게 설명할지 정하고, 이런 기사가 소비자에게 미칠 영향을 리서치할 것. 그리고 1947년 6월 날짜가 적힌, 예의 '오카무라 세이지'의 편지를 조사해야 한다.

미처 생각해보지 못했는데, 오카무라 아무개가 가나가와 공장에 보낸 편지의 민감한 내용을 보건대 만약 그것이 실재했다면 당시 이사회에 보고되지 않았을 리 없다. 게다가 어떤 형태로든 반세기 가까운 세월이 지나서 편지가 외부인에게 넘어갔다면 조사할 필요성이 충분하다. 당시 이사회 의사록을 찾아봐야겠다고 시로야마는 생각했다.

"당신, 이제 출근 준비 해야죠. 오늘은 잊지 말고 코트 챙기세요. 오늘도 쌀쌀하대요."

앞치마에 손을 닦으며 잰걸음으로 부엌을 나오는 아내 옆에서 회사 차량이 도착했다는 인터폰이 울렸다.

*

"무도장에 집합!" 호령 소리가 울려퍼졌다. 대회의실에서 대기중이던 수사관들이 일제히 일어나는 가운데 고다 유이치로는 켜져 있는 텔레비전 소리에 이끌려 화면을 바라보았다.

"시로야마 사장입니다! 시로야마 사장이 자택 현관을 나섰습니다! 무사 귀환해 집에서 하룻밤을 보낸 시로야마 사장의 표정은 밝고 기운차 보입니다!" 히노데 직원으로 보이는 남자 세 명과 제복경찰 두 명이 대문 앞에 몰린 인파를 밀어내려고 애쓰는 와중에 시로야마 교스케는 고개를 살짝 숙이고서 안쪽으로 50센티미터쯤 열린 문 밖으로 나왔다. 광택이 있는 진남색 양복. 넥타이는 연두색이 섞인 짙은 은색. 한 손에 검은색 서류가방과 더스터코트.

"어젯밤엔 편히 주무셨습니까?" "오늘 기분이 어떠세요?" 코앞으로 들이미는 마이크에 대고 시로야마 교스케는 "덕분에 잘 쉬었습니다. 감사합니다" 하며 가볍게 고개를 숙였다. 목소리도 얼굴 표정처럼 담백했다.

"범인의 정체가 여전히 밝혀지지 않고 있는데요—" "범인에 대해 한말씀 해주십시오." "오늘 아침 신문은 보셨습니까?" 덮칠 기세로 다가오는 인파 너머에서 시로야마는 조심스레 미소지으면서도 "여러분, 조금만 물러서주시겠습니까"라고 단호한 투로 말했다. 강인한 의지에 예의라는 막을 씌운 시로야마의 눈길이 주위를 둘러보다 방송국 카메라와 마주치고, 이어서 브라운관 맞은편의 고다와 마주쳤다.

눈이 살짝 충혈되어 있다. 막 풀려난 흥분이 가라앉지 않아 제대로 자지 못했으리라 고다는 상상했다. 지난밤 가노와 통화하며 시로야마를 어떻게 생각하느냐고 묻자, 사람 관찰이 직업인 현직 검사는 "입은 열어도 마음은 열지 않는 확신범 타입이야. 정치인에 가깝지"라고 대답했다. 그러나 형사인 고다에게 정치인은 막연한 존재였고, 지금도 화면에 비친 한 기업인을 바라보며 무심코 '민간 기업은 어떤 곳일까'라는 생각이나 하고 있었다. 경찰과 민간의 차이가 자기 같은 형사들의 생각보다 훨씬 크다는 것을 느낄 때마다 고다는 창밖의 일반 직장인들은 어떻게 살고 있을지 두서없이 상상하곤 했는데, 일선 경찰서로 옮겨오고 더욱 그럴 때가 많아졌다.

"이봐, 늦겠어." 누군가의 말에 고다는 텔레비전 앞을 떴다. 수사본부에는 오늘도 증원과 교대를 통해 새로 소집된 각 서 형사며 기동수사

대가 대거 모여들었다. 덕분에 대회의실이 너무 좁아져 오늘 아침부터
는 무도장에서 제1과장의 훈시를 듣기로 되어 있었다.

피해자가 무사히 돌아옴에 따라 수사의 중심은 지역 조사와 탐문, 물
증 수사로 옮겨갔고, 이른바 머릿수로 밀어붙이는 작전을 펼칠 예정이었
지만, 말단의 눈에는 전체 구도가 전혀 보이지 않았다. 특수반과 2, 4과
를 중심으로 한 기업 및 폭력단 관련 연고감 수사 전담반은 처음부터
다른 방을 썼기 때문에 동향을 파악할 수 없었으며, 아침저녁으로 열리
는 회의에도 보고가 올라오지 않았다. 오늘자 조간에 1990년 11월 히
노데에 수수께끼의 테이프가 우송되었다는 뜬금없는 소식이 실리긴 했
으나 실제로 범인의 흔적을 쫓는 수사 현장에 영향이 있을 것 같지는
않았다.

무도장이 있는 4층까지 계단을 올라가는 행렬은 좁은 출입구 앞에서
흐트러져 소용돌이를 이루었다. 사람들로 꽉 막힌 복도에서 고다는 우
연히 몇 발짝 앞에 선 한 형사의 뒤통수가 눈에 띄어 어디서 봤는데 싶
은 생각이 들었다. 바늘을 빽빽이 꽂은 듯 숱 많고 굵은 머리카락과 정
수리 부분이 길쭉한 타원형 두상이 어딘가 수세미를 연상시켰다. 무도
장에 들어서서 다시 그 뒤통수를 보고 이름을 기억해낸 순간, 상대가
먼저 이쪽을 돌아보았다.

작년에 가마타 역 근처에서 만났을 때는 분명 가마타 서에 있다고 했
다. 이름이 한다라고 했던가. 1990년 가을 시나가와 노인 살해사건 본
부로 파견되었던 순사부장인데, 눈에 띄는 외모가 아니라 그때는 특별
히 기억에 남지 않았다. 굳이 인사를 나눌 사이도 아니었지만 한다가
먼저 가볍게 고개를 숙이기에 고다도 응했다. 곧 그 모습이 무도장에
가득찬 수사관 무리에 섞여들고 고다도 뒤따른 이들에게 떠밀려 금방
그의 존재를 잊고 말았다.

"차렷!" 호령에 따라 이백 명에 달하는 대열이 지네발 움직이듯 가지런히 정렬했다. 뒤쪽에 선 고다에게는 앞쪽 광경이 보이지 않아서, "경례!"라는 호령을 듣고야 관리관들이 정렬하고 간자키 1과장이 입장했음을 짐작했다.

이어서 마이크 너머로 "안녕하십니까"라고 말하는 간자키의 목소리가 나무 바닥에 울렸다. 아침 일찍 그 목소리를 듣는 것도 이제 다섯번째다.

"여러분도 잘 알다시피 범인 그룹이 피해자를 무사히 돌려보냄에 따라 사건은 예상과 다르게 전개되고 있다. 물론 피해자를 풀어준 건 다음 범죄행위를 위한 준비라고 보아야 한다. 거듭 말하지만, 이번 범행은 고도로 계획적이며 매우 주도면밀하다." 간자키의 목소리에 점점 힘이 들어가더니 말꼬리가 조용한 노성처럼 바뀌었다. "범인 그룹이 피해자를 놔주며 현금 6억을 요구한 것은 다음 범행의 예고이자, 이들이 피해자 히노데 맥주에 대해 어떤 약점을 쥐고 있음을 의미한다. 그러나 피해자 기업이 뭔가를 감추고 있지 않을까 의심하는 것은 본말전도라 하겠다. 오늘 아침 일부 신문에 1990년 히노데로 우송된 편지와 테이프 건이 보도되었는데, 이런 유의 보도는 일절 무시하기 바란다. 경찰의 사명은 오로지 범인을 검거해 다음 범행을 미연에 방지하는 것이다."

이어서 응당 나와야 할 이야기가 나왔다. "사건 발생 후 닷새가 지났는데 목격 정보 하나 확보하지 못한 것은 보통 일이 아니다. 목격 정보의 수집, 범행에 사용된 차량과 도주 경로의 파악이 시급한 상황이니, 오늘부터 수사에 참여하는 사람들은 물론이고 모두가 한층 분투해주기 바란다. 이상."

삼 분 만에 훈시가 끝나고 특수반과 2, 4과 연고감 수사 전담반이 퇴장하자 지역반과 탐문반, 유류품 수사반, 차량 수사반, 새로 들어온 인원 등을 포함해 백오십 명 정도가 남았다. 곧 새로운 조 편성이 시작되고 한동안 제3강력범수사 미요시 관리관의 점호와 "예!" 하는 대답의 단순반복이 이어졌다.

고다가 어제저녁까지 맡아온 차량 수사에선 지난 삼 개월 내에 신고된 도난 차량 삼백오십 대의 도난 당시 상황을 전부 조사하고, 사건 발생 시각 전후로 산노 서쪽 수십 곳의 N시스템에 기록된 도난 차량 세대를 추적했다. 교통부에서 제공받은 수도고속도로와 중앙도로의 감시 카메라 필름을 보고 의심 가는 차량을 일일이 점검하는 작업도 절반쯤 진행된 상태다. 고속도로 요금소에서 회수한, 몇 상자에 달하는 통행권의 지문 조회 작업은 아직 시작하지 못했다.

한편 피해자가 이동중 의식을 찾고도 요금소를 통과하는 소리는 듣지 못했다고 하므로, 범인 그룹이 사전에 도주 경로를 신중하게 정해두고 N시스템에 걸리지 않을 도로만 골라서 도내를 빠져나가, 고속도로를 경유하지 않고 가와구치 호수 쪽의 우회로를 탔을 가능성도 생각해야 했다. 그래서 수사 범위를 넓혀 산노에서 가와구치 호수에 이르는 여러 경로를 따져보고 요주의 포인트 몇 곳을 골라냈다. 그리고 각 신호등 수와 교통량을 계산해 평균 시속 40에서 50킬로미터로 달렸다고 가정했을 때의 추정 통과 시각을 계산하고 그 시각 전후로 수상한 차량이 목격되지 않았는지 추적하기로 했고, 오늘부터 그 작업을 일제히 실시할 예정이다. 구체적으로는 도로변에 알림판을 세워달라고 현지 경찰에 의뢰하는 사무 절차와, 현장에서 동태 수사 및 탐문을 펼치는 두 가지 작업이었다.

후지 방면으로 갈 때 반드시 통과해야 하는 기점은 오우메의 이쿠사바타 역 입구 교차로, 이쓰카이치초의 주리키 교차로, 하치오지의 가와라주쿠 교차로, 고슈 가도의 우에노하라 고교 입구 교차로, 국도 413호선 가나가와 현 후지노초의 가지노 교차로, 고텐바로 빠지는 246호선의 히구치 다리 교차로까지 총 여섯 군데. 각 교차로에서 후지 방면으로 가는 길은 거의 외길인데다 심야 통행량이 매우 적으므로, 혹시 사건 당일 밤 수상한 밴을 마주쳤다면 운전자가 기억하고 있을 확률이 높다. 그래서 도로변에 알림판을 세우려는 것이었다.

호명된 수사관이 한 명 한 명 차량 수사반 줄로 들어오고, 한쪽에서는 반장인 강력9계 주임이 지도를 나눠주었다. 고다 조에도 지도 한 장이 돌아왔다. 오우메의 이쿠사바타 역 입구 교차로를 비롯한 오우메 가도 도로지도인데, 교차로에 ×표시와 함께 '23:30±15'라는 통과 추정 시각이 적혀 있었다. 그밖에 10킬로미터쯤 서쪽의 히카와 교차로, 야마나시 현 경계와 가까운 139호선 분기점에도 ×표. 이 세 곳에 알림판을 세우는 작업을 진행하고, 그 참에 탐문과 동태 수사를 병행하게 된다.

"이거야 패잔병 신세나 다름없구먼." 같은 반이 된 방범계장이 툴툴거렸지만 고다는 특별히 불만이 없었다. 가와구치 호수까지의 거리나 도로 여건을 생각하면 눈이 왔던 24일 심야에 범인 차량이 오우메 가도에서 다른 길보다 비교적 도로 상태가 좋은 다이보사쓰 고개로 넘어갔을 가능성이 훨씬 높았고, 이제 슬슬 오쿠타마에 벚꽃이 피기 시작하는 좋은 철이었다.

차량 수사반은 결국 처음보다 세 배에 달하는 서른여섯 명 18개조로 불어났고, 그중 6개 경로의 동태 수사에 12개조가, N시스템 및 무인감시카메라 필름 조사와 통행권 조사에 각 3개조가 배당되었고, 십 분도 채 안 되어 해산 지시가 떨어졌다. 증원 수의 절반이 할당된 지역 조사 및 탐문반은 간부의 지시와 반 편성이 아직 끝나지 않았고, 마찬가지로 인원이 대거 증원된 유류품 수사반도 피해자가 감금중 섭취한 식품의 구입처를 밝혀내는 작업을 앞두고 여전히 지시가 이어지고 있었다. 그 유류품 수사반 무리에서 다시 한다를 목격한 것은 우연이 아니었다. 상대가 문득 이쪽을 바라본 것이다.

다들 고개를 숙이고 메모하는 가운데 머리 하나가 올라와 주위를 천천히 둘러보는가 싶더니 이내 시선이 고다 쪽을 향했다. 순식간에 비켜나긴 했지만, 그 시선은 한순간 말 그대로 심장에 날아와 꽂히는 느낌이었다.

왜지? 기분 탓인가? 아니야, 분명히 봤어. 그 자리에서 자문하면서 고다는 1990년 가을 시나가와 서 수사본부에서 본 한다의 모습을 희미한 기억 속에서 끌어냈다. 아침저녁으로 열리는 회의에서는 말없이 고개를 숙이고 있고, 동료와 잡담하는 모습도 거의 볼 수 없었던 평범한 형사. 종종 아오모노요코초 역 플랫폼에 보일 때는 늘 경마 전문지를 펼쳐들고 있었다. 작년에 가마타 역 앞에서 우연히 마주쳤을 때도 분명한 손에 경마 전문지를 들고 있었다. 필시 경마를 꽤 즐기는 모양이다. ―그라는 인물에 대해 짐작가는 것이라곤 고작 그 정도였지만, 또하나 고다가 기억하는 사건이 있었다. 동네를 떠돌던 노인이 살해된 사건을 수사하던 당시 한다는 증거가 나오지 않는 담당 구역을 벗어나 임의로 수사를 펼친 탓에 본부에서 잘렸는데, 마침 그날 아침 시나가와 서 계단에서 마주쳤을 때 갑자기 자신의 멱살을 쥐며 덤벼들었던 것이다.

대체 이유가 무엇이었는지 떠올려보려 했지만 허사였다. 무언지 모를 것에 격앙해 있던 남자의 모습이 모호하게 기억 주변을 맴도는 것을 느끼며 고다는 끝내 '기분 탓이겠지' 하고 스스로를 타일렀지만, 여전히 생리적인 위화감이 피부에 남고 머릿속도 찝찝했다. 오 년 전 계단에서 그 일이 있었을 때도, 가마타 역 앞에서 우연히 마주쳤을 때도, 그리고 방금 자신을 볼 때도 한다의 눈은 왠지 지나치게 집요하다는 느낌이었고, 몸속 깊은 곳이 평소와 다르게 욱신거렸다.

그뒤로도 거의 한나절 내내 한다의 눈빛을 산만하게 떠올리던 끝에, 고다는 자신이 너무 예민해진 탓이라고 생각을 고치기에 이르렀다. 오년 전에는 눈앞에서 핏대를 세우는 인간의 얼굴조차 신경쓰지 않던 남자가 지금은 남의 행동이며 표정 하나에 집착하고 두서없는 상념에 빠져 있지 않은가. 뭔가 이상하다, 어딘가 탈이 난 거다, 되뇌고 언제부터 이렇게 되었는지 자문하기에 앞서 '괜찮아, 수사에 몰두하면 괜찮아질 거야'라고 그는 몇 번이나 스스로를 타일렀다.

*

도호 신문 사회부에서는 3개사에 물먹은 낙종 기사를 놓고 한바탕 소동이 벌어졌다. 편집국장까지 굳이 찾아와 사회부장 마에다 도오루에게 "자네 쪽은 괜찮나?"라고 한마디 던지고 갔다. 마에다는 "괜찮아요, 괜찮아"라고 기세 좋게 대답하고 냅다 국장에게 등을 돌리고는 "자, 미팅합시다!" 하며 데스크들을 손짓해 불렀다.

창가 자리 소파에는 어느새 경시청 캡 스가노 데쓰오도 모습을 드러냈는데, 오늘 아침 소란의 주인공임에도 평소와 별반 다르지 않은 표정으로 하는 둥 마는 둥 인사하더니 머리빗을 꺼냈다. 네고로도 말석에 앉았지만 타사 지면에 실린 '1947년 6월' '전 히노데 직원' '히노데 가나가와 공장' 등의 글자가 머릿속 웅덩이에 가라앉아 있는 것처럼 조금 답답한 기분이었다.

"다들 왔나? 그럼 먼저 스가노 씨, 1990년 테이프 건을 이미 알고 있었다면서? 그런데 왜 쓰지 않았지?" 마에다의 성급한 혀가 움직였다.

"테이프 내용을 확보하지 못했고, 납치와의 관련성도 확인하지 못한 단계였으니까요."

"어쨌거나 히노데 맥주에 관한 내용이고, 취업 차별 문제에 종전 직후 의문의 편지라면 사건과의 관련성을 운운할 계제가 아니잖아."

"아뇨, 테이프 내용을 확인하기 전에는 기사화할 수 없습니다. 그게 첫번째 이유고, 이런 이야기는 세 곳에서 우연히 함께 터뜨릴 만한 특종이 아닙니다. 정보의 출처가 경찰이 아니라는 겁니다. 그렇다면 어디서 누설했는지가 문제됩니다."

"쓰는 게 위험하다는 건가?"

"그런 셈이죠."

"그럼 받아쓰기는 어떻게 할 거야?"

"사실관계를 취재한 뒤에 써야죠. 1면은 제가 책임지겠습니다."

마에다와 스가노는 물과 기름과도 같아서, 대화의 템포가 항상 토끼와 거북처럼 어긋나고 접점을 찾을 때가 거의 없다. 지금도 성질 급한 마에다가 일찌감치 스가노를 설득하길 단념하고 사건 담당 데스크 다베에게 "사회면, 어떻게 할 거야?"라고 창끝을 돌렸다. 다베는 난처한 표정을 지었다.

"먼저 1990년 히노데에서 정말로 취업 차별이 있었는지, 당사자의 유족을 만나 확인해보고 결정하죠. 그렇지만 설령 알아낸다 해도 차별 문제 얘기라면 사건과 엮기는 좀—" 다베는 그렇게 말하고 "네고로 씨, 어제 그 제보 전화는 취재해볼 수 있을 것 같나?"라고 배턴을 넘겼다.

"전화를 건 도다 요시노리에게 배후가 있는 것 같긴 한데, 사건과의 관련성은 모르겠습니다."

"오사카에 누구 하나 보내서 그 도다인지 뭔지 하는 사람을 찾으라고 해." 마에다가 성급하게 끼어들자 네고로는 일단 "때를 봐서요"라고 응했다.

"결국 1면도 사회면도 적극적으로 추종보도를 하지는 않겠다는 건가?"

"중요한 것은 '나중에 6억을 요구하겠다'고 말한 범인의 동향입니다." 백전노장 다베가 그제야 본심을 드러냈다. "기존 사례를 봐도 현금 요구 사실은 외부에 좀처럼 알려지지 않습니다. 사건 관련 원고치고는 좀 심심하겠지만, 일단은 조만간 범인이 움직이는 순간을 놓치지 않도록 경찰이나 히노데 간부들의 움직임을 철저히 감시하는 쪽에 중점을 두는 게 어떨까요? 스가노 씨, 어떻게 생각해요?"

"이 범인들이 반드시 움직일 거라는 데는 동감입니다." 스가노는 변함없이 한 박자 늦게 대답했다. "방면기자들이 히노데 본사와 간부 자택을 삼교대로 감시중인데, 본대에서 인원을 좀 보강해줬으면 합니다."

"좋아, 알았어."

결정력이 좋은 마에다가 무릎을 탁 치면서 추종보도 대책 미팅은 십분 만에 끝났다. 다베와 스가노의 말대로 지금 사건을 쫓는 기자에게 가장 중요한 것은 범인의 동향이고, 조만간 틀림없이 펼쳐질 현금 요구 순간을 잡아내는 데 전력을 기울이는 것이 당연했다. 과거 사례, 특히 기업 공갈의 경우를 보면 경찰의 발표가 없는 한 관계자의 동향은 거의 예외 없이 100퍼센트 어둠에 숨겨진다.

그 사실을 잘 알면서도 네고로는 사건 한구석에서 어른거리는 제보자, 주식 투기꾼, 폭력단의 모습을 새삼 떠올리면서, 지하에서 꿈틀거리는 그런 그림자들이 이번에도 머지않아 흐지부지 사라지리라고 예감했다. 그거야 상관없었다. 이 나라 꼭대기부터 밑바닥까지 아무데나 파도 나오는 지하경地下莖 중 하나가 어찌되든 무슨 대수겠는가. 다만 실제로 얼핏얼핏 모습을 드러내는 이물질의 정체를 밝혀내는 역할은 누가 맡는다?

부장은 도다인지 뭔지를 찾아내라고 한다. 도다를 통해 기쿠치 다케시의 이름이 나오면 이번에는 기쿠치의 뒤를 캐고, GSC그룹의 움직임을 파악하고, 세이와회에서 오카다 경우회로, 나아가 정계까지 더듬어 나갈 것이다. 그렇게 이물질의 정체로 접근해가는 자동운동을 받쳐주는 것은 기사를 쓸 수 없더라도 알아두긴 해야 한다는 신문쟁이의 기묘한 사명감이지만, 당연히 하루하루 지면을 채울 기사를 찾아 뛰어다니기 바쁜 일선 기자가 그 역할을 맡을 수는 없었다. 일단 오늘자 지면을 채우고 봐야 하는 사회부 기자의 본령에서 늘 조금 비켜서 있는 자신이 이번에도 그 역할을 맡는 것은 어느 정도 자연스러운 순리라고 네고로는 생각했다. 고쿠라-주니치 의혹 때도 다방면에 안테나를 세우고 추적했지만 실제 기사로 연결된 정보는 얼마 되지 않았다.

도다인지 뭔지를 찾으러 오사카에 사람을 보내라고? 배후에 뭐가 있는지도 모르고 취재해도 기사화할 수 없는 상황인데 제일선에서 경황이 없을 지원팀 기자를 보낸다는 것은 생각하기 힘들었다. 주간지와 손잡거나 자신이 직접 오사카에 가거나, 두 가지 방법뿐이라고 네고로는 일단 결론을 내렸다.

손목시계를 보고 석간 2판 출고까지 아직 시간이 조금 남았음을 확인한 후, 네고로는 편집국을 가로질러 복도로 나가 엘리베이터 앞에 섰다. "어디 가?"라고 묻는 스가노 캡에게 "시원한 거나 좀 마시려고요"라고 말하자, 그가 "그럼 나도 한잔 마실까?"라며 일어서는 바람에 나란히 3층 찻집으로 내려가게 되었다.

포근한 봄 햇살이 비쳐드는 찻집에는 차가운 토마토주스가 잘 어울렸다. 스가노는 테이블에 나온 토마토주스를 한 모금 마시더니 갑자기 재킷 주머니에서 보드카 미니어처 병을 꺼내 마개를 따고 내용물을 잔에 따른 뒤 빈병을 다시 주머니에 찔러넣었다.

네고로는 못 본 척하려 했지만 결국 참지 못하고 웃고 말았다. "스트레스 때문이야"라고 변명하며 스가노도 빙긋 웃었다.

한편으로는 공안통, 한편으로는 뒤치다꺼리를 도맡아 근 이십 년간 함께 사건을 좇아온 사이이기에, 상대가 무엇 때문에 스트레스를 받는지 서로 뻔히 알고 있었다. 스가노의 공안 정보망은 타사에서도 인정할 만큼 탄탄하지만 뒤집어 생각하면 그 역시 그물망에 꼼짝없이 묶여 있다는 뜻이고, 겉모습은 다를지언정 네고로를 묶고 있는 보이지 않는 실 역시 개인이 어쩌지 못할 거대한 힘이라는 의미에서는 경찰조직과 별반 차이가 없었다. 아니, 차이가 있기는커녕 이 사회의 커다란 고리에다 함께 확고히 연결되어 있는 것이다.

　"그나저나 후미아키, 어제 신바시에서 뭐했어?"

　"블러디메리 맛은 어때요?"

　"히노데 주식이 움직일 것 같나?"

　"사건 추이에 달렸죠. 그런데, 1990년 테이프의 정보는 세이와회 쪽에서 나온 건가요?"

　"아마도. 그쪽에서 히노데를 흔들고 있는 것 같아."

　"주식 쪽도 요주의군요."

　"응."

　기쿠치 다케시의 이름이 목구멍까지 올라왔지만 네고로는 말하지 않았다. 스가노의 귀신같은 귀도 그렇지만, '어제 신바시에서'라는 한마디에 아무래도 제어 스위치가 눌린 것이다. 머릿속 생각을 몰아낸 네고로는 끝내 가지 못한 장미 전시회를 아쉬워하며 눈앞의 가느다란 꽃병에 꽂힌 연분홍빛 장미 한 송이를 바라보았다. 끝이 살짝 오그라든 꽃잎이 서로 얽히듯 겹쳐 있으면서도 가까스로 방추형을 유지하고 있다. 네고로는 몇 초간 제 마음이 미동하지는 않는지 기다려보다가 단념하고 눈길을 돌렸다.

　"후미아키, 주가가 움직이면 나한테 한마디해줘. 최대한 정보를 모아볼 테니까."

"그럴게요."

"당분간 외박해야겠군."

"뭐, 그렇죠."

스가노는 보드카를 탄 토마토주스를 마저 마시고, "나중에 봐" 하며 먼저 일어났다.

*

경찰 조사는 오전 9시 15분 예정이었다. 시로야마는 지난밤 작성한 원고를 읽는 것으로 간부사원 조례를 간단히 마치고 9시 6분에 일단 집무실로 돌아와서, 대기시켜둔 총무부장과 인사부장을 앞에 두고 의자에 앉을 시간까지 아끼며 돋보기를 꺼냈다. 조간 기사를 확인하고 정오 기자회견에 대비해 급하게 준비한 자료를 훑어본 그는 낙담한 심정으로 고개를 들었다.

"그러니까, 오카무라 세이지의 편지에 대해서는 전혀 기록이 남아 있지 않다는 겁니까?"

"가나가와 공장 쪽은 경찰 요청으로 철저히 조사해봤습니다. 본사는 신사옥으로 이전하면서 오래된 서류를 상당수 처분하는 바람에."

"알겠습니다. 시간 없으니까 넘어가고. —하타노 다카유키의 입사시험 자료도 없나요?"

"불합격자의 답안이나 면접 자료는 매년 연말 문서파쇄기로 폐기합니다."

"차별 사실이 없었다고 확신할 만한 다른 자료는 없습니까? 1990년 당시의 채용 내규는?"

"있습니다."

"그걸 가져오세요."

인사부장이 꾸벅 인사하고 서둘러 집무실을 나가자, 시로야마는 9시 10분을 가리키는 시계를 확인하면서 총무부장에게 돌아섰다.

"연락은 됐습니까?"

"되긴 했지만 치매가 있는 듯해서—" 부장이 대답했다. 1947년 6월 당시 총무부장으로 일했던 구와타라는 사람이 아흔여섯 살로 생존해 있음을 알고 연락해보라고 지시했는데, 아무래도 너무 늦은 모양이었다. 1948년 이전 히노데 간부로 일한 다른 이들은 모두 작고했다. 1990년 처음 문제가 생겼을 때 제대로 대처하지 않은 것을 거듭 후회하면서도 시로야마는 포기하지 않았다. 지금 알아내야 하는 사실은 1947년 6월, 누가 마지막으로 오카무라의 편지를 처리했느냐 하는 것이었다. 그것을 알면 어디서 누설되었는지도 알 수 있다.

"당시 사원급으로 일했던 사람을 한두 명이라도 찾아보세요. 누가 기억하고 있을지도 모르니까. 당시 이사회 의사록은요?"

"책상 위에 있습니다."

"내용은 봤습니까? 편지 얘기도 나오나요?"

"그게, 실은 8월분이 빠져 있어서—"

"원래는 있었습니까?"

"그럴 겁니다. 9월분 의사록으로 짐작건대 8월에 두 번 이사회가 열렸는데, 그때의 의사록이 보이지 않아서요."

9시 13분을 가리키는 시계에 반쯤 마음을 빼앗긴 채 시로야마는 "아무튼 수고했어요"라는 말과 함께 총무부장을 내보냈다. 혼란스러운 머릿속을 자각하며 책상에 놓인 검은색 장부를 바라보았다.

사십팔 년 전의 그 물건은 곰팡내가 났고 만지면 바스러질 정도로 표지가 삭아 있었다. 종전 직후라 이사회가 뜸하게 열렸는지 요즘 것과 비교하면 훨씬 얇았다. 시로야마는 그 얇은 장부를 철한 끈 근처에서 변색된 자국을 발견했다. 그 자국의 정체를 생각할 것도 없이, 누군가 가 극히 최근에 장부를 다시 철했음이 분명했다.

의사록을 펼치고 총무부장의 말대로 7월 기록에서 바로 9월로 이어 진다는 것을 확인하고 인터컴으로 손을 뻗었지만, 한발 앞서 노자키 여 사의 목소리가 "시간 되었습니다"라고 알려왔다. 시로야마는 지금 당 장 시라이를 부르고 경찰에는 십 분만 기다려달라고 전하라는 지시를 내렸다.

'지금 당장'이라는, 좀처럼 쓰지 않는 표현까지 동원해 강조한 덕분 인지 시라이는 거의 이 분 만에 황급히 나타났다. 그러나 정작 시로야 마를 본 그는 "오늘 날씨 좋군요. 좀 이따 센다이로 가는데요, 왜 그 도 호쿠 대학과 산학협동 프로젝트 말이죠, 역시 현청을 끌어들여 인프라 정비 비용을 부담하게 하는 것이―" 하며 딴청을 피웠다.

"시라이 씨, 이 의사록에서 8월분을 빼내간 사람을 찾아봐요. 찾으면 알려주고요."

시라이는 시로야마가 건넨 장부를 들고 삼 초 정도 잠자코 있었다. 그러고는 짐짓 웃으며 "오늘부로 폭군이 되실 생각이십니까?"라고 물 었다.

"도적을 찾겠다는 게 왜 폭군입니까?"

"도적은 찾겠습니다만, 그 처리는 제게 맡겨주신다는 조건입니다. 시 로야마 씨는 모르는 척하시는 게 좋겠습니다."

그 말만 남기고 시라이가 다시 바람처럼 나가버리자 시로야마는 후 회할 거리가 조금 늘었다. 시라이는 외부에 알려지면 안 될 사태를 또 하나 떠안은 시로야마를 동정하고, 남 앞에서 냉정을 잃어버린 시로야마에게 열패감을 안겨준 뒤 빈틈없는 여유를 보이며 선처를 약속했지만, 그 짧은 시간 동안 시로야마는 새삼 사건 당사자의 심경으로 내몰리고 만 것이다. 매우 부주의한 처신이었지만 이사회 의사록 도난이라는 사태도, 남 앞에서 냉정을 잃은 약자의 굴욕도, 회사에 재앙을 가져온 자가 감당해야 하는 부록이라고 반쯤 자조하는 심정으로 생각을 고치는 수밖에 없었다.

시간이 없다는 생각에 책상 위 서류를 급히 정리하고 있는데, 노자키 여사가 살짝 문을 열고 "시간이 다 되었습니다만, 다마루 씨에게서 급한 전화가 와 있습니다"라고 말했다.

시로야마는 '군마 현 별장지에 대해 직접 담판을 짓겠다는 건가?' 하는 생각에 문득 새로운 동요에 빠지면서, "시로야마입니다" 하고 외선 전화를 받았다.

"다마루입니다. 오랜만입니다."

"어제는 친히 전보를 쳐주시고, 정말 고맙습니다."

"여러모로 심려가 많으셨겠습니다. 뭐, 딱딱한 인사는 이쯤에서 생략하지요."

이 년 전 구라타의 힘겨운 노력으로 오카다 경우회와의 관계 청산이 마무리된 뒤, 시로야마는 처음이자 마지막이라는 생각으로 참석한 연회에서 다마루 젠조를 만났다. 풍채는 그저 '양복 입은 칠십대 남자'였지만 한 시간 남짓 동석하는 동안 시로야마는 등줄기가 으슬으슬해지는 듯한 불쾌감을 느꼈는데, 나중에 구라타에게 다마루 같은 골수 우익은 언제든 상대와의 칼부림을 각오하고 있다는 얘기를 듣고 그도 그렇겠다며 고개를 끄덕였다. 단적으로 말해 목숨이 아까운 인간이 그렇지 않은 인간에게 기가 눌리는 것처럼, 가타부타할 수 없는 결정적 폭력성을 목도하고 오한을 느낀 것은 흔치 않은 경험이었다.

이 년 전 그 술자리에서 다마루는 지쿠호의 탄광촌에서 태어나 종전후 지하 브로커로 시작해 여기까지 온 자신의 입지전을 늘어놓았는데, 그러는 내내 언외로 자신이 얼마나 시로야마와 다른 세계의 사람인지, 얼마나 겁 없는 인간인지 집요하게 강조했다. 실상은 개구리를 위협하는 독사의 잔혹함 정도에 지나지 않았지만, 그의 오랜 해결사 인생의 근저에 깔린 것이 결국 정복욕을 포함한 비뚤어진 인간성이라는 사실은 하나의 발견이었다.

그러나 냉정하게 보아 다마루의 실력은 전혀 의심의 여지가 없었다. 다마루는 전쟁 전 정계의 막후 실력자였던 쓰지 가로쿠의 영향으로 국수주의에 빠졌는데, 종전 직후 민주주의 세상이 온 뒤에도 정치인과 돈은 여전히 일심동체라는 사실에 실로 감명받았다고 했다. 또한 그는 1947년 총선거 당시 정치자금 불법 수수 의혹으로 명운이 다한 쓰지 가로쿠의 사례를 보며, 예전처럼 우익 인사가 얼굴 하나로 대대적인 영향력을 행사하던 시대는 지났다는 것, 재벌 해체로 돈의 흐름이 달라졌다는 것, 나아가 앞으로 그런 돈은 지하에 숨으리라는 것을 확실히 깨달았다고 한다.

그뒤 고철사업으로 한 재산 모으고, 해운업과 항만업에 진출하고, 히카리 산업 그룹을 세우고, 주가를 끌어올리자마자 그룹을 통째로 매각해 자금을 만들어서 세이와회의 전신인 지유세이와회라는 우익 단체를 세웠다. 이어서 돈은 지하로 숨는다는 지론에 따라 1959년 세이와회와 그 프런트기업을 만들고, 오카다 도모하루라는 오른팔에게 오카다 경우회의 운영을 맡긴 뒤 자신은 배후로 물러나 해결사 일을 시작했다는 것이다.

그뒤로 다마루가 얼마나 많은 뒷돈 거래를 중개해왔는지는 모르지만, 히노데의 경우는 1962년경 육상운수업 자회사 인가를 위해 나카타초의 정치인과 다리를 놔준 것이 시작이었다고 시로야마는 알고 있었다. 기업에서는 흔한 관계라고 하지만 그뒤로 이어진 다마루의 전화 한 통, 호출 한 번, 요정에서의 식사 자리 등이 항상 무언의 위협과 공갈 외의 무엇도 아니었다는 사실은 그날 연회에 동석한 구라타의 눈빛이 말해주고 있었다. 그날 시로야마는 구라타가 오랜 세월 한 발을 담가온 세계가 어떤 것인지 비로소 희미하게나마 깨닫고 그의 마음고생을 뼈저리게 실감했지만, 지금 생각하면 과연 어느 정도나 알고 있었던 것인지 심히 의문스러웠다.

이 년 전 다마루를 만난 자리에서 시로야마는 미리 구라타가 언질한 대로 깍듯이 예의를 갖추어 "그동안 신세 많이 졌습니다" 하며 연신 고개를 숙였지만, 상대가 마지막으로 남긴 말은 "이건 합의이혼 같은 거니까요"라는 한마디였다. 위자료를 지불하고 관계를 청산해도 감정의 응어리는 남는다는 의미였으리라. 그때 본 다마루의 뱀눈을 선명하게 떠올리며, 시로야마는 "오늘은 무슨 일로" 하고 조심스레 물었다.

"다른 게 아니라 오늘 아침 신문을 보았는데, 우리가 모르는 사이도 아니고 한마디 말씀드려야겠다 싶어서요. 어려운 일이 있으면 이 다마루가 힘이 되어드릴 수 있습니다."

"신경써주셔서 정말 고맙습니다."

"내 짐작은 빗나간 적이 없어요, 시로야마 씨. 혹시 집안 문제라면 타이밍을 놓치기 전에 매스컴을 강력하게 제압할 수단이 필요할 겁니다. 알고 보면 그리 어려운 일도 아니에요."

"신문에 보도된 내용은 전혀 근거 없는 오해이니 걱정하지 않습니다."

"그렇다면 다행입니다만. 여하튼 필요하면 언제든 연락하세요."

용건은 그뿐이었다. 다마루의 말은 틀림없이 조카딸 요시코의 일을 암시하고 있었다. 다마루는 어디서 그 이야기를 알았을까? 시로야마는 급히 자문해보았다. 1990년 당시 다마루가 입사시험뿐 아니라 죽은 학생의 연애관계까지 파악하고 있었다면, 출처는 학생의 유족인가?

목적이 뭘까. 그건 분명했다. 흐지부지된 별장지 구입 건을 되살리려는 압력일 것이다. 그러나 이런 시기에 속이 빤히 보이는 압력을 가하다니, 또다른 속셈이 있는 게 아닐까.

요시코 일을 '오카다'에 약점으로 잡혔다—통화중 가슴속에서 웅성거리기 시작한 그 경악은 정작 무서운 속도로 사라져버리고, 남은 것은 범인에게서 풀려날 때 이런 것까지 생각해뒀어야 했다는 반성이었다. 그러나 설사 미리 생각했다 해도 자신에게 다른 선택지가 있었을까? 경찰에 전부 밝히기로 결단했을까? 그렇게 자문해보았지만 결국 찾아낸 것은 이제 와서 지금까지 한 말이 다 거짓이었다고 할 순 없다는, 스스로도 받아들이기 힘든 복잡한 결론이었다.

지난밤 통화했던 요시코는 당연히 사 년 반 전 하타노 다카유키와의 문제가 뒤늦게 도마에 오르고 있다는 사실을 알 리 없었고, 그저 삼촌이 무사함을 기뻐할 뿐이었다. 그러나 그 밝은 목소리를 들으며 새삼이 아이는 나에게 무엇이었나 하는 자문에 내몰렸던 것이 문득 떠올랐다. 어떤 때는 부모를 닮아 어릴 때부터 감정 표현이 적던 친딸보다 장난스럽고 명랑한 요시코가 더 귀여워 보이기까지 했지만, 그것은 요시코 개인에 대한 애정이라기보다 제 눈과 마음의 위안을 반기는 심정에 가까웠다. 하물며 이미 가정을 이루고 한 아이의 엄마가 된 성인 여자가 짊어진 인생의 무게를 삼촌인 자신이 온전히 감당해줄 수 없음은 말할 것도 없었다. 그러나, 그래서 어쩌자는 것인가? 이미 대외적으로 밝힌 공술을 뒤엎고 요시코와 그 가족을 궁지로 몰아넣으면서까지 다마루나 오카다와 싸우는 것이 무슨 의미가 있을까?

시로야마는 이리저리 머리를 굴린 뒤, 다마루의 오늘 발언에 대해서는 구라타와 상의하는 게 우선이라는 결론을 내렸다. 그리고 예정보다 십오 분 늦은 오후 9시 30분, 지하 창고 한쪽에 마련된 대책실에 들어가 두번째 경찰 조사에 응했다.

　대책실 테이블에는 단팥빵 10종, 크림빵 5종, 종이팩 음료수 10종, 통조림 4종이 놓여 있었고, 감금중 시로야마가 먹었던 상품을 하나하나 가려내는 작업부터 시작되었다. 수사관은 특히 포크빈스 통조림과 과일맛 우유에 집착하는 것 같았으나 이유는 시로야마도 알 수 없었다.

＊

　오전 11시 정례 기자회견에 나타난 간자키 1과장은 모두가 예상했듯이 첫머리부터 "1990년 테이프 건을 기사화한 신문 3사는 깊이 반성해주십시오!"라고 일갈했다.

　"3사의 기사는 피해자 히노데 맥주에 대한 부당한 공격에 해당할 뿐 아니라, 결과적으로 히노데를 협박하는 범인을 이롭게 할 소지가 큽니다. 게다가 이번 사건과 무관한 1990년 테이프 건의 관계자, 특히 이미 작고한 분들과 그 유족에 대한 배려도 찾아볼 수 없었습니다. 3사 모두 충분히 납득하실 줄 아니 더이상 말하지 않겠습니다."

　구보 하루히사를 비롯한 각지 기자들이 깜짝 놀란 것은 그다음이었다.

　"하지만 어차피 여러분은 취재를 중단하지 않을 테니, 히노데 맥주의 양해를 얻어 예의 1990년 테이프의 내용을 채록한 문서를 이 자리에서 각사에 배부하겠습니다. 원본 테이프에서 삭제된 내용은 전혀 없습니다. 단, 개인의 이름은 인권 보호 차원에서 지워두었습니다."

　경찰이 예상외의 선수를 친 것이었다. 비좁은 1과장실이 일제히 수런

거리기 시작한 가운데 홍보과 직원이 각사에 복사지 철을 한 부씩 나눠 주었다. 구보의 손에도 들어온 A4용지 스무 장짜리 문서는 '히노데 맥주 주식회사 가나가와 공장 사원 여러분께'로 시작했다. 이어서 '소생 ■■■■ ■■■는 지난 2월 말일을 기해 히노데 가나가와 공장을 퇴사한 마흔 명 가운데 하나입니다. 병상에 누워 운신도 뜻대로 못하는 몸이지만 오늘은 마침 이런저런 생각이 들어—'라는 본문이 이어졌다. 마지막 장의 날짜는 '1947년 6월'.

내용은 제쳐두고, '사장을 데려간다'라는 범인 그룹의 메모도 공개하지 않은 현시점에서 이런 진수성찬을 내놓은 것은 결국 이 자료가 사건의 본줄기와 무관하다는 뜻이기도 했지만, 그보다 경찰의 대응이 지나치게 빠르다는 사실이 구보의 신경을 건드렸다. 이 대응의 배경은 무엇인가. 의도는 무엇인가.

"수수께끼의 테이프라고 요란을 떨 만한 내용인지는 각사에서 일독하고 판단하기 바랍니다." 간자키의 쌀쌀맞은 목소리가 이어졌다. "그리고 편지를 쓴 옛 히노데 직원과, 편지에서 언급한 피차별부락 출신 동료는 이미 작고했습니다. 또 이 편지가 1947년 히노데 가나가와 공장에 우송되었다는 사실도 정확한 확인이 불가능합니다. 히노데측에는 자료가 남아 있지 않고, 이 일을 기억하는 옛 직원도 찾지 못했습니다."

구보는 말이 끝나기를 기다렸다가 제일 먼저 손을 들며 "이 편지를 오늘 공개한 이유를 말씀해주시죠"라고 외쳤다.

"취재 과열로 관계자들에게 피해가 가는 사태를 막고자 수사본부에서 판단한 바입니다. 일독해보면 아시겠지만, 테이프에서 피차별부락 출신자를 언급하고 있으며 그 사람이 유무형의 피해를 입은 것은 사실입니다. 새로운 협박의 씨앗이 될 수도 있겠지요. 따라서 사건과 무관한 이 건에 대해서는 앞으로 언급을 피해달라는 겁니다."

"신문에서 다루지 않더라도, 이런 자료를 공개하면 주간지 등에서는 오히려 취재 공세가 더 심해질 것 같은데요."

"주간지가 관심 가질 내용은 아니라고 봅니다."

도저히 납득할 수 없는 대답에 구보는 간자키가 입이 무거운 히노데를 간접적으로 흔들려는 계산을 숨기고 있는 게 아닐까 짐작했다. 혹은 이 자료의 유출로 모종의 이익을 보려는 이들과 아슬아슬하게 줄다리기를 하고 있거나.

구보가 그런 생각을 하는 동안 타사 기자들은 이때라는 듯이 질문을 던져댔다. "사건과 직결된 사안이 아니라지만, 이 편지를 총회꾼이 흘렸다는 이야기도 있습니다"라고 목소리를 키운 것은 조간에 '수수께끼의 테이프' 건을 대대적으로 보도한 신문사의 기자였다.

"그렇다는 근거는 찾지 못했습니다." 간자키 1과장이 응수했다.

"총회꾼과 동화 세력이 히노데를 흔들고 있는 것 아닙니까?"

"1990년 고소장에 적시된 피해 사실은, 기업을 비방하는 내용의 테이프가 발송인 불명으로 우송되었다는 것뿐입니다."

"1990년 테이프와 이번 납치사건은 무관하다는 판단 아래 편지를 공개하는 겁니까?"

"경찰에서는 그렇게 보고 있습니다."

공허한 문답을 들으며 구보는 앞으로 어떻게 할지 자문했다. 유익한 자료는 아니라지만 일단 고소 사태로까지 발전한 테이프 건을 완전히 무시해도 될 것인가. 구보는 손에 든 스무 장의 복사지를 내려다보고, 어느새 낯선 지명과 고유명사가 나열된 문장으로 빨려들어갔다.

편지를 쓴 사람은 도호쿠 지방 빈농의 자식인 듯했다. 그러나 '저는 1915년 아오모리 현 헤라이무라에서 태어났습니다. 생가는 다모다이 지구에서 밭 다섯 마지기를 소작하고, 그외 지주에게서 위탁받은 암말한 마리를 사육하며 생계를 꾸렸습니다—'로 시작되는 개인사 대목에 접어들자 1963년생인 구보의 머릿속은 이내 물음표로 가득찼다.

4

4월 28일 금요일. 시로야마 교스케는 구라타 세이고의 전화로 사건 발생 삼십육 일째의 아침을 맞았다. 구라타는 이미 정해둔 암호대로 "이른 아침부터 죄송합니다. 이다 상회에서 지난번 계약 건으로 댁에 전화할지도 모르겠습니다"라고 전했다.

범인에게서 연락이 왔다는 통보였다. 경찰이 녹음기를 달아둔 집전화로는 이 정도가 최선이었다. 언제 어디서 어떤 방법으로 어떤 내용의 연락을 받았는지 상세한 것까지 암호로 전달하기는 불가능했다.

'연휴 전까지 연락하겠다'는 말을 범인이 조만간 지킬 거라는 시로야마의 확신은 지난 한 달간 한 번도 흔들린 적이 없었다. 불의의 사태에 대한 두려움은 항상 느꼈지만, 이미 이사회에서 비상시 범인의 요구에 응하기로 의결한만큼 적어도 사내에서 대처 방안을 놓고 허둥대는 일은 없을 터였다.

구라타의 목소리를 듣자 '드디어 왔구나'란 생각에 심장이 벌떡거렸지만, 시로야마는 더없이 냉정하게 "알았어요. 그럼 이따 봅시다"라고 대답하고 수화기를 내려놓았다. 오늘인가 내일인가 초조하게 기다리는 날은 끝났다, 이제는 제대로 대처하는 일만 남았다는 목소리가 머릿속 어딘가에서 가만히 흘러나왔다.

공교로운 타이밍이라는 느낌이 없지는 않았다. 오카다 경우회의 다마루가 사건 직후부터 암묵적인 위협을 가해오고 있어 구라타가 향후 전반적인 대처에 상당히 신중해져 있고, 임원이고 직원이고 모두 고비를 넘겼다는 생각에 안온한 분위기가 감돌기 시작한 참이었다. 따지고 들면 그런 점들이 조금 불안하기는 했으나, 어쨌든 이른 아침의 전화 한 통만으로는 뭐라고 판단을 내릴 수 없었다.

시로야마는 평소처럼 아침을 먹었다. 그리고 아내가 아이리스가 피었다며 부르는 소리에 정원으로 나가, 히말라야삼나무 밑에 열 송이쯤 가냘프게 핀 보라색 꽃을 보았다. 지난 한 달 눈길을 줄 틈도 없었던 정원은 어느새 봄꽃으로 가득했고, 응달에 핀 아이리스가 아마 제일 마지막 차례 같았다.

오전 7시 45분 여느 때처럼 현관 앞에 차를 댄 운전사 야마자키가 "오늘은 오이 한큐 쪽으로 돌아서 갈까요?"라고 제안했고, 시로야마는 "그럽시다"라고 대답했다. 실은 꽤 망설인 끝에 내놓은 대답이었지만, 비상시에도 주위 사람이나 경찰이 이변을 눈치채지 못하도록 평소의 생활습관대로 행동하는 것이 좋다고 컨설턴트 고타니가 조언한 바였다. 그래서 범인이 예고대로 연락해온 4월 마지막 주 금요일 아침에도 시로야마는 매일 아침 이용하는 회사 차량으로 시내를 둘러보고, 오전 8시 20분 본사 빌딩 앞에 도착했다.

신사옥 건설 당시 건물을 도로에서 20미터 들여 지으면서 생긴 공간에 녹나무와 느티나무를 심었는데, 완공한 지 팔 년이 지나자 보기 좋게 자라 황금연휴를 앞둔 이 시기에는 새싹의 푸름이 하얀 화강암 바닥을 온통 물들일 정도로 선명해진다. 그 신록의 산책로 벤치에 그날 아침도 앉아 있는 젊은 남자 한 명을 보고 시로야마는 차 안에서 가볍게 인사했다. 상대도 허리를 살짝 들어 인사했다.

도호 신문의 기자라는데, 사건 이후 하루도 거르지 않고 24시간 삼교대로 본사 빌딩 현관에 한 명, 남쪽 지하주차장 입구에 한 명이 자리를 지키고 있다. 조만간 상황에 변화가 생길 거라고 보는 모양인데, 그 집념이 실로 대단하다고 하지 않을 수 없었다.

세간의 관심은 일주일쯤 지나자 벌써부터 희박해져서 집 앞 보도진도 자취를 감췄고, 히노데 이름이 신문 사회면에 등장하는 일도 없어졌다. 주간지 특집 기사는 하나같이 '히노데 사장 납치사건의 미스터리' '불식되지 않는 뒷거래설의 신빙성' '히노데가 표적이 된 이유는?' '히노데와 암흑세계의 계보' 등 이미 예상했던 제목으로 채워졌고, 시로야마 개인을 다룬 '화려한 혼맥' '엘리트 인생'이라는 저속하고 자극적인 문구가 전철 안 광고판을 장식하기도 했다. 그러나 회사 차원에서 일일이 반론할 필요가 없다고 결론낸 터라 시로야마도 그런 기사에는 거의 눈길을 주지 않았다.

한편 집전화에는 여전히 경찰 녹음기가 연결되어 있고, 수사도 꾸준히 이어지고 있었다. 4월 들어 오우메 가도에서 수상한 차량을 목격했다는 증언이 나왔고, 시로야마를 태웠던 차량이 끝자리 '54'인 진남색 닛산 호미일 가능성이 높다는 이야기를 수사관이 전해주었다. 그러나 문제의 차량은 아직 발견되지 않았고, 번호판이 가짜였다느니, 수도권에 등록된 닛산 호미를 빠짐없이 조사중이라느니 하는 설명을 듣고도 벌써 열흘이 지났다.

포크빈스나 과일맛 우유 같은 식품 구입처에 대한 수사에서는 모든 식품을 한꺼번에 취급하는 가게는 없다는 결론이 나왔고, 따라서 여러 가게에서 따로 구입한 것으로 판단되었다. 범인들의 외모, 연령, 직업, 생활상 등은 여전히 밝혀진 것이 없었다.

신문기자의 모습은 차가 정면 현관으로 이동하면서 창밖에서 사라졌고 이윽고 룸미러에서도 사라졌다. 포치에 정차하자 시로야마는 나무 그늘에서 엿보고 있을 기자의 눈을 의식하며 가방을 들고 내려 현관 경비원에게 "안녕하세요"라고 인사를 건넸다. "안녕하십니까" 하는 밝은 인사가 돌아왔다. 출근한 직원들이 "안녕하세요" 인사할 때마다 시로야마는 "안녕하세요" "안녕하세요" 하며 일일이 응해주었다.

그렇게 현관에 들어서자 엘리베이터 쪽에서 초조하게 기다리고 있던 대책실 전임 총무부 차장이 재빨리 다가와, "구라타 씨가 대책실에서 기다리십니다"라고 속삭이고 시로야마를 엘리베이터로 이끌었다.

"연락은 어떻게 왔습니까?"

"오늘 아침 일찍 가나가와 공장 정문 안쪽에 떨어져 있는 편지를 수위가 발견했습니다. 수위가 공장장에게 보고하고, 공장 당직자가 직접 본사로 달려와 전해주었습니다."

지하 2층에 도착해 엘리베이터에서 내린 시로야마는 일반인 출입이 통제된 철문을 통해 오페라홀 무대 아래 대책실로 들어섰다. 골똘히 생각에 잠겨 있던 구라타 세이고가 일어나 목례를 했다.

가나가와 공장에 날아들었다는 편지는 테이블에 놓여 있었다. 흔히 볼 수 있는 B5 크기 편지지 한 장으로, 가까이 가보니 자를 대고 볼펜으로 그은 듯한 글씨들이 눈으로 날아들었다.

'돈은 준비되었나? OK면 5월 5일자 일간스포츠에 "교코, 용서하마, 아버지"라는 광고를 내라. 레이디·조커'

시로야마는 서너 번 거듭 훑어본 뒤, 이 편지가 돈을 내줄 뜻이 있는지 확인하려는 의도임을 겨우 이해했다. 그 정도 이해하는 데도 제법 시간이 걸린 것은 이곳에 들어오자 저간의 모든 과정에서 갑자기 현실감이 사라져버린 탓이었다. 아니, '레이디 조커'라는 의미 모를 단어 때문인지도. ·

"그러면— 매뉴얼대로 대책실에서 처리하면 되는 거죠?"

시로야마가 입을 열자 구라타에게서 돌아온 것은 당연히 예상한 긍정의 대답이 아니라 "잠깐 드릴 말씀이 있습니다"라는 한마디였다. 구라타는 눈짓으로 '밖으로'라고 재촉하고 먼저 방을 나섰다. 시로야마는 놀란 심정으로 뒤따랐다.

무대 밑 어두운 통로에서 시로야마는 상상도 못한 구라타의 반응과 맞닥뜨렸다. 구라타는 범인의 편지를 이사회에 보고해야 한다고 말했다.

"저도 많이 고민하고 드리는 말씀입니다. 막상 범인의 요구에 응하려면 현금 지출이라는 구체적인 문제를 처리해야 합니다. 장부 원장이나 서류 조작을 포함해, 이쯤에서 이사들의 의지를 재확인해두지 않으면 어디서 잘못될 경우 수습하기 힘들어집니다."

"지금 무슨 소릴 하는 겁니까. ―이 건을 이사회에 올리면 삼 주 전 의결이 물거품이 될 수도 있어요."

"그렇습니다. 그래서 드리는 말씀입니다. 지금 대책실에 일임하고 결과를 사후에 승인하게 되면 나중에 불만을 제기할 사람이 생길 겁니다. 사카키바라, 오타니, 요시카와, 시노자키, 이사카―" 구라타는 본사 임원들의 이름을 열거했다. 그리고 내처 "야마모토, 쓰보이, 다카자키, 모리와키―" 하고 지사장과 공장장급 임원들의 이름을 읊었다.

지난번 의결에서 다양한 이유로 범인의 요구에 응하는 데 반대한 본사 임원들. 그리고 차세기를 대비하는 분사화의 포석이 제조 부문의 포기로 연결되리라는 위기감을 품은 각 사업부 임원들. 지난 오 년간 시로야마가 추진해온 여러 구조개혁을 머리로는 이해하되 감정적으로는 받아들이지 못하는 임원들. 단순히 시라이 파, 구라타 파라는 구별을 떠나 이해와 감정과 이성이 복잡하게 뒤엉킨 이사회의 현실이 다수결의 결과를 쉽사리 받아들이지 못한다는 것은 시로야마도 진저리날 만큼 알고 있었다. 그러나, 아니, 그렇기 때문에 삼 주 전 의결을 통해 범인의 요구에 응하기로 의견을 통일한 것 아닌가.

상품에 피해가 가는 사태를 누구보다 두려워하며 만일의 경우 입게 될 손실을 면밀하게 계산하고 이사회를 강력히 이끌었던 사람이 이제 와서 정반대의 말을 꺼내고 있었다. 그 진의를 짚어보고자 시로야마는 헛되이 머리를 굴렸다.

구라타가 말을 이었다. "이대로 범인의 요구를 들어주면 언젠가 오카다의 요구도 들어줘야 합니다. 다마루는 그 별장지를 40억에 사라고 요구하고 있어요."

"언제 그런 금액이 나왔습니까?"

"지난 2월입니다. 제가 교섭에 응하지 않았으니 다마루가 사장님과 직접 담판을 지으려고 들 가능성도 있습니다. 저는 어떻게든 막을 생각이지만, 그래도 이번 범인의 요구를 곧이곧대로 들어주지 않았느냐고 전례를 지적당하면 교섭이 불리해집니다. 범인의 요구액까지 총 60억에 달하는 돈을 지출하는 사태는 무슨 일이 있어도 피해야 합니다."

"다마루 쪽 얘기와 범인의 요구는 떼어놓고 생각합시다. 범인의 요구를 거부했다가 만일 상품에 피해라도 발생한다면 그 손실은 열두 단위도 넘을 겁니다. 그렇게 말한 게 바로 당신이었어요. 이제 와서 삼 주 전 이사회의 의결을 흔들 까닭이 대체 뭡니까?"

"범인의 요구를 들어주지 말자는 게 아닙니다. 결국에는 들어주더라도, 처음부터 끝까지 범인이 원하는 대로 되었다는 인상을 임원들이 받는 것은 좋지 않으니 이사회에 안건으로 올리자는 겁니다."

"그러나 편지에 대한 대응을 안건으로 올리면 다시 가부를 문제삼게 될 뿐입니다."

"임원들의 의견을 듣고, 신중한 판단이 필요하니 우선 경찰에 통보하고 대책을 상의하면서 시간을 버는 게 어떠냐고 제안하는 것이 가장 좋습니다. 까다로운 사람들도 그렇게 말하면 받아들일 겁니다. 시로야마 씨의 의지도 관철할 수 있고요. 동의해주십시오. 이사회 의결은 제가 책임지겠습니다."

망설일 여지를 주지 않는 강한 말투였다. 시로야마는 자신에게 거부할 기력도, 시비를 따질 능력도 없음을 인정했다. 나름대로 정해두었던 처리과정이 단번에 흔들리기 시작해 불안에 짓눌리는 기분으로 "그렇게 합시다"라고 말했다.

속내를 꿰뚫어보았는지, 구라타는 시로야마의 불안감을 포용하듯 희미한 미소를 지어 보였다.

"시로야마 씨. 저는 전적으로 시로야마 씨와 같은 의견입니다. 다른 사람도 아닌 제가 설마 5, 6월 수주분 4900만 상자를 출하하지 못하는 사태를 두고만 볼 리 없지 않습니까."

"그렇지요."

"경찰은 범인이 움직이길 바라니, 틀림없이 요구에 응하는 척하라고 말할 겁니다. 그러면 우리 앞에 멍석이 깔리는 겁니다. 범인의 요구대로 움직이면서 뒷거래 교섭도 할 수 있으니까요."

결국 구라타의 제안대로 오늘 중 이사회를 소집하기로 합의한 뒤 헤어지고, 혼자 남은 시로야마는 참으로 미묘한 이야기가 아닌가 실감하며 한숨을 쉬었다.

시로야마와 구라타가 건너야 할 다리는 양쪽이 자칭 '레이디 조커'라는 공갈범과 오카다 경우회에 막혀 있고, 일단 오카다를 견제하며 공갈범에게 접근하려면 이사회라는 위태로운 관문을 반드시 통과해야 한다. 그 과정도 미묘하거니와 관문을 통과하는 방식도 미묘하기 그지없다. 구라타의 제안을 요약하자면 결국 어떻게 임원들을 속이며 합의 도출을 꾀할 것인가인데, 혹시 나올지 모를 추궁을 피하기 위한 포석이라기보다, 1990년의 추문을 끌어안은 미묘한 상황에서 최종적으로는 공갈범의 요구를 받아들이면서 동시에 오카다 경우회와 교섭할 재량권을 확보하기 위한 포석이었다.

게다가 이런 포석을 까는 구라타도 미묘하기는 마찬가지인 것이, 지금 오카다와 전면 대결할지 타협할지를 놓고 흔들리는 모습이 시로야마 눈에 빤히 보였다. 깊은 속내까지는 알 수 없지만 이를테면 그가 이런 식으로 시로야마에게 속내를 드러낸 것부터가 전에 없던 일이고, 그런 면에서도 구라타의 변화는 충분히 드러나고 있었다. 한 달 전 범인에게서 풀려난 밤 문득 깨달았듯이 구라타가 더이상 예전의 구라타가 아니라는 사실이 확실해진 지금, 여전히 그를 전적으로 신뢰할 수밖에 없는 시로야마의 심경 역시 미묘하기 그지없었다.

시로야마는 그날 하루종일 업무에 쫓기면서도 오전 중 시라이에게 전화를 걸어 범인의 편지 건을 이사회에 올리는 것에 대해 의견을 구했다. 시라이는 냉큼 "구라타 씨 의견에 흔들리셨군요?"라고 말했다.

"잘 아시네요." 시로야마가 말했다. "실은 나도 앞이 통 보이질 않아요. 시라이 씨도 의사록을 빼낸 사람이 누군지 알려주지 않고."

"그 건은 결국 당사자가 시로야마 씨에게 밝힐 겁니다. 그보다, 저도 구라타 씨의 어려운 처지는 충분히 이해합니다. 솔직히 저를 포함해 임원 태반은 설마 정말로 편지가 올 줄 몰랐고, 오카다 일도 있고, 주식 쪽에도 좀 문제가 있고ㅡ"

"주식이 왜요?"

"구라타 씨도 예민하게 보던데, 곧 증권사 사람을 만나니 나중에 보고하겠습니다. 여하튼 지금은 구라타 씨의 지휘를 기대해보지요. 저도 되도록 많은 임원에게 백지 위임장을 받아내도록 힘써볼 테니까요."

그런 대화를 통해 시로야마는 시라이가 나름대로 상황 판단을 고민한 끝에 현안은 구라타에게 일임하고 속 편하게 장외에서 구경하기로 작정한 것이라 짐작했다. 그것이 가장 현명한 처신임은 틀림없었다.

그날 오후 7시, 30층 회의실을 닫아걸고 열린 임시 이사회에는 지사장 및 공장장을 비롯한 스물여덟 명의 사내 임원 중 시라이를 포함한 열다섯 명이 백지 위임으로 결석하고 나머지 열세 명이 참석했다. 스기하라는 보이지 않았다. 시로야마와 구라타를 빼고 모두 남의 집 불구경하는 표정이었고, 몇몇은 '레이디 조커'라는 이름이 현실적으로 와닿지 않는지 유치한 장난에 말려들었다고 말하고 싶어하는 분위기였다.

시로야마는 우선 지난번 의결에 붙은 단서 조항에 기초해 경찰에 신고하지 않고 범인이 요구하는 광고를 내도 좋을지 상의하고 싶다는 취지로 말머리를 꺼냈는데, 그 말이 채 끝나기도 전에 타원형 테이블에 둘러앉은 임원들 눈에서 침착함이 사라졌다. 곧 비서실장 겸 총무 담당인 사카키바라 상무가 번쩍 손을 들더니 "지난번 의결 이후 삼 주가 지나 회사의 주변 상황도 변했으니, 이쯤에서 다시 한번 상황 판단을 할 필요가 있지 않겠습니까?"라고 발언했고, "동감입니다" 하는 몇몇 목소리가 뒤를 따랐다.

사카키바라는 이어서 "지난 한 달 세간에 퍼진 풍문에는, 우리 회사가 지하 세력과 관계있고 이미 범인과 뒷거래를 해서 돈을 내줬다고 합니다. 실제로 우리 대응을 보면 사람들이 그렇게 받아들여도 할말이 없었던 것이 사실입니다. 그런데 지금 다시 범인들의 요구를 받아들이고 또 그 사실이 알려진다면, 히노데 브랜드가 받을 타격은 헤아릴 수 없습니다"라고 말했다.

시장에 영향을 미칠 기업 이미지에 대해서는, 범인의 요구에 응하지 않는 경우의 플러스보다 상품에 피해가 생길 경우의 마이너스가 더 크다는 평가를 지난번 의결에서 내린 바 있다. 게다가 상품에 피해가 생길 경우 발생하는 손실은 어떤 조건을 상정해도 1,000억 엔이 넘으리라는 계산이 나와서 하는 수 없이 범인의 요구에 응하자는 결론을 내렸던 것인데, 한 달간의 평화는 이렇게 사람들의 의식을 제자리 수준으로 돌려놓고 말았다.

시로야마는 "저는 여전히 지난번 계산 결과를 존중합니다"라고만 대답했다.

이어서 의약사업본부의 오타니 상무가 더욱 근본적인 의문을 제기했다.

"애초에 이 '레이디 조커'인지 뭔지 하는 놈들 때문에 우리가 이렇게 모여서 대책을 협의할 필요가 있는 겁니까? 이 요구는 백지수표나 마찬가지 아닙니까? 전혀 말도 안 되는 요구입니다."

시로야마는 저들이 요구하는 금액은 20억이라고 다시금 상기시켰지만, 오타니는 "금액도 명시하지 않고 돈은 준비되었느냐고 묻다니, 이해가 되지 않습니다"라며 강경하게 나왔다.

하긴 맞는 소리라고 시로야마도 인정하지 않을 수 없었다. 현금을 요구하는 편지에 20억이라는 표현을 넣지 않은 '레이디 조커'를 원망해보았으나, 지금은 "범인이 저에게 20억이라고 분명히 말했으니, 이번 편지도 그렇게 이해해주십시오"라고 같은 말을 거듭 하는 수밖에 없었고, 타원형 테이블에는 긍정도 부정도 아닌 곤혹스러운 침묵만이 흘렀다.

사건으로부터 한 달이 지난 지금, 어느새 임원들 사이에서는 사건 후 신문에 보도된 1990년 테이프 건과 관련해 입사시험을 중도 포기한 학생이 스기하라 다케오의 딸과 가까운 사이였다는 이야기가 퍼져나갔고, 나아가 1947년 이사회의 의사록 일부가 도난당했다는 이야기도 돌고 있었다. 그렇게 사건 주변을 맴도는 친인척의 추문이 '레이디 조커'라는 기묘한 이름 이상으로 일동의 마음을 어지럽히는 것은 분명했다.

그리고 바로 그 어지러움을 역이용하듯이, 미리 정해놓은 대로 구라타가 "그럼 일단 경찰에 이 편지를 신고하는 게 어떻습니까?"라고 제안했다.

일동은 허를 찔린 표정이었지만, 결국에는 예측한 대로 경찰에 신고하고 상황을 지켜보며 판단을 미루자는 것으로 금세 합의를 보았다.

산회한 뒤 방을 나서기 전 시로야마는 구라타에게 "오늘 수고 많았습니다"라고 인사하고, 내처 시라이가 말한 주식 얘기를 물어보았다. 지금으로서는 아무리 작은 일도 신경이 쓰이는 심정이었다.

"4월 들어 주가가 조금 높은 상태고, 전환사채 패리티도 오르고 있고, 신용거래에서도 매수 잔고가 매주 10만 주 정도씩 늘어나고 있습니다만—"

"그건 나도 압니다."

"어제 매수 잔고가 200만 주를 넘었다고 해서 어디서 샀는지 조사해보니 각 증권사가 골고루 사들이고 있었습니다. 아무래도 우리가 초가을 모 편의점을 계열사로 편입할 거라는 풍문이 나도는 모양인데, 정보 출처가 어쩌면—"

구라타는 이야기를 꺼낸 것을 후회하듯 입을 다물고 침울하게 한숨을 쉬었다. 시로야마는 "어쩌면요?"라고 다음 말을 채근했다.

"어디까지나 소문이지만, 세이와회 산하의 투자자문회사 이름이 거론되고 있어요. GSC그룹 중 하나입니다."

"오카다와 관계된 얘기입니까?"

"모르겠습니다. 200만 주 정도는 전체적으로 보아 대단한 양이 아니지만, 시기가 시기인지라 투기적인 동향은 경계하는 게 좋겠죠."

시로야마는 구라타가 무엇을 우려하는지 그 자리에서 충분히 이해하지는 못했지만, 암흑세계를 관찰해온 사람만이 느낄 수 있는 직감이겠거니 생각하니 걱정거리가 하나 더 늘었음이 분명해졌다.

*

이튿날 4월 29일 토요일 오전, 임원 대부분이 히노데 간토 지역 모임을 위해 마쓰오 골프클럽에 가고 노동절까지 사흘 연휴를 맞아 텅 빈 본사 빌딩에 도쿄 전력 보수공으로 변장한 수사원이 찾아와 '레이디 조커'의 편지를 받아갔다. 시로야마는 5월 2일 화요일 아침 출근해서 당시 상황을 상세히 들었는데, 경찰은 기존 방침대로 편지가 온 사실 등을 일절 공표하지 않고 대처할 거라 설명하고 돌아갔다 했다.

그리고 2일 오전, 늘 시로야마를 담당하던 수사본부 수사관이 전화해서 묘하게 격식 차린 인사를 늘어놓는가 싶더니, 곧 간자키라는 수사 1과장이 바꿔 받아서 직접 만나 상의하고 싶은 일이 있다고 말했다. 시간을 내기 힘들다고 시로야마가 거절하자 간자키는 바쁘신 줄 알지만 이쪽 요청을 우선해주길 바란다고 했다. 시로야마는 결국 점심시간이라면 괜찮겠다고 승낙했다.

*

신흥종교집단 간부가 일주일 전 지하철에 독가스를 살포한 테러의 주모자로 체포되었다는 속보가 일단락된 정오, 경시청 칠사회 도호 신문 박스는 석간 1면에 '싱그러운 5월'이라는 헤드라인에 보소 반도 컬러사진을 곁들일 만큼 평화로운 분위기였다. 3판 출고 직전까지 교체 원고가 거의 없고 전화도 몇 통 걸려오지 않아서 구보는 짬을 내어 노트 정리를 시작했고, 옆에서는 기분이라도 내보자며 구리야마가 여행

잡지를 뒤적이고 있었다. 그런데 바로 그때 외선 전화에서 "히노데에 나와 있는 야마네입니다!"라는 방면기자의 힘찬 목소리가 들려오는 바람에, 구보는 정신이 번쩍 드는 동시에 간만에 들려온 히노데라는 말에 당황하고 말았다.

"방금 지하주차장으로 1과장 차가 들어갔어요. 뭐라고 말을 걸 틈도 없었는데, 이제 어떻게 할까요?" 기자가 말했다.

"주차장 입구를 지키고 있어! 바로 갈 테니까, 혹시 내가 늦어도 주차장에서 나올 때는 무조건 막아! 인사하든 뭘 하든 일단 말을 걸고 표정을 잘 관찰해보라고. 그 사람 뭐 숨기는 게 있을 때는 상대방과 절대 눈을 맞추지 않으니까. 알았지?"

수화기를 내려놓을 때는 벌써 자기 가방을 낚아챈 뒤였다. "캡, 1과장이 히노데 본사로 들어갔대요. 사건에 진전이 있는지도 모릅니다."

그렇게 말하기 무섭게 구보는 지난 며칠의 지루함에서 해방된 기세로 박스를 뛰쳐나갔다. 히노데 본사가 있는 기타시나가와까지는 차로 삼십 분. 히몬야의 관사에도 4월 초 딱 이틀 돌아갔던 간자키가 지금 히노데에 인사나 하러 들를 리 없다. 혹시 범인들이 연락한 걸까? 필시 그렇다. 범인이 움직인 거다. 어디서 나오는지 알 수 없을 직감이 그렇게 아우성쳐댔다.

*

시로야마는 본사 빌딩 40층의 비어레스토랑 룸에서 수사1과장 간자키 히데쓰구를 맞았다. 오전에 통화하면서 용건이 통 짐작되지 않아 "점심이나 같이 드시죠"라고 말해보았는데, 간자키가 냉큼 "아, 고맙습니다" 하며 응했던 것이다.

옷차림은 평범하지만 짧게 친 잿빛 머리와 볕에 그을린 단단한 이마, 움직임이 거의 없는 작은 눈동자 등, 간자키의 인상은 흡사 예전에 보았던 육군 하사관 같았다. 시로야마는 그를 만날 때마다 역시 경찰청의 이와미와는 많이 다르군, 야전 부대 지휘관의 얼굴이야, 라고 생각하곤 했다.

간자키는 얼굴을 마주하기 무섭게 "협조해주셔서 감사합니다"라고 인사하고 무람없이 자리에 앉더니, "전망이 좋군요"라며 역시 싹싹한 말투로 말했다. 시선은 정말로 40층 창문 너머를 향해 있었고, 일반 수사관들처럼 번드르한 인사치레는 꺼내지 않았다.

"요즘 사장님 건강은 어떠십니까?"

"덕분에 괜찮습니다. 고기와 생선 중 무얼 좋아하십니까?"

"저는 생선으로 하죠."

"맥주는요?"

"아뇨, 말씀은 고맙지만 근무중이라서요."

웨이터가 자리를 뜨자 간자키는 "제일 먼저 상의드릴 일은" 하며 곧장 입을 열었다. 시로야마는 비즈니스 자리도 이러면 좋겠다는 감탄이 일었지만, 잠시 듣다보니 말이 상의지 언제나처럼 일방적일뿐더러 기본적으로 상대의 처지를 배려할 필요가 없는 공무원의 냄새가 짙게 풍겼다. 게다가 한마디 한마디 내뱉을 때마다 개인의 얼굴이 사라지고 경찰조직의 얼굴이 나타나는 듯한 그의 숙달된 몰개성에서 느껴지는 것은 분명 일종의 위압감이었다.

"저희는 수사 진전을 위해서라도 꼭 '레이디 조커'가 움직이도록 하고 싶습니다. 범인이 움직여야 포위할 방법도 찾을 수 있으니까요. 그러니 범인이 지정한 대로 5월 5일 일간스포츠에 광고를 내주시고, 범인의 다음 지시를 기다렸으면 합니다만."

"다음 지시가 오면, 그뒤에는요?"

"그뒤에는 아마 현금 전달을 지시할 겁니다. 그때도 그대로 따라주셨으면 합니다. 물론 경찰이 완벽히 포위할 테니, 범인이 나타나기만 한다면 놓치는 일은 없을 거라고 믿으셔도 됩니다. 실제로도 경시청에서는 이런 사건에서 범인을 놓친 예가 없습니다."

"요컨대 범인 요구에 응하는 척하라는 겁니까?"

"그렇습니다."

"무엇이 수사에 최선인지는 제가 판단할 일이 아니니, 경찰에서 그리 말씀하시면 그대로 따라야죠. 대책실에서 정식으로 답변 드리겠습니다."

"그런데, 이번 범인의 편지를 받고 하루가 지나서 저희에게 신고하셨던데, 무슨 특별한 사정이라도 있었습니까?"

"아뇨, 그런 건 아닙니다. 임원들이 모두 바쁜 신세라, 한데 모여 대책을 논의할 시간을 바로 낼 수 없었습니다."

음식이 나와서 대화가 잠시 끊겼고, 간자키는 버터라이스를 곁들인 소스 아메리켄 랑구스틴을 먹으며 "오, 이거 정말 맛있군요"라고 감탄했다. 시로야마는 비어레스토랑 주방에서 매일 대하 10킬로그램을 직접 갈아 만드는 이 소스 아메리켄이 도쿄에서도 으뜸을 다투는 맛이라고 설명했다.

"오, 그렇습니까! 사장님이 토마토소스로 익힌 완두콩을 드시고 바로 포크빈스라는 이름을 떠올리신 이유를 이제 알겠습니다. 대개는 고작 케첩맛 콩이라고 표현하지 않겠어요." 간자키는 더없이 진지했다. "그러고 보니 도매상에서 포크빈스 통조림을 구입하는 곳은 백화점, 대형 마트 외에도 급식회사, 자위대, 일부 지자체 등이 있다고 합니다. 지자체는 재해 대비용 비상식량으로 사들인다더군요."

한차례 설명한 후 간자키는 "그런데" 하며 이내 본론으로 돌아갔다.

"두번째로 상의드릴 일은, 범인들이 움직이기 시작하면 사장님께 경호형사를 한 명 붙여드리고 싶다는 겁니다."

"보디가드 같은 겁니까?"

"권총과 특수 곤봉을 휴대한 경호원이죠."

"글쎄요, 갑자기 그런 말씀을 하시니 좀 곤란하군요."

"경찰에나 귀사에나 실수는 용납될 수 없는 상황이니 말씀드리는 겁니다."

"우리 회사도 요즘 경비원을 증원했습니다만."

"매일 여기저기 외출하시는데 수행원이 운전사 한 명뿐인 건 너무 무방비합니다."

"민간 기업에서는 그게 보통입니다."

"경찰의 책임을 회피할 생각은 없습니다만, 작년 도에이 은행 상무 사살사건이나 그외 기업 임원 피습사건도 피해자측에서 조금만 더 대비했다면 피할 수 있었던 일입니다. 귀사의 상황은 그들 사례보다 훨씬 절박하고요. 사장님을 납치한 범인은 6억을 받아낼 수 있다고 확신하고서 사장님을 풀어주었을 테니, 잡지 못했을 경우 예상되는 위험이 매우 큽니다."

경찰은 역시 피해자인 자신의 주위에 범인의 끈이 있다고 보는 것이다. 그렇게 짐작하면서 시로야마는 "과장님은 지금, 우리가 현금 전달 지시에 따르는 시늉을 하면 경찰에서 범인을 포위할 수 있다고 말씀하시는 겁니까?"라고 물고 늘어졌다.

"실행범은 포위 가능하지만 배후에까지 당장 손쓸 순 없습니다." 간자키는 망설임 없이 대답했다.

"그러니까, 결국은 위험하다는—"

"위험하지 않은 사건은 없습니다."

"범인 검거를 위해 나 자신을 보디가드가 필요할 만큼 위험한 상황에 노출시켜야 한다면, 다시 한번 생각해보지 않을 수 없겠는데요." 시로야마는 짐짓 저항을 시도했지만 간자키의 대답은 흔들림이 없었다.

"범인 검거는 이 나라 치안과 기업사회 전체의 문제입니다. 히노데한 회사만의 문제가 아닙니다. 부당한 기업 테러에 굴하지 않는 모범 사례를 귀사가 전국의 기업에 보여주시기를 바라며, 그러기 위해 경찰도 최대한 노력하고 경호도 제공하겠다는 말씀입니다."

시로야마는 이 대화에 승산이 없음을 잘 알고 있었다. 뭐니뭐니해도 피해자 처지이니 현실적으로 경찰의 요구에 따르는 수밖에 없고, 상황이 위험하다고 판단한 경찰이 경호를 붙이겠다고 하면 그 역시 따르는 수밖에 없다. 기업에는 무엇이 얼마나 위험한지 구체적으로 상상할 능력이 없고, 따라서 그에 대처할 능력도 없거니와, 대책에 드는 비용을 댈 수도 없으니, 형사를 붙여주겠다는 경찰의 제안을 거부할 이유는 없었다. 다만 개인적으로 선뜻 받아들이기 힘든 것은 이런 위험이나 구속이 자신의 신변에 발생하리란 사실을 이사회에서 예상하지 못했고, 시로야마 스스로도 그랬다는 데서 비롯된 깊은 당혹감 탓이었다.

결국 시로야마는 "좀더 생각할 시간을 주십시오"라고 대답했다. "차후 대책실을 통해 답변 드리겠습니다."

"사장님이나 주변 분들의 일상에 지장을 주는 일이 없도록, 저희도 인선에 신중을 기하겠습니다."

"가능하다면 본청 형사보다 이 지역 관할서 분으로 해주시면 좋겠습니다."

"그건 무슨 이유죠?"

"제게는 가족이 있습니다. 제게 미치는 위험은 곧 가족의 위험입니다. 이왕이면 이 지역에 익숙하고 잘 아시는 분이 좋겠지요."

'나옵니다'라는 지하주차장 경비원의 눈짓을 신호로, 지상 입구에 있던 구보는 방면기자 야마네와 후루카를 이끌고 통로를 달려내려갔다. 지하에서 올라오는 1과장 관용차 앞으로 세 사람이 양팔을 휘두르며 뛰어나가자 차가 통로 한복판에서 멈추고 뒷좌석 유리창이 내려갔다. 구보는 냉큼 달려들어 "죄송합니다! 여기서 다 뵙는군요!"라고 말을 걸었다.

"계속 감시중이었으면서 뭘 그래요." 유리창 밖으로 얼굴을 내민 간자키 1과장의 눈은 구보의 얼굴에 일 초도 머물지 않고 금방 비켜났다. 이거다, 이 눈이야, 바로 알아본 구보는 "히노데에는 무슨 일로?" 하고 물었다.

"사건 발생 사십 일을 맞아 인사차 들렀습니다. 상황 보고라고 생각하셔도 됩니다"라는 대답이 돌아왔다.

"어느 쪽에서 요청하신 거죠?"

"내가 부탁했습니다."

"시로야마 사장을 추적할 가치가 있다는 겁니까?"

"내가 언제 그렇게 말했습니까?"

"1과장님, 용의자가 움직인 것 아닙니까?"

"그런 일 없습니다. 오늘은 40층에서 점심을 얻어먹은 게 다예요."

"점심시간에 회식이라니, 흔한 일은 아닌데요."

"로마에 가면 로마법을 따르라고 하잖습니까. 그럼 이만."

오늘 간자키는 어떤 암시도 줄 마음이 없어 보였다. 구보는 일단 "이거, 길을 막아서 죄송합니다" 하며 물러났지만, 주차장을 나가는 관용차를 바라보며 오랜만에 온몸이 후끈 달아오르는 것을 느꼈다. 틀림없다는 확신이 들며, 어디서부터 더듬이를 뻗을까 하는 궁리로 머릿속이 가득찼다. 간자키의 수사본부는 기업 관련일 경우 매우 신중하고 은밀하게 움직이며, 탐문과 물증 수사 쪽도 특별히 입이 무거운 형사들로 인원을 최대한 줄인 터라 좀처럼 접근할 길이 없었지만, 범인이 움직이면 특수반과 기동수사대가 동원될 수밖에 없다. 이번에는 돌파구가 열릴지도 모른다.

기자실에 전화를 걸어보니 4판에도 원고 교체가 없다고 해서, 구보는 야마네와 후루카에게 점심을 사주고 오후 2시쯤 사쿠라다몬에 도착했다. 경시청 정문 앞에서 택시를 내리자 우치보리 거리 산책로를 터벅터벅 걸어오는 네고로가 보였다. 구보가 인사하기도 전에 30미터쯤 앞에서 네고로가 먼저 손을 흔들었다.

구보가 교차로를 건너가자 네고로는 이미 걸음을 멈추고 난간에 기대어 쑥스러운 듯 웃고 있었다. 지도리가후치의 도호 신문 본사에서 경시청까지 1.5킬로미터 거리를 재활을 겸해 산책하는데, 다리가 안 좋을 때는 종종 완주하지 못하기도 하는 모양이었다.

"오늘은 날씨도 좋으니 괜찮겠다 싶었는데."

"전화 주셨으면 제가 나갔을 텐데요."

"그런데 어디서 오는 길이야?"

"아, 1과장이 히노데에 나타났다고 해서 쫓아가봤는데, 별 수확은 없네요."

"그래? 뭐, 범인이 슬슬 움직이기 시작했어도 이상할 것 없지."

구보에게 네고로는 사회부를 오가면서 눈에 띄지 않을 때가 더 많은 존재감 희박한 기자 중 하나였지만, 가끔 그 희미한 눈 안쪽에 도마뱀을 연상시키는 고요한 눈동자가 숨어 있는 모습을 발견했다. 지금도 그런 눈동자가 얼핏 보였다.

"마침 캡한테 가려던 길인데, 자네가 대신 좀 전해줘. 우선 도다 요시노리의 사망 사실은 주간지에서 확인했다는군. 아까 편집장한테서 연락 왔어."

"아, 역시—"

사건 후 수사본부가 공개한 1990년 테이프 채록본의 내용에 근거해, 사회부에서 1947년 작성된 그 편지에 등장하는 인물의 이름을 전부 조사했는데, 4월 초 현재 생존해 있는 사람은 필자의 친척 외에 1916년 사이타마에서 출생하고 종전 직후 히노데 교토 공장에서 해고된 도다 요시노리 한 명뿐이었다. 그리고 『주간 도호』에서 도다의 행방을 추적한 결과, 지난주 오사카 니시나리 구 노숙 사망자 명단에 도다로 추정되는 사람이 있다는 정보가 들어왔다. 그것이 도다 본인이라는 사실이 오늘 확인된 것이다.

사건 후 사회부에 제보 전화를 건 도다와도 동일인일 가능성이 높지만 이제는 확인할 길이 없다. 여하튼 이로써 1947년 편지 건의 관련자는 '그리고 아무도 없었다'가 된 셈이었다.

"유품은 없나봐. 그리고, 이걸 캡에게 전해줘." 네고로는 두툼한 서류봉투 하나를 쑥 내밀었다. "아는 사람한테서 받은 거야. 4월 3일부터 28일까지 각 증권사에서 히노데 주식을 매매한 사람의 명단. 어느 회사건 거의 매일 사들이고 있어. 아마 히노데가 무슨 편의점을 흡수 합병한다는 풍문이 나도는 모양인데. 캡한테 전해줘."

"요즘 매수 잔고가 늘어나는 건 니케이에서도 보이던데요—"

"4월 2일경부터 매도 잔고도 늘었어. 어제는 거의 비등한 수준이고. 규모는 크지 않지만 시기가 시기이니, 히노데 주식이 이런 형태로 투자자들의 주목을 끈다는 게 조금 마음에 걸려. 뭔가 터지면 과잉반응에 나설 지반을 다지는 중이라는 느낌이야. 일단 풍문의 출처를 알아보겠네."

네고로는 말을 맺고 "그럼" 하며 한 손을 쳐들고 왔던 길로 돌아섰지만, 구보가 교차로를 건너기 전 뒤돌아보니 몇 발짝도 떨어지지 않은 길가에서 운하를 내려다보며 허리를 문지르고 있었다.

*

5월 5일 금요일도 아무 진전 없이 끝났다. 밤을 맞은 오모리 서 2층 대회의실 한구석에는 자양강장제 두 상자가 놓여 있고, 각각 붓글씨로 '간자키 수사1과장님 기증' '하카마다 형사과장님 기증'이라고 쓴 쪽지가 붙어 있었다. 척 봐도 도히 과장대리가 쓴 것답게 거창한 글씨를 보고 고다는 문득 3층 사람들은 제대로 움직이고 있을까 생각하며 박스에서 한 병을 집어들었다. 지난주 3층 형사과 사무실을 들여다보니 검사에게 후속 수사를 지시받은 사안이 산더미같이 쌓여 있고, 도히가 "여기는 맨 뒤치다꺼리뿐이야"라고 투덜대고 있었다. 그 이튿날 하카마다 과장이 불러 3층에 올라갔을 때는 "자네 도장이 필요해서 불렀어"라는 말과 함께 이자와-간노 콤비의 시말서를 건네받았다. 강도 미수 현장에서 압수한 증거품 수량이 서류에 기재된 것과 일치하지 않는 모양이었다.

자양강장제를 단숨에 비우고 빈병을 쓰레기통에 버리는데, 마침 가마타 서의 한다가 박스로 손을 뻗는 것을 보고 먼저 "수고하십니다"라고 말을 걸었다. 한다도 "수고하십니다"라고 대답했다. 하루종일 돌아다니고 들어오면 입 열기도 귀찮아지는 것이 인지상정이지만 한다는 성실한 태도를 무너뜨리지 않는다. 그때 시나가와 서 계단에서의 돌발 행동이 무슨 이유였는지 여전히 알 수 없었던 고다는 요즘 들어 그의 성실한 모습은 꾸며낸 것이라는 생각이 들었지만, 석연치 않은 기분이

날로 더해가는 것과는 반대로 종종 자기 쪽에서 먼저 말을 건네보기도 했다. 하잘것없는 감정 문제도 신경쓰기 시작하면 거추장스러워진다.

　수사본부는 4월 셋째 주와 넷째 주 주말에 연이어 개편되었으며, 이 날 밤 대회의실로 올라온 지역반과 유류품 수사반 인원은 서른 명도 채 되지 않았다. 연고감 수사와 기업 관련 수사반은 4월 중순부터 따로 분리되어나가 모습을 감추었고, 사건 발생 이후 한동안 매일 백 명 넘게 드나들던 사무실은 변두리 동네의 방화 전문 영화관 같은 풍경이 되었다. 여기저기서 모인 탓에 이제 겨우 서로의 이름을 익힌 서른 명은 잡담도 없이 오후 8시 회의를 묵묵히 기다리고 있었다.

　본청에서 나온 강력9계 열 명을 제외하면, 남아 있는 면면은 모두 형사 경력 십 년차 이상이다. 태반이 주목받지 않고 바닥부터 올라온 케이스이고, 본청에서 관할서로 미끄러진 사람과 정년 전 승진할지도 불투명한 왕고참 격 만년 순사부장이나 경부보가 몇 명 섞여 있다. 소수정예라는 말이 듣기에는 그럴듯하지만 고다의 삐딱한 눈에는 이대로 버티다가 형사 인생을 마감할 운명인 사람들만 닥치는 대로 긁어모은 것처럼 보이기도 했다. 한 달간 함께 걸어온 방범계장도 4월 말 떠나고, 본부에 남은 오모리 서 동료는 얼마 전 연고감 수사로 옮긴 안자이 지능계장밖에 없었다.

　지역반이나 유류품 수사반의 축소는 이미 수사 범위가 어느 정도 좁혀졌음을 뜻했으나, 언제 범인의 요구가 날아들지 모르는 상황임은 변함없었다. 사건 추이에 따라서는 이 회의실이 다시 꽉 차는 날이 올지도 모르고, 고다가 속한 차량 수사반은 그때를 대비해 오로지 한 대의 차를 찾아 돌아다니고 있는 것이다.

　육운국에 등록된 수도권 닛산 호미 중 진남색 차량 칠십 대를 전부 찾아 조사했지만 의심 가는 소유자는 없었고, 사건 당일 밤 소재가 불분명했던 차량도 없었다. 그중 건설사 등의 영업 차량으로 민간 주차장을 사용하는 십여 대를 지켜보는 중인데, 사건 당일 밤 주인이 열쇠를 꽂아둔 채 방치한 차량은 없었고, 누군가가 열쇠를 건드린 흔적이 있는 차량도 없었으며, 주초에 연료가 줄거나 주행거리가 늘어나는 등의 변화를 감지한 차주도 없었다.

그러나 5, 6만 킬로미터씩 달린 영업 차량이라면 차주가 주행거리를 일일이 확인하진 않을 것이고, 주말에 휴업하는 사업장에서 금요일 밤 주차장에 세워둔 차를 범인이 몰래 빼냈을 가능성이 아주 없지는 않았다. 만약 그렇다면 범인에게 차 열쇠를 복제하는 기술이 있다는 얘기이므로, 범인상의 새로운 조건 중 하나로 올릴 수 있다.

고다의 수첩 속 메모에는 '운전 기술이 뛰어나거나 운전에 익숙한 자'라는 구절도 있었다. 사건 당일 밤 다이보사쓰 언덕 1차선의 언덕길이 얼어붙어 경차 한 대가 가드레일에 충돌해서 꼼짝 못하고 있었는데, 예의 닛산 호미 운전자에게 도움을 청하자 멈추려는 기미도 없이 쌩하니 지나쳤다는 것이다. 커브가 많은 동결 상태의 도로를 체인도 감지 않고 시속 60킬로미터로 달려갔다면 운전 실력이 상당하다고 봐야 한다. 또한 사건을 인지한 경찰이 고속도로 무인단속카메라나 통행권을 조사하리라는 것을 계산하고서 도주로를 고른 사람도 범인 그룹의 일원임이 분명했다.

'과일맛 우유—어린이'라는 구절은 고다의 조심스러운 직감에서 나온 것이었다. 범인들이 감금중 피해자에게 준 음식, 즉 과일맛 우유, 크림빵, 베이비 치즈, 귤, 바나나 등의 조합을 놓고 관련성을 생각해보니, 문득 한때 아이들이 즐겨 먹던 간식임을 깨달은 것이다. 범인 그룹에 장성한 자식을 둔 자가 있는데 어떤 이유로 자식에게 집착을 갖고 있는지 모르겠다는 생각도 들었다. 과일맛 우유나 크림빵은 범인에게 익숙한 음식이 아니라 그의 자식이 좋아해서 자주 사 먹이던 것인지도 모른다.

수첩에는 사건 직후 적어둔 '무선―'이라는 단어도 남아 있다. 사건 발생 당시 범인 그룹 중 한 명이 경찰 무선을 들었으리라는 생각은 그 뒤로 뭐라고 정리되지 못한 채 붕 떠 있는 상태였다. 자신이 넘을 수 없는 '담당 구역 외'라는 이름의 강 건너편에 한 경찰의 모습이 희미하게 보이는 정도에 불과했지만, 여하튼 그자는 2방면 관할서 중 한곳에 있을 것이고, 3월 24일 밤 당직 근무를 했으며, 수령기나 무전기를 휴대한 누군가일 것이다.

수첩을 뒤적이며 고다는 조직 질서에 대한 순응과 반발의 바늘이 제 안에서 균형을 잡으려 애쓰는 것을 느꼈다. 미묘한 지점에서 간신히 멈췄지만, 그 상태를 유지하기도 쉽지는 않았다.

사건 때마다 새로 바꾸는 수첩은 불과 한 달 만에 다 차버렸는데, 99퍼센트는 '3/27 11:15 다나시 시 히바리가오카 단지 152 오노 가쓰시 다마54 라 412× 도요타 카리브 흰색 차주 부재' 하는 식으로 헛걸음한 방문처 수백 곳의 내역을 기록한 것이었다. 글씨는 조금도 흐트러지지 않았고, 한 줄의 끝마다 힘주어서 그린 동그란 마침표가 붙어 있었다. 형사생활 십삼 년의 버릇인 그 작은 동그라미에는 이번 역시 '언젠가 범인 얼굴을 보겠다'는 무조건적이고 단순한 생각이 담겨 있었다.

그러나 이번에는 '언젠가 범인 얼굴을 보는' 것도 간접적인 이야기가 될 것이다. 닛산 호미나 과일맛 우유 같은 물품 뒤에 있는 인물의 정체가 밝혀진다 해도 그 A나 B를 용의자로 확신케 하는 동기나 근거 등은 강 건너편에 있고, 실제로 A나 B를 체포하는 행위도 강 건너편의 일이다. 체포 후의 심문도 마찬가지다. 조직 수사가 원래 이런 것 아니냐고 충분히 납득하고는 있지만, 차 한 대를 찾아 돌아다니며 제 마음을 적극적으로 충족시키기란 현실적으로 매우 어려운 이야기였고, 고다는 이

것이야말로 자신의 진짜 숙제라고 조금 진지하게 생각하지 않을 수 없었다.

오후 8시, 회의 시작을 알리는 소리에 고다는 수첩을 덮고 서른 명이 채 안 되는 수사관과 함께 기립했다. 한동안 모습을 보이지 않던 간자키 1과장과 특수반 관리관이 문앞에 나타나자 빈자리가 두드러지는 회의실 풍경에 조금 당황한 듯한 긴장감이 흘렀고, 그것이 곧 기대로 변해 일동의 목이 길어졌다.

예상대로 1과장의 첫 마디는 "용의자가 움직였다"였다. "돈은 준비되었나? OK면 5월 5일자 일간스포츠에 '교코, 용서하마, 아버지'라는 광고를 내라. 레이디 조커." 4월 28일 금요일에 히노데 가나가와 공장에 떨어져 있었다는 편지를 낭독한 뒤 "덧붙여 '레이디 조커'가 범인 그룹의 이름인지는 아직 확실치 않다"라고 말했다.

이어서 편지의 지시대로 히노데가 오늘 5일자 일간스포츠에 광고를 냈다는 사실이 보고되었고, 수사관 중 한 명이 해당 신문을 펼쳐 한 사람 한 사람 회람했다.

그러는 몇 분 동안 '레이디 조커'라는 의미 불명의 이름을 기계적으로 반추하던 고다는 이내 한 번도 본 적 없는 범인들의 그림자가 머릿속에서 차례차례 흘러넘치는 것을 막을 수 없었다. 이름 하나에 이유도 없이 흥분하면서, 범인들 역시 편지에 이 이름을 적어넣으며 흥분했으리라 짐작했다. 범인들은 범죄를 즐기고 있었다.

'돈은 준비되었나'라는 물음은 언뜻 사무적으로 들리지만 사실 범인들은 잔인함을 잘 알고 있었다. 금액이 얼마인지 알리지 않음으로써 피해자의 불안을 한층 부채질하고, '레이디 조커'라는 기괴한 가면을 쓰고 차갑게 거드름을 피우며, 목표의 완수를 서두르기보다 범죄행위 자체의 도착된 쾌감에 빠져 있는 것이다. 일단 금전을 요구하고 있지만 돈보다는 그것을 갈취하는 행위 자체에 집착한다. 기업사회 전반에 증오와 반감을 느끼고, 경제활동 전반에 관심과 비판을 쏟으며, 1조 엔대기업을 굴복시키리라는 자신감에 차 있다—이렇게 여러 직감이 잇따라 밀려오는 것도 오랜만이었다.

"광고를 냈으니 범인측이 곧 현금 전달 방식을 지시해올 것으로 보인다. 최종적으로는 범인 체포를 단행하겠지만, 지금은 당연히 피해자의 신뢰를 저버리는 일이 없도록 신중에 신중을 기해 철저히 보안해야 한다. 언론에 새어나가면 범인은 절대 움직이지 않을 것이다. 언론 보도에 절대 협조하지 않는다는 조건으로, 히노데도 경찰에 전적으로 협력하고 있다. 그 점을 염두에 두고 가일층 분투해주기 바란다. 여러분의 노고가 보답받을 날이 머지않았다." 간자키 1과장의 훈시는 그렇게 끝났다.

하지만 현실적으로, 적어도 이 회의실에서는 현재 수사가 급박하게 진행되고 있다는 실감이 없었기에, 고다는 '돈은 준비되었나'라는 범인의 문장을 몇 번이고 머릿속에 새기면서 '철저히 보안' '가일층 분투' 운운하는 상투구를 참아냈다.

그뒤 지역반과 물증반 책임자인 제3강력범 수사반의 미요시 관리관이 "각 반의 내일 수사 항목에 변경사항은 없다"고 알리고는 일찌감치 산회했다. 동시에 '레이디 조커'라는 단어 주위에서 범람하던 고다의 직감은 수렴할 곳을 찾지 못한 채 흐지부지 사라지고 말았다.

간부에 이어 서른 명이 채 안 되는 수사관도 잡담 한마디 없이 뿔뿔이 자리를 떴다. 고다도 오늘은 일찍 들어가서 목욕을 하고 잠시 바이올린을 켜고 위스키 한잔하고 읽던 책을 마저 읽어야겠다고 생각하며 회의실을 나서는데, 불쑥 도히 과장대리가 앞에 나타나 "1과장이 부르셔. 응접실로 가봐"라고 알려주었다.

도히는 경계와 의심, 호기심, 체념이 뒤섞인 눈으로 몇 초간 고다를 바라보았다. 고다도 역시 눈앞의 얼굴을 콘크리트 벽돌로 콱 찍어버리고 싶은 충동을 느끼며 마주 노려보았다.

꼭 집어 말할 수 없는 은밀한 불안이 경찰조직 구석구석까지 들어차 있었다. 그것이 긴장된 공기를 만들고, 때때로 이런 식으로 히스테리나 노이로제로 분출된다. 도히는 상황 파악을 못하고 있고 고다도 1과장이 왜 자기를 부르는지 모르기는 마찬가지라, 어찌할 수 없는 불안과 불쾌감이 만만한 상대를 만나서 이런 눈초리를 주고받게 되는 것이었다. 결국 도히가 먼저 눈길을 거두며 "나중에 보고하도록"이라는 말을 남기고 3층으로 올라갔고, 고다는 반대로 계단을 내려가 일 분 후 1층 구석의 응접실 문을 두드렸다.

고다가 들어갔을 때 간자키 히데쓰구는 혼자 방 한복판에 서 있었다. 눈높이를 바꾸지 않고 고다의 온몸을 자로 재듯 훑어본 뒤 "본청에 있을 때보다 조금 작아졌군"이라고 말했다.

불쑥 허를 찔린 기분에 고다는 "근육이 줄어서요"라고 대답했다.

"그러면 곤란하지. 하긴 이번에는 주위에 위압감을 주지 않아야 하니 자네 정도 체격이 딱 좋을 것 같군. 용건부터 말하자면, 8일 월요일부터 자네가 시로야마 사장의 경호를 맡아줘야겠어."

"예." 고다는 기계적으로 대답했지만 자신이 어떤 지시를 접수했는지 지금 이 자리에서 생각할 필요는 없었다. '싫다'라는 말은 경찰조직에 있을 수 없기에 '예'라고 대답했을 뿐이다.

"히노데 본사와 사장측에는 만일의 위험에 대비한 조치라고 말해두었네. 일반 기업의 일상 업무에 지장을 주지 않는 방식이 바람직하니, 공식적으로는 수행 비서 역할이야."

"예."

"근무시간은 아침에 사장이 집을 나와 저녁에 다시 들어갈 때까지. 사장의 집무, 회의, 간담회, 연회 등에서는 곁을 지킬 필요가 없지만 대신 출입문 바로 옆에서 대기할 것. 히노데 배지와 자네 사진이 들어간 통행증이 교부될 거야. 명의는 가명으로. 늘 사장을 1미터 뒤에서 따라다녀야 하고 개인적인 대화는 금물이네. 이건 사장측의 요청이야."

"예."

"본청이 아니라 관할서 형사를 붙여달라는 것도 사장의 요청이고."

"예."

수사관 앞에서 간자키는 눈동자나 얼굴 근육의 움직임이 거의 없는, 살아 있는 벽 그 자체다. 벽에 달린 입에서 명령이 흘러나오지만 벽 건너편은 전혀 들여다볼 수 없다. 아니, 조직 말단에서는 보통 건너편 운운하는 발상 자체를 품을 일이 없다.

"요컨대 자네 임무는 첫째가 사장의 신변 경호, 둘째로 사장의 동향 관찰, 셋째로 사내 동향 관찰—" 간자키가 나열했다.

고다는 귀를 기울이고 간자키의 말을 곱씹으며 결국 경호보다 스파이 임무에 가깝다는 사실을 눈치챘다. 구체적인 상상은 아무것도 없는 상태에서 내장이 살짝 꼬이듯이 경련했다. 대답이 조금 늦자 간자키가 소리 없이 눈을 치켜떴고 고다는 기계적으로 "예"라고 대답했다.

"충분히 알고 있겠지만, 기업공갈 수사에서는 기업과 경찰 사이에 미묘한 온도 차가 생기기 쉽네. 과거 사례를 봐도 기업은 언제든 범인과의 뒷거래에 나설 수 있어. 무슨 일이 있어도 그런 사태는 막아야 해. 이 임무의 목적도 그거고."

"예."

"매일 아침부터 밤까지 사장을 따라다니다보면 상황 변화를 감지할 수 있을 테고, 범인과 뒷거래를 시도하려는 징후가 사내에 드러날 거야. 회사 사람들의 움직임, 사소한 스케줄 변경, 임시 회합, 누가 누구를 만나는지, 간부들의 표정, 눈빛, 말투―이런 것들을 관찰하는 게 제일 큰 임무야."

"예."

"보고서는 시로야마 사장의 행동을 중심으로, 자네가 보고 들은 것을 빠짐없이 세세히 기록해서 매일 밤 특수반이 알려주는 팩스 번호로 보낼 것."

"예."

"무슨 일이 있어도 히노데의 뒷거래는 막아야 해." 간자키는 반응을 살피듯이 고다를 응시하며 한마디 한마디 강조해서 말했다. "이 범인 그룹은 현행범 체포가 아니면 검거하기 어려우리라는 것이 내 생각인데, 고다 씨는 어떤가? 눈치볼 거 없어. 자네가 생각하는 범인상을 말해봐."

직감의 바늘이 미세하게 흔들리는 동시에 고다는 "모르겠습니다" 하고 대답했다. 지금까지 보신에 둔한 편이었을지언정 건너편에 무엇이 있을지 모르는 벽을 향해 사건을 밝힐 만큼 무방비해지지는 않았다.

"3월 24일 사건 발생 직후와 26일 밤, 자네는 지역과 사와구치 순사장을 만나서 오모리 역 앞 파출소의 출동 기록을 체크했지?"

"예."

"무슨 생각으로 그랬나?"

"시로야마 사장의 집은 중점 경계구역에 해당하는데, 공교롭게도 당일 밤 사건 발생 시각에 순찰 스쿠터가 근처를 돌아다니지 않은 이유를 확인했을 뿐입니다."

"결과는?"

"당일 밤 마침 출동 요청이 겹쳐서 그랬던 것이라고 판단했습니다."

간자키는 고다의 얼굴에 무슨 물건이라도 보는 듯한 무기질적인 눈빛을 보내다가 불쑥 몸을 돌리고 방안을 서성거리기 시작했다.

"그 점에는 나도 꽤 관심이 있네. 하지만 다른 데 흘러나가지 않게 신경써줘."

"예."

"범인들이 누구건 현금 탈취가 목적일 테니, 히노데가 뒷거래만 하지 않는다면 반드시 움직임을 보일 거야. 현행범 체포라면 더할 나위가 없지."

범인 그룹에 경찰이 끼어 있어도 현행범으로 체포하면 상부에서 딴소리가 나오지 않으리라는 의미 같았지만, 어쨌거나 일개 수사관 입장에서는 물을 필요도 판단할 필요도 없는 독백이었다. 고다는 간자키의 말을 일부러 흘려들었다.

"그러니." 간자키가 걸음을 멈추고 극히 사무적인 말투로 다음 용건을 알렸다. "내일 오전 8시 본청 6층 회의실로 오게. 제1특수 담당이 히노데 본사 간부들의 이름과 사진, 기구도와 업무 방식을 설명해주고, 수행 비서 업무의 기본 요령을 가르쳐줄 거야. 양복을 입고 오도록 하게. 운동화도 곤란해."

"예."

"앞으로 필요할 테니 여름 양복 두 벌을 지급하겠네. 경찰의 명예가 걸린 일이니 옷차림은 단정히 해주고."

"예."

"그리고, 그 시로야마 교스케라는 사람 말인데—내가 느끼기로는 경제 4단체에 이름을 올린 소위 재계인들과 분위기가 많이 달라. 사장 삼년차에 쉰여덟 살이니 상장기업체 사장의 평균 나이보다 꽤 젊기도 하지만, 공과 사를 잘 구분한다고 할지, 허심탄회하다고 할지, 여하튼 이렇다 할 표정이 없는 사람이야. 그래서 속을 읽기 힘들기도 하고."

고다는 텔레비전에서 몇 번 보았던 시로야마 교스케의 얼굴을 떠올렸다. 정치인이나 야쿠자 말고는 뭐든 될 수 있을 듯한, 귀티 나고 무난한 얼굴. 그렇다, 경영자의 카리스마 같은 것은 없는 사람이었다. 수행 비서로서는 물론 달가운 일이었다.

"시로야마의 기업 이념과 경영 수완 등은 내일 특수반에서 자세히 설명해줄 거야. 그리고 이번 사건에 대해 사장이 경찰에 모든 것을 밝혔다고는 볼 수 없네. 범인 그룹이 사장을 납치했다가 그냥 풀어준 이유도 아직 밝혀지지 않았어. 사장이 침묵하는 이유는 당연히 개인적인 사정과 관계있을 것으로 보이고, 따라서 앞으로 범인 그룹이 사장 개인을 흔들려고 할 가능성이 커. 이 임무는 그럴 때를 대비한 거야."

"예."

"시로야마 사장은 상당히 결벽증적이고 예민한 사람이야. 한편 고집스럽고 주장이 강한 구석도 있지. 감정을 잘 드러내지 않고 잔정이 적고 사교에 서툰 편이며, 사생활은 매우 소박하고 유흥과 거리가 멀어. 귀하게 자란 전형적인 교양인이라고 생각하면 될 거야. 수단과 방법을 가리지 말고 시로야마 사장의 신뢰를 얻어서 측근이 되도록 하게."

신뢰를 얻다, 측근이 되다, 그런 말을 전혀 실감하지 못한 채로 고다는 "예"라고 대답했다. 이제는 거의 될 대로 되라는 심정이었다.

"질문 있나?"

"직무에 임하는 동안 저는 경찰에서 파견된 경호원인 겁니까, 아니면 경찰과 무관한 다른 사람인 겁니까?"

"다른 사람이어야 해. 범인의 눈을 속여야 하니, 주위에서 정체를 눈치채서는 의미가 없네. 변장에 대해서도 특수반에서 잘 알려줄 거야. 내가 단상에서 보니 이목구비며 체격, 분위기까지 모든 점에서 자네가 제일 눈에 띄지 않고 무난하더군. 머리 다듬는 방식을 조금 바꾸고 안경까지 쓰면 되겠다고 특수반 사람이 말하던데."

"1과장님이 절 호출하셔서 상사가 걱정하고 있습니다만."

"형사과장은 알고 있네. 다른 질문은?"

"없습니다."

"그럼 자세한 얘기는 내일 하지. 일요일에는 푹 쉬게."

응접실을 나가면서 고다는 수사 현장에서 제외된 데 특별히 실망하지는 않았다. 파출소 출동 기록을 조사한 사실이 1과장 귀에 들어갈 정도로 내부에서 화제가 됐다는 것은 그것이 수사의 기본 방향이라는 방증이고, 그에 대해 스스로에게 작은 만족감을 느꼈다. 제 손에는 이제 아무것도 남아 있지 않으며 월요일부터 수행 비서로 일해야 한다는 현실이 영 실감나지 않았고, 그저 월요일부터는 뭘 어떻게 해야 하나 하는 막연한 불안만 눈앞에 닥쳐오는 것이 이때의 심경이었다.

형사생활 십삼 년을 운운할 마음은 없었다. 그저 사건이라고 하면 자동으로 몸이 움직이고 현장에 도착하는 순간 머리가 돌아가도록 훈련된 일개 형사이며, 여하튼 이 일로 밥을 먹고 있으니 뭐든 시키는 대로 했을 뿐이다. 그러나 그렇게 물심양면에서 충족과는 거리가 먼 어딘가로 또 한 걸음 내몰린 것처럼 느껴지자 역시 불안감에 살벌한 기분이 보태졌다. 고다는 여느 때처럼 '일에 몰두하면 잊는다' '마음먹기에 달렸다'라며 스스로를 타이르고는, 내일을 대비해서 할 일, 이를테면 오늘 저녁 양복을 준비하고 구두를 닦아두자는 생각을 해보았다. 히노데에 드나들려면 매일 와이셔츠를 갈아입어야 하니 다리미질하기 편한 링클프리 와이셔츠를 사두고, 항균 처리 양말을 사두고, 일요일에 이발을 하고, 손톱을 깎자.

그런 생각을 하는데, 머릿속 한구석에서 인생의 기로라는 자각이 비로소 눈에 보이는 형태를 이루더니 부침하기 시작했다. 경찰이라는 조직 내부에서 항상 전체와 맞물리지 않는 톱니바퀴로 살아왔음은 스스로가 가장 잘 알고 있었다. 이번이야말로 이 조직의 질서와 가치관에 자신을 맞출 수 있을지 진지하게 생각해봐야 했다. 경찰에 남아 어떻게든 살 길을 찾을 것인가, 아니면 퇴직하고 새로운 사람이 될 것인가.

경찰을 그만둔다는 것은 실상 그다지 현실적이지 않았지만, 일단 하나의 선택지로 놓고 보니 얼마간 마음의 여유가 생기고 편해진 기분이었다. 고다는 형사부로 올라가지 않고 그길로 후문으로 나가 자전거 페달을 밟았다. 밤 9시가 지나 사무 빌딩들이 불 꺼진 오모리 언저리의 어둠이 앞으로 자신이 뛰어들 바다처럼 보였다. 오늘밤 수사본부에서 밀려나 내쳐진 곳에는 아무것도 보이지 않고 짐작 가는 것도 없지만, 생각해보면 그토록 알고 싶었던 바깥세상의 바다로 나가는 셈이었다. 필시 풍요로운 바다일 것이다. 내가 몰랐던 것이 가득하리라고 생각하니 조심스러운 해방감이 찾아왔다.

데니스 앞에서 길을 건너 제1교힌을 따라 100미터쯤 달렸을 때, 10미터쯤 앞에서 택시를 내리는 한 남자가 눈에 들어와 고다는 무심결에 브레이크를 잡고 보도 가장자리에 자전거를 세웠다. 최근 한 달 가까이 보지 못한 경찰서 동료 안자이 노리아키였다. 왜 서에서 100미터나 떨어진 곳에서 택시를 내리는지 의아해하며, 고다는 상대가 다가오기를 기다렸다가 "안자이 선배님" 하고 불렀다.

안자이는 별로 놀라는 기색도 없이 고다 쪽으로 고개를 돌리고 "아, 자넨가?"라고 말했다. 성실하기 그지없는 밋밋한 오십대의 얼굴은 약간 피곤한 듯 기름으로 번들거렸고, 뭔가에 홀린 것 같은 흥분이 조금 섞여 있는 듯했으나, 밤길에 잠깐 서서 대화하는 자리에서는 분명히 알아볼 수 없었다.

"요즘 좀 바빴어. 오늘밤에야 겨우 우산을 가지러 왔군."

"지금은 어디 계세요?"

"가부토초. 나는 그 방면에 문외한이니까, 낙오병 신세나 다름없어."

"히노데 주식입니까―"

"나도 잘 몰라. 상부 지시로 조사할 뿐이야. 자네는?"

"여전히 닛산 호미입니다."

"수사란 게 원래 이런가? 전선이 어디인지도 모르고 벌이는 게릴라전 같군."

안자이는 그런 말을 남기고 자리를 떴고 고다도 다시 페달을 밟기 시작했지만, 잠시 후 혹시 누가 안자이에게 택시를 잡아준 게 아닐까 하는 생각이 들었다. 신문기자일까, 주식꾼일까, 폭력단원일까. 전에 경찰서 세면실에서 보았을 때 입이 가벼운 이 사람이 조만간 어딘가에 낚일 것 같다고 느꼈는데, 역시 현실이 된 건가.

그러나 고다는 선배 형사가 탈선해가는 모습을 당분간 보지 않아도 된다. 이제는 도히 과장대리의 욕구불만 배설구가 될 일도 없고, 절도 담당 나가이나 폭력단 담당 사이토처럼 마음 안 맞는 동료의 얼굴을 볼 일도 없다. 지저분한 형사과실 책상을 볼 일도 없다. 그렇게 생각하니 또다른 해방감이 다가왔다.

집에 돌아온 고다는 평소처럼 바이올린을 들고 공원으로 나갔다. 무슨 여유인지 그날 밤은 교본까지 챙겨들고 잘되지 않는 옥타브 주법과 스프링 보 아르페지오를 연습했다. 활이 생각처럼 움직이지 않아 종종 개구리의 합창 같은 소리를 내면서 한 시간 정도 무념무상으로 연습에 빠져 있는 동안 머릿속 생각은 어딘가로 날아가버렸다. 뭔가 잊은 것도 같고, 뭔가 모자란 것도 같고, 뭔가 생각해야 할 게 있는 것도 같고, 아닌 것도 같고.

또 고다는 어느새 공원을 가로질러가는 사람의 그림자를 바라보며, 지난번 가노가 들른 것이 언제였더라 생각했다. 화요일인가, 수요일인가. 차를 바꾼다고 한 것이 지난주였나?

다시 집에 돌아와 먼저 걸어본 적이 별로 없는 곳에 전화를 걸었다. 가노는 관사에 들어와 있었고, 옛 매부의 전화라는 것을 알고는 조금 긴장한 투로 "별일이네"라고 말했다.

"오늘 일찍 퇴근했거든."

"난 오늘 골프 치고 왔어. 신기록이야. 공을 반 다스나 없앴지."

옛 처남이 특수부 상사와 어울리느라 골프를 시작한 것은 일 년쯤 전인데, 얘기가 나올 때마다 '신기록'을 수립했다고 하는 걸 보니 싫증나지는 않은 모양이다. 곧 고검 이동을 생각해야 하는 가노 유스케는 요즘 들어 나름대로 조직 내 처세에 신경쓰면서 안정되고 순조로운 직장생활을 이어가고 있었다. 고다는 자기 같으면 좀더 진지하게 연습하거나 아예 처음부터 상사와 어울리기를 포기하거나 둘 중 하나였을 거라고 생각했지만, 수화기에서 흘러나오는 목소리는 이상하게도 그런 화제를 언급할 마음을 지워버리고, 고다를 어디에도 없는 시간과 장소로 데려가는 것이었다.

"차는 바꿨어?"

"결국 골프 왜건으로 정했어. 골프가방 싣겠다고 세단을 사는 건 아무래도 내키지 않아서. 그보다 자네, 사람 좀 만날 시간 있나?"

가노의 물음에 고다는 그가 전부터 말했던 도호 신문의 기자 얘기인가 싶었다. 뭔가 잊은 기분이었던 게 이것 때문이었나.

"일요일 오후면 괜찮아." 고다는 대답했다.

"7일? 수사본부 일은 괜찮아?"

"손떼게 됐어."

"뭐? 그럼 낮에 그 사람 만나고, 저녁에 맛있는 거라도 먹을까?"

"그보다는 술이 좋겠는데."

"그래? 알았어. 그쪽에 연락해보고 다시 전화할게."

두서없는 통화를 끝내자 딱히 할 일이 없었다. 밖에서 쉬지 않고 울리는 바닷바람 소리를 들으며 운동화를 빨고, 위스키 150그램을 비우고, 『니케이 사이언스』 5월호를 뒤적이다가 잠이 들었다.

*

비슷한 시각, 구보 하루히사는 바닥에 가지런히 모은 무릎을 슥슥 비비며 "맞죠?" 하며 정보원을 조르고 있었다. 1기수 가마타 분주소의 경부보는 청주 세 홉 정도에 벌겋게 달아오른 얼굴로 빙글거리며 짐짓 몸을 휙 빼는 시늉을 하고 "어허, 몰아세우지 말라니까" 하며 웃었다.

"맞죠? 내 눈 보고 말해봐요. 나, 오늘밤 진짜 진지하거든요. 정말이에요. 히노데 용의자가 움직인 거 맞죠?"

"용의자가 움직이면 우리가 바로 알게 되어 있는데, 지금으로서는—"

"어쨌든 조만간 움직일 거잖아요. 그러면 제일 먼저 귀띔해주세요. 네? 진짜 부탁합니다. 그래주실 거죠?"

구보는 술병을 들고 무릎을 상대에게 바짝 붙이고는 그의 잔에 술을 따라주며 "부탁합니다" 하고 오금을 박았다. 용의자는 움직인다, 반드시 움직인다고 캡에게 장담해둔 이상 현금 전달이라는 특종은 절대 놓칠 수 없었다. 이제는 언제 올지 모르는 그 순간까지 제 생각에도 징그러울 정도로 형형한 눈빛을 정보원에게 보내며, 한번 물면 놓을 줄 모르는 자라처럼 들러붙는 수밖에 없었다.

"자, 마셔요, 마셔. 그리고 노래방 갑시다!"

구보는 다시 술병을 기울였고, 노래방 하면 사족을 못 쓰는 경부보는 "오, 좋지!" 하고 장단을 맞췄다.

*

연휴 마지막 날인 7일 금요일, 오전 1시 반에 조간을 출고한 네고로 후미아키는 쓰키지 혼간지 근처의 단골 여관으로 돌아와 집에서 유일하게 가져온 시몬 베유의 다섯 권짜리 전집 중 아무거나 한 권 집어들고 이불로 들어갔다. 학창 시절 처음 접하고 '무인도에 가져갈 책 열 권'의 절반은 이것들로 채우겠다고 생각했는데, 사반세기가 지난 지금도 별 고민 없이 골라와 은신처의 벗으로 삼고 있었다. 1930년대 유럽을 휩쓴 공산주의 열풍 속에서 노동의 의미, 혁명의 의미, 종교의 의미를 사색한 한 여성의 편지, 철학 논고, 창작물 등을 모은 전집이다. 마르크스주의에 대한 내용은 네고로가 받아들이기 힘든 부분도 많았지만, 어휘와 문장 하나하나에 넘쳐나는 한 인간의 엄청난 숨결, 신념, 정열, 온기, 취약함, 위험함, 아름다움이 무척 감동적이고, 인간이 무언가를 사고한다는 것의 위대함, 삶의 의미를 깨닫게 해주는 희열이 가득했다. 그래서 아무 부분이나 펼쳐들어 파업 이야기든 종교 이야기든 마치 자신에게 도착한 편지처럼 몇 쪽을 읽고, 그 진지한 눈빛으로 마음을 씻어내고, 반세기도 전에 죽은 여성에게 감사하며 잘 자라고 인사하고서 책을 덮는 것이었다.

그렇게 잠들어 눈을 떠보니 벌써 오전 10시가 지나 있었다. 오늘쯤 방을 비우고 여관을 뜨려던 계획도 갑자기 귀찮아져서, 주인에게 일주일 더 묵겠다고 말하고 선불금 4만 엔과 세탁물을 건네주고 이발소로 향했다.

　네고로는 점심시간쯤 단정해진 머리로 한산한 교힌도호쿠 선 전철을 탔다가 가마타에서 메카마 선으로 갈아타고 다마가와엔으로 향했다. 초여름 신록이 짙어진 다마쓰쓰미 거리를 약속 장소까지 2킬로미터쯤 천천히 걸어가려니 갑자기 햇볕을 쬔 탓인지 한나절 전 출고한 기사도 전혀 기억나지 않았고, 거주가 일정치 않은 생활 때문에 생기는 현실적인 불편도 요통 옆에 나란히 걸려 있는 정도에 불과해서, 한 발 한 발 내디딜 때마다 자신의 현재가 아무것도 아닌 것처럼 느껴졌다. 그러고 보니 시몬 베유도 이렇게 인간이 무의식으로 가라앉는 것을 두려워했던가 생각하며, 하지만 그대여, 이 나라에서는 아무도 굶주리지 않소, 그럭저럭 먹고살 수 있는 생활의 만연이 햇볕에 미지근해진 물 같은 이 평온을 만들었다오, 라고 혼잣말을 했다.

　아무도 굶주리지 않는 곳으로 흐르는 뉴스는 고통을 동반하지 않는다. 깃발을 휘두를 만한 인류 공통의 관심사는 이제 이 세상에 없고, 전 인류를 포괄하는 만능의 사상이나 체제도 존재하지 않는다. 있는 것이라고는 작게 무리지은 인간과 각자의 생활, 아무래도 상관없는 시스템, 상품을 만들고 소비하는 자동운동뿐이다. 지진 한 번으로 육천 명이 죽은 날에도, 지하철에 살포된 독가스로 오천 명이 사상한 날에도 여기 다마쓰쓰미 거리는 조깅이나 테니스를 즐기는 사람들로 넘쳐났지만, 이 평온한 무의식 속으로 스스로를 가라앉히지 말라고 한다면, 한 명 한 명의 개인은 상당히 고독하고 내적인 일인극을 강요당하게 된다.

　네고로는 스스로를 돌아보고, 고쿠라-주니치 스캔들에서 뒷돈을 뜯어낸 자들이나 이번에 히노데 맥주를 흔들려는 자들은 그럭저럭 먹고 살 만한 자신과는 아무 상관 없는 타인이지만, 그래도 그들을 추적하기를 그만두지 않음으로써 조금이나마 무의식으로의 침잠을 막을 수 있는 것이 아닐까 생각해보았다.

오늘 만나기로 한 지검 특수부의 가노 유스케 검사와 그의 옛 매부는 만발한 벚나무 아래 자리잡고 있었다. 네고로의 여관생활을 모르는 검사가 그의 다리를 배려해 집에서 금방 걸어올 수 있는 장소를 고른 것인데, 강변의 녹음이 한눈에 내려다보이는 나무그늘로 이파리 사이를 비집고 떨어지는 햇살이 꽤 평화로워 보였다.

일요일 오후 옛 매부를 데리고 나오겠다는 얘기에 확인차 경시청 기자실의 구보에게 전화를 걸어 수사본부가 이번 일요일은 쉬느냐고 물어보니, 구보는 수화기 맞은편에서 날카로운 목소리로 그럴 리 없을 거라고 대답했다. 범인이 움직이고 있다고 확신하는 구보는 어떻게든 수사 관계자의 꼬리를 잡을 생각으로 온몸이 지진계처럼 예민해져 있었다. 그의 말이 맞다면 어제까지 수사본부에 있었을 형사가 일요일 오후 다마쓰쓰미에서 피크닉을 즐기고 있는 이유를 알 수 없었다.

풀밭에서 일어선 두 사람은 자못 휴일답게 면바지와 스웨터를 입고 운동화를 신은 캐주얼한 차림에 마시다 만 레드와인병을 들고 있었다. 삼 년 전 딱 한 번 보았던 형사의 얼굴은 사실 네고로의 기억과 상당히 달랐는데, "고다입니다. 예전에 신세 많이 졌습니다" 하며 먼저 깍듯하게 인사하는 태도 역시 딴사람처럼 차분해 보였다. 일선 경찰서로 좌천되었다더니 인생 공부를 했나? 아니, 전보다 더 단단한 껍데기를 쓴 얼굴인가? 혹은 좀더 커진 그릇에 자신을 완전히 집어넣어버리고, 겉으로는 아무것도 내비치지 않게 된 것일까? 네고로는 그렇게 탐색하면서, 남자가 사회를 살아가는 데는 이런 처세도 있을 수 있구나 생각했다.

첫인상은 그랬지만 곧이어 눈을 마주하니 속에 뭐가 있는지 알 수 없는 복잡한 음영이 예전보다 더 짙어졌고, 그에 더해 약간의 공허함이 교차하는 듯한, 냉철한 것 같기도 하고 노골적인 것 같기도 한 실로 묘한 느낌이 들었다. 그래, 외면을 덮은 무미건조한 껍데기와 이 불안정한 눈빛의 부조화가 쉽게 뿌리칠 수 없는 인력으로 작용하는 것이라고 네고로는 분석했다. 이런 묘한 눈빛을 받으면 불문곡직 주먹을 날리고 싶어지거나 매혹되어버리거나 둘 중 하나일 것이다. 옛 처남인 검사는 매혹된 쪽일까, 처음으로 그런 생각을 해보았다.

아닌 게 아니라 가노 검사 역시 담백한 표정 아래 꽤 복잡한 내면을 안고 있는 듯한 인물이었다. 검사로서는 법 해석과 적용에 대한 신중함과 패소를 두려워하지 않는 공격성이 이상적인 형태로 공존하는 유형인데, 단순히 사회정의와 질서를 신봉하는 사람처럼 보이지는 않고, 특수부 내 파벌에 아무렇지 않게 선을 긋고 지내는 모습에는 오히려 본의 아니게 체제측에 자리잡고 만 진정한 자유인 같은 구석이 있었다. 속모를 인간이라는 사법부 기자실 기자들의 평판은 그런 의미에서 타당하다고 할 수 있었다.

실제로 이 검사가 사석에서 책 이야기를 시작하면 검사라는 직업에 걸맞지 않은 시인의 몽상이나 경험주의적 회의론이 낯을 드러낸다는 사실을 네고로는 잘 알았다. 매일 늦게까지 청사에 남아 있는 모습을 보면 사생활이 거의 없다는 게 분명했지만, 그래도 몇 마디 안 되는 대화에서 옛 매부에 대한 친밀한 정을 내비칠 때는 이 검사도 분명 살아 있는 누군가가 되었다. 무의식적으로 누군가를 소유하고 비호하는 처지에 서고 싶어하는 남자의 본능. 혹은 남을 챙겨주기 좋아하는 타고난 성향. 혹은 남모르게 쌓아온 인간관계의 내력. 혹은, 어쩌면 그럴 수도 있지 않을까 싶은데, 한 남자에 대한 연모.

무엇이 진상인지는 알 수 없지만 어쨌든 자신과는 무관한 이야기라고 생각하며 네고로는 저를 향해 쓴웃음을 짓고, 인간에 대한 얼마 남지 않은 호기심을 조금 자극받는 기분으로 두 남자를 바라보았다.

"5월의 화창한 휴일에 할 일이 술밖에 없는 것도 좀 그렇지만."

검사가 그렇게 말하고는 직접 새 병의 코르크를 따고 "자, 드시죠" 하며 건네주어서, 네고로도 풀밭 위 병나발 불기에 동참하게 되었다. 그의 말로는 니시다마가와의 다카시마야 백화점 지하에서 2,000엔 균일가 세일하는 와인을 세 병 사고, 내친김에 막 구워낸 바게트 하나와 프레시 치즈를 사와서 친구와 둘이 점심 삼아 먹고 있었다는 모양이다. 그저 벚나무 그늘에서 대낮부터 술을 마시고 있을 뿐이지만 강변 부지에서 운동에 열을 올리는 건전한 사람들 앞에서 즐기는 태만과 무심함은 상당히 자극적이었다. 무엇보다 농후한 풀 보디 레드와인의 맛은 2,000엔 균일가 상품치고 제법 괜찮았다.

원래도 9할은 취재할 생각이 없었지만 와인 덕분에 남은 1할도 일찌감치 포기해버리고, 네고로는 부담 없는 잡담만 늘어놓았다. 가을까지는 당분간 경영난을 겪을 것이 분명한 도쿄의 K, 오사카의 K와 H 같은 금융기관을 시작으로, 올해 후반에는 금융 위기에 떠밀리는 형태로 불량채권 처리 문제가 표면화되지 않겠는가 하는 이야기가 나오고, "검사가 칼자루를 쥐게 되겠군요"라고 네고로가 슬쩍 추어올리자, 검사는 "불량채권이 돼버린 융자에서 출자법 위반에 해당하는 것을 찾아내 책임자를 기소하고, 집행유예로 집에 보내는 것 말인가요?" 하며 얼버무리는 투로 웃었다.

"하지만 가노 씨, 이 수십조 엔이나 되는 빚의 책임은 회수 노력을 게을리한 채권자와 상환 노력을 하지 않은 채무자에게 당연히 물을 수 있는 겁니다."

"책임 문제라면 우선 채무자와 채권자 당사자가 소송하는 것이 맞죠."

"불량채권 처리를 온전히 시장원리에 맡긴다는 컨센서스가 없다면 소송해도 소용없죠. 가노 씨도 그렇게 말했잖아요."

"현실적으로, 이 나라의 금융 시스템은 결국 무너질 겁니다. 개혁할 능력은 당사자에게도 정치인에게도 없어요. 어차피 자연도태될 테니 천천히 기다려보죠."

검사는 이미 형사소추를 염두에 두고 내사를 벌이고 있을 지검 특수부에 대해서는 일언반구도 없이 그렇게 말을 맺었다.

곧이어 중의원 해산을 노린 여당의 구 사카다 파 정책연구회의 부활로 화제가 옮겨가고, 이어서 경기회복의 전망도 없이 자잘한 수익만 올리고 있는 증권시장의 향방으로, 불량채권 실태를 은폐한 우회 융자나 분식회계 수법을 장부상에서 적발해낼 방법은 없는가 하는 이야기로 다시 돌아오기도 하면서 잡담이 이어졌다. 고다는 대화에 끼어들지 않고 어떤 화제든 조금쯤 관심 있다는 표정으로 말없이 듣기만 했다.

검사도 한 달 전 네고로가 고다를 만나고 싶다고 말한 진의가 무엇인지 아무래도 신경쓰이는 듯, 적당한 때 "네고로 씨는 요즘 무슨 취재를 하십니까?"라고 물으며 화제를 열어주는 것을 잊지 않았다.

"아직 취재라고 할 단계는 아니지만, 가부토초에서 조금씩 목돈이 움직이고 있는 것 같아요." 네고로는 대답했다.

"히노데 맥주와 관련해서요?"

"그것도 포함해서."

"그래, 유이치로?" 검사가 옛 매부에게 물었고, 고다는 와인병 기울이던 손을 멈추고 "수사진도 가부토초에 아주 관심이 없지는 않은 것 같아"라고 간결하게 대답했다.

히노데 주식 주위에서 돈이 움직인다면 누구나 단순한 작전 세력보다 오카다 경우회 쪽 인맥을 상상한다. 그만큼 히노데 맥주에 오랜 내력이 있다는 사실을 아는 검사는 이것이 민감한 화제라는 것을 금방 알아채고, "이제 네고로 씨가 나설 차례겠군요?"라는 모호한 한마디로 대화를 수습했다. 네고로도 "네, 그렇죠"라고만 대답해두었다.

그뒤 고다가 "괜찮으면 가부토초 얘기나 좀더 해주시겠습니까?"라고 조심스럽게 부탁해서 또 가벼운 잡담이 펼쳐졌다. 고다는 작년 가을 오모리의 비즈니스호텔에서 한 증권맨이 권총 자살한 사건 때문에 젊은 형사가 가부토초를 탐문 수사하던 중 증거는커녕 요상한 돈벌이 이야기에 혹해서 돌아왔더라는 이야기와, 경찰 입장에서는 가부토초 쪽 내사가 여간 힘든 일이 아니라는 감상을 늘어놓았다. 고다는 낯선 세계의 이야기를 듣고 싶을 뿐 다른 의도는 전혀 없다는 태도였는데도 상대의 이야기는 결례를 면하는 선에서 내내 건성으로 들었고, 그러는 동안 묘한 음영이 드리운 그 눈빛은 네고로의 얼굴에서 옛 처남의 얼굴로, 그리고 풀밭으로 산만하게 떠돌아다녔다.

그러던 중 네고로가 문득 주시했을 때 고다의 눈은 어느새 제 운동화를 기어올라온 길이 15센티미터 정도의 도마뱀에 머물러 있었고, 한순간 음영이 사라지고 투명한 유리구슬처럼 변한 그 눈동자 앞에서 도마뱀은 꼬리를 잡혀 풀덤불로 냅다 내던져졌다. 소소한 해프닝이었지만 도마뱀을 포착한 남자의 눈에 떠오른 어떤 농밀한 응집을 보고 네고로의 머릿속에 떠오른 것은 단 하나, '형사'라는 단어였다.

네고로는 눈길을 돌리고 하던 말을 마저 이어가려 했지만, 이번에는 검사가 조금 날카로워진 눈초리로, 역시 한순간 어떤 생각에 사로잡힌 듯이 옛 매부의 얼굴을 바라보고 있었다.

*

5월 8일 월요일 아침이었다. 오전 6시쯤 본사 총무부 차장이 시로야마에게 전화를 걸어, 교토 공장 출입문 안쪽에 범인의 새로운 편지가 떨어져 있었다는 소식을 전했다. 현금 6억을 요구하는 내용이라고 했다. 시로야마는 언론의 눈을 피하기 위해 평소대로 출근하겠다고 대답했다.

부부끼리 간소한 아침식사를 마치고 혼자 있기 위해 거실로 자리를 옮긴 시로야마는 조간을 펼치려다가 우연히 창밖의 정원 잔디밭에 무언가가 떨어져 있는 것을 보았다. 고작 10미터 거리였으므로 그것이 서류봉투임을 금방 알아볼 수 있었다.

시로야마는 게다를 신고 현관 밖으로 나가서 아침이슬에 젖은 봉투를 주웠다. 앞뒤에 아무것도 적혀 있지 않고 봉하지 않은 상태의 흔한 갈색 봉투였으며, 내용물도 얇은 종이인 듯했다. 그 자리에서 봉투를 열고 셋으로 접힌 편지지 한 장을 꺼내 펼치니 4월 28일 가나가와 공장에 날아든 쪽지와 동일한 서체의 문장이 눈에 들어왔다.

자를 대고 그은 가타카나 글씨가 네 줄. '교토 공장에 편지를 던져두었다. 경찰에 신고하고 지시에 따라라. 단, 6억은 반드시 준비해 당분간 사내에 보관해라. 인질이 죽기를 바라지 않으면 이 편지는 경찰에 알리지 마라. 레이디·조커'

시로야마는 지난번 편지를 보았을 때에는 떠올리지 못했던 무언가를 실감했다. 350만 킬로리터의 맥주를 인질로 잡은 '레이디 조커'의 냉기가 발밑 대지에 꽂히는 듯한 무겁고 차가운 느낌이었다.

편지를 펼쳐든 채 잔디밭에 우두커니 서 있던 것은 불과 몇 초였지만 시로야마는 그동안 완전히 넋을 놓은 상태였고, 편지를 다시 봉투에 넣으며 흠칫 놀랐을 때는 이미 10미터 떨어진 대문 밖에 남색 양복을 입은 키 큰 남자 한 명이 서 있었다. 한순간 '들켰다'고 생각하고 누군가 싶어 뻣뻣이 서 있자니 남자가 45도 각도로 허리를 굽혀 인사했다.

"누구시죠?"

"고다라고 합니다."

"아…… 아직 시간이 이른데."

"미리 근처를 둘러보려고 조금 일찍 왔습니다. 방해가 되었다면 죄송합니다."

그렇게 대답한 경호형사는 다시 기계처럼 고개를 숙이고 대문 앞에서 조용히 사라졌다.

4장

1995년 여름—공갈

1

1기수의 정보원이 연락을 준 것은 5월 8일, 구보가 야습에서 돌아온 직후인 오전 0시 이 분 전이었다. 정보원 경부보는 "레이디 조커가 움직였다. 현금 6억을 요구했어"라고 빠르게 속삭였고, 구보는 얼른 "레이디—뭐요?"라고 물으며 눈앞의 메모지를 찢어냈다.

"퍼스트레이디 할 때의 레이디. 가운뎃점 찍고, 트럼프 카드에서 쓰는 조커, 레이디 조커. 범인 그룹이 밝힌 이름이야."

구보는 '히노데 용의자=레이디·조커'라고 갈겨쓴 메모지를 박스의 동료에게 넘겨준 후, "요구는 편지로 왔습니까, 아니면 전화?"라고 수화기에 대고 물었다.

"봉투. 서류봉투야. 오늘 아침 교토 공장 정문 안쪽에 떨어져 있었어."

"발견한 시각은요?"

"오전 5시 반. 수위가 발견했어."

"내용도 알려주세요!"

"구권으로 6억을 준비할 것. 전달 시각은 9일 오후 11시. 흰색 왜건 차량으로 이동하고 차에는 운전자 한 명만 탈 것. 장소는 고토 구 모처. 이 이상은 좀—"

"차는 어디서 출발하죠? 본사? 지사? 공장? 저희가 따라가볼게요."

"그건 안 돼. 좀 봐줘." 경부보는 그렇게 말했지만 어차피 흰색 왜건이 출발할 곳은 히노데 본사와 도쿄 지사, 요코하마 지사, 가나가와 공장 중 하나일 테니 각 위치에서 잠복하면 알 수 있다. 도쿄 도내에서는 일반도로든 고속도로든 속도를 내기 힘드니 차량만 파악하면 추적이 가능하다.

"됐다, 잡았어!" 구리야마가 외쳤고, 스가노 캡은 "부장한테 연락해. 구보는 예정원고를 쓰고, 구리야마와 곤도는 방면기자들을 확보해놔. 가가와는 추적할 차를 수배해!"라고 지시했다.

조간 최종판 마감을 앞둔 시간, 경시청 기자실 박스는 갑자기 분주해졌다. 각자 고토 구의 도로지도를 펼치거나 히노데 본사와 지사를 감시할 위치를 정하면서 하나같이 레이디 조커라는 이상한 이름에 흥분했다. "지방 경마장의 말 이름 같은데." "아냐, 비디오게임이야." "아니, 여자 프로레슬링이야." 그런 잡담이 오갔지만 사실 아무도 상상하지 못한 이름이었다. 숙녀 조커라니.

하룻밤이 지나고 9일 아침, 정례 기자회견에서 1과장이 발표한 내용은 신흥종교집단 간부의 심문 현황뿐이었고, 타사도 히노데 관련으로는 뭔가 파악한 기미가 없었다.

취재반은 오전 중 각처 감시 담당이 보고한 내용을 종합해 니시신주쿠의 히노데 도쿄 지사 주위에 경찰의 암행 차량이 가장 많이 배치되었다는 사실을 알아내고, 아무래도 출발지가 도쿄 지사 같다고 짐작했다.

오후 11시라는 지정 시각에서 역산해보면 출발 시각은 빨라야 10시 정도다. 인질이 없으니 히노데측에서 진짜 지폐를 준비하지는 않을 테고, 첫번째 현금 전달인만큼 범인측에서도 이리저리 변죽만 울리다 끝낼 가능성이 있지만, 경찰이 상당한 포위망을 깔아두었음은 틀림없었다. 일몰 후에는 지원팀과 방면기자 몇몇이 스쿠터와 자가용으로 고토 구 주요 도로들을 순회하며 암행 차량이나 범인 추적을 위해 배치한 오토바이가 있진 않은지 찾아보았다.

이렇다 할 성과는 없었지만, 오후 10시 25분, 예상대로 도쿄 지사 주차장에서 흰색 왜건 한 대가 나가는 것을 잠복중이던 기자가 확인했다. 구보는 전세택시를 타고 1과장의 관사가 있는 히몬야로 향하던 중 그 연락을 받았다. 운전자 한 명. 남자. 상반신은 러닝셔츠 차림. 형사인지 아닌지는 판별하기 힘들다고 했다. 계절에 어울리지 않는 러닝셔츠 차림이 범인의 지시사항이라면, 형사가 윗옷에 무선장치를 감추고 나오는 것을 범인이 경계하고 있음이 분명했다.

추적 차량에는 동료 구리야마가 평소와는 다르게 안경을 쓰고 앉아 있었다. 경찰수사를 조금이라도 아는 사람이어야 접선 장소 근처에 배치될 특수반 차량과 오토바이, 1, 2선의 기수 대원 얼굴을 알아볼 수 있기 때문이었다.

오후 10시 48분, 왜건이 순조롭게 신오하시 다리로 스미다가와 강을 건넜다는 연락이 왔다. 다리 건너편은 고토 구다. 목조 임대아파트, 낡은 빌딩, 상가주택과 분간하기 어려운 여관, 소규모 철공소, 창고, 가게 등이 뒤섞인 거리가, 동서남북을 달리는 여러 가닥의 산업도로로 곳곳에서 끊어져 있는 곳이다. 한낮에는 지바 방면으로 향하는 트럭이나 상용차로 정체되는 산업도로를 따라 잿빛 상가가 시간이 멈춘 듯 적적하게 늘어서 있고, 한밤중에는 도로변 편의점과 패밀리레스토랑, 자판기의 불빛 말고는 먹물을 끼얹은 것처럼 캄캄했다. 그곳에 자동차 헤드라이트만 끊이지 않고 점점이 이어져 있는 풍경을, 구보는 기자생활 십년간 뛰어다닌 장소에 대한 기억 속에서 가까스로 끄집어냈다. 현금을 실은 왜건 차량은 지금 그런 곳을 달리고 있었다.

범인이 지정한 시각까지 약 십이 분. 이 시간대에 직진한다면 고토구를 빠져나가기까지 십 분도 걸리지 않는다. 왜건의 목적지는 어디일까? 전세택시가 메구로 거리에서 한 블록 들어간 이면도로까지 도착했지만, 관사로 향하기 전 왜건의 행선지만이라도 알고 싶은 마음에 구보는 그대로 택시 안에서 연락을 기다렸다.

오후 11시 2분, 스가노 캡이 박스에서 연락해 "니시오지마 역 앞 스카이라크 주차장으로 들어갔다. 부근에 도마뱀*으로 보이는 차 두 대"라고 전해주었다. 니시오지마는 신오하시에서 직진하면 사오 분. 왜건은 도중에 시간을 조절하며 스카이라크로 들어갔다고 했다.

도심 유흥가와 거리가 있는 상업지구의 패밀리레스토랑이 으레 그렇듯 근처에 사는 젊은 남녀들로 북적일 가게 안에서, 커플로 변장한 특수반 형사들이 주차장을 주시하고 있을 것이다. 특수반이나 기수의 미행 전문 도마뱀이 400cc 오토바이에 걸터앉아 잠복중인 곳은 주차장일까, 갓길일까, 근처 골목일까. 범인이 그런 데서 불쑥 등장하진 않을 테고, 다시 다른 장소로 이동하라고 지시할 게 틀림없다. 다음 행선지는 어디일까.

천천히 혈압이 오르는 것을 느끼며 구보는 "전 이제 1과장을 만나러 갑니다. 수고해주세요"라고 캡에게 알리고 전세택시에서 뛰어나갔다.

연휴 후반인 5일, 6일, 7일, 8일 내내 오기를 부리듯 야습을 받아준

---

* 경시청 수사1과 특수범수사대 암행수사부대를 이르는 은어.

1과장은 언론의 눈을 속이기 위해 오늘밤도 태연한 얼굴로 관사에 돌아와 있었지만, 구보가 달려갔을 때는 오후 10시부터 관사 앞 골목에 진을 쳤을 각 언론사의 행렬은 거의 다 빠지고 민방 2개사 기자만 남아 있었다. "어째 오늘밤엔 늦었네요?" 맨 끝에서 의심의 눈길을 보내는 방송국 기자에게 구보는 애써 무뚝뚝한 표정을 지으며 "택시가 접촉사고를 냈거든"이라고 대답하고 골목의 어둠 속에 섰다. 흥분의 기색이 역력할 얼굴을 감추기 위해 고개를 숙이고 있어야 했다.

십 분 후 혼자 남은 구보는 관사 응접실에서 간자키 1과장을 만났다. 양복 재킷만 벗은 차림의 간자키는 평소처럼 팔걸이의자에 앉지도 않고 서서 대뜸 "접촉사고는 거짓말이죠?" 하며 입을 열었고, 구보도 "아, 뭐 그렇죠"라는 말로 대충 넘기고는 "그보다 레이디 조커 말인데요" 하며 바로 본론을 꺼냈다. 간자키는 날카로운 눈빛을 힐끔 던지고는 "오 분 안에 끝냅시다"라고 말하며 의자에 앉았다.

"1과장님, 히노데 범인 그룹이 자칭 레이디 조커라고 밝혔다죠?"

"조직명인지 뭔지는 확인되지 않았습니다."

"어제 아침 교토 공장에 6억을 요구하는 편지가 왔다고 들었습니다."

"부정도 긍정도 않겠습니다."

"사십 분 전쯤 신주쿠 히노데 도쿄 지사에서 흰색 왜건이 출발했습니다. 방금 고토 구 한복판의 모처로 들어갔고요."

"신문이 그런 내용을 보도하는 것을 경찰에서는 악질적인 수사 방해로 인식합니다. 보도 방식이 어떻든 결과적으로 히노데의 기업 활동에 부정적인 영향을 주는 사태를 피할 수 없습니다. 언론의 자유가 그런 것까지 허용하지는 않을 테죠."

"현금 요구가 나왔다면 지금까지 나돌던 뒷거래설이 불식되는 셈이니, 꼭 히노데에 불리한 일만은 아닐 텐데요?"

"뒷거래네 뭐네 하는 것은 수사나 언론의 관점이죠. 소비자와 주가는 사건이 아직 끝나지 않았다는 사실에 과잉반응할 겁니다."

"오늘밤의 현금 전달로는 사건이 끝나지 않을 거라는 뜻입니까?"

"그런 말은 안 했습니다. 히노데는 현재 경찰수사에 전적으로 협조하고 있고, 가령 현금 요구 연락이 왔더라도 가장 우선할 것은 범인 그룹의 체포입니다. 그것을 방해해서는 곤란하지 않겠습니까."

"현금 전달이 끝나고는 보도해도 방해가 되진 않겠죠. 소비자와 투자자도 한시바삐 사실을 알 권리가 있습니다. 조간에 기사를 내겠습니다."

"신문에 보도될 경우, 용의자가 예기치 못한 반응을 보일 가능성이 충분합니다. 그걸 알면서도 내겠다는 겁니까?"

그렇게 말한 뒤 간자키는 탁상시계로 눈을 돌려 오후 11시 19분이라는 시각을 확인하고는, "여하튼 불의의 사태에 대비해, 자정까지는 기다려주면 좋겠습니다"라고 중얼거렸다. 그 말에 구보는 현금 전달이 여전히 진행중이라는 것, 운반자가 스카이라크에서 다시 어딘가로 이동하고 있다는 것, 범인이 아직 나타나지 않았다는 것 등을 완전히 확신했다.

"예기치 못한 반응이라 함은, 또다시 인명이 위협받을 수도 있다는 겁니까?"

"결과가 나오지 않은 사태에 대해서는 아무 말도 못합니다. 자정 지나서 내가 그쪽 박스에 오케이인지 아닌지 연락해주면 어떻겠습니까? 오늘밤은 이만 하죠."

먼저 말을 끊고 일어선 간자키는 더이상 구보의 얼굴을 마주할 여유도 없고 마음도 딴 데 가 있는 표정이었다. 아마 곧장 사쿠라다몬으로 돌아가거나 특수본부로 향하리라 짐작할 수 있었다.

그뒤 구보는 오후 11시 24분 전세택시를 타고 돌아오기 무섭게 경시청 박스에 전화를 걸었다. 고토 구에선 지금도 현금 운반 차량이 이동하는 중이라고 했다. 오후 11시 정각 스카이라크에 들어가서 꼼짝도 않다가, 11시 15분 다시 주차장을 나와서 동쪽으로 신오하시 거리를 600미터 나아갔다가 오지마 6번가 교차로 앞에서 정지하는가 싶더니, 운전자가 내려 전화부스로 향했다는 것이다.

거리가 멀어서 세세한 거동은 확인할 수 없지만 운전자는 일 분이 채 못 돼 전화부스를 나와 다시 승차했고, 왜건은 오지마 6번가 교차로에서 우회전해 1, 2킬로미터 남진한 뒤 이번에는 기요스바시 거리로 좌회전, 200미터쯤 달리다가 기타스나 7번가 육교 앞에서 정지. 골목으로 좌회전. 추적하던 도마뱀은 좌회전하지 않고 육교 바로 앞에 정지. 따라서 구리야마가 탄 차도 더 접근하지 못하고 갓길에 차를 댔다가 사복 형사에게 제지당했다. 그것이 11시 21분.

이어서 구리야마가 형사의 요구로 현장을 떠나기 직전인 22분, 육교 앞 골목에서 러닝셔츠 입은 남자가 모는 남색 밴이 달려나오는 모습을 확인했다고 연락해왔다. 범인들이 현금을 다른 차에 옮겨 실으라고 요구한 듯했다. 이런 식으로 운반 차량을 계속 이동시키며 경찰의 추적 여부를 확인하려는 의도라면 오늘밤 정말로 현금 탈취에 나설 가능성은 반반이겠다고 구보는 짐작했지만, 이제는 결과가 어찌되든 상관없었다. 조간 최종판에 쓸 수 있는 내용은 많지 않지만 1면 톱기사에 대문짝만하게 춤출 '레이디 조커'라는 이름 하나만으로 뉴스성은 충분했다. 충분히 센세이셔널하고, 충분히 향후 전개에 대해 기대를 불러일으키는 기사다. 그렇게 생각하니 지난 이십사 시간의 흥분이 거의 생리적인 쾌감에 달해, 전세택시를 타고 돌아가는 내내 구보는 온몸이 오싹거리는 것을 느꼈다.

박스로 돌아온 뒤 오전 0시 5분 간자키 1과장의 연락이 왔다. "구보 씨? 범인이 나타나지 않았습니다"라는 무뚝뚝한 목소리가 흘러나왔다.

"왜건이 최종적으로 도착한 장소와 시각을 알려주시죠."

"오마쓰카와 4번가. 제방변 고마쓰가와 다리 밑. 응분의 처벌은 각오하시길. 이상."

그 전화로부터 오 분 뒤, 다른 통화를 끝낸 스가노 캡이 "형사부장이 길길이 날뛰며 나를 찾는군. 그냥 써, 신경쓰지 마" 하며 웃었다. 스가노가 웃는 모습을 보이는 건 실로 드문 일이었다.

*

5월 10일 아침, 시로야마는 오전 6시 자택 신문함에서 세 종의 조간을 꺼내려다가 함께 들어 있는 소인 없는 서류봉투를 발견했다. 이틀 전 정원에서 주운 것과 똑같은 봉투였다. 이번에는 안으로 들어와 현관에서 열어보았다.

'6억은 보관해두었나? 조만간 두번째 지시를 내리겠다. 10일 오후 9시에서 9시 5분 사이 사장이 3751-921×로 전화할 것. 인질이 죽기를 바라지 않으면 이 편지는 경찰에 신고하지 마라. 레이디·조커'

내용을 깊이 생각하지 않으려고 애쓰며 시로야마는 일단 봉투를 주머니에 넣었다.

그뒤 거실에서 펼친 조간 1면에는 '자칭 레이디·조커 6억 요구. 히노데 맥주 사장 납치범이 행동에 나서다'라는 헤드라인이 실려 있었다. 이백 자가 채 안 되는 전문에 이은 오십 행 정도의 짧은 기사는 그제 편지 발견부터 어젯밤 현금 전달까지 전말을 간결하게 정리한 뒤, '인질도 없는 상태로 과감히 현금 수수를 강행한 범인 그룹의 움직임에, 수사진에 새로운 대응책이 요구된다'라고 마무리했다.

시로야마는 사건 관련 대응은 전부 대책실에 맡기고 심신이 시달리지 않도록 애쓰고 있었지만 마음속 방호벽은 결코 견고하지 못했다. 소란 없이 끝날 줄 알았던 지난밤의 현금 전달이 이튿날 아침 전국지 1면을 장식하는 것을 본 순간 첫번째로는 충격을 받았고, 이어서 뚜렷한 대상도 없이 격앙했고, 분노를 쏟아낼 대상이 없음을 깨닫자 이번에는 혼란에 빠졌다. 이미 결정해둔 절차와 결의가 다시금 흔들리고 걷잡을 수 없는 불안이 부풀어올랐다.

시로야마는 곧 사무적으로, 집요하게, 지금 빠져 있는 정신적 불안정의 원인을 추궁하고, 그 대부분을 히노데와 자신이 안고 있음을 새삼 인식했다. 경찰에 신고한 편지 외에 8일 아침 집 마당에 떨어져 있던 또 한 통의 편지는 두 부사장과 총무 담당 및 재무 담당 임원에게만 보여준 뒤 사장실 금고에 보관해두었는데, '인질이 죽기를 바라지 않으면 이 편지는 경찰에 신고하지 마라'라는 범인의 지시에 따른 순간, 히노데는 제 손으로 사태의 진전을 가로막고 범인 검거의 기회를 없애버린 셈이었다. 그리하여 처음부터 뻔한 연극이었던 지난밤의 소동을 방관하고, 인질의 안전을 하릴없이 겁내면서, 범인의 행동을 무력하게 지켜보는 길을 택한 것이었다.

그는 자택 정원에 떨어져 있던 편지를 경찰에 알리지 않은 판단이 타당했는지 실책이었는지를 두고 끝없이 헤매는 운명에서 당분간 벗어날 수 없는 신세였다. 오늘 아침에도 또 한 통의 편지가 왔다. 오늘밤 어딘가로 전화를 하라는 범인의 요구에 자신은 결국 응하게 될 것이다.

그러나 비록 고뇌할지언정 시로야마는 현실적 조치를 포기할 만큼 낙담하지는 않았다. 분 단위로 쫓기는 일상 업무를 소화하려면 낙담할 시간도 없는 것이 현실이었고, 그가 지닌 자동기계 같은 처리 능력이 시간과 장소를 가리지 않고 작동한 결과 그날 아침에도 지극히 사무적이고 신속한 행동을 취할 수 있었다.

오전 8시 반 평소대로 출근한 그는 책상 위에 준비된 서류를 보기 앞서 재무 담당 임원을 불러, 주가 동향을 주시하다가 특별한 움직임이 보이면 바로 시황을 보고하라 일렀다. 이어서 구라타를 불러 맥주사업 본부 판촉부의 시장조사와 영업부의 특약점 순회 강화 같은 당면한 대책을 재확인했다. 이어서 홍보 담당 임원을 만나 언론 각사에는 '경찰 수사에 전적으로 협조하고 있으므로 당사의 코멘트는 삼가주길 바란다'는 취지의 팩스를 보내는 정도로 충분하겠다고 결론을 내렸다.

이어서 대책실 전임 총무부 차장에게, 지시대로 움직였는데도 범인이 나타나지 않은 지난밤의 전말에 대해 수사1과장에게 설명을 요구하라고 지시했다. 범인이 나타나지 않은 것 자체를 문제로 보는 것이 아니라 경찰이 지난밤의 현금 전달을 어떻게 받아들이고 있는지, 혹시 연극으로 간주하고 있지는 않은지 여부를 확인하고 싶어서였다.

시로야마는 나아가 경찰청 장관실의 이와미에게 전화를 걸어, 경찰은 대체 정보 관리를 어떻게 하고 있는 것이냐며 의례적인 고언을 전했다. 이와미는 마음에 없는 유감을 표하면서 납치처럼 인명이 걸린 사안이 아닌 이상 언론기관을 원천 봉쇄하기란 불가능하다고 대답할 뿐이었다.

용건을 마친 시로야마는 각 사업부에서 올라온 일지를 훑어보고 데스크톱컴퓨터를 켜고 개인 전자메일을 확인했다. 시라이에게서 한 통, 위기관리회사 고타니에게서 한 통, 라임라이트재팬 사장에게서 한 통, 런던과 뉴욕 자회사 사장에게서 각 한 통씩. 그 자리에서 짧은 답신을 써 보냈다. 업계지 기사 파일을 볼 시간이 없어서 노자키 여사가 정리해준 서류만 가방에 챙겨 자리에서 일어선 것이 오전 9시 20분. 아침 일찍부터 향하는 곳은 게이단렌 회관이었다.

사장실을 나서자 노자키 여사의 책상 옆 의자에서 고다가, 아니, 사원증에는 다나카로 적혀 있는 남자가 소리 없이 일어섰다. 시로야마가 집무중일 때 고다는 그 자리에서 대기하기로 되어 있었다. 여사의 말로는 늘 문고본을 읽고 있다는데, 카펫을 밟으며 문 쪽으로 오는 시로야마의 기척을 듣고 있었는지 문이 열리기도 전에 이미 책을 덮고 일어나 있었다.

여사가 "차는 정문 현관에 대놓았습니다"라고 확인해주자 고다는 "예" 하고 짧게 대답하고는 시로야마에게 문을 열어주고 한 발짝 물러나 길을 비켰다. 낮고 작은 목소리였다. 문 여닫기, 승하차, 세 발짝 뒤에서 따라다니기, 다른 임원이나 외부 인사에게 인사하는 요령, 시선을 낮추는 요령 등은 몸에 잘 익힌 듯했고, 노자키 여사가 알려주는 스케줄도 문제없이 관리하고 있었다. 아침에 자택으로 마중나와 밤에 헤어질 때까지 곧게 편 허리를 한시도 허물어뜨리지 않았다. 사흘째가 되니 시로야마도 조금 익숙해졌지만, 그래도 꼭 엄격하게 훈련된 단정한 근위병을 한 명 데리고 다니는 기분이었다.

그러나 시로야마가 보기에 고다의 눈은 무기질적인 인상을 풍기는 한편 미세한 음영을 담고 있어서, 사려 깊어 보이는 그 눈이 세 발짝 뒤에서 무엇을 보고 있을까 생각하면 불쾌할 것까지는 없어도 역시 마음이 편치 않았다. 그제 아침 정원에서 처음 만났을 때 봉투를 줍는 모습을 보았는지 못 보았는지도 그 얼굴과 몸짓에서는 전혀 짐작할 수 없었다. 오늘 아침 차 안에서도 왜 범인이 나타나지 않았을까요, 하고 운을 떼워보았지만, 고다는 잠깐 틈을 두었다가 "저는 사장님의 경호를 명령받았을 뿐입니다"라고만 대답했다.

시로야마는 고다에게 가방을 맡기고 현관 로비에서 포치로 나섰다. 고다가 재빨리 문을 열어주고 시로야마는 차에 올랐다. 문이 닫혔다.

반대쪽으로 돌아간 고다가 옆자리에 올라탔다. 이제는 "게이단렌 회관으로 바로 갈까요?" "네, 부탁합니다"라는 대화를 운전사 야마자키와 주고받는 것도 고다의 몫이었다. 어제 아침 평소처럼 야마자키가 행선지를 확인할 때 마침 딴생각에 빠져 있던 시로야마가 바로 대답하지 않자 고다가 대신 "부탁합니다"라고 대답하면서 새로 생긴 관례인데, 이것은 시로야마도 특별히 불편하진 않았다.

고다와 야마자키의 짧은 응답을 흘려들은 시로야마는 본사 빌딩 앞 산책로를 물들인 신록으로 눈길을 돌려 조간 기사로 흐트러진 신경을 진정하는 데 전념했다. 할 수만 있다면 제 눈과 머리를 이 신록으로 깨끗이 가셔내고 싶었다.

*

오전 11시 정례 기자회견에서 경시청이 예상과 달리 지난밤의 현금 수수 미수에 관한 정보를 대거 공개한 탓에 10일자 석간 3판부터 1면과 사회면 기사 교체가 한꺼번에 몰려서 네고로의 책상은 폭탄 맞은 꼴이었다. 도호 신문이 조간에서 뽑은 '레이디·조커'라는 한 단어가 먹혀든 것은 틀림없는 쾌거였다.

우선 5월 8일 오전 5시 반 히노데 교토 공장 정문 안쪽에서 수위가 발견해 회수했다는 서류봉투 속 편지의 사본이 고스란히 공개되었다. 편지지와 서체 모두 3월 24일 시로야마 사장 납치 당시 자택 정원에서 회수된 것과 똑같다고 한다. "이건 1면!"이라는 다베 데스크의 목소리에 석간 톱기사로 오르게 된 내용은 이랬다. '6억을 구권으로 준비하고 종이상자 두 개에 담아 흰색 왜건에 실어라./운전자는 남자 한 명. 지리감이 있는 자. 러닝셔츠와 면바지 착용. 겉옷과 모자는 불가. 휴대전화를 소지할 것./5월 9일 오후 11시, 신오하시 거리, 고토 구민센터 건너편 스카이라크 주차장으로 들어가서 다음 지시를 기다려라./지시는 CSHND로 보낸다. 레이디·조커'

사무적이라고 해도 좋은 문장이었고 구체적인 협박 문구는 한마디도 없었다. 지시를 따르지 않으면 뭘 어쩌겠다는 협박이 따로 전달된 것이 틀림없다는 견해가 사회부의 대세였지만, 진상은 알 수 없었다.

편지 내용을 게재한 석간 1면의 헤드라인은 이렇게 붙었다.

'레이디·조커 깊어지는 의혹/인질 없이 현금을 요구하는 이유는?'

경찰 무선 등 통신기기를 숨기기 힘든 복장을 지정한 것, '지리감'이라는 표현, 경찰의 잠복을 피하기 위한 이동 방식 등은 범인이 경찰수사 기법에 정통하다는 사실을 보여주었고, 9일 심야에 실제로 벌어진 현금 전달 소동도 그것을 뒷받침했다.

4판 사회면 헤드라인은 '수사 기법을 숙지/분 단위 지시에 혼란'.

지면에는 현금 전달의 무대가 된 현장 네 곳의 사진이 나란히 실렸다. 산업도로변의 평범한 패밀리레스토랑 전경. 근처 교차로의 붉은색 구식 공중전화부스. 육교 앞의 쓰레기장 같은 골목. 아라카와 강 제방 쪽 고가 다리 아래를 지나는 인적 없는 3차선 도로, 아스팔트에 흰 분필로 그린 △표시.

그리고 각 현장을 ×로 표시한 고토 구 약도.

'9일 오후 11시, 현금 6억 엔을 채운 상자 두 개를 실은 왜건은 범인이 지정한 스카이라크 주차장에 들어가 대기했다. 14분, CSHND로 전자메일이 들어왔다. "오지마 6번가 교차로 앞 공중전화 밑에 편지가 있다. 그 내용에 따르라." CSHND는 히노데 맥주 고객 상담실의 PC통신 주소로, 경찰은 사전에 통신회사와 NTT에 의뢰해 9일 종일 이 주소로 접속하는 발신자의 전화번호를 자동으로 역탐지하는 프로그램을 심어두었다.

히노데 본사는 메일 내용을 즉시 왜건 운전자의 휴대전화로 알렸다. 11시 15분 스카이라크를 나와 일 분 후 지정된 공중전화부스 옆 갓길에 정차. 운전자가 전화기 밑에서 회수한 편지는 8일 아침 온 편지와 서체와 편지지가 동일했다.

"기요스하시 거리, 기타스나 7번가 육교 앞, 닛폰렌터카 옆 골목에 라318× 차가 서 있다. 상자를 옮겨 싣고 운전자도 옮겨 타고 기요스하시 거리 끝까지 직진해서 좌회전, 제방을 따라 오나기가와 수문 앞까지 가서 본사의 전화를 기다려라. 반드시 25분까지 도착할 것."

왜건은 11시 20분 지정된 골목에 도착. 라318× 차량은 남색 밴, 차종은 도요타 하이에이스였다. 복제 열쇠가 꽂혀 있었으며, 후에 도난 차량으로 판명되었다. 운전자는 상자를 옮겨 싣고 22분 출발. 일 분 늦은 26분 수문 앞에 도착했다.

일 분 전인 11시 25분, CSHND에 두번째 메일이 들어왔다. "고마쓰가와 다리 밑을 지나면 땅에 흰색 분필로 △표시가 되어 있다. 그 자리에 차를 세우고 운전자는 고가 다리를 따라 상가 쪽으로 걸어라. 11시 30분까지 차를 내버려둬라."

본사가 그 지시를 운전자의 휴대전화에 전달할 때 통신 상태 불량으로 조금 시간이 걸려서, 밴이 고마쓰가와 다리 아래 지정 장소에 도착한 것은 11시 31분이었다. 운전자는 땅에 흰색 분필로 그려진, 한 변의 길이 약 50센티미터의 △표시를 확인하고 차를 세운 뒤 상가 쪽으로 향했다. 수사반이 현장을 삼십 분간 감시했지만 범인이 나타나지 않아 10일 자정쯤 밴과 현금을 회수했다.

간자키 수사1과장은 10일 아침 기자회견에서 "아라카와 제방 쪽 449호선 도로는 심야에 통행 차량이 드물고 높은 제방 위를 달리는 외길이라, 근처에서 감시할지도 모르는 범인의 눈을 피해 현금 운반 차량을 미행하기 곤란했다"고 밝혔다.

또 고마쓰가와 다리 아래 현장은 449호선에서 옆길로 빠져나온 곳인데 역시 인적이 드물고 주위가 좁은 일방통행 길로 둘러싸여 있어서, 미행 차량이 밴이 통과한 449호선을 경유하지 않고 히가시스나 방면에서 현장으로 가려면 상당히 멀리 돌아가야 했다.

범인이 나타나지 않은 이유에 대해 특수본부는 처음부터 탐색 목적이었거나 지정 시간까지 밴이 도착하지 않아 포기한 것으로 예상된다고 말했지만, 결국은 교묘하게 짜인 분 단위 이동 지시에 경찰이 내내 휘둘린 셈이었다.

또한 CSHND에 들어온 두 메일의 발신처가 서로 다르다는 사실이 밝혀졌다. 둘 다 계정을 도용당했을 가능성이 높다고 특수본부는 보고 있다.'

이어서 히노데 맥주 본사의 코멘트. 시로야마 사장 개인의 코멘트는 따지 못함.

'히노데 맥주 홍보부는 10일 아침 각 보도기관에, "경찰수사에 전적으로 일임한만큼 코멘트는 삼가겠습니다"라는 내용의 팩스를 보냈다.'

전문가의 코멘트.

사회범죄학자. '불황의 장기화와 어두운 세태를 반영해 기업 공갈 수법도 음습하고 과격해지고 있다. 기업에서 서구형 위기관리 시스템의 도입을 본격적으로 검토해야 할 시기가 도래했고, 경찰은 이런 유의 범죄에 대처하는 새로운 수사기법을 조속히 확립해야 한다.'

범죄심리학자. '범행 자체를 즐기려는 목적이라면 주도면밀한 수법과 낮은 성공 가능성이 충분히 양립할 수 있다. 인질도 없이 이렇게 현금 탈취를 강행하는 것으로 보아 범인 그룹이 피해 기업이나 경찰을 상

대로 변태적인 도발을 즐기고 있을 가능성도 있다.'

사회 평론가. '사장 납치에 현금 요구가 뒤따르면서 한 기업에 대한 범죄 이상의 영향력이 예상된다. 범인들이 이토록 집요하게 히노데 맥주를 공격하는 이유가 짐작되지 않고, 6억이라는 금액도 어중간하다. 경찰이 사건의 진상을 완전히 파악하지 못한 것은 아닌가?'

그외에 '인질도 없이 현금 요구에 응하는 기업이 어디 있는가. 히노데와 범인 그룹 사이에 겉으로 드러난 것과 다른 문맥이 숨어 있는 것이 틀림없다'라는 모 평론가의 발언도 있었지만, 데스크의 판단으로 삭제했다.

관련 1단 기사. '히노데 주식, 일시적으로 팔자 추세.'

'히노데 맥주를 상대로 현금 6억 엔 탈취를 기도한 사건이 조간에 보도되자, 오전 중 도쿄 증시에는 기업 활동의 리스크를 우려한 개인투자가를 중심으로 현물 주식의 팔자 주문이 잇따랐다. 한편 사자 주문도 들어와 히노데 주식은 총 거래량 20만 주, 어제 종가보다 20엔 소폭 하락하며 오전 거래를 마쳤다. 기업 실적이 호조이므로 장기적으로는 견고한 시세가 이어질 거라 증권 전문가들은 보고 있다.'

관련 박스 기사. '경시청, 전용 핫라인 설치.'

'히노데 맥주를 상대로 한 6억 엔 강탈 미수사건에 관한 일반인 제보를 받기 위해 경시청은 10일부터 24시간 전화 접수를 실시한다. 경시청은 5월 8일에서 9일로 넘어가는 심야, 고토 구 오지마 역 앞 교차로 공중전화부스, 기타스나 7번가 육교 부근, 도도都道 449호선 부근, 고마쓰가와 4번가 고마쓰가와 다리 부근 등에서 수상한 인물이나 차량을 목격한 이의 제보를 기다리고 있다. 연락처는 무료 전화 0120-468-12×, 경시청 오모리 서 히노데 맥주 사건 담당자.'

오후 1시 반, 네고로는 한숨 돌리고 책상에 어지럽게 널린 삭제 원고와 교체 원고 더미를 그러모았다. 언제 타놓았는지 기억나지 않는 차를 마저 마시고 다시마 과자 한 조각을 씹으며 원고 분류를 시작하는데 "네고로 씨, 전화!" 하는 목소리가 들렸다.

전화를 건 것은 증권맨 오카베 도모히코였다. 시로야마 사장 납치 직후 신바시에서 재회한 뒤로 오카베는 거래소 시황이나 작전주 매매자에 대한 정보를 상세히 알려주고 있었다. 그 보답이라고 하기는 뭣하지만, 네고로는 지난달 배당률이 좋고 안정적인 종목을 골라 2000주 매수를 의뢰했다.

오후 시장이 열렸을 텐데 무슨 일인가 싶어 전화를 받자, 오카베가 대뜸 "지금 팩스 한 장 보낼 테니 잠깐 봐주세요"라고 말하더니 바로 대기음이 흘러나왔다. 네고로도 전화를 대기로 돌려놓고 자리에서 일어나 코 닿을 거리에 있는 팩스 두 대 앞에 서서 일 분쯤 기다렸다. 마침내 팩스 한 대가 A4용지 한 장을 토해냈지만 얼핏 봐서는 내용을 알 수 없고 글자가 너무 작아 읽기 힘들어서 일단 자리로 가져왔다.

재차 눈앞에 펼쳐들고 살펴보니 일종의 리스트라는 것을 알 수 있었다. 이름 대신 회원 1호, 회원 2호로 표기한 리스트는 직장과 소속 부서를 포함해 30호까지 이어졌다. 18호까지는 전부 증권사 근무자였다. 대기업부터 중소기업까지 다양했으며, 오카베가 근무하는 대형 증권사도 등장했다.

증권사 외 나머지 열두 곳은 의미 모를 외래어와 알파벳의 나열이었는데, 네고로는 끝까지 훑어본 뒤 시선을 다시 올려야 했다. 회원 24호 옆에 (주)GSC라고 적혀 있었기 때문이다.

보름 전쯤 법무국에서 (주)GSC의 등기부를 찾아본바 정식 상호는 '주식회사 제네럴 스톡 크로니클'이었다. 1990년 10월 설립. 설립 목적은 투자 및 경영 컨설팅과 잡지 발행. 발기인은 기쿠치 다케시 외에 친족으로 보이는 이름 넷과 성이 다른 이름이 넷, 대표자는 기쿠치 다케시. 자본금은 1,000만 엔. 회사 소재지는 지요다 구 이다바시로 되어 있었다. 직접 찾아가보니 낡아빠진 사무 빌딩 3층이었고, 문패가 걸려 있지만 우편함은 사용한 흔적이 없으며 열쇠구멍으로 들여다본 실내는 텅 비어 있었다. 그래서 페이퍼컴퍼니일 가능성은 이미 예상했지만, (주)GSC라는 이름이 오늘 이런 모습으로 등장할 줄 네고로는 상상도 하지 못했다.

다시 수화기를 집어든 손이 저도 모르게 희미하게 떨렸다.

"오카베 씨. 팩스 봤어요."

"어제 신바시에서 술 마시다가, 거기 회원 10호로 되어 있는 증권맨을 만났어요. 그 사람이 건네준 건데, 무슨 리스트인지 감이 옵니까?"

"아뇨."

"한마디로 꾼들이에요. 일종의 네트워크 같은 거죠. 실은 나도 제안을 받았어요. 내가 만만해 보였나."

일부러 그러는 것인지 평소와 다름없는 조금 나른한 말투였지만, 내용은 아연 수상쩍은 냄새를 풍겼다.

"네고로 씨도 들어본 적 있죠? 투자자와 증권사 직원이 결탁해서, 예를 들어 내가 제때 팔지 못한 주식을 갖고 있으면 다른 증권사 직원이 자기 고객에게 사자 주문을 넣게 해서 싹 처리해주는 거요."

"그렇게 매매를 조작하는 그룹이 있다는 얘기는 들어봤어요."

"바로 그런 그룹의 잔당 같아요. 나한테 권유한 놈은 그 모임이 구체적으로 뭘 하는지 말하지는 않았는데, 이만한 인원의 증권맨이 결탁했다면 하루에 5, 600만 주는 쉽게 움직일 수 있을 테고, 투신 쪽이면 규모가 더 커지겠죠. 매매를 얼마든지 조작할 수 있으니 특정 고객에게 돈을 벌게 해주고 회원들은 소정의 수수료에 플러스알파까지 챙기는 겁니다."

4월부터 갑자기 불어난 히노데 주식 매매도 이런 예일지 문득 상상해보았지만 네고로는 아직 이해가 되지 않았다. 각 증권맨, 혹은 각 증권사, 혹은 일개 지점 단위의 단발적인 부정은 드물지 않지만, 복수의 증권사 창구와 파이낸스회사, 투자 그룹이 이렇게까지 연결된다면 어떤 부정이든 보다 일상적인 거래를 통해 해치울 수 있을 것이다.

"그래, 회원 10호가 어떻게 제안하던가요?"

"무슨 종목 몇 주를 이 가격으로 내일 오전 중 사자 주문을 내주지 않겠느냐, 뭐 이런 식으로요. 내 고객 중에는 그렇게 큰 건을 소화할 만한 사람이 없다고 대답했지만."

"겨우 그 정도 이야기를 하면서 이런 명부를 넘겨주지는 않았을 텐데요?"

"아뇨, 그게 다였습니다. 이번에 자기를 도와주면 섭섭지 않게 해주겠다면서 내민 게 그거예요."

"하지만, 이 인원수는 조금 과한 것 아닙니까? 주도자가 따로 있는 겁니까?"

"내가 듣기로는 연락책이 하나 있다는데, 상세한 내용은 몰라요. 세포분열처럼 패가 늘어나는 식이라 제일 가까운 사람하고만 연락이 된다니까."

"회원 1호는 2호를 알지만 3호는 모른다는 얘기인가. 오카베 씨는 그 사람 말을 믿어요? 이 명부를 보고?"

"뭐, 마음이 좀 동한 건 사실이에요. 제대로 돌아가면 물타기든 내부자거래든 매매 조작이든 얼마든지 가능하고, 이쪽이 손실을 볼 일은 전혀 없으니까. 뒤가 구린 놈들끼리 모여서 꿈같은 생활을 하는 거죠."

"그럼 한번 해보면 어때요?"

하하, 맥없이 웃는 소리가 수화기에서 새어나왔다.

"십 년 전이라면 했겠죠. 그나저나, 거기 회원 24호가 다닌다는 주식회사 GSC, 혹시 네고로 씨가 전에 물었던 지인의 회사가 아닌가 싶어서요."

"대표자 이름을 모르면 판단하기가 좀—"

네고로는 말끝을 흐렸지만, 실은 오카베가 (주)GSC 등기부를 찾아보고 발기인과 대표자가 도호 신문의 기자 출신이라는 것까지 조사한 뒤 전화한 것이 틀림없다 싶었다. 오카베는 자신을 끌어들여 이 네트워크의 실태를 좀더 파악해보고 싶은 것이 아닐까.

"한번 조사해볼게요. 뭐라도 건지면 알려드릴 테니 그쪽도 회원 10호의 이름을 알려주시죠."

통화를 마친 네고로의 눈은 눈앞의 종이 한 장 위를 잠시 떠돌다가 어느새 고쿠라-주니치 의혹의 안갯속을 헤맸다. 구 주니치 상은 창업주 일가가 제삼자에게 주식 지분을 양도했을 때, 그 제삼자에게 구입 자금 500억을 융자한 선 파이낸스라는 제2금융이 있었다. 은행 등의 금융기관에서 오카다 경우회와 GSC그룹의 수많은 페이퍼컴퍼니를 경유한 자금이 그곳으로 대거 흘러들었고, 그중 일부가 제삼자에게 주식 구입 자금으로 대부된 것인데, 선 파이낸스 관계자나 각 페이퍼컴퍼니 관계자의 이름이 이 한 장의 리스트에 올라 있지 않다고는 장담할 수 없었다. 도다 아무개라는 노인을 시켜 고쿠라-주니치 스캔들 건을 신문사에 제보하게 한 기쿠치 다케시가 회원 24호라면 그럴 확률이 상당히 높다고 할 수 있었다.

그때의 지하경이 어떤 형태로 부활해도 놀랍지 않지만, 네고로는 그 언저리에서 자꾸 어른거리는 기쿠치 다케시라는 이름을 뇌리에서 떨쳐내지 못했다. 그것이 지금 회원 24호라는 기호가 되어 팩스 용지 속에서 자신을 부르고 있을 뿐 아니라 이 명부 자체가 마치 준비되어 있던 것처럼 등장했다고 생각하니, 내장이 꿈틀거리는 것을 억누를 수 없었다.

일단 당사자부터 만나봐야겠다는 생각을 신중히 제쳐둔 뒤 회원 19호부터 30호까지 열두 곳의 회사명을 메모지에 옮겨적어 자료실 아르바이트 학생에게 건네주고, 데이코쿠 데이터뱅크*의 자료를 찾아와달라고 부탁했다.

그리고 뭔가에 쫓기듯 공중전화로 전화 한 통을 걸었다. 상대는 고쿠라-주니치 스캔들 취재가 한창일 당시 『주간 도호』에 현 육운업계의 문제점을 꼼꼼하게 파헤친 르포를 기고했던 중견 프리랜서 저널리스트로, 취재 협력이라는 명목의 정보 교환이 가능한, 몇 안 되는 외부 저널리스트 중 한 사람이었다.

어차피 이 시간에는 전화를 받지 않으리라고 짐작한 대로 부재중 안내음성이 흘러나왔고, 네고로는 짧은 메시지를 남겼다.

"도호의 네고로입니다. 가부토초 쪽에서 들어온 건수가 있는데, 괜찮으면 연락 주세요."

*

오후 8시 18분을 가리키는 탁상시계를 바라보며 시로야마는 내일 있을 일본·유럽 재계인 간담회 자료를 덮었다. 십오 분 전 시간을 때우려고 펼쳤지만 기계적으로 글자만 좇다가 말았다. 시로야마는 서랍에

---

* 기업을 대상으로 한 일본 최대의 신용조사회사. 방대한 데이터베이스를 제공한다.

서 휴대전화와 워크맨을 꺼내 책상 위에 놓았다.

범인과의 통화를 녹음하기 위해 위기관리회사 고타니가 소형 디지털 마이크를 워크맨에 연결해주었다. 경찰의 통화기록 조사를 피하기 위해 고타니의 회사 명의로 개통된 휴대전화도 빌렸다.

탁상시계 바늘이 또 일 분 나아갔다. 아침에 발견한 편지에서 범인이 말한 시각은 오후 9시에서 9시 5분 사이. 꼬박 하루를 남몰래 기다린 그 시각이 목전에 다가왔지만, 시로야마는 차마 마지막 한 발을 내디디지 못한 채 천천히 돌아가는 긴 시곗바늘을 바라보았다. 범인의 지시에 따르는 데서 오는 양심의 가책에는 얼마든지 변명할 수 있지만, 범인의 목소리를 듣는다는 생각만 해도 되살아나버리는 생리적 공포는 이성으로 제어할 수 없었다. 심호흡을 하고 창밖의 야경으로 눈길을 돌렸다가 다시 책상 위의 작은 휴대전화와 워크맨을 바라보며, '이제 와서 무슨' 하는 체념을 끌어내려 애쓰는 사이 시각은 9시 1분이 되었다.

어차피 너는 전화를 해야만 한다, 단 몇 분이면 끝난다, 그렇게 스스로를 타이른 여세로 아침에 발견한 범인의 편지를 서랍에서 끄집어내 눈앞에 펼쳤다. 고타니가 일러준 대로 우선 워크맨의 녹음 버튼을 눌렀다. 이어서 이어폰을 귀에 꽂고 휴대전화를 들어 여덟 자리 번호를 누르고는 얼른 전화기 스피커 부분을 귀에 꽂은 이어폰에 갖다댔다. 조금 낮고 탁한 호출음이 두 번 울리다가 끊겼다.

"히노데의 시로야마입니다." 갈라진 제 목소리가 들렸다.

"용건은 두 가지—" 누군가가 말을 시작했다. 감금중 들은 목소리는 아니었다. 그보다 더 굵고 낮고 거친 목소리다. 그러나 미리 준비한 메모를 읽는 듯한 말투와, 흥분도 감정도 느껴지지 않는 무기질적인 냉혹함은 다르지 않았다.

"첫째. 6억은 보관했나? 가까운 시일에 두번째 전달을 시도할 것이다. 둘째로 7억. 그 7억은 지금 보관중인 6억과 별개로 새로 은행에서 인출하라. 그러면 그쪽 금고에 13억이 들어 있게 된다. 두번째 전달에서는 처음 보관한 6억에, 추가한 7억 중 1억을 보태서 총 7억쯤 전달한다. 여기까지. 질문 있나?"

"무슨 말인지 잘—"

"처음 보관한 6억은 경찰에서 지폐 일련번호를 파악했다. 두번째 전달에서 추가될 1억도 마찬가지. 그러나 금고에 남은 6억은 번호가 파악되지 않는다. 우리는 번호가 파악되지 않은 지폐를 원하는 거다. 이제 알겠나?"

차근차근 설명하는 범인의 목소리를 들으면서 시로야마의 머리는 둔하게 멈춰 섰다. 지금 통화하는 전화번호를 경찰에 알린다면 이자는 지금 이 순간 어딘가에서 곧 체포될 것이 분명하다. 그리고 지난 한 달 남짓의 불안한 날들도 단박에 사라질 것이다. 그러지 못할 사정이 대체 무엇이었나. 얼마나 피치 못할 사정이었단 말인가.

"그 얘기는 알겠소—"

"또 있다. 두번째 전달에 사용할 7억에는 흰색 띠지를 두를 것. 금고에 남은 6억에는 구별을 위해 하늘색 띠지를 두를 것. 두번째 전달극이 끝나면 흰색 띠지 7억과 하늘색 띠지 6억 모두 은행에 넣지 말고 띠지를 두른 채 사내에 계속 보관할 것. 알겠나?"

"알겠소."

"또 한 가지 용건을 말하겠다. 지금부터 하는 얘기가 히노데 맥주의 생명줄이라 생각하고 잘 들어라. 향후 연락은 산노 2번가 자택 근처에 표식을 남기는 것으로 하겠다. 출근 차량이 매일 아침 루터 유치원 앞을 지나 버스가 다니는 큰길로 나가지? 큰길로 합류하는 모퉁이 왼쪽에 갈색 가로등이 있을 것이다. 즉, 산노 2번가 버스정류장 오른쪽이다. 아침에 그 가로등에 흰색 비닐테이프가 감겨 있으면 그날 밤 9시부터 9시 5분 사이 이 번호로 전화해라. 그 시각 외에 이 번호는 연결되지 않는다. 테이프는 차 안에서 잘 보이는 위치에 감아둘 것이다. 질문 있나?"

버스정류장 오른쪽 가로등에 흰색 테이프. 잘 보이는 위치일 거라는 말과 달리 구체적으로 어떤 테이프를 어디에 감아두겠다는 것인지 쉽게 상상이 되지 않았다. 시로야마는 "좀더 간단한 방법이면 좋겠는데"라고 신음하듯 말했다.

"변경은 없다. 아침에 차가 큰길로 나설 때 보도 왼쪽을 잘 관찰해라. 오늘밤은 여기까지다."

전화는 일방적으로 끊겼고, 순간 잡음이 사라지고 뚜뚜 하는 단조로운 소리만 새어나왔다. 혹시 공중전화에서 걸었나 싶었지만 찰나의 번뜩임은 이내 사라지고, 대신 또 한 발 범죄자에 가까워졌다는 기묘한 흥분과 패배감이 교차했다. 경찰에 알렸다면 지금쯤 사태가 일거에 해결되었을 거라는 생각이 다시 고개를 들었고, 자신과 회사가 혹시 잘못 대처하고 있는 것은 아닐까 하는 후회가 갑자기 밀려들며 더욱 깊은 패배감을 몰고 왔다.

오늘까지 계속 생각해봤지만 도저히 떠오르는 얼굴이 없는 범인 그룹. 조카딸 사진을 내보였을 뿐 구체적인 협박은 없고, 350만 킬로리터의 맥주가 인질이라는 위협도 근거가 없기는 마찬가지였다. 뜬구름 잡듯이 모호한 불안만 앞선 탓에 제 발로 궁지에 몰린 것도 부정할 수 없는 진실이었다.

아니, 설령 오늘밤 통화한 남자가 체포되더라도 범인 일당이 일망타진된다는 보장은 없었다. 그런 상황에서 '인질이 죽기를 바라지 않으면'이라는 협박을 무시할 기업은 없을 것이다. 또한 이렇게 범인들이 히노데의 신의를 믿고 연락을 취하는 동안 행동 패턴을 유심히 관찰해두었다가 향후 대처 방안을 결정할 여유도 여전히 남아 있었다. 아직 방법은 있다. 그렇게 생각을 고쳐먹고 나서야 시로야마는 겨우 마음을 정리하고 일어나 서류가방을 챙기고 스탠드 불을 껐다.

문을 열자 고다가 대기실 의자에서 일어나 있었다. 그래, 이 사람이 있었지. 놓고 온 물건을 갑자기 깨달은 기분으로 시로야마가 "수고가 많군요"라고 말을 걸자 고다는 "아닙니다"라고 작은 소리로 대답하고, 노자키 여사의 책상에서 열쇠를 집어들고는 시로야마에게 재빨리 문을 열어주었다.

*

오후 10시 반 야시오 파크타운으로 귀가한 고다는 1층 신문함에서 석간을 꺼내 그 자리에서 '레이디 · 조커 6억 엔 강탈 미수'라는 헤드라인을 확인하고, 범행 경과를 상세히 전하는 기사를 구석구석까지 읽어 치웠다.

우선 8일 아침 교토 공장에서 발견된 편지의 내용을 세 번 되읽고, 그 중 '만약 요구대로 하지 않으면'이라는 문맥이 없다는 것을 확인했다. 그런 협박은 납치 당시 피해자에게 직접 전해졌거나 다른 경로로 히노데측에 전해졌을 것이다.

한편 현금 운반 차량을 연달아 이동시키는 수법은 예상한 바였지만, 범인 그룹이 다음 이동 장소를 지시할 때 '반드시 25분에 도착할 것' '11시 30분까지'라는 등 도착 시각을 빠듯하게 지정했다는 점이 눈길을 끌었다. 이동 장소까지의 거리를 생각하면 운반자는 경찰과 세세하게 통화할 시간적 여유가 없었을 것으로 짐작되었다. 나아가 마지막 장소를 경찰의 현장 감시가 쉽지 않은 곳으로 선택한 점까지, 형사의 눈으로 본 범행의 전말에는 같은 경찰의 그림자가 한층 선명하게 어른거렸다. 같은 경찰 중에서도 시내에서 이런 범행을 추적하는 도마뱀이 오토바이를 사용한다는 사실을 알고, 오토바이로 미행하기 어려운 1차선인 449호선 도로를 고를 머리가 있는 자라면, 기수에 있었거나 강력사건 수사본부에 몇 차례 파견되어 경험을 쌓은 형사—

지금쯤 수사본부는 더더욱 종기를 건드린 분위기가 됐겠다고 고다는 짐작했지만, 그곳을 벗어나 있는 것이 행운인지 불행인지는 스스로도 알 수 없었다. 신문을 접어 자전거 짐바구니에 넣고 나니 손에는 아무것도 남지 않았다. 5층 집으로 올라가 양복을 벗고 편의점에서 사온 바나나와 우유를 냉장고에 넣었다. 목욕물을 데울 시간이 없어서 세탁기를 돌리는 사이 간단히 샤워를 하고, 세탁된 옷들을 널고 다림질을 하고 구두를 닦았다.

맥주 한 캔과 수첩을 들고 책상 앞에 앉은 것은 밤 11시가 넘어서였다. 리포트 용지에 우선 '1995년 5월 10일(수)'라고 날짜를 쓰고 일보를 작성했다.

7:45 자택 앞 도착. 부근에 이상 없음.

7:47 야마자키 도착. 평소처럼 인사함.

7:50 S 승차. 복장과 표정에 특기할 만한 변화 없음. 인사.

8:5~15 도고시 상가를 왕복하던 중 S가 "왜 범인이 나타나지 않았을까요?"라고 물어서 "모르겠습니다"라고 대답. 대화는 그것뿐임. S의 표정은 파악하기 힘듦.

8:27 본사 현관 도착. S는 현관 로비에서 사원 몇 명과 인사. 30층으로 직행.

8:30 사장실 도착. 비서가 스케줄 확인을 위해 집무실로 들어감.

8:33 비서 퇴실. 스케줄표 전달받음.

8:34 호리카와 상무가 사장실로 들어감. 이 분 뒤 퇴실. 대화 내용은 불명. 내내 초조한 모습.

8:40 다자와 상무가 사장실로 들어감. 이 분 뒤 퇴실. 대화 내용은 불명. 무표정.

8:46 데라이 총무부 차장이 사장실로 들어감. 일 분 뒤 퇴실. 무표정(위의 다자와, 데라이 내방은 S가 인터컴으로 비서에게 요청한 것).

8:50 비즈니스폰의 외선 사용 램프가 켜짐. 상대 불명. 오 분 뒤 꺼짐.

9:00~20 외선 내선 모두 통화 없음. 비서 출입 없음.

9:22 S, 외근을 위해 현관에서 승차.

9:56 게이단렌 회관 도착. 7층 정책부회로 향하던 중 니혼 식품 회장과 엘리베이터 동승. 인사를 나누고 가볍게 골프 이야기를 함.

기업 최고경영자의 하루는 고다가 예상한 것보다 번잡했고 일단 회사를 벗어나면 다시 돌아오지 않는 경우가 많아서, 지난 사흘간 시로야마가 집무실에 앉아 있는 시간이라고는 출근 후 삼십 분과 회사를 나서기 전 삼십 분밖에 없었다. 그동안에도 임원을 만나고 통화를 하고 틈틈이 업무를 보고, 그것으로 부족해 이동하는 차 안에서도 서류를 훑어보았다. 스케줄표에도 거래처 간담회, 자회사나 관련사 간부와의 만남, 자사 공장이나 연구시설 순방, 그밖에 경제계나 정부 자문위원회 출석, 타업종 교류 세미나 참석 같은 대외 잡무가 많았다. 여기에 신문과 전문지의 인터뷰가 더해지고, 안팎의 방문객이 가세하며, 점심식사는 비즈니스의 연장선인 회식, 저녁에는 한 시간 정도를 접대에 할애하는 소모전이었다.

고다가 듣기로 시로야마는 정재계 활동이나 공무원과의 인간관계에 서툰 인물이었지만, 특수반의 설명에 따르면 납치사건 이후 대외적으로 기업 실적의 안정과 건전함을 적극 홍보할 필요가 생긴 듯 전보다 외근이 잦아진 모양이었다.

말 그대로 십 분의 짬도 없던 오후 스케줄을 고다는 하나하나 일보에 기록해나갔다. 각각의 장소. 시로야마가 만난 인물. 나눈 이야기. 표정.

11:30 모임 끝남. S는 맨 끝에 퇴실. 가와이 중기 회장이 S를 불러세워 "시로야마 씨 쪽에서는 역시 적극적으로 추진하기 어렵습니까?"라고 물음. S는 "아직은 규제 완화가 초래할 사회적, 경제적 구조 변화를 충분히 예측했다고 볼 수 없으니까요"라고 대답. 그 이상의 대화는 없었음.

11:35 S 승차. 차 안에서 서류를 훑어봄. 특약점별 실적. 말은 없었음.

11:56 기오이초의 히노데 클럽에 도착. 특약점회 간사사幹事社 오찬회. 간사사의 면면은 (주)이다 상회, (주)도미오카, (주)오타니 상사, (주)니혼 리커, (주)도쿠토미 상사. S, 현관 로비에서 대표 다섯 명을 맞음. 상투적인 인사를 나눔. 주간지 기자 두 명, 사진기자 한 명이 클럽 앞에 기다리고 있어서 물러가게 함.

회사 밖에서 시로야마가 보여주는 갖가지 얼굴 가운데 어느 것이 진짜에 가까운지 고다는 여전히 알 수 없었다. 대외 활동에 그다지 적극적이지 않은 듯 회사 밖에서는 늘 한 발짝 물러나 있고, 원체 표현을 잘하지 않는 점도 관찰이 어려운 요인이었다. 모임이나 회의 장소에 드나드는 순서나 인사 요령, 몸가짐 등을 통해 지금까지 파악한 것은, 남에게 등을 보이는 일이 없는 지극히 조심스러운 태도와, 한발 물러서서 전체적인 모습을 바라보는 듯한 눈초리 정도였다.

히노데 클럽의 회식이 1시 반에 끝난 뒤에도 히가시아자부에 건축중인 외식사업부 파일럿 점포를 시찰하고, 다카나와 프린스 호텔에서 열린 시나가와 구 상공회 모임에 참석하고, 그 직후 같은 호텔에서 『월간 이코노미스트』와 인터뷰한 뒤, 마지막 일정인 군마 현 지사와 다카자키 시장 접대를 위해 쓰키지의 요릿집으로 직행했다. 접대석상에는 시라이 부사장과 의약사업본부장 오타니 상무가 동석했다. 차기 사장 후보라는 시라이는 노회하지만 소탈한 인상이었고, 고다에게 스스럼없이 말을 거는 유일한 임원이기도 했다. 오늘밤도 요릿집에 들어가기 전 고다를 슬쩍 바라보며, "지금 눈빛이 영락없이 형사 같군요"라고 작게 속삭였다.

오타니 상무의 얼굴은 오늘밤 처음 보았다. 오후 7시 50분 자리가 파하고 접대객 둘을 전세택시에 태워 보낸 뒤, 회사 차량이 골목으로 들어오기를 기다리는 짧은 시간 동안 오타니는 사장과 부사장 뒤에서 시종 고개를 돌리고 엉뚱한 데를 보고 있었다. 히노데 이사회의 결속력이 강하진 않다고 고다는 짐작했다.

그뒤 시로야마는 오후 8시 35분 회사로 돌아왔고, 비서 노자키가 이미 퇴근한 뒤라 고다가 사장실 문을 열어주었다. 시로야마는 집무실로 직행하고 고다는 비서 대기실에서 시로야마가 업무를 끝내길 기다리며 수첩에 오늘 하루를 정리했다.

고다가 아침저녁 시간을 보내는 대기실은 민간 기업체의 풍요로움이 무엇인지 별 볼일 없는 공무원에게 조금이나마 일깨워주는 공간이었다. 실내에는 노자키 비서가 쓰는 책상과 복사기 겸용 팩스와 문서파쇄기, 손님용 팔걸이의자 두 개, 고다가 쓰는 의자 하나가 놓여 있다. 장식

없이 단단한 마호가니로 마감한 벽면은 사실 문이고, 열면 다시 방화문이 나오고 그 안쪽은 자료나 서류를 수납하는 기능적인 선반으로 이루어져 있다. 장식품 하나 없는 간소한 풍경이지만 원목 책상은 매끈하게 연마되어 있고, 스웨덴산이라는 의자는 묘하게 편했으며, 데스크톱컴퓨터 옆에서도 튀지 않는 중후한 유기 스탠드는 채프먼 사의 고급 제품이었다.

수첩에 메모하던 고다는 책상을 비추는 그 스탠드의 아름다움에 넋을 놓고, 지금은 자리에 없는 노자키 비서를 언뜻 떠올렸다. 출근 첫날 시로야마를 보는 노자키의 눈길이 예사롭지 않음을 알아채고 어제 내내 시로야마의 반응을 주시한 결과 오늘은 여사의 짝사랑이라는 결론을 내렸지만, 일보에 기록할지 말지 망설이다 결국은 생략했다.

시로야마가 업무를 마감하는 동안 고다는 그렇게 대기실에서 수첩 다섯 장 정도를 깨알 같은 글자로 채웠다. 그리고 지금은 마지막 장의 몇 줄을 일보에 옮기는 중이었다.

20:35 귀사. 수위하고만 인사. 아무와도 마주치지 않음.
20:37 S, 집무실에 들어감. 내외선 모두 통화 없었음.
21:02 S의 목소리가 들림. 집무실에서 누군가와 통화? 상대, 내용 불명. 시로야마 혹은 회사 명의 휴대전화가 따로 있는지 확인해야.

이 시각, 고다는 문득 집무실 문 너머에서 "히노데의 시로야마입니다"라고 말하는 목소리를 들었다. 팩스의 모터 소리나 컴퓨터에 달린 무정전 전원장치가 웅웅대는 소리 때문에 한낮에는 집무실의 말소리가 거의 들리지 않지만 기계들이 멈춘 밤은 다르다. 주인 외에 아무도 없을 시로야마의 방에서 말소리가 들려오자 고다는 자동으로 비서 책상 위 전화기로 눈길을 돌렸지만, 내외선 모두 램프는 꺼져 있었다.

휴대전화인가 하는 생각이 가장 먼저 들었지만, 책상 위에 전화기가 있는데 굳이 휴대전화를 쓴다는 것이 의아해서 고다는 의자에서 일어나 집무실 문에 귀를 댔다. 처음 들린 "히노데의 시로야마입니다"라는 말에서 일 분쯤 후 "무슨 말인지 잘—"이라는 목소리가 들렸다. 그리고 다시 일 분쯤 뒤에 "그 얘기는 알겠소"라는 목소리. 또 일 분쯤 뒤 다시 한번 "알겠소". 다시 일 분 삼십 초쯤 뒤에 마지막으로 "좀더— 방법— 좋겠는데." 평소보다 작고 트릿한 목소리였다.

전화를 건 것은 아마 시로야마일 테고, 업무상의 통화 같지는 않으며, 더군다나 굳이 휴대전화를 사용했다는 점에서 사정은 몰라도 일단 요주의 대상이었다. 실은 무슨 인사말 원고 등을 읽으며 혼잣말을 했을 가능성도 있으므로 일보에는 '휴대전화가 따로 있는지 확인해야'라는 모호한 표현으로 그쳤다. 뒤이어 마지막 세 줄을 적었다.

21:25 S, 업무 종료. 피곤한 기색. 지하주차장으로 직행, 승차.
21:45 산노 도착. 부근에 이상 없음.
종합—이날 S의 표정과 거동에는 특이점이 없고 침착했다.

작성을 마친 일보를 본청 제1특수에 팩스로 보내고 나니 오전 1시였다. 위스키를 150그램쯤 따르고 지난 이틀간 만져보지도 못한 바이올린을 바라보며 BBC채널을 틀어 볼륨을 줄여놓고 침대에 누웠다. 하루 종일 입을 열 일이 거의 없고 남의 이야기를 들을 기회도 제한된 생활이 사흘이나 이어지고 나니 텔레비전 소리라도 듣고 싶었다.

　조간 출고 뒤 사회부 당직 기자들과 맥주 한 캔을 비운 네고로는 5월 11일 오전 2시 일찌감치 본사 빌딩을 나섰다. 근처 페어몬트 호텔 주차장에서 한나절 전에 통화한 저널리스트 사노와 만나기로 되어 있었다. 가보니 약속 상대가 프런트그릴에 스리스타 엠블럼이 빛나는 겔란데바겐 옆에 서 있어서, 네고로는 저도 모르게 "자네도 결국 벤츠야?"라는 한마디가 튀어나왔다.

　"비난하시는 거예요?"

　"칭찬이야. 이건 얼마쯤 하나?"

　"중고예요. 600만 엔. 60회 할부. 금리가 2퍼센트라고 해서."

　아무리 금리 2퍼센트라도 한 가정의 가장이고 600만 엔이나 되는 융자를 감당할 만한 벌이는 아닐 텐데. 네고로는 그렇게 생각하며 프리랜서답게 만년 청년 같은 분위기가 가시지 않은 사십대 남자의 얼굴을 살펴보았다.

　"부인과 따님은 안녕하시지?"

　"여자는 늘 남자보다 건강하잖아요. 신바시로 나갈까요?"

　신차라면 1,000만 엔은 할 금속 상자에 올라탄 네고로는 의외로 시원찮은 승차감에 두번째로 놀라고, 술냄새도 못 맡는 사노를 위해 이십사 시간 영업하는 신바시 역 근처 카페로 들어갔다.

　띄엄띄엄 앉은 커플들과 떨어진 한구석에서 미명의 커피를 마시며, 네고로는 "요즘은 무슨 작업을 하나?"라는 무난한 질문부터 꺼냈다. 사노는 "기자 계약은 스포츠지 하나뿐이고 나머지는 다 단발이에요"라고 대답했다. 스포츠지에서는 경제 기사 전문인데, 요즘 금융 파탄 문제가 화제라서 꽤 쓸 거리가 있다고 한다.

"개인적으로 특별히 취재하는 아이템은 없어?"

"다 별 볼일 없는 것들이에요. 그래서 이렇게 네고로 씨를 만나고 있잖아요."

네고로는 현재 사노의 취재력이 어느 정도인지 가늠해보고 싶었지만, 취재란 막상 해보지 않으면 알 수 없는 면도 있어 현실적으로는 과거의 실적을 믿는 수밖에 없었다. 600만 엔짜리 벤츠도 생각해보면 매달 10만 엔 남짓만 납부하면 되니 그처럼 술값이 안 드는 경우에는 허용 가능한 범위고, 수상쩍은 돈벌이를 상상할 만한 근거는 못 된다.

좀더 성급한 기미를 보이던 사노가 먼저 "제가 입 하나는 무겁잖아요"라는 상투적인 말과 함께 제안을 꺼냈고, 네고로는 '도호 신문은 본건과 전혀 무관함' '지극히 개인적 차원에서 취재에 협력하는 것'이라는 조건을 달아 일단 합의를 보았다.

네고로는 증권회사 오카베가 팩스로 보내준 A4용지 한 장을 테이블 위에 꺼내놓았다. 사노는 잠시 들여다보다가 "무슨 그룹이죠?"라고 물었다. 네고로는 "일단은 매매 조작 네트워크래"라는 대답에 이어 "하지만 실상은 몰라"라고 덧붙인 뒤, 명부에 등장하는 열두 곳 주식회사에 관한 데이코쿠 데이터뱅크 자료를 테이블에 늘어놓았다. 사노는 그것을 팔랑팔랑 들춰보더니, "'예전 이름으로 일하고 있어요'*입니까?"라고 말하며 낮은 소리로 웃었다.

"어떻게 생각해?"

"우선 주도자가 누구냐가 문제겠고—" 사노는 역시나 바로 핵심을 짚었다. "회원들이 모두 자기 돈을 움직이고 있는 것은 아닐 테니, 누구

---

* 일본의 유명한 엔카 제목. 1절 가사는 이렇다. '교토에 있을 때는 시노부라는 이름이었고, 고베에 있을 때는 나기사라는 이름이었어요. 항구의 주점으로 돌아온 그날부터 당신이 찾아주기를 기다리고 있어요. 예전 이름으로 일하고 있어요.'

돈을 어느 정도 움직이고 있느냐가 두번째 문제겠죠. 세번째는 실제 매매 수법. 네번째는— 글쎄요, 이런 그룹이 정말 존재하느냐의 여부가 아닐까."

"바로 그거야."

"매매 조작 얘기는 사실입니까?"

"말은 그렇게 들었는데, 증거가 없어."

"뭐, 이렇게 여러 증권회사의 창구가 모였다면 어떤 수법이든 분담할 수 있을 겁니다. 무슨 짓을 해도 보다 안전해지는 셈이죠."

"나는 좀더 적극적인 이유가 있지 않을까 싶은데. 일정 시기에 주가를 안정시켜놓고 일정 규모의 주식을 매매한다든가."

"신용으로 매매해두고 디데이 직전에 풍문을 퍼뜨린다든가?"

"아니, 이 그룹은 좀더 머리를 굴릴 것 같다는 느낌이 들어." 네고로는 회원 24호로 오른 기쿠치 다케시의 이름, GSC그룹과 오카다 경우회의 자금력, 명부 속 열여덟 개나 되는 증권회사 창구를 떠올리며 신중하게 말했다.

"보라고, 이 그룹은 투기꾼, 자금, 매매 창구의 삼박자를 다 갖췄어. 투기로 돈을 벌려고 할 때 정해진 자금으로 가장 크게 거래할 수 있는 분야는 지수선물*이야. 만약 내가 열여덟 개나 되는 창구를 확보한다면, 우선 현물주**부터 확보하겠어. 주가가 움직이지 않도록 동료에게 조금씩 팔자 주문을 내게 하고 이쪽에서 조금씩 사들이는 거지. 선물 팔자도 조금씩 쌓아가고—"

"지수를 움직이려면 최소 수백억 단위의 자금이 필요해요."

---

* 주가지수선물. 금융 분야의 파생 상품 중 하나로, 장래의 주가지수를 대상으로 한다. 투기적 성향이 강함.

** 신용거래를 할 수 없는 종목. 공매 및 신용 매입이 불가능해 시장성이 희박하다.

"수익도 그 정도를 보장한다고 하면 나설 놈은 많아. 자금은 얼마든지 있어. 시황도 한동안 호조건이 갖춰져 있어. 약세장에 관망세, 매수 잔고 높음. 청산 조건을 만들기 쉽지."

"조건을 만든다는 건, 선물을 조금씩 팔고 현물도 조금씩 판다는 얘깁니까? 그러면 전체 시장이 점점 하락하고, 선물은 현물보다 하락폭이 크니까 매수 잔고 청산 조건이 갖춰지고— 선물 환매가 들어올 때 이쪽은 팔자로 나간다, 그 말이죠?"

사노는 잠시 뜸을 들였다가 쓴웃음을 지으며 "무슨 말인지는 알겠는데요"라고 중얼거리고는 다시 진지한 표정을 지었다. "만약 이게 그런 자금력을 가진 조직이라면 예삿일이 아니잖습니까. 네고로 씨, 우선 이 명부를 어디서 구했는지부터 말씀해주시죠."

이번에는 한 방 먹은 네고로가 웃음으로 얼버무릴 차례였다. "증권회사에 있는 지인이라고밖에 말 못해."

"그래서, 네고로 씨는 이 그룹의 어디가 흥미로운 겁니까? 도호 신문 사회부 지원팀장이 기웃거릴 아이템은 아닌데. 사적인 동기인가요?"

"뭐, 그렇다고 해두지."

"네고로 씨, 좀 솔직해집시다. 이 그룹을 흔들면 뭔가 나올 거라는 기대가 있는 거죠?"

"아직 모르지만, 7월에 참의원 선거도 있으니."

"역시 그렇군요— 그럼, 잘하면 이것이 고쿠라-주니치 스캔들의 패자부활전이 될 거라는 기대도?"

"그런 건 없네." 네고로는 한마디로 일축했지만 사노는 빙긋 웃고는 흡족한 듯 작게 어깨를 으쓱했다. 고쿠라-주니치 스캔들이 신문지상을 화려하게 장식하던 시절 육운업계와 구 주니치 상은의 융자처인 중소기업을 면밀히 취재하며 표적에 접근했던 장본인이니, 일단 취재 아이템을 밝히고 나면 발뺌할 길이 없으리란 것은 네고로도 이미 각오한 바였다.

"이건 제가 가져가죠." 자료를 가방에 넣는 사노를 바라보며 네고로는 새삼스레 짧은 자문자답을 했다. 애초에 이 수상쩍은 서른 명의 회원 명부에 집착하고 그 실상을 알고 싶어한 것은 누구인가? 답은 나 자신. 더는 전국지 지면에서 다룰 수 없는 아이템인 줄 알면서도 프리랜서 저널리스트에게 정보를 흘리는 행동에는 어느 정도의 정당성이 있나. 답은, 정당성 없음. 있는 것이라고는 나 자신의 지극히 사적이고 불순한 동기뿐이다. 요는 사 년 전 자신을 교통사고로 위장해 죽이려고 한 놈들의 이름을 하나라도 밝혀내고 싶다는, 이제는 대의명분도 뭣도 아닌, 복수조차 못 되는 무의미한 욕망뿐이다. 그렇다는 건 알고 있나? 답은, 예스.

"가능하다면 회원 24호를 만날 때 미리 나와 상의해주면 좋겠군."

"뭔가 있습니까?"

"신문기자 출신이야. 어디서 누구와 연결되어 있을지 모르거든."

"그밖에 정체를 아는 회원이 또 있나요?"

"아니, 24호밖에 몰라."

"알았어요. 여하튼 위험하다 싶으면 손뗄게요. 지하에서 돈 굴리는 놈들한테 개죽음당하고 싶지는 않으니까."

맞는 말이기는 했지만, 먹잇감 앞에서 쉽게 물러서지 못하는 것이 저널리스트의 천성이니 앞으로 사노와는 자주 연락을 취하며 진행 상황을 살필 필요가 있었다.

미명의 국도에 위용을 드러낸 사노의 겔란데바겐은 제1교힌을 달려 사라졌다. 네고로는 여관으로 돌아가는 택시를 잡기 전 공중전화부스에 들어가, 벌써 한 달 이상 들어가지 못한 세타가야 구 가마타에 있는 자기 집에 전화해 자동응답기에 녹음된 메시지를 확인했다.

"아파트 자치회의 야마다입니다. 자치회비 넉 달분이 밀렸는데, 얼른 부탁합니다." 삐— "아, 세탁소입니다. 3월분 요금이 밀렸는데요, 좀 부탁합니다." 삐— "아카사카의 야요이예요. 요즘 통 들러주시질 않으니, 이러다 진짜 네고로 씨 얼굴 잊어먹겠어요. 꼭 한번 들러주세요. 아셨죠?" 어디의 야요이라는 건지 통 기억이 없다. 삐—

"아— 음, 구보 하루히사입니다. 세타가야에서 빨대랑 한잔하고 들어가는 중인데요, 그— 가마타를 지나는 김에 잠깐 네고로 씨 집에 들러봤더니 안 계시더라고요. 으음— 근데 무슨 말을 하려고 했더라? 아, 그렇지, 술에 취해서 옆집 초인종을 눌러버렸지 뭡니까. 아이구, 정말 미안합니다. 사과는 깍듯하게 했어요. 죄송합니다." 삐—

녀석, 작작 마시고 다닐 것이지. 네고로는 어이없어하며 수화기를 내려놓았다. 세타가야에서 술을 마셨다면 귀갓길에 당연히 가마타를 거치겠지만, 굳이 집 앞까지 왔다면 술기운에 뭐가 생각나기라도 한 걸까? 이십사 시간 전에 '레이디 조커' 특종을 터뜨리고 지금쯤 행복의 절정이겠거니 했는데, 잔뜩 취한 목소리는 벌써부터 후속 보도에 압박을 느끼는 듯했다. 사실 석간에서 '깊어지는 의혹'이라고 기염을 토한 것과 달리 히노데 맥주를 노리는 범인 그룹의 차후 움직임은 여전히 오리무중이었다.

네고로는 야요이가 어느 술집의 여자인지 떠올려보려고 했다. 아카사카? 또렷하지 않은 얼굴을 떠올리니 '이참에 가볼까' 생각도 들었지만, 이내 '조만간'이라는 조건을 달고는 다른 전화는 더 걸지 않고 부스를 나와 택시를 탔다.

　5월 20일 금요일 시로야마의 하루는 오전 6시쯤 본사 대책실에서 올라온 'LJ 3호입니다'라는 짧은 보고와 함께 무겁게 시작되었다. 경찰은 범인 그룹 '레이디 조커'가 히노데 공장으로 던져넣은 편지를 각각 LJ 1호, LJ 2호라고 불렀는데, 이번에 LJ 3호가 센다이 공장 후문에서 발견된 것이다. 요구 금액은 10일 밤 통화 내용처럼 7억으로 늘어나 있었다. 전달은 내일 13일 토요일. 솔직히 범인이 좀더 시간 여유를 줄 것으로 짐작했기에, 첫번째 시도에서 나흘 뒤 두번째 시도를 지시한 것은 예상 밖이었다.

　시로야마는 그날 아침 산노 2번가 버스정류장 오른쪽 가로등에 감긴 폭 2센티미터 정도의 흰색 테이프를 회사 차량 창문 너머로 확인했다. 일부러 의식하며 살펴보니 생각보다 눈에 잘 띄었지만, 테이프를 확인한 순간 오늘도 범인의 요구대로 밤 9시에 전화를 걸어야 하나라는 고민에 잠겼고, 오전 8시 반 평소처럼 본사에 도착해 하루 업무를 시작할 때도 수치스러운 기분은 가시지 않았다.

　노자키 여사가 스케줄을 알려주고 나가자 대책실에서 센다이 공장에 떨어져 있었다는 편지의 사본을 올려보내며 이미 경찰에 신고했다고 보고했다. 그뒤 시로야마는 재무 담당 호리카와 상무에게 전화해 "준비 잘 부탁합니다"라고 확인해두었다. 범인의 요구대로 경찰이 이미 지폐 일련번호를 파악한 6억 엔에 흰색 띠지를 두르고, 은행에서는 흰색 띠지를 두른 1억 엔을 두랄루민 케이스에 담아 가져오고, 또다른 6억 엔은 여러 번에 걸쳐 소액으로 인출해 쇼핑백에 담아서 따로따로 본사로 가져오기로 한 것이다.

　호리카와 상무는 '인질이 죽기를 바라지 않으면 이 편지는 경찰에 신고하지 마라'라고 적힌 비밀 편지 두 통의 존재와 10일 밤 범인과의 통화를 녹음한 테이프 내용까지 알고 있는 임원이었지만, 수화기 너머에서 "예, 은행 쪽 준비요, 예—"라고 대답하는 목소리에는 당혹감을 감추지 못한 얼떨떨한 기색이 감돌았다.

아침 댓바람부터 그렇게 안절부절못하는 목소리를 들으니, 당신은 신문도 안 봤느냐, 상황 판단이 안 되느냐는 감정적인 말이 튀어나올 것만 같았다. 첫번째 현금 전달 시도의 전말을 돌아보면 경찰의 정보 관리가 엉망이라고 할 수밖에 없었고, 범인의 움직임을 유도해 체포하겠다던 말과 달리 미행 차량 배치에 쩔쩔매다가 현금 운반 차량을 범인이 지정한 시간에 도착시키지도 못한 지경이었다. 그런 상황을 보면 '인질이 죽기를 바라지 않으면'이라는 직접적인 지시에 가급적 따르는 편이 좋다는 것이 당연한 결론일 텐데.

그러나 곧 그는 직원들이 하루하루 벌어들인 돈을 6, 7억씩 부정 인출하는 사태에 당황하지 않는다면 그게 더 이상한 일이라고 받아들이고, 결국에는 신경이 곤두선 스스로를 연민하고 또하나 새로운 모순을 느끼며 각 사업본부의 보고서를 펼쳐 업무를 시작했다.

맥주사업본부는 5월 1일부터 일시적으로 출하량의 3할을 계산하지 않고 유보중이라 원장 처리가 복잡했다. 3할은 업소용 외 가정용의 점유율에 상당한다. 출하 가격으로 매출의 44.1퍼센트를 국세청에 납부해야 하기 때문에, 만에 하나 출하 정지 사태가 닥쳤을 때의 손실을 줄이기 위해 구라타가 이사회와 감사회의 반대를 무릅쓰며 단행한 조치인데, 실제로는 생산도 출하도 중지되지 않아 장부 처리에 한계가 있었다.

삼 분 뒤, 이번에는 구라타가 빠른 걸음으로 나타나 "이것 좀 봐주십시오" 하며 각 증권사 거래 자료를 책상에 내려놓았다.

그제 호리카와 상무에게 증권 담당자를 불러 시황을 확인하라고 지시했더니 특별한 문제가 없다는 결론이 나왔는데, 구라타는 이에 동의하지 않았다. 그가 주장하기로는 십수 개사 창구에서 고르게 매매 주문이 들어오는 상태가 거래일 기준 삼십육 일이나 이어진다는 것은 과거 매매 실적에 비춰봐도 분명히 비정상적이었다.

책상 위의 자료는 히노데 주식이 아니라 마이니치 맥주 주식에 대한 것이었다. "마이니치 맥주 주식도 지난 한 달간 우리랑 비슷한 매매 양상을 보였습니다"라고 구라타는 말했다.

"그게 왜요?"

"복수의 투기꾼이 맥주회사를 중심으로 현물주를 만지는 것으로 보입니다. 아마 선물도 팔고 있을 테고요. 자세히 알아낼 방법은 없지만, 투기꾼이 지수선물이나 옵션으로 벌려는 생각이라면 현물주는 만기를 앞두고 매매 규모가 지금의 백 배 정도까지 불어날 가능성이 있습니다. 그러면 주가가 급격히 등락할 겁니다."

"레이디 조커와 관계있는 것 같습니까?"

"범인이 맥주업계에 직접적인 피해를 주는 행동에 나선다면, 지금 증권사 창구에서 선물을 팔아치우고 있는 자들이 한몫 단단히 챙기겠죠. 제가 범인이라면 할 법한 일입니다."

"상품을 공격한다—?"

"만일 범인들이 주가를 흔들어 한몫 챙길 속셈이라면 앞으로 무슨 일이 일어날지 모른다는 얘기입니다. 현금 전달극을 거듭하는 것도 좋지만 진짜 거래를 서둘러달라고, 범인측에 꼭 전해주십시오."

구라타는 말을 끝내고 들어올 때처럼 급하게 돌아섰다가, 걸음을 떼려다 말고 고개를 돌려 시로야마를 이 초쯤 바라보다 다시 다가왔다.

"스기하라를 잠시 해외로 내보내고 싶습니다만—" 구라타는 숨을 한 번 내쉬고 입을 열었다.

시로야마로서는 언젠가 구라타 입에서 나오리라 짐작했던 말이었다. 막상 때가 오니 너무 이르다고도 늦었다고도 할 수 없었다.

"어렵게 드리는 말씀인데, 요즘 스기하라는 의욕을 잃었습니다. 이런 중대한 시기에 인망만으로 맥주사업본부를 통괄하기는 어렵습니다."

"저는 구라타 씨 판단에 맡기겠습니다. 스기하라의 흉중도 살피며 진행해주세요."

"시라이 씨하고도 충분히 상의하겠습니다. 당장 결정할 일은 아니니까요."

구라타가 물러가고 얼마 남지 않은 시간을 의식하며 읽다 만 보고서로 눈길을 돌리니 종이 위에 스기하라 다케오의 얼굴이 어른거렸다. 지난 몇 년 동안 그 얼굴을 떠올릴 때면 항상 어슴푸레한 윤곽뿐이었다. 분석력이 뛰어나고 사람의 마음을 끄는 데 능하며 배려심 있고 성실한 남자인데도, 얼굴이 없다. 구라타는 의욕이라는 완곡한 표현을 썼지만, 그에 앞서 맥주사업본부의 최전선에 서기에는 전략과 통솔력 측면에서 역부족이라는 사실을 부정할 수 없음을 시로야마도 잘 알았다. 최근 특약점 순시를 강화하며 스기하라가 출장중인 날이 많아서 마주칠 기회가 별로 없었지만, 한 번은 직접 얼굴을 보고 대화하는 시간을 가져야 할 듯했다.

"출발 시간입니다." 노자키 여사의 목소리가 인터컴에서 흘러나왔다. 시계는 오전 9시를 일 분 지났다. 채 읽지 못한 보고서 파일을 정리해 가방에 넣는데 파일 아래로 주간지가 보였다. 책갈피로 표시된 장을 펼치니 뜻밖에 자신의 옆얼굴 사진이 나왔다. '난관이 이어지는 히노데의 피곤한 수장.'

어디서 찍혔는지 기억나지는 않지만, 어깨를 떨구고 고개를 숙인 채 걷는 초로의 남자에게 '피곤한 수장'이라는 캡션은 제법 잘 어울렸다.

순간의 기회를 놓치지 않은 사진기자의 역작이라고 할까. 세 발짝 뒤에 있는 고다는 시로야마와 대조적으로 등을 곧게 펴고 반대쪽으로 몸을 돌리고 있어서 얼굴은 찍히지 않았다. 그래, 이 남자는 내 뒤를 이렇게 붙어다니는구나. 작은 발견 덕에 조금 밝아진 기분으로, 시로야마는 가방을 들고 의자에서 일어섰다.

그날 오전 세 시간은 가나가와 공장 병설 기술연수센터 순시로 보냈다. 시로야마는 자사 공장과 연구소를 돌아보며 현장의 젊은 사원들 이야기에 귀기울이는 시간을 가장 좋아했다. 광범위한 영역에 걸친 잡무에 매일 휘둘리며 자칫 중심을 잃기 쉬운 자신의 높이를 마땅한 위치로 되돌리는 시간이자, 현장에서 일하는 이들의 얼굴을 보면 그 라인에서 인적 자원이 제대로 활용되고 있는지 금방 알 수 있어 경영자로서 스스로를 채점할 기회이기도 했다. 그러나 더 중요한 이유는, 생각이 정리되지 않거나 가로막혔을 때 현장 공기를 접하는 것이 가장 좋은 기분전환 방법이라는 점이었다.

이동 시간 때문에 연수센터에는 한 시간 남짓밖에 머무르지 못했지만, 마침 실험용 소형 플랜트에서는 올 4월 입사한 신입 기술자 육십 명이 처음 빚은 맥주가 발효공정을 마친 참이라, 4개조에서 각각 다른 효모로 발효시킨 맥주를 다 함께 시음했다.

이날은 또한 시로야마가 잠깐이나마 고다의 웃는 얼굴을 본 날이기도 했다. 연수센터에서 시음과 토의를 마치고 반시간쯤 공장을 돌아보던 중, 늘 시로야마를 세 발짝 뒤에서 따르는 고다에게 병입 전의 신선한 히노데 마이스터를 내밀며 "이게 맥주 본래의 맛이에요" 하고 시음을 권했을 때였다.

맥주를 한 모금 맛본 고다는 절로 얼굴이 환해지더니 하얀 이를 드러내며 "호오" 하는 감탄을 흘렸다. 그리고 한 잔 분량을 단숨에 비우고는 "이거 정말 맛있군요"라고 중얼거렸다. 이 남자는 술을 좋아하고 즐길 줄 아는구나. 시로야마는 단박에 눈치챘지만, 더욱 인상적이었던 것은 고다가 "근무중이라서요"라는 말로 고지식하게 사양하지 않았다는 것이었다. 목이 말랐던 건지 호기심이 동한 건지, 혹은 인간관계를 우선한 것인지 진의는 알 수 없었지만, 동기가 뭐든 고다는 기분좋게 술을 권할 만한 상대이자 흔쾌하게 응하는 사람이었다. 또 한 가지 뜻밖의 발견이었다.

정오가 지나 도쿄로 돌아와서는 어제 개막한 일본·유럽 재계인 간담회 오찬 모임, 전날에 이은 통화통합 이후 EU의 투자 환경에 대한 분과회의, 나아가 종합 보고를 위한 전체 회의가 이어졌다. 그뒤에는 라이선스 계약을 맺은 독일의 대형 맥주제조사 크로이체르 사의 회장을 전통요릿집 깃초로 초대하고 시라이, 구라타 부사장과 도에이 은행의 데라다 은행장도 동석해, 향후 히노데 크로이체르의 아시아 전략과 불투명한 전망을 놓고 두 시간 가까이 긴밀한 대화를 나눴다.

현재 인구와 경제성장률로 볼 때 아시아의 시장 규모는 무시할 수 없을 만큼 거대하지만, 십 년 후를 긍정적으로 전망할 수 있느냐고 묻는다면 대답은 아니요, 였다. 투자 관점에서 중국은 법률 정비의 지체와 미래 에너지 수급에 커다란 불안 요소를 안고 있다. 더구나 중국의 경제 발전은 아시아에 대한 패권 확대와 짝을 이루어 나아갈 테고, 사회기반이나 국가 체제의 정비가 경제적 팽창을 따라가지 못하는 동남아시아 각국이 끝내 중화 경제권에 포섭되는 과정에서 동아시아의 군사적 불안정성이 높아질 가능성이 크다. 여기에 인도와 파키스탄의 정치적 불안도 가세할 것이다.

가까운 시일에 세계적 규모로 진행될 기업의 글로벌화와는 별개로,

아시아적 혼돈이라 할 만한 특수한 경제권이 형성되지는 않을까? 히노데 크로이체르는 십 년 전 상하이에 합병회사를 설립했는데, 한층 과감한 현지화 노하우를 찾지 않고 기존 방식만 따라서는 더이상 진출 확대가 어렵다. 그런 이야기들이 나왔다.

회식이 예정보다 조금 늦게 끝난 탓에 시로야마는 서둘러 본사에 돌아와 오후 8시 반 집무실로 들어갔다. 먼저 휴대전화와 소형 마이크가 달린 워크맨을 책상 위에 꺼내놓고, 노자키 여사가 정리해놓은 메모와 각 부서에서 올린 보고서 등을 대강 훑어보았다. 급히 처리해야 할 안건은 없었지만 15일 월요일 전화하겠다는 다마루 젠조의 전언이 와 있었다. 그 메모를 서랍에 넣고 한숨 돌리자 어느덧 9시 오 분 전이었다.

시로야마는 물 한 잔을 천천히 마시며 탁상시계 바늘을 응시했다. 오늘도 아침부터 쉬지 않고 뛰어다니며 필요한 업무를 지체 없이 끝냈지만, 하루의 막판에 시곗바늘을 바라보고 있자니 오늘 하루 소화한 업무 하나하나가 제 손을 떠나 어딘가로 사라져가는 기분이 들었다. 생각해보면 지난 삼십육 년도 마찬가지였지만, 기업에서 일한다는 건 본질적으로 이런 것이 아니겠는가. 여기에 책임의 무게가 더해진다 해도, 주어진 일을 해치워 없애는 것의 반복이라는 점은 변함없다. 마찬가지로 범인 그룹에게 전화를 거는 일도 실행 뒤에는 제 손을 떠날 테고, 오늘이라는 하루는 결국 끝날 것이다. 그렇게 생각해보았다.

오후 9시 2분, 시로야마는 지난번처럼 소형 이어폰식 마이크를 귀에 꽂고 워크맨 녹음 버튼을 누른 뒤, 오타 구의 시내 국번이라는 사실만 밝혀진 범인의 번호를 누르고 휴대전화를 마이크에 바짝 댔다. 신호음 두 번 만에 상대가 전화를 받자 "시로야마입니다"라고 말했다.

지난번과 같은 목소리가 "테이프를 잘 봤는지 확인한 거다. 그럼 내일"이라고 대답한 직후 뚜뚜 하는 신호음이 울렸다. 어느새 식은땀이 배어나와 정지 버튼을 누르는 손가락이 미끈거렸다. 범인은 테이프 표식을 보았는지 여부보다 히노데측의 의사를 확인하려 한 건지도 모른다. 그런 생각이 들었지만, 어쨌거나 오늘 하루는 이것으로 끝났다고 시로야마는 혼자 되뇌었다.

삼 분 뒤 스탠드를 끄고 집무실을 나서자 평소처럼 비서 책상 옆에 고다가 서 있었다. 시로야마는 문득 자신이 주시당하고 있음을 느꼈다. 겨우 일 초 마주쳤을 뿐이지만, 그 눈은 지금까지와 다른, 카메라 렌즈 같은 검은 구멍이었다.

그 순간 시로야마는 어디서 나오는지 모를 충격에 짓눌리며 자신의 행동을 들켰음을 직감했다. 곧이어 방금 전 통화를 들은 모양이라고 짐작했지만, 그가 내뱉은 말은 자기 이름뿐이었다. 게다가 디지털식 휴대전화는 기계로 도청하기가 불가능하다. 가령 고다가 그 말을 듣긴 했으나 큰 의미는 두지 않는다고 본다면, 눈길이 마주친 것은 우연이었을까? 급히 그런 생각들을 반추하던 시로야마는 저도 모르게 "고다 씨"라고 불렀다. 고다는 문을 열려던 손을 멈추고 뒤돌아보았다. 그 특별한 눈빛은 이미 사라진 뒤였다.

"내일 골프 모임이 있다는 얘기, 노자키 씨에게 들었습니까?"

"예. 오전 7시에 모시러 가겠습니다."

"골프 칠 줄 아세요?"

"못합니다."

"내일은 모자를 쓰고 오세요. 골프장은 햇살이 강하니까요."

"알겠습니다." 고다는 대답 뒤 정중하게 인사하고 시로야마에게 문을 열어주었다. 그의 거동을 보며 시로야마는 다시 문득 자문해보았다. 눈앞의 남자는 정말로 단순한 경호 담당일까?

5월 13일 토요일 정오, 석간 3판 출고를 시작한 지원팀 옆 데스크석에서 "뭐야?" 하는 목소리가 들리더니, 곧 당직 데스크가 컴퓨터 너머로 상반신을 보였다.

"기자실에서 연락이야! 히노데가 지금 두번째 현금 전달을 시도하고 있다! 현금 운반 차량은 오전 11시 15분 신주쿠 이세탄 주차장을 출발해 이케부쿠로 방향으로 이동중. 빨간색 어코드 왜건. 7억이 실려 있다. 현재 파악된 건 이게 전부야! 히노데 반 모여!"

네고로는 제일 먼저 이세탄 백화점 서쪽의 오래된 주차장 풍경을 뇌리에 떠올렸다. 신주쿠 역 동쪽의 번화가 한복판인데다 신주쿠 거리와 메이지 거리에 면해 있어서 토요일 한낮이면 인파와 차량으로 콩나물시루가 된다. 그런 곳에 빨간색 어코드 왜건. 7억. 더구나 지난 9일 첫번째 전달 시도 뒤 불과 나흘 만이다.

"두번째다, 두번째!" 창가 소파에서 뛰어나온 다베 데스크의 목소리가 이내 네고로에게 날아왔다. "네고로, 기자실에서 예정원고를 보낼 테니 손질 좀 해줘. 야마기시는 코멘트 따와. 정리, 1면 교체할 거야! 어이, 야마모토, 사진부에서 아무나 한 놈 잡아와!" "기자실 연락! 이케부쿠로 경찰서 쪽을 감시할 사람 하나 보내달래." 서브데스크의 목소리에 "내가 갈게요" 하며 지원팀 자리에서 신입이 일어섰고, 누군가 "지도 좀 줘봐!" "라디오 교통정보는 뭐래?"라고 소리쳤다.

네고로는 크게 심호흡을 한 번 하고 손 앞의 예정원고를 노려보았다. 현재 상황이 진행중이라면 마감까지 들어올 기삿거리는 많지 않다. 사회면 톱으로 오를 만한 원고가 들어올까? 들어오지 않을 경우 대타로 쓸 관련 기사는 있나? 재빨리 머리를 굴리며 첫번째 전달 시도 당시 쓰지 않았던 원고 파일을 열어 살펴보기 시작했다.

"기자실에서 뭐 들어온 거 있어? 3판은 됐고 4판에 크게 때리자고." 서둘러 자리로 돌아온 마에다 부장이 외쳤다. 옆에서 다베가 우렁찬 목소리로 직통전화에 대고 "장소만 알면 인원과 차량을 보낼게!"라고 소리친 뒤 수화기를 내려놓더니, "아무래도 바로 들어오진 않을 모양이네"라고 중얼거렸다.

네고로는 시계를 보았다. 오후 12시 3분. 기자실에서 들어와야 할 예정원고는 아직이다. 텔레비전에서 NHK 정오 뉴스를 시작했지만 히노데 관련 속보는 없었다.

빨간색 어코드 왜건에 7억. 11시 15분 신주쿠를 출발한 뒤로 벌써 사십팔 분이 지났다. 이케부쿠로에 도착하고도 남을 시간이다. 애초에 이번 움직임이 직전까지 경시청 기자실 1과 담당의 정보망에 걸리지 않은 것을 보면, 한층 신경써서 취재를 막는 상황이라고 예상할 수 있었다.

직통전화를 붙들고 있던 다베가 "아직이야? 뭐 들어온 거 없어?"라고 거듭 물었고, 예정원고를 받지 못한 네고로는 출고 원고 더미를 들고 마냥 기다리고만 있었다. 마침내 정리부에서 "3판, 그대로 나가도 됩니까?"라고 확인하는 목소리가 들렸다. 마에다가 "교체는 4판부터!"라고 대답했다. "네고로 씨, 아까 그 살인 및 사기사건 기사 이쪽으로 보내줘!" 서브데스크의 목소리가 날아왔다.

NHK 뉴스가 끝날 즈음 마에다 부장이 네고로의 등뒤로 다가와 "타사 것들 모아와봐"라고 속삭였다. 네고로는 제일 가까운 지하철 한조몬역에 누군가를 보낼 셈으로 지원팀 책상을 건너다보고 "오노, 잠깐만" 하며 신입에게 손짓했다. 신입 시절 네고로도 자주 했던 심부름이다. 최종판을 앞두고 낙종 기사가 없는지 확인하기 위해, 전철역 가판대로 막 배송된 각사 신문들을 모아오는 것이다.

*

1기수 정보원이 두번째 현금 전달 소식을 전해준 것이 오전 11시 50분. 그후의 움직임은 전혀 파악하지 못한 상태였다.

구보 하루히사의 손목시계 바늘이 오후 12시 30분을 지났다. 전세택시는 어디까지 이어질지 모를 극심한 정체에 갇혀 있었다. 진행 방향인 이케부쿠로 쪽에서 큰 화재가 났는지 소방차와 순찰차의 사이렌 소리에 헬리콥터 굉음까지 울려댔다.

"교통 통제인가— 어디서 불이 났을까요?" 운전기사가 라디오를 교통방송 주파수에 맞추는 사이 구보는 초조한 마음으로 다시 손목시계를 들여다보았다. 시각은 12시 33분. 1기수 정보원에게서 후속 정보는 들어오지 않았다.

하긴 지금 상황에서는 그것도 무리가 아니다. 이번 현금 전달에서 첫번째 장소로 지정된 신주쿠는 2기수 관할이라 1기수 정보원은 주변 지역에 배치된데다, 간자키의 특수본부가 기수에게 자세한 정보를 전달하지 않는 강경 수단을 쓰고 있기 때문이다. '빨간색 어코드 왜건.' '시나가와 54니 813×.' '파란색 러닝셔츠 차림의 운전자.' '7억 엔 구권을 채운 이세탄 백화점 쇼핑백 세 개를 트렁크에 실을 것.' '용의자는 자칭 레이디·조커.' 정보원이 현장에 배치될 때 전달받은 정보는 그게 전부고, 더구나 직전인 오전 10시에야 첫 지시가 떨어졌다고 한다. 게다가 직근 배치 조와 미행 차량도 이번에는 통상적인 수사 무선과 다른 주파수를 사용하는지, 오전 11시 15분 어코드가 이세탄 주차장을 나와서 메이지 거리를 따라 북진한 뒤 메지로 거리 지토세바시 부근까지 나가자 미행 차량의 무선이 끊겼다는 것이다. 정보원이 연락을 준 것은 그 직후였다.

무선이 11시 43분에 끊겼다는 얘기를 듣고 구보는 그 시각 특별 주파수를 할당받은 수사원들이 두번째 목적지 주변에 이미 배치되었고, 따라서 장소는 메지로 거리 북쪽 끝과 그리 멀지 않은 곳이라고 추측했다. 지토세바시와 바로 붙어 있는 이케부쿠로 역 주변일 가능성이 높았다. 그래서 전세택시를 타고 이케부쿠로로 달렸는데, 이런 정체를 만난 것이다.

일단 본문 팔십 행 예정원고는 이미 들어갔으니 이대로 추가 동향이 없어도 1보는 낼 수 있지만, 그러려면 간자키 1과장에게 전화해 정보 출처의 알리바이를 만들어놓아야 하는데, 언제쯤이 좋을까. 오후 1시까지 기다릴까, 4판 마감 직전까지 기다릴까.

시각은 12시 36분이 되었다. 전세택시는 조시가야 초등학교 앞에 멈춰 있었다. 메이지 거리로 이어지는 정체는 풀릴 줄 모르고 이케부쿠로 쪽에서 들려오는 사이렌도 여전한 가운데, 라디오에서 기다리던 교통정보가 흘러나왔다.

"오후 12시 반경 선샤인시티에서 화재가 발생해 일부 구간 통행이 제한되었습니다. 이케부쿠로 무쓰마다 고가도로 교차로에서 선샤인시티 앞 교차로까지, 주변 도로의 통행이 전부 금지된 상태입니다. 수도고속도로 5호 이케부쿠로 선 히가시이케부쿠로 나들목도 봉쇄되었습니다. 이로 인해 메이지 거리 이케부쿠로 역 주변은 극심한 정체를 보이고 있습니다—"

"화재 현장으로 우회해주세요!" 구보는 운전사에게 소리치고 수첩 백지 부분을 펼쳐들어 날짜와 시각을 적고, 새로운 현장으로 향할 준비를 했다. 60층짜리 초고층 빌딩, 호텔과 오락시설이 모여 있는 선샤인시티에서 발생한 화재. 토요일 한낮의 대참사. 사회면 톱기사. 순식간에 새로운 특종에 대한 욕심이 파고든 머리는 이미 정상 궤도를 벗어난 무엇이었다. 4판 마감까지 앞으로 사십 분. 잘하면 특종이 두 개다.

삼 초 후 구보가 탄 전세택시는 메이지 거리를 벗어나 미나미이케부쿠로 골목으로 들어갔고, 일 분도 지나지 않아 건물들로 빽빽한 골목에서 올려다본 비좁은 하늘에 초고층 빌딩 윗부분이 보였다. 광고 차량의 확성기와 사이렌 소리가 점점 커지고 헬리콥터의 폭음이 가까워졌다. 기자실에서 전화가 와서 "예!" 하며 건성으로 받자 스가노 캡의 심각한 목소리가 흘러나왔다. "선샤인시티의 연기는 지하주차장에서 나오는 거라고 한다. 레이디 조커가 연관됐을 가능성을 주시하도록."

*

초여름 햇살 아래 고가네이 컨트리클럽에서 보내는 시로야마의 한나절은 더없이 한가롭고 느리게 흘렀고, 캐디의 카트를 따라다니는 고다의 한나절도 하릴없이 같은 속도로 흘러갔다.

그날 모인 사람들은 히노데의 시로야마와 스즈키 회장, 그외 히노데 대주주인 은행 네 곳과 생보사 한 곳, 손보사 한 곳의 회장이었다. 시로야마 말고는 모두 육십대 중반의 고령이었는데, 그 탓인지 아니면 경제계 실력자에게서 나오는 여유인지, 아침 9시 2개조로 나뉘어 시작된 플레이는 시종 양지를 기어가는 달팽이처럼 진행되었다.

그도 그럴 것이 우선 어드레스를 결정하는 데 시간이 걸렸고, 잡목림으로 들어간 공을 페어웨이로 끌어내는 데 시간이 걸렸고, 겨우 그린에 올리면 이번에는 퍼팅에 시간이 걸렸고, 홀아웃 뒤에는 다음 홀로 이동하는 데 또 시간이 걸렸다. 그동안 내내 흥겨운 잡담이 오갔지만 한나절이나 바라보고 있자니 상호 주식 보유라는 이름의 궁극적인 냉담함이 느껴졌다. 고다 눈에 민간 기업체 사람들은 여전히 두꺼운 가면을 쓴 외계인으로 비쳤다. 물론 시로야마 교스케도.

플레이는 오후 4시쯤 끝났고, 여덟 명 모두 110 전후의 스코어를 기록해 노련함을 과시했다. 고다가 목격한 한에서는 마지막에 결산한 내 기돈도 1,000엔 단위를 넘지 않았다.

돌아갈 때도 올 때처럼 시로야마와 스즈키가 같은 차에 타서 우선 스즈키를 세이조의 자택에 바래다주고 산노로 향했다. 차 안에서 조수석의 고다가 들은 것은 내내 골프 이야기뿐이었다. 하루종일 눈을 떼지 않았으니 낮에 있었을 두번째 현금 전달 시도의 결과는 아직 보고받기 전인 것이 분명했지만, 왜 회사측에서 전화 한 통 없고 시로야마도 보고를 요구하지 않는지는 알 수 없었다. 상식적으로 생각하면 히노데가 미리 결과를 알고 있었다고 봐야겠지만, 고다 생각에는 그것도 석연치 않았다.

세이조의 스즈키 집에 도착하자 고다는 얼른 조수석에서 내려 문을 열어주고 트렁크에서 골프가방을 꺼내 현관 앞까지 옮겨준 뒤 문밖으로 나온 부인에게 허리를 깊이 숙여 인사했다. 그리고 사십 분 뒤 산노에서도 똑같은 동작을 반복했다. 시로야마는 결국 그날 고다에게 개인적인 이야기나 느낌을 한마디도 밝히지 않았지만, 고다 쪽으로 돌린 등에서는 어제까지 없던 긴장감 비슷한 것이 느껴졌다. 덕분에 고다는 혹시 자신을 경계하는 건 아닐까 내내 고민하느라 정신적으로 상당히 지치고 말았다.

석간을 얼른 보고 싶기도 해서 장 보기도 생략한 채 오모리 역 동쪽 출구에 세워둔 자전거를 타고 야시오 파크타운으로 직행했다. 5번가 아파트 앞까지 왔을 때 동쪽 도로에 서 있던 세단 운전석에서 제1특수반 히라세 사토루 주임이 얼굴을 내밀고 턱짓하는 바람에 고다는 자전거를 멈췄다.

히라세는 고다가 매일 보내는 일보를 확인하는 담당자다. 본청에 있을 때도 특수반은 별동을 써서 교류가 거의 없었지만, 두 건의 유괴사건과 납치감금사건으로 대면한 적이 있어서 서로 기질이 맞지 않는다는 것은 피차 잘 아는 사이다. 형사치고는 작은 170센티미터 안팎이지만 열심히 헬스장을 다니고 매일 아침 꼬박꼬박 5킬로미터씩 러닝을 하는 스포츠 마니아인데, 막상 현실에서는 번잡한 서류 작업과 조직 내 인맥 관리로 한 해의 태반을 보낸다. 그러다보면 누구라도 신경이 비뚤어지기 마련일 테고 히라세는 그 표본과도 같았다. 사건을 맡으면 그 편집적이고 성질 급한 기질이 한층 두드러지는데 이번 역시 그랬다.

히라세는 고다가 조수석에 올라타기 무섭게 "자네 집에 불이 켜져 있어"라고 말했고, 고다는 "끄는 걸 깜빡했군요"라고 대답했다.

"아니, 안에 누가 있어. 인터폰 누르니 대답은 없는데 청소기 돌리는 소리가 났거든. 옛 처남이겠지? 형사가 지검에 줄이 닿는 것만으로도 최악인데 사생활까지 함께 하나? 도저히 믿기지 않는군."

그렇게 말하는 히라세는 상사가 이혼하고 집으로 돌아온 딸을 떠넘기자 약혼자를 버리고 결혼했다는 소문이 있다. 도저히 믿기지 않는 것은 피차일반인데. 그렇게 생각하기도 전에 고다는 자신과 상대 양쪽을 함께 비웃었다.

"바쁠 텐데 용건이나 말씀하시죠."

"1과장 지시로 온 거야. 아니면 오지도 않았어."

처음부터 노골적으로 불쾌감을 표하던 히라세가 도호 신문 석간을 고다의 무릎에 후려치듯이 던져주었다. 1면에 '레이디·조커 두번째 현금 요구/범인은 나타나지 않아'라는 커다란 헤드라인이 보였지만, 현금 전달 상황을 상세히 전해듣지 못한 처지에서는 그래서 뭐가 어쨌느냐는 기분이었다. 본문을 훑어볼 틈도 없이 내처 복사 용지 석 장이 건네졌다.

첫 장. 한자와 가타카나를 섞은 손글씨, LJ 3호. '7억을 구권으로 준비하고, 이세탄 백화점 봉지에 넣어 빨간색 왜건에 실을 것/운전자는 한 명. 지난번과 같은 복장. 휴대전화 지참/5월 13일 오전 11시 신주쿠 3번가 이세탄 주차장에 들어와 다음 지시를 기다려라. 연락은 CSHND로 보낸다. 레이디·조커'

지난번과 마찬가지로 '시키는 대로 하지 않으면' 어쩌겠다는 위협은 없다. 지난번 현금 운반 차량은 흰색이었고, 이번에는 빨간색. 인파에서 놓치지 않으려고 눈에 잘 띄는 색을 지정한 걸까?

둘째 장. CSHND로 들어온 메일. '정오까지 히가시이케부쿠로 1번가 도쿄 신용금고 본점 앞 길가에 주차하고 다음 지시를 기다려라. 레이디·조커'.

토요일 정오 전후의 도로 상황을 생각했을 때 신주쿠에서 히가시이케부쿠로 지정 장소까지의 소요 시간은 삼사십 분 정도. 이케부쿠로 역 동쪽에는 주차 미터기가 많고, 미터기가 없는 도로도 주말 오후에는 늘 혼잡하지만 범인이 지정한 도쿄 신용금고 앞 간선도로는 마침 주위에 회사 건물들뿐이라 양방향 도로 모두 비교적 한산한 편이다. 지난번처럼 범인 그룹이 도쿄 시내 도로 사정에 환하다는 사실을 보여주는 부분인데, 이 두번째 이동의 목적은 시간 벌기일까?

셋째 장. CSHND로 들어온 메일. '12시 25분까지 선샤인시티에 도착할 것. 남쪽 B입구를 통해 지하 2층 주차장으로 들어가서 빨간색으로 표시된 222~387구역에 주차. 운전자는 열쇠를 꽂아두고 내려서 12시 30분까지 주차장 동쪽 출구 앞에 휴대전화를 들고 서 있어라.'

이 장에서는 '빨간색으로 표시된 222~387구역'이라는 번잡한 지시 때문에 고다가 내용을 정확히 파악하는 데 시간이 조금 걸렸다. 구체적인 구역 숫자까진 기억나지 않지만, 전부 1800대를 수용할 수 있는, 규모로는 도쿄 전체에서도 손꼽히는 선샤인시티 지하주차장의 광경이 형사의 머릿속에 금방 떠올랐다. 너무 넓어서 빨강, 주황, 노랑 등의 색깔로 구역을 구분해놓았고 통로가 모세혈관처럼 불규칙하기 때문에 이용자가 미리 안내도를 보고 위치를 확인해두지 않으면 십중팔구 미아가 되는 곳이다.

사전조사 없이 미행하거나 인원을 배치하기는 거의 불가능하다. 시간적 여유가 있긴 했을까 생각하면서, 고다는 "선샤인시티로 가라는 지시가 떨어진 시각은 언제입니까?" 하고 물었다.

"메일을 받은 게 12시 16분. 어코드 운전자에게 무선을 보낸 게 19분. 신용금고 앞에 배치되어 있던 우리에게 무선이 온 게 20분. 그런데 선샤인시티 지하주차장에 25분까지 도착하라고 온 거지. 오 분 안에 뭘 하겠어."

"그렇겠군요."

"여하튼 주차장으로 달려가긴 했는데, 들어가보니 역시나 미로더군. 나중에 들으니 어코드를 운전하던 놈도 지정 구역을 못 찾았대. 지하라 휴대전화도 안 터지고 죽어라 어코드를 찾아다니고 있는데, 난데없이 화재가 나서—"

"화재?"

"석간에 났잖아."

고다는 황급히 석간을 펼쳤다. 사회면에 '1800대가 혼란에 빠져/선샤인시티 지하주차장 온통 연기로/악질적인 장난인가'라는 제목이 대문짝만했다. '13일 오후 12시 30분경, 히가시이케부쿠로 선샤인시티 지하 2층 중앙 부근에서 화재경보기가 울리기 시작해, 주차장 약 6만 평방미터가 금세 연기로 가득찼다. 소방차 40대가 즉각 출동했지만 발화 지점은 확인하지 못하고 같은 시각 40분, 중앙동 쪽 354구역 부근에서 발연통을 발견했다. 소방대가 즉시 구내를 조사한 결과 134, 273, 438구역에서도 발연통이 하나씩 발견되어 총 네 개의 발연통이 회수되었다. 그 결과 이십여 분 동안 거의 만차였던 주차장에서 차량과 고객이 출구와 엘리베이터로 몰리고 열 건 넘는 접촉사고가 일어나는 등 일대가 한때 혼란에 빠졌다.'

"우리야 발연통이었다는 걸 몰랐으니까, 연기가 꾸역꾸역 몰려나오니 일단 어코드에서 현금을 회수해 대피하는 수밖에 없었지. 지금 생각해보면 주위에 용의자가 있었는지도 확실치 않아. 놈들이 움직이기 전에 우리가 먼저 움직이고 말았으니까."

히라세는 완전히 낙심한 투였다. 상황이 어쨌든 용의자의 지시에 휘둘리다가 결과적으로 두 번이나 체포에 실패한 것은 엄연한 사실이었다. 현장 최전선에서 느끼는 중압감은 고다도 충분히 이해했지만, 한편으로는 나라고 노는 것도 아닌데 하는 생각이 들었다.

"고다 씨, 이 용의자가 정말로 현금 탈취를 노렸다고 보나?"

히라세가 진지한 얼굴로 물었다.

적어도 그 주차장에서는 애초에 탈취가 어려웠으리라는 것이 고다의 생각이었다. 운전자도 지정 장소를 찾지 못했다고 하니 계획 자체가 미비했거나 범인측에 처음부터 현금 탈취 의도가 없었다고 봐야겠지만, 일단 이 자리에서는 "저는 그런 판단을 할 위치가 아닙니다"라고 신중한 대답만 내놓았다.

"내가 보기에 발연통은 용의자가 가져다놓은 것 같은데, 어떻게 생각하나?"

"현장에서 그런 소동을 일으키면 경찰이 현금의 안전을 최우선시해 뛰쳐나올 거라고 충분히 생각할 수 있죠. 의도가 영 불분명하군요."

"그러나 실상 우리는 연기 속에서 어코드를 찾아다니느라 바빴어. 좀 더 늦었으면 정말로 7억 엔을 빼앗겼을지도 몰라."

"저는 현장에 없었으니 그 점은 판단 못하겠습니다."

고다가 대답하자 히라세는 역시나 갈 곳 없는 초조감을 드러낸 눈빛으로 쏘아보며, "자네도 영악해졌군"이라고 중얼거렸다. 그 말에 고다는 대꾸하지 않았다.

"제가 할 수 있는 말은, 오늘 정오 이후 시로야마 사장과 스즈키 회장은 어디서도 현금 전달 결과를 보고받은 낌새를 보이지 않았다는 것뿐입니다. 돌아오는 차 안에서도 그런 이야기는 없었습니다."

"회사 돈 7억을 뜯겼는지 어쨌는지, 사장도 회장도 보고받지 않았다, 이야기를 꺼내지도 않았다. 자네는 그 사실을 어떻게 생각하나?"

"지금으로서는 알 수 없을 따름이죠. 아직 무슨 판단을 내릴 만한 자료를 사장 쪽에서 찾아내지 못했습니다."

"그 자료를 수집하는 게 자네 일이야."

"잘 알고 있습니다."

고다는 직접 창유리를 내리고 하루종일 피우지 못한 담배를 물고 불을 붙였다.

서로의 인내심이 당장이라도 끊겨버릴 것만 같았다. 사건 발생 후 벌써 오십 일. 수사가 제자리걸음인 가운데 히라세가 이끄는 특수반 전선부대는 정석대로 범인의 움직임을 유인해서 포위하려 하지만, 눈에 보이는 것은 범인을 유인했는지 범인에게 유인당했는지도 판단할 수 없는 허망한 결과뿐이다. 한편 처음부터 사건의 핵심을 숨겨온 피해자의 뒷거래 시도를 막기 위해 히노데 맥주에 잠입한 고다 역시 이런 결과를 목도하고 나는 대체 매일 뭘 하고 있는가라는 의문에 사로잡힌 참이었다.

"고다 씨, 우리는 지난 두 번의 현금 전달 시도가 위장일 가능성도 생각하고 있어. 위장이니까 최대한 진짜처럼 보이게 하려고 용의자가 발연통까지 동원한 거야. 위장이니까 히노데도 범인의 요구를 따르지 않으면 무슨 짓을 당할지 모른다는 그럴싸한 이유를 내세우며 진짜 지폐를 사용하게 해달라고 강력히 요청한 거고. 이건 히노데와 용의자가 짜고 벌이는 연극이야."

"뒷거래가 있다는 겁니까?"

"그렇게밖에 생각할 수 없어. 자네도 일보에 썼지만, 히노데 임원들은 지나칠 만큼 침착해 보여. 오늘은 사장에게 전화도 오지 않았지? 시로야마는 만일 현금을 빼앗기면 어쩌나 하는 걱정을 하지 않았던 거야. 경찰의 움직임이 범인에게 알려져 보복당하면 어쩌나 하는 걱정도 없었고. 즉 히노데는 이미 결과를 알고 있었다는 거지. 아닌가?"

"그럴지도 모르죠."

"자네도 알겠지만, LJ 2호와 3호에는 지시대로 따르지 않으면 어찌어찌 보복하겠다는 가장 중요한 구절이 빠져 있어. 사장이 감금당했을 때 용의자에게 직접 그 내용을 들었거나, 아니면 공장에 던져진 편지 외에 히노데가 따로 용의자와 연락하는 경로가 있다는 뜻이야. 그렇게 봐야겠지?"

"그럴지도 모르죠."

"만약 따로 연락 경로가 있다면, 그걸 쥐고 있는 건 납치 당사자일 가능성이 커. 사장이 납치당했던 원점을 생각해보면 이 건의 핵심에 있는 인물은 역시 시로야마 교스케야. 자네는 그 시로야마를 밀착 수행하고 있어. 시로야마가 따로 가진 연락 경로를 찾아내게."

"사장 명의, 혹은 회사 명의의 휴대전화는 조사해봤습니까?"

"전부 알아봤어. 통화기록에는 수상한 부분이 보이지 않아. 아마 타인 명의의 단말기를 사용하고 있을 거야. 도청도 해보겠지만, 디지털이면 해독이 힘들 테니 적어도 단말기 정보는 필요해. 만약 그게 사장실에 있다면 사장이 자리를 비웠을 때 번호를 슬쩍 알아내든가, 메모리를 빼내고 다른 것으로 바꿔놓을 수는 없을까?"

"너무 막무가내인데요. 설사 그런 기회가 생겨도 불법 침입은 못합니다."

"아무튼 10일 밤과 12일 밤의 통화 두 건에 주목해야 해. 통화 상대도 그렇고, 어떻게든 연락 경로를 알아내. 이건 1과장님의 특명이야. 질문은?"

"없습니다."

고다가 문을 열고 밖으로 한 발 내밀자 히라세는 "시로야마는 자네가 마음에 든 모양이더군. 계속 그렇게 해"라고 말했다. 고다는 대꾸하지 않고 차에서 내려 문을 닫고 근처에 세워둔 자전거로 돌아갔다. 멀어지는 차 쪽은 보지도 않았다.

아래서 베란다를 올려다보니 정말로 5층 자기 집에 불이 켜져 있었다. 아침에 널어두고 나간 세탁물도 보이지 않았다. 또 무슨 바람이 불었는지, 가노 유스케가 와 있는 것이다.

"어서 와." 텅 빈 다다미 여섯 장짜리 방에서 목소리가 들렸다. 가노가 옛 매부의 와이셔츠에 다림질을 하고 있었다. 고다의 입에서 대뜸 "쓸데없는 짓 하기는"이라는 공허한 소리가 나왔다. 그러나 십팔 년 인연의 말로를 일깨워주듯이, 상대에게서는 "지금 나한테서 이걸 빼앗으면 불평과 잔소리밖에 안 남아. 그쪽이 더 좋겠어?"라는 대답만 돌아왔다.

가노가 전부터 남의 세탁물을 다림질하고 개켜두는 것은 그저 제 행동반경에 있는 것들을 정리하는 기계적인 행동일 뿐 특별한 의도는 없었지만, 고다가 그것을 이해하기까지는 오랜 세월이 걸렸다. 누이의 결혼생활을 파탄낸 상대와의 거리 두기나 여전히 미혼인 제 앞날에 대한 해결을 일절 미루고만 있는 저 남자의 머릿속에 당최 뭐가 있는지 고다로서는 여전히 불가사의했지만, 불편한 것은 또 불편한 대로 두 남자의 일상생활에 삼켜진 지 오래였다.

때때로 비정상일 정도로 친근하게 느껴지는 감정적 거리에서 오는 위화감, 일방적인 태도에 대한 반감도 그렇게 초월해버린 지금, 고다가 키워가는 것은 오히려 그런 것들과 결별하지 못한 스스로에 대한 회의 감이었다. 남의 옷을 다림질해놓고 가는 남자의 머릿속도 그렇지만 남에게 다림질을 맡기는 제 머릿속도 이해하지 못하는 채로, 그는 지금도 잠시 할말을 찾았다.

"잔소리라니, 무슨?"

"첫째, 칠칠치 못하게 주간지에 사진이 찍혔어. 둘째, 현관 우편함 자물쇠가 망가졌어. 셋째, 아래 와 있던 사람은 사쿠라다몬 쪽인가? 아까 내가 인터폰을 무시했더니 문을 걷어차고 가던데."

"검사 좋아하는 형사는 없으니까."

"뭐야, 알고 있었대? 그럼 숨어 있을 필요도 없었네."

"알아서 생각하라지. 사람들이 뭐라고 하든 관심 없어."

일찌감치 인내심을 잃은 고다가 다림질을 계속하는 옛 처남의 등에 대고 말했지만, 그 말에는 상대도 대답이 없었다.

가노는 특별한 용건 없이, 미토의 고향집에서 부쳐준 복숭아를 나눠주러 온 김에 같이 저녁이나 먹으려고 기다리는 중이었다 했다. 그러나 고다가 히노데 사장의 수행 비서 노릇을 하고 있으니 그리 늦게 들어오진 않으리라 면밀하게 계산했을 터였고, 엉뚱한 임무를 맡아버린 바람에 주간지 사진기자를 알아채지 못할 만큼 우왕좌왕하는 옛 매부를 보다 못해 딱한 마음에 찾아온 것이 분명해 보였다.

가노는 식탁에 교토식 연두부, 푸릇푸릇하게 데친 시금치, 생강을 곁들인 가지 지짐, 길이 6센티미터쯤 되는 고급 은색 눈퉁멸 등을 올렸다. 대체로 남자 혼자 사는 집에서는 보기 힘들게 정갈한 상차림이었다. 그 사실이 또 눈앞에 있는 가노의 얼굴을 이해할 수 없게 만들었지만, 차게 식힌 술이 잔에 채워지자 그 유혹에 넘어가 더욱 아무 생각도 할 수 없게 되었다. 고다는 찬술을 마시고 두부에 젓가락을 찌르며 "맛있네!"라고 말했다. 가노도 "맛있군!" 하며 환하게 웃어 보였다. 웃으니 눈에서 입가까지 쌍둥이 여동생과 판박이었다.

"교회 합주단 활동은 어때?"

"참석하고 싶지만 힘드네. 참석해도 집중이 안 되고. 자네는 내일도 골프 쳐?"

"110이 목표야. 언론의 눈을 속이려고 치는 거니 집중할 상황은 못 되지. 지난주에는 내사 대상자와 그린에서 딱 마주쳤지 뭐야."

"그런 생활이 뭘지 나는 상상도 안 되는군."

"상상이 안 되는 건 자네 생활도 마찬가지야. 주간지에 자네 사진이 나온 걸 보고 뭔가 잘못됐다 싶었어. 양복까진 좋은데 신발이 기업인들과 달라. 자세도 다르고. 구두는 딱딱한 솔로 재봉선에 낀 때까지 깨끗이 닦았어야지."

"그까짓 구두—"

"기업 최고경영자들이 신고 다니는 구두를 봐. 숨막힐 정도로 반짝거리지? 그 사람들의 심리적인 요새 같은 거야. 그래서 나는 종종 그 사람들의 구두를 살펴봐. 장기간 심문이 이어져서 결국 무릎을 꿇을 때쯤에는 구두도 광채를 잃는 경우가 많거든."

"그래서?"

"그래서? —글쎄, 사진에 찍힌 자네 모습이 조금 불안했거든. 아무튼 구두 좀 닦아 신어. 못 봐주겠어."

"안 보면 되지. 위스키 마실래?"

가노는 얼음을 넣은 위스키 한 잔을 비웠다. 으레 이렇게 무슨 이야기든 저 하고 싶은 대로 늘어놓고 미묘하게 찝찝한 뒷맛을 서로 술로 가셔내곤 한다. 이런 날들이 언제까지 이어질지, 고다는 그날 저녁도 애써 생각하기를 피했다. 대신 이 남자의 누이와는 왜 원만한 결혼생활을 못했을까, 이 남자는 나에게 어떤 존재일까 자문했지만, 역시나 답을 얻지 못한 상태에서 가노는 내일 일찍 출근해야 한다며 가버렸다.

그뒤 바이올린을 들고 밖에 나가 반시간 정도 머리를 비우려 했지만 미처 털어내지 못한 잡념의 덩어리가 내내 목구멍까지 치받쳤다. 가노가 지적하기 전에도 구두 관리가 엉성하다는 것을 스스로 잘 알고 있었다는 것. 의지와 반대로 업무에 대한 의욕을 잃어가고 있다는 것. 몸 깊숙한 곳이 여느 때보다 열기를 품고 있다는 것. 배설이란 것을 마지막으로 해본 것이 2월이었나, 3월이었나. 뭔가 잘못됐어, 그는 그렇게 생각했다.

*

5월 14일 일요일 아침은 흐린 하늘로 시작했다. 오전 중 비가 오겠다는 일기예보를 본 고다는 우산을 들고 노선버스를 갈아타며 산노로 향했다. 오늘은 일요 미사에 참석하는 시로야마 부부를 수행하고 바로 해방될 예정이었다.

오전 7시 반, 고다는 산노 2번가에서 버스를 내렸다. 사실 시로야마의 집은 오모리 산노 정류장과 더 가깝지만 3월 24일 사건 이후 일방통행 골목에 있는 몇몇 집에서 방범을 위해 마당에 개를 풀어놓은지라,

이른 아침부터 개 짖는 소리로 주민들에게 피해를 주는 것이 저어되어 한 정거장 전인 산노 2번가 정류장에서 골목으로 들어가려는 것이었다.

골목 입구는 버스정류장 바로 옆이다. 여기서 시작되는 비탈길은 시로야마 사장을 태운 회사 차량이 매일 아침 집에서 큰길로 나서는 길이기도 하다. 버스에서 내렸을 때, 인적 없는 버스정류장 근처의 풍경은 평일과 달라 보였다. 볕이 들지 않는 아스팔트는 한층 짙은 것 같고 주택가를 감싼 녹음도 재를 뒤집어쓴 듯 가라앉아 있다. 도로 건너 대각선 방향에 있는 초등학교는 쥐죽은듯 조용하고, 골목에 들어서자마자 보이는 루터 유치원에서도 아이들 소리가 들리지 않았다. 버스정류장 10미터쯤 앞에서 자원봉사자로 보이는 초로의 남자가 혼자 대빗자루로 보도를 쓸고 있고, 조깅하는 중년 남녀 한 쌍이 그 곁을 스쳐지나갔다.

고다는 버스가 떠나고 나서도 보도에 몇 초간 서 있었다. 그리고 골목 입구까지 몇 발짝 걷다가 멈춰 섰다. 대로변 보도를 살피고, 건너편 초등학교와 그 너머 고지대의 녹회색 나무들을 올려다본 뒤, 이윽고 눈길을 돌리고 자신이 발걸음을 멈췄다는 것도, 뭔가를 보려고 했다는 것도 잊은 채 다시 걷기 시작했다. 세 발짝을 걸어 골목 입구에 다다랐을 때 고다는 또다시 발을 멈추고 큰길 쪽을 돌아보았다.

조깅하는 남녀는 이미 100미터는 멀어져갔고, 도로를 청소하는 노인은 아까보다 버스정류장 쪽으로 몇 미터 다가가 가드레일 아래를 쓸기 시작한 참이었다. 보도에 다른 사람은 없었고, 텅 빈 도로에는 차들이 속도를 내며 한 대 또 한 대 스쳐지나갔다.

딱히 무엇을 보려고 한 것이 아니어서 고다는 세번째로 걸음을 뗐지만, 골목으로 한 발 들여놓았을 때 이번에는 어떤 확신을 느끼며 세번째로 뒤돌아보았다. 골목이 큰길와 합류하는 지점의 익숙한 풍경을 둘러보고 그제야 '어제와 다르다'는 하나의 직감을 움켜쥐었다. 오랜 세월 지역 조사로 단련된 눈은 뭔가에 초점을 맞추기보다 시야 전체를 끊임없이 한 덩어리로 포착했고, 거기 비친 풍경의 범위에 어떤 변화가 생기면 즉시 알아챌 수 있었지만, 무엇이, 어디가 달라졌는지는 알 때도 있고 모를 때도 있었다. 보통은 골목에서 바라보는 큰길 어딘가에 광고 벽지가 한 장 붙었다거나, 나무에 꽃이 피었다거나, 혹은 피었던 꽃이 시들었다거나 하는 정도였다.

그때의 직감은 강하지 않았고, 몇 초간 바라본 뒤 '역시 다르다'고 생각은 했지만 어디가 어떻게 다른지 당장은 알 수 없었다. 대신 그제 아침도 바로 이 자리에서 뭔가가 마음에 걸렸던 듯한 기억이 모호하게 겹쳐졌지만 결국에는 양쪽 다 흘려버렸다. 시로야마 부부를 수행하면서 오늘 아침에만 이곳을 세 번은 지나가게 될 테니 그때 다시 살펴보기로 하고, 고다는 큰길에서 등을 돌려 비탈길을 천천히 오르기 시작했다.

수상한 사람이나 물건을 경계할 겸 주위를 둘러보면서, 고다는 이십 분쯤 후 시로야마의 집에 도착해 8시 1분에 인터폰을 누르고 휴일에 어울리는 평상복 차림의 부부를 문밖에서 맞았다. 어디를 봐도 평범한 초로의 부부였고, 소박한 손가방을 든 부인이 남편보다 반 발짝 뒤에 섰다. 두 사람 다 고개를 조금 숙인 채, 산책을 겸해 한가로운 걸음으로 나아갔다. 고다는 부부에게 방해되지 않도록 5미터 뒤에서 천천히 따라갔다. 생활소음도 없이 조용한 주택가는 어느 골목이나 높은 담과 무성한 나무, 그 너머로 보이는 집 지붕의 풍경뿐이었고, 부부는 길가의 나무를 일일이 바라보며 가끔 뭐라고 몇 마디 나누면서 걸었다.

루터 유치원 앞을 지난 것이 오전 8시 23분, 부부는 골목을 벗어나 큰길로 나섰다. 5미터 뒤에서 따라가던 고다는 눈앞에 큰길이 펼쳐지기 직전, 제 눈이 다시 뭔가를 감지하고 경련하는 것을 느꼈다. '다르다.' 걸음이 멎고 눈길이 허우적거렸다. '다르다.' 더구나 이번에는 '아까와 다르다'였다. 오십 분 전과 '다르다'는 것이다.

자신이 무엇을 보았는지 순간적으로 파악하지 못한 채 고다는 몇 초간 골목 초입에 우두커니 서 있었다. 오십 분 전 바로 이 장소에서 본 풍경에 어제와 다른 무언가가 있다고 느낀 것이 틀리지 않았다면, 이번에는 그 무언가가 어제와 같은 상태로 돌아갔거나, '어제와 다른' 무언가가 새로 나타났거나, 둘 중 하나였다. 그리고 어느 쪽이든 제 눈이 감지한 변화가 방금 목격한 장소, 즉 골목 초입과 반경 1미터 정도의 보도 및 차도 일부의 범위 내에 있다는 것만은 틀림없었다. 오십 분 전에는 큰길 건너편 보도와 그 너머 산노 1번가 고지대까지 포함해 더 넓은 범위를 바라보았지만, 이번에는 제 발치에서 겨우 몇 미터 앞만 보고 있었기 때문이다.

골목 초입과 반경 1미터 보도 및 차도의 일부를 고다는 일단 제 눈에 새겨넣었다. 보이는 것은 아스팔트 노면, 보도의 포석, 보도 왼쪽의 갈색 가로등 두 개, 보도 오른쪽의 흰색 가드레일의 일부, 그리고 아무것도 떨어져 있지 않은 차도 노면뿐이었다. 그 범위를 새삼 둘러보았지만 어제와 다른 것은 하나도 없었다. 그렇다면 오십 분 전 이 범위 내에 무언가가 있었다가 자신이 여기를 벗어난 동안 제거되어 지금은 어제와 같은 상태로 돌아간 것일까? 오십 분 전에 있었던 것은 무엇일까?

고다는 큰길로 한 발 나서서 이른 아침 그랬던 것처럼 도로변을 좌우로 둘러보았다. 오십 분 전보다 공기가 조금 밝아지고 지나가는 사람이 눈에 띄고 차들도 늘었다. 테니스 라켓을 든 여자 무리가 횡단보도를 건넌다. 오십 분 전 도로를 청소하던 노인은 이제 보이지 않는다. 골목 초입에서 3미터쯤 떨어진 버스정류장에 시로야마 부부가 서 있다.

시로야마 부인이 조심스레 웃어 보여서 고다는 일단 개인적인 번뇌를 접고 가볍게 고개 숙여 인사했다. 시로야마도 돌아보며 고다와 눈길이 마주친 순간 "방금 이 사람한테 들었는데"라며 말을 걸었다. "3월 24일 밤 우리집에 제일 먼저 달려온 형사가 그쪽이었다고요—"

"그때는 아무 도움도 못 드려서 면목없었습니다."

"사실이었군요. 그것도 모르고 실례했습니다. 좀더 일찍 인사를 드렸어야 하는데."

시로야마가 가볍게 고개를 숙이자 고다도 "제 일인걸요" 하며 고개를 숙였다.

버스에 올라탄 시로야마 부부와 고다는 일요일이라 한산한 간조 7호선을 메구로 방향으로 시원하게 달리는 차 안에서 십 분쯤 흔들리다가 여섯번째 정류장인 메오토자카에 내렸다. 다시 200미터 정도를 천천히 걸어가자 보도 왼쪽에 성냥갑처럼 생긴 작은 성 요한 성당이 나오고, 9시 미사에 맞춰 근처 신도들이 모여들고 있었다. 시로야마 부부와 고다는 무리에 섞여 백 명만 들어가도 꽉 차는 예배당 안으로 향했고, 고다는 이번에도 부부와 조금 떨어진 곳에 앉았다.

입구 게시판에는 '부활절 제5주일'이라고 적혀 있었다. 고다가 가마타 교회 미사에 마지막으로 참석한 것은 납치사건이 일어나기 전주인 사순절 제3주일이었다. 수사본부에 차출되면서 수난과 부활 성주간은 순식간에 날아가버리고 오늘이 벌써 제5주일인가. 고다는 조금 씁쓸한 심정으로 지난 두 달을 생각해보았다. 이 주 뒤에는 예수승천주일, 삼 주 뒤에는 성령강림주일이 다가오지만, 그즈음 자신이 어디서 무엇을 하고 있을지는 전혀 예상되지 않았다. 물론 그 몇 주 사이의 어느 날, 사도들처럼 신을 만나리란 상상도 할 수 없었다. 그 순간 앞쪽에서 고개를 숙이고 앉아 있는 시로야마는 신을 만난 적이 있을까 하는 공연한 생각이 스쳤지만, 생각에 더 빠지기 전에 사제가 입당해 자리에서 일어서야 했다.

"성부와 성자와 성령의 이름으로." 사제의 첫마디가 울려퍼지고 "아멘" 하는 회중의 소리가 잔물결처럼 퍼져나갔다. 사제가 "사랑을 베푸시는 하느님 아버지와 은총을 내리시는 우리 주 예수그리스도와 일치를 이루시는 성령께서 여러분과 함께"로 말을 잇고 회중은 "또한 사제와 함께" 하고 답했다.

"형제 여러분, 구원의 신비를 합당하게 거행하기 위하여 우리 죄를 반성합시다."

사제의 인도에 따라 고개를 숙이자, 고다에게 찾아온 것은 성찰이나 회심이 아니라 방금 전 본 산노 2번가 버스정류장과 골목 초입의 풍경이었다. 오전 7시 반 그 모퉁이에 있다가 오전 8시 반 전에 사라진 무언가. 형체도 없는 그 '무언가'가 갑자기 다시 뇌리를 채우기 시작했다.

고다는 뇌리에 들러붙은 버스정류장 근처의 풍경을 응시했다. 골목 쪽에서 본 큰길의 일부는 아까 망막에 새겨둔 터다. 아스팔트 노면. 보도의 포석. 보도 왼쪽의 갈색 가로등 두 개, 보도 오른쪽의 흰색 가드레일의 일부. 아무것도 떨어져 있지 않은 차도 노면. 빠뜨린 것이 없는지 자문하고, 없다고 자답했다.

주위에서 대영광송을 제창하기 시작했다. 하늘 높은 데서는 하느님께 영광, 땅에서는 주님께서 사랑하시는 사람들에게 평화. 주 하느님 하늘의 임금님, 전능하신 아버지 하느님, 주님을 기리나이다, 찬미하나이다, 주님을 흠숭하나이다, 찬양하나이다. 노랫소리를 흘려들으며 고다는 머릿속에서 자동으로 버스정류장의 풍경을 세로로 3등분, 가로로 2등분해 총 6개 구역으로 분할했다. 시야를 바둑판무늬로 나누고 하나하나 관찰해가는 방식은 지역 조사에서 익힌 것이다. 오전 7시 반에는 현장에 있다가 오전 8시 반에 사라진 '무언가'는 최소한 6등분한 구역 중 하나 안에 있다. 6등분한 구역을 하나하나 응시하고 제자리로 돌아와 오른쪽 위부터 빠르게 훑어보고 다시 찬찬히 응시한다. 오른쪽 위 구역에 있는 것은 보도의 흰색 가드레일과 그 너머 차도 노면의 일부. 오른쪽 아래는 보도의 포석과 골목 오른쪽 모퉁이의 담. 중앙 위는 차도의 노면. 중앙 아래는 차도로 이어지는 골목의 노면. 왼쪽 위는 가로수가 심긴 가드레일과 갈색 가로등 두 개. 왼쪽 아래는 오른쪽 아래와 같은, 보도의 포석과 골목의 왼쪽 모퉁이 담.

"기도합시다." 사제가 본기도를 올리자 회중이 자리에 앉고 사도행전 낭독이 시작되었다. 개종한 타르소인 바오로에 대한 구절이었지만 고다는 절반도 제대로 듣지 않았다. 이어지는 시편 낭독과 화답송도 버스정류장의 6개 구역 풍경에 흡수되고, "그를 믿는 사람은 죄인으로 판결받지 않으나 믿지 않는 사람은 이미 죄인으로 판결을 받았다—"로 시작된 두번째 낭독은 한 귀로나마 흘려들었지만 그것도 끝까지 가지 못했다. 퍼뜩 정신을 차려보니 회중이 다시 일어나 있어 고다도 얼른 일어섰다. 전례성가집을 가져왔지만 성가 몇 번인지 듣지 못한 탓에 옆사람 것을 건너다보며 확인하고 264번을 펼쳤다. 그러나 결국 그 성가도 부르지 않았다.

"주님께서 우리와 함께." 사제의 엄숙한 목소리가 들리고, "그리고 사제와 함께"라는 회중의 목소리가 응답하고, "요한이 전한 거룩한 복음입니다." "주님 영광받으소서" 하는 응답이 이어진 뒤 복음 낭독이 시작되었다. "나는 참 포도나무요 나의 아버지는 농부이시다. 나에게 붙어 있으면서 열매를 맺지 못하는 가지는 아버지가 모조리 쳐내시고 열매를 맺는 가지는—"

낭독을 흘려들으며 고다는 연신 의식 아래 숨어 있을 기억을 뒤졌다. 기억의 눈은 6개 구역을 몇 차례 왕복한 뒤 마침내 왼쪽 위에 머물며, '아마 이곳인 것 같다'고 속삭였다. 그 구역에는 가로수가 심긴 가드레일과 가로등 두 개가 있다. 이곳 어디다.

그 생각을 전후로 고다는 망막 위에서 무언가 점멸하는 것을 포착했다. 형체는 알 수 없지만 하얀 무언가. 하얀빛. 그렇게 생각하는 한편으로 그제 12일 아침, 같은 장소에서 제 눈을 스쳐간 것도 이것이라는 번뜩임이 스쳤다. 여전히 형체는 알 수 없지만 색은 희다. 하얀 무언가였다.

고다는 지푸라기라도 잡으려는 심정으로 정처 없이 무언가를 찾고 있음을 자인했다. 시로야마와 범인의 연락 경로가 과연 존재할까. 언제 마음이 변해 경찰에 털어놓을지 모르는 시로야마에게 범인측이 고정된 연락처를 알려주었을 리 없다. 성문 분석이나 역탐지를 경계해 협박 전화도 걸지 않던 범인들이 사장에게 먼저 연락하리라고 생각하기도 힘들다. 그렇다면, 접점을 만드는 데 어떤 방법이 있을까. 아무리 궁리해도 알 수 없었다.

예를 들어 특정 장소에 편지를 놔두는 방법은 어떨까. 그럴 경우 하루종일 혼자 있을 시간이 없는 시로야마는 부정기적으로 편지를 가져다놓거나 가져오기가 불가능하다. 누구에게 시킨다면 불가능하지는 않겠지만, 그렇다면 고다로서는 꼬리를 잡을 방법이 없다. 나아가 불특정 다수와 접촉하는 성당에서 누군가 시로야마 옆자리에 앉는 방법도 떠올려보았지만 아무래도 아닌 것 같았다. 애당초 연락 경로를 가지고 있는 것이 시로야마 본인이라 장담할 수도 없고, 만약 지사나 지점 사람이라면 역시 고다가 밝혀낼 방법이 없다. 그렇게 초조해하면서 시로야마 주변을 주시해왔는데, 마침 오늘 이 작은 번뜩임을 얻은 것이었다. 그제와 오늘 아침 두 번, 거의 같은 시간대 같은 장소에 있었던 흰색을 띤 무엇.

하지만 그게 대체 어쨌다는 거냐. 그런 생각까지 이르자 고다는 이내 집중력을 잃고 일단은 추리를 접을 수밖에 없었다. 무슨 내용이었는지

하나도 기억나지 않는 미사도 어느덧 종반에 가까워졌고, 제 앞으로 다가온 헌금함에 1,000엔을 넣고 다시 한동안 이어지는 기도를 함께 하고 겨우 밖으로 나오니 막 비가 내리는 참이었다.

뒤따라나온 부부를 맞이하는데 시로야마의 시선이 잠깐 고다를 향했다. 고다가 신자인 줄 몰랐다는 눈빛이었지만 굳이 말을 걸지는 않았다. 부부는 다시 버스를 타고 산노 2번가로 돌아와 예의 골목을 천천히 걸어올라갔다. 집 앞까지 부부를 바래다주고 인사를 나누고 헤어지니 벌써 오전 11시 반이 지나 있었다.

돌아가는 길에 고다는 걸음을 서둘러 11시 45분 버스정류장 옆 골목 초입에 네번째로 도착해 큰길 왼쪽, 가로수가 심긴 가드레일과 갈색 가로등 두 개를 바라보았다. 오전 7시 반 이쪽 어딘가에 분명 흰색 이물질이 있었다는 생각이 끈질기게 떠올랐다. 이어서 문득 이른 아침 버스정류장 옆 도로를 비질하던 노인의 모습을 떠올리고, 흰색 이물질은 본래 도로에 있어야 할 것이 아니라 쓰레기이거나 누가 떨어뜨린 물건일 가능성이 높으니 청소하던 이가 가져갔을지 모른다는 생각이 비로소 떠올랐다.

그 생각이 들기 무섭게 고다의 발은 큰길을 건너기 시작했다. 200미터 떨어진 오모리 역 앞 파출소에 가서 일요일 아침 산노 2번가 버스정류장 근처를 청소하는 사람의 신원을 물어 루터 유치원 이웃에 사는 주민이라는 사실을 알아낸 그는 다시 골목으로 돌아와 그 집 인터폰을 눌렀다. 젊은 부인이 나오더니 고다가 찾는 사람은 이미 외출했다고 말했다. 고다는 아침에 버스정류장에서 중요한 서류를 떨어뜨렸다고 둘러대고 노인이 언제 들어오는지 물었지만, 친척 제사에 갔는데 연회가 있으니 저녁 7시나 8시쯤 돼야 돌아올 거라는 대답이었다. "그럼 오후 8시쯤 다시 한번 찾아뵙겠습니다"라고 양해를 구한 뒤 일단 물러나야 했다.

그뒤 버스를 타고 야시오의 집으로 돌아온 뒤에도 고다는 오랜만에 맞은 휴일에 해치워야 할 잡일을 하나도 손대지 못했다. 노인이 귀가할 때까지 시간을 때우기 위해 거의 두 달 만에 바이올린을 들고 가마타 교회 집회소에 가서 잠시 바이올린을 켰고, 이웃 아이들과 어울려 울트라맨 놀이도 했다. 머릿속을 싹 비워내고 싶었지만 뇌리에 들러붙은 희끗한 안개는 내내 떠올랐다 사라졌다를 거듭했다.

오후 6시에 시작된 저녁 미사에 참석해 두 달 치 헌금을 하고, 8시쯤 전철을 타고 오모리 역에 도착했다. 그리고 추적거리는 빗속을 걸어 산노 2번가 버스정류장 쪽의 집으로 갔다.

현관으로 당사자가 나오자 고다는 번거로움을 덜기 위해 처음부터 경찰 신분증을 보여주고 "오모리 서에서 나왔습니다"라고 신분을 밝혔다. 칠십대 중반에 성미가 까다로워 보이는 노인은 경찰이라는 말에 노골적으로 거북한 표정을 지었다.

고다는 밤중에 찾아온 것을 사과한 뒤, 이른 아침 도로변을 청소하던 중 버스정류장 근처에서 뭔가 주운 것이 없느냐고 묻고, 10미터 앞 골목 초입을 가리키며 "저기 왼쪽 가로등, 혹은 그 뒤 가드레일 근처입니다"라고 말하며 범위를 좁혔다.

"내가 오늘 아침 쓸어담은 건 담배꽁초와 빈 깡통뿐이오. 그리고 나무 밑동에 난 잡초를 뽑고, 버스정류장 표지판 아래의 개똥을 치우고, 가로등에 붙어 있던 테이프를 뜯어내고―"

"저기 있는 가로등 말입니까? 무슨 색깔에 폭이 얼마나 되는 테이프였습니까?"

"흰색에, 폭은 2센티미터쯤 되는 비닐테이프였소."

"땅에서 어느 정도 높이에 붙어 있었습니까?"

"이 정도 높이였나?" 노인이 제 몸에 대고 가늠한 높이는 120에서 150센티미터. 테이프 길이는 7, 8센티미터. 기둥을 한 바퀴 두를 만한 길이는 아니었고 중심이 골목 쪽을 보도록 붙어 있었다고 했다. 뒤이어 고다는 노인이 일요일마다 봉사 활동으로 청소를 하며, 오늘 아침 이전에는 가로등에 그런 것이 붙어 있는 광경을 보지 못했다는 사실도 확인했다. 노인이 테이프를 떼어낸 것은 오전 7시 40분에서 45분 사이. 떼어낸 테이프는 다른 쓰레기와 함께 집에 있는 간이소각로에서 태웠다고 했다.

정중하게 인사하고 큰길로 돌아온 고다는 몇 분간 가로등 앞에 서 있었다. 자기가 본 것의 정체가 버려진 전단지나 누군가가 잃어버린 손수건이 아니라는 사실은 예상 밖의 결과였고, 뜻밖의 상황을 재검토하느라 갈 곳을 잃은 것이었다.

그제 12일과 오늘 14일 두 차례에 걸쳐 같은 시간대 같은 가로등에 붙어 있던 흰색 테이프는 장난일 가능성이 절반, 누군가의 의도적인 소행일 가능성이 절반이었다. 후자일 경우 흰색 테이프는, 현실적인 생각인지 아닌지는 차치하고, 모종의 '신호'나 '표시'라고 보는 것이 자연스럽다.

게다가 테이프를 일부러 골목에서 잘 보이게 붙여둔 것도 분명했다. 길이 7, 8센티미터의 테이프를 직경 20센티미터 정도의 원통형 기둥에 중심이 골목 쪽을 보도록 붙여놓는다면, 테이프의 존재를 온전히 확인할 수 있는 것은 골목 쪽에서 보는 경우뿐이다. 차로에서는 거의 보이지 않고, 동서로 뻗은 보도에서는 일부밖에 보이지 않는다. 고다도 골목 초입에 다다라서야 '어제와 다르다'라고 인식했을 정도였다.

그러면 '표시' 혹은 '신호'는 언제 발신되고 언제 수령되었는가. 수령 시간대를 특정할 근거는 없지만, 흰색 테이프가 붙은 시간대는 추정할 수 있었다.

그제 12일 고다가 골목 초입에서 흰색 테이프를 본 것은 오전 7시 반쯤이었는데, 전날인 11일 오후 10시 사장을 집에 바래다주고 회사 차량으로 같은 길을 돌아갈 때만 해도 보이지 않았었다. 또 12일 오후 10시 회사 차량으로 사장을 바래다줄 때는 이미 사라지고 없었다. 그렇다면 흰색 테이프는 11일 오후 10시부터 12일 아침 7시 사이에 붙었다가, 그날 오후 10시 전에 제거된 셈이다. 오늘 아침의 테이프도 어제 오후 6시가 못 되어 골프장에서 돌아올 때는 보이지 않았고, 그후부터 오늘 이른 아침 사이 붙은 것이 틀림없었다.

흰색 테이프로 '표시' 혹은 '신호'를 보낸 자는 심야에서 새벽에 걸쳐 테이프를 붙이고 그날 오후 10시 전에 떼어낸 것이다. '표시'나 '신호'를 받은 쪽이 언제 확인했는지는 알 수 없지만, 적어도 확인 장소는 골목 안쪽이며, 시간은 골목에서 큰길로 나설 때라 판단된다. 그렇다면 그 사람은 매일 일정 시간대 이 골목을 지나 큰길로 나가는 습관이 있을 것이며, 요컨대 이 산노 2번가의 주민이란 얘기다.

'누군가 최소 두 번에 걸쳐 같은 장소에 흰색 테이프를 붙였고' '시간대는 최소 오전 7시 전이며' '골목 쪽에서 누군가 그것을 눈으로 확인했고' '그 사람은 산노 2번가 주민이다'까지 정리하고 고다는 시로야마의 얼굴을 떠올렸다. 시로야마는 평일 아침 오전 7시 50분에서 55분 사이 회사 차량으로 문제의 골목을 지나 큰길로 나가고, 주말에도 골프장이나 성당에 가기 위해 같은 장소를 지나며, 무엇보다 지금 모종의 '표시'나 '신호'가 필요한 인물이기도 하다.

이어서 이 추론이 얼마나 현실적인지 검토해보기 전에 다른 성급한 직감이 찾아와, 고다는 즉시 가까운 공중전화로 달려갔다.

제1특수 직통 번호로 걸어서 당직에게 히라세 주임과 급히 통화하고 싶다고 하자 곧 당사자에게 전화를 돌려주었다. 고다는 오늘 아침 산노 2번가 버스정류장 옆 가로등 기둥에 붙어 있던 흰색 테이프와 청소 봉사를 하는 노인이 그것을 떼어낸 경위를 간략하게 보고하고, 흰색 테이프가 범인의 '신호'일 가능성을 무시할 수 없다는 것, 마침 테이프가 제삼자에 의해 제거된 탓에 시로야마가 '신호'를 미처 확인하지 못했을 수도 있다는 것을 재빨리 설명했다.

히라세는 상황이 바로 파악되지 않은 듯한 말투로 "흰색 테이프를 범인이 붙였다는 증거는 있나?"라고 둔한 물음을 던졌다. 당연한 질문이었지만 고다는 "증거는 없지만 확률이 제로는 아닙니다"라고 대답하는 수밖에 없었다. 제 설명이 충분치 않나 싶어 그는 한층 빠른 말투로 설명을 거듭했다.

즉 '신호'를 받지 못한 시로야마와 히노데 맥주가 범인에게 '응답'하지 못했다면, 범인측의 향후 반응을 경계해야 한다는 것. 사장 납치까지 감행할 만큼 폭력성이 충분한 범인들이니, 만일 시로야마를 저격하려 든다면 경찰이 100퍼센트 방어할 수 있다는 보장이 없다는 것. 시로야마를 세 발짝 뒤에서 따라다니는 자신조차 막지 못할 수 있다는 것. 고다는 그렇게 말하고, "시로야마에게 알려야 한다고 봅니다"라고 말했다.

히라세는 여전히 둔한 반응을 보였다. "시로야마에게 알릴 단계는 아니야"라고 대답하는 것을 보니, 그는 흰색 테이프가 범인 짓이라면 이대로 움직이게 놔두고 물증을 파악해야 한다고 판단한 모양이었다. 그러나 '신호' 전달에 한 번 실패한 범인측과 히노데측이 앞으로도 같은 방법을 사용할 가능성은 적으며, 시로야마에게 흰색 테이프에 대해 주의를 준다고 당장 수사에 지장이 가지는 않을 터였다. 지금은 그보다 범인이 보복할 가능성을 경계해야 한다.

고다는 "십 분간 기다릴 테니 검토해주실 수 없겠습니까?"라고 부탁했다. 어차피 히라세 혼자 결정할 사안이 아니라면 얼른 윗사람과 상담해달라는 뜻이었지만, 그것도 끝내 통하지 않았다. 히라세는 "증거도 없는데 굳이 시로야마에게 그런 이야기를 해서 불신을 살 필요가 있는지 이해가 안 되는군"이라고 대답하고, 이어서 "그 흰색 테이프와 시로야마가 관계있다는 증거를 찾아와. 1과장님에게 보고는 해둘 테니까"라고 말했다.

그 대답을 들으며 고다는, 역시 경찰이 시로야마에게 테이프에 대해 알려주며 주의를 촉구한다는 건 생각할 수 없는 일이겠다고 납득했다. 구체적인 협박이나 움직임 없이, 장차 일어날지 말지도 확실치 않은 사태를 대비할 여력이 경찰에는 없는 것이다.

"그럼 아침저녁으로 사장 자택 주변에 경계를 강화하는 조치라도 검토해주십시오."

"검토해보지. 일보를 부탁하네."

고다는 자신과 경찰 양쪽에 씁쓸한 실망감을 느끼며 수화기를 내려놓았다. 빗줄기가 조금 강해졌고, 빗방울이 흐르는 공중전화부스 바깥이 흐릿해 보였다. 꾸역꾸역 스며드는 어둠 어딘가에 지금도 범인이 숨어 있는 듯한 공포가 엄습해, 고다는 저도 모르게 몸을 움츠리고 발치에 둔 악기 케이스를 집어들었다.

흰색 테이프가 범인의 짓일 확률은 만 분의 1에 지나지 않을지도 모르지만, 그런 만일의 사태를 책임지는 것은 현장이다. 만약 사장이 저격이라도 당한다면 고다에게는 재앙을 막을 힘이 없었다. 어차피 모가지가 잘릴 거라면 피해를 겪고 잘리느니 피해를 막으려고 노력하다 잘리는 쪽이 나은 것은 분명했다.

지금은 이 이상 고민할 인내력이 없어서 고다는 마음을 고쳐먹고 공중전화부스를 나섰다. 악기 케이스를 안고 산노 2번가 골목을 따라 16번지로 서둘러 걷는 동안 좀전의 작심과는 딴판으로, 나는 역시 경찰이라는 조직에 어울리지 않는 사람이 아닐까 하는 자문을 거듭했다.

시각은 이미 오후 9시에서 몇 분이 지나 있었다. 빈축을 살 각오를 하고 시로야마 집의 인터폰에 대고 급히 할 얘기가 있다고 말했다. 시로야마가 직접 "지금 나가죠"라고 짧게 대답했다. 곧 기나가시* 차림의 사장이 현관에 얼굴을 내밀고 대문 밖에 선 고다의 모습을 주의깊게 살핀 다음, 우산을 펴고 십수 미터의 포도를 걸어서 다가왔다.

시로야마가 대문 너머로 "안으로 들어오시겠습니까?"라고 물었지만, 고다는 "여기서도 괜찮습니다. 금방 끝납니다"라며 사양했다. 대문 너머 시로야마의 무표정한 눈을 똑바로 보며, "지금은 개인적으로 찾아뵌 겁니다"라는 말부터 했다.

"직무와 무관한 얘기라는 겁니까?"

"그렇습니다. 저는 오늘 아침 오전 7시 반 산노 2번가 버스정류장에 내렸습니다. 그때 버스정류장 동쪽 3미터 지점의 가로등에 흰색 비닐테이프가 붙어 있는 것을 보았습니다. 폭 2센티미터, 길이 7, 8센티미터의 테이프입니다. 그뒤 사장님과 사모님을 모시고 다시 그 버스정류장으로 갈 때 그 흰색 테이프가 없어진 것을 알았습니다."

그렇게 말하면서 고다는 50센티미터쯤 앞에 있는 시로야마의 눈동자를 주시했고, 시로야마도 미동도 없이 고다의 눈을 바라보았다.

"하루종일 그 테이프가 마음에 걸려서 아침에 버스정류장 부근에서 청소 봉사를 하던 노인을 찾아내 테이프를 보지 못했느냐고 물어본 결과, 오전 7시 45분경 그 노인이 테이프를 떼어냈다는 사실을 알았습니

---

* 기모노를 하의 없이 상의만 걸친 차림.

다. 노인이 하루종일 외출해 있다가 귀가하는 바람에 오후 8시쯤 확인
했습니다."

시로야마의 눈은 한순간도 고다의 눈에서 비껴나지 않았고, 얼굴 근
육도 움직이지 않았다. 그러나 그 깊은 구덩이 같은 얼굴에서 고다는
일반적으로 감정이라고 이름 붙일 만한 것이 보이지 않는, 어떤 얼어붙
은 방심을 느꼈다. 한마디도 떼지 않는 시로야마 앞에서 고다는 간략하
게 말을 이었다.

"가로등에 붙어 있는 흰색 테이프는 20일 아침에도 본 기억이 있습니
다. 그 골목과 버스정류장 옆 가로등의 위치관계와 시간대 등 여러 가
지를 고려해, 제 독단으로 사장님께 말씀드리는 겁니다."

"아시겠지만— 저로서는 짐작 가는 바가 없다고 말씀드리는 수밖에요."

"드릴 말씀은 이상입니다. 늦은 시간 실례가 많았습니다."

고다는 목례를 하고 시로야마의 얼굴은 보지 않고 자리를 떴다. 이미
볼 필요가 없었다. 말하는 동안 시로야마 눈이 보여준 표정. 침묵 다음
나온 마지막 한마디. 그 한마디를 내뱉는 목소리의 기척. 흰색 테이프
'신호'의 수신인이 시로야마라고 거의 확신할 수 있었다.

돌아가는 길에, 그러고 보니 이른 아침 흰색 테이프가 붙어 있던 5월
12일, 오후 9시가 되자마자 시로야마가 어딘가로 휴대전화를 걸었다는
사실이 생각났다. 마찬가지로 휴대전화를 사용한 10일 아침에는 흰색
테이프가 없었지만 그 이틀 전인 8일, 고다가 처음 경호를 시작하며 그
집에 도착한 날 아침 게다를 신고 정원에 서 있던 시로야마는 서류봉투
와 편지지 같은 것을 펼쳐들고 있었다. 범인은 처음 한동안은 자택에
편지를 던져넣다가 어느 시점부터 흰색 테이프 '신호'로 바꾸었고, '신
호'가 있던 날에는 시로야마가 어딘가로 전화를 걸기로 되어 있는지도
모른다고 상상을 부풀렸다.

아니다. 시로야마에게 알리기는 했지만 오늘의 엇갈린 신호에 대해 그가 적절한 대응을 취할지는 알 수 없다. 고다는 다시금 생각해보았다. 나중에 흰색 테이프를 떼러 왔던 범인이 없다는 사실을 확인하고 무슨 생각을 했는지는 신만이 알 일이다.

그날 밤 고다는 테이프 발견의 전말을 리포트 용지 한 장에 간략하게 정리했다. 물론 밤늦게 시로야마에게 그 일을 알려준 대목은 기록하지 않았다. 그리고 다른 리포트 용지에 산노 2번가 버스정류장과 16번지 시로야마 자택을 포함한 지도의 복사본을 붙이고, 먼저 회사 차량이 아침저녁으로 통과하는 도로를 표시하고, 나아가 수상한 차량이 잠복할 만한 골목이나 사각지대, 저격자가 숨을 만한 위치를 상세하게 적어넣고, '회사 차량이 아침저녁으로 통과하는 시간 전후로 경계를 강화해주기 바란다'고 덧붙였다.

그 일보를 팩스로 보내고 난 뒤 위스키 150그램을 잔에 따르고 텔레비전을 켜고 바닥에 쌓여 있는 책 더미 아래서 한동안 잊고 지내던 파일 하나를 끄집어냈다.

파일에는 신문이나 잡지에서 오려낸 기사 몇 장이 들어 있었다. 임업 종사자를 모집하는 지방자치체 기사가 셋. 역시 농업 연수자를 모집하는 기사가 둘. 어업 후계자 모집 기사와 원양어선 선원 모집 기사. 사회인 입학을 허용하는 대학원 기사. 그것들을 지그시 바라보며 엉뚱한 상상을 펼치다가 잠이 들었다.

2

시로야마에게는 고문이나 다름없는 평온한 날들이 열흘간 이어진 뒤

레이디 조커의 보복이 찾아왔다. 14일 일요일 밤 고다가 흰색 테이프에 대해 알려주었을 때는 이미 오후 9시가 지난 뒤였고, 고다가 돌아가기 무섭게 정해진 번호로 전화를 걸어보았지만 끝내 연결되지 않았다. 그후 다시 가로등에 테이프가 붙는 날을 허망하게 기다려보았지만 범인 측에서는 아무런 연락이 없었다.

5월 24일 수요일 밤 오후 8시가 지나, 구라타 세이고가 불쑥 집무실로 찾아와 책상 앞에 서서 "이물질이 혼입된 맥주가 발견되었습니다"라고 알렸다. 이미 여기저기 한참 뛰어다니다 온 모양으로 허탈감과 방심이 뒤섞인 묘하게 고요한 표정이었고, 덕분에 시로야마도 순간적으로 심장이 욱신거리기는 했지만 어찌어찌 이성을 지킬 수 있었다. 아니, 아직 진짜 재앙은 찾아오기 전이었다.

그러나 구라타가 책상에 내려놓은 사진 두 장과 특약점의 소비자 불만 보고서 복사본을 바라본 순간 머릿속이 하얘지는 것은 막을 수 없다. 사진에는 각각 히노데 마이스터와 히노데 슈프림 큰 병과, 평범한 유리잔에 따른 액체가 찍혀 있었다. 어느 쪽이나 거품이 불그스름하고 아래의 투명한 액체도 진홍빛에 가까운 색이라 도저히 맥주로 보이지 않았다.

"발견된 것은 마이스터와 슈프림 큰 병 각각 하나씩, 모두 두 병입니다. 한 병은 오늘 점심시간 고토 구 도요에 있는 일반음식점에서 발견되었고, 또 한 병은 역시 점심시간 다마 뉴타운 거리의 패밀리레스토랑에서 발견되었습니다. 두 병 모두 종업원이 서빙해서 마개를 땄을 때만해도 모르다가, 손님이 잔에 따르고 색을 보고서 알았다 합니다. 도매상이 즉시 회수했고, 저도 실물을 보았는데, 꼭 캄파리 소다 같은—"

"피해자는—"

"다행히 현재까지는 없습니다."

잔에 따른 맥주가 이런 색이면 기겁하는 게 당연하다. 그 손님들에게 심장 질환이 없었던 것이 불행 중 다행이라고 시로야마는 멍한 머리로 생각했다. 얼빠진 듯이 구라타에게 앉으라고 권하자 그도 얼빠진 듯이 앉았다. 아니, 지칠 대로 지쳐서 주저앉았다는 표현이 더 어울렸다.

눈높이가 맞춰지자 다음날부터 벌어질 수라장에 대비해 내밀한 대화가 오갔다. 구라타의 설명에 따르면 두 음식점에 맥주를 공급하는 주판점의 신고로 담당 특약점인 이다 상회 도쿄 본사와 니혼 리커 본사가 즉각 움직였고, 연락을 받은 히노데 도쿄 지사 부지사장과 영업부장이 관련 업체로 뛰어다니며 일단 적절하게 대처했다. 우선 문제의 병맥주 두 병을 회수하고 고토 구와 다마 시 보건소에 신고하는 한편, 각 음식점에서 오늘 영업 개시부터 사고 발생 시각까지 개봉한 히노데 맥주의 병뚜껑 수십 개를 회수해 히노데 도쿄 지사에 보관했다.

문제의 맥주는 두 병 모두 22일 월요일 특약점의 각 영업소 창고에서 2차 도매상인 주판점으로 배송된 것이라, 주판점에서 그날 납품분을 즉각 회수하고 그 수량만큼 무상 교환 조치를 취했다. 나아가 오후 2시쯤 히노데 도쿄 지사에서 두 음식점에서 회수한 병뚜껑을 조사한 결과 뚜껑에 미심쩍은 가공이 들어간 것이 하나씩 발견되었다. 일반인은 알 수 없는 방법이지만, 새 병맥주 뚜껑에 이물질을 넣기 위한 구멍을 뚫고 다시 뭔가로 막은 듯한 흔적이 발견되어 경찰 신고시를 대비해 엄중히 보관중이라고 했다.

오후 3시, 보건소에서 잠정적인 중간보고가 들어왔다. 미량의 에탄올이 검출되었지만 그외 독성 물질의 화학반응은 나타나지 않았다. 붉은 빛깔은 식품첨가물인 홍국균 색소라는 내용이었다. 정식 시험 결과는 내일 공표 예정이라고 했다.

본사 맥주사업본부가 도쿄 지사장에게서 일련의 보고를 받은 것은 그때였고, 구라타는 출장지 후쿠오카에서 본사의 전화를 받고 급히 항공편으로 돌아왔다. 하네다 공항에 내리자 우선 이번 일로 피해를 본 이다 상회와 니혼 리커로 직행해 사장들에게 사과하고, 도쿄 지사에 들러 상황을 보고받고, 대외적 조치는 다음날 아침 일찍 본사에서 협의를 통해 신속하게 실행하기로 결정한 뒤, 신주쿠에서 급히 돌아와 제 방에도 들르지 않고 서류가방을 든 채 지금 여기 앉아 있는 것이었다.

붉은 색소의 혼입은 제조라인에서 있을 수 없으니, 공장 출하 후 각 특약점, 2차 도매상, 음식점 순으로 이동, 보관하는 과정에서 누군가가 뚜껑을 가공한 착색 맥주를 다른 병과 바꿔치기했다고밖에 볼 수 없다고 구라타는 설명했다.

뚜껑은 매우 정교하게 가공되어 있었고, 직접 따서 안쪽을 살펴보지 않으면 가공 사실을 알 수 없다고 했다. 뚜껑을 딴 뒤 굳이 안쪽을 살피는 사람은 없다. 더구나 홍국균 색소라는 식품첨가물의 성질상 진품과 같은 투명도를 유지하기 때문에, 갈색 맥주병에 든 상태로는 밖에서 아무리 관찰해봐도 내용물의 색이 바뀌었다는 사실을 알 수 없다. 이상한 냄새도 없다. 잔에 따르고 나서야 이상을 알아챌 수 있는 골치 아픈 물질인 것이다.

따라서 두 주판점에서 회수한 70상자에 든 1400병의 뚜껑을, 지사와 특약점 사원이 한데 모여 일일이 따봐야 했다. 그 결과 착색 맥주가 추가로 발견되지는 않았지만 다른 특약점, 다른 출하분, 다른 상품에서 같은 사태가 발생할 가능성은 충분했다. 마셔도 몸에 해롭지 않다고는 하지만 핏빛에 가까운 맥주를 보고 불쾌감을 느끼는 소비자는 얼마든지 나올 수 있었다.

"세번째 착색 맥주의 뚜껑을 어느 소비자가 따주기를 마냥 기다리고만 있을 수는 없습니다." 구라타가 말했다. 시로야마도 동감했지만 상품을 회수하는 구체적인 과정을 쉽사리 그릴 수가 없었다. 생산라인 사고라면 그나마 회수할 상품이 한정된다지만, 출하처에서 바꿔치기했다면 대체 어디서부터 어디까지 회수해야 한단 말인가.

"일단 가나가와 공장과 사이타마 공장의 병입 라인을 내일부터 일시적으로 멈추고, 수도권 주판점 재고를 전량 회수하고, 캔과 통으로 교체할 수 있는 분량은 최대한 교체하고—" 구라타는 스스로에게 되뇌듯이 하나하나 열거하며 착잡한 듯 미간을 찡그렸다. "그러나 그것만으로 끝나지는 않을 겁니다. 내일 기자회견을 열면 당분간 맥주 소비를 피하는 분위기가 전국적으로 확산될 겁니다. 주문량이 곧바로 감소할 게 뻔하고요."

"업계 전체에 악영향이 올 수도 있겠군요."

"그것도 피하기 힘듭니다."

"정말 뭐라고 해야 할지—"

"유감이지만, 현실입니다."

시로야마-구라타 라인이 수세에 몰린 것은 이번이 처음은 아니었다. 근 백 년에 걸쳐 시장을 독점해온 히노데 라거가 침체하기 시작하며 맥주사업본부가 맞닥뜨린 곤경도 이만저만이 아니었지만, 당시 직면했던 과제, 이를테면 점유율 탈환이나 새로운 히트 상품의 개발, 기업 체질 변혁, 그에 따른 대처와 노력은 전부 미래를 위한 것이었다. 그러나 지금 눈앞에 닥친 시련에는 희망이 보이지 않았다. 지금 시점에서 알 수 있는 사실은 이번 사태에는 낙관을 허용할 만한 정세가 전무하다는 것뿐이었다.

저도 모르게 약한 소리를 토로하긴 했지만, 그 직후 격한 자기혐오가 엄습해 시로야마는 하릴없이 허리를 곧게 펴고 자세를 고쳤다. 동이 트면 팔천 명의 직원에게, 단골 거래처, 소비자, 그리고 이 세상에 결코 곤혹스러운 모습을 보여서는 안 된다. 대응책을 놓고 망설일 여유도 없었다.

"여하튼 할 일은 해야지요." 시로야마는 저 자신에게 말했다. 구라타는 "그렇죠"라고만 대답하고 소파 팔걸이를 주먹으로 한 번 쳤다.

시로야마는 메모지를 앞으로 끌어당겨 내일에 대비해서 일단 생각나는 것들을 휘갈겨썼다. "구라타 씨, 일단 오전 8시 사내 이사회부터 소집합시다. 그다음 공장 라인을 멈추고, 간부 사원들에게 보고와 대응책을 설명하죠. 이건 영업부에서 맡아주세요. 그리고 보건소의 정식 답변을 기다렸다가 경찰에 신고하고, 기자회견을 하고— 이러면 될까요?"

"어차피 발표와 동시에 주가가 떨어지는 건 막을 수 없겠지만 폭락만은 피하고 싶습니다. 상황에 맞는 대책을 강구하려면 시간이 필요한데, 그러면 기자회견은 빨라야 점심시간쯤 되겠지요. 아침에 열릴 이사회에서 필요에 따라 자회사, 관련사가 주식을 매입하도록 하는 방안 등에 대해 내부 의견을 취합해보고 싶습니다."

시로야마는 '주가·주주 대책'이라고 메모했다. 그밖의 요점은 '특약점·주판점 대책' '소비자 대책' '매스컴 대책' '사내 대책' '관련사 대책'. 수도권에 출하한 소매용 제품은 회수 말고 다른 방법이 없었지만, 업소용까지 피해가 번지지만 않는다면 한두 달의 손실은 그나마 버틸 만하리라고 시로야마는 대략적인 전망을 세웠다. 당면한 전략은 피해 확산을 막는 것, 업소용 제품의 적극적 판매 확대로 소매용 제품의 손실을 메우는 것, 전 직원의 결속을 굳건히 하는 것 세 가지이며, 구체적인 내용은 내일 안에 결정해야 했다. 언제 끝날지 알 수 없지만 시로야마를 포함한 임원 전원은 내일부터 매일같이 돌아다니며 거래처를 방문해야 할 터였다.

"그런데 구라타 씨, 범인이 레이디 조커라는 증거는 아직 없는 거죠?

그렇다면 경찰에는 별건으로 피해 신고를 합시다. 레이디 조커가 상품을 공격하기 시작했다는 식의 보도는 어떻게든 막아야 합니다."

"물론 그래야죠. 경찰에 충분히 주지시켜야 합니다. 경찰의 발표 내용도 업계 전체에 영향을 미칠 테니 표현에 신중해야 하고요. 내일 아침 보건소에서 답변이 나오는 대로 고토 구와 다마의 관할서에 신고하기로 하고, 저희 쪽에서 확실히 준비해두겠습니다."

"임원 소집도 맡아주겠습니까?"

"알겠습니다. 저희 본부는 오늘밤 부장급 이상 전원이 남아서 내일 아침 이사회와 기자회견을 준비하겠습니다."

"예상 피해액을 내일 아침 확인할 수 있을까요?"

"가능합니다. 비서실, 재무, 총무, 홍보 쪽에도 연락해두었으니, 시로야마 씨는 오늘밤은 일찍 들어가셔서 쉬십시오."

"아니요. 집에 들어가봐야 잠이 올 리도 없으니 그냥 여기 남겠습니다. 생각도 정리해야 하고. 구라타 씨야말로 무리하지 마세요."

"그럼 저는 이만."

"그러고 보니 스기하라는—"

"오늘은 삿포로에 있습니다. 내일 현지에서 대처에 나설 것으로 봅니다."

구라타가 자리에서 일어나고 시로야마도 그를 배웅하려고 일어섰다. 시로야마가 먼저 손을 내밀어 가볍게 악수했다. 그에 응하는 구라타의 손은 역시 조금 얼이 빠진 느낌이었다. 구라타와 자신은 지금 오랜 세월 쌓아온 유무형의 재산이 한쪽부터 무너져내리는 것을 목도하는 중이고, 아무리 외면하려 해도 그 사실을 바꿀 수는 없으며, 이제 남은 것은 피해를 최소한으로 막는 일뿐이다. 아무리 낙담해도 부족했다.

시로야마는 몸소 집무실 문을 열고 구라타를 내보냈다. 여느 때처럼 대기실을 지키고 있던 고다가 일어나 구라타에게 문을 열어주고 목례로 배웅했다. 구라타가 나간 뒤 문을 닫는 고다에게 시로야마가 말했다.

"오늘밤은 여기서 묵을 테니 들어가도 좋습니다. 내일은 여기로 바로 와주세요."

시로야마는 평소와 같은 목소리와 표정을 유지하려 했지만 고다는 순식간에 시로야마의 얼굴을 핥듯이 훑어보고 "안색이―"라고 말했다. 지난 십칠 일간 그 똑바른 눈길의 질은 변함이 없었다. 이 스파이 놈, 이라고 늘 생각하면서도 한 번도 작위적이라고 느끼지 못했던 그 눈길을 피하며, 시로야마는 지금 다시 이 천리안 훼방꾼을 받아들였다.

"그렇게 티가 납니까? ―뭐, 기업에는 이래저래 크고 작은 문제가 있으니까요. 안색이 바뀔 만한 문제도 간혹 일어나고요. 그럴 때를 위해 평소에 절제하며 체력을 길러두는 거죠."

"그럼, 내일은 조금 일찍 오겠습니다. 혹시 필요하시면 아침에 댁에 들러 갈아입을 옷가지를 가져올 수도 있습니다만."

"말씀만으로 고맙습니다. 괜찮아요."

"그럼 먼저 실례하겠습니다."

고다마저 나가자 시로야마는 혼자 집무실로 돌아가 안에서 문을 잠갔다. 그리고 그제야 진짜 좌절감을 제 안으로 받아들이며, 집무실 한복판에 잠시 우두커니 서 있었다.

두 달 전 산속 은신처에서 "350만 킬로리터의 맥주가 인질이다"라고 속삭이던 남자의 목소리가 잊힐 리야 없었지만, 그 협박이 이렇게 붉은색 맥주라는 현실로 나타나니 오히려 실감이 나질 않았다. 앞으로 그 실감이 뼈에 사무칠지도 모르지만, 어쩌면 영원히 이 상태에 머무를지도 모를 일이었다. 시로야마의 좌절감은 붉은색 맥주보다 현상황의 근원에서, 혹은 제 인생의 안쪽에서 분출하고 있었다. 두 달 전 납치되었을 때 남몰래 품었던 두려움이 지금은 수천억에 이르는 구체적 피해의 모습을 띠고, 주주와 직원은 물론 관계 각사와 거래처 직원에게까지 직간접으로 피해를 끼치려 한다는 사실에서 분출하는 좌절감이었다.

1990년 가을, 자신의 친척이 내뱉은 부적절한 한마디로 죄 없는 학생과 그 부모의 인생이 파멸했다는 씻기 어려운 화근이 이렇게 재앙의 가지를 펼쳐 시장을 휩쓸려 하고 있다. 1990년의 그 일만 없었다면 사건에 대한 대처도, 그후의 과정도 이렇게 흘러가지 않았으리라는 명백한 사실과 돌이킬 수 없는 피해를 앞에 두고 가장 먼저 시로야마를 덮친 것은, 온몸의 뼈가 부서져 제 몸뚱이 하나 지탱하지 못할 듯한 탈력감이었다. 그 탈력감에는 어찌할 바 없는 초조감과 당혹과 억울함 외에도, 요즘 들어 분명히 알게 된 자기 자신의 몇 겹에 이르는 무책임함과 그에 대한 참회도 포함되어 있었다.

생각해보면 1990년 가을 예의 하타노라는 학생과 스기하라 요시코 사이에 무슨 일이 있었는지 알았을 때, 또한 학생과 그 부친의 인생이 결과적으로 파멸했다는 사실을 알았을 때, 양심 있는 인간이라면 스기하라 다케오와 함께 이 자리를 지키고 있지는 못했을 것이다. 그때 나는 과연 얼마나 진지하게 가슴 아파했는가. 오늘날까지 두 망자를 얼마나 깊이 애도해왔는가. 또한 아들과 남편을 잃은 여인의 비통함을 얼마나 배려했는가. 실상 나날의 다망함에 쫓겨 망각하고 있다가, 이 몸이 납치되고 나서야 비로소 기억을 떠올리지 않았나.

시로야마는 적어도 1990년 가을 당시 자신이 무책임했다는 사실만큼은 명확히 납득했다. 오십팔 년을 살아오며 이토록 확실하고도 깊이 자신의 잘못을 인정한 것은 처음이었다. 1990년 사임하지 않은 것은 보신을 위해서가 아니라 거기까지 생각이 미치지도 않았기 때문이지만, 그것은 즉 두 망자를 애도하는 마음이 부족했다는 뜻이며, 단적으로 인간성의 문제 그 이상도 이하도 아니었다.

그리고 지금까지 시로야마는 더더욱 중대한 기업 최고경영자의 책임을 신중히 회피해온 것이었다. 범인들에게서 풀려난 직후 앞으로 일어날 수 있는 모든 재앙을 충분히 예상했으면서도 '회사를 위해 죽을 수야 없다'는 엉뚱한 생각에 사로잡히고, '조카딸과 그 아기를 지켜야 한다'는 결론을 쥐어짜낸 탓에 정말로 택해야 할 길을 벗어났다는 사실을 이제는 솔직히 다시 떠올리기조차 괴로웠다.

그러나 그렇게 스스로의 내면을 냉철하게 분별하고 직시함으로써 시로야마는 가까스로 자신에게 부과된 산더미 같은 책무로 돌아갈 수 있는 이성을 되찾고, 조금 전 요점을 갈겨쓴 메모지를 눈앞으로 끌어당겼다. 메모지에는 '주가·주주 대책' '특약점·주판점 대책' '소비자 대책' '매스컴 대책' '사내 대책' '관련사 대책'이라고 쓰여 있었다. 시로야마는 그 내역 하나하나를 보충하는 작업을 시작했다.

'주가·주주 대책'—①시황 판단 ②대응법 선택 ③각 방면에 타진

'특약점·주판점 대책'—①병 회수 ②설명문 ③방문 ④대체품 판매 확대

'소비자 대책'—①적극적 PR ②광고와 CM 내용 재검토 ③마케팅

'매스컴 대책'—①대처법 설명 ②사건과의 관련성 부인 ③정보 공개

'사내 대책'—①간부사원 단속 ②영업 강화를 위한 임시 재배치 ③위기관리 매뉴얼 재확인 ④재무 재검토 ⑤경비 삭감 ⑥임원 상여금 반납 ⑦노조에 협조 요청

'관련사 대책'—①설명문 송부 ②협력 요청

이렇게 써내려가는 동안 내외선 전화가 몇 통 왔는데, 그중 하나는 런던에 출장 가 있는 시라이 세이치의 전화였다. 현지법인 간부와 점심 식사를 하던 중 이물질 혼입 맥주 소식을 팩스로 받았다는 그는, 상품

회수 방침을 확인한 뒤 6월 스위스프랑으로 기채 예정인 CB 발행 연기에 대해 이사회 의결을 얻을 것, 맥주 주식 하락이 예상되므로 공식 발표 전 업계 타사에 먼저 통지할 것, 라임라이트 사는 특히 까다로우니 상황을 설명하는 기별을 최대한 빨리 넣어둘 것 등을 빠르게 나열하고, "저녁 편으로 귀국하겠습니다"라고 말을 맺었다.

시로야마는 작성중이던 메모에 '업계 타사, 각 증권사에 통지' 'CB 발행 연기'를 추가하고 구라타에게 내선 전화를 걸어 라임라이트재팬에 연락해달라고 부탁했다. 그 김에 생각난 집에도 전화해서 아니나 다를까 불안한 목소리로 받은 아내에게 상품에 조금 문제가 생겨 오늘밤은 회사에서 자겠다고 알렸다. 그리고 다시 각 대책별로 구체적인 내역을 적어나가는 작업으로 돌아가, 썼다 지웠다 하면서 어떻게든 생각을 정리하려 했지만 그것도 자정을 지나자 점점 제자리걸음이 되었다. 생각은 모이는가 싶다가 뿔뿔이 흩어져버리고, 평소 떠올리지도 않던 옛 풍경이 문득 머릿속을 스치더니, 신혼여행으로 갔던 이즈 앞바다가 갑자기 보고 싶어지고 무섭거나 괴로운 감정도 흐리터분해진 끝에, 미명의 어느 즈음에는 소파에 누워버렸다.

물론 잠들지는 못하고 어둠에 몸을 맡긴 채 제 마음이 날뛰었다 가라앉았다 하는 것을 마냥 바라볼 뿐이었다.

몇 번이고 거듭 밀려드는 생각은 외아들을 교통사고로 잃은 하타노 히로유키라는 치과의사에 대한 것이었다. 대체 어떤 사람이었는지 이름 말고는 아무것도 모르고 사진도 본 적이 없다. 그래도 아들을 잃은 한 아버지일 뿐이라는 사실은 뒤늦게나마 진저리칠 정도로 실감이 났다. 하타노가 히노데로 보낸 두 통의 편지와 테이프 자체는 기업이 긴장할 만한 구체성을 지닌 것이 아니라, 그저 아들을 잃은 아버지의 좌절과 비탄으로 가득찬 물건일 뿐이었다. 히노데는 그것을 총회꾼과의 공방전에 이용했는데, 자식을 잃은 아버지의 통한도 통한이었지만, 하타노가 어디선가 손에 넣은 '오카무라 세이지'의 편지를 읽으며 죽은 아들의 몸에 흐르던 피의 일부를 생각했으리라는 것을 시로야마는 이제야 조금 알 것 같았다.

벌써 사반세기 전, 오랜만에 휴일을 맞아 아직 어리던 아들과 딸을 데리고 오이소의 바닷가에 갔을 때였다. 잠깐 한눈판 사이 아들 미쓰아키의 모습이 보이지 않고 파도 사이에는 튜브만 남아 있었다. 딸 쇼코의 울음소리를 들으며 바닷물에 뛰어들어 미쓰아키를 찾아낸 것은 실제로는 수십 초에 불과했지만, 깊이 50센티미터의 얕은 물속에 눈을 뜨고 똑바로 누워 있던 미쓰아키를 안아올릴 때까지의 시간은 제 평생에 필적할 만큼 아득하게 느껴졌다. 평생에 필적할 만큼 많은 생각이 한꺼번에 몰려왔다. 제 모든 인생보다 더한 무게로 아들의 무사를 빌었다. 이 아이를 살릴 수만 있다면 어떤 희생이라도 치르겠습니다, 난생처음 그렇게 신에게 매달렸다.

그 일을 떠올리니 어느 날 갑자기 경찰에게서 아들의 사고사 소식을 전해들은 아버지는, 그리고 어머니는 어떤 심정이었을지 상상해보지 않을 수 없었다. 살려낼 여지도 기도할 여지도 없이 날벼락처럼 아들의 죽음을 전해들은 부모는 과연 어떻게 해야 옳았을까. 명백한 교통사고라지만 지도교수 추천장을 들고 히노데 입사시험에 응시한 도쿄대 졸업 예정자에게 '불합격' 통지가 날아들기 전후에 일어난 사고라면 어느 부모든 대체 무슨 일이 있었는지 알아보려 할 것이다. 미칠 듯한 심정으로 진상을 캔 끝에 아들이 사귀던 여학생의 부모가 히노데 임원이고, 그 임원이 하타노의 호적을 이유로 교제를 반대했다는 사실을 알아냈을 것이다. 그때 하타노는 과연 누구를 위해, 누구를 용서해야 옳았을까.

지금은 이런 생각을 할 수 있는데 왜 1990년 당시에는 그러지 못했는지 시로야마 스스로도 알 수 없었다. 그러나 마땅히 생각했어야 할 일을 덮어버리고 오늘까지 온 것에 대한 응보를 지금 이렇게 제 몸뚱이로 감당하고 있다는 사실에는 더이상 의문이 없었다.

그리고 처음부터 내내 회피해온 기업 최고경영자로서의 엄청난 죄의 무게도 새삼 돌아보고, '회개의 시간이 오는가'라고 자문해보았다. 그 응답은 신이 내려줄 것이니 기다리는 수밖에 없었지만, 그래도 지금껏 살아오며 이토록 강하게 신을 갈망하기는 처음이었다. 어린 아들이 익사할 뻔했을 때도 그랬듯이 시로야마는 애타게 신을 찾는 스스로에게 조금 놀라고 위안을 느꼈다. 한 번도 나타난 적 없는 신을, 시로야마는 지금 분명히 갈망하고 있었다.

*

오늘밤 시로야마의 안색이 아무래도 마음에 걸렸던 고다는 히노데 본사를 나오자마자 공중전화부스로 들어가 특수반 히라세에게 전화를 걸었다.

"시로야마 사장과 구라타 부사장의 분위기가 좀 이상해요. 히노데에 무슨 문제가 생겼다는 얘기는 없습니까?" 고다의 물음에 히라세는 "이상하다니, 뭐가?"라고 되물었다.

"안색이 안 좋기에 무슨 일이냐고 물었더니, 기업에는 안색이 나빠지는 문제가 일어나기도 한다고 말하더군요."

"문제라는 게 뭔데?"

"제가 물으려는 게 그겁니다. 그쪽에는 아무 정보도 들어오지 않았습니까?"

"그러니까 무슨 정보 말이야?"

도대체가 내 국어 실력이 이상한 건가 생각하면서, 고다는 인내심을 쥐어짜 최대한 빠뜨리는 부분 없이 좀전의 상황을 설명했다.

"오늘밤 시로야마 사장은 회사에 남아 있겠다는데, 산노 2번가 버스 정류장에 흰색 테이프가 붙어 있는지 확인하기 위해 내일 아침 잠깐 집으로 돌아가거나 다른 누군가가 정류장에 들를 것으로 봅니다. 오전 7시부터 8시 직후까지 버스정류장 근처에 잠복을 부탁드립니다."

히라세의 반응은 변함없이 트릿했고 수화기 맞은편에서 어떤 판단을 했는지도 알 수 없었지만, 여하튼 "알았네"라는 한마디가 돌아왔다.

*

5월 25일 목요일 아침, 도호 신문 사회부와 경제부로 들어온 히노데 맥주 홍보부의 팩스에는 '기자회견 안내―폐사 상품의 이물질혼입사고에 대한 보고 및 상품 회수에 대한 설명/시간―5월 25일(목) AM 11:30~/장소―도쿄 지사 8층 홍보실'이라고만 쓰여 있을 뿐, 사건의 냄새를 풍기는 구절은 전혀 보이지 않았다. 그러나 팩스를 받아든 입장에서 떠오르는 것은 당연히 한 가지였다.

레이디 조커가 마침내 상품 공격을 시작했나?

편집국에 반신반의의 의미심장한 침묵이 흐른 후 경제부 데스크가 "설마 아니겠지?" 하며 신경질적으로 웃어 보였고, "여하튼 확인해봐, 확인!" 하는 마에다 사회부장의 언짢은 목소리가 솟아올랐고, 뭐라고 투덜거리면서 나타난 사건 담당 다베 데스크가 경시청 기자실에 전화를 걸기 시작했다. 지원팀 자리의 네고로 후미아키와 다른 기자들도 손을 멈춘 채 한두 가지 정보는 더 들어오지 않을까 기대하며 숨을 죽였다. 이물질이라니? 독극물은 아닌가? 발견한 것은 소비자인가, 제조사인가? 어디서 몇 건이나 발생했나? 레이디 조커의 편지는 왔는가?

결국 오전 10시 지원팀은 다베의 지시로 도내 총 백열 곳의 보건소에 일일이 전화를 걸기 시작했고, 반시간쯤 뒤 고토 구 후카가와 보건소와 다마 시 나가야마 보건소가 정보망에 들어왔다. 그러나 두 곳 모두 자세한 정황은 히노데측에 알아보라는 말뿐이었고, 얻은 것은 '혼입물에 독성은 없다'는 정보가 전부였다.

비슷한 시각, 경시청 기자실에서 후카가와 서와 히노 서에 히노데 도쿄 지사의 피해 신고가 접수되었음을 확인했다는 연락이 왔다. 피해 신고를 했다면 이물질 혼입은 단순 사고가 아니었다.

그 소식을 듣자 사회부는 일제히 폭발했다. 아니, 이번에는 경제부도 모두 일어섰다.

"호오, 히노데 주가가 떨어지겠군!" 그런 목소리가 경제부에서 들렸다. 사회부에서는 마에다 부장이 "레이디 조커인지 아닌지만이라도 어떻게든 알아내! 특종인지 개털인지는 거기 달렸어!"라고 독려하고, 다베가 "히노데에 누가 가지?"라고 외치자 네고로가 "야마네가 갑니다. 가부토초에도 한 명 보낼 겁니다!"라고 맞고함을 쳤다. 간만에 고성이 오가고 어느새 손에 땀이 배었다. 히노데 주가가 떨어지고 맥주업계의 주가가 떨어지고 이어서 식품주가 하락하면, 약세장이 지속되는 시장 전체에 충격파가 올 것이다. 한 손에 휴대전화를 쥔 악당들이 지금쯤 각 증권사 시황판 앞에서 입맛을 다시고 있을 모습이 눈에 선했다.

*

오전 11시 1과장의 정례 기자회견은 히노데가 관할서에 피해 신고를 냈다는 사실이 이미 각 언론사에 알려진 뒤라 살기가 등등했다. 간자키

1과장의 "안녕하십니까"라는 인사가 채 끝나기도 전에, 책상 앞 소파에 진을 친 각 신문사 기자들이 히노데의 이물질 혼입 맥주와 레이디 조커의 관련을 캐묻고 나섰다.

"레이디 조커 맞죠?" "범행 성명은 나왔습니까?" "또 돈을 요구하는 겁니까?"

"전혀 관계없습니다. 범인 불명, 동기 불명입니다. 현재 위력에 의한 업무방해 혐의로 수사중입니다."

간자키의 표정은 무뎠다. 그 순간 구보는 이건 정말로 '불명'이구나 라고 느꼈지만, 타사에서는 이내 "특수본부에서 수사원이 나갔다던데요? LJ와 관계있기 때문 아닙니까?"라고 추궁했다.

"없다고 분명히 말씀드렸습니다." 간자키는 추궁을 회피하고, 이어서 이물질 혼입 맥주가 발견된 도내 두 군데 음식점의 주소와 발견 당시 상황을 설명했다. 혼입된 이물질은 홍국균 색소. 붉은색을 내는 식품첨가물로 백화점이나 슈퍼에서 제과용으로 시판되는 제품이다. 물론 먹어도 인체에 해가 없고 특별한 맛도 없다. 용제가 에탄올이므로 시판 제품에서 약간의 알코올 냄새가 나지만, 몇 방울의 미량만으로 착색이 가능하므로 착색된 식품에는 거의 영향이 없다.

하지만 특종 경쟁의 최전선에는 애초에 일반인 감각의 설자리가 없고, 구보로서는 붉은빛을 띤 맥주라고 해도 막연하게 '찜찜하다'고 느끼는 것이 고작이었다. 여하튼 석간 보도에 첫째로 필요한 것은 사회적 영향을 판단할 만한 자료, 둘째는 동기와 범인상이었다. 그것 말고는 아무것도 없었다.

과연 이물질 혼입 맥주의 영향은 얼마나 확산될 것인가. 일정 지역의 상품을 회수하는 것으로 사태가 수습되면 사회적 영향은 일과성에 그칠 것이고, 만약 레이디 조커가 얽혀 있다면 일약 중대한 사건이 된다.

초점은 역시 레이디 조커와의 관련 여부다. 증거를 잡을 수 있을까, 구보는 자문했다.

경찰에 정보가 있다면 캐낼 자신은 있다. 하지만 과연 경찰이 정보를 확보할 수 있을까? 이물질 혼입이라는 비상사태 속에서 히노데 맥주와 범인 사이에 뒷거래가 이루어졌다면 범인은 계속 침묵할 것이다. 그렇다면 정보가 나올 가망은 전무하다.

또한 가령 이번 소동이 LJ와 무관하다 해도 파급을 두려워한 히노데가 뒷거래를 서두를 공산이 크다. 그럴 경우에도 정보가 나오기는 힘들어진다. 안 그래도 경찰수사 자체가 벽에 부딪혀 정보를 기대하기 힘든 상황이다. 구보는 서둘러 상황 판단을 해본 끝에 일단 생각을 접고 향후 취재 전망을 구상해보았다.

이물질 혼입 맥주와 LJ의 관련에 대한 정보가 나오지 않을 경우에는 어떻게 할 것인가. 일단 사건의 원점으로 돌아가볼까? 애초에 사장 납치 자체도 의미가 불분명하고, 6억이니 7억이니 하는 범인의 요구 금액도 어중간할뿐더러, 인질 없이 진행된 두 번의 현금 전달 시도에도 수상쩍은 점이 너무 많다. 유력한 목격 증언이 나오지 않고 결정적인 물증도 없고 동기도 범인상도 여전히 오리무중인 이 상황이 지극히 비정상적이라고 생각한 구보는 급히 머리를 굴려서 여차하면 원점으로 돌아가기로 작심했다.

원점이라면 우선 경찰이 '사석捨石'으로 공개한 1990년 테이프의 관계자를 생각할 수 있다. 자살한 치과의사 하타노 히로유키의 처 미쓰코. 미쓰코의 양아버지인 하네다의 약국 주인. 아오모리 현 하치노헤 시에 사는 오카무라 세이지의 친척들.

그들 중 누군가가 총회꾼이 눈독들인 1990년 테이프의 내용과 연결되는 무언가를 쥐고 있다고 생각해보았다. 4월 초 전국의 언론 매체가 뒤지고 다녔어도 나온 것이 전혀 없었지만, 그래도 구보는 뭔가 있을지 모른다고 스스로를 고무하고 취재 방향을 잡으며 초조한 마음을 가라앉혔다.

9층 박스로 돌아오니 붉은색 맥주가 발견된 후카가와의 관할서를 돌고 있는 구리야마한테서 병뚜껑에 구멍을 뚫은 방법을 알아냈다는 소식이 들어와 있었다. 한편 방면기자에게서 들어온 정보는 식당 종업원과 손님이 말해준 착색 맥주 발견 당시의 상황, 착색 맥주를 공급한 두 특약점 창고의 제품관리 상황, 사고 제품 출하 날짜. 여기에 곧 시작될 히노데 도쿄 지사의 기자회견 내용을 더하면 오늘 석간은 어찌어찌 채워지겠지만, 다음날 조간은 제로에서 다시 시작해야 한다. 하나가 끝나면 다시 하나, 그것이 끝나면 또 다음 하나. 그렇게 영원히 반복된다.

*

그날 아침 평소보다 한 시간 빠른 오전 7시 반에 히노데 본사로 직행한 고다는 30층으로 올라가는 엘리베이터 안에서 수령기 이어폰을 통해 특수본부로부터 사건 소식을 전달받았다.

"24일 후카가와 다마의 음식점에서 붉은색 맥주가 나왔다. 두 제품 모두 히노데 맥주. 혼입된 이물질은 홍국균 색소. 히노데는 생산공정에서는 혼입이 있을 수 없다고 오늘 오전 7시 피의자 불명으로 피해신고를 했다. 오늘 히노데 내부 동향을 철저히 감시할 것. 요점 중 하나는 본건과 관련해 레이디 조커로부터 모종의 의사 표시가 있었는지의 여부다. 히노데는 레이디 조커의 연락이 없다고 하지만 사실 같지 않다. 두번째 요점은 히노데가 뒷거래를 한 낌새가 있는지의 여부. 오늘 중 1과장이 시로야마 사장을 방문할 것이다. 이상."

고다는 이때 '붉은색 맥주'의 이미지를 구체적으로 떠올리지 못했고 이물질 혼입이라는 사태의 실상을 정확히 파악할 수도 없었지만, 한편으로 뇌리를 스치는 생각이 있었다. 이것은 예의 5월 14일 일요일 아침, 범인의 흰색 테이프 신호를 미처 받지 못한 시로야마가 적절히 대응하지 못해서 벌어진 레이디 조커의 보복이 아닐까.

고다가 대기실에 들어서자 비서 노자키가 엉거주춤 일어나 수화기를 귀와 어깨 사이에 끼우고 양팔로 서류를 안은 채 그에게 시선만 던졌다. 눈인사도 할 여유가 없는 표정과 몸짓이었다. 책상 위 비즈니스폰은 총 여섯 회선인 내선이 전부 대기 상태로 돌려져 있었다.

노크 한 번만 하고 들어온 부사장 구라타가 통화중인 노자키 앞으로 와서 "호리카와는 와 있습니까?"라고 묻고는, 대답도 기다리지 않고 역시 노크를 한 번만 하고서 사장 집무실로 들어갔다. 잠깐 열린 문틈으로 본 실내에서 시로야마의 책상 앞에 서 있는 재무 담당 호리카와 상무의 뒷모습이 보였지만, 이내 구라타와 함께 닫히는 문 너머로 사라졌다.

곧이어 호리카와가 잔달음질로 집무실을 나오고 일 분 뒤 구라타도 나왔다. 구라타는 통화중인 노자키에게 "재무부에서 올린 시산표는 사장님한테 보여드리기 전에 나한테 먼저 달라고 했잖아요"라며 낮은 소리로 으르렁거렸고, 수화기에서 고개를 든 노자키가 입을 열기도 전에 등을 돌려 나가버렸다. 호리카와와 구라타 모두 대기실 구석에 서 있는 고다한테는 눈길도 주지 않았다.

노자키 여사는 잇따라 걸려오는 전화에 쫓겨 귀와 어깨 사이에 수화기를 끼운 채 오른손으로 메모를 하고 왼손으로 책상 위 서류를 들추었고, 그러는 틈틈이 인터컴을 통해 집무실의 시로야마에게 전화를 연결해주거나, 무엇을 준비하세요, 무엇을 어디 보내세요, 하는 시로야마의 지시를 들었다. 그사이 시로야마는 딱 한 번 집무실을 나와 팩스 쪽으로 가서 받침대에 쌓인 용지 중 필요한 매수를 끄집어내 다시 집무실로 들어갔다. 그 시간이 약 십 초. 시로야마의 눈은 책상에 앉은 노자키에게도 향하지 않았고, 하물며 고다의 존재를 의식하는 기미는 전혀 없었다.

몇 분 뒤 비서실장 겸 총무 담당 상무 사카키바라가 이사회 의제안 팩스에 대해 뭐라고 노자키에게 말하고는 사장 집무실로 들어갔지만, 역시 일 분도 안 돼 물러났다. 다 큰 남자가 안절부절못하며 정신이 딴 데 팔린 표정이었다. 어제부터 히노데 맥주에 무슨 일이 일어나고 있다는 것은 고다도 어렴풋이 알았지만, 이물질 혼입이라는 사태가 실제로 어떤 무게를 가지는지는 임원들의 모습을 통해 막연히 이해할 수 있었다.

나아가 이런 경우 기업이 어떻게 대응하고 대처하는지 일부나마 구체적으로 목도하자, 이번 사태가 제품 회수로 끝날 일이 아니라는 사실이 새삼 인식되었다. 예를 들어 좀전에 찾아왔던 호리카와 상무는, 제품 회수로 주가 하락이 예상되므로 6월에 있을 CB 상환 기한에 대비한 융자를 위해 도에이 등의 거래 은행과 협상을 벌이게 될 것이다. 매출 감소를 예상하고 국세청에 상황 설명을 하러 가는 사람은 호리카와 밑에 있는 재무부장이다. 또한 구라타 부사장은 생산량 조정에 따른 손실액 산출에 쫓기고 있고, 홍보부는 당장 오늘 오전 중 텔레비전 광고 내용을 재검토해야 한다. 비서와 시로야마의 대화를 통해 고다가 파악한 바로는, 총무부도 상황 설명을 위해 급하게 총회꾼 조직을 찾아다니고 있는 듯했다.

그리고 오전 8시 반, 노자키가 내선 전화를 전부 대기로 돌려둔 채 서류 다발을 들고 사장 집무실로 들어가는가 싶더니, 일 분 뒤 시로야마가 나와서 직접 문을 열고 급히 나갔다. 8시부터 임시 이사회가 열리는 모양이었다. 이때 고다는 시로야마에게 문을 열어줄 여유가 없지 않았지만, 지금은 물러나 있는 편이 좋겠다는 생각에 가만히 서 있었다.

시로야마가 자리를 비우자 노자키가 다시 전화기 앞으로 돌아오고 고다는 제자리에 앉아서 이 사태가 레이디 조커의 새로운 움직임일지, 피해는 과연 어느 정도나 될지, 자신은 앞으로 사장 경호란 명목으로 무엇을 해야 하는지, 무엇을 할 수 있을지 등 종잡을 수 없는 생각에 빠져들었다. 그의 눈앞에서 노자키는 손 쉴 틈도 없이 바쁘게 일하다가, 반시간쯤 뒤 불쑥 그를 바라보고는 "고다 씨, 사장님 오늘 스케줄입니다" 하며 A4용지 한 장을 내밀었다.

종이에는 평소처럼 행선지와 방문할 상대의 이름이 나열되어 있었지만 시각이 명기되지 않은 것도 있고 'ㅇㅇ과 △△은 교체 가능'이라든지 '시각은 알아서'라는 추가 설명이 눈에 띄었다. 대형 특약점 사장 일곱 명에 합병회사 라임라이트재팬과 히노데 크로이체르 사장까지 총 아홉 명으로, 이동 시간을 생각하면 단순히 계산해도 밤까지 소화해야 하는 스케줄이었다. 다른 때와 달리 모두 급하게 잡은 일정이라는 것이 한눈에 보였고, 방문처의 업종으로 보아 이물질 혼입 사태에 사장이 몸소 영업 전선에 나서야 할 상황임을 고다도 충분히 파악할 수 있었다.

일개 형사도 마음 편히 있기 힘든 그날 아침의 분위기 속에서 고다는 전달받은 종이에 나열된 이름들을 진지하게 살펴보고, 각각의 본사 소재지나 방문 시간대, 도로의 혼잡도를 예상하거나 각 방문처에서의 예상 소요 시간을 역산하면서 시간을 보냈다.

밤늦게까지 외근을 이어갈 사장과 함께 움직여야 하므로 특수본부의 지시처럼 '히노데 내부를 철저히 감시하기'는 물리적으로 무리였다. 레이디 조커에게서 은밀한 의사 표시가 있었다 해도 사장이 내비칠 리 없다. 뒷거래 동향도 마찬가지다. 이제 고다가 할 수 있는 일은 거래처 분위기와 사장의 언동을 샅샅이 관찰하는 것뿐이었다. 예를 들어 곧 시로야마가 방문할 거래처에서는 이 사태에 레이디 조커가 관련됐느냐는 질문이 나올 것이 분명하다. 이에 시로야마는 어떻게 대답할 것인가. 직접 들을 기회가 없어도 주위의 눈치로 느낄 수 있을 것이다. 그리고 오늘 하루 시로야마에게 무슨 새로운 소식이 들어올지 모르니 그것도 주의해야 했다.

오전 8시 50분, 시로야마는 나갈 때처럼 잰걸음으로 사장실에 돌아왔다. 하룻밤 사이 고민을 어딘가에 묻어둔 듯 겉으로는 평소처럼 담담한 얼굴이었다. 이번에는 대기실 의자에서 일어선 고다를 보고 "안녕하세요"라고 인사를 건넸다. 고다도 "안녕하십니까" 하며 고개를 숙였다.

"이물질 혼입 건은 들으셨지요? 오늘은 많이 바쁠 것 같으니 잘 부탁합니다."

쌀쌀맞다시피 한 투로 말한 시로야마는 일단 노자키와 함께 집무실로 들어갔다가 일 분 뒤 다시 서류가방을 들고 나왔다. 고다는 그 가방을 받아들고 시로야마에게 문을 열어주었다. 긴 하루의 시작이었다.

그날은 기업 및 관청 대부분의 월급일인데다 월말도 가까워 어느 도로나 정체가 심했다. 이럴 때 샛길을 찾아내는 것은 운전사 야마자키의 몫이지만, 고다 역시 본래의 직무를 벗어나 다음 방문처까지 얼마나 걸리고 그곳에서는 몇시 몇분까지 머물지 내내 신경쓰고 있었다. 한곳에서 시간이 늘어지면 연달아 일정이 어그러져 수습하기 힘들다. 그러면 마지막 일정으로 잡혀 있는 수사1과장과의 면담을 비롯해 다방면으로 영향이 간다. 게다가 거래처 몇 곳에는 도쿄 지사장도 동행하는 바람에 공연히 긴장되었다.

어차피 시로야마도 그날은 이물질 혼입 맥주 사태에 대해 시급히 해명하는 목적으로 거래처를 도는 것이어서 자리가 오래 이어지진 않았다. 방문하는 곳마다 평소보다 한층 공손하게 고개를 숙이고, 이런저런 인사를 나누고, 응접실로 향해 길어야 삼십 분이 안 되는 대화를 나누었다. 그 시간 동안 각별히 깊은 대화가 이루어졌을 리는 없고, "모쪼록 앞으로도 잘 부탁드립니다" 운운하는 형식적인 인사가 전부였을 것이다. 시로야마가 거래처에서도 이번 사태와 레이디 조커의 관련성에 대한 해명을 회피했는지 혹은 최종적으로 부인했는지는 알 수 없었다.

그래도 상대는 하나같이 긴장한 분위기였고 눈빛도 상상 이상으로 날카로웠다. 대형 특약점 니혼 리커 본사 사장은 시로야마를 마중나와서 "이렇게 됐으니 이번 회기 배송센터 투자분을 회수하기는 글렀군요"라는 말을 몇 번이나 했고, 다른 거래처에서는 간부 하나가 '사활의 문제'라는 표현까지 썼다. 시로야마는 그럴 때마다 "폐를 끼쳐서 죄송합니다" "충분히 명심하고 있습니다"라는 말을 거듭했다. 제조사와 특약점은 일심동체라지만 기업의 체력으로 따지면 하늘과 땅만큼 차이가 난다. 안 그래도 할인점이나 양판점의 성장으로 경영 기반이 약화되어가는 특약점의 초조함은 어디서나 느낄 수 있었다. 매출 감소와 실적 악화에 짓눌리는 특약점은 히노데의 도움이 없으면 계열에서 이탈할 수밖에 없고, 히노데는 그런 사태를 피하기 위해 융자나 리베이트로 특약점을 지탱해나가고 있었다. 그날 하루의 행각중 고다도 그 구조를 어렴풋이 파악할 수 있었다. 시로야마의 담담한 대응에도 그런 어려운 현실이 드러났고, 실제로 뭐라고 장담하기에는 앞날이 너무 불투명한 상황인지라 이번 거래처 순회는 옆에서 보기에도 침울한 분위기였다.

그러나 시로야마의 모습은 평소와 특별히 다르지 않았다. 겉으로 보이는 표정에는 침착한 여유가 느껴졌고, 차 안에서도 묵묵히 서류를 훑어보았으며, 도쿄 지사장이 동승했을 때는 그에게서 지구별 판매 확대 실적을 보고받기도 했다.

한편 고다가 처음 경험한 일도 몇 가지 있었다. 하나는 점심 회식 일정이 없었다는 것이다. 오후 1시가 가까워오자 시로야마가 직접 "메밀국수라도 먹고 갈까요?"라고 제안해서 야마자키가 발견한 메밀국숫집 앞에 차를 댔다. 시로야마는 점심시간이라 붐비는 국숫집의 포렴을 앞장서서 헤치고 들어가, 야마자키와 고다와 함께 작은 테이블에서 야마카케소바*를 먹었다. 시로야마는 시종 주위 시선을 의식하는 일 없이 평범한 초로의 샐러리맨처럼 자연스레 한 그릇을 비웠고, 여기는 제가 오자고 했으니까, 하며 2,000엔 남짓 되는 밥값도 직접 계산했다.

반시간쯤 뒤 차로 돌아왔을 때는 마침 라디오에서 오후 거래 개시 직후 이물질 혼입 맥주 소식으로 히노데 주식이 150엔 떨어져 거래정지에 들어갔다는 소식을 전하는 참이었다. 그러나 시로야마는 특별히 표정을 바꾸지 않고, 비서에게 전화를 걸어 "오후 7시 이후에 호리카와 상무와 만날 수 있도록 수배해줘요"라는 내용을 간단히 전했을 뿐이었다.

그뒤 시로야마는 차 안에서 십 분 정도 눈을 붙였다. 선잠에서 깨자 차창으로 비쳐드는 초여름 햇살을 올려다보며 어떤 공백에 빠져든 것처럼 한 번 한숨을 흘렸다.

그리고 요코하마에 본사를 둔 거래처에서 신주쿠까지 장거리를 이동하는 동안 두번째 공백이 찾아왔는지 문득 고다에게 말을 걸어 짧은 잡담을 나누었다. 불쑥 "고다 씨는 고향이 어딥니까?"라고 물어서 고다가 "오사카입니다"라고 대답하자, 그는 다시 "오사카 어디?"라고 물었다. "히가시스미요시 구의 슨지야타라는 동네입니다. 가쓰시카의 가메아리와 비슷한 동네죠." 고다가 설명하자 놀랍게도 시로야마는 곧장 "아, 알아요"라고 말했다.

"야마토가와 강 바로 옆이죠. 오사카 지사에서 일하던 시절 사택이

---

* 걸쭉하게 갈아낸 산마를 얹어서 먹는 메밀국수.

데즈카야마에 있어서 대충 압니다. 단신부임이었는데, 시간이 나면 종종 야마토가와 강으로 산책을 갔었지요."

사실 그런 얘기를 하면서 시로야마가 무슨 생각을 하고 있는지는 알 수 없었다. 시로야마가 나고 자란 환경과는 비슷한 구석이 전혀 없는 쇠락한 시내 풍경이며 살풍경한 진흙빛 야마토가와 강은 그와 별로 잘 맞지 않았으리라 고다는 상상했고, 약간의 개인적 감개는 느꼈지만 엄청난 우연이라고 호들갑 떨 일도 아니어서 "아, 예" 하고 모호하게 답하기만 했다.

시로야마도 그쯤에서 말을 끊었다가 잠시 후 이번에는 "그러고 보니 바이올린을 켜는 것 같던데요?"라고 물었다. 지지난주 일요일 밤 갑자기 집으로 찾아갔을 때 바이올린 케이스를 들고 있는 모습을 보았을 테지만, 그때의 상황이 상황인지라 아무래도 상관없을 남의 소지품 하나가 시로야마의 기억에 남아 있다는 사실에는 조금 놀라지 않을 수 없었다.

"어릴 때 조금 배웠습니다." 고다는 가볍게 넘기려 했다.

"그래요? 악기를 익히게 해주시다니, 멋진 부모님이군요. 나는 일에 파묻혀 살아서 아들딸이 어릴 때 뭘 했는지 기억도 잘 안 나요."

"제 아버지도 그랬습니다. 악기는 어머니 덕분에 배웠죠."

"아버지도 샐러리맨이셨나요?"

"경찰이었습니다."

"그렇군요."

시로야마는 그렇게 대답하며 엷게 웃어 보였지만, 흉중이 평온하기 힘든 시기에 어쩌다 이런 대화를 할 마음이 들었는지 고다는 억측조차 할 수 없었다. 이참에 뭔가 캐보려 할 틈도 없이 처음 나눈 사적인 잡담은 그렇게 끝났다.

그뒤 퇴근길 러시아워에 갇혀 있을 무렵 본사에서 전화가 와서, 오후

4시까지 도내에서 착색 맥주가 세 건 더 발견되었다고 보고했다. 두 건은 이케부쿠로와 지유가오카의 음식점, 한 건은 네리마 구 가정집에서 개봉된 병맥주라고 했다. 모두 처음의 두 건과 마찬가지로 5월 19일 금요일 공장에서 출하되어 22일 월요일 특약점 창고에서 거래처로 배달된 상품으로, 해당 특약점은 오타니 상사와 도미오카 두 곳이었다. 범인의 실행력과 계획성으로 보아 앞으로 이물질 혼입 맥주가 도내 각처에서 줄지어 나타날 것으로 우려되었다. 이 보고를 받으면서도 시로야마의 표정에는 특별한 변화가 없었지만, "회수를 서두르세요"라고 지시하는 목소리에는 역시 힘이 조금 들어가 있었다.

시로야마가 적잖이 신경쓰는 것은 언론의 반응이었다. 오후 4시가 지나 니시신주쿠의 히노데 도쿄 지사 근처 라임라이트재팬 본사에 들르기 전, 시로야마는 차를 일단 신주쿠 역 서쪽 출구 지하주차장에 세우고 야마자키에게 역 매점에서 석간을 사와달라고 부탁했다. 각 석간의 1면을 장식한 히노데 관련 기사를 전부 훑어본 뒤 무릎 위에 올려놓고 잠시 메모를 했다. 곧 들를 라임라이트재팬의 미국인 사장과의 면담에서는 특약점처럼 우호적인 반응을 기대하기 힘들었으므로, 사옥에 도착하기까지 십 분 남짓 동안 시로야마는 내내 신음하는 듯한 표정이었다.

시로야마가 다 읽은 신문을 말없이 하나씩 넘겨주어 고다도 대강 훑어보았다. 거의 모든 신문에 착색 맥주 컬러사진이 크게 실렸고, 전국지들은 대체로 '히노데 맥주에 붉은색 색소 혼입' '히노데, 고뇌의 기자회견'이라는 무난한 제목을 달았지만, 석간지는 '레이디 조커, 마수를 드러내다/색소 혼입·핏빛 맥주 속속 발견' '전율! 레이디 조커 선전포고/히노데, 여름 시장 궤멸적 타격' 하는 식이었다.

회수 대상은 간사이권에서 5월 19일 이전 출하되어 현재 특약점 창고에 쌓여 있는 병맥주 전량. 히노데 라거, 히노데 슈프림, 히노데 마이스터를 합쳐 약 50만 상자, 1000만 병을 웃돈다고 했다.

범인측이 이물질을 혼입한 방법에 대해서는 도호 신문이 가장 자세히 보도했다. 우선 뚜껑에 송곳 같은 것으로 직경 1.5밀리미터 정도의 구멍을 뚫고 주사기 등으로 색소를 주입, 땜납으로 구멍을 메꾸고 순간접착제로 고정한 뒤 줄로 갈아서 매끈하게 다듬고, 마지막으로 뚜껑의 원래 색과 같은 플라스틱용 도료로 땜납의 흔적을 지웠다는 것이다. 특수한 재료나 기술을 쓰지는 않았지만 마감이 매우 정교해서 얼핏 봐서는 흔적을 찾아낼 수 없다고 했다. 히노데 맥주 뚜껑은 라거가 빨간색, 슈프림은 흰색, 마이스터는 금색 등 모두 단색에 무늬가 없는 부분이 넓은 디자인이라 이런 조작이 가능했다는 지적도 있었다.

전국지는 대체로 경찰 발표를 토대로 기사를 작성하기 때문에 대충 훑어만 보고, 시로야마도 그랬던 것처럼 레이디 조커라는 이름이 날뛰는 석간지로 시선을 옮겼다. 기자클럽에 소속되지 않은 신문들은 검증되지 않은 날림 기사도 많이 내지만, 전국지가 관청이나 광고주를 의식해 기사화를 자제하는 부분이나, 근거는 없어도 심증이 거의 굳어진 내용을 과감하게 싣기도 한다. 시로야마도 아마 그런 생각으로 석간지를 훑어보았을 텐데, 아니나 다를까 한 석간지 구석에 실린 1단짜리 기사가 고다의 눈길을 끌었다.

'히노데 주식 하한가로 거래정지'라는 제목 아래 주식 시황을 전하는 30행 정도의 짧은 기사인데, 말미에 '초봄부터 특별한 이유 없이 맥주 관련주 신용 매매가 서서히 늘어나고 있었는데, 막상 이런 사건이 터지자 또다시 매매 조작이라는 수상한 소문이 돌고 있다. 가부토초의 운명이라고 해야 할까'라고 쓰여 있었다.

동료 안자이 노리아키가 특수본부의 지시로 가부토초를 탐문 수사하던 일이 문득 떠올라 고다는 잠시 그 기사를 응시했다. 5월 초 오모리

서 근처에서 우연히 본 뒤로는 만나지 못했는데, 그날 안자이를 택시에 태워 보낸 사람이 설마 가부토초 인간은 아니겠지라고 생각을 고치고, 그러고 보니 요즘은 니케이에 실리는 도쿄 증시의 숫자를 자세히 확인하지 않았구나 싶어 후회가 됐다. 또한 5월 초 다마쓰쓰미에서 만난 도호 신문의 네고로라는 기자가 가노에게 열심히 지수선물이니 옵션이니 하는 이야기를 했던 것도 생각났다.

그리고 고다는 다시 사건으로 돌아와 막연히 생각해보았다. 첫째로, 주가 등락에 편승한 매집과 석간지 기사 속 주가조작이 연관되어 있을 가능성은 없는가. 가령 주가조작이 벌어지고 있다면, 맥주에 이물질을 혼입한 행각과 연결되지 않을까. 일련의 사건의 발단이 된 사장 납치와도 관련있지 않을까. 대기업 사장을 납치해 6억이니 7억이니를 요구한 폭력사건과, 초봄부터 자금을 움직여 맥주 주식을 매집해온 것으로 보이는 세력은 어디서 연결될까. 가령 연결된다면 레이디 조커는 단순한 폭력배 집단이 아니라는 건가―?

그러나, 그렇다면 뭐가 어쨌다는 말인가? 시로야마의 가방을 쥐며 더 생각하지 말자고 스스로를 타이를 때쯤 차는 이미 라임라이트재팬 빌딩의 지하주차장에 들어섰고, 고다는 잡념을 떨쳐내고 말고 할 것도 없이 혹시 수상한 자가 없는지 사방을 둘러보았다.

시로야마의 거래처 방문은 라임라이트재팬 뒤에도 특약점 두 곳으로 이어졌고, 본사에 다시 돌아온 것은 오후 7시 15분이었다. 예정보다 십오 분 늦었을 뿐인데 30층에 내려 노자키 비서가 "다녀오셨습니까"라고 인사하는 순간, 대기실에서 기다리던 맥주사업본부 광고부 부장이 그녀를 밀쳐내듯 나서서 "잠깐 광고 건으로 드릴 말씀이―" 하면서 시로야마를 재촉해 집무실로 사라졌다.

이어서 재무 담당 호리카와 상무와 홍보 담당 다자와 상무, 비서실장 사카키바라 상무가 잇따라 나타나 황급히 집무실로 들어갔고, 그러는 동안에도 대기실의 비서 책상에서는 내외선 전화가 빈번하게 울렸다. 그때마다 노자키는 인터컴에다 대고 "구라타 부사장이 생산량 조정 예정안을 팩스로 보낼 겁니다. 들어오는 대로 보시겠습니까?" "경찰청 이와미 씨 전화인데 어떻게 할까요?" "도미오카의 하라다 부사장이 급한 일이라고 전화했는데 받으시겠습니까?"라고 알렸고, 시로야마는 "그렇게 해주세요" "오 분 뒤 내가 걸겠다고 하세요" "바꿔주세요" 등으로 대답했다. 고다는 제자리에 앉아 그런 동향과 대화에 귀기울이며 기억에 착오가 생기지 않도록 수첩에 꼼꼼하게 메모해나갔다.

이물질 혼입 맥주가 등장하며 서둘러 간토 지역 3개 공장의 생산량 조정을 검토하고 있다는 것. 상품 회수 범위에 대해 맥주사업본부 내에 의견이 갈리는 듯 보인다는 것. 알루미늄 캔이나 20리터들이 통으로 교체하는 작업은 생산능력 때문에 조속한 추진이 어려울 듯하다는 것. 긴급 대책으로 병맥주 뚜껑의 조작을 불가능하게 하는 '무언가'를 마련하는 안이 맥주사업본부에서 올라왔다는 것. 병뚜껑 금속면을 한번 훼손하면 복구가 불가능하도록 실을 붙이거나 복구 불가능한 시링크 포장으로 병뚜껑을 보호하는 방법 등이 나오고 있지만, 실행하려면 공장 라인 일부를 새로 공사해야 하며, 그러기 위한 설계와 시제품 제작, 제작, 부착, 가동까지 걸리는 시간과 비용에 대해 한시바삐 견적을 내라고 구라타 부사장이 재촉하고 있다는 것 등등.

노자키 비서의 책상 전화는 거의 쉴새없이 울려댔는데, 그 와중에 오후 8시쯤 수위실에서 누가 찾아왔다는 전화가 왔다. 노자키는 "네? 여기 와 계신다고요? 잠깐만 기다리세요."라고 대답한 뒤 인터컴도 쓰지 않고 사장실에 직접 들어갔다가 약간 찌푸린 얼굴로 금세 나와서 수화기에 대고 "2015실로 안내해주세요. 오 분 뒤 사장님이 가실 겁니다"라고 말했다. 그리고 자기도 예의 20층 사무실로 가려는지 책상 위 물건들을 그대로 놔둔 채 서둘러 대기실을 나갔다.

고다는 제자리에서 몇 분간 기다리다가 시로야마가 집무실에서 재킷 소매에 팔을 꿰며 나오자 얼른 "모실까요?"라고 물어보았다. 시로야마는 고다의 존재조차 잊고 있었던 듯 "아, 아뇨. 그냥 여기 계세요. 금방 돌아올 테니까"라고 건성으로 대답하고 비서를 뒤따라 잰걸음으로 나갔다.

저녁 먹을 틈도 없이 일에 쫓기던 시로야마가 갑작스러운 방문을 받아들여 다른 방까지 가서 만나는 상대는 과연 누구일까? 요주의 신호가 고다의 머릿속에서 깜빡였다.

대기실에서 엘리베이터까지는 약 15미터. 지금 같은 시간대면 엘리베이터가 올라오기를 기다리는 시간은 일 분여. 고다는 그렇게 계산하고 복도의 기척에 귀기울이며 제자리에서 일 분 정도 더 기다렸다. 서류며 컴퓨터가 그대로 놓여 있는 비서 책상 위에서는 받는 사람 없는 비즈니스폰 내선 램프가 점멸했다. 사장실 전화가 연결되지 않으면 급한 용무가 있는 누군가가 무슨 일인가 싶어 30층까지 올라와볼지 모른다. 하지만 그외 위험 요소는 없다.

고다는 시로야마가 잠그지 않은 집무실 문을 몇 초간 바라본 뒤 휴대전화를 꺼내 재빨리 특수본부 히라세 주임의 번호를 눌렀다. 전화가 연결되기를 기다리며 얼른 의자에서 일어나 집무실 문손잡이를 잡았다. 밀어서 문을 열고, 닫지 않은 채 대기실 바깥쪽 기척에 신경을 곤두세우며 시로야마의 책상으로 다가갔다.

휴대전화를 댄 한쪽 귀에 "히라세입니다"라는 대답이 들렸다. "고다입니다. 히노데 본사 지하주차장 출입구에 즉시 사람을 보내주십시오.

지금 누가 사장을 찾아왔는데, 그게 누구인지 알고 싶습니다." 빠른 말투로 속삭이면서 고다는 시로야마의 책상에 흩어진 서류며 메모를 재빨리 눈으로 훑었다. 특별히 찾는 것은 없었지만 사장이 낮 동안 자리를 비운 사이 그 갑작스러운 방문객이 무슨 전언이라도 남기지 않았을까 하는 생각에서였다.

전화기 속에서 히라세가 "누가 왔는데? 손님? 업무상 방문이야, 아니야?"라고 물었다.

"누군지 모르니까 이러는 거 아닙니까! 언제든 사장과 면회가 가능하고 히노데가 남의 눈을 피하고 싶어하는 손님입니다. 서둘러주세요. 오래 있을 것 같진 않아요. 얼굴을 확인하고 가능하면 신원 파악까지 부탁합니다. 이상입니다."

그렇게만 말하고 휴대전화를 주머니에 넣은 고다는 책상 서랍을 하나하나 기계적으로 여닫던 중, 서랍 하나에서 문구류와 나란히 놓인 최신형 디지털 휴대전화 한 대와 접촉코드가 꽂힌 워크맨, 이어폰식 소형 특수 마이크를 발견했다. 디지털 전화를 녹음하는 용도인 소형 마이크를 보니 이것들이 어디 쓰이고 왜 시로야마의 서랍에 있는지 의문의 여지가 없었다.

그 서랍을 열어둔 채 이번에는 책상 위로 눈길을 옮겨, 잡다한 보고서 아래 깔려서 일부만 비어져나온 메모지들을 발견하고 한 장씩 손끝으로 재빨리 끄집어냈다. 내용과 필적으로 보건대 모두 노자키 비서가 낮 동안 온 전화의 용건을 한 장에 하나씩 메모해서 놓아둔 것이었다. 네번째로 끄집어낸 메모지에는 'PM 2:15 TZ씨가 뵙고 싶다고 전화. 오늘 귀사 시간은 미정이라고 대답해두었습니다'라고 적혀 있었다.

이건가? 노자키의 다른 메모에는 상대의 회사명, 직책, 이름까지 명기된 것에 반해 'TZ씨'에는 아무 설명이 없다. 적어도 업무적인 관계는 아닐 것으로 짐작되었지만 그뿐, 오늘밤 방문객과 연결할 근거가 보이지는 않았다.

고다는 메모지를 원래대로 보고서 아래 끼워넣고 황급히 귀기울였다. 같은 층 어느 방에서 문 여닫는 소리가 들렸지만 복도를 걸어오는 발소리는 없었다. 고다는 방금 열어둔 서랍에 손을 뻗어 휴대전화 단말기를 꺼냈다. 명의인 등록번호를 보려고 버튼을 눌러보았지만 잠가놓았는지 화면이 뜨지 않았다. 순간 엘리베이터 쪽에서 희미한 소리가 들려와 고다는 소유자 찾기를 포기하고 단말기를 서랍 속에 돌려놓고 문을 닫고 대기실로 나왔다.

의자에 다시 앉자 마라톤 풀코스를 완주한 듯한 피로감이 몰려왔다. 등록된 휴대전화의 번호만 알면 통화기록을 통해 범인의 번호를 알아낼 수 있었을 텐데. 그렇게 생각하니 몸속에서 절망의 떨림이 느껴졌다. 고다는 냉정을 되찾으려 애쓰며 휴대전화를 머릿속에서 몰아내고, 대신 처음 들어가본 시로야마의 집무실이 어떤 풍경이었는지 망막에 떠올려보았다.

대기실과 마찬가지로 특별한 장식 없는 벽면 한쪽이 문으로 되어 있고, 블라인드 사이로 야경이 반짝이는 커다란 창문이 두 개 있다. 한쪽 벽에는 메이지 시대 가나가와 공장의 전경 사진을 비롯해 히노데 역사를 말해주는 사진 몇 장이 액자에 담겨 걸려 있었다. 길이 2미터는 될 듯한 커다란 책상에는 컴퓨터, 비즈니스폰, 인터컴, 채프먼 스탠드. 여유 공간에는 서류 더미. 먼지 한 톨 없을뿐더러 냄새도 나지 않고 가족사진이나 손수건, 물잔 같은 사적인 물건조차 없었다. 언젠가 가노가 해준, 숨막힐 정도로 반질반질하게 닦은 구두 얘기가 무심코 떠올랐다.

고다가 자리에 돌아온 지 일 분도 지나지 않아 노자키 비서가 가벼운 구두 소리를 내며 대기실로 돌아왔다. 아마 엉뚱한 시간에 찾아온 손님에게 다과 대접만 하고 20층에서 급히 올라온 듯했는데, 그녀가 그렇게 대기실을 비운 시간은 총 사 분 정도였다. 대기실에 들어서자마자 "뭐 특별한 일 없었나요?"라고 물어서 고다는 "없습니다"라고 대답했고, 노자키는 의자에 앉을 새도 없이 곧장 비즈니스폰을 들고서 램프가 깜빡이는 내선 전화를 처리하기 시작했다. 서서 일하는 노자키의 타이트한 스커트 슬릿이 엉덩이 중심에서 어긋난 모습을 처음 보았다.

시로야마는 십 분쯤 후 돌아왔는데, 마침 런던에서 급히 귀국한 시라이 부사장이 와 있었던 까닭에 고다는 뜻밖의 방문객에게서 풀려난 직후의 시로야마가 어떤 얼굴인지 관찰할 기회를 놓치고 말았다. 대기실로 들어온 시로야마가 기다리고 있던 시라이를 보며 "아, 시라이 씨. 수고 많았습니다"라고 업무적인 표정을 지었기 때문이다. 시라이도 인사 대신 "백화점 협회의 구로가와 씨와 한 비행기를 탔는데, 그 사람도 벌써 알고 있더군요. 캔 쪽은 괜찮냐고 물어서 당신네 창고는 괜찮냐고 되물어주었죠"라며 말문을 열고, 둘은 그대로 집무실로 사라졌다.

몇 분 뒤 외선 전화를 받은 노자키가 인터컴에 대고 "삿포로에서 스기하라 이사님이 전화하셨습니다"라고 알렸다. 시로야마가 "십오 분 뒤 다시 걸어달라고 하세요"라고 대답해서 노자키는 그대로 전했다.

스기하라라는 임원을 고다가 본 것은 두 번 정도였지만 묘하게 인상적으로 남아 있었다. 맥주사업본부 부본부장이라는 중책에 어울리지 않는 무기력함. 타인과 얼굴을 마주하는 것을 피하는 듯한 몸짓. 게다가 친척지간인데도 시로야마를 상대할 때 묘하게 어색해 보인다. 1990년 가을 히노데 입사시험에 응시한 도쿄대생이 면접을 중도 포기하고 자살했으며 그와 각별한 사이였던 여학생이 스기하라의 딸이라는 이야기는 고다도 암암리에 들어 알고 있었지만, 벌써 오 년 가까운 세월이 흐른 데다 오늘까지 임원 자리를 지켜온 점을 봐도 그런 집안 문제가 지금껏 스기하라 주위에 그림자를 드리우고 있다고는 생각하기 힘들었다.

어제 들은 바로 스기하라의 출장은 오늘까지인 것 같았는데 오늘밤도 삿포로에 있다면 현지에서 이번 사태에 대처하라는 지시를 받은 걸까? 그러나 삿포로에서 도쿄까지는 비행기로 이동할 수도 있다. 오늘 아침 주요 임원들이 한데 모인 임시 이사회 같은 중요한 자리에 히노데의 중추인 맥주사업본부 부본부장이 부득이하게 불참할 정도로 먼 거리는 아니다. 원래는 어젯밤 마지막 편으로 돌아올 예정이었던 사람이 아직 현지에 있다는 것은 생각할수록 묘한 이야기였다. 스기하라에게 뭔가 있는지 모른다. 고다는 수첩에 스기하라 다케오에 대한 내용을 한 줄 덧붙였다. 'LJ와 1990년 가을 일의 관계를 재고할 필요 있음'이라고.

"아, 노자키 씨. 바쁘겠지만 사장님을 잘 부탁해요. 그런데 스커트 선이 좀 돌아갔네."

집무실에서 나온 시라이 부사장이 평소 같은 표표한 분위기를 유지한 채 노자키 비서에게 웃어 보이고 고다에게도 여유로운 눈인사를 던지고 나갔다. 그렇게 십 분 정도 머물고 시라이가 물러난 뒤에도 오후 9시까지 몇 사람이 더 드나들고 내외선 전화도 몇 통 왔지만, 그날 밤 고다가 보고 들은 한, 십오 분 뒤 다시 걸어달라는 전언을 받았을 스기하라 다케오에게서는 끝내 다시 전화가 오지 않았다.

*

아침 일찍 들어온 이물질 혼입 맥주 소식으로 잠깐 끓어오르긴 했지만 결국 레이디 조커와의 관련을 뒷받침할 만한 정보를 얻지 못한 채, 도호 신문 사회부는 물에 젖은 폭죽 같은 분위기로 석간 출고를 마쳤다. "틀림없이 뭔가 있어. 후속 보도를 낼 수도 있으니 철저히 파봐"라고 다그치던 마에다 부장의 목소리도 이제는 기세가 많이 눅었다.

오후 2시가 못 되어 좀 쉴까 싶어 자리에서 일어선 네고로는 저널리스트 사노의 전화를 받았다. 인사 대신 대뜸 "히노데, 하한가까지 떨어져서 거래정지네요. 덕분에 간만에 뒤숭숭합니다"라는 말부터 들렸다. 사노가 투고하는 스포츠지에는 내일 아침 어떤 제목이 춤추게 될까.

"그나저나, 이쪽 일은 순조로워요." 사노가 말했다.

사노는 네고로와 접선한 다음날 바로 움직이기 시작해, 비밀 투자 그룹 리스트에 올라 있는 서른 명 중 절반 이상을 겨우 열흘 만에 파악해냈다. 증권회사 직원 외 열두 명은 각 회사의 등기부와 경찰 쪽 특수폭력범 자료로 비교적 쉽게 알아냈다는데, 증권맨을 캘 때는 상당히 무리한 방법을 동원했다. 네고로가 나중에 들으니 그는 일단 열여덟 곳의 증권 창구 중 개인적인 지인이나 연줄을 통해 8개사 10개 지점의 영업부 명부를 입수해놓고, 이미 밝혀낸 회원의 이름을 번갈아 사칭하며 "긴히 할 이야기가—" 하는 식으로 전화를 걸어서 반응을 보인 자 열 명을 가려냈다는 것이다.

나머지 여덟 명을 밝혀낼 방법은 목하 궁리중이라는 사노는 이 비밀 투자 그룹의 구체적인 거래 내용을 파악하기는 힘들 거라 일찌감치 전망하고, 일단 인물 간의 관계도를 통해 자금의 흐름을 추정하기 위해, 이름이 밝혀진 스물두 명을 순차적으로 미행하기 시작했다. 그 이야기를 전화로 들은 것이 22일 월요일. 그때 "다음주에 다시 전화할게요"라며 통화를 끝낸 사노에게서 겨우 나흘 만에 다시 전화가 왔으니 네고로도 조금 기대되었다. 뭔가 잡아낸 걸까.

아니나 다를까 사노는 "또 한 명 알아냈어요. 회원 13호"라며 말문을 열었다. "오늘 회원 10호를 미행중이었는데, 마침 아카사카 프린스 호텔에 그놈이 나타났어요. 나가는 길에는 그놈을 미행해봤더니 소부 증권 고지마치 지점으로 들어가더라고요."

운도 실력이다. 이 친구는 제법 실력자구나 감탄하며 이야기를 듣고 있는데, 이어서 그가 "실은 아카사카 프린스에서 본 사람이 한 명 더 있는데―"라는 말을 꺼냈다.

사노가 대강 설명한 바에 따르면 회원 10호와 13호는 신관 현관을 통해 호텔로 들어가 3층 복도에서 구관 2층으로 내려갔다. 계속 미행해보니 둘은 구관 2층 층계참에서 1층 로비 쪽을 살피더니 2층 작은 방으로 들어갔다. 그때 1층에서 누군가의 목소리가 들려 사노 역시 2층 층계참에서 아래를 내려다보니 지배인이 로비까지 나와 한 남자를 맞이하는 참이었다. 남자는 지배인의 안내를 사양하고 혼자 2층으로 올라와, 회원 10호와 13호가 들어간 방으로 들어갔다.

사노는 "일단 그 사람 인상착의와 회원 13호의 이름을 메모해서 밤까지 그 자리에 넣어둘 테니, 잘 부탁합니다"라고 말하고 전화를 끊었다. 실전에서는 한층 신중해지는 사노와 매사 주의깊은 네고로는 만일을 위해 직접 만나는 것을 피하고 있었다. 자세히 전할 용건이 생기면 사노가 도호 본사 근처 고지마치 역 로커에 넣어두고, 역 안 남자화장실 한 칸의 출입문 위에 붙여둔 열쇠를 네고로가 찾아서 열어보기로 한 것이다.

네고로는 수화기를 내려놓은 뒤에야 늘 덧붙이던 '조심해'라는 한마디를 빠뜨렸음을 깨달았는데, 그만큼 전화받는 동안 아카사카 프린스 구관이라는 장소에 개인적으로 정신이 팔려 있었던 것이다. 1988년 여름, 그가 주니치 상은 스캔들에 연루된 인물들을 조우했던 곳도 아카사카 프린스 구관 현관이었다는 사실을 생각하니 예감이 조금 불길했다.

오후 6시가 지나 네고로는 영 의욕이 느껴지지 않는 조간 편집회의 테이블에 대고 "잠깐 밥 좀 먹고 올게요"라고 양해를 구한 뒤 편집국을 빠져나와, 고지마치 역으로 가기 앞서 신바시의 고가도로 아래 라면집에서 증권맨 오카베를 만났다.

오카베는 이달 실적 채우기에 쫓기는지 지칠 대로 지친 표정이었고, 히노데 주식이 하한가를 친 도쿄 증시에도 그다지 흥미가 없는 듯했다. 네고로를 만나러 나온 것도 그저 신문기자의 여름 보너스를 기대해서인지도 몰랐다. 오데마피게 손목시계와 결별하고 상품 안내 인쇄물을 가득 채운 서류가방을 든 오카베는 바지 주름에 신경쓸 여유도 없는 평범한 샐러리맨 생활에 물든 듯 보였지만, 한편으로는 눈빛이 묘하게 냉랭해진 것 같기도 했다. 실적 운운하면서도 전에 말했던 수상쩍은 네트워크 명부에 꽤 미련을 보였는데, 그것도 네고로를 만나러 온 이유 중 하나 같았다.

아니, 어쩌면 이미 모종의 접촉을 취한 것은 아닐까? 그날의 오카베에게서는 그런 인상도 풍겼다. 네고로는 상대의 표정을 유심히 살피며 사노에게서 조금씩 들어오는 정보를 슬쩍 내비쳐 반응을 살펴보기로 했다.

"오카베 씨, 그쪽한테 이 얘기를 물어다준 도니치 증권의 회원 10호. 이니셜이 YM 맞죠?" 물수건으로 손을 닦으며 네고로가 짐짓 가볍게 말을 꺼내자 오카베는 얼버무리려는 기색도 없이 "회원 24호는 도호 신문 기자 출신이죠?"라고 응수했다.

"내가 아는 사람은 아니지만, 맞을 겁니다. 여하튼 면면으로 볼 때 한몫 단단히 잡으려는 현역 증권맨 모임이 틀림없어요."

"시장에서 움직이는 건 사실이더군요. 지금 야마오카 강판이나 호리 화학, 다무라 정밀기계 주식에 대거 팔자 주문을 내는 것이 아마 이 그룹이 아닐까 해요. 투입 자금은 적게 잡아도 300억 이상일 겁니다."

"사자를 부채질하는 쪽과 팔자 쪽이 지하에서 연결되어 있다니 정말

기막힐 노릇이죠. 그런데 오늘 히노데를 비롯해 맥주 주식이 일제히 떨어졌으니, 그 그룹도 얼마쯤 차익을 벌지 않았을까요?"

"히노데라― 지금은 아무리 움직여봐야 2, 300만 주니 차익이라 해도 대단할 것 없죠. 물론 회원 10호가 상당히 집요하게 맥주 주식을 매매해온 것은 사실이지만."

"맥주 주식을―"

"애초에 맥주 쪽에는 특별한 이슈가 없었으니, 초봄부터 거래량이 불어난 것도 이 그룹 짓일지 몰라요. 특히 히노데는 이번주 현재 신용 잔고가 약 300만 주잖아요? 초봄의 열 배쯤이에요. 그중 가령 8할이 이 그룹과 관련되었다고 봐도 240만 주 정도인데, 그 수당이라고 해봐야 별거 아니죠. 더구나 열여덟 곳이나 되는 증권 창구로 분산돼 거래되었다면."

이 말에는 네고로도 이견이 없었다. 240만 주의 신용 매매에 필요한 자금을 대략 암산해보면, 어제까지 히노데 주식이 약 1,200엔이었으니 30퍼센트 정도인 수수료는 약 8억 6,000만 엔. 확실히 대단한 금액은 아니다. 오늘 150엔 떨어졌으니 현시점에서 신용 매매 차익은 대략 3억 6,000만 엔. 문제의 그룹은 당연히 다른 맥주 관련주도 함께 팔아치웠을 테니, 최소 5억 정도는 가볍게 챙겼을 것이다.

이쪽 장사치고는 미미한 벌이지만, 그래도 보유중인 종목 중 한 가지로만 5억을 벌었다면 나쁜 성적이 아니다. 게다가 붉은색 맥주의 영향이 얼마나 확산되느냐에 따라 내일부터 주가는 더 떨어진다. 차익은 더 불어난다. 더구나 이 악당들은 수많은 고객을 보유한 증권맨을 여러 명 끌어들여 선량한 투자자를 봉으로 삼았으니, 팔고 싶을 때는 늘 사자 세력이 있고 사고 싶을 때는 늘 팔자 세력이 있는 셈이다. 기본적으로 매매가 체결되지 않을 우려가 없다. 이익은 계산한 대로 고스란히 들어

294

올 것이다.

"뭐, 어느 맥주 주식이나 사자 팔자가 모두 증가해온 것은 사실이지만 자의적인 매매 조작이라고 단언할 만한 양은 아니니까요. 그 점이 교묘하다고 할까, 소극적이라고 할까. 작전에 교묘하게 편승하면서 소액의 차익을 가늘고 길게 먹는 거죠."

"그러나 오카베 씨, 만약 당신이 이 그룹 일원이라면 초봄부터 히노데 주를 샀겠습니까? 안 샀겠죠?"

"뭐, 사진 않았겠죠. 차익만 따진다면 그것 말고 확실한 종목이 여러 개 있었으니."

"도니치 일렉트로닉스, 니시무라 엔지니어링, 아사노 바이오."

"맞아요, 그런 종목들."

"그러면 회원 10호 같은 경우는 왜 히노데 주에 손댔을까요?"

"히노데 사장 납치로 한바탕 파란이 일기를 기대했겠죠. 신문도 열심히 부채질하지 않았습니까. 동기를 알 수 없다느니, 사장이 뭔가 숨기고 있다느니."

인정할 만한 얘기였지만, 그 사건과 이 일은 별개다. 쉽게 단정하는 오카베와 달리 네고로는 쉽사리 수긍이 가지 않았다.

증권거래법 위반은 제쳐두고, 이 그룹이 상당한 자금으로 판을 벌이고 있다면 그 의도는 첫째도 이익, 둘째도 이익일 것이다. 가령 어떤 이유로 이 그룹이 이번 레이디 조커 사건의 전개를 정확히 예측하고 있다 해도 히노데 주식은 거품경제조차 거의 영향을 미치지 못한 안정 종목이고, 무슨 일이 일어난들 변동 폭은 뻔하다. 다른 종목에 비해 히노데 주식 자체는 이 그룹에게 분명 '작은 장사'에 속할 것이다. 그럼에도 굳이 사회적 영향이 큰 사건과 얽혀서 자금을 움직일 때 예상되는 위험도와, 그 신용 매매를 통해 기대되는 이익이 맞물리지 않는다는 기분이

들었다.

만약 자신이 이 그룹의 대표라면 이런 식으로 히노데 주식에 개입하지는 않을 것이다. 돈을 바란다면 작전이나 지수선물이 나을 테고, 니케이225지수는 히노데 주식 한 종목의 변동으로 크게 출렁이지도 않는다. 아무리 생각해도 개별 맥주 관련주는 문제되지 않을 텐데, 어째서 고작 수억의 차익을 위해 장장 두 달 동안 히노데 주식 공매도에 적극적으로 나섰을까. 그 점이 수수께끼다. 다른 종목으로도 충분히 그 이상의 이익을 얻을 수 있었다면 더욱 의문이었다.

"네고로 씨, 어차피 히노데 주식은 너무 덩치가 커서 붉은색 맥주로 얼마간 떨어진다 한들 거래량은 뻔해요. 그보다 훨씬 재미를 볼 수 있는 소형주가 있는데. 진짜예요. 여윳돈이 되면 한번 투자해보실래요?"

오카베는 눈으로는 거짓말을 못하는데, 아무래도 맥주 관련주에는 정말로 흥미가 없는 듯 보였다. 대신 이내 자신의 실적 이야기를 꺼내려고 해서 네고로는 막듯이 다시 물었다. "초봄부터 맥주 주식 거래량이 증가한 건 어떻게 생각해요?"

"어떻게 생각하느냐고요? 평범한 투기거나, 다분히 의도적인 작전이거나."

"의도적이라면?"

"뭐, 작전을 짠 놈한테 물어보기 전에는 모르지만, 자사 주식에 이상한 움직임이 보이면 회사측에서는 자금 조달 면에서 상당히 정신적인 압박을 느끼긴 하겠죠."

그래, 작전을 짠 자들의 의도는 그것인가? 모종의 의도가 있는 괴롭힘. 압력. 그렇다, 그쪽이 제일 타당하다. 네고로는 일단 그렇게 납득했다. 돈벌이와는 별개로 히노데에 압박을 가하려는 세력이 있는지도 모른다. 레이디 조커와 관련있는지는 확실치 않지만, 어쩌면 그 상대는 세이와회 계열인 GSC그룹이나 오카다 경우회가 아닐까.

"아무튼, 좀 도와주세요." 오카베가 화제를 돌리며 네고로의 잔에 맥주를 따라주었다.

"보너스 나오면." 네고로가 답했다. 그러자 오카베는 나른한 듯이 천천히 고개를 가로젓고 "아니, 주식 말고 다른 얘기예요"라고 말했다.

"다른 얘기라뇨?"

"나, 실은 회원 31호가 되었어요. 그 그룹의. 아, 농담 아니고요."

"호오, 이런—"

"물론 많이 생각하고 결정한 겁니다. 주위를 돌아보니 회사에 은혜를 갚을 필요도 없는 것 같고. 충성을 다해 모시고 싶은 고객도 없고. 어차피 언변과 수완으로 먹고살아야 한다면 조금 다른 방법도 있지 않을까 생각했을 뿐이죠."

오카베는 이유에 대해 그렇게만 말했다. 네고로는 잠자코 들었다.

"솔직히 우리 같은 프로의 눈으로 봐도 수법이 완벽해요. 거래 자체가 문제될 위험은 거의 제로에 가깝고. 유일한 문제는 회원의 면면이죠."

"증권맨 말고는 대부분 야쿠자 쪽과 연결된 것 같던데."

"그보다 돈줄이 의문이에요. 나야 수수료만 벌어도 되지만, 워낙 소심해서 말이죠. 앞으로 필요할 때 조언 좀 해주세요. 그놈들 속내를 모르겠어서 그래요."

"글쎄, 얼마나 도움이 될지."

"나도 정보를 드릴 테니까."

"그게 돈이 좀 되기는 할 것 같아요?"

"뭐, 아마도."

결국 네고로는 "내 눈에는 바닥도 안 보이는 늪 같은데"라며 말끝을 흐렸고, 오카베는 "부양가족과 주택대출을 짊어지고 정리해고의 공포에 시달리는 지금보다 더 빠지기야 하겠어요?"라고 센 척하며 말하고는 주문한 차슈멘을 먹기 시작했다.

네고로는 라면 한 그릇 해치울 기력도 없어서 먼저 계산하고 가게를 나왔다. 국내 최대 증권사의 어엿한 증권맨 오카베가 극비 중의 극비로 움직이는 투자 그룹에 이렇게나 쉽게 흡수되다니, 뜻밖이라기보다 기이하다는 것이 네고로의 솔직한 감상이었다.

애초에 그 수상쩍은 회원 명부를 들고 온 것도 오카베였지만, 그 그룹이 세이와회 프런트기업 집단이고 오카다 경우회까지 얽혀서 히노데 주식을 상대로 작전을 펴고 있다고 추정되는 지금, 오카베가 기쿠치 다케시의 (주)GSC를 미끼 삼아 결과적으로 네고로를 어딘가에 끌어들이려고 한다고 의심 못할 것도 없었다. 혹시 오카베도 기쿠치와 마찬가지로 야쿠자의 메신저보이일까? 그럴 가능성도 염두에 둬야겠다고 생각하며 라면집을 나섰을 때였다.

10미터쯤 떨어진 맞은편 보도에 지난번 보았던 감시자와 비슷한 남자 둘이 서 있었다. 세타가야 서의 지인이 인상착의를 조사해주었지만 경시청이 파악한 폭력단원 중에는 없다는 사실밖에 알아낼 수 없었다. 두 남자는 지난번과 마찬가지로 양손을 주머니에 찌른 채 모로 꼬나보는 시선을 던졌다.

한순간 네고로는 다리가 얼어붙었지만, 그쪽이 움직일 기미가 없자 그대로 오른쪽으로 돌아 히비야 방향으로 걷기 시작했다.

아직 익숙해지지는 않았지만 남에게 주시당하는 압박감의 타격은 그리 크지 않았다. 그보다 뼈아픈 것은 제 마음이 느끼는 막막함이었다. 어떤 구체적인 하나하나가 아니라, 자신을 둘러싼 이 시대와 사회라는 터널이 어디까지 이어질 것인가, 이제 그만 하늘을 보고 싶다는 막연한 답답함이었다. 돌아봐도 아무것도 없고 앞쪽에도 아무것도 없다. 아아,

별 볼일 없는 인생을 보내고 말았다고 혼잣말을 했더니, 문득 한잔하지 않고는 견딜 수 없는 심정이 되었다.

눈에 띄는 술집에 들어가 위스키 한 잔을 속으로 부어넣은 뒤, 네고로는 오후 8시 반 지하철 고지마치 역 내 남자화장실 출입문 위에서 사노가 두고 간 코인로커 열쇠를 찾아냈다. 그리고 로커를 열고 갈색 봉투 하나를 꺼내 품에 넣었다.

곧장 본사에 돌아와 열어보니 우선 비밀 그룹의 회원 13호 이름을 적은 메모가 한 장. 회원 8호인 증권맨과 회원 24호 기쿠치 다케시, 오카다 경우회 간부이자 아사히 파이낸스 사장인 자까지 세 명이 어느 지하 주차장에 서서 대화하는 모습을 찍은 사진 한 장. 그리고 세이와회 폭력단의 프런트기업으로 알려진 산업폐기물 처리업체 도이쓰 산업의 사장과 GSC그룹 소속 투자고문회사 대표인 회원 28호, 회원 4호인 증권맨 등 세 명이 아카사카 도큐 호텔 현관 앞에서 대면하는 사진 한 장이 들어 있었다.

두 장의 사진을 가만히 들여다보자니 아사히 파이낸스 쪽은 제쳐두고 도이쓰 산업 사장이 마음에 걸렸다. 아무리 규모가 커도 본격적인 투자로 돈을 벌 만한 잉여 자금은 없을 산업폐기물 처리업체 대표가 투자 상담을 위해 아카사카 도큐 호텔에서 증권맨이나 투자고문회사 사람을 만났을 것 같지는 않았다. 사노도 그런 의문을 담아 이 사진을 전달했으리라 네고로는 판단했다. 나아가 도이쓰 산업이라면, 1990년도 괴테이프 사건 당시 히노데에 테이프를 보낸 치과의사에게 '오카무라 세이지'의 편지를 건네준 총회꾼 니시무라 신이치가 한때 몸담았던 곳이 아닌가.

갈색 봉투에서 마지막으로 꺼낸 편지지 한 장에는, 사노가 아카사카 프린스 호텔 구관에서 목격한 이들의 인상착의가 적혀 있었다.

'키 165센티미터 정도. 보통 덩치. 다리가 짧음. 머리가 희끗함. 정수리가 벗어짐. 하관이 넓은 사각형 얼굴. 진한 눈썹. 왕눈이. 비즈니스슈트. 사원 배지 없음. 서류가방 지참. 눈매가 날카로움. 보폭이 큼. 땀이 많음.(아오노 쇼지?)'

괄호 속 설명까지 볼 것 없이 아오노 쇼지가 틀림없었다. 자민당 사카다 다이치 의원의 비서. 1988년 여름, 네고로가 같은 장소에서 마주친 세 사람 중 하나였다.

사노는 고쿠라-주니치 스캔들을 취재한 적이 있으니 당연히 아오노 쇼지의 얼굴을 알 테지만, 낮의 통화에서 말끝을 흐린 것은 자신이 없어서가 아니라 '설마'라는 생각이 강해서일 거라고 네고로는 짐작했다. 네고로 자신도 같은 생각이었다. 7월 참의원 선거를 앞두고 있는 지금 아오노의 행각은 모두 정치자금으로 연결된다고 봐야 하는데, 아무리 그래도 이런 비밀 투자 그룹과 연금술을 상의하다니.

네고로는 정치부 히라카와 기자실에 있는 동기 기자에게 사카다 다이치의 근황을 물어보려고 전화기로 손을 뻗다 말고 잠시 제 머릿속부터 정리했다.

아카사카 프린스 호텔에서 아오노 쇼지를 맞은 두 명 중 하나인 회원 10호는 지금까지 사노가 밝혀낸 그림에 따르면 고객의 주식 구입 자금을 융자하는 파이낸스회사들과 관계가 깊고, 그중에는 예전에 주니치 상은 궤멸을 위한 자금을 주모자들에게 융자해준 도신 파이낸스도 들어 있었다. 아오노 쇼지의 한마디로 다마루 젠조가 움직이고 다마루의 한마디로 돈이 움직인 그 맞교환의 말단에 회원 10호가 주식 매각 등을 통해 관여했을 가능성이 컸다. 게다가 10호는 이번 맥주 관련주 매매로 히노데에 압력을 가하는 것으로 짐작되는 오카다 경우회의 선봉에 선

인물이다. 이번에는 히노데 맥주를 무대로 다시 막대한 뒷돈을 움직이려는 것이 아닐까. 그런 상상을 충분히 불러올 수 있는, 수상쩍은 밀회 멤버들이다.

아마 지나친 추측이리라 생각하면서도, 네고로의 머릿속에서는 더블 슈트 차림에 이마에 땀방울이 맺힌 채 바쁜 걸음으로 아카사카 프린스 호텔 구관 현관에 들어섰을 아오노 쇼지의 모습이 단단히 각인되어 사라지지 않았다.

*

시로야마가 오후 9시쯤 노자키를 퇴근시켜서 고다는 오후 9시 반 비서 대신 1과장 일행을 맞으러 지하주차장으로 내려갔다. 그날의 마지막 외부 방문객이었다. 지위와 상관없이 외부 사람보다 조직 내 사람과의 만남이 훨씬 부담스러운 법이라, 고다는 갑자기 하루의 피로를 느끼며 마중을 나갔다.

일행은 간자키 1과장과 제1특수 하코자키 관리관, 항상 보던 히라세 주임까지 세 명이었다. 고다는 세 사람의 딱딱하게 굳은 표정을 보고 오늘밤 무슨 중요한 이야기가 나오겠다 직감했고, 먼저 히라세가 "오후 8시 10분경 방문한 자의 신원을 확인했네"라는 한마디를 던졌다. 정작 이름은 밝히지 않고 내처 "사장에게 주목할 만한 변화가 있었나?"라고 짧게 물었다. 고다는 없습니다, 라고 대답했다.

"오늘밤 시로야마 사장에게 지금껏 우리가 압축한 중요 참고인 몇 명의 목소리를 녹음한 테이프를 들려주고 반응을 볼 거야." 히라세에 이어 1과장이 "자네도 동석해서 사장을 잘 관찰해주었으면 하네"라고 덧붙였다.

고다는 기계적으로 "예"라고 대답하기는 했지만, 참고인이 압축되었다는 사실을 히라세가 한 번도 귀띔해주지 않았다고 생각하니 풀릴 길 없는 분노와 실망에 금세 머릿속이 싸늘해졌다. 동시에 참고인이라는 표현을 접한 두뇌가 줏대 없이 회전하며 흥분하고 긴장했다.

고다는 1과장 일행을 오페라홀 아래 특별실로 안내한 뒤 30층으로 올라가 시로야마에게 경찰의 방문을 알렸다. 그리고 시로야마와 함께 다시 지하 2층으로 내려가 회의용 탁자와 파이프 의자가 전부인 살풍경한 방의 출입문을 잠갔다. 세 경찰과 시로야마가 자리에 앉자 고다는 그곳에 마련된 포트와 찻주전자로 인원수에 맞게 차를 끓여 내고 조금 떨어진 자리에 앉았다.

"우선 이물질 혼입 맥주 건은 최선을 다해 수사중이나, 유감스럽게도 아직까지는 단서를 잡지 못했습니다." 간자키가 입을 열었다.

"그러나 한가롭게 기다리고 있을 상황도 아니니, 오늘밤 사장님에게 기탄없이 여쭤보고자 합니다. 거듭 확인하는데, 레이디 조커의 연락은 없었습니까?"

"없었습니다." 시로야마가 대답했다.

"레이디 조커 외에 다른 세력이 접근하지는 않았습니까? 누가 협박하거나, 피해를 끼치거나, 범행을 암시하는 성명을 전하거나."

"없었습니다."

"총회꾼 쪽은요?"

"전혀 들은 바 없습니다."

"그렇군요. 이번 건은 심각한 업무방해에 속하는만큼 조만간 범인측에서 모종의 요구를 해올 것으로 보입니다. 또한 편승범이 생기거나 총회꾼이 움직일 수도 있습니다. 일단 어디서 무슨 요구가 들어오면 곧바로 연락해주십시오. 이물질이 섞인 맥주가 시장에 출하된 상황이니, 일반 시민에게 또다른 피해가 생길 수도 있으니까요."

"잘 알고 있습니다."

사태가 여기까지 온 지금, 개인적인 심정이든 회사 차원의 의향이나 향후 대응이든 경찰에는 아무것도 밝힐 생각이 없다. 시로야마의 표정은 은근히 그렇게 말하고 있었다. 간자키도 기업의 이중성은 충분히 알고 있으며, 일단 준비해간 대사를 늘어놓았을 뿐이라고 말하듯 태연한 표정이었다.

"그런데, 레이디 조커 말인데요." 이번에는 하코자키 관리관이 나섰다. "지금까지의 수사과정에서 범인상을 특정할 만한 단서를 몇 가지 확보했습니다. 그것들을 종합해서 십수 명으로 압축했는데, 오늘 그들의 목소리를 녹음한 테이프를 사장님께 들려드리고자 합니다."

옆에서 히라세가 가방을 열고 소형 테이프레코더를 꺼내더니 언제든 재생 버튼을 누를 수 있도록 시로야마 앞으로 밀어주었다. 그것을 내려다보는 시로야마의 눈초리가 희미하게 움찔거리더니 이내 볼 근육이 맥없이 풀어지고 지친 듯이 한숨을 흘렸다. 내심 짚이는 데가 있다기보다 상당히 긴장해야 하는 작업을 하필 이렇게 밤늦은 시간에 해야 하는 것이 괴롭다는 듯한 표정이었다.

사실 이렇게 중요한 작업을 정신적, 육체적으로 여력이 있는 한낮이 아니라 정신없이 일하고 난 밤시간에 요구하는 것은, 이미 피로가 한계에 달한 시로야마가 부주의하게 솔직한 반응을 보일지도 모른다고 기대한 하코자키 일행의 작전이었다. 자신이 하코자키 입장이었어도 같은 결정을 했으리라는 것을 고다 역시 부정할 수 없었다.

"테이프에는 성인 남자 열다섯 명의 목소리가 담겨 있습니다. 일상적인 대화에서 따온 것이니 내용은 무시해도 좋습니다. 간격을 두고 순서대로 나오니까, 사장님은 감금중 들었거나 직접 통화했던 목소리가 있는지에만 주의해주시면 됩니다."

하코자키는 경찰 내부의 출세 계단을 오르는 사이 굳어져버린 사무적인 말투로 그렇게 말했고, 시로야마는 잠자코 고개를 끄덕이고 고다가 내준 차를 두 모금 정도 마셨다.

"그럼 시작합니다. 도중에 귀에 익은 목소리가 나오면 바로 말씀해주세요. 테이프를 멈출 테니까."

히라세가 테이프레코더 버튼을 눌렀다. 시로야마는 고개를 조금 숙이고 눈을 감았다.

"1번."

차례를 알리는 목소리가 나오고, "예, 그렇습니다" 하는 딱딱한 목소리가 흘러나왔다. "말씀하신 대로 그 건은 품의서를 올렸습니다. 저쪽 사정도 있을 테니 미리 일정을 알려두었습니다. 과장님을 경유했을 텐데요—"

처음 듣는 목소리. 모르는 인물. 고다는 온몸의 신경을 집중했지만 시로야마는 고개를 숙인 채 가만히 있었다.

"2번."

이번에는 갑자기 "아하하하" 하는 거침없는 웃음소리가 나왔다. "그놈이랑 같이 마신 술이 참깨 소주였고 안주가 깨소금 채소무침이었어. 내친김에 백중 선물로 참기름 세트를 보내주면 완벽하겠네—"

처음 듣는 목소리. 모르는 인물. 그러나 내 주위에서도 들어본 말투다. 그렇게 생각한 순간 고다의 귓속이 조금 소란스러워졌다. "3번"이라는 목소리에 이어 상대를 냉담하게 무시하는 듯 나른한 목소리. "우리야 뭐 상관없지만, 그러면 나중에 댁들이 곤란해집니다. 그래도 좋겠습니까—"

이것도 경찰인가? 아니면 야쿠자?

'4번'은 명백히 야쿠자 말투였다. 심문중 녹음한 걸까? "그걸 내가 어떻게 압니까. 모르는 걸 불라는 겁니까? 아, 우리는 관계없다니까!"

'5번'도 "난 바쁜 몸입니다. 그런 얘기 몰라요. 글쎄, 나는 못 들어봤다니까"라고 으르렁거리는 목소리가 그쪽 세계 인간임을 짐작게 했다. 처음 듣는 목소리, 모르는 인물이다.

그렇게 열다섯 명의 목소리가 잇따라 지나갔다. 낮은 목소리, 새된 목소리. 젊은 목소리, 나이든 목소리. 생업을 짐작게 하는 목소리, 짐작할 수 없는 목소리. 다양했다. 그사이 간자키 1과장은 심문실에서 피의자를 상대할 때처럼 얼굴의 주름 하나 놓치지 않겠다는 눈초리로 살짝 숙인 시로야마의 이마를 주시하며, 시종 오른쪽 검지로 딱딱 소리를 내며 테이블을 두드렸다.

한편 시로야마는 고다가 보는 한 어떤 목소리에도 이렇다 할 반응을 보이지 않았지만, 후반에 접어들자 조금 초조해졌는지 테이블 위로 깍지 낀 양손을 신경질적으로 굽혔다 폈다 했다. 정확히 말하면 '9번'이 나온 직후부터였다.

'9번'도 야쿠자임을 금방 알 수 있는 오만하고 경박한 말투로 "지난주 우리 동생들이 그 일로 댁을 찾아갔다가 얘기가 안 통한다며 그냥 돌아왔더군요. 이건 아니지 싶어서 이렇게 전화드립니다만—" 운운했다. 그 목소리를 들을 즈음부터 시로야마가 변화를 보인 것인데, 그것이 '9번' 목소리 때문인지 단순한 피로나 초조함 때문인지는 알 수 없었다.

그리고 고다는 '13번' 목소리가 흘러나올 때 저도 모르게 귀를 바짝 세웠다. 두툼한 성대를 연상시키는 굵고 트릿한 목소리가 띄엄띄엄 들렸다. 일하는 곳과의 통화 같았다.

"내가 바로 지난주 당직을 섰는데— 그건 아는데요, 다른 사람은 없습니까? ─대체 휴가를 써도 됩니까? ─접수했습니다. 내일은 나갈게요."

분명히 귀에 익은 목소리. 아주 최근에 가까이서 들었던 목소리. 알아들었다는 말을 '접수했다'고 표현하는 것을 보면 같은 경찰이 틀림없는데, 오모리 서에서 들었을까? 아니면 특수본부? 순간적인 생각이 번뜩였지만 정작 얼굴은 떠오르지 않았다. 가까이 있지만 그리 자주 만나지는 않는 사람일까?

재빨리 그런 생각을 하는 한편 고다는 세상에 이런 일이 있나 싶어 내심 놀랐다. 3월 24일 밤 2방면 관내에서 무선을 휴대하고 당직을 선 형사 중 각종 이유로 중요 참고인으로 지목된 사람이 몇 명 있는데, 그중에 하필 제 귀에 익은 목소리가 포함되어 있다는 것은 심상치 않은 우연이었다.

대체 누구지? 아주 최근에 들은 적 있는 이 목소리, 누구냐─

문득 기억의 폭풍우를 뒤집어쓴 고다는 어디로 떠밀려갔는지 알 수 없는 얼굴이며 이름을 더듬어보았지만, 그사이 남은 '14번'과 '15번'이 끝나버려서 기억을 되살리기는 일단 단념해야 했다.

테이프를 멈춘 하코자키 관리관이 시작할 때처럼 무미건조한 말투로 "귀에 익은 목소리가 있었습니까?"라고 물었다. 시로야마는 "없습니다"라고 대답했다.

"혹시나 싶은 것도요?"

"없습니다."

"즉, 적어도 후지산 기슭 별장에서 사장님을 감시하던 두 남자는 이 중에 없다는 말씀이군요." 간자키가 거듭 확인했다. "그렇습니다." 시로야마가 높낮이 없는 말투로 대답했다.

마지막으로 시로야마가 범인 그룹에 대한 추적은 어느 정도나 진전되었느냐고 짧게 질문했다. 간자키는 "그림자가 좀 보이기는 하는데,

윤곽을 파악할 단계까지는 가지 못했습니다"라는 대답으로 핵심을 미묘하게 비껴갔다. 시로야마도 그런 대답에 만족한 눈빛은 아니었지만 더 묻지는 않았고 면담은 사십 분이 채 못 되어 끝났다. 방을 나설 때 히라세 주임이 고다의 팔꿈치를 툭 치며 "오모리 역 앞에서 봐"라고 짧게 귀띔했다.

일행의 배웅은 대책실 당직에게 맡기고, 고다는 사장과 함께 30층으로 돌아갔다. 예상대로 시로야마는 엘리베이터 안에서 짐짓 작심한 듯 "범인 그룹의 그림자가 조금 보인다는 것이 사실인가요?"라고 물었지만, 고다는 "1과장님이 말씀드린 대로입니다"라고 대답하는 수밖에 없었다. 시로야마는 더 묻지 않고 그저 사무적인 대답을 한 고다의 얼굴을 일이 초 바라보다가 이내 눈길을 돌렸다.

그때 순간적으로 모종의 초조감과 혼란을 내비치는 시로야마의 눈빛을 좇으며 고다는 다시금 '열다섯 명 중 용의자가 있구나'라고 생각했다. 그냥 느낌일 뿐이지만, 형사와 함께 탄 엘리베이터 안에서 시로야마가 부주의하게 무방비한 표정을 보인 것 자체가 특기할 만한 이변의 징후였다.

시로야마는 그뒤 집무실에서 반시간 정도 더 일하고 오후 11시 20분에 퇴근. 산노 집에는 11시 40분에 도착했다. 고다는 시로야마의 모습이 현관 안으로 사라질 때까지 지켜본 뒤 오모리 역 앞에 내렸다. 평소 같으면 이렇게 하루 업무가 끝났겠지만, 그날 밤은 특수반 히라세가 석연찮은 얼굴을 숙이고 역 앞 노상에서 경박하게 다리를 떨고 있었기 때문에 조금 더 붙잡혀 있어야 했다.

고다가 인사도 하는 둥 마는 둥 "저녁에 시로야마 사장을 찾아온 사람은요?"라고 입을 열자 히라세는 "다마루 젠조야"라고 대답했다. 'TZ

씨'가 그를 말하는 거였나. 우익 거물과 기업의 연결고리가 신선하게 다가올 리는 없지만, 오늘 저녁처럼 접촉을 분명하게 확인한 것은 혜성 발견에 맞먹는 우연이라 할 수 있었다. 기막힌 타이밍이었다고 생각하는 한편으로 오카다 경우회가 사건에 편승해 가부토초에서 한몫 잡으려는 걸까 하는 상상도 들었지만, 히라세가 더는 설명하지 않아서 고다도 'TZ씨' 생각은 얼른 머릿속에서 몰아냈다. 그 시간 사장실에 침입해 휴대전화의 존재를 확인한 것도 마찬가지로 지워버렸다.

히라세가 저쪽으로 가자며 턱짓해서 둘은 역 앞 돌계단을 올라가 캄캄한 덴조 신사 경내의 돌 벤치에 앉았다. 날이 후텁지근했다. 고다가 넥타이를 풀자 히라세가 손에 든 편의점 비닐봉지에서 미지근해진 캔 맥주를 하나 건네주었다. 고다는 "고맙습니다" 하며 받아들었다.

"자네는 관할에선 안 마시는 모양이더군." 히라세가 말했다. 흰 바탕에 비취색 무늬가 들어간 히노데 마이스터 캔에 맺힌 물방울의 냉기가 손바닥에 기분좋게 닿았다. "꼭 그렇진 않아요"라고 대충 둘러대고 고다는 마개를 따서 한 모금 마셨다. 히라세도 자기 캔을 땄다.

"고다 씨, 알고 있겠지만 오늘 테이프에는 우리 쪽 사람이 네 명 있었어."

"1번, 2번, 8번, 13번."

"대단하군. 네 명 모두 3월 24일 밤 야근시 무선을 휴대하고 있었지. 자네가 처음에 짐작한 대로야."

"그 넷으로 압축한 이유가 또 있습니까?"

"1번은 부모가 사채를 많이 끌어다 썼어. 2번은 조폭 담당이라 이케부쿠로 쪽 폭력배와 가까운 사이야. 8번은 주택대출 상환을 연체했어. 13번은 집이 하네다 근처고. 1990년 테이프에 등장하는 '오카무라 세이지'의 친동생이 하네다에서 약국을 한다는 건 알지? 그 노인이 사십 년 동안 경마를 했다는데, 13번도 경마를 해. 그게 전부지만."

고다는 세 모금째 넘기던 맥주가 목에 걸리는 기분이었다. 집이 하네 다 근처다. 경마를 즐긴다. 그 두 가지 설명을 듣자 두 시간 전에는 미처 떠올리지 못했던 누군가의 수세미 같은 머리 모양이 눈앞에 홀연히 떠올랐다. 히라세가 말을 이었다.

"그 13번 말인데, 기록에 따르면 1990년 가을 시나가와 살인사건 수사본부에서 자네와 같이 일했어. 기억나?"

"납니다."

"뭐, 집 위치와 취미쯤이야 우연의 일치겠지. 13번에게는 여자 문제나 돈 문제가 없어. 야쿠자 쪽과도 무관하고. 사상 편향도, 특정 신앙도 없어. 징계 먹은 적도 없고. 근무 성적은 무난하고 신변도 평범해. 따라서 동기라 할 만한 건 없어."

"지금도 특수본부에 있습니까?"

"지난주 가마타로 복귀했어. 왜 있잖아, 사채 강도로 두 명이 살해된 사건. 가마타도 일손이 달리는 모양이야."

그렇다, 그자는 가마타 서 형사였다. 작년 가을 일요일에 JR 가마타 역 앞에서 마주쳤을 때. 이번 특수본부에서 종종 눈길이 마주쳤을 때. 아니, 1990년 가을 시나가와 서 계단에서 맞닥뜨렸을 때. 그 모든 장면마다 자신을 바라보던 집요한 눈초리를 잇따라 떠올리고, 고다는 약간 멍한 채로 손안에서 미지근해진 캔맥주를 들이켰다.

의도를 읽기 힘든 그 눈빛을 마주할 때마다 생리적 혐오와 불안이 엄습한 것은 사실이지만, 무슨 편집증이 있나보다 하는 생각 이상은 지금껏 해본 적이 없었다. 그러나 그자가 레이디 조커 사건의 중요 참고인 중 하나로 떠오르자 그 눈빛에 대한 느낌이 송두리째 뒤집히는 것을 막을 수 없었다.

나는 대체 무엇을 보고 있었단 말인가. 무슨 눈길을 받고 있었단 말인가. 쉽사리 생각을 정리할 수 없는 혼돈에 처박혀 고다는 멍하니 넋을 놓고 말았다. 너무 가까이 있어서 오히려 실감하지 못했고, 경악도 감개도 끝내 선명한 꼴을 맺지 못한 채 지금은 일단 한다 슈헤이라는 형사의 이름을 반추하며 다시 방심 속으로 숨어드는 수밖에 없었다.

"하네다에 있는 약국 얘기가 나오는 건, 1990년 테이프 관계자가 아직 수사선상에 있다는 뜻입니까?"

"관계자라고 해봐야 살아 있는 사람은 치과의사 부인과 그 부친인 약국 주인뿐이야. 일단 행적 조사는 하고 있는데 여자 쪽은 완전히 시간 낭비야. 노인 쪽은 좀 애매해. 아무리 봐도 평범한 노인이고 동기가 보이지도 않지만, 도이쓰 산업이나 야쿠자와 관계있는 가네모토 철공소의 주인하고 아는 사이이기는 해."

모노이 아무개라는 그 남자는 고다도 1990년 테이프로 떠들썩하던 당시 주간지에 '의혹의 테이프 속 주인공의 친동생'이라는 제목으로 실린 파파라치 사진을 본 것이 전부였다. 아닌 게 아니라 평범한 노인이지만 지난 반생 동안 쌓이고 굳어졌을 완고함과 독한 구석이 배어나는 옆모습이 인상적이었다.

"그래서, 13번에서는 인맥이 보이나요?"

"안 보여."

"1번, 2번, 8번은?"

"마찬가지야. 13번을 포함해 네 명 모두 이렇다 할 게 없어. 한패라고 짐작할 만한 인맥이 전혀 나오지 않아."

"그럴 리가요. 3월 24일 밤 무선을 들은 사람이 네 명으로 좁혀졌고, 범인이 복수인 게 확실한데, 그중 누구에게서도 동료의 흔적이 나오지 않는다니. 인맥이 전혀 보이지 않는다면 그날 무선을 들었던 내부 범인은 없었다는 소리가 됩니다."

"아무튼 지금으로선 없는 걸 어쩌나. 고다 씨, 그 이상은 말하지 마."

마지막 한마디로 고다는 특수본부에서 네 경찰을 충분히 추궁하고 있지 않다는 것, 그 상황을 히라세도 고민중이라는 것을 짐작할 수 있었다. 동료를 조사하기 부담스러운 마음이야 충분히 이해하지만, 주변인을 철저히 추적하지 못한다면 수사의 진전을 바랄 수 없다.

"그나저나 오늘밤 시로야마의 표정에 특별한 변화가 있었나? 어떻게 봤어?"

"오늘밤만 따지면 뭐라고 말하기 힘드네요. 그런데 9번은 누굽니까?"

"니시무라 신이치. 1990년도 테이프를 치과의사에게 흘린 총회꾼이지. 테이프 속 목소리는 삼 년 전쯤 녹음된 거야. 그런데 4월 초부터 종적을 감췄어."

"지금 생각난 건데, 9번과 13번 목소리, 비슷하지 않아요?"

"그러고 보니 비슷한 것 같기도 하고—"

"9번과 13번 목소리가 혼동될 우려가 있다면 사장에게 다시 들려주는 게 좋겠습니다."

"알겠네. 다른 할말은?"

"없습니다."

야심한 시각에 남자 둘이 나란히 앉아 있는 것도 이쯤이 한계라서 고다가 먼저 자리에서 일어났다. 그를 놓칠세라 "고다 씨, 절대로 혼자 치고 나가면 안 돼"라는 목소리가 따라왔다. "자네가 일찌감치 파출소 기록을 조사한 것을 두고 우리랑 제3강력에서 말이 꽤 많았어. 그런데 또 1과장의 부름을 받고, 이제는 특명까지 수행중이잖아. 이상하게 들리겠지만 혼자서 너무 기민하게 움직이면 곤란해—"

"알고 있어요. 맥주 잘 마셨습니다."

고다는 그렇게 대답하고 먼저 경내를 빠져나왔다. 겨우 수행 비서 노릇이나 하면서 시샘받을 일도 없고, 파출소 기록을 조사한 것도 자신의 잘못이라고 생각되지는 않았다. 3월 24일 납치 현장에 달려간 사람이 순찰차의 순찰 경로에 관심을 두지 않았다면 형사의 자격이 없고, 관심이 있으면서 조사하지 않았다면 그 역시 실격일 것이다.

돌계단을 내려가는 동안 고다의 귓가에서는 '9번'과 '13번' 목소리가 겹치며 날뛰었다. 원래도 물리적으로 비슷한 목소리가 도청기 마이크를 거치면서 미묘한 차이를 지우고 더 비슷해졌다고 생각할 수 있겠지만, 요는 '9번' 목소리를 들은 뒤 표정이 희미하게 바뀐 시로야마는 어디선가 '9번' 목소리를, 혹은 그와 비슷한 '13번' 목소리를 들은 적 있다는 얘기였다.

아니면 시로야마가 들은 것은 '9번'이나 '13번'과 비슷한 또다른 인물의 목소리일까. 어쨌거나 시로야마가 '13번' 목소리 자체에 반응한 것은 아니라고 생각하며 다시 한번 1990년 가을 시나가와 서 계단에서 본 한다 아무개의 모습을 천천히 떠올리고, 당시에는 안중에도 없던 그 형사에 대한 기억을 처음으로 더듬어보았다.

계단에서 마주쳤던 날 밤, 수사본부에서 제외된 한다가 관할서 지능범 계장과 함께 외출했다가 돌아오는 모습을 본 것. 계장의 이름은 기억나지 않지만 중년 남자의 차분한 풍모가 머릿속에 되살아났다. 그리고 장소가 다름아닌 시나가와 서였다는 것과, 마침 시나가와 서 지능계에서 히노데 맥주의 고소장을 접수한 시기와 겹친다는 것.

그렇다, 그 다음날 아침 시나가와 서 3층에서는 한 사건의 피의자가 전날 밤 오다큐 선에 뛰어들어 자살했다고 떠들썩했는데, 지금 생각하니 그게 바로 치과의사 하타노 히로유키였다. 그랬나. 괴테이프에 대한 히노데 맥주의 고소장을 접수하고 이틀간 조사했던 시나가와 서 지능계의 일원이 한다였단 말인가.

이만한 조건이 갖춰진다면 한다라는 형사는 영락없이 행적 조사 대상이다. 더구나 1990년 가을이라는 중요한 시기에 그와 접촉했고, 그의 관할 구역인 가마타에 있는 교회에 다니며, 나아가 이번 특수본부에서도 얼굴을 마주했을 고다 같은 인간이 눈앞을 어슬렁거린다면 히라세가 아닌 다른 누구라도 신경이 쓰일 것이다. 히라세도 그런 사정을 염두에 두어서 오늘밤 그런 말을 한 거라고 조금은 이해가 갔지만, '혼자서 너무 기민하게 움직이면 안 된다'는 견제의 한마디는 어딘가에 있을 내부 범죄자 못지않게 불쾌했다. 물론 지금 허울좋은 특명을 받고 있지만 무슨 공을 세워도 그것으로 끝이고, 공을 세우지 못하면 그대로 존재가 말살될 것이다. 지금 자신이 선 상황은 그런 것이었다.

고다는 한다의 시선을 뇌리에 불러낸 채 잠시 역 동쪽 출구 앞에 서서 멍하니 담배를 피웠다. 사건의 전망이나 수사 행방, 조직과 제도의 현실 등 모든 것이 모래를 씹는 듯한 무력감을 드러내고 있지만 그것을 바라보는 저 자신의 무기력이 제일 큰 위기임을 알고 있었다. 자, 한다라는 사냥감이 시야에 들어왔다. 쫓아라, 쫓아라 하는 목소리가 들리지만 머리도 몸도 둔하고 무거워서, 무슨 생각에 잠긴 것도 아닌데 이렇게 우두커니 서 있는 것이다. '일에 몰두하면 잊는다'고 하루하루 스스로를 타일러왔지만 과연 나는 이대로 형사를 계속할 수 있을까. 고다는 지금 다시 자문해보았다. 예스, 라는 목소리는 들리지 않았다.

*

조간 13판 초고는 오후에 도내에서 두 건 추가로 발견된 이물질 혼입 맥주에 대한 기자회견으로 채웠지만 다음 최종판에 쓸 특종감이 없었다. 기치조지에서 정보원과 한잔하고 나오는 길에 원고를 기자실에 전달한 구보는 1과장이 오늘밤 관사로 귀가할 기미가 없음에 주목하면서, 전선에서 낙오한 기분으로 오타 구 남쪽 끝까지 전세택시를 타고 돌아왔다.

산업도로를 따라 내려갈수록 불빛이 줄고, 생활의 냄새가 사라지고, 가내공장과 오피스빌딩의 거뭇한 그림자가 다가왔다. 4월에 몇 번 취재차 왔을 때처럼 하네다 2번가 교차로 직전 샛길에 전세택시를 세워두고 상가로 이어지는 큰길을 걸었다. 이곳 골목길은 가로수가 없는 탓에 초여름이 가까워도 계절이 바뀌었다는 느낌이 없었고, 수도고속도로 고가 바로 앞에 위치한 모노이 약국까지 나와서야 가게 앞 화분에서 길게 자란 능소화 덩굴이 구보의 눈길을 끌었다.

지난 4월에는 바로 저 자리에 영양실조처럼 보이는 튤립 몇 줄기와 제라늄이 꽃을 피웠는데, 약국 주인 세이조는 매일 낮 그 앞에 쪼그리고 앉아 마른 꽃잎을 하나하나 따주거나 물을 주었다. 그 모습을 본 구보는 정원 가꾸기를 즐기던 할머니도 저렇게 매일 마른 꽃을 손질해주었던 것을 떠올리며, 저것은 위장이 아니다, 저 노인은 오랫동안 꽃을 가꿔온 것이 분명하다고 확신했었다.

약국 유리문은 닫혀 있지만 불빛은 자정이 될 때까지 꺼지지 않았다. 가끔 동네 주민이 급하게 달려와 유리문을 열고 "영감님, 두통약 좀 줘요!" 하고 부르면 안에서 파자마 차림의 모노이 세이조가 느릿느릿 걸어나와 "누가 아픈데? 부인? 그거 큰일이군" 하며 약을 내주고, 손님은 값을 치르고 돌아간다. 그리고 아침이면 세 집 건너 우유가게 못지않게 일찍 일어나고, 오전 6시쯤에는 빗자루로 가게 앞을 쓰는 모습을 볼 수 있다.

그것이 구보가 4월에 본 모노이의 주위 풍경이었는데, 5월 말인 지금도 생활상에는 별 변화가 있는 것 같지 않고, 오후 11시가 가까운 지금 골목에서 유일하게 불을 밝힌 약국 안은 지극히 고요했다. 낮 동안 밖에 내놓는 화장지와 세제, 바퀴벌레약 진열대는 4월에 보았을 때처럼 안쪽으로 들어가 있고, 유리문 바로 앞에 자전거 한 대가 세워져 있다. 가게에는 인기척이 없지만 안쪽 다다미방 입구에 주인의 게다와 남자 샌들 한 켤레가 나란히 놓여 있고 텔레비전 불빛이 어른거렸다. 동네 주민과 장기를 두거나 상가번영회 모임이라도 하는 건가? 일단은 그런 상상이 들었다.

오늘은 한번 들어가보기로 작정하고 온 구보는 퇴근길에 들른 동네 샐러리맨인 척 약국 유리문을 열었다. "안녕하세요." 안쪽에 대고 소리치자 오 초쯤 뒤 포렴 아래로 모노이 세이조가 얼굴을 내밀고, 다시 이 초쯤 뒤 처음 보는 얼굴임을 확인하고는 게다를 꿰신고 내려왔다. 안에서는 프로야구 경기 결과를 전하는 스포츠 프로그램 소리가 흘러나왔다.

선글라스를 쓰지 않은 모노이의 탁한 한쪽 눈은 역시나 조금 기괴한 인상을 풍겼다. 구보는 자연스러운 표정을 지으려 애쓰며 "늦은 시간에 죄송합니다. 약 좀 사려고요. 과음을 해서—"라고 말했다. 모노이의 멀쩡한 한쪽 눈이 유리문 안으로 고개를 들이민 남자의 얼굴을 살피듯 기민하게 움직이다가 가볍게 비켜갔다. 그 순간 구보는 정체를 들켰나 싶어 불안해졌다. 그러고 보니 이 약국 주인은 다른 평범한 노인에 비해 기억력이 좋고 눈치가 빠르다는 것을 4월 취재 때도 느꼈더랬다.

그러나 당사자는 특별히 긴장한 표정은 아니었다. 4월에 보았을 때와 마찬가지로 나이든 사람 특유의, 웃든 울든 화내든 전부 비슷해 보이게 만드는 얼굴 주름 뒤에 숨어 가만히 "명치 쪽은 어떻소?"라고 물어서, 구보는 "명치보다 속이 안 좋네요" 하며 생각나는 대로 대답했다.

"속만 불편한가? 그렇다면 손님처럼 젊은 사람은 토할 만큼 토하고 자버리는 게 약이지요. 어디 아프면 병원에 가보는 게 좋고. 간이 부었거나 혈관이 막혔으면 큰일이니까. 내 말 들어서 손해날 거 없으니 그렇게 하쇼."

모노이에게서 돌아온 것은 정직하기 짝이 없는 대답이었다. 4월 초 번갈아가며 가게를 찾아왔을 언론 관계자 수십 명을 이 노인이 일일이 다 기억하고 있는지는 구보도 알 길이 없었다. 그저 밤늦게 찾아온 손님이 귀찮아 쌀쌀맞게 대하는 것뿐인지도 모른다.

"그럼 이왕 온 김에 자양강장제라도—" 구보의 말에 모노이는 냉장고에서 드링크제 몇 병을 꺼내 카운터에 늘어놓았다. 구보는 세제 진열대를 밀어내고 안으로 들어가 생약 성분이 든 제품으로 세 병 달라고 하고 돈을 지불했다. 시간을 벌기 위해 만 엔짜리를 건네주고 모노이가 계산대에서 잔돈을 꺼내는 사이 포렴 안쪽을 힐끔 들여다보니 바닥에 누워 있는 남자의 맨발과 작업복 바짓자락이 보였다. 남자는 한 손으로 발등을 가볍게 긁고 금세 다시 거두었다. 잘못 본 것이 아니라면 검지와 중지 첫번째 마디가 없는 왼손이었다.

구보는 눈길을 돌리고 잔돈을 받으며 "실은 저, 지난 4월 여기 한번 들렀던 도호 신문 기자입니다"라고 가볍게 말을 걸어보았다. 모노이는 경계하는 기색도 없이 "신문? 아, 그래요"라고 응했다.

"한잔하고 이 앞을 지나다가 생각나서 들러봤어요. 요즘은 기자들도 뜸하죠?"

"찾아와봐야 해줄 얘기도 없으니."

"그때 너무 소란을 피워서 죄송했습니다. 이웃에도 폐가 많았죠."

"뭐, 이미 지난 일인걸요."

변함없이 말수가 적고 대화에 쉬 어울려주지 않는 노인이다. 할말이 떨어져 난감해졌을 때쯤 포렴이 젖혀지더니 안에 있던 남자가 모습을 드러냈다.

나이는 이십대 후반에서 삼십대 초반. 구부정하고 얄팍한 상반신과 긴 팔다리가 수척한 원숭이를 연상시키고, 전체적으로 오종종한 이목구비는 매끈한 노 가면* 같았다. 씻고 나온 참인지 머리카락이 젖어 있고 위아래로 회색 작업복을 입었다. 옆구리에는 수건이 조금 삐져나온 세면가방과 꼬깃꼬깃한 경마 전문지. 관절이 몇 군데 틀어진 듯 나른하게 움직인다.

샌들을 꿰신은 남자는 "이누코로한테 밥 주는 걸 까먹었네"라고 중얼거리고 좁은 실내를 빠져나갔다. 비누 냄새와 기계유 냄새가 희미하게 풍겼다. 근처 공장에서 일하고, 욕실 없는 집에 살며, 모노이 집에서 목욕을 할 만큼 허물없는 사이. 구보는 재빨리 그렇게 상상했지만 직공 숙소에서 개를 키울 리는 없다. 주인 없는 개를 챙겨주는 걸까. 남자는 가게 앞에 둔 자전거 바구니에 세면가방을 던져넣고 페달을 밟아 산업도로 쪽으로 사라졌다.

그 짧은 시간 동안 모노이가 자신과 마찬가지로 문밖을 보고 있었다는 것을 구보는 한발 앞서 눈길을 원래로 돌리면서 알 수 있었다. 모노이가 남자를 지켜본 것인지는 알 수 없었다. 모노이는 이렇다 할 감정이 엿보이지 않는 얼굴을 구보에게 향하고 "근처 사는 직공이에요"라고 말했다.

"방금 그 사람요?"

"성실하지만, 좀 괴짜라서."

"호오."

"주워온 강아지한테 이누코로라고 이름 붙이고, 보건소 예방접종에

---

* 일본의 전통극 노(能)에 등장하는 가면으로, 대체로 무표정하게 생겼다.

도 그렇게 등록했어요. 그것도 한자까지 써서 말이죠. 싱거운 친구 같으니—"

역시 마땅한 의도가 담긴 말은 아니라 모노이는 중간에 말끝을 흐렸다. 뒤이어 들려온 말은 "또 한바탕 쏟아질 모양이군. 천둥이 으르렁거리니—" 하는 중얼거림이었다. 아닌 게 아니라 문 안에서 조금만 올려다보이는 하늘이 희미하게 번쩍거리고 있었다. 날이 습해서 구보의 와이셔츠 목깃도 찝찝했다.

지금쯤 물러나는 게 적당하겠다는 생각에, 구보는 드링크제가 든 비닐봉지를 들고 약국을 나섰다. 지난 4월 취재 때와 마찬가지로 기사로 엮을 만한 성과는 전혀 없었다. 새로 얻은 것이라면 모노이는 흔히 볼 수 있는 인심 좋은 노인이라는 한 가지 추측. 손자와 사위와 친형을 잇따라 여의고 일흔을 맞은 모노이 세이조라는 남자는 가끔 누구라도 좋으니 눈앞의 사람과 세상 사는 이야기 몇 마디쯤 나누고 싶은 욕구를 느끼는지도 모른다. 마침 그런 기분이 드는 날 구보가 찾아온 것이다.

손을 뒤로 돌려 유리문을 닫고 무심결에 확인한 손목시계의 바늘은 오후 11시 5분을 가리키고 있었다. 고개를 들고 도로로 한 발짝 내디딘 구보는 시야 한구석에서 뭔가 움직이는 기척을 느끼고 반사적으로 시선을 돌렸다. 주점 자판기 그늘에 서서 음료수를 마시는 남자가 보였다. 폴로셔츠 아래 팔뚝이 캔을 기울이느라 움직인 것이었다.

그리고 눈길을 거둘 새도 없이 남자와 눈길이 마주친 순간, 구보는 고압 전류에 관통당한 기분으로 상대가 형사임을 직감했다. 행적 조사 중인 형사다.

구보는 갑자기 떨려오는 다리를 뗐고, 폴로셔츠 남자도 발길을 돌렸다. 상가 쪽으로 이동하는 발소리를 등뒤로 들으며 구보는 하네다 2번가 교차로까지 나와서 아까 왔던 길로 들어간 뒤 담벼락에 몸을 붙이고 약국 쪽을 살펴보았다. 더는 인기척이 없고, 가게문에서 새어나오는 불빛도 변함없이 고요했다. 그러나 행적 조사를 하고 있다면 형사가 현장에서 멀리 벗어날 리 없다. 적어도 한 번은 더 모습을 드러내지 않을까 하는 생각에 구보는 잠시 시선을 집중했다.

그러는 사이 다리의 떨림이 내장으로 번져 심장이 두근거리고, 머릿속에서 비상종이 울렸다. 경찰이 행적 조사에 들어갔다면 1990년 테이프의 몇 안 되는 관계자 중 하나인 약국 주인과 레이디 조커 사건 사이에 무슨 연결고리가 있다는 얘기인데, 대체 그런 것이 어디 존재한단 말인가. 4월에 철저히 파헤쳤던 모노이의 인맥 중 어딘가에 주목할 만한 것이 있었던가 생각하니 오히려 더 믿기 힘들어지고, 머릿속이 혼란스러웠다.

그러나 한편에서는 경찰이 행적 조사중이라는 사실을 확인한 순간 몸속 흥분 장치의 엔진에 불이 붙어 제멋대로 돌아가기 시작했다. 십분 정도 약국 앞을 살피던 구보는 주위를 둘러보며 적당한 건물을 찾았다. 집이나 옥상에서 약국 앞 골목을 내려다볼 생각을 한 것이다.

곧 교차로 건너편 도립 고등학교 앞의 낡은 아파트 한 채가 눈에 들어왔다. 생각하기 전에 다리가 먼저 움직여서, 구보는 교차로를 건너 아파트 계단을 통해 옥상으로 올라갔다. 옥상 서쪽 구석으로 가면 2층 주택이 밀집한 하네다 2번가의 큰길 주위를 두루 관찰할 수 있다는 것까지 확인하고, 대기시켜둔 전세택시로 돌아갔다.

도심으로 돌아가는 전세택시 안에서 구보는 아직 본청에 있는 1과장을 언제 어디서 붙잡아 추궁할지, 모노이 세이조의 취재를 어디서부터 다시 시작할지 내내 머리를 굴렸다. 평소 같으면 수마가 찾아올 시간이지만 특종에 대한 혹시나 하는 기대감이 각성제 같은 효과를 발휘했다. 오전보다 한층 대담해지고 근거 없는 자신감까지 솟아났다. 말 그대로

밤이나 낮이나 특종이라는 마약에 취해 마비돼버린 신경이 그의 영혼
과 무관한 곳에서 날뛰었다.

3

　이물질 혼입 맥주가 발견된 지 이 주, 시로야마는 맨투맨 영업의 선
두에 서서 아침부터 밤까지 간토 지방을 중심으로 각 거래처를 돌아다
녔다. 5월 24일부터 사흘간 총 여덟 병이 발견되고 나서 사태가 겨우 멈
추긴 했지만 첫 회수분을 무상 교환한 뒤로 이 주간의 주문량은 약 3할
이 줄었다. 병맥주 소비를 꺼리는 분위기가 전국적으로 확산되는 것도
막지 못해 도호쿠, 홋카이도와 간사이에서 2할, 주고쿠, 규슈에서 1할
이상이 감소했다. 맥주사업본부에서 보고하는 수치를 보면 업소용 병
맥주와 캔맥주 모두 이익이 1할 가까이 줄어서, 현재로서는 레이디 조
커 사건의 해결이라는 대단원이라도 맞지 않는 한 애초에 타사와 명쾌
한 차별화가 힘든 맥주 시장에서 '일단 히노데 맥주는 피하고 보자'라
는 소비 심리를 해소하기 힘들었다.
　문제는 이 상황이 얼마나 지속될 것이냐였다. 앞으로 이 주일지, 한
달일지, 두 달일지. 다행히 이 주 만에 사그라지면 반동에 따른 매출 회
복을 기대할 수 있지만, 7월까지 늘어진다면 히노데는 올여름 성수기
시장에서 참패를 면할 수 없다. 예상되는 감소치는 최소 연간 총매출의
15퍼센트, 최대로 잡아보면 30퍼센트라고 맥주사업본부에서 시산했고,
생산량 조정에 들어간 현장의 인건비와 감가상각 등의 고정비용, 예산
내 유동비용, 여기에 특약점 대책비, 안전 대책비, 광고비 등의 방대한
임시 지출까지 더한다면, 이번 회기는 최악의 경우 1조 1,800억이라는

손익분기점에 근접하거나 밑돌 것이라는 예측이었다.

전년도 대비 25퍼센트의 경영이익 감소. 내년 봄 주주총회에서는 서른다섯 명의 이사 중 적어도 맥주사업본부 계열은 전부 교체될 것이 분명했다. 세상일이 으레 그렇듯 결정적인 사실은 어느 날 갑자기 하늘에서 뚝 떨어지듯 나타난다.

그러나 그런 것도 어차피 경영진측의 사정이고, 당장은 1,000엔 전후로 하락한 주가를 안정시키고 식어버린 소비 심리를 되살리는 것이 급선무였다. 텔레비전과 신문 광고를 전부 교체하고 사건 추이에 즉각 대응하는 광고를 새로 만드는 비용을 6월에만 50억 가까이 지출했고, 7월에도 계속 이런 식이라면 연간 광고비의 절반이 날아간다는 계산이 나왔지만, 망설이고 있을 여유는 없었다.

물론 광고주라는 위치를 최대한 이용해 신문 잡지 각사에 압력도 넣고 있었다. 레이디 조커와 붉은색 맥주의 연관성을 운운하는 기사, 어차피 국세청 납세 자료로 조만간 밝혀질 테지만, 히노데 맥주의 매출 감소 원인이 이번 사건임을 강조하는 기사, 요컨대 히노데 맥주의 부정적 이미지를 선동하는 기사는 자제해달라고 암암리에 요청하기 위해 가끔은 시로야마도 직접 나서야 했다. 대형 광고회사를 상대하면서는 다소 억지스러운 회유도 불사했다. 덕분에 적어도 전국지와 그 계열 주간지의 기사는 어느 정도 통제되고 있었다.

한편 불똥이 튈 것을 걱정하는 업계 단체에는 이물질 혼입 맥주와 레이디 조커를 연관지을 근거가 없다는 것, 이러저러한 안전 대책을 강구하고 있으니 피해가 재발할 일은 없다는 것을 거듭 설명하고 다녔지만, 우려를 완전히 가시지는 못한 것이 현실이었다.

가장 급한 곳은 특약점 계열이어서 시로야마는 각사의 판매 상황과 수지 동향에 특별히 신경쓰고 있었다. 중소 특약점 중에는 한 달만 판매가 부진해도 부도를 낼 만큼 경영 기반이 취약한 곳도 있기 때문이다. 이를 계기로 중소업체 합병을 한층 가속화하는 전략적인 대응도 추진하고 있었다.

히노데 내부를 보면 맥주사업본부 말고는 평소와 다를 것이 없어서, 시로야마의 눈에는 긴장이 조금 부족해 보이는 느낌도 없지 않았다. 그러나 장기적으로는 일시적인 사태에 불과할 이번 회기의 수익 감소에 안색을 바꿀 곳은 이사회뿐이고, 직원 대부분은 평온하게 일할 수 있는 상황이 유지되고 있다는 사실에 임원들은 오히려 안도해야 마땅했다. 조업 단축에 몰린 간토 지방 3개 공장 역시 회사의 고정비 부담이 문제일 뿐, 직원들의 불안 심리는 아직까지 잘 억제되고 있었다.

당장 시급한 병뚜껑의 안전 대책에 대해서는 한번 파손하면 복구가 불가능하도록 실을 붙이기로 결정했지만, 실의 모양과 강도, 소재 등을 검토하는 데 의외로 시간이 걸려서 여전히 시행일은 미정이었다. 장차 캔맥주가 대세가 되리라는 점을 생각할 때 실 개발과 제조공정에 투자하는 것은 채산 면에서 문제가 있어 최종 결론까지 시간이 걸리는 것은 어쩔 수 없었다.

그리고 최대의 난제인 레이디 조커에 대해서는, 하루바삐 뒷거래를 성사시켜 사태를 끝내고 싶다는 바람이 이제 두말할 나위 없이 절실해졌고, 시로야마가 아침에 일어나 가장 먼저 하는 생각도 오늘은 범인이 연락을 주려나 하는 것이었다. 상대가 이 주나 연락하지 않는 상황을 어떻게 받아들여야 할지 나날이 새로운 불안이 엄습했고, 5월 14일 일요일의 흰색 테이프를 못 보고 놓친 것을 두고두고 후회하며 끙끙거렸다.

그러나 이제는 경찰에 기대하고픈 마음이 없었고, 상담이나 협조도 적당한 선에서 제한하겠다는 결단이 명백했다.

경찰이 몇 명의 목소리를 녹음한 테이프를 들려주었을 때, 시로야마는 귀에 익은 목소리를 하나 알아차렸다. 실은 비슷한 목소리가 하나 더 있어서 어느 쪽이 자신이 들었던 목소리인지 정확히 알 수 없었지만, 여하튼 5월 중 두 번, 휴대전화로 들었던 목소리였다. 그러나 설령 그렇게 증언한들, 시로야마는 이미 사건이 빠르게 해결되리라는 기대가 없었다.

그런 생각은 경찰의 범인 검거와 범인의 현금 요구 중 어느 쪽이 먼저 이뤄질 것인가 하는 문제가 아니라, 테이프를 듣기 전 밀담을 나눈 다마루 젠조 탓이 컸다. 그날 밤 불쑥 찾아온 다마루는 대뜸 "이물질 혼입 맥주로 곤란하시죠?"라고 입을 열더니 군마 현 별장지를 40억에 사지 않겠느냐고 제안했다. 드디어 올 게 왔는가 생각하며 시로야마가 범인이 누구인지 아느냐고 묻자, 그는 "이 나라에서 내 눈과 귀를 피해 이런 짓을 할 수 있는 놈은 없어요" 하며 빙글빙글 웃었다. 자신은 언제든 범인들이 맥주에 손대서 업무를 방해하는 일을 막을 수 있다는 말투였다.

시로야마는 그 자리에서 거절도 수락도 하지 않았지만, 속으로는 혹여 이물질 혼입 맥주의 피해가 막대해질 때를 대비해 다마루라는 어둠의 힘을 받아들여야 한다는 판단이 절반, 말은 저렇게 하지만 정말 범인을 알까 하는 의구심이 절반이었다.

아니다. 사실 다마루가 범인을 아는지 모르는지는 문제가 아니었다. 레이디 조커를 자칭하는 범인 그룹의 범행에 실제로 오카다 경우회가 편승하고 있으며 다마루가 별장지를 구입해달라고 히노데를 압박하는 것만 봐도, 이물질 혼입 맥주라는 사태는 오카다의 좋은 협박 구실로 작용하고 있음이 틀림없었다. 이런 호기를 그들이 쉽게 놓칠 리 없다. 적어도, 이를테면 사카다 다이치에게 흘러들어갈 뒷돈을 시로야마가 내놓을 때까지는.

그렇다면 경찰이 아무리 조속한 해결을 바라더라도, 어딘가에서 그것을 가로막는 힘이 작용할 수 있지 않을까. 이것이 결론이었다. 실로 생각하기조차 싫지만, 시로야마는 다마루를 마주하며 그런 판단을 내린 후 속에 담아두었다.

여하튼 그렇게 오카다 경우회라는 불안 요소를 품은 채 범인의 연락을 기다리면서, 산더미처럼 쌓인 현안을 처리하느라 머릿속을 정리할 틈도 없이 몸뚱이는 촌분의 여유 없는 외근으로 내몰리는 와중에, 시로야마는 문득 이것이 삼십육 년 회사생활의 마지막날들인가 멍하니 생각하곤 했다.

그날도 오전 7시 운전사 야마자키와 고다를 만나 자택을 나선 시로야마는 본사에 들르지 않고 바로 도쿄 역으로 가서 신칸센을 타고 나고야로 향했다. 지사에서 보내준 차를 타고 지사장과 함께 주쿄 지구 최대 규모의 특약점 에이다이 주판 본사로 직행해서 사장과 한 시간 정도 이야기를 나누었다.

에이다이는 주문 감소에 따라 창고에 쌓인 재고를 계약 위반인 줄 알면서도 할인점에 내보내기 시작했고, 그 영향이 주쿄 지구 정규 특약점망에 나타나고 있었다. 에이다이가 할인점에 내보내는 도매가를 반드시 적정 마진이 보장되는 가격으로 환원시켜야 했고, 그로 인한 이익 감소분은 리베이트 증액으로 보전해주는 방안을 맥주사업본부에서 미리 제시한 상태였지만, 다른 도매상에 보여주기 위해서라도 이곳에는 시로야마가 직접 걸음할 필요가 있었다.

만만치 않은 오와리 상인*인 에이다이 사장을 상대로 강온을 병행하

---

* 나고야 주변 지역을 다스리던 오와리 번의 어용상인에서 유래한 말. 이윤에 지독하게 집착하는 상인을 뜻한다.

는 교섭이 예정보다 길어져 시로야마는 오전 11시 40분에 자리를 떴다. 그뒤 히노데 나고야 지사로 가서 영업부 과장급 이상이 모인 자리에서 반시간 정도 의견을 나누고, 다시 지사 차량으로 역으로 향하는 도중 번화가 주점에 들러 잡담을 나누며 종업원들의 이야기에 귀기울이고, 신칸센 상행선에 올라탄 것이 오후 1시 17분이었다.

스케줄 하나를 끝냈다는 안도감이나 특별한 피로 대신 일종의 허탈감을 느끼며 열차 좌석에 앉자, 이내 "실례합니다"라는 한마디와 함께 고다가 시로야마의 서류가방을 제 무릎에 올려놓으며 통로 쪽 좌석에 앉았다.

이 고다라는 형사는 여전히 빈틈을 허용치 않는 기계인형 같았지만, 물론 세 발짝 뒤에서 가방을 들고 따라다니기만 하는 존재는 아니었다. 오히려 항상 천리안과 귀신같은 귀로 자신과 히노데 안팎을 감시한다는 것을 시로야마도 알았지만, 그것을 상쇄하고도 남을 무언가를 고다에게서 얻고 있다는 기분이었다. 그것은 편리일까, 안심일까. 혹은 둘 다 포함하는 심적인 편안함일까. 마음을 터놓을 생각은 없지만 이해관계 없이 투명하게 유지되는 공적관계란 확실히 편안한 것이었다. 게다가 지극히 자연스러운 절제와 성실함이 더해진다면.

"지금밖에 시간이 없군요. 뭐라도 먹고 갈까요?" 이런 일상적인 한마디도 이제는 자연스럽게 나왔다. 고다가 "제가 사오겠습니다. 뭐로 드시겠습니까?"라고 기계적으로 반응했다. 어차피 열차에서 파는 음식은 특별할 게 없어서 "그럼, 미안하지만 마쿠노우치 도시락으로 부탁합니다"라고 대답하며 돈을 건네자 고다는 마쿠노우치 도시락 하나와 차를 사왔다. "고다 씨는요?"라고 묻자 나고야 지사에서 시로야마가 사내 간담회에 참석하는 사이 먹었다고 해서 아, 그랬겠지, 하고 고개를 끄덕였다. 고다는 국가에서 출장비와 식대를 지급받고 있지만 식곤증을 우

려해 차 안이나 인파로 붐비는 바깥처럼 경계가 필요한 자리에서는 음
식을 거의 먹지 않았다.

시로야마는 혼자 도시락을 먹고 오늘자 히노데 주식 종가를 알아보
거나 다음 방문처에서 나눌 대화를 생각하다가 도쿄로 가는 짧은 시간
잠시 눈을 붙였다. 그가 잠들기 직전이나 잠이 깰 때나 고다는 자세를
전혀 허물어뜨리지 않고 약간 멍한 눈빛으로 정면을 보고 있었다. 고다
는 종종 그렇게 살짝 넋을 놓곤 했는데, 이때도 그랬다.

도쿄에 도착하자 야에스 쪽 출구에 야마자키가 차를 대놓고 있었다.
차에 올라타기 전 고다는 시로야마가 부탁하지도 않았는데 역 앞 니
쿄 증권으로 달려가 막 거래가 끝난 그날의 종가를 메모해서 가져다주
었다. 시로야마가 차 안에서 확인한 메모에는 '히노데 996(▼14)/마
이니치 1,020(▼10)/아사히 786(▼7)/TOPIX 1,245(▼18.0)/225
15,442(▼237)'라고 적혀 있었다.

시로야마는 마침내 세 자릿수로 하락한 히노데 주가를 보고 무심결
에 아아, 하는 소리를 흘렸지만, 그렇게 무거운 목소리는 아니었고 이
성적으로 느낀 타격도 크지 않았다. 6월의 마지막날인 오늘 청산을 위
한 공매도가 쇄도해서 현물이 일시적으로 크게 떨어질 것은 예상했고,
하락폭 14엔이면 히노데 주식만 집중적으로 매도되었다고 볼 수도 없
다. 오히려 안심할 만한 상황이었다.

그뒤 시로야마는 야마자키가 비서 노자키에게서 받아온 연락 및 보
고 사항을 훑어보며 이동해서 니혼바시에 본사를 둔 중견 특약점을 방
문하고, 뉴오타니 호텔에서 열리는 맥주 페스티벌을 시찰하고, 아자부
의 파일럿 점포를 시찰하고, 어제 급서한 히노데 노조위원장 부인의 빈
소를 찾아 나카노로 달려갔다. 고인의 생전 직업이나 지위에 관계없이

조문이란 언제 어디서건 형식적인 의식의 답답함밖에 맛볼 수 없는 법이지만, 그날은 특히 종파 관계로 독경이 길어져서 사십 분 가까이 자리를 지켜야 했다.

장례식장을 나서자 벌써 오후 8시가 가까웠지만 시로야마는 JR 신주쿠 역 동쪽 출구에 들렀다. 이번주 초부터 긴자, 우에노, 시부야, 신주쿠 등 주요 환승역 네 곳 주위에서 저녁 6시부터 8시까지 공장 직송 맥주로 시음 홍보 행사를 열고 있었다. 차창으로 내다보니 로터리에 세워둔 소형 은색 탱크로리 앞에서 미니스커트를 입은 이벤트걸들이 웃음을 뿌리는 가운데, 남자 영업사원들이 플라스틱 컵에 맥주를 따라 행인들에게 나눠주는 모습이 보였다.

퇴근길에 슬슬 밤거리로 쏟아져나오기 시작한 남녀들이 즐거운 듯이 걸음을 멈추고 300밀리리터의 공장 직송 맥주를 비웠다. 홍보 차량에서 띄운 화려한 풍선에는 히노데 맥주 로고와 함께 '유난히 무더운 여름입니다'라고 쓰여 있었다. 홍보부와 광고회사가 머리를 짜내 만든 그 카피는 상당한 블랙유머라 할 만했다.

시로야마는 갓길에 세운 차 안에서 몇 분 동안 그 광경에 정신이 팔렸다. 자신도 당장 저기서 일하는 사원들과 섞여 행인들에게 맥주를 권하고 싶은 충동이 절반, 한편 방금 전까지 눈앞에 있던 영업 최전선이 새삼 멈춰 서서 살펴보기 전에는 실감나지 않을 만큼 멀게 느껴지는 데서 오는 놀라움이 절반이었다. 혹은, 멀게 느껴진 것은, 상품을 만들지도 팔지도 않고 스스로의 의지로 무언가를 움직이지도 않는, 대표이사라는 자신의 직함이었을까?

"사람들은 착색 맥주 같은 것에 신경도 안 씁니다. 이렇게 무더운 날 시원한 맥주 한 잔이 맞나지 않을 리 없지요." 운전사 야마자키가 밝은 목소리로 말했다.

"물론 그럴 테죠. 공장에서 바로 나온데다 공짜니까."

그렇게 대답하며 시로야마는 또 한번, 삼십육 년을 일했지만 히노데라는 존재에 내 것은 하나도 포함되어 있지 않다는 생각을 했다. 맥주는 물론 공장과 설비, 사옥, 히노데 맥주라는 이름도. 이름이 지닌 전통과 위광도. 히노데의 과거도, 미래도.

지난 이 주간 이렇게 불현듯 앞날을 생각하는 순간이 종종 찾아왔지만 그 자체에 자책을 느끼지는 않았다. 기업이라는 우산을 빌려 실현해온 이 인생은 자기 것이고, 기업을 떠난 뒤에도 앞으로 계속 변해갈 여지가 남은, 미숙하고 무력하고 불투명한 무엇이었다. 그리고 그 미래를 생각하는 것은 바로 나 자신뿐이다.

그러나 시로야마는 이내 지금이라는 시간으로 이끌려 돌아와, 오늘도 역시 레이디 조커의 연락이 없었다는 사실에 초조해졌다. 여하튼 한시라도 빨리 현금 전달 지시가 오기를 바랐다.

*

저널리스트 사노와 오랜만에 만나기로 약속한 네고로는 오후 7시에 긴자로 향했다. 유라쿠초 마리온 앞에 도착하니 마침 색색가지 풍선을 띄운 히노데 맥주 홍보 차량이 서 있고, 미니스커트 차림의 아가씨가 "오늘 하루도 수고하셨습니다. 공장에서 방금 나온 맥주입니다. 한잔 드셔보세요"라며 맥주를 권했다. 거품이 얹힌 맥주 한 잔은 단숨에 비워버릴 정도로 맛있었다.

이제 좀 살겠다는 기분으로 네고로는 '시음 캠페인중' '공장 직송 생맥주!' 등의 문구가 적힌 입간판을 새삼 바라보고, 은색 탱크로리에 그려진 비취색 봉황과 '유난히 무더운 여름입니다'라는 글자를 보며, 이벤트걸의 활기찬 목소리가 어지럽게 오가는 가운데 끊임없이 모여들어 맥주 한 잔을 비우는 샐러리맨들을 관찰했다.

붉은색 맥주가 발견되고 이 주. 히노데 맥주의 매출이 떨어지긴 했지만 '공장 직송'을 보장하는데다 공짜라면 누구든 '한번 마셔볼까' 싶은 생각이 든다. 그러나 일반 가정과 음식점에서는 '히노데는 피하고 보자'는 분위기가 여전하고, 실제로 히노데의 매출은 계속 떨어지고 있다. 네고로는 문득 범인들이 이런 상황까지 계산했을까 생각했다.

세간에는 이것이 중대한 기업 테러라는 의식이나 위협, 불안은 없고, 가십거리에 대한 호기심과 일시적인 우려뿐이다. 아마 혼입된 이물질이 인체에 무해한 식품첨가물이라는 것이 이런 모호한 분위기를 만들었겠지만, 생각해보면 이것이야말로 기업의 목을 서서히 조이기에 가장 좋은 방법인지도 모른다. 사회의 분노를 피하고, 피해자에게 체력적 여유를 남기며, 비명이 나오기 한발 직전에서 꾸준히 위협을 가하는 것.

그런 생각을 하며 네고로는 오 분 정도 주위에 서 있다가 약속 상대와 합류했다.

술을 못하는 사노는 홍보 차량에 모여든 사람들을 힐끔 보고 그다지 관심 없는 투로 "히노데도 애쓰네요"라고만 말했다. 오늘 히노데 주식의 종가는 996엔. 1,000엔대가 깨졌다 해도 하락폭과 속도는 미미한 범위다. 그것은 눈앞의 가두홍보 같은 마케팅 활동과 영업사원들의 피 말리는 노력으로 지탱되는 수치였다.

사노와 직접 만나기는 이십 일 만이었는데, 당연히 양복을 입고 올거란 예상과 달리 그는 폴로셔츠와 긴 바지에 가죽 숄더백을 메고 나왔다. 쥐색 양복 무리에서는 너무 눈에 띄는 차림이다. 사노는 경솔한 사람이 아니지만 취재에 몰두하면 묘하게 무신경한 구석을 드러낸다. 지금 같은 때 네고로는 그런 작은 부분까지 신경쓰지 않을 수 없었다.

"간만에 초밥이나 사줄까?" 말을 꺼내자 "차 한 잔이면 돼요. 이따들를 곳도 있고"라는 대답이 돌아왔다. 예상대로 머릿속에 취재밖에 없는 듯했다. "꽤 급한 모양이네"라는 네고로의 말에 사노는 "정말 오랜만에 책을 써보고 싶어져서요." 하며 웃고는 앞장서서 걷다가, 유라쿠초 마리온 뒤쪽에서 발견한 찻집으로 들어갔다.

"무슨 책인데?"

"『지하금융을 파헤치다』. 카피는 '블랙머니는 어디로 흐르는가'. 사실상 문제는 이것 하나로 집약되죠. 그렇게 생각하지 않아요?"

사노의 진지함을 선뜻 받아들이지 못한 네고로는 종업원에게 아이스커피를 주문하고, 재차 "무슨 얘기야?"라고 되물었다.

"자, 들어보세요." 말머리를 놓고 사노는 제 주장을 폈다. "조직적 블랙머니는 끊임없이 어딘가에서 생겨나고 있다. 마약, 매춘, 횡령, 공갈, 사기, 부정거래. 그렇게 만들어진 자금이 주식을 비롯한 금융시장으로 흘러들어 기초 자금을 한층 부풀린다. 이 자금을 운영하면서 우선 은행과 증권회사로 블랙머니가 흘러든다. 내가 지금 상대하는 비밀 그룹은 이런 자금 운영 단계에 속하죠."

"음."

"그러나 조직적 자금도 기껏해야 수백억 단위다. 그 이상의 힘을 암흑사회에 보장해주는 것은 정치인과 기업이다. 들어오는 돈을 마다하지 않는 정치인과 총회꾼이 협박하는 대로 휘둘리는 기업 덕분에 암흑사회는 더욱 성장한다. 고쿠라-주니치 사건이 전형적인 사례다. 이 단계에서 움직이는 것이 뇌물과 뒷돈. 여기서 블랙머니의 일부는 정치자금이 되고, 나아가 기업에 다양한 일거리를 가져다주고 사회경제에 스며든다."

"익히 알려진 얘기 같은데."

"여기까지는 그렇죠. 그러나 블랙머니의 행방은 이게 전부가 아니다. 제가 요즘 꽂힌 게 바로 이 점인데—"

네고로는 왠지 위험하다 싶은 직감에 "뭐라도 건졌어?"라고 물었다. 사노는 "아직요" 하며 빙긋 웃고는 종업원이 가져다준 아이스커피를 마셨다. 말투로 보건대 뭔가 캐낸 것이 틀림없었다.

네고로는 조금 초조해져서 "그 그룹의 꼬리는 잡았나?" 하며 본제로 이야기를 돌렸다. 사노는 "꼬리와 머리는 다 보이는데, 손이 어디로 뻗었는지가 영—"이라는 말로 대답을 얼버무렸다. 물론 그 비밀 그룹이 다종다양한 인맥으로 연결되어 있다는 건 안다. 따라서 관여하는 곳도 한둘이 아닐 테지만, 사노 말대로 그 손이 뻗친 개개의 사안은 전혀 보이지 않았다.

"그러나 그룹의 일부가 고쿠라-주니치 스캔들 때와 동일한 면면인 만큼 뒷돈이 흘러들고 있다는 건 확실하겠죠. 놈들은 어딘가를 흔들고 있어요, 확실히."

"사카다 다이치의 비서와 회원 10호, 13호가 아카사카 프린스 호텔에서 만난 일 말이야?"

"맞아요. 고쿠라-주니치 때도 그 비서가 아카사카 프린스 호텔에 드나들었죠."

"하여간 놈들, 상상력이 빈곤하다니까."

"아무리 머리 좋은 범죄자라도 결국에는 비슷한 방법을 쓰게 된다더군요."

1988년 여름 아카사카 프린스 호텔 구관에서 누가 누구를 만났는지는 사노도 당시 독자적인 취재를 통해 알고 있었다. 더구나 사카다의 고향 가고시마 현의 오랜 지인인 지방지 기자를 부추겨 사카다를 옹호하는 기사를 내보냄으로써 후원회에 침투하는 데도 성공했을 정도니,

사카다의 도쿄 사무소 취재와 정보 수집에서는 상당히 유리한 위치에 있다. 그것을 기반으로 추측했으니 근거 없는 소리는 아닐 터였다.

"오카다 경우회의 동향은?"

"있죠. 아 참, 타 신문사에서 들은 얘기인데, 오카다의 다마루 젠조가 5월 말 히노데 본사를 찾아갔다더군요. 거기선 못 들었어요?"

"못 들었는데."

"어쩌면 협박당하는 곳이 히노데인지도 몰라요."

"히노데 주식을 집중적으로 매매한 흔적은?"

"열여덟 개나 되는 창구로 분산되어 있으니 흔적이고 자시고 있을 수가 없죠. 게다가 말일이라 다른 종목들도 같이 움직이니까."

"그밖에 히노데와 관련된 동향은?"

"특별히 없어요. 그러나 히노데에서 만약 오카다를 거쳐 뒷돈이 움직였다면, 잘하면 흔적 정도는 찾을 수 있을지도 몰라요. 어차피 주식양도나 부동산 매매나 미술품 구입 같은 형식일 테니까."

"자네는 별로 흥미가 없는 모양이군."

"그렇지는 않아요. 이것도 블랙머니의 경로 중 하나니까."

"다른 경로가 있으면 하나만 알려줘."

"그건 앞으로 알아내야죠." 그 말을 끝으로 사노는 일찌감치 일어서려고 했다. 그러다가 가방 귀퉁이를 잡으며 "힌트라도"라며 네고로가 조르자 엉거주춤한 자세로 다시 앉았다.

"이 그룹에, 재일한국인과 조선인이 많을 것 같지 않아요? 요전에 아카사카 도큐 호텔 앞에 있던 도이쓰 산업 사장도 그렇고. 세이와회 현 회장과 오카다의 다마루도 그쪽 재벌과 인연이 깊어요. 주로 건설 관련으로 돈 될 만한 사업 얘기가 종종 들어오고 있고—"

"그건 합법적인 사업이잖아."

"사업은 합법이라도 이권이 얽힌 수뢰라면 얘기가 다르죠. 송금 방법도 불분명하고."

"그러고 보니 자네, 그쪽에 지인이 있다고 했지?"

"예, 몇 명쯤."

"손을 너무 넓게 뻗친 것 같은데―"

"사실들이 눈에 보이니까 주워모으고 있을 뿐이에요. 취향 따라 취사선택하면 제대로 된 저널리즘이라고 할 수 없죠."

네고로가 반론할 말을 찾는 사이 사노는 다시 자리에서 일어서버렸다. 그제야 이 자리와 무관한 사소한 일이 떠올랐다.

"참, 낮에 전화했었지? 마침 그때 은행에 가 있어서."

"전화요? 그런 적 없는데요."

"어, 그래?"

"뭐 건지면 또 연락할게요."

사노는 그렇게 말하고 나갔지만, 네고로는 부재중일 때 사회부로 걸려온 전화 한 통이 갑자기 신경쓰여 자리에서 일어서는 것도 잊고 말았다. '사노'와 헷갈리기 쉬운 다른 이름도 딱히 없으니 전화를 받은 기자가 잘못 들었을 것 같지는 않았다.

자신을 '사노'라고 밝히고, 네고로의 부재를 알리자 "그럼 됐습니다" 하며 전화를 끊은 것은 대체 누구일까. 금기 중의 금기에 발을 들인 듯한 사노의 이야기를 들은 직후라서인지 고약한 상상만 떠올랐다.

찻집을 나온 네고로는 공중전화부스에서 경시청 기자실의 스가노 캡에게 전화를 걸었다. 좀처럼 안 하던 짓을 한 것은 스가노를 의지해서가 아니라 당장 생각나는 얼굴이 그밖에 없어서다. 조간 마감까지 아직 여유가 있는 시간인데 "예, 도호 박스입니다" 하며 전화를 받는 스가노의 목소리는 조금 딱딱했다. 이어서 "뭐야, 시짱이었어?" 하더니 "여전히 가부토초야?"라고 물었다.

"가부토초가 문제가 아닙니다. 그곳을 쑤셨더니 요괴가 튀어나오네요. 최근 한국 루트로 뭐 들은 거 없어요?"

"뭐? 얘기가 그쪽으로 갔어? —알아볼게." 짧은 대답이 돌아왔다. 만약 사노의 눈이 정확하다면 아마 공안도 감시중일 테니, 스가노의 감만으로 파악할 수 있으리라 네고로는 기대했다.

"그런데 지금 당장은 바다 건너 얘기를 하고 있을 시간이 없어. 발등이 활활 타들어가고 있거든. 복잡한 얘기지만, 내부 범행설이 나왔어."

"내부?" 수화기를 귀에 바짝 갖다대는 순간 네고로는 머릿속이 크게 뒤집어지는 것을 느끼고 저도 모르게 주먹을 꽉 쥐었다. "레이디 조커 일당 중 경찰이 있다는 겁니까?"

"『주간 도호』에서 들어온 얘기래. 잘은 모르겠지만, 여하튼 우리 1과 담당 안색이 싹 바뀌었어. 나중에 다시 연락하자고."

꼭 밖에 나와 있을 때 이런 일이 생긴다. 전화부스를 뛰어나와 택시를 잡으며 오늘밤도 잠들기 글렀다는 생각이 얼핏 스쳤다.

*

구보는 과연 안색이 변해 있었다. 절반은 믿지 못하겠다는 생각 탓이고 절반은 하필 경찰 내부 정보를 주간지에 뺏긴 충격 탓이었다.

반시간 전, 『주간 도호』의 에노모토라는 기자가 전화해서 인사도 생략하고 대뜸 "내부 범행설, 그쪽에서 알고 있어?"라고 말했을 때, 구보는 전세택시 안에서 말 그대로 굴러떨어질 뻔했다. "민감한 얘기인데, 정보 교환 안 될까?"라는 에노모토의 말에 다급히 "지금 그리 갈게요"라고 대답하고, 취재 후 시부야에 있다는 에노모토와 하치코 동상 앞에서 만나기로 했다.

에노모토는 작년 도호 오사카 본사에서 『주간 도호』로 옮긴 선배 기자로, 4월에 오사카 니시나리에서 제보자 도다 요시노리의 근황을 알아봐준 사람이었다. 지금은 주간지에 있지만 본래 구보보다 훨씬 경험이 많은 사회부 베테랑이니 이렇게 특종을 잡아도 이상할 것 없지만 그래도 영 얼떨떨했다. 내부 범행이라는 정보는 밖으로 거의 샐 리 없는데, 에노모토는 대체 무슨 수로 알아낸 걸까? 그런 생각을 시작하자 경찰기자의 머릿속은 새하얘지기만 했다.

행선지를 바꿔 시부야로 향하는 전세택시 안에서 구보는 우선 몇몇 정보원에게 전화해 내부 범행설을 던져보았지만 다들 "뭐?" 하는 반응이었고, 오히려 그쪽에서 구보를 캐려고 들었다. 혹시 엉터리 정보가 아닐까 생각을 고쳐먹는 참에 전세택시가 도겐자카 아래 교차로에 도착했고, 여기부터는 걷는 편이 빠르겠다 싶어 차에서 내렸다.

교차로 건너편 하치코 동상 앞은 항상 인파가 많지만 그날 밤은 유난히 북적거렸다. 색색깔의 풍선과 은색 탱크로리. 미니스커트를 입은 아가씨들이 새된 목소리로 "막 빚어낸 맥주를 공장에서 바로 가져왔습니다! 오늘 하루도 수고 많으셨습니다! 공장 직송 맥주입니다! 수고하셨습니다! 한잔 들어보세요. 공장 직송입니다!"라고 외치고 있었다.

아, 여기서도 하는구나. 힐끔 보고 인파를 뚫고 나가려는데 "어이, 여기!"라고 부르는 목소리에 돌아보니 에노모토가 공장 직송이라는 맥주를 들고 서 있었다. 아니, 잔은 이미 비어 있었다.

"공장 직송이라 역시 맛있네." 한가로운 소리를 하는 에노모토에게 구보는 촌분이 아까운 심정으로 "아까 그 얘기 뭐예요?"라고 입을 열었다.

"어쩌면 우리도 기사화 못할지 모르겠어." 에노모토가 말했다.

"그쪽에서 못 쓸 내용이면, 신문은 더 가망이 없죠." 구보가 대꾸했다.

"아무튼 처음부터 있었던 얘기고, 형사 몇 명이 행적 조사 대상이 됐대. 그중 한 사람한테 내가 분명히 들었거든."

"용의자 본인에게 들었다는 겁니까?"

"그렇다니까."

에노모토의 말에 따르면 그 인물은 이케가미 서의 서른일곱 살 방범과 형사로, 4월 말경 행적 조사를 눈치챘다. 아파트 대출금을 상환하느라 사채를 50만 엔 정도 끌어다 쓴 일이 서에 알려진 모양이라고 짐작했다. 그래서 이참에 고향에 내려가 부모의 농사일을 물려받기로 작정하고 사직서를 냈는데, 상사가 "지금 그만두면 이상한 혐의를 받을 수 있으니 수리해줄 수 없다"고 해서, 그제야 자신이 히노데 맥주 사장 납치범 일당으로 의심받고 있다는 사실을 알았다 한다.

당연히 그는 격분했고, 어디다 하소연할 수도 없는 처지를 에노모토에게 털어놓았다는 것인데, 이야기 중 몇 가지 중요한 점이 있었다. 하나는 수사본부가 일찍부터 조직 내부를 조사하고 있었다는 것. 첫번째 현금 전달 시도가 미수로 끝난 5월 9일, 구보를 비롯한 기자들도 그날 일련의 과정을 지켜보며 범인 그룹에 경찰수사에 해박한 자가 있다고 느꼈다. 그런데 특수본부가 그전부터 내부를 주시하고 있었다면 그 판단의 근거는 대체 무엇이었을까? 아직 언론에 밝히지 않은 목격 증언이라도 있었던 것일까? 혹은, 밀고?

또하나는 상사가 그에게 "자네 같은 처지에 몰린 경찰이 몇 명 더 있으니 이 이야기는 절대로 발설하지 마라"고 충고했다는 것이다. 내사 대상이 된 현직 경찰이 여러 명이라면 특수본부가 모종의 이유로 내부 범행을 염두에 두고 있음은 더이상 엉터리 정보라고 단언할 수 없었다.

"행적 조사는 수사에 직접 관계된 부분이니 그대로 기사화할 수 없겠지만, 시점을 살짝 비틀어서 뭐라도 쓰고 싶어. 우리야 주간지니 대충 제목으로 얼버무릴 수 있지. 자네도 1과장을 상대로 촉을 세워봐."

에노모토의 의도는 이것인 듯했다. 구보는 "아, 예" 하고 건성으로 대답했다. 상상도 못했던 내부 범행 가능성에 가늠하기 힘든 충격을 느끼며, 저도 모르게 히노데 맥주 시음 홍보 부스에 모인 사람들을 바라보았다. 부당한 곤경에 빠져 막대한 손실을 보고 있는 히노데가 이 사실을 알면 어떻게 생각할까.

"참, 하나 더 있어." 에노모토가 말을 이었다. "2과의 제4지능범 수사 관리관이 사흘 전부터 자택 근신중이지? 특수본부에 있는 2과 사람하나가 가부토초에 정보를 흘려왔다고 해. 이건 팩트만 갖추면 바로 쓸수 있어. 물먹고 싶지 않으니 서두를 생각이야."

주간지에는 낼 수 있지만 신문에는 무리다. 내부 범행설만 그런 것이아니라, 경찰과 상부상조하는 기자실 제도 안에서는 기본적으로 경찰이 인정한 내용밖에 쓸 수 없다. 하물며 정보 누출 얘기는 영원히 힘들것이다. 내부 범행도 체포 사태까지 다다랐을 때야 기자회견이 열린다. 그때까지는 기사화 가능성이 없다. 구보는 얼굴이 일그러지는 것을 느끼면서 "여러모로 고맙습니다" 하고 마음에도 없는 인사를 한 뒤 먼저발걸음을 돌렸다.

내부 범행. 가부토초에 정보 누출. 어느 쪽이나 경찰기자의 속을 뒤집어놓는 이야기였지만, 구보는 고민에 빠지기 전에 일단 어디서부터탐색해야 할지 머리를 굴려보았다. 정보 누출 건은 내일 2과 담당에게부탁해서 특수본부의 지능범 및 특수폭력 담당 형사들부터 하나하나만나보고, 내부 범행 건은 일단 1과장에게 패를 슬쩍 보여주며 반응을살필 일이었다. 어차피 1과장에게서 돌아올 것은 부정의 한마디나 침묵, 혹은 무시다. 그러나 이물질 혼입 맥주 발견 이후 예민한 심기를 숨기지 않는 1과장이 그 말에 안색이라도 바꿔준다면. 구보는 그렇게 기대했다.

그날 밤 간자키 1과장은 처음부터 안색이 밝지 않았다. 피로가 슬슬 한계에 달한 듯했지만 그것은 나중에 든 생각이고, 평소처럼 야습 면담을 위해 응접실에 들어서는 구보의 머릿속은 내부 범행설로 가득차 있었다.

구보는 "범인 그룹의 윤곽이 조금 드러나지 않았습니까?"라고 입을 열었다. 간자키는 "그랬으면 내 얼굴이 이렇겠습니까"라고 무뚝뚝하게 대꾸했다.

"몇 명에게 행적 조사가 들어간 것 같던데요."

"닥치는 대로 시도해보는 겁니다. 일전에도 말했잖아요. 하네다의 약국도 그중 하나입니다."

"경찰에 대한 행적 조사는, 닥치는 대로 시도해보는 차원이 아니죠?"

"무슨 얘기인지 모르겠군요."

"그런 얘기가 있더라고요."

"언급할 가치가 없습니다."

"아직 기사화하진 않겠지만, 범인 그룹을 좁혀가는 데 어느 정도 윤곽이 잡혔다고 봐도 되겠습니까?" 구보가 그렇게 물은 직후였다. 간자키가 갑자기 팔걸이를 손으로 내려치며 소리쳤다. "기사화 안 할 것을 왜 물어봅니까!"

간자키는 격앙을 감추지 않고 팔걸이를 몇 번이나 쿵쿵 두드렸다.

"당신들 신문이야 그날그날의 관심사를 기사로 내고 나면 그만이지만, 경찰수사에는 한 사람의 목숨과 재산, 사회생활 전부가 걸려 있어요. 우리와 히노데는 지금 세번째 현금 전달 연락을 숨죽이고 기다리는 중입니다. 이 기회를 놓치면 사건을 해결할 방법이 없다는 간절한 심정으로 임하고 있습니다. 그런 중차대한 시기에, 신문이 이렇게 선을 벗어나도 되는 겁니까!"

"저희는 1과장님이 인정 안 하신 내용은 쓰지 않습니다. 그러니까 묻는 겁니다. 게다가 머지않아 다른 매체에서 다룰 이야기고요."

"오늘밤은 그만 가십시오!"

간자키가 먼저 자리에서 벌떡 일어나자 구보도 물러났다. 그러나 관사를 나서면서는 누가 뭐래도 숨길 수 없는 기자 근성이 고개를 들었고, 성과가 있었다는 생각이 들었다. 조직 내 범행이라면, 특수본부가 가장 깔끔하게 용의자를 체포할 수 있는 길은 현행범 체포. 그 사실 때문이라도 간자키는 세번째 현금 전달에 사활을 건 것이 틀림없었다.

구보는 하네다로 향하는 전세택시 안에서 스가노 캡에게 전화해 지금까지의 경과를 보고했다. 스가노는 특별한 말 없이 "간자키도 은근히 허술하군"이라고 중얼거리더니, "알았어. 내부 범행설로 가자. 기사는 너무 서두를 것 없어"라고만 말했다.

구보가 간자키에게 말한 대로 곧 미디어가 내부 범행설을 폭로하는 날이 닥쳤다. 그러나 그 주인공은 구보의 예상과 달리 『주간 도호』가 아니라 텔레비전이었다. 무난한 노선을 원하는 편집장이 에노모토의 기사를 승인해주지 않은 것이었다.

6월 20일 월요일 밤, 구보는 득남한 정보원을 축하해주려고 집으로 갔다가 마침 거실 텔레비전에서 나오는 민방 프로그램을 보고 가슴이 철렁했다.

"오늘밤 특집은 예정을 바꿔서, 붉은색 맥주로 전국의 소비자를 두려움에 떨게 하고 있는 레이디 조커 사건을 전해드립니다. 놀랍게도 경찰 내부 범행설이 나왔는데, 그 소문을 추적하겠습니다!" 캐스터의 목소리가 들려온 순간 맥주를 마시던 구보와 정보원의 손이 뚝 멈췄고, 저도 모르게 텔레비전으로 눈길을 돌리며 둘은 동시에 "어—" 하는 소리를 냈다.

정보원은 1기수 대본부 반장으로, 사장 납치사건 초기부터 사건 일선에 있던 사람이라 지금까지 사건에 대한 이야기는 서로 피해왔다. 그런데 이번에는 그가 먼저 "구보 씨, 저거 알고 있었어?"라고 물었다. 구보가 "소문만요"라고 대답하자 정보원은 "호오" 하더니 더는 아무 말 없이 텔레비전 화면에 몰입했다. 특수본부 내부 동향을 반장이 모를 리 없으니 꾸며낸 반응이리라고 구보는 생각했다.

프로그램은 사장 납치와 두 번의 현금 전달 시도 전말을 민방에서 흔히 보는 재현 영상으로 소개했다. 레이디 조커 취재에 관여해온 사람이면 누구나 아는 부분, 증거는 없지만 추측이 가능한 부분을 매우 교묘하게 짜맞췄다. 사실과 억측을 구별하지 않았다는 큰 문제가 있긴 하지만 여하튼 시청자들은 고개를 끄덕일 만한 구성이었다.

특히 3월 24일 밤 사장 납치 현장을 재현하면서 순찰 스쿠터를 탄 경찰이 무선을 쓰며 산노 주변을 돌아다니는 장면과, 그 무선 내용을 누군가가 같은 경찰 무선으로 방수하는 장면에서는 저도 모르게 빠져들고 말았다. 지금껏 구보가 알 수 없었던, 특수본부가 현직 형사 몇 명을 주목하던 이유가 아마 이것이었나보다 싶었다.

프로그램은 또한 예의 이케가미 서 형사로 짐작되는 인물을 "2방면의 모 관할서에 근무하던 방범과 형사 출신 K씨"라고 지목했다. 방송에 따르면 그 인물은 사흘 전 9일 금요일 결국 사직했다. 주택 대출금, 사채, 4월 말부터 행적 조사 대상이었다는 것 등 에노모토한테 들었던 얘기가 본인의 증언과 양해하에 방송되었지만, 그외에도 행적 조사 대상이 된 현직 경찰이 몇 명 더 있다는 사실은 언급되지 않았다.

프로그램이 끝나갈 무렵 정보원이 "당신들이 들은 소문도 이런 내용이야?"라고 물어서 구보는 "예, 대강" 하고 대답했다.

"구보 씨, 분명히 말해두지만 이거 순 엉터리야."

"그래도 수사 정보를 정확히 잡아냈다고는 해야겠는데요."

"만약 그렇다면, 조만간 누구 하나가 징계면직을 당한다는 말인데." 정보원의 말에 구보는 냉큼 "정보 누설 얘기도 나돌고 있어요"라고 운을 떼워보았다.

정보원은 어깨를 살짝 으쓱했을 뿐이지만, 이번에 민방이 잡은 수사 정보가 특수본부 내에서 흘러나왔다는 것, 실제로 징계면직을 당할 사람이 있다는 것, 그것이 소문의 정보 누설자라는 것 등을 구보는 그의 말투에서 읽어낼 수 있었다. 정말로 어떤 형사가 징계면직을 당한다면 이름은 금방 알아낼 수 있다.

이튿날 아침 1과장 회견에서는 예상대로 지난밤 텔레비전 보도가 화제에 올랐고, 내심 노리고 있던 기사 건수를 텔레비전에 빼앗긴 꼴이 된 각사 기자들이 "이제 그만 정식 코멘트를 주시죠"라고 1과장을 채근하는 분위기였다.

간자키는 겉으로는 태연하게 "아, 어젯밤 텔레비전 프로 말입니까? 하도 거창해서 나도 끝까지 보고 말았네요"라고 말문을 연 뒤로 시종 당당하게 응했다. "감상? 특별한 감상은 없어요. 그러나 근거 없이 고의로 경찰의 명예를 훼손하는 내용이라고 판단했으므로, 프로그램을 제작한 도사이 방송에는 두 달간 정례 회견 참석과 야간 취재를 거부하기로 했습니다. 프로그램에 등장한 전직 형사는 의원면직이 거부되어 징계면직 처분을 받았습니다. 특수본부 차원에서 언급할 필요는 없다고 보입니다."

특수본부가 몇몇 경찰을 용의자로 보고 있다는 사실을 확인하려는 질문도 당연히 나왔다. 간자키는 단호하게 부정했다. 대신 전직 형사의 재직 당시 대출금 상환 문제로 내사한 사실은 인정하고, 그 내사도 사채업자의 고소에 따른 것이었다는 새로운 사실을 밝히고 해당 고소장의 복사본까지 돌리는 꼼꼼한 대응을 보였다. 고소장은 4월 10일자로, 피고소인이 업자에게 금리 지불을 유예하라고 강요하며 사무실 책상을 뒤엎는 소동을 부려 피해를 입었다고 기록되어 있었다. 그러나 내부 범행이라는 중대한 의혹에 비하면, 구보 같은 기자들 눈에 그것은 그저 종이쪼가리에 불과했다.

이어서 구보가 "그 형사는 3월 24일 야근을 했습니까?"라고 질문했다. 간자키의 대답은 "무슨 말인지 모르겠군요"뿐이었다.

"모르실 리 없잖습니까." 타사 기자가 한마디 거들었다. 간자키는 시선만 그쪽으로 돌릴 뿐 아무 말도 하지 않았다. 회견이 그렇게 끝난 뒤 9층 박스로 잰걸음을 옮기는 구보의 머릿속은 3월 24일 야근한 2방면 형사를 마음먹고 찾아내야겠다는 생각으로 가득했다. 내부 범행이라는 단서로 이참에 레이디 조커의 베일이 벗겨질지도 모른다는 희미한 예감이 뒤따르자 가슴이 뛰면서 스멀스멀 피어오르는 기대감에 숨이 막혀왔다.

*

6월 23일 금요일 오전 6시 40분, 고다는 산노 2번가 버스정류장 옆을 지나치며 근처 가로등에 붙어 있는 폭 2센티미터 흰색 테이프를 보았다. 매일 아침 반드시 확인해온 그 자리에 가는 빗방울 사이로 흰색 이물질이 또렷하게 눈에 들어온 순간, 놀라움인지 감탄인지 분간할 수 없는 목소리가 자연스레 목구멍에서 새어나왔다.

고다는 곧장 특수본부 히라세에게 휴대전화로 연락하며 말없는 테이프를 응시했다. 사십 일 만에 '신호'를 본 시로야마는 오늘밤 틀림없이 범인과 연락을 취할 것이다. 그리고 아마 모종의 결말을 낼 것이며, 앞으로 예상되는 수백억 혹은 수천억의 손실을 막아낼 것이다. 그렇게 생각하니 경찰이 이 뒷거래를 저지하는 것이 정당한 일인지 문득 의문이 들었다. 만약 정당하다면 그건 범인을 체포할 전망이 확실할 때뿐이다.

"고다입니다. 사장 집으로 가는 길인데 산노 2번가 가로등에 흰색 테이프가 붙어 있습니다. 지난밤 순찰에서 무슨 보고가 들어오진 않았습니까?"

"순찰은 17일로 중단했어. 흰색 테이프 신호는 이미 끝났다고 자네가 말했잖아."

중단했다는 말을 듣는 순간 이성이 어딘가로 날아가버렸다. "혹시 모르니 순찰은 계속해달라고 했잖아요!" 고다가 고함을 지르자 상대도 "이제 와서 그런 말이 무슨 소용이야!"라고 맞고함을 쳤다.

"지역 조사 두 명과 감식을 그리 보내지. 자네는 오늘밤 시로야마가 어디 전화하는지 확실히 알아내. 수단과 방법은 따지지 말고. 오늘밤 시로야마와 범인의 접촉을 저지하지 못하면 히노데는 완전히 뒷거래로 기울 거야. 그렇게 되면 용의자 체포는 물건너가는 거야."

"특수본부에서도 무슨 방법을 생각해보세요. 저도 시로야마가 어디 전화하는지 확실히 알아내겠다고 장담은 못합니다."

"그게 자네 할 일이야. 조금 전 히노데 고객상담실 전자메일로 LJ 4호가 들어왔어. 세번째 현금 전달 요구야. 지정일은 내일 24일 토요일. 이번에도 그냥 간만 보고 끝낼 수 있어. 가능성은 반반이야. 알겠나? 어떻게든 시로야마가 연락하는 번호를 알아내. 이상."

손안에서 뚜뚜 소리를 내는 휴대전화를 주머니에 집어넣고 고다는 주택가를 걸어갔다. 자신이 히라세 같은 처지였어도 필시 똑같은 말을 했으리라는 것은 잘 알고 있었다. 시로야마가 연락하는 범인측 번호를 알아내는 것이 필수라는 것도 알고 있었다. 5월 25일, 다마루 젠조가 시로야마를 찾아온 밤 시로야마의 집무실까지 숨어들어가놓고도 서랍 안의 휴대전화 번호를 미처 파악하지 못했다는 것도 알고 있었다. 이제 자신이 맡은 직무인지 아닌지에 관계없이, 뭐든 해보는 수밖에 없었다.

버스정류장 앞에서 시간을 끈 탓에 평소보다 이 분 늦은 오전 7시 삼 분 전에 도착했다. 야마자키가 벌써 대문 앞에 회사 차량을 대놓고 있다가 "비 한번 시원하게 오네요. 옷 젖겠어요" 하며 조수석 도어록을 풀어주었다. 고다는 "고맙습니다" 하고 가볍게 목례하고는 접은 우산을 길바닥 위로 한 번 휘둘러 물방울을 털고 시로야마가 나올 때까지 잠깐 조수석에 앉아 있었다. 그 순간, 이렇게 이 차를 타는 것도 마지막이라는 생각이 스쳤다.

시로야마는 오전 7시 일 분 전, 우산을 받쳐주는 부인의 배웅을 받으며 현관에 나타났다. 오늘은 은색과 터키블루가 섞인 밝은 줄무늬 넥타이다. 여느 때처럼 조심스럽게 미소짓기를 잊지 않은 부인이 남편 대신 문밖을 향해 먼저 목례하고, 직접 문을 열고 나와 "안녕하세요. 비도 오는데 수고가 많으세요" 하며 고개를 숙였다. 부인과 교대해 우산을 펼치고 시로야마에게 차문을 열어준 고다가 부인에게 "다녀오겠습니다" 하며 고개를 숙이고 이어서 차에 올라탐으로써 평소와 같은 하루가 시작되었다.

여느 때처럼 골목을 지나 큰길로 합류할 때, 고다는 짐짓 다른 곳을 바라보며 시로야마의 시선을 피했다. 사십 일 만에 가로등의 흰색 테이프를 본 시로야마가 어떤 표정을 짓고 무슨 생각을 하는지는 군이 상상할 것도 없었다.

차가 큰길로 나오고 잠시 후 시로야마가 "세번째 요구가 왔습니다"라고 혼잣말처럼 중얼거렸다. 고다는 "알고 있습니다"라고 대답했다. 기타시나가와의 히노데 본사로 직행하는 십팔 분 동안 더는 대화가 없었다.

그날 역시 하루종일 거래처를 돌아다녔다. 수사에 투입되면 하루 4만 보씩 걷는 고다에게도 지난 한 달은 조금 벅차게 느껴졌고, 번갈아 신는 구두 두 켤레의 밑창을 벌써 한 번씩 갈아야 했다.

이른 아침 본사 집무실에서 잡무를 끝낸 시로야마는 오전 8시 "늦지 않으려나"라고 혼잣말을 하며 서둘러 나와 회사 차량으로 도쿄 역까지 가서 신칸센을 타고 오사카로 향했다. 도착하자 지사에서 보내준 차를 타고 오사카 시내 중심부에 있는 특약점 본사로 향해 12시 반까지 약 한 시간 동안 사장과 대화를 나누었다. 마중나온 부지사장과 시로야마가 차 안에서 주고받은 대화로 짐작건대, 히노데 맥주가 항상 점유율 6할을 지켜오던 간사이 지역에서 지난주부터 매출이 떨어진 탓에 이번 방문이 이뤄진 듯했다.

그후 시로야마는 점심식사도 거르며 특약점 두 군데를 더 방문하고, 도중에 직접 요청해서 미나미 번화가에서 2차 도매상을 둘러본 뒤, 기타하마에 있는 히노데 오사카 지사에 들러 간사이 3개 지사 6개 지점의 책임자가 모인 영업회의에 참석했다. 한 시간가량 회의가 이어지는 동안 응접실에서 기다린 고다는 창밖으로 몇 년 만에 접하는 미도스지의 풍경을 바라보며, 오늘밤 시로야마가 통화할 상대를 어떻게 알아낼지 이리저리 머리를 굴렸다.

오후 4시가 못 되어 다시 신칸센을 타고 퇴근시간을 맞아 한창 붐비는 도쿄 역에 도착하니, 다음 일정으로 다카나와 프린스 호텔에서 열리는 특약점 모임 정기간담회가 기다리고 있었다. 오후 7시 시작인 간담회에 오 분 늦게 들어간 시로야마는 대회의실에 들어서자마자 숨 돌릴 새도 없이 연단에 섰다. 지난 한 달 언제 어디서나 그랬듯이 먼저 고개를 깊이 숙이고, 이물질 혼입 맥주의 전말을 사과하며 인사말을 시작했다.

그 간담회는 가을 광고에 기용할 남자 배우의 소개, 판촉 캠페인용 경품 소개 등을 겸하는 자리라 총 칠백 명 정도의 관계자가 모였는데, 약 한 시간 동안 시로야마는 다른 임원들과 마찬가지로 일 분도 한 자리에 머물 새가 없었고, 고다는 다섯 발짝쯤 뒤에서 내내 그뒤를 따라다녔다. 옆에서 들어보니 별다른 용건 없이 인사를 주고받는 정도였지만, 주위에 고루 던지는 시선이나 상대 말에 적절하게 맞장구치는 모습은 최고경영자의 풍격과 영업직의 겸손함을 겸비한, 튀지도 않고 묻히지도 않는 처신이라 할 만했다. 고다는 호오의 감정 없이 그저 감탄하는 심정으로 그 모습을 바라보았는데, 아무래도 오늘 시로야마는 어제까지보다 좀더 밝아 보였다. 발걸음도 한참 젊은 자신 못지않게 가벼웠고, 보통 이 시간쯤이면 피로를 감추지 못하던 안색도 오늘은 나쁘지 않았다. 알기 쉽다면 이처럼 쉬운 이야기도 없지만, 아침에 발견한 흰색 테이프 '신호'와 LJ 4호로 전달된 세번째 현금 전달 지시에 저렇게까지 마음이 가벼워질 수 있나 싶어 새삼스럽다는 느낌마저 들었다.

여하튼 특수본부의 말대로 세번째 현금 전달이 뒷거래의 '신호'가 될 가능성이 높은만큼, 고다는 시로야마를 뒤따라 떠들썩한 간담회장을 돌아다니면서 자신이 짊어진 특명의 중압감을 시시각각 느껴야 했다.

시로야마는 한 시간쯤 머물다가 요코하마 지사장과 모 특약점 사장 두 명과 함께 행사장을 빠져나와 같은 호텔의 한 방안으로 십 분 정도 모습을 감추었다. 고다가 오늘까지 주워들은 이런저런 이야기로 짐작건대 특약점 합병 건 하나가 체결, 혹은 결렬된 것 같았다. 그뒤 시로야마와 고다는 곧장 호텔을 출발했는데, 나오면서 보니 간담회장에서 구라타 부사장의 선창으로 성대한 박수가 터지고 있었다.

본사로 돌아온 것은 오후 8시 40분, 비서 노자키는 이미 퇴근한 뒤였다. 고다는 시로야마에게 대기실과 집무실 문을 열어주었다. 그 틈에 본 시로야마의 책상에는 평소처럼 비서가 남긴 메모지가 놓여 있고, 보고서 등의 서류가 산더미처럼 쌓여 있었다. 그 광경을 시선에 담는 일 이 초 동안 고다는 어떤 결단에 쫓기느라 아주 짧은 번뇌에 시달리면서 문손잡이를 잡은 채 시로야마를 바라보았다. 시로야마도 언젠가 이런 때가 올 줄 예상했다는 듯 고다의 눈길을 받아냈다.

아마 범인과 시로야마가 미리 정해두었을 오후 9시 전후의 연락 시각. 시로야마가 시간에 쫓기며 처리해야 할 책상 위 일거리들. 고다는 이 두 가지 조건을 고려해 오후 9시가 되기 전 자신이 먼저 행동에 나서야 한다고 계산한 것이었다. 시로야마의 예리한 반응에 한순간 결단이 흔들릴 뻔했지만 이미 내디딘 발을 물릴 방법은 없었다. 자신과 시로야마 사이에 통한 암묵의 전류를 없던 것으로 만들 방법도 없었다.

그리고 무엇보다, 시로야마가 곧 전화를 걸 상대를 경찰이 출동해 포위할 시간을 확보하지 못하면 그 전화번호를 알아내는 의미가 없어진다. 가령 지금 여기서 어떤 정보를 얻어 특수본부에 전달한다고 해도, 문제의 번호가 일반전화나 공중전화라면 그 장소를, 휴대전화라면 그 발신 지역을 특수본부에서 추적하고 적절한 태세를 갖추는 데만 십 분이 넘게 걸릴 것이다. 그 점까지 고려해 오후 9시라는 연락 시각에서 역산해보면 고다가 시로야마에게서 상대의 번호를 알아낼 수 있는 시간은 앞으로 몇 분밖에 없었다. 계산도 승산도 없는 자폭 행위임을 자인하면서도, 제 손으로 집무실 문을 열고 시로야마의 책상에 쌓인 일거리를 보던 고다는 지금밖에 기회가 없다고 결론을 내렸다.

고다는 열어둔 집무실 문을 몸으로 막고 시로야마 앞을 가로막다시피 하며 "죄송합니다만, 들어가시기 전에 드릴 말씀이 있습니다"라고 입을 열었다.

시로야마는 한 치의 동요도 보이지 않았다. 아니, 지금까지보다 한층 두터운 가죽을 뒤집어쓴 듯 무표정한 얼굴로 "지금 우리가 얘기할 필요도, 용건도 없는 것 같은데요"라고 대꾸했다.

"특수본부는 필요하다고 판단했습니다."

"그렇다면 내가 1과장에게 직접 듣지요."

"꼭 지금 말씀드려야 할 일입니다. 저는 1과장의 지시로 여기 있는 거고요."

"1과장의 지시는 나를 경호하라는 것이 아니었나요?"

"1과장이 이 사태를 특별히 우려하고 있다고 이해해주십시오."

시로야마는 '이 사태'가 어떤 것인지 되묻지도 않고, "말씀을 이해 못하겠군요"라고 대꾸했다.

"저희도 사장님이 생각하시는 바를 이해할 수 없습니다." 고다가 말했다. 그러고는 목소리에 필요 이상으로 힘이 들어가지 않도록 신경쓰며 내처 말했다.

"저희는 귀사가 범인 그룹과 접촉하는 수단을 가지고 있다고 봅니다. 그 수단을 이용해 과거 두 번 접촉한 흔적도 확인했습니다. 5월 10일과 12일, 이 집무실에서 접촉이 이루어졌습니다. 사장님이 직접 하셨죠."

시로야마의 얼굴은 여전히 미동도 없었지만 그 눈동자에는 여러 표정이 다급하게 지나갔다. 뭔가에 정신이 팔린 듯한 방심. 특별한 감정이 없는 사무적인 사고. 본성을 드러낸 외부인 앞에서 느끼는 가벼운 곤혹감 등이었다. 그중 곤혹감에는 어떤 여유가 엿보였고, 그 여유는 격노로, 실망으로, 우월감으로, 무자비함으로, 다시 여유로 옮겨갔는데, 고다는 그 하나하나가 자기 자신의 눈과 같다고 느꼈다. 격노하고 실망하고 무자비해진 것은 그도 마찬가지였다.

손목시계 바늘이 막 8시 45분을 가리키는 것을 보고 고다는 서둘렀다.

"사장님은 미리 정해둔 번호로 연락하실 테죠. 범인과 몇 분 동안 통화가 이뤄진다면 그의 정체가 드러난 것이나 마찬가지입니다. 사장님이 전화를 걸기 전에 그 번호만 우리에게 알려주셨다면 5월 10일, 혹은 12일 적어도 한 명의 범인은 잡을 수 있었습니다. 이번 이물질혼입사건도 일어나지 않았을 겁니다. 방대한 경제적 손실도 없었을 겁니다. 방금 사장님 생각을 이해할 수 없다고 말씀드린 것은 그런 뜻입니다."

"무슨 이야기인지 모르겠군요."

"오늘 아침 사장님은 산노 버스정류장 옆 가로등에 붙어 있던 흰색 테이프를 확인하셨습니다. 우리는 오늘 저녁 사장님이 다시 범인과 접촉을 시도할 거라 봅니다. 지금 여기서 상대의 번호만 알아낸다면, 경찰이 오늘 안에 범인의 신병을 확보할 수 있다고 장담할 수 있습니다."

"이제 그만 자리를 비켜주시죠."

"저는 지금 사장님의 결단 하나로 오늘 안에 레이디 조커 일당 중 한 명을 확보할 수 있다고 말씀드리는 겁니다."

"비켜주세요."

시로야마는 무표정하게 그 말을 반복했고 고다는 움직이지 않았다. 시로야마가 어떻게 나올지, 자신이 어떻게 나갈지, 한 치 앞의 상황도 그리지 못한 채 버틸 뿐이었다.

회사측에서 이미 결론을 내버린 지금, 고다는 아마 뒷거래 논의가 틀림없을 범인과의 접촉을 뒤집을 만한 근거를 제시하지 못했고, 시로야마가 개인적으로 다른 생각을 품고 있다 해도 독단적으로 움직일 수 없는 처지라는 것 역시 알고 있었다. 나아가 설령 여러 명의 범인 중 한 명을 체포한다고 해도 이물질 혼입 등의 추가적인 보복을 즉각 막을 수 없는 것도 사실이었다. 요컨대 이 대치는 두 사람 모두 선택의 여지가 없는 불모의 것이었고, 결국 시로야마가 손을 뻗어 고다의 팔을 잡고 말없이 옆으로 밀어내면서 끝이 났다.

고다는 물러섰다.

"내일부터는 나오실 필요 없습니다." 시로야마는 그 말을 남기고 집무실로 들어갔고, 고다의 눈앞에서 문이 닫혔다.

그 순간 고다는 갑자기 속이 편해졌다는 것 말고 제 마음을 표현할 길이 없다는 기분이 들었다. 뭔가 다른 방법이 있었을 텐데 하는 반성보다 제 능력의 결정적인 한계를 명확하게 목도한 느낌이었다. 경찰수사에 명백한 손실을 끼쳤고, 이제는 실로 어쩔 도리가 없다는 '×' 표시등이 켜진 느낌이었다. 이렇게 너무나 명백해서 수치스러워할 겨를도 없는 완벽한 종료는 이혼 때도 겪어보지 못한 것이라는 생각만 떠올랐다.

손목시계 바늘은 오후 9시 오 분 전을 가리키고 있었다. 비서 책상 위 전화기의 내선 사용 램프가 짧은 간격으로 켜졌다 꺼졌다 하는 것을 고다는 자동적으로 바라보았다. 집무실의 시로야마가 업무를 처리하며 여기저기로 전화를 걸고 있는 것이었다. 통화하는 듯한 목소리와 기척이 잠시 이어지고 전화기 램프가 점멸을 반복하다가 이윽고 오후 9시가 된 후 시계의 긴바늘이 두 바퀴 더 돌았을 때, 모든 램프는 아무도 전화를 받지 않음을 뜻하며 바쁘게 깜빡이고만 있었다. 잇따라 걸려오는 전화들을 시로야마가 받지 않고 내버려두고 있는 것이다. 시각은 9시 2분.

문 너머로 "시로야마입니다"라는 목소리가 들렸다. 이어서 긴 침묵. 긴바늘이 한 바퀴 더 돌았을 때, "알겠습니다"라는 시로야마의 목소리. 다시 침묵. 이어서 들려온 "알겠습니다"라는 목소리까지 듣고, 고다는 양복 목깃의 단춧구멍에 달아둔 히노데 맥주 사원 배지를 떼어내 비서 책상에 내려놓았다. 문 너머에서는 내용을 알아듣기 힘든 시로야마의 목소리가 새어나오고 있었다. "경찰이— 이 전화— 그만—"

시로야마가 범인에게 '경찰이 감시하고 있다. 이 전화는 이번을 끝으로 그만 사용했으면 좋겠다'고 주의를 주고 있다. 마지막으로 그렇게 추측하며 고다는 대기실을 나왔다. 소리나지 않게 살짝 문을 닫고 나니 시야에서 사라진 대기실 풍경과 함께 히노데 본사 빌딩 30층을 드나들던 사십칠 일의 시간도 흩어져버렸다. 엘리베이터 쪽으로 걸어가며 한 생각은 오랜만에 가노를 불러내서 한잔할까 하는 것뿐이었다. 아주 작은 인생을 사는 자그마한 뇌는, 제 능력의 한계와 직무상의 실책일랑 어딘가로 던져버리고, 갑갑한 비즈니스슈트와 가죽구두와의 '안녕'을 일단은 반기고 있었다.

히노데 본사 빌딩의 불야성이 올려다보이는 거리로 나선 고다는 검찰합동청사로 전화를 걸었다. 직접 전화를 받은 가노에게 "일은 언제 끝나?"라고 묻자 "날짜 바뀔 때"라는 대답이 돌아왔다. 한잔하자는 말은 삼켜버렸다.

"우리집에서 자고 갈래?"

"뭐 먹을 건 있나?"

"싹이 난 감자. 달걀. 무슨 장아찌 남은 거—"

"컵라면보다는 낫네."

"그럼 이따 봐."

이렇게 직무를 벗어나면 스스럼없이 냉장고에 남은 음식을 떠올리기도 하는 작은 인생이다. 그렇게 생각함과 동시에, 이 작은 인생 바깥에서는 오늘밤도 새로운 범죄의 씨앗이 뿌려지고 거대한 고통이 시작되는 것을 속수무책으로 지켜봐야 한다는 실의가 밀려들었다. 휴대전화를 주머니에 집어넣으며 다시 한번 40층짜리 히노데 본사 빌딩을 올려다보고는 도망치듯 발길을 돌렸다.

아침부터 내린 비 때문에 그날은 자전거를 집에 두고 나왔다. 노선버스를 타고 오후 9시 40분쯤 야시오 파크타운 5동에 도착해 계단을 올라가는데 휴대전화가 울렸다. 서 형사과의 간노가 "방금 안자이 노리아키 씨가 경찰 신분증과 수갑을 과장님 책상 위에 내놓고 나갔는데, 도히 과장대리 말로는 징계면직이랍니다. 저희 이제 어떡하죠?"라고 말했다.

안자이 노리아키가 징계면직 처분이라. 전부터 탈선의 기미가 보이긴 했지만 언제부터 징계면직까지 당할 짓을 저지르고 있었던 건가. 서를 떠나 있는 동안 특수본부에 무슨 일이 있었던 걸까. 고다는 무의식적으로 충격을 우회하려고 애쓰는 한편 제 밖에서 퍼져나가는 타인의 고통과 자신의 무능을 포개어보았다. 그 탓에 대답은 건성으로 나오고 말았다.

"한동안 서에서 안자이 씨 얘기는 꺼내지 마. 자네들이 할 수 있는 일은 아무것도 없어. 이상."

서둘러 전화를 끊고 바로 특수본부의 히라세에게 전화를 걸었다. 원래라면 히노데 본사를 나오며 제일 먼저 걸어야 했던 전화다.

"고다입니다. 오늘밤 시로야마 사장의 뜻에 따라 사퇴했습니다."

대뜸 그렇게 말하자 예상대로 펄쩍 뛰는 목소리가 돌아왔다. "뭐? 대체 무슨 짓을 한 거야. 잘린 이유가 뭐야!"

"사장의 결정입니다."

"시로야마가 오늘밤 전화를 걸었나?"

"걸었습니다."

"상대의 번호는 알아내지 못했고?"

"결과적으로 그렇습니다."

"기껏 흰색 테이프까지 잡아내놓고—" 히라세가 혀를 끌끌 차며 말했다. "아무튼, 지금 바로 1과장님한테 알릴 테니 삼십 분 뒤 다시 걸어."

"알겠습니다. 그런데 안자이 노리아키는 무슨 짓을 한 겁니까?"

"가부토초의 기자놈한테 우리 수사 정보를 흘리고 있었어. 그것만도 보통 일이 아닌데, 그 기자란 놈이 심지어 가짜였어. 명함도 가짜, 주소도 가짜, 전화번호도 가짜. 주상복합건물의 빈 사무실에 전화까지 끌어다놓은 것을 보면 조직적인 범행이야. 안자이한테는 변명의 여지가 없어."

"배후는 파악했습니까?"

"자네가 남 걱정할 처지인가? 삼십 분 뒤 잊지 말고 전화나 해."

아닌 게 아니라 범죄조직에 놀아난 형사에게 변명의 여지는 없다. 하나 그렇다면 주어진 직무를 다하지 못한 형사는 어떤가? 직무 규정 위반은 눈에 보이는 허물. 단순한 능력 부족은 눈에 보이지 않는 허물. 어느 쪽이나 조직을 갉아먹는 허물인 것은 마찬가지다. 문득 그런 생각을 하는 것을 끝으로 머리가 멈춰버렸다.

전화를 끊고 5층 집에 들어가 오늘까지 입고 다닌 옷가지를 전부 세탁소에 보낼 셈으로 비닐봉지에 담고 가죽구두는 신발장에 집어넣었다. 목욕물을 데우고 냉장고에 남은 감자와 계란을 냄비에 몰아넣고 삶으면서 위스키를 조금 마셨다. 그리고 시간 맞춰 히라세에게 전화했지만, 돌아온 것은 맥빠지는 사무적인 지시뿐이었다.

"오늘 일은 1과장님에게 보고했네. 내일 세번째 현금 전달 시도가 있을 거야. 자네는 현장으로 가. 아마 행적 조사반에 배치될 거야. 수사회의는 평소대로 오전 8시에 한다. 이상."

자신이 수사에서 배제되지 않은 이유도 알 수 없고, 상사들이 앞으로 히노데와 어떻게 대치할 생각인지도 알 수 없다. 세번째 현금 전달 시도의 상세한 내용도 알 수 없다. 나는 아직 기름만 치면 쓸 수 있는 로봇인가, 고다는 생각했다.

*

시로야마는 오후 11시 반이 지나 귀가하기 무섭게 간자키 수사1과장의 전화를 받고, 재킷도 벗지 못한 채 거실에서 통화했다.

간자키는 "밤늦게 실례가 많습니다. 우리 고다 경부보가 그쪽에서 무슨 실수라도 했나 해서요"라는 말로 용건을 꺼냈다.

"그런 건 전혀 아닙니다. 고다 씨에게는 아무 문제도 없습니다. 저희 사내 사정 때문이죠. 제 실수로 사전에 연락을 못 드려서 괜한 오해를 사게 되었군요. 그 점은 사과드립니다." 시로야마가 대답했다.

"사내 사정이라면 어쩔 수 없지만, 갑작스러운 일이라 조금 당황스럽습니다." 말과 달리 간자키의 느릿한 말투는 당황했다기보다 오히려 뭔가를 탐색하기 위해 대화를 길게 끌려는 의도가 역력했다. 그러나 이 정도는 시로야마가 흔하게 접하는 언변이어서, 그 역시 자동으로 에두르는 말투를 택했다.

"사실 일하는 사람이 한둘이 아니다보니 외부인에게 사원 직함을 주고 받아들이는 데 이래저래 생각지 못한 애로사항이 생겨서, 뭐 단적으로 말씀드리면 그런 이유입니다. 짧은 기간이었지만 저나 히노데나 고다 씨에게는 정말 고맙게 생각합니다. 경찰측의 후의에 감사드립니다."

그러나 간자키도 집요했다.

"고다에게도 이유를 물어봤지만 똑 부러지는 대답이 없어서요."

"고다 씨에게는 아무 문제도 없다고 말씀드렸습니다."

"그 친구가 무슨 부적절한 말을 하지는 않았습니까?"

당신은 자기 부하도 믿지 못하느냐는 소리가 목구멍까지 치밀어올랐다. 오늘밤 고다가 뭔가를 추궁한 것이 부적절했다는 얘기라면, 애초에 그것을 지시한 사람은 당신이 아니냐는 말이 정말로 입 밖으로 나올 뻔했다. 그것을 겨우 억누르며 시로야마는 "아뇨, 전혀 아닙니다"라고 대답했다.

"제 의견은, 앞으로도 당분간 사장님의 경호가 필요한 상황이라는 사실은 변함없으니, 고다 대신 다른 형사를 파견했으면 합니다만."

"그럴 거라면 고다 씨에게 계속 부탁했겠지요."

"상황이 상황인만큼, 오늘밤 귀사의 결정은 내일 있을 세번째 현금 전달을 고려한 조치로 오해받을 수 있습니다."

"괜한 우려라고 감히 말씀드리겠습니다. 여하튼 경호 건은 사내 사정으로 이해해주시기 바랍니다."

전화를 끊고 나서 시로야마는 내심 이미 끝난 관계로 치부하려 했던 고다의 얼굴을 잠시 떠올렸다.

함께 지낸 짧은 시간 동안 그의 존재를 의식할 때도 있고 그러지 않을 때도 있었지만, 기본적으로 조직에서 살아갈 줄 아는 사람이라는 것이 고다라는 형사에 대한 시로야마의 평가였다. 잘 단련되어 있고 규율이 몸에 뱄으며 유연한 적응력도 있다. 그러나 자주적으로 사고하고 판단하는 능력도 있는만큼 복종을 요구하는 조직 안에서는 조금 어려운 국면도 겪을 것 같았다. 지난 5월 비 오는 일요일 밤 갑자기 집에 찾아온 고다가 그랬고, 오늘밤 집무실 문을 가로막고 나선 고다가 그랬다. 분명 상사의 여러 지시에 따라 움직이는 사람이지만, 조직의 요구라는 것은 민간 기업의 영업이 그렇듯 방정식 해법처럼 명료하지는 않고, 개인의 의사나 능력보다 상대의 각종 조건을 우선해야 한다. 그런 어려움 속에서 자신을 상대하던 고다는 난쟁이의 분열을 제 몸으로 감내하는 인내심은 있을지언정, 누에*처럼 인간 사회를 헤치고 나갈 만한 욕망은 결여된 듯 보였다.

개인과 기업의 이해를 굳이 구별하지 않고 이렇게 어떻게든 살아남을 전략을 궁리하는 나를 보라. 욕망의 실을 너무 팽팽하게 당겨서 제대로 운신도 못하지만 어쨌거나 아직은 이렇게 살아 있는 나를 보라. 이 사회에서는 기업인이든 공무원이든 끝까지 살아남는 자가 이기는 것이다. 방금까지 통화했던 간자키의 교활함과 영악함을 보라— 아니, 그런 식으로 사회적 지위를 획득하는 것이 꼭 인간의 승리라고 할 수는 없다만, 조직에서 살아가면서도 욕망의 전략을 갖추지 못한 자는 스스로를 긍정할 도리가 없다. 그리고 존재를 긍정하지 못한다면 이치고 정의고 없는 것이다.

그리고 시로야마는 스스로를 위해 생각해보았다. 오늘밤 그 치기 어린 형사의 치기 어린 도전을 내친 자신의 판단은 과연 옳았던 것일까. 이 사회에서 살아남기 위해 진정 필요했던 것인지, 여전히 확신이 들지 않았다.

상대의 전화번호만 알면 경찰이 오늘 안에 범인 중 한 명을 체포할 수 있다고 고다가 몇 번이고 진지하게 강조한 것은 분명 거짓말이 아니었을 것이다. 실제로 시로야마는 범인 중 한 명과 오 분 가까이 통화했으니 전화번호만 알려주었으면 적어도 포위는 가능했을 것이다. 일당 중 한 명이라도 체포한다면 사건의 실체는 한층 분명해질 테고, 회사도 다른 대처법을 강구할 수 있었을지 모른다.

지금 히노데에는 그렇게 정당한 해결 방향을 선택할 만한 여유가 없는가 자문하니, 대답은 '노'였다. 또한 아직 얼마간 견딜 수 있는 여유를

---

* 머리는 원숭이, 몸뚱이는 너구리, 사지는 호랑이, 꼬리는 뱀처럼 생긴 전설상의 요괴.

남긴 상태에서 뒷거래라는 선택을 한 것은 히노데에 절대적으로 이로운 결정이었나 자문해보니 대답은 예스도 노도 아니었다. 결국 이미 이사회 결의로 결정된 일이라고 도피하고 보다 나은 대처법을 부단히 궁리하기를 포기해버린 자기 자신에게 새삼 불신을 느끼며, 시로야마는 전화기 옆에 주저앉았다.

오늘밤 통화에서 들은 범인의 목소리는 앞서 두 번과 같았다. 경찰이 들려준 테이프 속 목소리 중 9번이나 13번. 이번에도 사무적인 말투였고, 내용은 현금 준비에 대해서였다. 이번 요구액 7억은 두번째 전달 시도 때 사용한 뒤 금고에 보관중인 현금을 쓰고, 그와 별개로 새로 은행에서 7억을 인출해 하늘색 띠지를 두른다. 내일의 '게임'이 끝나면 히노데 금고에는 하늘색 띠지를 두른 13억과 흰색 띠지를 두른 7억, 총 20억의 현금이 남는다고 남자는 확인했다. 마지막으로 25일 일요일 오후 전자메일로 20억을 보내는 방법과 보낼 곳을 알려주겠다고 했다.

범인과 오 분이나 그런 밀담을 나누면서 시로야마는 한시바삐 사태를 수습할 생각뿐, 범죄에 대한 혐오도, 협박범에 대한 증오도, 경영자로서의 통한도 거의 머릿속을 스치지 않았다.

시로야마는 제 앞을 가로막고 나선 젊은 형사의 얼굴을 몇 번이고 떠올리며, 마땅한 전략이 없던 그가 자신에게 들이민 것은 흡사 한 사람의 마음의 덩어리 같은 것이었다고 생각했다. 삼십육 년의 회사생활에서, 아니 오십팔 년의 인생에서 경험해본 기억이 거의 없는 살아 있는 인간 그 자체가 눈앞에 서 있는 기분이었다.

그런가. 방공호에서 냉정하게 부모의 죽음을 생각하던 어린 시절부터 오늘날까지, 나에게는 그 살아 있는 인간이라는 존재가 없었던 것인가. 사람의 마음을, 사람을 겪어보지 않은 인생이었나—?

전화 벨소리에 눈을 떴을 때 자동적으로 확인한 시각은 오전 0시 10분 직전이었다. 고다는 배 밑에 깔린 신문을 끌어 빼고 전화기로 손을 뻗었다. 가노? 아니, 다른 사람이다. 공중전화로 짐작되는 기척을 확인하며 "고다입니다"라고 말했다.

"아까는 실례가 많았습니다." 시로야마 교스케의 목소리였다. 그가 말을 이었다.

"지금 나는 사적으로 전화한 겁니다. 언젠가 비 오는 일요일에 제 집으로 찾아와주셨죠. 그 보답을 해야 한다고 생각했습니다. 세 시간 전에 그랬으면 좋았겠지만, 어쩌다보니 지금이 되었습니다. 이미 늦었을지 몰라도 그 전화번호를 알려드리려고 합니다. 괜찮겠습니까?"

"예." 자동적으로 대답하며 고다는 왼손으로 볼펜을 잡았다.

"3, 7, 5, 1의 9, 2, 1, ×."

시로야마의 진의는 무엇인가. 이 번호는 진짜일까. 그렇다면 경찰은 어디서부터 손써야 할까. 성급히 자문하며 고다는 기계적으로 "3751, 921×"라고 복창한 뒤 머릿속을 비워내며 수화기를 귀에 바짝 댔다.

"지금 공중전화죠? 이런 시간에 혼자 밖에 계시면 위험합니다. 어서 집으로 들어가세요. 번호는 잘 받아적었습니다."

"가능하다면 모르는 사람이 제보했다고 보고해주십시오. 밤중에 실례했습니다. 그럼."

고다는 수화기를 내려놓고 새삼 무슨 일이 일어난 걸까 생각했다. 시로야마가 이제 와서 경찰에 전화번호를 알려주기로 결심한 것은 오늘 밤 범인과 거래를 마쳤으니 이 번호를 다시 사용할 일이 없기 때문일까. 그렇지만 범인과의 연락에 사용한 전화번호가 계약자를 가려내거나 범인의 위치를 파악할 수 있는 중요한 단서라는 사실은 변함없다. 범인과 뒷거래가 있었음을 사실상 인정하는, 기업의 신용을 흔들고 나아가 뒷거래 자체를 위태롭게 할 수도 있는 정보를 이 시점에 귀띔해준 것은 대체 무슨 의도일까.

지난밤 집무실 앞을 가로막은 형사를 제 손으로 밀어낸 남자와 방금 정보를 흘린 남자의 차이는 무엇인가. "사적으로 전화하는 겁니다"라는 말처럼 기업 최고경영자로서의 판단은 아니겠지만, 그렇다면 시로야마는 오늘밤 사적으로 대체 무슨 생각을 했다는 말인가. 한동안 답이 없는 질문을 떠올렸지만 결국 모르겠다는 결론밖에 내릴 수 없었다.

히라세의 목소리를 듣고 싶지 않아서, 고다는 리포트 용지에 '히라세 주임 앞. 11:50 집으로 익명의 제보 전화. 남자. "히노데가 LJ와 연락하는 전화번호를 알려주겠다"라면서 번호를 불러줌. 3751-921×. 고다'라고 적고 특수본부 앞으로 팩스를 넣었다.

송신을 마친 리포트 용지를 다시 한번 바라보았을 때 고다는 그제야 3751이 낯익은 관내 국번이라는 사실을 떠올렸다. 곧장 전화번호부를 뒤져 고자 주변 지역의 국번이라는 것을 확인한 고다는 낯익은 산업도로를 떠올리고, 가내공장과 낡은 주택이 밀집한 풍경을 떠올리고, 이어서 자연스럽게 겹쳐지는 한 얼굴을 떠올렸다. 시나가와 서에서 가마타 서로 전근해, 간파치 거리를 끼고 고자 서쪽과 이웃한 하기나카 지역의 아파트에 살며, 통근시 교큐구코 선 오토리 역이나 고자 역을 이용하는 형사의 얼굴이었다. 시로야마가 들었던 테이프의 목소리 중 13번의 주인공.

네가 용의자냐.

고다는 일절 감정을 동반하지 않은 침정 속에서 그 얼굴을 맞아들이고, 일체의 검토를 뒤로 미룬 채 뇌리에 신중하게 새겨넣었다. 오늘밤은 거기까지였다. 무슨 생각 하나라도 더 해보려고 했지만 사냥감이 지나치게 가까이 있다는 사실에 신경이 폭발할 것만 같았다. 마침 그때 현관문 여닫는 소리가 나고 가노가 나타난 덕에 머릿속을 환기할 수 있었다.

"오늘 히노데 맥주를 원만하게 퇴직했다. 내일부터는 다시 현장이야."

고다는 스스로도 신기할 만큼 밝은 목소리로 말했다. "뭔 짓을 저질렀나보군." 가노 역시 가벼운 투로 말했다. 고다는 레이디 조커의 얼굴이 일부나마 드러난 상황에 동요했는지, 문득 옛 처남이라면 문제의 전화번호를 알아낼 수 있었을까란 호기심을 느끼고 "저기, 하나 묻고 싶은데" 하며 먼저 이야기를 꺼냈다. 그리고 시로야마가 집무실에서 정기적으로 범인 그룹에게 전화를 걸어왔던 것, 그때 사용하는 휴대전화와 녹음기가 책상 서랍에 들어 있던 것, 기회를 틈타 집무실에 침입해서 확인했지만 휴대전화가 잠겨 있어 계약자 번호를 알아내는 데 실패한 것, 나아가 전화번호를 알아내라는 상부의 명령을 받았는데 오늘밤이 마지막이다 싶어 시로야마와 직접 담판을 지으려 들었다가 보기 좋게 거절당한 것까지 알려주고, "자네라면 어떻게 했을까?"라고 물었다.

재킷을 벗으며 이야기를 듣던 가노에게서 돌아온 대답은 "협박"이라는 한마디였다.

"나라면 상대의 약점을 쥐고 겁을 줬을 거야. ─사실 그전에, 나는 형사지 첩보원이 아니라며 거절했겠지. 애당초 형사한테 그런 임무를 강요하는 것부터 위법이야. 신경쓰지 마."

"위법이라도 명령은 명령이야. 흠, 협박이라─"

"명령? 첩보라는 건 명령한다고 할 수 있는 일이 아냐. 목적을 위해 속이고 사기치는 행위 자체에 자멸적인 쾌감을 얻는 인간이나 하는 짓이지. 남에게 상처 주고 따낸 열매일수록 달게 느끼는 도착적 심리의 소산이라고. 자네와는 안 어울려."

"어떤 열매든 손에 쥐지 못하는 것보다는 낫다고 볼 수도 있지."

"그거, 인생 얘기인가? 그렇다면 자네나 나나 아직 시간이 있는걸."

가노는 그렇게 말을 끊더니 재빨리 와이셔츠 소매를 걷어붙이고 프라이팬을 가스레인지에 올렸다. 예전에 사놓고 간 올리브오일을 두르고 부엌칼로 찧은 마늘 약간과 붉은 고추, 냉장고 구석에서 잠자고 있던 안초비 통조림 남은 것을 넣고, 고다가 삶아놓은 감자를 숭덩숭덩 잘라 한꺼번에 쓸어넣은 다음 프라이팬을 힘차게 흔들기 시작했다. 그의 손끝에서 금세 고소한 향이 피어오르자 고다는 오늘밤도 아무 생각 없이 실컷 떠들어볼까 생각했지만, 이렇게 한 남자의 존재와 마늘이며 올리브오일 냄새로 빠르게 채워져가는, 이 이상 뭘 어쩌고 싶으냐는 물음에 대답하지 못하는 자기 자신이 모호하게만 느껴졌다.

너는 열매를 따기 위해 누군가를 협박할 수 있는가? 아니, 가노의 말투를 빌리자면 협박하는 행위 자체에 감응할 수 있는가? 대답은 '못한다'가 아닌 '모르겠다'였다. 너는 정말 '못하겠다'고 말하는가? 애초에 남에게 상처 주고 얻은 열매가 어떤 것인지는 그걸 차지한 사람만이 말할 수 있고, 여전히 아무것도 손에 쥐지 못한 인간은 망설일 이유가 없다. 그렇다면 한 발짝도 내디디지 못하는 나 자신에게 결여된 것은 소질이나 능력이 아니라 욕망 자체가 아닐까? 아직 손에 쥐지 못한 열매를 향한 욕망. 아니, 열매 자체가 아니라 그것을 소유하겠다는 욕망. 아니, 소유를 위해 남을 때려눕히려는 욕망. 아니, 그런 능동 자체를 향한 욕망에 대해 나는 무엇을 알고 있는가. 아니, 이렇게 어떤 욕망에 대해 곰곰이 생각하는 나도, 가장 먼저 그것을 언급한 가노도 아직 발동시키지 않았을 뿐, 축열된 욕망은 저마다 가지고 있는 것일까? 지금, 이 시간에도—?

"자, 완성!" 가노의 목소리와 함께 고소한 김을 피워올리는 감자 소테가 큰 접시 가득 담겼다. 오일의 윤기와 안초비의 향, 고추의 빨간빛이 자못 관능적이었다. 어서 먹자며 웃는 낯으로 접시와 젓가락을 이쪽으로 내밀면서 한순간 이쪽을 바라보는 남자의 눈동자 역시 선뜩한 젤리의 감촉처럼 어딘가 관능적이었다.

그래, 나는 저 눈동자를 먹고 싶다. 고다는 문득 뜬금없는 생각을 떠올리고 이내 맥없는 자문으로 돌아갔다. 그래, 남에게 상처 주고 스스로에게 상처 내면서까지 차지할 가치가 있다고 생각할 만한 열매가 이런 느낌일까? 예의 레이디 조커와 '13번' 목소리의 주인이 차지한 것도, 이렇게 어느 날 문득 대뇌피질에서 비어져나오는 욕망의 느낌, 눈앞이 아찔하고 어디에도 버팀목이 없고 시작도 끝도 없는 성간운星間雲 같은 자유의 느낌이 아닐까—?

"또 무슨 생각을 하고 있군."

"좋아서 생각하는 게 아니야. 자네가 생각하게 만든 거지."

고다는 가노에게 대답하고 깊이 숨을 내쉬었다. 그렇게 머릿속을 환기하니 비로소 "잘 먹겠습니다!"라는 소리가 나오고 손이 움직였다.

*

같은 날 밤, 네고로 후미아키는 사회부에서 이십사 년을 일하면서도 좀처럼 접하지 못한 대형 제보를 두 건 연달아 받았다. 하나는 오후 10시쯤 지원팀의 젊은 기자가 연결해준 외선 전화로 들어왔는데, 내일 24일 심야 레이디 조커의 세번째 현금 전달이 이루어질 것이며 장소는 고마에 시 다마가와 강변이라는 내용이었다. 곧장 경시청 기자실에 알렸지만 야습중인 1과 담당은 아무것도 눈치채지 못한 모양으로 기자실과 사회부 모두 혼란에 빠졌다.

사건 담당 데스크 다베가 내일을 대비해 오랜만에 배치도 등을 작성할 즈음이 돼서야 제보자가 누구였을까 하는 이야기가 나왔다. 형사라면 신문사 대표전화로 걸지는 않았을 것이다. 히노데 맥주에서는 알려줄 이유가 없다. 물론 범인일 리도 없다. 그렇다면 '대체 누구냐'가 의문이었고, 급기야 '장난일지 모른다'는 소리도 나왔다. 그러나 1과 담당 구보가 야습에서 슬라이딩세이프 같은 타이밍으로 1과장을 만나 캐물은 결과 아마도 틀림없는 것 같다고 보고해오는 바람에, 다들 고개를 갸웃하면서도 일단 제보자의 정체는 제쳐두기로 했다.

두번째 제보는 조간 최종판 마감까지 불과 십 분을 남겨두고 한창 아수라장일 때, 프리랜서 저널리스트 사노에게서 들어왔다. 네고로는 오른손에 빨간 펜을 쥐고 왼손으로 원고를 들춰가면서 수화기를 턱과 어깨 사이에 끼우고 전화를 받았다. 다른 사람도 아니고 사노라면 아무리 작은 정보라도 신경이 쓰이기 때문에 때와 장소를 가릴 수 없다.

"왜? 뭐 있어?"

"실은 우리 내일자 지면에 도호 신문 이름이 나올 거라, 먼저 양해 말씀도 드릴 겸—" 사노가 초장부터 묘한 소리를 하는 통에 네고로의 손은 자동으로 뚝 멈췄다.

"또, 그 건과 관련해서 네고로 씨 의견을 듣고 싶어서요."

"우리 신문 이름이 나온다니, 무슨 일인데?"

"레이디 조커 특수본부에 있던 안자이라는 형사가 오늘 징계면직을 당했어요. 이유는 정보 누설. 도호 신문 사회부를 사칭한 가짜 기자한테 걸려들었다는 겁니다. 문제는, 그 형사가 가짜 기자한테 받은 명함이 사회부 직통전화 번호만 다르고 진짜랑 똑같은데, 이름이 도다 요시노리로 되어 있어요."

그 순간 네고로는 자리에서 반쯤 일어서며 손에 있던 원고를 "자네, 이것 좀 대신 봐줘" 하면서 옆에 있는 지원팀 기자에게 넘기고, 엉거주춤한 자세로 황급히 편집국을 둘러보았다. 우연히 눈길이 마주친 마에다 부장이 냉큼 "무슨 일이야!" 하고 소리를 질렀다. 네고로는 뭐라고 해야 할지 당황하다가 "마이니치스포츠 지면에 LJ 관련해서 우리 신문 이름이 나온답니다! 도호 사회부를 사칭한 가짜 기자가 있는데, 거기 놀아난 특수본부 형사가 오늘밤 징계면직을 먹었대요!"라고 외치고 다시 수화기로 돌아갔다. 목소리가 자연히 낮아졌다.

"도다 요시노리가 틀림없어? 니시나리에서 죽은 그놈이랑, 한자까지 똑같아?"

"똑같아요. 냄새가 나죠?"

냄새 정도가 아니라 훨씬 강한 감촉이 느껴졌다. 좀전의 제보 전화와 다르지 않은 감촉. 한두 개가 아닌 전국지 중 하필 도호 신문을 골라서, 친절하게도 도다 요시노리를 사칭한 자의 이름이 애써 불러낼 것도 없이 머릿속에서 점멸했다. 물론 이 일에 더욱 중대한 의미가 있다는 것, 목적을 위해서는 경찰 침투도 마다하지 않는 지하조직의 기고만장함을 말 그대로 눈앞에 두고 있다는 것, 또한 이로써 레이디 조커 사건에 암흑사회의 그림자가 드리워져 있음이 또렷해졌다는 것 등, 네고로는 일단 신문기자로서 읽어내야 할 것들을 읽어냈다. 그러나 도다라는 망자의 이름을 사칭한 자의 정체가 방금 등줄기를 훑고 지나간 것은 그에게 도다 요시노리라는 이름이 원래부터 LJ 사건과 다른 맥락에서 점멸하고 있기 때문이었다.

그놈은 바로 기쿠치다. 옛 도호 신문 기자 기쿠치 다케시. 그 이름이 목구멍까지 차올랐지만 지금은 사무적인 판단을 내려야 했다. 마감 직전의 소란 속에서 혼자 외선 전화를 받고 있는 그를 사방에서 날카로운 시선들이 에워싸고 있었다.

"자네, 증거는 잡은 거야?" 네고로가 짧게 물었다.

"아뇨. 우리 쪽에 소노이라는 맹랑한 스물다섯 살짜리가 있는데, 그 여기자가 남자들은 불가능한 육탄전으로 올린 성과예요. 기자클럽에서 안 끼워준 스포츠지의 생존방식이죠."

"그렇군." 네고로는 그렇게 응했지만 당장은 그 여기자의 돌격 취재를 구체적으로 상상할 시간도 여유도 없었고, 사노도 마찬가지였다.

"그 가짜 기자는 기쿠치 다케시가 아닐까 하는데요."

사노가 평소와 달리 성급하게 결론을 내놓았지만, 네고로는 서둘러 머릿속을 정리하고 두 가지 용건을 늘어놓는 것만도 벅찼다.

"첫째. 그 가짜 기자의 명함 복사본이 필요해. 둘째. 자네가 말한 사람은 내가 먼저 만나봐야겠어. 따지고 보면 우리 회사 이야기니까. 다만 무슨 이야기를 했는지는 전부 자네한테 알려줄게. 됐지? 명함 복사본은 지금 바로 팩스로 보내줘."

그렇게 확인하고 전화를 끊자 지원팀과 사회부의 시선이 일제히 네고로에게 쏠렸다. 당번 데스크가 간발의 차도 없이 "뭐 쓸 만한 얘기 있어?"라고 물어서 네고로는 고개를 가로저었다. 그에게 쏠린 시선이 일단 흩어지고, 정리부에서 "이제 마감합니다, 됐습니까!"라고 확인하는 목소리가 들려왔다.

이어서 당번 데스크들이 "무슨 일인데?" 하며 걱정스러운 얼굴로 다가오자 네고로는 사노의 제보 내용을 요약해 전했다. 데스크가 즉시 경시청 기자실과 전화를 주고받는 사이 사노가 보낸 가짜 명함 복사본이 팩스로 들어왔다. 그것을 회람한 기자 중 도다 요시노리라는 이름에 가장 먼저 반응을 보인 것은 마에다 부장이었다. "어이, 네고로! 이 이름, 그거 아냐? 오사카의 그―" 하다가 다시 "혹시 모르니까 도다 주변을 다시 뒤져봐"라고 말했다.

지시가 없어도 네고로는 이번에야말로 기쿠치 다케시의 소재를 찾아봐야겠다고 작정한 참이었다. 기쿠치, 아니, 기쿠치가 얽혀 있는 조직이 레이디 조커 사건을 이용하면서 도다 요시노리의 이름을 슬쩍 끼워넣어두고 자신이 어떻게 나올지 주시하고 있다는 것은 이제 거의 확실해졌고, 그 의도도 막연하게나마 추측할 수 있었다. 이 주 전쯤 사회부로 걸려온 가짜 사노의 전화도 같은 의도였음이 틀림없었다.

사회부는 최종 출고를 마치면 신입이 자판기에서 빼온 캔맥주며 전병을 테이블에 차려놓고 퇴근 전 한잔하는 게 보통이다. 네고로도 그자리에 끼어 캔맥주를 한 모금 마시는데 옆에 있던 지원팀 기자가 갑자기 손뼉을 짝 치며 "아, 맞다—" 하고 외쳤다.

"아까 현금 전달을 제보한 사람, 혹시 오늘밤 징계면직 당한 형사가 아닐까?"

"말 되는 소리네." "맞아, 틀림없어." 흥분해서 맞장구치는 기자들 옆에서 네고로도 고개를 끄덕였다. 가짜 기자에게 놀아난 점을 보나 신문사 대표번호로 전화한 것을 보나 안자이란 자는 필시 신문기자와 교유가 거의 없던, 조용하고 주변머리 없는 형사였으리라는 생각도 들었다. 기쿠치 다케시가 신문기자 출신다운 수완으로 만만한 봉을 낚았구나 싶었다.

*

6월 24일 토요일은 하루종일 장맛비가 내렸다. 이른 아침부터 구보는 코앞에 닥친 세번째 현금 전달 시도에 대한 준비를 미뤄두고, 경찰에서 징계면직을 당했다는 안자이 노리아키의 집이 있는 네리마로 향했다. 말하자면 경찰기자의 기질 때문이었다. 2과 담당이 해준 이야기에 따르면 안자이는 공인회계사 자격증이 있어서 특수본부에서 주로 기업회계와 주식 자료를 조사했을 뿐, 최전선의 수사 정보를 접할 수 있는 위치가 아니었다. 그런 형사를 조직적인 공작으로 보이는 교묘한 무대로 끌어들여 희롱한 의도는 무엇일까. 아무리 생각해도 요상한 냄새가 난다는 생각에, 앉아서 생각하느니 직접 가보자 싶어 나선 것이다. 지도를 들고 전세택시를 타고 여기저기 밭이 남아 있는 복잡한 골목으로 들어가보니 같은 생각을 한 듯한 타사 기자와 민방 와이드쇼 스태프들의 모습이 보였다.

안자이의 집은 한눈에 건설사에서 지어 분양한 주택임을 알 수 있는 2층집에 구조도 단순해 보였다. 대문에서 현관까지 2미터 정도밖에 되지 않고, 이웃집과의 거리도 2미터. 차고는 없고 남쪽의 마당도 빨래건조대를 놓으면 꽉 찰 듯한 넓이였다. 현관 앞에는 아동용 핸들이 달린 자전거 한 대. 덧문은 전부 닫혀 있고 2층 처마 아래 단오절에 사용한 고이노보리*의 장대가 삐죽 튀어나오고 그 끝에서 바람개비가 얌전히 돌아가고 있었다.

구보는 조금 떨어진 곳에서 잠시 그 집을 지켜보았다. 오전 6시 대문 우유함에 우유 두 개가 배달되었고, 그 전후로 신문도 왔다. 가족 중 누가 신문이나 우유를 가지러 나오지 않을까, 아이가 등교하려고 나오지 않을까 기다렸지만, 오전 8시를 지났을 즈음 휴대전화가 울리는 바람에 첫번째 잠복은 그것으로 끝났다.

곧장 자리를 떠나 전세택시를 타고 달리는 동안에도 전화는 연신 울려댔고, "타사도 움직이고 있어" "중요한 건 시각과 장소다. 그걸 모르

---

* 남자아이의 건강을 기원하는 의미로 어린이날 만드는 잉어 모양의 깃발.

면 인력을 배치 못해. 어떻게든 알아내!"라고 다그치는 스가노 캡의 목소리를 전했다. 지난밤의 제보자가 특별히 도호 신문만 골라서 정보를 흘렸을 리 없으므로, 각 신문사가 내일 조간에 세번째 현금 전달 특종을 내기 위해 취재 경쟁을 벌이고 있는 것이다. 지금이 각사의 1과 담당이 결정적으로 수완을 겨루는 장임을 주지한 구보는 곧바로 심기일전해서 "좋아요. 해보겠습니다"라고 대답했다.

일단 석간을 출고하면서 정보원들에게 전화 공세. 그 결과를 보고 다시 더 전화를 걸거나 현장 근처에서 잠복해야 할 것이다.

*

종일 비가 오겠다는 라디오 일기예보와 함께 시로야마는 24일 오전 5시 반 기상했다. 그날도 출근이었다. 이물질 혼입 맥주가 발견된 뒤로 영업부는 토요일에도 전원 출근중이었고, 시로야마도 토요일을 반납하지 않으면 소화 못할 양의 일거리를 안고 묵묵히 손발을 움직이고 있었다.

식욕이 별로 없었지만 오랜 습관을 바꾸는 것이 싫어서 평소처럼 식탁에 앉아 아내와 함께 아침을 먹었다. 요즘 레이코는 회사 사정을 배려하느라 자신의 감정이나 불요불급한 이야기는 일절 꺼내지 않았다. 시로야마가 억지로 입을 열 때 말고는 침묵만 이어지던 식탁에서, 그날 아침은 별스럽게도 레이코가 먼저 말문을 열었다. 그것이 마치 준비된 말투처럼 들려서 시로야마도 조금 긴장해야 했다.

"요즘 다케오 씨가 통 집에 들어오지 않는다고 하루코 씨가 종종 전화를 해요."

예상대로 골치 아픈 이야기였지만, 모르는 척할 수만도 없었다.

"하루코가 뭐라고 하는데?"

"자세히 말은 안 해요. 여자의 자존심이라는 게 있잖아요."

여자의 자존심이라는 게 뭘까. 왜 여자는 이런 식으로 말하는 걸까. 아내가 작심한 끝에 낯선 얼굴을 내보인 것 같아 시로야마는 비굴한 기분이 되었다.

"회사 상황이 이렇다보니 출장이 잦긴 하지."

"다케오 씨, 회사에서 무슨 일 있어요? 하루코 씨는 그렇게 말하던데."

"지금은 회사 전체가 어려운 시기니까. 매출이 회복되면 지방 출장도 자연히 줄겠죠. 조금만 더 참자고 당신이 하루코에게 잘 말해줘요."

"당신, 오늘도 늦어요? 어차피 나도 저녁은 혼자 먹어야 하니 하루코 씨를 초대해도 괜찮겠죠? 다케오 씨는 오늘도 출장이라 집에 없다고 해서."

"그래도 좋겠네요. 뭣하면 간만에 둘이서 외식이라도 하든지."

"하루코 씨가 밖에 나가는 건 싫대요. 집에서 초밥이라도 시킬까 해요."

스기하라 다케오와는 열흘 전 이사회에서 얼굴을 보았지만 서로 급한 용건도 없어서 대화를 나누지는 않았다. 1990년 가을 딸의 남자친구 사건 이후로 다케오와 하루코의 사이는 그다지 좋지 않은 듯했지만, 시로야마는 여동생 부부가 결정적인 위기를 맞았는지 어떤지 직접 물어볼 용기가 없었다. 다음번 스기하라를 만나면 말해봐야겠다고 머릿속 일정표에 적어넣긴 했으나 설령 중재하고 싶어도 이번 사태가 대강이라도 정리되기 전에는 힘들 터였다.

"하루코 씨가 사실은 청주를 좋아해요. 다케오 씨는 맥주파잖아요? 그래서 오늘밤엔 내가 대작해주려고요."

식탁에서 일어난 시로야마의 등을 향한 레이코의 한마디에는 평소처럼 차분한 말투에 작은 가시가 돋쳐 있었다. 오전 7시 집을 나설 무렵 여느 때처럼 우산을 받쳐주며 현관까지 따라나온 아내는 대문 밖을 살펴보고 "고다 씨가 안 보이네"라고 중얼거렸다.

"경찰로 복귀했어요." 시로야마가 대답하자 아내는 무슨 말을 하고 싶은 표정을 지었지만 끝내 침묵했고, 시로야마는 약간의 소화불량 같은 느낌으로 출근했다.

그러나 일단 하루가 시작되자 그날도 노자키 여사가 건네준 스케줄에 따라 오로지 차를 타고 달려가 누군가를 만나고 또 이동해서 누군가를 만나는 기계적인 행동의 반복이었다. 특약점이 참석하는 연수회 출석, 결혼식 한 건, 병문안 두 건, 맥주 페스티벌 시찰 두 건. 마지막으로 전국 사회인 럭비 히노데컵 대회 축하연에 참석하고, 히노데 문화재단이 주최하는 베를린 독일 오페라 위크에서 개막 인사를 하고, 오후 9시 반이 되어서야 본사 빌딩 30층에 도착해, 곧 다마가와에서 벌어질 세번째 현금 전달 '게임'의 결과 보고를 홀로 기다렸다.

*

오랜만에 특수본부로 향한 고다는 오전 8시 일흔 명쯤 되는 수사원 전원이 참석하는 회의에 들어갔다. 오십 일 만에 돌아온 본부는 전보다 상당히 팍팍해진 것이 시험을 앞둔 입시학원의 강화 합숙 비슷한 분위기였다. 관할서에서 유일하게 복귀한 고다에게 아무도 노골적인 감정을 드러내지 않았고 그럴 여유도 없어 보였다. 고다가 눈길을 마주친 사람에게 "오모리 서의 고다입니다. 오늘부터 다시 신세 지게 되었습니다"라고 인사하면 상대에게서는 한결같이 "잘 부탁합니다"라는 기계적인 인사만 돌아왔다.

히라세와도 눈길이 마주쳤는데, 이때만은 모르는 척할 수 없었다. 회의 전 그가 먼저 다가와 "나중에 좀 보지. 전화번호 얘기야"라고 한마디하고 갔다.

회의 자리에 나타난 간자키는 "안녕하십니까"라는 인사 뒤 짧은 훈시를 했다.

"이곳 특수본부에 언론과 내통하던 자가 있었다는 사실은 여러분도 잘 알 것이다. 참으로 유감스러운 일이지만, 향후 敎訓으로 삼기 바란다. 수사 정보 누설을 막기 위해 오늘밤 현금 전달 현장의 직근 배치와 1차, 2차 배치에는 행적 조사반과 지능계, 긴급 안건을 담당하는 반을 제외한 전원이 투입될 것이다. 그밖에 3기수에서 추적 요원 등이 몇 명 나오고 인근 서에도 인력을 수배하겠지만, 주도는 여기 있는 여러분의 몫이다. 수고하도록."

평소 훈련을 쌓아온 특수반과 기수의 '도마뱀'으로 대응하는 것이 보통인 현금 전달 현장에 강력범 전문과 조폭 담당 형사를 투입하는 것으로 보아, 간자키가 이번 세번째 현금 전달 시도도 양동작전으로 예상하는 것은 명백했다.

그러나 어제까지 수행 비서 노릇을 하던 자신을 비롯해 사건 발생 이래 구십 일간 물증 수사나 지역 조사만 하고 다닌 형사들을 오늘밤 갑자기 현금 전달 현장에 내보낸다는 것은 유치원생 소풍이나 다를 게 없었다. 만일 예측 불가의 사태가 일어날 경우 적절한 대응이 힘들지 않을까 생각하니 아무리 양동작전이라지만 고다는 선뜻 납득이 가지 않았다. 그렇게 초장부터 나쁜 예감을 품은 채로, 곧이어 제1특수 관리관의 지시가 이어졌다.

어제 히노데 고객상담실 전자메일로 들어왔다는 LJ 4호는 지시 내용이 매우 추상적이라 현장의 움직임을 예상하기 힘들었다. '구권 7억을 종이상자 세 개에 담아 흰색 카리나 스테이션왜건에 실을 것. 운전자는 지난번과 같은 복장. 6월 24일 오후 11시, 고마에 시 이노가타의 이즈미 운전면허학원 입구 앞 다마가와 제방에 차머리가 서쪽을 보도록 세울 것. 운전자는 시동을 끄지 않은 채로 하차해 상가 방향으로 걸어갈 것.'

지시를 받은 히노데는 종전과 마찬가지로 진권으로 7억을 준비하고, 운전자로 변장한 특수반 형사가 현장으로 왜건 차량과 현금을 운반한다. 칠판에 현장 근처의 상세한 지도가 붙고 왜건 차량을 세울 위치가 표시되었다.

제방을 따라가는 외길, 그중에서도 고마에 시내의 해당 구간은 폭이 3미터 정도밖에 되지 않고 차량 두 대가 교차하는 것이 불가능한 일방통행 길이며 운전면허학원 앞에서 끝난다. 왜건을 막다른 방향을 보고 세우는 셈인데, 제방 외길에는 주택가로 내려가는 골목이 몇 군데 있고 학원 앞에도 상가로 이어지는 길이 있었다. 현장 도로 상황으로 보아 범인이 나타난다면 세타가야 방향에서 제방 외길을 달려와 현금 운반 차량 뒤에 세우거나 상가 방향에서 들어오는 방법뿐이다. 그리고 퇴로는 상가 방향으로 가는 골목 하나뿐이다.

범인의 진입을 막아서는 안 되므로 신병 확보를 위한 바리케이드는 왜건 차량이 주택가에 진입한 뒤, 직진과 좌우회전이 가능한 모든 골목에 설치하기로 했다. 나아가 만일 돌파당할 경우를 대비해 현금을 실은 왜건 차량에는 무선 추적을 위한 자동발신기와, 언제든지 무선으로 시동을 끌 수 있는 전기회로 개폐장치를 장착한다.

이런 작전 내용을 듣고 지도로 위치를 확인하니 범인이 왜 굳이 도주가 불가능한 장소를 택했는지 거꾸로 의문을 품지 않을 수 없었다. 아무리 뒷거래를 위해 세간의 눈길을 교란하려는 연극이라 해도 상당한 준비와 노력을 요하는데다 위험까지 따르는 현금 전달을 세 번이나 시도할 만큼 레이디 조커는 한가하단 말인가? LJ 4호를 들여다볼수록 현금 탈취가 불가능할 것이 빤한 이런 지시를 통해 범인들이 대체 무엇을 노리는 것인지 한층 불분명해졌다. 한다 슈헤이의 편집적인 눈길을 어딘가로 느끼며, 고다는 다른 속셈이 있으리라 생각했다.

이어서 제1특수 과장이 반 편성과 담당 장소를 알렸다. 제1반은 현금 수송 차량 추적반. 제2반은 현장 잠복반. 제3반이 범인을 체포하고 추적하는 체포반. 제1반은 위장 차량을 이용한 선행 유도와 직근 미행을 맡는데, 이는 특수반밖에 할 수 없었다. 제3반인 체포반도 훈련된 특수반과 기수 도마뱀의 몫이고, 고다를 비롯한 소풍 패는 제2반인 잠복반에 편성되었다.

잠복도 직근, 제1선, 제2선 배치로 나뉘었는데, 직근은 현금 운반 차량이 정차할 운전면허학원 앞 제방 주변과 상가로 빠지는 도로의 요소에 배치되었다. 체포반 일부도 가세한다. 제1선은 직근 배치조의 외곽. 제2선은 범인 차량 진입로인 제방 외길의 요소 중 제1선의 외곽에 해당하는 자리에 배치된다. 나아가 제2선의 외곽은 조후 서와 인근 서의 인력이 맡아 경계한다.

직근 배치조에 편성된 고다는 상가로 나가는 도로와 교차하는 첫번째 골목의 동서 100미터를 맡게 되었다. 짝을 이룬 잠복 파트너는 특수반의 신참 순사부장이었다.

곧이어 반별 회합을 가지고, 잠복반 반장을 맡은 제1특수 1계의 야마베라는 경부보가 고다처럼 다른 일을 하다 여기저기서 모인 형사들에게 초보적인 주의사항을 전달했다. 이를테면 각자 담당 장소로 직행하지 말 것. 가능하다면 아파트 옥상 등 높은 곳에서 감시할 것. 모든 연락은 반장에게 하고, 반장의 지시를 따를 것. 지정 시각이 지나도 움직임이 없을 경우, 주위에 범인이 숨어 있을 수 있으므로 반장의 지시가 있을 때까지 담당 구역을 떠나지 말고 계속 경계할 것 등이었다.

또한 범인이 지정 장소에 나타난 경우. 기본적으로는 체포반이 움직이지만, 현금을 실은 스테이션왜건의 움직임과 체포반의 움직임을 무선으로 확인하고, 각자의 담당 구역으로 접근해올 때를 대비해 그때그때 반장의 지시를 받을 것. 절대 독단으로 움직이지 말 것.

일단 각자 어제까지 담당하던 구역으로 갔다가 오후 7시 철수해 본부에 재집결하고, 최종 확인 뒤 준비를 갖춰 현장으로 가기로 했다. 오전 9시가 지나 그렇게 회의가 끝나자 고다와 팀을 짜게 된 나가오라는 순사부장은 "그럼 나중에 뵙죠"라는 한마디를 남기고 사라져버렸다. 한편 어제까지 담당하던 구역이 없는 고다는 잰걸음으로 흩어지는 사람들을 바라보다가 자리를 바꾸듯 다가온 히라세와 텅 빈 회의실에서 마주했다. 간부석에 남은 관리관이 이쪽을 빤히 살펴보았다.

히라세는 예상대로 "지난밤 익명 전화는 누구야?"라고 물었다. "팩스 내용 그대로입니다." 고다가 대답했다.

"전혀 짐작이 안 가는 낯선 목소리였다는 거야? 다시 한번 묻지. 누가 전화했나?"

"모르는 남자입니다."

"용의자의 비밀 전화번호와 자네 집 번호 양쪽을 다 아는 사람은 한 명밖에 없어. 처음 듣는 목소리였을 리 없는데."

"모르는 남자였습니다. 그것 말고는 드릴 말씀이 없습니다."

"지난밤 오후 11시 50분, 오모리 역 앞 공중전화부스에 있는 시로야마를 순찰대원이 봤어."

"시로야마의 목소리라면 제가 알았겠죠."

"자네 생각이 그렇다면 더 묻지 않겠지만, 우리는 지난밤 제보 전화를 건 사람이 시로야마라고 보고 있으니 그리 알게."

히라세는 그렇게 말하고 발길을 돌리다가 문득 생각난 듯 한마디 보됐다. "그 전화번호는 자네 동네 쪽이야. 알고 있나?"

"예, 대충."

"아무한테도 말하지 마. 이게 새어나가면 우리는 제일 먼저 자네를 의심할 거야."

"오늘밤 '13번' 형사는 당직입니까?"

"아닌 것으로 아네."

히라세와도 헤어지자 고다에게는 한동안 지고 있어야 할 무거운 짐 하나와, 밤까지의 긴 공백만이 남았다. 그는 경찰서를 나서는 길에 산업도로를 따라 남쪽으로 걷기 시작했다. 오랜만에 가벼운 스니커즈를 신어서인지 힘들지 않고 2킬로미터쯤 걷다가 문득 주위를 둘러보니 하네다까지 와 있었다.

하네다 2번가 교차로에 서자 오른쪽에 하기나카 공원이 보였다. 한다 슈헤이가 사는 하기나카 제2아파트는 공원 너머에 있다.

한편 교차로 왼쪽은 하네다 상가, 1990년 테이프 속 주인공의 친동생이 운영하는 약국이 있다. 오른쪽의 하기나카를 바라보고 왼쪽의 하네다 상가 방향을 바라보니 새삼 '가깝다'는 실감이 났다. 나아가 한다의 집에서는 하네다 2번가의 모노이 약국이 가장 가까운 약국이었다. 게다가 경마라는 접점도 있다. 1990년 테이프 사건의 관련자인 약국 주인과 형사 사이에 연결고리가 있다 해도 이상할 것 없다. 기계적으로 그런 생각을 하며 고다는 왔던 길을 돌아갔다. 하기나카 아파트든 약국이든 행적 조사 형사가 잠복해 있을 테니 얼굴을 마주치면 귀찮아질 것이라는 현실적인 판단이 가까스로 작동한 덕분이었다.

돌아가는 길에 평소에도 종종 신세를 지는 NTT 가마타 영업소에 들러 잘 아는 직원에게 문제의 전화번호를 물었다. 예상했던 대로 공중전화였다. 고다는 니시코자와의 간파치 도로변 공중전화부스로 걸음을 옮겨 주위 풍경을 눈에 담고, 밤에는 인적이 드문 간선도로변의 그 공중전화부스가 교큐 고자 역에서 하기나카를 오가는 한다 슈헤이의 통근권 안에 있음을 확인한 뒤 얼른 자리를 떴다.

그리고 마침 눈에 띈 메밀국숫집에 들어가 점심을 먹고, 남는 시간을 보낼 겸 간만에 가마타 교회에 들렀다가, 내일 열릴 바자회 준비로 바쁜 부인회 아주머니들에게 붙들려 저녁때까지 간판 만드는 작업을 거들었다.

*

이것이 1과 담당의 근성이자, 사건을 만나면 자동으로 분출되는 아드레날린의 소산이었다. 구보 하루히사는 동료 구리야마와 함께 아침부터 종일 기계처럼 전화를 걸어댔다. 정보가 들어오지 않은 것이다.

지난밤 야습에서 새로 들어온 현금 전달 제보를 던져보았을 때 간자키는 분명 움찔하는 표정을 보였다. 특수본부도 이번만은 정보 누설을 막기 위해 이중 삼중으로 대책을 마련했음이 틀림없었다. 사실 사회부에 제보가 들어오지 않았다면 적어도 구보 쪽은 완전히 물먹었을 테고, 기수조차 24일 이른 아침까지 아무것도 모르고 있는 이상한 상황이었다. 1기수 정보원이 자기는 아무 이야기도 듣지 못했다며 아침나절 고마에 방면을 관할하는 3기수에 전화를 걸었던 것이다.

오전 중 1과 담당 전원이 여기저기 계속 전화를 돌리며 파악한 내용은, 현장이 될 고마에를 관할하는 조후 서에 아직 정보가 전해지지 않았고, 고마에에서 무슨 일이 터질 경우 수배가 떨어질 인근의 세이조 서, 세타가야 서, 후추 서도 마찬가지라는 것이었다. 다마가와 강 건너편 가나가와 현경에도 광역 수배가 들어오지 않았다. 그러나 차량을 이용하는 범행에 대비하며 인근 경찰서에 수배를 내리지 않는 일은 있을 수 없으므로, 결국 간자키의 특수본부가 정보 누설을 우려해 작전 직전까지 통보를 미루고 있다고 보는 수밖에 없었다. 수배가 떨어졌을 때는 이미 현금 전달 실행이 목전일 테고, 그전까지는 취재 계획을 세울 수 없다.

구보는 석간 출고 후 초조한 심정으로 기자실을 빠져나와 세타가야구 가마타의 다마쓰쓰미 거리에 있는 패밀리레스토랑으로 들어갔다. 그렇게 현장에서 조금이라도 가까운 곳에 자리를 잡고, 반신반의하는 정보원들에게 "틀림없이 수배가 떨어질 테니 꼭 연락 줘요" "아직 안 내려왔습니까?" "아직인가요?" 하고 전화로 채근하며 오후 시간의 대부분을 보냈다. 그사이 기자실의 스가노도 아직이냐고 자꾸 채근하고, 사회부 사건취재반은 믿고 있는 1과 담당에게서 정보가 없자 잠복 장소를 잡지 못하고 지도만 펼쳐놓은 채 대기하는 상황이었다.

그리고 오후 5시, 구보는 언제인지 알 수 없는 범행 예정 시각에 대비해 현장에 좀더 가까이 갈 요량으로 동료 구리야마와 만나 고마에 시내로 이동했다. 경계중인 형사를 마주치지 않으려 주의하며 궂은 날씨 때문에 벌써 조금 어두워진 제방을 잠시 걸어보니, 누가 먼저랄 것도 "정말 여기가 맞나?"라는 말이 튀어나왔다. 다마가와 주위까지는 제방 길이 잘 정비되어 있지만 가마타 이서 방향은 지면이 울퉁불퉁하고 좁은 너덜길이라 밤중에 차를 타고 지나갈 수 있을지도 의심스러워 보였기 때문이다. 그래도 다른 정보가 없는 이상 기다리는 수밖에 없어서, 제방에서 200미터쯤 들어간 곳에 있는 작은 상가의 찻집을 두번째 대기 장소로 삼고 들어갔다.

세타가야 서 정보원이 1보를 전해준 것은 오후 8시가 막 지날 때였다. "관내 배치 지시가 내려왔어. 오후 11시 전후로 주요 도로 경계 및 검문 이래." 구보는 선잠이 든 파트너 구리야마를 마구 찔러 깨우며 휴대전화에 덤벼들듯이 "예, 그리고요!"라고 외쳤다. 주요 도로 경계는 방치 차량 수색을 포함하며, 대상 차량은 도요타 흰색 카리나 스테이션왜건 '시나가와 57 하 259×'. 짐칸에 종이상자 세 개가 실려 있을 수 있음. 명목은 레이디 조커 사건 세번째 현금 전달 시도에 대비한 주변 배치.

구보는 "또 새로운 움직임이 있으면 부탁합니다! 우리한테도 정보가 들어오면 알려드릴게요"라는 말로 전화를 끊고 즉시 3기수와 인근 서 정보원에게 전화를 걸기 시작했다.

아마 수사본부가 오후 8시를 기다렸다가 관계 각 방면에 수배를 내린 듯, 그뒤로 이십여 분 사이 구보에게 잇따라 정보가 흘러들었다. 기수를 포함해 전부 주변 배치에 대한 정보뿐이라 정작 중요한 현금 전달 내용은 여전히 불분명했지만, 여하튼 히노데가 준비한 현금 7억이 흰색 스테이션왜건으로 운반되며, 다마가와 제방 도로 어딘가에 세워둔 차에 범인이 옮겨 타고 시내 쪽으로 달릴 거라는 점까지는 확실해졌다.

이렇게 되면 고마에 시내의 제방 1.5킬로미터를 걸어다니며 직근 배치 차량이나 형사를 찾아보는 수밖에 없다. 아직 두 시간 반이 남았다. "시각은 오후 11시 전후. 확실합니다. 장소는 지금부터 찾아볼게요." 구보는 기자실에 보고하고 한참 눌러앉아 있던 찻집을 나섰다.

"잠복중인 형사한테 들키면 어쩌죠?" "어차피 그쪽도 용의자의 눈을 피하느라 꼼짝 않을 거야." "또 도호냐는 소리 듣겠는걸요." "난 그 소리 꼭 듣고 싶어." "벌써 듣고 있어요, 구보 씨는."

형사가 보면 첫눈에 기자라고 알아챌 풍모의 두 남자는 그렇게 다마가와 제방으로 통하는 주택가 골목에 들어섰다가 도중에 둘로 갈라졌다. 구보는 걸어가면서도 3기수와 인근 서 정보원에게 연신 전화를 걸었다.

"아마 그쪽 도마뱀이 움직이고 있을 텐데요?" "아뇨, 차량을 이용하는 상황이니 분명히 동원될 겁니다. 어떻게 좀 알아볼 수 없겠어요? 부탁합니다." "꼭 용의자를 잡아서, 올해 일본시리즈는 내야 특등석에서 같이 보자고요." "아, 큰일이네. 뭐라도 좋으니 새로운 소식 없습니까?"

빗속에 우산을 든 채 휴대전화에 대고 읍소하는 일인극을 펼치면서 구보는 어느새 제방에 다다랐다. 갑자기 풀과 진흙 냄새가 훅 끼쳐서 잠시 특종의 압박감조차 삼켜버리는 암흑으로 빨려들었다. 그칠 줄 모르는 비에 수면을 건너온 바람이 섞여 면바지가 금방 젖어들었다. 고마에시 방향에 나란히 늘어선 주택과 창고의 벽은 문등이 띄엄띄엄 달려 있어서 거의 캄캄했다. 과연 현금 탈취를 노리는 용의 차량이 이렇게 어두운 외길을 한밤중에 라이트를 켜고 달릴지 의아한 심정으로 반시간쯤 골목이나 그늘을 살피며 걸었을 때, 3기수 정보원이 전화를 주었다.

"구보 씨? 현금 운반 차량이 멈출 곳은 운전면허학원 앞 제방 길이야."

역시 이 제방인가. 그 정보를 듣자 조금 전까지의 의구심이 순식간에 사라지고, 머릿속에 '레이디·조커 나타나다'라는 제목이 날뛰면서, 기밀을 누설하는 전화 속 목소리를 듣는 쾌감에 내장이 오그라들 지경이었다.

"우리는 히가시이즈미의 세타가야 거리에 배치됐어. 제방 길은 운전면허학원 앞에서 끊기니 차가 나갈 길은 상가 방향뿐이야. 알겠지만, 절대로 현장을 훼손하지 마." 정보원이 속삭였다.

"고맙습니다, 감사합니다, 정말 고맙습니다. 새로운 소식이 나오면 꼭 부탁드립니다." 한 손에 전화기를 쥔 채 허공에 대고 연신 머리를 조아리면서 구보의 두뇌는 벌써부터 맹렬하게 돌아갔다. 먼저 구리야마에게 알리자 운전면허학원 근처까지 달려가서 "인기척 없음, 차량 없음"이라고 알려주었다. 수사관이 예정 시간 직전에야 잠복할 계획이라면 구보에게는 지금이 기회였다. 시각은 9시 12분. 아직 조금 여유가 있다.

일단 구리야마에게 잠복에 이용할 연립주택이나 아파트를 찾아보라고 이르고 그쪽으로 달려갔다. 십 분 뒤 구리야마와 합류해 운전면허학원 건물을 확인하고 적당한 장소를 찾아보았지만 근처에는 높은 건물이 없었다. 궁여지책으로 어디서 밴이나 트럭을 빌려 도로에 세워놓고 차 안에서 대기하기로 했다. "또 도호냐는 소리 듣겠는걸요." 구리야마가 좀전과 같은 소리를 중얼거리며 가까운 신문판매점으로 달려가고, 구보는 기자실에 전화해서 사무적인 내용을 주고받은 뒤 마지막으로 "지면을 비워두세요, 반드시 뭐 하나 건질 테니까!"라고 호언했다.

*

고다를 비롯한 수사원들은 각자 무선 이어폰과 한 조당 무선기 한 대씩 받고 오후 8시가 조금 못 되어 삼삼오오 오모리 서를 나섰다. 기자들의 눈을 피하기 위해 평소처럼 수사회의를 마치고 산회하는 풍경을 연출한 것이다. 고다는 파트너 나가오 순사부장과 함께 전철을 갈아타고 멀리 고마에 시로 향했다.

오후 9시 20분쯤 오다큐 선 이즈미다마가와 역에 내리자 시간이 아직 많이 남은 터라 고다는 열심히 근처를 돌아다니며 살펴보는 나가오를 세 발짝 뒤에서 묵묵히 따라다녔다. 용의자가 LJ 4호의 내용대로 나타나리라 보기는 힘들었고 만약 정말로 나타난다면 무슨 꿍꿍이가 있을 거라 생각했지만, 나가오와는 그런 대화를 나눌 분위기가 아니었고 계기도 없었다. 나가오는 미리 도로를 잘 봐둬야 무선 지시를 이해할 수 있을 거라며 일방통행로를 확인하거나 길에 주차된 차량에 일일이 다가가 살펴보면서 한 시간을 알차게 보낸 뒤, 오후 10시 25분에 정해진 장소로 이동했다.

둘에게 지정된 장소는 제방에서 불과 40미터 앞, 상가로 통하는 도로와 동서로 교차하는 약 100미터 길이의 골목이었다. 양쪽은 T자로. 주위에 빼곡한 주택은 태반이 불을 밝히고 있지만 정원수 탓에 50미터 앞사람도 알아보기 힘들 만큼 어두웠다. 토요일 한밤중이라 퇴근하는 샐러리맨의 모습도 없고 차도 전혀 다니지 않았다. 두 사람은 그런 골목을 왔다갔다하며 이따금 멀리서 들리는 차 소리에 귀기울이고, 어느 집 개가 먼 데를 보고 짖는 소리에 흠칫하고, 삼 분에 한 번꼴로 손목시계를 들여다보며 오후 11시를 기다렸다.

상가로 통하는 도로를 가로지르던 오후 10시 35분, 밴 한 대가 제방에서 20미터 떨어진 갓길에 멈추는 것이 보였다. 조금 앞에 400cc 오토바이 두 대가 서 있었지만 사람은 보이지 않았다. 귀에 끼고 있는 이어폰에서는 요 한 시간 사이 다마가와 거리의 뺑소니사고, 니시노가와의 아파트에서 발견된 변사체, 조후 역 근처 파친코 가게의 강도사건 등을 알리는 수사 차량의 무선이 흘러나왔지만, 대체로 조용한 밤이라 할 만했다.

10시 43분 다시 상가로 통하는 도로를 가로지르는데, 예의 밴 옆에 형사 두 사람이 서서 운전석에서 고개를 내민 남자와 낮은 소리로 입씨름을 벌이고 있었다.

"저거 기자예요. 9층 도호 박스에 있는 놈일 겁니다." 나가오가 속삭이자 고다의 입에서는 "징그러운 놈들"이라고 솔직한 말이 튀어나왔다. 기자는 언제 어디서나 수사에 방해만 되지만 요즘은 그 집요함에

선망 비슷한 감정을 느낄 때마저 있었다.

도로를 건너 동쪽으로 50미터쯤 걷다가 다시 돌아왔을 때 신문기자들의 밴은 떠나고 없고, 대신 암행 차량인 밴 한 대가 같은 위치에 주차하는 중이었다. 그 광경을 곁눈으로 보며 이번에는 서쪽으로 50미터 걷기 시작했다.

서쪽 골목을 어슬렁거리던 10시 46분, '세타가야 3호'라고 밝힌 순찰차에서 무선이 들어왔다. 신호가 섞인 듯 잡음이 심했지만 "흰색 파밀리아 한 대 확인"이라는 한마디를 알아들을 수 있었다. 차량번호 조회를 요구하는 목소리에 이어, 센터에서 도난 차량이라고 답신하는 소리가 들렸다.

"어디였지?"

"정수장 센터라고 한 것 같은데요."

"겐보 스포츠센터군. 기누타시모 정수장 건너편. 여기서 가까운데—"

"잘 아시네요, 고다 씨."

"낮에 지도를 봐두었거든. 특수반에 민폐를 끼치면 안 되니."

"야유하시는 거예요?"

시간도 때울 겸 짧은 잡담을 나누는데 갑자기 세타가야 3호가 엉뚱하게 요란한 소리를 내질렀다. "아, 젠장, 튀었다!" 하는 소리에 고다와 파트너는 얼굴을 마주보았다. 방치 차량을 보고하는 줄 알았는데, 운전자가 타고 있던 차량이 검문중 그대로 내뺀 듯했다. 무선에서 고함소리가 어지러이 오가고, 곧바로 추적에 나선 세타가야 3호는 불과 3킬로미터 정도 떨어진 곳에서 추격전에 들어갔다.

"기합이 빠졌군." 나가오는 언짢은 듯 일축하고 잠복 태세로 돌아갔다. 고다는 안개처럼 희미한 의구심을 느끼며 한동안 그대로 무선을 들었다. 구체적인 무언가가 마음에 걸린 것은 아니지만 오늘밤의 현금 전달에 대한 지시 뒤에 무슨 꿍꿍이가 있는 것 같다고 느껴온 터라 일개 도난 차량의 움직임에도 신경이 쓰였다.

도주한 파밀리아가 세타가야 거리를 북쪽으로 질주하고 순찰차가 추적을 계속하는 동안 두 사람의 다리는 100미터 골목을 두 번 더 왕복했다.

오후 10시 50분, 무선이 수사반 전용으로 바뀌고 "현금 운반 차량 도착. 예정 위치에 정차"라는 1보가 들어왔다. 고다와 파트너는 상가로 통하는 골목으로 급히 걸음을 옮겨 제방 쪽을 살폈다. 범인측의 지시대로 제방 길에서 막다른 방향을 보고 정차한 흰색 스테이션왜건이 보였다. 차에서 흰색 러닝셔츠를 입은 남자가 내리자 나가오가 "가와세 순사부장이에요"라고 알려주었다. 고향은 아오모리고, 일본의 람보가 되겠다는 말을 입버릇처럼 달고 사는 권투선수 출신이라고 했다.

고다와 나가오는 운전자로 변장한 일제 람보가 느릿느릿 상가로 향하는 모습을 지켜보다가 다시 담당 구역으로 물러났다.

예정 시각에 거의 가까워졌다. 골목 순회를 계속할지 제방 근처에서 기다릴지 고민하던 55분, "왔다! 왔다!" 하는 무선이 들어와 반사적으로 온몸을 굳혔다. "2의 12반. 검은색 스카이라인. 도메이 아래를 통과. 현장으로 가고 있다. 남자 한 명이 타고 있다. 젊은 남자다!"

용의자가 나타났다는 것이다. 고다는 그 사실을 바로 받아들이지 못하고, 이게 무슨 일이지? 하는 공허한 자문에 쫓겼다.

"차번호, 가나가와 54의 348×. 머플러 개조. 수배 부탁합니다. 이상." 웅웅대는 무선을 듣다가 삼 초 뒤 '뭔가 있다'고 직감에 가까운 결론을 내리고는 "어떻게 생각해?" 하며 파트너 나가오의 얼굴을 돌아보았지만, 이미 임전 태세에 들어간 나가오는 듣지 못한 것 같았다. 대신 나가오는 "고다 씨, 저쪽으로 가시죠. 저는 여기를 지킬게요. 어서요!"라고 지시를 내렸다. 꾸물거릴 시간이 없는 건 사실이었다. 고다는 "접수"라고 대답하고 상가로 통하는 골목을 건너 동쪽 골목으로 들어갔다. 제방 앞을 힐끔 보니 갓길에 서 있던 오토바이 두 대에 추적반 도마뱀이 걸터앉아 있었다. 시동은 아직 걸지 않았지만 스탠드가 접혀 있다.

그동안에도 제방 길 아래 잠복한 반에서 무선으로 "여기는 2의 9반. 1킬로미터 앞 통과, 확인했습니다" "2의 8반. 500미터 앞 통과"라는 연락을 보내왔다. 대강 계산해보니 스카이라인은 시속 10킬로미터 내지 20킬로미터의 느린 속도로 운전면허학원 쪽으로 다가오고 있었다. 작전 지휘를 맡은 제1특수의 계장과 잠복반 사이에 "탑승자는 한 명인가? 틀림없나?" "한 명입니다" "얼굴을 보았나?" "안 보입니다" 하는 짧은 대화가 오갔다.

'뭔가 있다'라는 고다의 생각은 시시각각 박살나고, 스카이라인은 범인이 지정한 시각에 지시 내용 그대로 현금 7억을 실은 차량에 접근하고 있었다. 고다는 미처 생각을 정리하지 못한 채 만일 용의자가 모는 차량이 자신이 담당한 골목으로 달려올 경우 어떻게 해야 하는가라는 눈앞의 과제로 머릿속을 전환해야 했다.

오후 10시 59분, 무선 속 목소리가 낮게 속삭였다. "여기는 2의 1반. 스카이라인 도착, 정차."

"3반, 이동 준비. 2반은 대기 장소에서 경계." 작전 지휘관의 목소리였다.

"2의 1반. 남자가 내렸다. 스테이션왜건에 옮겨 탄다―"

"전원 경계 태세로. 3반, 반장 지시를 기다려라."

"2의 2반, 2의 3반, 2의 4반, 바리케이드 준비!"

왔다. 2의 2반 고다는 도로 동쪽 끝으로 달려가 갓길에 준비해둔 바리케이드를 도로에 펼쳤다. 말이 바리케이드지 검문시 세워두는 안내판 크기라서 2000cc급 차량이 작정하고 밀어붙이면 어렵지 않게 돌파

할 수 있었다.

"2의 1반. 스테이션왜건이 출발했다. 상가 방향—"

"1호, 2호, 추적 준비. 3호, 4호, 진로 차단 준비." 도마뱀에게 지시를 내리는 추적반 반장의 목소리가 끼어듦과 거의 동시에 상가로 통하는 도로에서 시동을 거는 오토바이 소리가 들렸다. 반사적으로 손목시계를 확인하니 오후 11시 1분. 상상도 못한 일이지만 현금 7억을 실은 스테이션왜건에 용의자가 올라탔고, 지금 막 도주를 시작한 것이었다.

이쪽으로 달려오면 어쩌나. 이따위 바리케이드로 막을 수나 있을까. 고다는 제 손으로 나란히 세워놓은 바리케이드를 바라보다가 세 개를 겹쳐놓은 한복판 부분이 잘 버텨줄지 문득 걱정스러워졌다. 다시 배치하려고 팔을 뻗는 순간 오토바이가 출발하는 엔진 소리가 들렸다. 몇 마디 짧은 외침이 뒤따르고 여러 명의 발소리가 쫓아오더니 "커브를 돈다! 좌회전한다!" 하는 고함소리가 들렸다.

다음 순간, 고다는 찢어지는 듯한 브레이크 소리를 내며 골목으로 들어오는 차량을 보았다. 거리는 20미터. 발진 직후 가속하다가 무리하게 좌회전을 시도한 탓에 크게 기우뚱거리며 이쪽으로 돌진해오는, 눈부신 헤드라이트의 고리 두 개.

앞유리창 너머로 젊은 남자의 얼굴이 희미하게 비쳤다. "세워! 정지!"라고 외치는 목소리, 이어서 커브를 트는 오토바이의 폭음, 여러 명의 발소리 등이 겹쳐지는 가운데 귓속의 이어폰에선 무슨 까닭인지 "막지 마! 그냥 가게 둬!"라고 외쳤다. 아니, 그런 목소리가 들린 건 환청인지 모른다. 고다는 이쪽으로 달려오는 차량의 앞유리창을 향해 제 몸이 절로 기우는 것을 순간적으로 느꼈다. 그리고 눈앞의 차량이 멈춘 것처럼 보인 순간, 격렬한 브레이크 소리와 충돌음과 함께 차량이 시야에서 사라지고 의식이 날아갔다.

차량은 전봇대를 들이받고 멈춰 있었다. 즉시 오토바이가 달려오고 뒤이어 도착한 체포반 무리가 에워싸자 고다는 서로 부딪치는 사람들의 고리에서 튕겨나갔다. 차에서 끌고내린 남자를 수사원들이 제압했다. "신병 확보! 남자 한 명, 신병 확보!" 무선에 대고 소리치는 목소리가 울린다.

고다는 조금 전 차량을 향해 기울던 몸에 급격한 허탈감이 찾아들고 머릿속도 멍해져서 잠시 아무 생각도 하지 못했다. 눈앞에서 제압당한 남자의 수족도 보이지 않고 무선을 주고받는 수사원들의 목소리만 귓가에 와글거렸다.

"면허증의 이름은 사사키 고타, 사사키 고타, 29세." "충격으로 말하기 힘든 상황" "경상으로 보이지만, 확인차 일단 병원으로 갈까요?" "연행해도 되겠습니까?"

좁은 골목에 순식간에 수사 차량이 줄짓고, 무슨 일인가 싶어 뛰어나온 주민들이 모여들었다. 수사원들이 출입금지 로프를 두르는 건너편으로 아까 제방에 있던 기자의 얼굴이 얼핏 보였다.

신병을 확보하고 일 분 후 눈앞의 무리가 움직이기 시작하고 제압되었던 남자가 일으켜 세워졌다. 고다는 그제야 수사원들 틈새로 남자의 모습을 볼 수 있었지만 무슨 생각을 하기도 전에 '아니다'라고 직감했다. 상고머리를 한 작은 얼굴. 귀에 달린 피어스. 충격에 얼이 빠지긴 했지만, 고다의 눈에 비친 것은 기본적으로 건전한 삶을 영위하는 남자의 얼굴이었다. LJ와는 사는 세계가 다르다. 저 남자는 아니다.

머릿속이 하나도 정리되지 못한 채로 고다는 연행되는 남자의 뒷모습을 바라보았다. 사건의 실체가 자신의 상상과 동떨어져 있거나 진짜 용의자가 대리인을 내보냈거나 둘 중 하나라고 겨우 결론을 냈지만, 여기서는 더이상 머리가 돌아가지 않았다.

소란이 남은 현장에서 그제야 파트너 나가오가 다가와 "한 건 하셨네요. 저 같으면 절대 그런 행동은 못했을 텐데"라고 말하며 전봇대를 들이받은 차량의 앞유리창에서 남색 점퍼를 집어들었다. 고다는 그것이 자신의 점퍼라는 것을 알아채고 흠칫 놀랐다. 대체 내가 무슨 짓을 했나 생각했지만 그것도 기억나지 않았다. 저도 모르는 새 벗어서 들고 있다가 달려오는 차량의 운전석 쪽 유리창을 향해 재빨리 내던진 모양이었다. 옆에서 누군가가 "투우사를 해도 되겠어"라고 속삭이는 소리가 들렸다.

우산을 찾았지만 보이지 않았다. 나가오가 눈치껏 내밀어준 우산을 사양하고 고다는 점퍼를 뒤집어썼다.

"나가오 씨, 본부로 돌아가기 전 정수장 앞 현장에 가보자고."

"도망친 파밀리아 때문입니까. 고다 씨도 그게 걸리세요?"

"그냥 좀."

"그 사사키 고타란 놈은, 아무래도 영—"

"그러고 보니 그 차가 골목으로 돌진할 때 무선에서 '막지 마'라고 했던 것 같은데."

"저도 들었어요. 무슨 까닭이 있나보죠."

오랫동안 기다리던 용의자를 체포했다는 성취감은 전혀 들지 않았다. 레이디 조커의 새된 웃음소리가 들려오는 듯한, 한없이 고약한 뒷맛만 남은 소란스러운 현장을, 고다는 파트너와 함께 잰걸음으로 떠났다.

*

그 시간 구보는 운전자가 바뀐 스테이션왜건이 좌회전한 골목과 50미터쯤 떨어진 상가 쪽에 있었다. 수사원들이 일제히 뛰어나오는 모습을 보고 구보도 구리야마와 함께 우산을 내던지고 달려갔다. 그리고 누가 누구인지 분간할 수 없는 현장의 혼돈에 휩쓸리면서 전봇대를 들이받은 스테이션왜건을 보았다. 끌어낸 남자의 얼굴은 확인하지 못했지만, 용의자를 직접 본 것이나 마찬가지였다. 일생에 한 번 있을까 말까 하는 경험이었다.

"용의자 한 명이 잡혔습니다! 진짜예요, 우리 눈앞에서 잡혔어요!" 구보는 기자실에 1보를 전했다. 기자생활 십 년 만에 범인 체포 현장을 처음 목격했다는 흥분을 제대로 전하기는 힘들었다. 스가노 캡이 "뭐?"라는 외마디 대답만 하고 할말을 잃은 것 역시 구보가 처음 겪는 일이었다.

"사사키 고타, 29세! 본부로 연행중이니 사진부에 오모리로 누구 하나 보내라고 전해주세요. 곧 속보 전하겠습니다."

용의자를 실은 밴이 급히 출발한 후, 현장에 취재 기회가 사방에 굴러다니는 지금은 일 초도 허비할 수 없었다. 구보가 기자실에 연락하는 사이 구리야마는 이미 현장 수사원을 붙잡기 위해 뛰어다녔고 구보도 곧 그 뒤를 따랐다. 출입금지 로프가 쳐지기까지 짧은 시간 동안 닥치는 대로 붙들고 말을 걸었다. 도호입니다, 해내셨군요! 체포 혐의는 뭡니까, 공무집행방해입니까? 도호입니다, 차에 실려 있던 지폐는 진짜입니까? 도호입니다, 해냈군요! 용의자가 정말 나타날 거라고 생각하지는 않으셨죠? 이제 일망타진이 임박한 건가요?

물론 제대로 된 대답은 없었지만, 흥분 반 낭패 반인 수사원들의 표정만으로도 큰 수확이었다. "폭주족 같던데" "LJ도 초조했나봐" "너무 쉽게 잡힌 느낌이야"라는 개인적인 소감도 몇 마디 얻어냈다. 이 정도면 특수본부의 정식 발표를 기다릴 것 없이 사실관계만 좀더 보태 바로 내일자 조간에 때릴 수 있다. '레이디·조커 나타나다'가 아니라, '레이디·조커 한 명 체포'로.

수사원들을 한 차례 훑고 인근 주민들에게 체포 당시 들린 굉음과 소란스러운 상황 등에 대해 질문한 뒤, 구보는 미리 수배해둔 전세택시를 타고 급히 오모리 서로 취재 현장을 옮겼다. 이동중 구리야마에게 예정 원고 작성을 맡기고 3기수와 인근 서 정보원에게 연달아 전화를 걸어 체포된 남자의 전과 유무와 현장까지 가는 데 사용한 차량의 번호, 차량의 도난 여부 등을 물었다. 그러나 어디든 아직 정리된 정보를 얻지 못한 상태라 대답은 사뭇 혼란스러웠다.

오모리 서에 도착한 오전 0시 반, 현관 앞 보도에는 이미 보도진이 모여들고 있었다. 낯익은 전국지 기자들이 그를 보자마자 "구보 씨! 현장에 있었다면서?" "그놈 얼굴 봤어?"라고 물어서 구보는 "내가 무슨 재주로 현장에 접근해" 하며 대답을 피했다.

보도에 넘쳐나는 기자들 앞으로 간자키 1과장의 관용차가 도착한 것이 오전 0시 50분. 차에서 내린 간자키를 향해 구보를 비롯한 기자들이 일제히 달려들어 그를 에워쌌다. "체포 혐의는 공무집행방해입니까?" "사사키 고타, 29세! 그렇게 쓰겠습니다!" "사건이 일거에 해결될 거라고 봐도 됩니까!" 사방에서 목소리가 날아들었지만 간자키는 밀랍처럼 굳은 얼굴을 까딱도 하지 않고 경찰의 호위를 받으며 건물 안으로 말없이 사라져버렸다. 범인 그룹 중 한 명을 확보하고도 흥분의 기색이 전혀 없다는 것은 썩 좋지 않은 징후였다.

구보는 한순간 구리야마와 마주보았지만, 여하튼 지금은 더 생각할 여유가 없었다. 그러다가 팔다리가 자동으로 움직여 삼 초 후에는 구리야마와 나란히, 현관 앞에 버티고 제지하는 경찰들을 향해 "기자회견은 몇시에 합니까!" "체포 혐의만이라도 말씀해주세요!"라고 외치며 밀려드는 무리에 끼어 있었다.

상보를 달라는 기자실의 재촉이 잇따랐고, 대기중인 사회부 사건취재반은 어디로 달려가야 하는지 초조하게 시계를 보고 있을 것이 틀림없었다. 구보는 손목시계 바늘을 노려보며 대책을 궁리했지만 조간 마감에 맞춰 증거 자료를 확보하려면 경찰의 공식 발표를 기다릴 여유가 없었다. 조간 최종판에 필요한 정보는 우선 체포 혐의, 체포영장 집행의 유무. 체포영장이 집행되었다면 사사키 고타의 한자 이름, 직업, 전과, 현주소. 나아가 가능하다면 특수본부 내부의 시각까지. 좀전에 본 간자키의 안색 때문에 조금 켕기는 심정이었지만, 구보는 계속 시계를 보며 다시 정보원들에게 기계적으로 전화를 걸었다.

그러나 오전 1시가 가까워와도 정보원들의 이야기는 하나같이 모호하기만 했다. 다급해진 구보는 1시가 되자 기자실에 전화해서, 혹시 모르니 오인 체포였을 경우의 예정원고로 교체할 준비를 해놓으라고 전했다.

안달이 난 스가노 캡에게서는 "오인이라도 괜찮아. 오인 체포의 전말을 알아봐"라는 냉혹한 한마디가 돌아왔다. 사실 다른 때 같으면 극적인 현행범 체포 후 삽시간에 여러 방면으로 퍼졌을 상보가 전혀 흘러나오지 않는 상황을 보건대, 오인 체포일 가능성이 점점 높아지고 있었다. 그러나 현금 7억을 실은 스테이션왜건에 누군가가 옮겨 탔고 그 자리에서 체포되었는데 오인이라니, 대체 어찌된 영문일까. 조간 마감이 닥쳐오는지라 구보가 머리를 굴려볼 시간은 없었다.

계속 정보원들에게 전화를 돌리던 오전 1시 5분, 세타가야 서 정보원이 "그놈은 용의자가 대신 내보낸 사람 같아"라고 귀띔해주었다. 그 말에 구보의 머릿속은 또다른 혼란에 빠졌다. 대리인을 내보냈다면 현금 전달 시간에 어딘가에서 다른 사건이 일어났다는 얘기다. 협박. 납치. 유괴.

망설일 새 없이 구보는 다시 닥치는 대로 정보원들에게 전화를 걸어서 "LJ가 대신 내보낸 사람을 오인 체포한 것 같던데, 아닌가요?"라며 떠보았다. 결국 1기수 반장에게 눈물겹게 매달려 진상을 파악하기는 했지만, 그와 동시에 세번째로 혼란에 빠졌다.

"지난밤 요코하마의 미나토미라이에서 남녀 한 쌍이 납치됐어. 현경 관할서에 알아봐. 사사키 고타는 그 커플 중 남자야. 여자를 인질로 잡고 운전을 맡긴 거래."

구보는 경악하기에 앞서 시간이 멈춰주길 빌었다. 오전 1시 15분. 곧장 스가노 캡에게 개요를 전하고, 요코하마 지국을 통해 현경에 확인한 뒤 그 결과에 따라 예정원고를 가필, 수정해달라고 부탁했다. 스가노는 "좋아, 모양새는 그럴듯하군"이라고 짧게 답했다.

구보는 땀이 배어 미끈미끈해진 휴대전화를 겨우 집어넣고 산업도로 옆길에 우두커니 멈춰 섰다. 한 건 올렸다는 안도감도 만족감도 찾아오지 않았다. 아침이 되면 경찰 발표를 보고 모든 이가 알게 될 세번째 현금 전달 시도의 전말을 불과 몇 시간 먼저 조간 지면에 싣기 위해 지난밤부터 얼마나 고개를 조아리고 목청을 혹사하고 전화비를 써댔는가. 그렇게 얻어낸 정보는 과연 노력에 걸맞은 내용일까. 기껏해야 아주 조금 새로운 이야기, 조금 재미난 사건, 자신이 건진 것은 그 정도였다.

하지만 어쨌거나 오인 체포가 확실해진 이상, 동트기 전 석방될 것이 틀림없는 사사키 고타를 이곳 오모리 서 문앞에서 기다려야 했다. 타사 기자들이 얼마나 몰려올지가 문제였지만 오인 체포라는 대소동 끝에 특수본부의 조사를 받고 석방된 피해자의 코멘트를 따지 못하면 지금까지 매달려온 의미가 없다. 어쩌면 진범과 접촉했을 피해자를 통해 모종의 정보를 건질 수도 있다.

무의식적으로, 그리고 기계적으로 그렇게 생각했지만, 역시 이제는 특종을 향한 갈망이 솟아나지 않았다. 기사에 필요한 취재는 할 생각이지만 그 행위와 자신의 영혼이 이미 분리되었음을 느꼈다. 일이니까 한다. 하라고 하니까 하는 것이다. 우선은 제 가족을 부양하기 위해서, 또한 현실적으로 전국지가 사회면 특종을 내지 못하면 신문이라는 상품의 존재 가치가 없어져버리기에 하는 일이지, 특종을 터뜨리는 것이 시대나 사회, 혹은 자신이라는 개인에게 필요해서는 아니었다.

*

고다가 파트너 나가오와 함께 서로 돌아온 것은 오전 1시 5분이었다. 이미 특수본부에 오인 체포라는 정보가 들어왔고 요코하마에서 남녀 한 쌍이 납치된 사건의 개요도 전해졌지만 간부석이 텅 비어 있어서 현장에서 돌아온 수사원들은 한 시간 넘게 기다려야 했다. 오전 2시 반이 돼서야 간부들이 얼굴을 내밀었고, 경과 설명과 보고가 시작되었다.

우선 간자키가 "수고하십니다"라고 인사한 뒤, 제1특수의 관리관이 "지난밤 현행범으로 체포한 29세 사사키 고타는 레이디 조커와 무관함이 확인되었다"고 입을 열었다. 이어서 미나토미라이21 지역에서 지난밤 오후 9시 5분경 발생한 남녀납치사건의 개요를 설명했다.

"피해자 남녀, 사사키 고타와 우치다 사나에는 미나토미라이의 유원지 코스모월드 앞 노상에 스카이라인 차량을 세워놓고 안에서 남녀 간의 애정행각을 벌였는데, 누군가가 운전석 옆 창문을 두드려서 돌아본 순간 잠가두었던 운전석과 조수석 문이 동시에 열렸다. 바깥에는 운전석 쪽으로 남자 하나, 조수석 쪽으로 남자 두 명이 있었고, 흰색에 아무 무늬 없는 타운에이스 차량이 피해자의 스카이라인 오른쪽에 나란히 서 있었다. 세 남자 모두 가장파티용으로 시판되는 정교한 고무 가면을 쓰고 야구모자를 착용했다. 또한 사사키 고타는 운전석 문이 열리기 직전, 자처럼 보이는 얇은 금속판이 문과 창문 틈새에 꽂히는 것을 목격했다.

열린 문 너머로 남자들이 권총 같은 것을 들이미는 것과 함께, 운전석 쪽 남자 A가 '소리내지 마'라고 말했다. 낮고 탁한 목소리로 한마디 한마디 또렷하게 발음했고 말투는 딱딱했다. 사투리 억양은 없었다.

다음으로 조수석 쪽 남자 B가 '두 시간 뒤 풀어주겠다. 시키는 대로 하면 둘 다 무사할 것이다'라고 말했다. 목소리는 사무적이고 메마른 느낌.

그 직후 남자 B가 조수석 쪽의 또다른 남자 C에게 "끌어내려"라고 명령해서 조수석의 우치다 사나에가 밖으로 끌려나갔다. 그동안 남자 A가 사이드브레이크 위로 짓누르고 있었기 때문에 사사키 고타는 여자가 타운에이스로 끌려가는 것도 소리나 기척으로만 짐작할 수밖에 없었다.

여자가 끌려나감과 동시에 남자 B는 조수석 등받이를 쓰러뜨리고 뒷좌석에 올라타 사사키의 목덜미 뒤에 권총 같은 것을 갖다대고 '다마가와 강으로 가라'고 말했다. 이어서 운전석 쪽에 있던 남자 A가 조수석으로 와서 올라탔다. 먼저 출발한 타운에이스가 보이지 않게 되었을 즈음 남자 A가 '출발해'라고 해서 사사키는 차를 출발시켰다. 이때까지 사사키는 남자 셋밖에 목격하지 못했지만, 여자의 공술에 따르면 타운에이스에 운전사 외에도 여자를 감시하는 남자가 한 명 더 있었다고 하니, 최소 네 명이 납치에 관여한 셈이다."

LJ 일당의 네번째 인물, 고다는 메모지에 갈겨썼다.

"스카이라인을 몰고 다마가와 강 쪽으로 가는 동안 조수석의 남자 A는 '다음에 우회전. 첫번째 신호에서 좌회전' 하는 식으로 사사키에게 상세한 지시를 내렸다. 다마가와 강을 건너는 국도 1호나 15호를 이용하지 않고 일단 미나토미라이에서 151호선으로 나와 니시 구 주택가로 들어가서 골목길을 한 시간 십오 분 정도 달린 끝에, 사사키는 눈에 익은 도큐도요 선 전철과 마루코하시 다리 교차점 표지판을 보았다고 한다. 그때까지 교차로에 표지판이 있을 법한 큰길을 전혀 이용하지 않았으므로 경로를 자세히 기억하지는 못하지만, 미나토미라이에서 마루코하시 다리까지의 소요 시간을 볼 때 차량은 니시 구를 북상해 가나가와 구, 고호쿠 구, 나카하라 구 주택가를 통과했을 것으로 짐작된다. 상세한 경로는 알 수 없다."

간선도로가 정체되는 시간대가 아닌데 일부러 한 시간 넘게 주택가를 누비고 다닌 것은 혹시 모를 주요 도로의 검문과 교차로의 N시스템을 피하기 위해서가 분명했다. 히노데 사장을 납치했을 때와 같은 패턴이라고 고다는 생각했다.

"스카이라인은 마루코하시 다리를 건너 바로 좌회전하지 않고, 다음 신호에서 다시 주택가 골목으로 들어가 여러 번 좌우회전을 한 뒤, 덴엔조후, 다마쓰쓰미 제방도로, 노케와 세타가야의 주택가를 거쳐 제3교힌 고가를 통과한 부근에서 다마가와 강변의 다마쓰쓰미 제방도로로 나왔다. 그후 오 분이 지나지 않아 범인이 좌회전을 지시했고, 좁은 일방통행로를 나아가는 사이 주위에 민가가 사라지고 버스정류장이 보였다. 이곳은 정수장으로 짐작된다."

마침 그 시간 정수장 앞에서는 흰색 파밀리아 한 대가 도주했다. ─ 재빨리 그 사실을 떠올리며 고다는 조금 떨어진 자리에 앉아 있는 파트너 나가오를 바라보았다. 나가오도 돌아보며 눈길을 맞췄다. 고다가 나가오와 함께 정수장에 들렀던 오후 11시 40분에는 수사 무선에 세타가야 서 관내 무선 내용이 들어오고 있지 않았으므로 그후 상황을 알지 못했는데 이제 분명해지겠다고 생각하며 숨을 죽였다.

설명이 이어졌다.

"버스정류장 앞에서 조수석의 남자 A가 다시 '왼쪽으로'라고 지시했다. 차 한 대도 겨우 통과할 만한 좁은 길을 조금 내려가다가 비탈길을 오르자 풀이 무성한 제방 위였다. 시각은 오후 10시 40분쯤. 정확한 시각은 사사키도 기억하지 못한다. 그곳에서 남자 A는 일단 차를 세우고 라이트를 끄라고 지시하고, 이어서 사사키에게 이렇게 말했다.

'이 길을 똑바로 달려라. 십 분쯤 달리면 막다른 곳이 나온다. 그 앞에 흰색 스테이션왜건이 서 있다. 바로 뒤에 이 차를 대고 내려서 스테이션왜건으로 옮겨 타라. 열쇠는 꽂혀 있다. 옮겨 타는 즉시 오른쪽 주택가 쪽으로 달려라.'

여기까지는 사사키가 기억하지만 그다음은 정확하지 않다. 범인은 사사키에게 어떻게 운전하든 상관없으니 도로로 나가서 좌회전하라, 그뒤 다리 앞에서 우회전해서 제방 길을 따라 직진하라고 지시했다는데, 근처 지리를 모르는 사사키는 금방 기억하지 못했고 이해도 못했다고 한다. 그러나 지리 조건으로 판단하건대 용의자는 세타가야 거리로 나와서 좌회전, 다마가와 수도교 앞에서 우회전하라고 지시한 것으로 짐작된다."

요코하마에서 고마에까지는 신중하게 간선도로를 피해 이동했는데, 정작 현금이 실린 차량으로는 간선도로인 세타가야 거리를 달리라고 한 것은 분명히 모순된다. 용의자들이 정말로 현금을 탈취할 생각이 없었음을 방증하는 부분인지도 모르지만, 그렇다면 이렇게 복잡한 연극을 연출한 레이디 조커의 진의는 더욱 알 수 없어진다.

"사사키는 여자의 신변이 걱정되어 남자들이 시키는 대로 할 생각으로 다마가와 제방까지 차를 몰아왔지만, 마지막으로 받은 복잡한 지시를 제대로 이해하지 못해 더이상 따르기 힘들겠다고 생각했다 한다. 그러나 못하겠다고 말하면 자신과 여자의 신변이 위험해질 것 같아서 지시대로 운전하는 척하기로 했다. 뒷좌석의 남자 B와 조수석의 남자 A는 그곳에 내려서 사사키가 출발하는 것을 뒤에서 잠시 지켜보았다. 20미터쯤 나아갔을 때 사사키는 룸미러를 통해 두 남자가 왔던 길로 사라지는 모습을 보았다."

흰색 파밀리아. 세타가야 3호 순찰차가 불심검문한, 남자 두 명이 타고 있었다던 흰색 파밀리아. 고다가 실의를 곱씹는 동안에도 설명은 계속되었다.

"제방 길은 알다시피 노면이 고르지 않다. 사사키의 차는 개조 타이어를 달고 차고를 낮추는 튜닝을 해놓아서 그 길을 운전하기 매우 힘들고 겁이 났다고 한다. 느리게 나아가면서 몇 번 이대로 도망칠까 말까 망설였는데 마침 도로를 막고 서 있는 흰색 스테이션왜건이 보였다. 그래서 어떻게든 되겠지, 도망칠 기회는 또 있을 거라고 생각하며 용의자들의 지시대로 스테이션왜건에 옮겨 탔다.

일단 시동을 걸고 출발했지만 어디로 가야 하는지도 모르겠고 되도록 빨리 도망치고 싶은 생각밖에 없었다. 그래서 액셀을 밟자마자, 어두워서 잘 보이지 않는 앞쪽에서 사람이 튀어나오는 것이 얼핏 보였다. 좁은 길에서 속도를 늦추기 뭣해서 첫 모퉁이에서 좌회전하자 또 앞쪽에서 누군가가 튀어나왔는데, 이번에는 차 쪽으로 다가오는 바람에 재빨리 핸들을 돌려 피하려 했다. 그때 앞이 갑자기 캄캄해지더니 그대로 어딘가에 충돌했다. ─사사키의 공술 내용은 이상이다.

다음으로 우치다 사나에. 우치다를 보호하고 있는 현경 야마테 서에서 조사한 바에 따르면, 미나토미라이 유원지 앞에서 납치되었을 때의 상황은 우치다와 사사키의 공술 내용이 거의 일치한다. 우치다는 스카

396

이라인에서 끌려나와 타운에이스 짐칸에 앉혀졌고 남자 C가 옆에 앉았다. 운전석과 짐칸 사이에 칸막이가 있어서 운전자의 모습은 볼 수 없었다. 또한 짐칸의 창도 측면과 후방 모두 커튼이 쳐져 있어서 바깥이 보이지 않았고, 우치다는 차가 어디로 가는지 전혀 알 수 없었다.

이 타운에이스는 아직 발견되지 않았지만, 우치다의 공술에 따르면 짐칸에 페인트 깡통과 접사다리 등이 흩어져 있었다.

우치다는 손목시계를 차고 있어서 타운에이스가 이십 분 정도 달린 뒤 계속 서 있었음을 확인할 수 있었다. 타운에이스가 정지한 것은 오후 9시 28분경. 그 직후 운전석 문을 여닫는 소리가 나고 운전자 D가 짐칸을 들여다보더니 어디론가 사라졌다. 우치다는 그 상태로 감시자 C와 함께 한 시간 넘게 차 안에 있었다.

오후 10시 30분경 남자 C가 '풀어주겠다. 눈가리개를 할 테니 고개를 저쪽으로 돌려'라고 말했다. 남자는 수건으로 우치다의 눈을 가린 다음 '내려. 앞으로 세 발짝 걸어가서 움직이지 마라'라고 지시하고, 우치다의 손을 잡고 문 쪽으로 끌었다. 우치다가 더듬더듬 밖으로 나간 뒤 지시대로 세 걸음 나아가 가만히 서 있자 뒤따라 내린 남자 C가 운전석으로 가는 발소리가 들리고 곧 차가 출발했다. 우치다가 직접 눈가리개를 풀었을 때 타운에이스는 50미터쯤 앞에 있는 골목으로 사라지는 참이었다.

우치다가 풀려난 장소는 아직 파악하지 못했다. 주위가 캄캄하고 막다른 골목에 창고와 담벼락만 보여서 우치다는 여기저기 뛰어다니다가 곧 신호등이 있는 도로로 나왔고, 좀더 뛰어가 10시 42분 니시키초 교차로 앞 파출소에 보호를 요청했다. 지난밤 납치사건의 개요는 이상이다.

또한 사사키 고타와 우치다 사나에 모두 전과가 없다. 사사키는 요코하마 시내의 건설사에 근무. 우치다는 요코하마 시내의 백화점에 근무.

올 9월 결혼식을 올리기로 되어 있었다.

이어서, 사사키와 우치다의 공술을 통해 현재까지 파악한 용의자 네 명의 특징은 각각 다음과 같다."

고다는 메모할 준비를 했다.

"우선 A. 납치 현장에서 사사키를 짓눌러 제압하고, 조수석에서 지시를 내린 남자다. 나이는 삼십대에서 사십대. 신장 185센티미터 정도의 큰 체구. 파란색 폴로셔츠와 검은색 바지. 목장갑 착용. 셔츠 소매 밑으로 보이는 팔의 근육이 탄탄해서 육체노동이나 운동으로 단련된 듯 보였다. 동작이 매우 기민하다. 목소리는 낮고, 한마디 한마디 또렷하게 끊어서 발음한다. 야쿠자라는 느낌은 없었다.

다음은 B. 사사키가 들은 또다른 목소리의 주인공으로, 스카이라인 뒷좌석에 앉아 있던 남자다. 나이는 삼십대. 신장은 170센티미터에서 175센티미터 정도. 체격은 보통. 가슴 주머니에 발렌티노 로고가 들어간 황토색 폴로셔츠를 입었다. 소매 아래로 보이는 팔뚝이 햇볕에 그을어 있었다. 마찬가지로 목장갑 착용. 목소리는 메마른 느낌. 사투리는 쓰지 않음. 역시 야쿠자로 보이지는 않음.

다음은 C. 타운에이스 짐칸에서 우치다 사나에를 감시한 남자다. 나이는 이십대에서 삼십대. 키는 알 수 없지만 우치다는 조금 큰 편 같았다고 공술했다. 체형은 마른 편. 옷차림은 오래된 남색 티셔츠와 청바지. 스니커즈. 두터운 검은색 가죽장갑 착용. 목소리는 낮은 편이고 소곤거리는 말투가 메마르고 무심한 느낌이었다.

다음은 D. 타운에이스를 운전한 남자. 이자는 두 피해자 모두 보지 못한 관계로 전혀 파악되지 않았다."

메모하면서 고다는 한다 슈헤이의 키가 180센티미터 정도였음을 떠올렸다. 체격은 좋지만 딱히 거구라고 할 정도는 아니다. 한다는 A가 아니고, 물론 B도 C도 아니다. 납치에 관여한 네 명 중 주도적 역할을 맡고 폭력 행위에 가장 능한 것으로 짐작되는 A가 아니라면, 남은 가능성은 D.

그러나 고다는 그 가능성을 유보해두었다. 한다가 자신을 향한 행적 조사반의 시선을 모를 리 없고, 알면서 감히 현장에 나섰으리라 생각하기 힘들었기 때문이다. 설령 행적 조사반의 미행을 따돌린다 해도 행적을 감춘 것 자체가 혐의 대상이 될 수 있다. 그렇다면 한다를 제외하고 다섯번째 레이디 조커가 존재할 가능성을 검토해야겠다고 고다는 잠정적으로 판단했다.

요코하마 납치사건에 대한 제1특수의 보고가 끝나고 이어서 3기수가 보고를 시작했다. 고다가 가장 궁금했던 흰색 파밀리아 이야기가 나올 터였다.

"어젯밤 오후 10시 46분―" 3기수 반장이 입을 열었다. "정수장 출입문 앞에 라이트를 끄고 정차해 있는 흰색 파밀리아를, 약 20미터 떨어진 곳에서 경계중이던 세타가야 서 순찰차가 발견했다. 차번호 조회를 위해 해당 차량에 접근하자 정수장 동쪽 골목에서 남자 두 명이 재빨리 다가와 탑승했고, 순찰차는 전방 3미터까지 전진해 정지 지시를 내렸다. 탑승자 중 한 명이 검문을 위해 하차해서 순찰차가 다가가려는 순간 파밀리아가 발진해 겐보 스포츠센터 서쪽 골목으로 우회전했고, 순찰차는 즉각 추격에 나섰다.

파밀리아는 국도 11호로 나와서 세타가야 구 가마타 4번가, 오카모토 3번가의 주택가 골목을 지그재그로 빠져나가 도메이 고속도로를 넘어서 기누타 공원을 거쳐 세타가야 거리까지 나아갔고, 거기서 다시 사쿠라오카 4번가 주택가로 들어갔다. 순찰차 두 대가 추적을 이어갔지만 오후 11시 12분, 오다큐 선 맞은편 후나바시 1번가에서 파밀리아를 놓쳤다. 파밀리아를 운전하던 자는 주변 지리에 밝은 것으로 보이며 운전도 매우 능숙하다.

그뒤 도주 차량을 수색한 결과 11시 45분, 파밀리아를 놓친 지점에서 북쪽으로 1킬로미터 떨어진 후나바시 7번가의 기보가오카 단지 내에 방치되어 있는 것을 발견했다. 열쇠는 꽂혀 있지 않고 문이 잠겨 있었다. 또한 해당 차량은 어제 24일 아침 도난 신고가 된 것으로 밝혀졌다. 소유자는 주오 구 가쓰도키 4번가의 우정성 사택 거주자. 23일 심야에서 24일 미명 사이 사택 주차장에서 도난당한 것으로 보인다. 구체적인 도난 상황은 알 수 없다."

차량 절도에 능숙하던 일당이 이번에는 위조 번호판을 달지 않았다는 사실은 주목할 만했다. 어떤 사정이 있어 준비할 시간이 모자랐던 거라면 주도면밀한 계획에 어울리지 않는 허점이라고 판단할 수도 있었다.

그러나 한편으로는 이렇게 시간대별 상황이 상세하게 밝혀지고 나니 계획 자체가 무서우리만치 용의주도하다는 사실이 더더욱 분명해졌다. 납치된 여성이 요코하마에서 경찰서에 보호 요청을 한 시각이 오후 10시 42분. 경계중인 순찰차가 정수장 근처에서 수상한 차량을 발견한 시각이 46분. 광역 수배 연락망이 원활하게 기능한다 해도 그 시점에 정확한 정보가 순찰차에 전달되었을 가능성은 대단히 낮다. 하물며 그로부터 십수 분 뒤 벌어진 현금 전달 현장에서 특수본부가 침착하게 상황을 판단할 만한 시간적 여유나 정보가 없었다는 것도 지금 보면 명확했다.

"또한, 정수장 앞에서 파밀리아를 불심검문한 순찰대원 두 명은 도망친 남자 두 명의 얼굴, 체형, 복장 등을 정확히 목격했다. 맨얼굴이고 고무 가면은 쓰고 있지 않았다."

맨얼굴. 그 한마디에 수사원 모두가 귀를 바짝 세운 가운데 3기수 반장의 말이 이어졌다.

"먼저 두 남자 중 파밀리아 운전석에 앉았던 자는 키 180센티미터 이상. 파란색 폴로셔츠와 검은색 바지. 조수석에 앉은 자는 신장 170에서 175센티미터. 황토색 폴로셔츠와 흰색 바지. 복장과 체형은 사사키 고타의 스카이라인에 타고 있던 A, B와 일치한다.

얼굴은 순찰대원의 기억을 토대로 세타가야 서에서 몽타주를 만들었다. 지금 나눠주겠다."

몽타주이긴 해도 처음으로 접하는 레이디 조커의 얼굴. 맨 앞줄에서 전달된 복사지는 서로 뺏다시피 하는 손들에 의해 뒤로 넘어왔다. 그러나 종이 속 A와 B는 기억에 남을 만한 개성과는 거리가 먼 평범한 얼굴로 주위에서 흔히 마주칠 수 있는 누군가처럼 보였다. 현직 경찰 두 명이 목격했으니 실제와 매우 부합할 테지만 길거리 인파 속에서 A나 B와 스쳐지나가더라도 알아볼 수 있을지 심히 의심스럽다. 그런 느낌이 드는 몽타주였다.

그래도 소중한 단서임은 틀림없으므로 고다는 그 복사지 한 장을 조심스레 접어 주머니에 넣었다. 오늘은 이쯤에서 끝내려나 했는데, 간부석에 있던 제1특수 관리관이 불쑥 "잠복 2의 2반!" 하고 불러서 고다는 순간 몸을 굳혔다. 아마 나가오도 마찬가지였을 것이다.

"오늘밤의 오인 체포는 경찰의 실책이라는 비판을 들어도 할말이 없다. 현장에서 운전면허학원 앞으로 달려나간 스테이션왜건을 막지 말라는 지시가 있었을 텐데, 2의 2반은 무선을 안 듣고 있었나? 고다 경부보!"

지명당한 고다는 하는 수 없이 일어나 "듣지 못했습니다. 죄송합니다"라고 대답했다.

이어서 "나가오 순사부장!"이라는 지명이 떨어져 나가오도 일어섰다. 관리관이 "특수반 소속으로 파트너를 리드해야 했던 자네에게도 책임이 있다!"라고 말하자 나가오는 "죄송합니다" 하며 고개를 숙였다.

관리관의 언사는 나가오보다 계급이 높은 고다를 노골적으로 모욕하는 것이었지만, 고다는 그냥 제 뱃속에서 사무적으로 흘려버렸다. 조직 내의 실책은 누군가 책임지지 않으면 해결되지 않는 법이라고 생각하면 그만이었다. "앞으로 조심하도록!" 관리관의 말로 회의가 끝나고 오전 3시 반 산회했다.

그러나 자리에서 일어서며 특수반의 히라세와 눈이 마주쳤을 때 상대가 일부러 눈길을 피하는 것을 알아채자 방금 전 흘려버린 불쾌감이 되살아났다. 이참에 처리해야 할 일이 떠올라서 고다는 곧장 같은 공간에 있는 상대의 휴대전화를 울리고, 이쪽을 노려보는 히라세에게 밖으로 나오라고 턱짓을 했다.

이목을 피해 화장실에서 마주한 히라세는 오인 체포의 뒷감당에 지칠 대로 지친데다 고다에게 불려나왔다는 불쾌가 더해져 노골적으로 인상을 쓰고 있었다.

"사사키 고타를 체포한 건 그쪽 특수반이지, 내가 아니잖습니까." 고다가 먼저 입을 열자 히라세는 "누가 그걸 모르나?"라고 대답했다.

"남에게 책임을 뒤집어씌운 대가로 한 가지 알려주시죠. '13번' 형사의 지난밤 알리바이는 어떻습니까?"

히라세는 얼굴의 근육이란 근육을 팽팽하게 당긴 채 입을 꾹 다물었다. "지난밤 오후 9시 5분부터 28분 사이 '13번'의 행적을 확인했습니까?" 고다는 내처 물었다.

"자네가 무슨 상관이야." 히라세는 겨우 그렇게만 대답했다.

"문제는 요코하마에서 남녀를 납치한 네 명 중 D입니다. 타운에이스를 운전하던 D. 사건이 발생한 9시 5분부터 여자를 태운 타운에이스가 어딘가로 이동해 정차한 9시 28분까지, '13번'이 어디서 뭘 하고 있었는지 파악하고 있는 겁니까?"

"내가 왜 대답해야 하지?"

"파악했습니까, 안 했습니까! 파악하지 못했다면 특수반은 어젯밤 또 한 가지 실책을 저지른 셈입니다. 맞습니까?"

고다의 도발에 히라세는 손부터 올리며 그를 밀치고 나가려 했다. 그 손을 되밀어내며 고다는 다그쳤다. "그렇군요. 그쪽에선 행적 조사 실책을 보고하지 않은 거죠?"

"우리는 실책이라고 생각하지 않아."

"그러니까, 행적 조사를 못했단 말입니까?"

"그래, 못했다. 이제 만족하나?"

"누가 만족합니까!"

히라세는 대답하지 않은 채 나가버렸다. 혼자 남은 고다는 알고 싶었던 것을 알아냈다기보다 의문이 더 커져버린 기분으로 화장실에 우두커니 서 있었다.

한다 슈헤이가 D. 상식적으로는 이해되지 않지만, D. 행적 조사반의 미행을 따돌리는 바람에 도저히 피할 수 없는 혐의를 지면서까지 한다가 실행범 무리에 가담한 이유는 무엇인가. 그 의문은 어젯밤 현금 전달의 진짜 목적은 무엇인가라는 의문으로 이어지고, 나아가 레이디 조커는 도대체 어떤 집단인가라는 의문으로 이어지면서 어쩌면 이 의문이야말로 레이디 조커의 핵심이 아닐까 하는 직감을 불러일으켰다.

고다는 한다의 얼굴을 머릿속에 새긴 채 일단 이번 현금 전달 시도를 전체적으로 파악해보려 했다. 우선 계획을 짠 것이 현직 형사라는 사실은 틀림없다. 남녀 납치와 현금 전달의 절묘한 시간 구성은 경찰수사의 실태를 잘 아는 자가 그것을 철저히 피해 짠 것으로 보이기 때문이다.

그렇다면 계획의 실효성은 어떤가. 대리인을 세운다는 교묘한 수법을 부렸지만, 현금 전달 현장의 지리적 조건을 감안하면 종합적으로는 성공 확률이 지극히 낮다고 하지 않을 수 없다. 그렇다면 굳이 성공률이 낮은 계획을 세우고 대리인을 확보하기 위해 우연히 마주친 남녀를 납치하는 위험까지 무릅쓰면서 얻으려 한 것은 무엇인가. 생각할 수 있는 물리적인 성과는 전혀 없다. 여러 명의 동료가 피해자 남녀에게 신변을 드러내는 위험만 존재할 뿐이다. 더구나 현실적으로 뒷거래가 진행되는 것으로 짐작되는 이 상황에서, 대체 그들은 무엇을 위해 그토록 복잡한 연극을 필요로 했을까. 성공할 자신이 있어서 실행했다 한들, 과연 무엇에 성공했단 말인가.

그렇게 파고든 끝에 고다의 가슴에 떠오른 답은 '확신범'이었다. 실의, 반감, 울분, 미련 등의 부정적 감정을 한가득 담은 능동적 행위를 통해, 한다는 어느 누구도 아닌 경찰의 뒤통수를 치는 데 열을 올린 것이다. 아마 경찰조직이라는 전체적인 그림을 명확하게 떠올리지도 않았을 것이다. 그저 눈앞의 수사원들을 정신없이 뛰어다니게 만들고 실책을 저지르게 만드는 데 몰두했던 거라고 고다는 생각했다.

그리고 그것이 사실이라면 한다가 행적 조사반의 눈을 속이면서까지 직접 실행에 가담한 동기도 조금은 알 것 같았다. 한다는 행적을 감추면 자기 혐의가 강화되리라는 것을 충분히 알면서도 실행한 것이다. 이만한 계획을 세울 만큼 머리가 좋은 확신범이니 자포자기로 저지른 것은 아니다. 오히려 그의 범행은 의지와 욕망의 결과라고 보아야 하며, 바로 그것이 원한이나 금전으로 인한 보통의 범죄보다 훨씬 종잡기 힘든, 거의 무차별적이라고 해도 좋은 사회적 범죄를 낳은 것이다.

그러나 시각을 달리하면 한다는 자신의 폭력적인 욕망을 억제하지 못하는 사람이라고 할 수도 있다. 그런 폭주 엔진이 이끄는 레이디 조커는 과연 어떤 집단일까.

우선 분명한 것은 한다가 이끌리는 위험한 폭력성을 말리는 이가 그 집단에 없다는 사실이다. 각각의 범행 계획에 대한 현실적 평가나 판단이 부재한 채, 실질적인 성과는 부차적인 것에 불과한 계획을 위해 각자 묵묵히 정확하고 충실하게 움직이고 있는 것이다. 게다가 지금까지 사장 납치와 착색 맥주 등 위력적인 업무방해를 통해 기업의 숨통을 주도면밀하게 조여왔으면서도, 정작 현금 몇억의 뒷거래 실현을 눈앞에 둔 단계에서는 어젯밤처럼 모든 계획을 망쳐버리기 십상인 폭거를 저지르고 만다. 이것이 레이디 조커의 현재 모습이었다.

맥락 없는 개개인, 맥락 없는 동기, 맥락 없는 목적이 어느 날 어디선가 우연히 만나, 금전적인 이유로 결속해서 동상이몽의 흉악한 사회범죄를 세상에 내보내고 있다. 레이디 조커는 그런 집단이다. 거기까지 정리한 고다는 문득 그래, 그런 집단이라면 한다를 더욱 폭주하게 만들면 된다, 고 생각했다. 폭력을 향한 욕망을 억누르지 못하는 한다를 부추기면 무슨 반응을 보이지 않을까.

고다는 작은 만족을 느끼고 스스로에게 미소지었다. 어차피 히라세를 비롯한 특수반도 한다의 내사를 집요하게 진행하고 있을 테고 물증을 잡는 대로 조사가 이뤄지겠지만, 그때까지 한다는 자신이 손에 쥔 사건의 유일한 조각이자 수사 일선에서 밀려난 자신이 몽상하는 양식이다. 조만간 그의 신병이 확보되는 날까지 머릿속에서 키우고 희롱하며 이 몸뚱이와 마음을 계속 충족시키면 그만이었다. 그러기 위해 고다는 새삼 한다의 이름과 얼굴을 뇌리에 신중히 집어넣었다.

그렇게 스스로를 다독이고 보니 오늘부터 다시 물증 수사가 기다리고 있었다. 잘 시간도 없고 이십대 시절의 체력도 남지 않은 몸뚱이가 마디마디 고통을 호소했다. 세면대에서 세수를 한 고다는 거울에 비친 제 얼굴을 보고 싶지 않아 얼른 눈길을 돌려버렸다. 너는 이상해. 괴짜

정도가 아니라 변태야. 또다른 자신이 그렇게 속삭였지만, 억지로 밀어 내듯이 무시하고 양말을 벗고 한 발씩 세면대에 올려 꼼꼼하게 닦았다. 산업도로에 면한 창밖에서는 사사키 고타가 석방되었는지 기자들의 구 둣발 소리가 몰리고 카메라 셔터 소리가 요란하게 울려서 딴 세상처럼 소란스러웠다.

*

6월 25일 일요일, 시로야마는 날이 밝기 전 본사 대책실에서 보낸 팩스를 보고 세번째 현금 전달 시도의 전말을 파악하고, 조간신문을 통해 언론이 이 결과를 어떻게 보고 있는지 확인했다. 사건과 전혀 관계없는 남녀를 납치해 대리인을 세울 줄은 꿈에도 몰랐고 그들이 받은 피해에 대해서는 회사 차원에서 보상해야겠다고 생각했지만, 그것도 사무적인 판단이었을 뿐 시로야마의 머릿속을 점령한 것은 딱 하나였다. 25일 오늘밤 범인은 현금 20억의 배달을 어떻게 지시할 것인가. 정말로 지시가 오긴 할까.

나아가 그제 범인과 통화하며 현금 수령 직후 일종의 '종결 선언'을 공표하라는 조건을 제시했고 범인도 수락했지만, 그 약속은 지켜질 것인가. 지켜진다면 어떤 형태가 될까.

오로지 범인측의 연락만 기다려야 하는 지루한 일요일 한나절을, 시로야마는 겉으로는 평소와 다름없는 소소한 잡일에 쫓기며 보냈다. 오전에 성당에 가고 그 길에 시나가와 구 상공회 이사의 장례식에 참석했으며, 오후에는 대주주인 생명보험사 회장의 손녀딸 결혼식에 부부 동반으로 참석했다. 경조사 자리마다 제 입에서 나오는 인사말이 진저리날 만큼 유창하게 느껴져서, 시로야마는 괜히 십수 년간 재계 인사로 살아온 것이 아니었구나 생각하며 새삼 자신의 모습을 바라보았다.

오후 4시쯤 귀가해서 아내가 기모노의 허리띠를 풀고 있을 때 전화벨이 울려 시로야마가 수화기를 들자, "오빠?" 하는 여동생 하루코의 목소리가 귓속으로 날아들었다.

"스기하라 씨가 오늘 점심때는 오사카에서 돌아온다고 했는데, 내가 잘못 들은 거야? 어제 밤늦게까지 접대가 있어서 오사카에 묵고 오늘 아침 출발한다고 했는데, 대체 어떻게 된 건지." 하루코는 날카롭다고 해도 좋은 목소리로 물었다. 피차 초로 격에 접어들었고 따로 살아온 세월이 길어서 옛날 오누이 사이에 공유하던 소소한 친근함은 이미 사라졌어도 이상할 것 없지만, 스기하라 다케오라는 외부인을 놓고 대치할 때마다 하루코는 단순한 거리감에 더해 유난히 비딱하게 굴었다.

이때 시로야마는 점심에 귀경할 예정이었던 것이 오후 4시 이후로 연기되었다고만 말하고 특별히 문제시하지는 않았다. 스기하라의 출장 일정을 꿰고 있는 것은 아니지만, 여하튼 일하다보면 갑작스러운 일이 끼어들 수도 있으니 좀더 기다려보라고 대답한 것이다. 그러나 하루코는 영 수긍하지 못했고, 이렇게 출장만 다닐 거면 아예 전근하는 편이 낫겠다, 스기하라가 언제부터 지방의 잡무나 떠맡게 되었느냐며 감정적인 언사를 늘어놓고 전화를 끊어버렸다. 시로야마는 아내에게서 간간이 전해들은 하루코의 정서불안 문제를 얼핏 떠올렸다. 하지만 어차피 여동생 부부 사이의 문제라는 생각이 강했고, 어려워진 회사 사정의 영향이 없진 않겠지만 자신이 해줄 수 있는 일은 없다는 결론 역시 달라지지 않았다. 바야흐로 LJ 사건의 종결을 볼 날이 머지않았다. 이제 겨우 고통이 끝나가는 마당에 여동생 부부의 가정사까지 듣고 싶지는 않았다.

시로야마는 일단 구라타에게 전화해 스기하라의 귀경 일정을 확인해달라고 부탁했다. 접대 골프를 마치고 돌아오는 길이던 구라타는 바로 알아보고 연락하겠다고 대답했다. LJ 사건이 정리되는 대로 스기하라의 거취를 구체적으로 검토하자고 구라타와 합의한 바 있으니 그를 관련 사로 내보내는 것은 이미 기정사실이었다.

그뒤 구라타는 스기하라가 몸 상태가 좋지 않아 오사카 로열 호텔에 하루 더 묵기로 했다는 소식을 전했고, 시로야마도 하루코에게 그대로 전했다. 하루코는 여전히 이해하지 못하는 기미였지만 어쨌거나 상황은 파악했으니 시로야마는 일찌감치 여동생 일을 머릿속에서 지워버렸다.

저녁식사를 마친 뒤 시로야마는 혼자 서재에 들어가서 팔걸이의자에 앉아 곧 본사로 들어올 레이디 조커의 전자메일을 기다렸다. 히노데 맥주 사장 시로야마 교스케는 사건 종결 이후의 갖가지 대응책을 궁리하고, 또 한 사람의 시로야마 교스케는 그 모습을 바라보며 네게는 지금껏 회피해온 중대한 문제들이 아직 산적해 있다는 잡념에 시달렸다. 죽은 치과의사와 그 아들의 조문을 가지 않은 것은 무엇 때문이었나. 요시코는 자신에게 어떤 존재였나. 아직 사라지지 않은, 스기하라 다케오에 대한 울분은 이제 어디로 향할 것인가. 그리고 범인에게 풀려난 그때 감당했어야 할 책임을 회피한 채 여기까지 끌고 온 너는 이제 어디로 갈 것이냐.

오후 8시 45분에 드디어 본사에서 전화가 왔고, 대책실장인 총무부 차장이 미리 정해둔 암호로 레이디 조커의 전자메일이 들어왔음을 알렸다. 시로야마는 책상 위 컴퓨터를 켜고 전송된 메일 내용을 확인했다. 말머리도 따로 없이 '수령지는 다음과 같다/우편번호359 도코로자와 시 미나미시로아라이 19×× 그린하이츠 202 유한회사 고에이 상회/튼튼한 상자 다섯 개로 포장할 것. 내용물 명목은 시제품. 발송지를 네 곳으로 나눠 6일 월요일에 택배로 부칠 것/수령하는 대로 약속을 이

행한다. 유한회사 고에이 상회'라고 쓰여 있었다. 쌀쌀맞을 만큼 간결하고 명쾌한 지시였다. 시로야마 역시 간결하게 읽어내리고 메일을 삭제한 뒤 전원을 껐다.

범인이 지정한 수령지 근처에 히노데 도코로자와 배송센터가 있어서 시로야마는 인근 풍경을 머릿속에 떠올릴 수 있었다. 도넛 모양으로 펼쳐진 도쿄 외곽의 베드타운으로, 2차선 도로인 179호선을 따라 양판점, 파친코, 편의점, 패밀리레스토랑 등이 요란한 간판을 내걸고 늘어서 있으며, 그 뒤쪽으로는 신흥 주택가와 주상복합 아파트, 가내공장 등이 벌레가 갉아먹듯 띄엄띄엄 논밭 사이를 비집고 들어와 있다. 좋게 말하면 탁 트였고 나쁘게 말하면 황량한 전형적인 도쿄 교외의 풍경이다. 근처 집들은 농가에서 상속세 대책으로 지은 철골조립식 2층집이나 아래층을 가게로 쓰는 민간 아파트가 대부분이다. 지금은 공급 과잉으로 빈집이 늘어났다고 하는 그 동네에 걸려 있을 '(유)고에이 상회'라는 간판이 상상되었다.

마침내 여기까지 왔다는 감개는 없었다. 히노데는 내일이라도 당장 범인의 지시대로 금고에 넣어둔 20억 현금을 발송할 것이다. 준비 작업은 위기관리회사 고타니의 조언으로 사전에 치밀하게 정해둔 매뉴얼에 따라 오늘밤이라도 마칠 수 있다.

그뒤 시로야마는 책상 위에 종이를 꺼내놓고 내일 아침부터 일제히 가동될 성수기 매출 회복 전략, 그에 따라 상향 수정할 추동 판매 계획, 특약점과 업계 각사에 대한 방문 계획 등, 각 담당자에게서 보고받아야 할 내용을 기계적으로 적어나갔다. 목표량 수정. 이사회 자문. 의결. 달성 상황의 감시. 재수정. 자문. 의결. 그리고 또 감시. 나아가 특약점 순회. 방문, 방문, 방문. 기본적으로는 사건 와중에 해온 것과 동일한 업무가 종결 후에도 계속될 것이다. 시로야마가 직접 거래처를 방문하는 활동도 8월 말까지, 아니, 추분 전후까지는 이어가야 할지 모른다.

기업을 짊어진 시로야마 교스케가 그렇게 하나하나 사무를 처리하는 동안, 또 한 명의 시로야마는 여전히 멈춰 있는 듯 멈춰 있지 않은 듯 한 제 발치를 내려다보며, 너는 풀지도 않은 이삿짐 앞에 주저앉아 있는 것이나 마찬가지라고 생각했다. 지금 당장은 어디 뭐가 들어 있는지 모를 만큼 뒤죽박죽일지라도 이삿짐이란 조만간 정리해야 하고 또 정리되기 마련이었다.

언뜻 이사라는 비유를 떠올렸지만, 뭔가 바뀌었다는 실감은 분명 시로야마의 가슴속 깊이 뿌리내리고 있었다. 오 년이 채 못 되는 시간 동안 여러 가지를 잃었고 또 앞으로도 잃게 될 것을 알지만, 요즘은 잎을 떨군 낙엽목이 말라죽기 직전 하나의 고비를 넘었을 뿐이라는 생각도 들었다. 사건이 마무리되면 조만간 청산해야 하는 사내 책임 문제와 후임 인사. 업무 분장. 사회적인 처신. 가족과 친척에게 져야 하는 책임. 그중 자신에게 가혹한 것은 하나도 없으며, 교통사고로 졸지에 아들을 잃은 부모에 비하면 거의 아무 일도 아닌 것이나 다름없는, 마음의 작은 이사일 뿐이다. 망자와 유족, 그리고 히노데 사원 팔천 명이 자신을 비난할 이유가 있다면 바로 그것일 테지만, 그에 더해 지금 저 자신이라는 인간의 한계를 순순히 받아들이고 보니 이것이 제 양심과 능력의 한계였다.

오후 10시, 서재 창문의 커튼을 치고 불을 껐을 때 시로야마는 대문 너머 골목을 가로지르는 가벼운 발소리를 들었다. 오랫동안 이 동네에 살아 일요일 이 시각 집 앞 골목을 지나다니는 주민이 없음을 알기 때문에 자동적으로 '누구지?'라는 생각이 들었다. 잠시 후 또다른 발소리가 들리더니 두 발소리가 서로 가까워지고, 몇 초간 조용하다가 곧 흩어졌다.

이 동네를 순찰하는 경찰인가? 잠복중인 형사인가? 그렇게 생각하니 문득 어제까지 곁을 지키고 서 있던 고다의 모습이 머릿속을 스쳐서 그에게 몇 마디 건네보고 싶은 기분이 들었다. 아니, 같이 한잔하며 일선 형사이자 일반 시민이기도 한 고다에게 물어보고 싶었다. 범인의 뒷거래 요구에 응하기로 선택한 히노데의 시비에 대해. 이 뒷거래에 비非가 있다면 그것은 사회정의라는 추상적인 명제에 견준 판단일 뿐, 직원들의 생계와 상품의 안전을 지키기 위해 끝내 피할 수 없는 선택이었다고 주장하는 기업 논리의 시비에 대해.

*

고다는 아침 회의에서 물증 수사반에 배치되었지만, 6개 반 열두 명으로 구성된 물증 수사반 전원이 지난밤 파밀리아가 도난당한 주오 구 가쓰도키 4번가 우정국 사택 주위의 지역 조사와 탐문에 투입된 터라, 실제로는 담당 구역을 왔다갔다하며 하루를 보냈다.

파밀리아는 사장 납치에 사용된 밴과 동일한 수법으로 도난당한 듯했다. 납치에 사용된 밴은 아직 밝혀지진 않았지만, 도내 주차장에서 3월 24일 금요일 밤 도난당해 소유주가 도난 사실을 알아차리기 전 토요일 밤 원래 장소에 돌려놓은 것으로 보이는 차량이 두 대로 좁혀지기는 했다. 모두 토요일에 쉬는 사업장에서 사용하는 차량이라 사용자가 주행 거리를 기억하지 못하는데다 남아 있는 진흙이나 지문도 없어서 특정하지는 못했지만, 그중 한 대의 도어록에 얇은 금속조각을 끼워넣고 잠금장치를 풀 때 생기는 흔적이 남았는데, 이 파밀리아에도 동일한 유의 흔적이 있다는 것이다.

이번 도난 역시 목격자가 없는 심야에 이뤄졌지만 사용 전 위조 번호판으로 교체할 시간이 없었던 것으로 보이니, 범인은 시간에 쫓기며 급하게 적당한 차량을 골라 훔친 듯했다. 그렇다면 멀리까지 나갔을 리 없으므로 범인이 가쓰도키 주변에 살고 있을 가능성이 제기되어, 고다를 비롯한 수사원들은 주민대장 복사본을 들고 긴장감 속에 지역 조사를 진행했다.

가쓰도키 4번가 우정국 사택을 중심으로 서북서 방향 6분의 1 구역을 할당받은 고다 조는, 범인이 차량 절도에 능한만큼 중년층 이하일 것으로 보고 이십대부터 사십대의 세대주를 중심으로 한 집 한 집 문을 두드리며 "차량절도사건으로—"라고 둘러대면서 이런저런 잡담을 나누었다. 전업주부에게는 은근슬쩍 남편의 근황을 묻고, 상점 주인에게서 동네 주민들의 정보를 얻고, 학교나 학원을 오가는 아이들에게도 수상한 사람을 보지 못했는지 물었다.

창고가 모여 있던 매립지 공터에 도영 주택과 사택, 고층 아파트가 나란히 들어선 가쓰도키 일대는 고다가 사는 야시오와 비슷해서, 머리 위로는 장마중 잠깐 갠 푸른 하늘에 고층 아파트 베란다의 빨랫감이 나부끼고, 발치에는 낡은 콘크리트 바닥의 균열을 비집고 나온 잡초가 바람에 흔들리는 풍경이었다. 무더운 날씨에 매립지 특유의 흙먼지, 콘크리트와 배기가스 냄새와 바다 냄새가 뒤섞인 공기를 맡으며 꼬박 하루 돌아다니는 사이 주의력은 점점 산만해졌다. 고다는 어느새 자신을 응시하던 한다 슈헤이의 매서운 눈빛을 떠올리고, 그건 대체 무슨 뜻이었을지 한참을 생각하곤 했다.

오후 8시 본부로 돌아와 진전 없는 수사회의를 십 분 만에 끝내고 흩어진 뒤 고다는 물증 수사반 동료들과 가마타의 술집에서 한 시간 정도를 보냈다. 관할서에서 나온 형사는 고다뿐이었지만 다들 별로 신경쓰지 않았고, 본청 강력반이라고 별다를 것 없이 다른 반이나 수사본부에 대한 불평을 늘어놓기 바빴다. 어제 밤을 새운 고다는 저도 모르게 꾸벅꾸벅 졸다가 맥주 두 잔을 비우고 먼저 일어나 돈을 내고 술집을 나섰다.

그 참에 한다가 사는 하기나카 제2아파트까지 기계적으로 걸어가 5층 베란다의 불빛을 확인한 뒤, 노선버스를 타고 오모리 서로 돌아왔다. 경찰서 후문에 세워둔 자전거를 찾아서 이번에는 산노를 향해 페달을 밟았다. 특별한 목적은 없었지만, 오늘 아침 수사회의에서 들은 바로는 레이디 조커와 뒷거래를 앞두고 있을 히노데 사장의 자택에 잠복반이 배치되지 않아서였다. 아무리 시로야마 사장이 일요일 밤 외출할 일이 없다고 해도 경계가 붙지 않는다는 것은 관할서 형사 입장에서 말이 안 되는 조치처럼 보였다.

산노 2번가 버스정류장 옆 가로등에는 23일 금요일 아침 고다가 보았던 흰색 테이프가 그대로 붙어 있었다. 그 모습을 곁눈질하며 언덕길을 올라 이틀 전까지 매일 아침 걸어다니던 주택가 골목을 자전거로 천천히 나아갔다. 아주 조금은 그리운 기분도 들고, 이 길을 오가던 오십 일이 채 안 되는 나날 동안 마음만 먹으면 뭔가를 생각할 시간이 충분했는데 하는 무의미한 후회도 해보았다. 슬슬 페달 밟는 다리가 무겁게 느껴질 즈음 시로야마의 자택이 있는 골목으로 접어들었다.

그때, 20미터쯤 떨어진 시로야마의 집 대문 앞에 사람 그림자가 보여서 고다는 저도 모르게 눈에 힘이 들어갔다. 양복 차림에 서류가방을 든 남자가 인터폰을 누르려는 기미도 없이 대문에서 한 뼘 정도 떨어진 곳에 서 있었다. 고다가 페달 밟는 속도를 조금 늦춰 10미터 거리까지 다가가자 남자가 이쪽을 돌아보았다. 두세 번 본 적 있는 얼굴이라는 생각에 이어 곧 이름이 떠올랐다. 고다는 재빨리 그 옆으로 다가가 자전거에서 내렸다.

"오모리 서의 고다라고 합니다. 스기하라 씨죠?"

스기하라는 고개를 까딱여 웅하고, "출장 다녀오는 길에 처가에 들른 건데요, 무슨 용건이라도—" 하며 김빠진 맥주처럼 흐릿한 미소를 지어 보였다.

틀림없이 스기하라였고 출장에서 돌아오는 길에 들렀다는 설명에도 부자연스러운 점이 없었지만, 방금 전 모습은 아무리 봐도 이 집에서 나온 기색이 아니고 이제 막 인터폰을 누르려는 참도 아니었다. 뭔가 좀 이상하다고 직감한 고다는 "이제 돌아가시려고요?" 하고 한마디 더 물어보았다.

그러자 스기하라는 한층 흐릿한 미소로 "예, 뭐"라고 대답하더니, "아하, 그렇지, 사장님을 경호하던 형사님이시군요. 회사가 여러모로 경황이 없어서 생각 좀 하느라고요"라며 제 발치를 향해 중얼거렸다.

그렇지만 여전히 붕 떠 있는 듯 초조한 분위기가 느껴졌다.

"괜찮으시면 제가 역까지 바래다드릴까요?"

"예? 아하하, 술을 제법 마셔서요. 술도 깰 겸 혼자서 걸어가겠습니다. 아무튼 신경써주셔서 고맙습니다. 그럼 이만."

스기하라 다케오는 한순간 외로워 보이는 눈빛을 남기고, 이웃집의 개가 짖을까봐 고다는 평소 이용하지 않던 골목을 혼자 걸어내려갔다. 그 뒷모습이 사라질 때까지 바라보면서 고다는 선명한 위화감을 느꼈지만 결국 그 느낌은 구체적인 형태를 띠지는 못했다. 대신 이물질 혼입 맥주가 발견된 다음날이었나, 밤에 사장실로 전화한 스기하라가 나중에 다시 걸어달라는 전언을 듣고도 끝내 전화하지 않았던 일이 문득 떠올랐다.

그뒤 한 시간 가까이 근처를 정처 없이 어슬렁거리다가, 시로야마의 집 2층 불빛이 꺼지는 것을 보고야 고다는 귀로에 올랐다. 도중에 두 번

무심결에 품속 휴대전화를 꺼내려다가 왠지 켕기는 느낌에 손을 거두었다. 세번째에야 휴대전화를 꺼내면서 만일의 사태를 위해 필요한 일이라고 생각을 고쳐먹고 특수반의 히라세에게 전화한 것은 집에 도착한 뒤였다. 퇴근길에 어쩌다 산노로 갔다가 스기하라와 마주쳤다. 출장에서 돌아오는 길에 시로야마의 집에 들렀다는데 낌새가 조금 이상했다고 말하고, 히노데 본사에 연락해서 확인해달라고 부탁했다. 그러나 히라세가 자네는 상관할 일 아니라고 쌀쌀맞게 대꾸하는 바람에, 고다는 일단 할말은 했으니 잊어버리는 수밖에 없었다.

*

네고로는 스포츠지 기자가 쉴 수 있는 일요일 점심시간에 프리랜서 저널리스트 사노와 잠깐 만나기로 약속한 터였는데, 당일 아침 가고시마에 가게 되었다며 양해를 구하는 전화가 왔다. 그날 취재 일정도 없는 참에 무슨 속셈인지 참의원 선거 준비를 위해 가고시마로 향하는 사카다 다이치 의원을 따라간다는 것이다. 이어서 그날 자정이 못 되어 사회부로 전화를 걸어와서는 "아이고, 정신없이 바쁜 하루였어요. 입후보 예정자가 참석하는 연설회에 갔다가, 후원회에 갔다가, 간담회에도 갔다가—"하며 한층 톤이 높아진 목소리로 말했다.

지금껏 착실하게 연줄을 관리해온 후원회에 넙죽 얼굴을 내밀고, 오랜 지인인 현지 기자에게 정보를 주고 기사를 내어 생색내면서 오늘 하루 사노는 과연 무엇을 건졌을까. 네고로는 내심 기대를 품고 지원팀 구석 자리에서 사노의 밝은 목소리에 귀기울였다. 조간 13판 출고를 마친 지원팀 자리에는 지난밤 일어난 레이디 조커의 세번째 현금 전달 소동의 흔적조차 남지 않았다. 소소한 후속 기사도 순조롭게 들어와서 이제 남은 일은 최종판 출고를 기다리는 것뿐이라 나른한 공기가 감돌았다.

"실은 투표일까지 사카다의 일정표를 일부 구했는데요." 사노의 말에 네고로는 흠, 역시, 하며 살짝 미소지었다. 물론 각 신문사 정치부 담당자가 갖고 있는 것과 별개의 일정표를 말하는 것이었다.

"후원회장이 사카다의 비서 아오노에게 받은 극비 일정표 중 규슈 쪽 관련 내용이에요. 대충 보니 후원회장이 주선을 부탁받은 비밀 모임이 서너 개 있어요. 현지 산업진흥회나 정비 신칸센 건설촉진협의회* 같은 명목을 붙였는데, 일원 중 '가니에, 소노다, 김, 요시다' 같은 이름이 보이네요."

가니에는 GSC그룹의 선 파이낸스 사장, 소노다는 비밀 그룹의 13호 회원인 증권맨으로 짐작되었다. 그러나 '김'과 '요시다'는 알 수 없었다. 물어보니 '김'은 한국의 모 재벌 그룹 건설사 임원이고, '요시다'는 일본의 중견 상사 서울 지점장이라고 했다. 이런 정보를 건진 사노가 수화기 너머에서 흥분을 감추지 못하고 쿡쿡거리는 것도 무리가 아닌, 수상쩍은 면면이었다.

어떤 프로젝트를 위해 금융기관이 일부 출자를 신청하고 증권회사가 사업자금 증자를 인수하는 정상적인 상담商談이라면 제2금융권이 나설 일이 없다. 하물며 정치인은 말할 것도 없다. "예의 한국 루트?" 네고로가 묻자 사노는 "그 일부인지도 모르죠"라고 대답했다.

"또 있어요. 이를테면 7월 5일. 이날은 도쿄에서 당 간사회를 마친 뒤 비행기를 타고 후쿠오카로 가서, 당 본부로 가기 전 니시테쓰 호텔에 들러 십오 분간 회담을 한다고 되어 있는데, 그 회담 상대가 현 기업연

---

* 1972년 신칸센 건설이 예정되었으나 막대한 예산 등으로 시행이 늦춰지고 있던 노선으로, 가고시마 역이 포함된 규슈 신칸센도 그중 하나였다.

합회의 '이사장 혹은 부이사장'이랍니다. 그런데 연합회에 확인해보니 그런 예정이 없다는 거예요."

사노는 특별히 규슈를 노렸던 것은 아니고, 공개된 사카다의 일정표를 신중히 살펴보니 분 단위로 짜인 스케줄 중 규슈 일정에 구멍이 있는 듯 보여서 가벼운 마음으로 사카다의 가고시마행을 추적해본 것 같았다. 감과 체력과 운의 승리라고 생각하며, 네고로는 이제 자신에게는 없는 사노의 행동력과 야심이 내심 부럽기까지 했다. 사노와 나이차도 별로 나지 않으면서, 물론 변명하려 들면 할 수도 있지만, 자신은 역시 오랜 세월 전국지라는 큰 조직에 안주해온 면이 있는 것이다.

"그런 연유로 한동안 규슈에서 사카다를 추적해볼 생각입니다. 잘하면 7월 7일이나 8일쯤에는 뭔가 건질 거예요. 전화비도 아깝고 하니, 오늘밤은 이만."

사노의 전화는 거기까지였다. 네고로는 수화기를 내려놓고 통증을 참고 있던 허리를 문지르며 기지개를 한 번 켰다. 결코 한가로운 기분은 아니었지만, 막연하던 것이 시야에 조금씩 들어온다는 기대는 그 결과가 나올 때까지 일종의 행복감을 동반하며 증폭하는 법이다. 사실 자신도 그 마약 같은 행복감에 이끌려 벌써 몇 년째 지하사회에 대한 취재를 계속하고 있는 게 아닐까 싶기도 했다.

주위에서 풍기는 컵라면 냄새를 맡으며 다시마 과자 한 조각을 입안에 던져넣은 오전 0시 직후, 뒤쪽 자리에서 당번 데스크가 무슨 급한 전화를 받는 기척이 느껴졌다. 화급을 다투는 말투는 아니고 조금 서두르는 정도였다. 또 무슨 제보가 들어왔나 싶어 자동적으로 귀를 세웠다.

"확실해? 알았어. 지면 비워둘 테니 원고 넣어줘." 전화를 끊은 당번 데스크가 이내 "다베! 다베 어딨어!" 하며 사건 담당 데스크를 불렀다. 어딘가에서 "무슨 일이에요?" 하는 다베의 목소리가 들렸다.

"경시청 연락이야. 시나가와 역에서 히노데 임원이 전철에 뛰어들어 즉사했대. 이름은 스기하라 다케오. 곧 원고가 들어올 테니 좀 부탁해."

"스기하라 다케오? 자살이 틀림없나!" 다베가 소리치자 이내 다른 쪽에서 "그거 1면이다, 1면!" 하는 마에다 부장의 목소리가 날아왔다. 당연히 1면이라고 네고로도 생각했다. 맥주사업본부 부본부장이 자살했다면 우선 이물질 혼입 맥주 발생 이후의 과로가 의심되고, 무엇보다 사건 발생 이래 첫 사망자다.

그러나 동시에 피해자측 임원이 자살로 내몰린 사태가 뜻밖으로 느껴지기도 했다. 사건의 영향으로 실적이 크게 악화되면서 히노데 내부에 파벌 싸움이라도 벌어진 걸까? 아니면 개인적인 스트레스 때문일까? 원인은 그 정도밖에 떠올릴 수 없었지만, 이 사건에 관해 적어도 히노데측은 사회적인 비난에 시달린 일이 없었다. 히노데 맥주 정도 되는 거대 조직에서 임원 개인을 스트레스나 자살로 내몰 만큼 비열한 내부 압력이 작용했다고는 선뜻 믿기 힘들었다. 사건이 교착 상태에 빠진 이런 시기에 자살이라. 스기하라가 시로야마 사장의 매부라는 사실도 주목할 만할까? 어쩌면 사건과도 관련있을까? 신문기자들의 머릿속에는 기계적으로 그런 생각들이 떠올랐다.

한편 네고로 개인의 머릿속에서는 죽음에 대한 상상 한 가지가 무심결에 안개처럼 피어오르다가 이내 사그라졌다. 결국 타인은 이해할 수 없는 존재이고, 유족이든 친구든 본인과는 전혀 무관하며, 본인만 받아들일 수 있거나 혹은 본인도 받아들일 여유가, 받아들일 도리가 없다는 것. 스기하라의 죽음 역시 그런 개인적인 것이라는 매우 추상적인 생각이 네고로의 머릿속을 스쳤다. 그의 죽음으로 파문에 휩쓸리는 것은 주위 사람이지 죽은 당사자는 아니라고 생각하니 문득 안심되는 듯한, 혹은 맥빠지는 듯한 기묘한 정적이 그를 감쌌다.

네고로가 잠시 짧은 일탈을 하는 사이 주위에서는 "시로야마는 요네하라가 맡을래? 다케다와 구마타니는 스기하라의 부인과 딸 집을 맡아! 네고로! 사람들 모아서 임원들 집으로 전화 돌리라고 해!"라고 지시하는 다베의 목소리가 날아다녔다.

전화기로 손을 뻗는 순간 네고로는 어지럽게 오가는 전화 통화 소리며 드나드는 사람들의 소용돌이에 금세 삼켜져버렸다. "시신은 감찰의무원에 있대. 만일을 위해 오전 중 사법해부 실시 예정이야." "시나가와 역의 목격자를 몇 명 찾아야 하는데." "사진부 연락이야! 한 명 내보낼 테니 어디로 가야 하는지 알려달래." "히노데 본사 야간 직통전화는 전부 먹통이군." "유서는? 유서의 유무!"

*

고다가 집에서 스기하라의 자살 소식을 들은 것은 오전 0시 5분 전이었다. 스기하라 다케오가 시나가와 역에서 오다하라행 일반전철에 뛰어들어 즉사했다는 소식을 듣는 순간 머리에서 핏기가 가시며 온몸이 굳어버렸다. 수화기 너머에서 히라세는 "시로야마에게 밀착해. 일단 오쓰카의 감찰의무원으로 갈 거야. 사정이 사정이니만큼 우리는 표나게 움직이진 않겠지만, 본부에서 대기하고 있을 테니 필요하면 즉시 연락해"라고 다그치듯 말했다. 그러나 고다는 그 지시가 바람직하지 못하다는 것 하나는 판단할 수 있었다.

"히노데나 시로야마 본인에게 양해를 얻어주세요. 그래야 가능한 얘깁니다." 그가 대답했다. 그러나 통화 상태가 좋지 않은지 "조문객을 잘 살펴봐. 나중에 보고해"라는 잡음 섞인 목소리만 돌아오더니 곧 전화가 끊기고, 고다는 다시 혼자 멍해진 머릿속으로 돌아왔다.

하는 일의 특성상 죽음과 늘 가까이 있지만, 불과 두 시간 전 마주쳤던 인간이 송장으로 누워 있다는 것은 또다른 이야기였다. 역사체屍死體가 된 스기하라 다케오의 모습은 도저히 떠올릴 수 없었고, 시로야마의 집 앞에서 만난 그가 자살에 대해 어떤 사인을 보내진 않았는지 생각해보려 해도 머리가 잘 돌아가지 않았다. 양복으로 갈아입다가 문득 자신이 살아 있는 스기하라를 마지막으로 만난 사람인지도 모른다는 데 생각이 미치자, 돌이킬 수 없는 실책을 저질렀다는 후회가 격하게 밀려들었다.

오전 0시 10분, 고다는 아시오에서 콜택시를 타고 출발해 사십 분 후 도립 오쓰카 병원 뒤쪽 좁은 골목길에 내렸다. 처음으로 한 행동은 의무원 정문 앞에서 히노데 직원으로 보이는 남자 두 명이 신문기자며 방송국 카메라를 막으려고 우왕좌왕하는 사이를 파고드는 것이었다. "때와 장소를 가려야지!"라고 일갈하며 맨 앞줄의 기자 몇 명을 밀어내고 재빨리 철문을 닫았다. 이어서 본부에 전화해 현장 통제를 위해 관할서 경찰을 몇 명 보내달라고 부탁했다. 아무리 표나게 움직이지 않는다는 방침이라도 길에 넘쳐나는 언론 관계자들은 막아줘야 유족의 짐이 덜하겠다는 생각이 절반, 이렇게 사람들이 몰리다간 수상한 인물이 끼어들어도 알 수 없겠다는 이유가 절반이었다.

그리고 히노데 직원 한 명을 불러 경찰 신분증을 보여주고 안에 있는 회사 관계자들의 이름을 물었다. 시로야마 사장 부부, 스기하라 부인, 이토이 부부, 구라타 부사장이라고 했다. 스기하라의 부인과 딸 내외를 제외하고 모두 아는 얼굴임을 확인하고 고다는 현관 유리문 앞에 섰다.

접수창구의 불도 꺼진 살풍경한 로비 한구석, 벤치에 묵묵히 앉거나 서 있는 남녀 여섯 명이 보였다. 조금 떨어진 곳에는 시나가와 서에서 나온 듯한 사복형사 한 명이 우두커니 서 있었다. 망자가 누구든 유족의 풍경은 엇비슷하다. 시로야마 부인에게 어깨를 맡기고 발치를 내려다보고 있는 여자는 아마 스기하라의 처일 터였다. 사흘에 한 번은 미용실에서 손질하는 듯한 머리는 연보라색으로 부분 염색을 해서 화려한 인상을 풍겼다. 얼굴은 물론 시로야마를 닮았다. 어머니보다 아버지 스기하라 다케오를 더 닮은 듯한 젊은 여자도 고개를 숙인 채 깔끔한 인상의 남자에게 어깨를 맡기고 있었다. 저 둘은 이토이 부부. 아이가 있을 텐데, 시간이 늦었으니 누구한테 맡기고 온 걸까.

넋을 놓은 것인지 생각에 잠긴 것인지 알 수 없는 표정으로 허공을 보고 있는 시로야마의 옆얼굴은 히노데 맥주 사장이라는 사실을 모른다면 길을 잃고 헤매는 노인으로 보일 만큼 초췌했다. 옆에 있던 구라타 부사장이 제일 먼저 현관 바깥에 서 있는 고다를 알아차렸고, 이어서 시로야마가 천천히 고개를 돌리고 시로야마 부인이 그 뒤를 이었다. 고다는 유리문 너머에서 깊숙이 머리를 숙였다.

한 발짝 내디디기도 전에 부사장 구라타가 먼저 이쪽으로 다가왔다. 고다는 현관 밖에서 그와 마주했다. 바깥에 있다가 사고 소식을 듣고 달려왔는지 양복 차림이었고 위스키 냄새가 살짝 풍겼다. 그러나 기업인 특유의 무난한 덮개를 걷어버린 눈매에서는 오랜 세월 히노데의 비공식 총회꾼 담당자였다는 사실을 수긍하고도 남을 만큼 깊은 내공이 묻어났다.

"시신을 확인했으니 이만 돌아갔으면 합니다만, 바깥이 저래서 나갈 수가 없군요. 어떻게 조치해주실 수 없겠습니까?" 구라타의 말에 고다는 "관할서에 지원 요청을 해놓았으니 조금만 기다려주십시오"라고 대답했다.

"벌써 반시간째 기다리고 있는데요." 구라타는 중얼거리며 초조한 눈빛으로 정문 쪽을 보았다. 그 순간 철문 밖에서 플래시가 터지자 고개를 돌리는 대신 카메라를 몇 초간 노려본 뒤 다시 고다에게 눈길을 돌렸다.

"요즘 경찰이 스기하라 씨를 미행하고 있어서 안 그래도 그제 1과장에게 중지를 요청했던 참입니다. 그러니 경찰이 어제와 오늘 스기하라 씨를 어떻게 미행했는지 자세히 알아야겠습니다. 또하나, 1990년 테이프 건과 관련해 우리 회사를 비방하는 기사가 이번주 마이니치스포츠에 실릴 뻔했는데, 듣기로는 정보를 흘린 사람이 전직 경찰이라더군요. 이 일의 진위 여부에 대해서도 꼭 답변을 부탁드립니다."

스기하라가 행적 조사를 받고 있었다는 것은 금시초문이었다. 고다는 순간 '왜지?'라는 생각부터 들었다. 게다가 구라타는 기사의 정보원이 경찰 관계자라 의심하고 있다. 고다는 일단 "본부에 전하겠습니다"라고 대답하고 뇌리에 '마이니치스포츠'라는 이름을 새겨넣었다. 경찰로서는 히노데가 막은 것으로 짐작되는 기사 내용을 필히 확인해야 했다.

"저도 한 가지 드릴 말씀이 있습니다." 고다는 말을 이었다. "지난밤 10시쯤, 산노 2번가를 순찰하다가 사장님 댁 앞에서 스기하라 씨와 마주쳤습니다. 다가가서 인사드렸더니 출장에서 돌아오는 길에 잠깐 들렀다고 하셔서 그대로 지나쳤는데, 사실인지 아닌지 사장님께 확인 좀 부탁드립니다."

그 말에 구라타는 미간을 찡그리더니 말없이 안으로 들어갔다가 잠시 후 다시 나와서 "스기하라 씨는 사장님 댁에 들르지 않았다고 합니다"라고 말했다.

"그때 스기하라 씨는 어때 보였습니까?"

"마음이 딴 데 가 있는 것처럼 멍한 표정이었습니다. 역까지 바래다드릴지 여쭈었는데 술도 깰 겸 혼자 걸어가겠다고 하셨습니다. 제가 더 신경써드리지 못해 죄송스럽게 생각합니다."

"그쪽 잘못이 아닙니다."

구라타는 발치의 콘크리트 바닥을 향해 한숨짓고, "여러모로 고맙습니다"라는 한마디를 남기고 유족 곁으로 돌아갔다.

이때 고다가 받은 느낌은 스기하라의 자살이 히노데에 청천벽력까지는 아니고, 그렇다고 예상했던 일이라 하기도 힘든 미묘한 사건이라는 것이었다. 자사 임원의 자살이라는 사태를 맞닥뜨리면 보통은 좀더 분출되어야 마땅할 혼란스러움이 이 자리에 결여되어 있는 것은, 단적으로 말해 히노데에는 이 일과 관련해서 얼마간 짚이는 구석이 있다는 뜻이었다. 또한 서른다섯 명이나 되는 이사 중 자살을 택한 사람이 사건의 중심에 있는 시로야마나 매출 감소의 책임을 떠안은 맥주사업본부의 구라타가 아니라 평이사 스기하라라는 사실은 그의 죽음이 다른 누구도 아닌 스기하라 개인이 안고 있던 문제 때문임을 말해주기도 했다. 그렇다면 1990년 테이프 건일까? 방금 구라타도 말했던 1990년 테이프 건과 관련해, 스기하라는 여전히 소용돌이의 와중에 있었다는 말인가? 혹시 개인적으로, 또는 회사 차원에서 지금도 외부의 협박을 받고 있는 것일까? 만약 그렇다면 1990년 테이프 건 자체가 레이디 조커 사건의 발단은 아니었을까—?

어쨌거나 시로야마와 구라타는 스기하라가 자살한 이유를 충분히 알고 이곳에 와 있다는 데까지 생각이 미치자 고다는 새삼 싸늘하게 느껴지는 공기를 들이마셨고, 조직 내 한 개인의 죽음이란 이런 것인가 실감하며 로비 쪽을 돌아보았다.

(3권에서 계속)

옮긴이 **이규원**

한국외국어대학교에서 일본어를 전공하고 현재 전문 번역가로 활동중이다. 옮긴 책으로 『이유』 『천황과 도쿄대』 『가족 사냥』 『마쓰모토 세이초 걸작 단편 컬렉션』 『나, 건축가 안도 다다오』 『인더풀』 등이 있다.

문학동네 블랙펜 클럽
레이디 조커 2

1판 1쇄 2018년 3월 15일 | 1판 2쇄 2018년 5월 11일

지은이 다카무라 가오루 | 옮긴이 이규원 | 펴낸이 염현숙
책임편집 양수현 | 편집 황문정 | 독자모니터 양은희
디자인 최윤미 이원경 | 저작권 한문숙 김지영
마케팅 정민호 정진아 함유지 김혜연 강하린 | 홍보 김희숙 김상만 이천희
제작 강신은 김동욱 임현식 | 제작처 영신사

펴낸곳 (주)문학동네
출판등록 1993년 10월 22일 제406-2003-000045호
주소 10881 경기도 파주시 회동길 210
전자우편 editor@munhak.com | 대표전화 031) 955-8888 | 팩스 031) 955-8855
문의전화 031) 955-8896(마케팅) 031) 955-2684(편집)
문학동네카페 http://cafe.naver.com/mhdn | 트위터 @munhakdongne

ISBN 978-89-546-5056-4 04830
     978-89-546-5054-0 (세트)

www.munhak.com